IVA MOOR

DIE ALCHEMIE DES TRÄUMENS

art skript
PHANTASTIK
»Verlag & Design«

1. Auflage 2022
Art Skript Phantastik Verlag | Salach

Lektorat » Melanie Vogltanz | lektoratvogltanz.wordpress.com
Sensitiviry Reading bezüglich
Rassismus und Darstellung von BIPoC » Nora Bendzko
Darstellung von Transgeschlechtlichkeit » Alexandra Boisen

Komplette Gestaltung » Grit Richter | Art Skript Phantastik Verlag

Druck » BookPress
www.bookpress.eu

ISBN » 978-3-949880-00-1
Auch als eBook erhältlich

Der Verlag im Internet
» www.artskriptphantastik.de

IVA MOOR, 1990 im Siegerland geboren, ist Autorin und Musikerin und wohnt mit Frau und Katern in einem Hexenhäuschen am Waldrand. In ihren Geschichten zieht es sie meist in phantastische Gefilde – dorthin, wo es düster & hoffnungsvoll ist und wo Trostblumen aus schmerzhafter Schönheit wachsen. Wenn sie nicht gerade ihre Seele im Online Marketing-Brotjob verkauft, rennt sie durch den Wald, singt Metal und Musical, tanzt und braut Naturparfüms (allerdings nicht alles gleichzeitig – im Multitasking ist sie mies).
Besucht sie gerne auf Twitter (@silbenalchemie)
und Instagram (@iva.moor).

CONTENT NOTES

Auf dem Traummarkt und in New Yorks magischer Unterwelt geschehen nicht nur wunderliche, sondern auch grausame Dinge. Damit du bewusst entscheiden kannst, wann und wie weit du in diese Welt eintauchen möchtest, hat die Traummarkt-Security eine Liste der sensiblen Themen erstellt, die dir in diesem Buch begegnen.

Alkohol
Blut
Diebstahl
Drogenkonsum (freiwilliger & erzwungener)
Einbruch
Erbrechen
Erpressung
Entführung
Feuer, Verbrennung
Folter
Fragwürdige Tierhaltung
Gefangenschaft, in Verbindung mit unfreiwilligem Drogenkonsum
Gefängnis & Haft (erwähnt)
Gewalt gegen Erwachsene (explizit), Gewalt gegen Tiere
Halluzinationen
Häutung (erwähnt)
Kannibalismus (impliziert)
Körperhorror
Krankheit / chronische Krankheit
Krieg (erwähnt)
Menschenexperimente
Misogynie
Misshandlung (erwähnt)
Nadeln & Spritzen
Nikotin / Rauchen
Panikattacke
Parasiten
Posttraumatische Belastungsstörung
Alltagsrassismus und Mikroaggressionen
Selbstverletzung
Sex (erwähnt)
Sexuelle Belästigung
Suizidalität/Suizidversuch (erwähnt)
Tod
Trauma
Gewaltsamer Überfall
Übergriffigkeit (körperlich, z.T. sexuell interpretierbar)
Vergiftung
Waffen (Schusswaffen, Messer)

Für alle, die träumen.
Für alle, die sich fragen, wohin die Träume verschwinden, an die sie sich morgens nicht mehr erinnern.
Und für Sabrina, mit deren wilden Träumen alles angefangen hat.

I've always been a hunter - nothing on my tail
But there was something in you I knew could make that change
To capture a predator, you can't remain the prey
You have to become an equal in every way

So look in the mirror and tell me, who do you see?
Is it still you? Or is it me?

Become the beast - we don't have to hide
Do I terrify you or do you feel alive?
Do you feel the hunger, does it howl inside?
Does it terrify you? Or do you feel alive?

— Karliene Reynolds

I've said farewell to the blue heart
And my world will slowly lose its colours
But my world can't shrink to hunger
I won't give up on the light

My safety nets are cutting in
I cannot run from everything
Golden wings glow bright within - Dreams on the horizon

Now that I have come so far
I leave my shadows where they are
Dreams on fire, velvet poison - Bring me that horizon

— Sova Skorpin

PROLOG

Der Mann auf dem Boden wand sich im Schlaf. Er merkte nichts von den langen Fingern, die in seinem Haar wühlten. Er hörte auch nicht das heisere Wiegenlied, das ihn in die tiefen Gewässer seiner Träume hinunterzerrte, wann immer er versuchte, aufzutauchen.

Die Finger in seinem Haar tasteten tiefer, unter die Kopfhaut, fühlten nach den Fäden – nur auf die Fäden kam es an. Meg registrierte, wie das jähe Glimmen ihrer eigenen Augen die fahle Haut des Mannes rot scheinen ließ. Als sie endlich die Hände zurückzog, klebten die Fäden an ihren Fingern – dünn, matt, schimmernd. Die Motten flatterten darüber und verteilten aufgeregt ihren Goldstaub, doch Meg krauste unzufrieden die Stirn. Keine gute Nacht. Nur Kauderwelsch. Zu schwach. Sie verscheuchte die nutzlosen Motten, setzte sich rittlings auf ihren Gast und legte die Hände um seine Kehle.

Das Schlaflied verstummte. Ihr Gast riss die Augen auf, panisch, verzweifelt, seine Muskeln spannten sich an, dass sich die frischen Narben unter seinen Fesseln abmalten.

»Sing weiter.« Megs Stimme verlor sich in dem feuchten Kellerraum.

»Er hat doch Angst, Mama.« Ihre älteste Tochter kauerte neben ihr, eine magere Achtjährige mit großen Augen, langem, schwarzem Flechtzopf und heiserer Stimme. Manchmal wünschte Meg, sie wäre ein bisschen mehr wie ihre kleine Schwester, die zur Linken des Mannes hockte, ihn neugierig beobachtete und niemals mit diesem *vorwurfsvollen* Ton sprach. »Mama, bitte, tu ihm nicht -«

»*Sing weiter*!« Megs Worte schlüpften in die Melodie, die ihre Tochter soeben fallen gelassen hatte. Prompt wurden die Lider des Mannes wieder schwer, sein Atem ruhiger. »Durch Zaudern lernst du nicht, also sing!«

Und ihre Erstgeborene gehorchte mit zittriger Stimme. Die Augäpfel des Mannes rollten unter geschlossenen Lidern. Wenig später träumte er wieder – wild diesmal. Sein schmutziger Hals verspannte unter Megs Händen, seine Arme zuckten, doch die Fesseln hielten ihn an Ort und Stelle. Undankbares Menschlein. Sie hatte ihn von der Straße geholt, dafür erwartete sie nur, dass er stillhielt, wenn's drauf ankam. Er röchelte, gurgelte in seinen Knebel, kämpfte gegen Megs Hände und gegen den Schlaf, doch das Lied hielt ihn in der Schwärze.

Meg hörte auf, ihn zu würgen, führte stattdessen eine scharfe Klinge an seine Kehle. Ein dünnes Rinnsal lief seinen Hals entlang. Nicht lebensbedrohlich, gerade tief genug. Er wimmerte. Erbärmlich. Doch als Meg nun ihre Finger in sein fettiges Haar schob, waren die Fäden sattgolden, üppiger, *lebendiger*. Eine ausgewogene Mischung aus Angst- und Sexträumen. So sollte es sein. Lächelnd zog Meg alles heraus – lebendige Fäden, die sie zu kleinen Spulen spann und ihrer Jüngsten in die Hand gab.

Unter dem Flattern der Motten sang ihre Älteste, bis Meg den zitternden Mann losließ. Als das Lied starb, riss ihr Gast die Augen auf und starrte katatonisch an die Kellerdecke. Meg strich ihren Töchtern über die Köpfe und schob jeder von ihnen eine Fadenspule in den Mund. »Fühlt ihr, wie reichhaltig sie jetzt sind?«

Ihre Jüngste kaute auf den Fäden herum, schluckte und nickte eifrig. Ihre Augen glommen genauso scharlachrot wie Megs eigene. Der Blick der Großen zuckte zwischen dem Gast und den Traumfäden hin und her.

Meg musterte den Mann. Er war dünn geworden, und krank. Träumte fast nur noch wirr, wenn man nicht tüchtig nachhalf. »Ich glaube, es ist Zeit, dass wir uns einen neuen Gast ins Haus holen, Kinder. Was meint ihr?«

1.
SCHLECHT FÜRS GESCHÄFT

-1-

23. Juli 1948, 22 Uhr, New York City, am Rande von China Town

Der Gestank von Qualm und verbranntem Papier fraß sich durch die Madison Street, während die Feuerwehrleute oben in den Redaktionsräumen der *Paranormal Gazette* nach dem Brandherd suchten. Währenddessen zog Moira Bran unten auf dem Bordstein an ihrer Zigarette, inhalierte tief und drückte die Handtasche mit ihren Aufzeichnungen an sich, während ihre Kollegen auf dem Bürgersteig zusammenrückten und einen Flachmann herumreichten.

»Ich versteh das nicht«, schimpfte Franziska Goldenblatt, eine hochgewachsene Hexe Mitte fünfzig und ihres Zeichens Herrin der Bildredaktion. »Wer wirft denn einen Molotov-Cocktail in den dritten Stock?«

»Wir haben doch noch Glück gehabt«, meinte Paul Yang vom Lokalteil mit seinem unerschütterlichen Optimismus. »Hoffen wir bloß, dass niemand davon Wind bekommt, sonst sind wir die Lachnummer der Sub Side. Wie viele Magier braucht es, ein Feuer zu löschen? Achtzehn. Ha-ha-ha.«

Kollektiv blickte die Belegschaft über die Straße, zu der Ecke auf der anderen Seite der Madison Street, wo die Sub Side begann – jene Nische, in der sich New Yorks magische Parallelgesellschaft eingenistet hatte, gut verborgen von Menschenaugen und in der Regel ohne heimtückische Brandanschläge. Warum die *Gazette* nicht in der Sub Side lag? Nun, das fragten sich die Mitarbeiter gerade ebenfalls.

»Dann lachen sie wenigstens ausnahmsweise nicht darüber, dass wir alle ein menschliches Elternteil haben«, meinte Rose Vesna, pragmatisch wie immer.

»Das ist nicht witzig!« Fahrig wischte sich Tony Porter vom Sport über die schweißnasse Stirn. »Wir sind das kleinste Käseblatt der Sub Side! Warum schmeißt uns jemand Bomben in die Redaktion?«

»Na, wer war denn letztes Mal schuld, als man uns was durchs Fenster geschossen hat?«, grunzte Daniel Wessex aus dem Wirtschaftsressort.

Sämtliche Blicke richteten sich auf Moira, die erneut schweigend an ihrer Zigarette zog.

»Wem bist du diesmal auf den Schlips getreten, Bran?« Raphael Garcia aus der Werbeabteilung kniff die Augen zu wütenden Schlitzen zusammen. »Ist es das wert?«

»Meine Storys sind es immer wert«, erwiderte Moira und trat ihre Zigarette mit dem Stiefelabsatz aus. Während ihre Kollegen grummelnd die Köpfe zusammensteckten, trat sie vorsichtig an den Hauseingang und zog ihr Pendel aus der Tasche. Etliche Schuhabdrücke malten sich auf den Treppenstufen ab, es roch nach Mensch, nach Magiern … und etwas anderem. Das Kupferpendel rotierte einige Male an der feinen Silberkette, zuckte nach links und rechts, bevor es eine ausladende Acht beschrieb – wieder und wieder.

Moira lachte leise und wischte sich die kastanienbraunen Krauslocken aus den Augen. »Oh, Greg, Greg, Greg.«

»Was gibt es bitte jetzt noch zu lachen?«

Charles Sweeney, Chefredakteur der *Gazette*, erschien neben ihr. Seine Brille saß schief unter dem zerrupften Blondhaar, das Smaragdamulett an seinem Gürtel leuchtete noch schwach von seinem erfolglosen Löschzauber.

Moira packte ihr Pendel fort. »Das waren Untote. Die treiben sich sonst nie hier herum. Jetzt wissen wir auch, warum sich die Polizei nicht blicken lässt: Die armen Menschlein haben Angst um ihre Hälse.«

Charlies Gesichtsfarbe nahm unvorteilhafte Ähnlichkeit mit verdorbenem Magerquark an. »Willst du etwa sagen, das hier war McGowan?«

»Nicht persönlich, aber er hat ja genug Handlanger. Und wie vielen untoten Senatoren pinkeln wir aktuell sonst ans Bein?«

»*Du* pinkelst ihm ans Bein, Bran! Blas die Sache ab! Die Geschichte ist zu heiß!«

»Im wahrsten Sinne des Wortes, was?« Moira nickte nach oben. Über ihnen verloren sich die Rauchwolken im New Yorker Sommernachtshimmel. »Er wird nervös, Charlie.«

»Richtig – und nervöse Raubtiere reizt man nicht weiter!« Ruppig wischte sich Charlie das rußige Haar aus der Stirn. »Mein Leben war so viel leichter, als du noch fürs Kulturressort geschrieben hast!«

»Mein Bankkonto auch.« Mit glänzenden Augen beugte Moira sich zu ihm vor. »Die Story ist Gold wert, Charlie! *Skandal: Vampir-Senator McGowan verkauft magische Metadrogen ins Menschen-Rotlichtmilieu.* Die Leute werden uns die Zeitung aus der Hand reißen, so kurz vor dem Wahlkampf!«

»Ja, und Greg McGowan hetzt uns seine Langzahn-Lakaien auf den Hals«, zischte Charlie zurück. Er packte Moira an den Schultern und drehte sie so, dass sie ihre Kollegen anschaute: Zwei Dutzend verstörte Magier, die sich ängstlich auf dem Gehsteig zusammenscharten und sich vermutlich zum ersten Mal wünschten, sie wären vollständige Menschen. Bei denen gab sich die Polizei wenigstens gelegentlich Mühe. »McGowan weiß nicht, wer von uns den Artikel schreibt«, flüsterte Charlie. »Er hat scheinbar kein Problem damit, die ganze Redaktion umzulegen, um ihn zu verhindern! Und du willst trotzdem weitermachen?«

»In den schönen Vereinigten Staaten von Amerika herrscht meines Wissens Pressefreiheit«, flötete Moira. »Die Sub Side hat ein Recht darauf, zu erfahren, was unser guter Senator mit diesen Menschenprostituierten anstellt.«

»Die Menschenprostituierten sind dir scheißegal«, fauchte Charlie. »Dir geht es um die Kohle, wie immer!«

»Na ja, die Story ist meine halbe Monatsmiete.« Ernüchtert verschränkte Moira die Arme. »Und dir sind die Frauen noch viel egaler als mir, Charlie, sonst würden wir diese Unterhaltung nicht führen.« Sie bot ihm die Zigarettenschachtel an. Als er ablehnte, zuckte sie mit den Schultern. »Du weißt, dass die Geschichte gut ist. Also, wie wär's, wenn wir uns diese Diskussion sparen und du mich zu meinem Elf-Uhr-Termin fahren lässt?«

»Warum zum Hugo hast du so spät noch einen Termin?« Misstrauisch kniff Charlie die Augen zusammen.

»Stippvisite bei der Polizei, die uns das letzte Puzzleteil bringt«, antwortete Moira. »Wenn alles gut geht, können wir morgen Abend drucken. Wenn alles *richtig* gut geht, tritt Greg McGowan übermorgen aus dem Sub Side-Senat zurück, und wenn es spitzenmäßig läuft, winkt uns für die Story ein Argus-Preis. Und mir ein dicker Bonus.« Sie zwinkerte.

Charlie biss sich auf die Unterlippe. »Okay, dann mach«, sagte er zögerlich. »Aber arbeite sauber, Bran. Ich leiere keine schmutzigen Storys mehr beim Boss an.«

»Die Storys hier sind alle schmutzig, Charlie«, erwiderte Moira trocken. »Und die Leute lieben schmutzige Geschichten. Das ist der einzige Grund, warum wir noch im Geschäft sind.«

Damit schulterte sie ihre Tasche und verschwand in der Freitagnacht.

-2-

»Ich frage ein letztes Mal, Ryan. Wo sind die echten Protokolle?«

»Ich sagte es Ihnen doch, Miss Bran: Sie haben die echten Protokolle bereits letzte Woche gelesen! Viermal!« Officer Ryan schwitzte, obwohl dieser Juli nicht gerade mit Höchsttemperaturen glänzte. »Ich weiß nicht, was Sie für ein Problem mit Senator McGowan haben, Lady! Der Mann ist sauber! Hat eine blütenweiße Weste!«

»Männer mit Blut an den Händen ziehen sich gerne weiße Westen an«, erwiderte Moira. »Die Protokolle sind gefälscht, Officer. Magisch gefälscht, und das wissen Sie.«

»Und wenn ich Ihnen weiter widerspreche, verwandeln Sie mich in eine Kröte?« Trotzig schob Officer Ryan das Kinn vor. Er war ein stämmiger Mensch Ende vierzig, der sich seine Polizeikarriere sicher anders vorgestellt hatte. Al Capone jagen, die Russenmafia hochgehen lassen, etwas in der Art, aber sicher nicht, dass er eine ganze magische Subkultur vor den braven New Yorkern geheim halten sollte. Seit drei Jahren kümmerte sich eine Spezialeinheit beim NYPD um die unschönen Fälle, in denen menschliche Mitbürger auf beiß- und fluchwütige *Übernatürliche* trafen – eine undankbare Aufgabe.

»Nicht doch, Officer.« Mit einem schiefen Lächeln beugte Moira sich vor. »Ich bin nicht diejenige, vor der Sie Angst haben müssen. Eher die Vampire, mit denen Sie samstagabends so gerne einen trinken.«

Ryan wurde noch blasser, erwiderte ihren Blick jedoch weiterhin stur. »Ich hab keine Angst vor Vampiren!«

»Sollten Sie aber. Nur törichte Leute fürchten sich nicht vor Vampiren. Und Sie …« Moira trat dicht an ihn heran und zupfte mit spitzen Fingern den Kragen seines Diensthemdes zur Seite. »Sie scheinen törichter, als die Polizei erlaubt, Ryan. Wie erklären Sie Ihrer Frau eigentlich Ihre kleinen Trophäen?«

Auf seinem Hals bebten zahllose blasse Narben, fein wie Nadelstiche, als Officer Ryan hektisch schluckte. »Das geht Sie einen Scheiß an, Hexe!«

»Da haben Sie natürlich recht, Sir«, bekräftigte Moira. »Ihre Ehe ist reine Privatsache. Aber weiß Lieutenant Malone, wie *nah* Sie Ihrem Klientel bei der Streife kommen?«

Sie zog eine kleine Glasmurmel aus der Manteltasche und rollte sie auf den Tisch. Im nächsten Moment flackerten Bilder über die Raufasertapete. Officer Ryan, noch in voller Uniform, in den Armen zweier lebender Vampire, die abwechselnd ihre beeindruckend weißen Fangzähne in seinen Hals gleiten ließen. Ryan schloss genießerisch die Augen; ein Haufen untoter Vampire an der Theke schaute milde interessiert zu.

»Der *Eckzahn* ist eine der beliebtesten Blutbars der Sub Side«, sagte Moira leise, während Ryan mit offenem Mund die Bilder anstarrte. »Wie lange, dachten Sie, bleibt es geheim, dass Sie sich vom Geschäftsführer für Ihr Schweigen bezahlen lassen? Wie lange ist seine Blutlizenz jetzt schon abgelaufen? Und dachten Sie wirklich, Sie können verbergen, dass Sie statt Geld inzwischen lieber andere *Annehmlichkeiten* einfordern?«

Auf den Bildern an der Wand stöhnte Ryan ekstatisch auf, während sein Blut in die Münder der Vampire sickerte. Der echte Officer Ryan dagegen streckte die Hand nach der Glasmurmel aus, doch Moira schnappte sie und hielt sie aus seiner Reichweite.

»Ah, Sie glauben doch nicht, dass der Betreiber des *Eckzahns* mir seine echten Echoaugen gibt? Das ist eine Kopie.« Mit geschürzten Lippen ließ Moira das Echoauge zurück in ihre Tasche gleiten. »Und als brave Bürgerin ist es natürlich meine Pflicht, Lieutenant Malone darüber aufzuklären, was seine Officers auf Streife so treiben.«

»Das können Sie nicht machen!« Ryan packte sie an den Schultern. »Ich verliere meinen Job!«

»Müssen Sie ja nicht.« Moira lächelte ihn freundlich an, entfernte jedoch rigoros seine schwitzenden Finger von ihrer Bluse. »Geben Sie mir die echten Protokolle aus dem Verhör der Bowery-Mädchen und ich lasse Sie in Ruhe. Oder liegt Ihnen Senator McGowan so sehr am Herzen, dass Sie für ihn Ihren Job riskieren würden? Ganz zu schweigen von Ihrer Ehe?«

Officer Ryan grunzte widerwillig, doch der Mann war klug. Er wusste, wann man Gelegenheiten ergriff.

***

Die echten Protokolle waren besser als alles, was sich Moira erhofft hatte. Keine neuen Indizien für die Spurensuche, sondern das Ende der Beweiskette. Schwarz auf weiß. Fünf Zeugen bestätigten, dass der saubere Gregory McGowan sechs menschlichen Prostituierten magische Metadrogen verabreicht hatte, um sie als Leckerbissen an Unterstützer seiner Wahlkampagne zu verschenken. Wenige Tage später versetzte die Titelstory der *Paranormal Gazette* die Sub Side in Aufruhr. Greg McGowan ließ seinen Rücktritt aus dem Sub Side-Senat verkünden, während die nervösen menschlichen Polizisten ihn in Gewahrsam nahmen. Die vampirische Prosper-Partei distanzierte sich mit geheuchelter Empörung von ihrem untoten Spitzenkandidaten.

Und Moira? Moira freute sich über ihren Bonus. Es zahlte sich aus, die Story des Jahres zu liefern.

-3-

Eine Woche später:
6. August 1948, 21:24. New York City, Sub Side

Der Schwarzmarkt im hinterletzten Winkel der Sub Side brodelte. Eine Bande Leprechauns prügelte sich mit zwei Satyrn um Wetteinsätze, eine Rothexe drohte soeben, einen Kunden zu vergiften, wenn er seinen Liebestrank nicht bezahlen wollte, und ein Kobold stritt lauthals mit einer Dryade über den Preis von Arsen. Eine angetrunkene Banshee warf mit einem Weinkrug um sich, doch Moira zuckte längst nicht mehr zusammen, wenn neben ihrem Kopf Glas zerschellte. Eine Stadt, die niemals schläft, dreht irgendwann durch. Das hielt Moira nicht davon ab, weiterhin Larry Drew niederzustarren.

»Jetzt schau ihn dir wenigstens an«, sagte Moira ungeduldig und blies ihm Zigarettenqualm ins Gesicht.

»Keine Zeit.« Hinter seinem Stand voller Greifen-Käfige und Eisdrachen-Terrarien verschränkte der rattengesichtige Larry seine tätowierten Ärmchen. »Ich bin ein vielbeschäftigter Mann, wenn du verstehst, was ich meine.«

Moira trat ihre Zigarette aus und schob das Schraubglas mit dem löchrigen Deckel über den Tresen. Es rutschte gut auf der Fünfzig-Dollar-Note; das kleine Viech im Inneren zischte unleidlich. »Ach, Larry, ich bin mir sicher, dass du ein paar Minuten freischaufeln kannst.«

»Ein Emon, sagst du, ja? Soso.« Das Geld wanderte in Larrys Gesäßtasche; das Glas dagegen ließ er beinahe fallen, als er die skurrile Mischung aus Mini-Waschbär und Satan darin entdeckte. »Meine Fresse! Der ist ja noch taufrisch! Wie lange ist der aus dem Wirt raus?«

»Dachte mir doch, dass du dich freust.« Moira schenkte ihm ein schiefes Lächeln.

»Komma rum. Das gucken wir uns in Ruhe an.«

Moira folgte ihm in das winzige Zelt hinter den Käfigen, in denen Larry Baby-Phönixe und Zwerg-Greife feilbot. Das ganze Zelt stank nach rohem Fleisch, Eulenkot und schalem Bier. In den Glaskästen wimmelte es von giftigen Fröschen; Mehrschweine, Silberfüchse und Echte Goldhamster scharrten in zu kleinen Käfigen. Natürlich alles illegal, sowohl die Tiere als auch die fragwürdige Haltung.

Larry begutachtete das Glas mit dem Emon. Er setzte dazu an, den Deckel abzuschrauben, hob aber dann den Kopf.

»Ziehste mal eben ’nen Schutzkreis?«

»Sorry, nicht meine Spielwiese«, erwiderte Moira knapp.

»Ach, pardon, ich vergaß – *Halbhexe*!« Mit einem abfälligen Kichern fischte Larry ein Stück Salzkreide aus der Hosentasche und begann, Symbole auf die Zeltplane zu kritzeln. »Irgendwie landen alle Deppen mit menschlichen Mums und Dads bei der *Gazette*, was?«

»Macht eben mehr Spaß als eine Schwarzmarktkarriere«, schoss Moira zurück und schraubte ein breites Lächeln auf ihre Lippen, als Larry nach oben schielte, um zu sehen, ob die Worte auf fruchtbaren Boden fielen. Es war ja nicht so, dass sie keine Schutzkreise ziehen *konnte*. Sie taugten bloß nicht viel.

Ein transparentes Flimmern loderte über Larrys Kreidelinien; der Laubgeruch von grüner Magie stach durch den Gestank aus den Käfigen.

Der junge Emon wand sich, als Larry seinen flauschigen Körper in das Neonlicht des Zelts beförderte. Das Jungtier war kleiner als ein Pingpong-Ball, Hörnerstumpen ragten aus dem wolligen Kopf, der Zackenschwanz peitschte, war jedoch noch zu weich, um jemanden zu verletzen. Quäkend streckte der Emon seine gespaltene Zunge heraus.

»Wo hast’n den aufgegriffen, Bran? Die sind doch meist unsichtbar!«

»Im Kindergarten meiner Nichte.« Moira strich ihren Rock glatt und beugte sich vor. »Er und seine Geschwister-Meute haben sich in den Kindern eingenistet. Sind erst vorgestern entdeckt worden. Die Kinder waren sechs Wochen lang erst völlig drüber, dann lethargisch. Kein Wunder, wenn magische Parasiten dir dein Lachen und deine Wutausbrüche und dein Staunen über Blumen und die Traurigkeit über die tote Katze erst aufblähen, dass alles dreimal so intensiv ist, und dann alles wegfressen, bis nichts mehr übrigbleibt.«

»Tragisch, tragisch.« Larry spähte in das zahnlose Maul des Emons, der ihn feindselig anstierte. Zweifelsohne hätte er Larrys Neugier und Moiras Erregung gern mit der Zunge aufgesogen, aber zum Jagen war er noch zu klein. »Sind halt Gefühls-Parasiten, was erwartest du? Willst du etwa jeden Fuchsbandwurm zu ‘ner Story aufblähen?«

»Wenn der Fuchsbandwurm eine Signatur hat, ja.«

»Signatur?« Larry blähte die Backen. »Willst du sagen, jemand *züchtet* Emonen? Das ist illegal!«

»Das hat noch nie jemanden aufgehalten.« Mit der Schuhspitze streichelte Moira die Basilisken-Eier auf dem Boden, die mindestens genauso illegal waren. »Ja, jemand züchtet Emonen. Und benutzt Kinder als Brutstätte. Sagt dir die Signatur was?« Sie klaubte das weiche Fell zwischen den Hörnern des Emons auseinander und legte feine Hieroglyphen frei.

Mit schmalen Augen studierte Larry die Brandmarkierung. »Das is‘ Professor Shaw.«

»Professor Penelope Shaw?”, spezifizierte Moira überrascht. »Von der zoologischen Fakultät der Abraxas-Akademie?« Als Larry nickte, zog sie eilig ihr Notizheft hervor. »Die gute Professor Shaw wurde in den Kindergarten bestellt, um die Knirpse zu entlausen.« *Titelseite?,* kritzelte sie neben ihre Beobachtungen. *Charlie anhauen. Termin mit Shaw ausmachen.* »Wieso züchtet die Frau magische Parasiten?«

»Vermutlich im Dienste der Wissenschaft.« Larry verdrehte die Augen. »Nee, Bran, ernsthaft. Emonen sind klug. Man kann ihnen das Sprechen beibringen. Und sie zum Klauen abrichten, oder zum Spionieren. Gib ihnen genug Gefühle zu fressen und sie machen, was du willst. So ‘n Kindergarten ist ein Schlaraffenland für die Welpen. Und die saubere Penelope hat noch ganz andere Viecher im Labor. Giftzeug, Parasiten …« Mit glänzenden Augen tätschelte er den Flauschkopf des missmutigen Emons. »Ich erzähl dir gern mehr – wenn ich den Krümel hier behalten kann.«

Prompt rammte der Emon seine gespaltene Zunge in Larrys Handfläche. Larry fluchte und stopfte das garstige Fellknäuel zurück ins Glas. Seine Hand verfärbte sich bereits rot. Der Emon schmatzte, quäkte jedoch gleich darauf unzufrieden.

»Süß, er mag dich.« Mit einem Anflug von Schadenfreude nahm Moira das Glas an sich. »Sorry, aber ich werde mir nicht nachsagen lassen, ich würde mit Emonen handeln.«

»Von mir erfährt’s ja niemand, vertrau mir.«

»Ich vertraue grundsätzlich niemandem, Larry«, zwitscherte Moira freundlich.

Prompt wechselte Larry die Strategie. »Aber Penelope Shaw – das bringt der *Gazette* ‘ne nette Schlagzeile, was?« Er knackte mit den Knöcheln. »Is nur fair, deine Quellen für die Infos zu belohnen, Bran. 700 Mäuse sind angemessen, find ich.«

»Ich weiß noch ‘ne Schlagzeile.« Mit einem schiefen Grinsen versetzte Moira dem Korb unter dem Tisch einen sachten Tritt. »*Magier schmuggelt Basilisken-Eier nach New York – fliegt die Sub Side jetzt endgültig auf?* Die Menschen wundern sich schon über die vielen Schlangen.«

»Das wagst du nicht!«

»Kommt ganz auf dich an, Larry.« Sie streckte die Hand aus.

Zähneknirschend gab Larry ihr das Geld zurück – und legte noch einen Fünfziger drauf, zur Sicherheit. »Irgendwann kostet dich das deinen Kopf!«

»Oh, bestimmt. Aber nicht heute.« Lächelnd ließ Moira die Scheine in ihrer Manteltasche verschwinden.

-4-

Von den strengen Gerüchen des Schwarzmarkts drang nichts in die netteren Winkel der Sub Side. Auf der breiten Hauptstraße duftete die Nachtluft nach Kräutern und Weihrauch, nach grüner Magie und Holz, so wie es nirgends sonst in New York roch. Die Sub Side kauerte in den Nischen zwischen den Five Points und der Bowery, denen die Menschen nur selten ihre Aufmerksamkeit schenkten. Die Hexenapotheken öffneten gerade ihre Pforten, Leprechaunschuster boten an kleinen Bordsteinbüdchen ihre Dienste an und eine reiche Sirene samt Entourage verließ soeben glücklich tratschend eine Koboldschneiderei. Genau wie das menschliche New York zog die Sub Side magische Bewohner aus aller Welt an. Selbst Vampire, die am liebsten unter sich blieben, kamen täglich her, um in den Blutbars ihren Durst zu stillen. Während Moira überlegte, unter welchem Vorwand sie ein Interview mit Penelope Shaw einfädeln konnte, nagelten zwei lebende Vampire Wahlplakate mit gewinnend lächelnden Senatskandidaten an die Laternenpfosten. Die Prosper-Partei hatte McGowan schnell durch einen neuen untoten Spitzenkandidaten ersetzt.

»Ey, pass auf, wo du hinläufst!«, plärrte eine spärlich bekleidete Nymphe, die mit ihren grummelnden Kollegen Abfall von der Pflasterstraße auflas. »Geh nach Hause, Mensch!«

In dieser Gegend ging das fast als *Schönen guten Abend!* durch. Moira salutierte und wich in den ausladenden Runensteinkreis aus, der das Herz der Sub Side bildete.

Tatsächlich verirrten sich Menschen nur selten hierher. Die meisten New Yorker hatten keine Ahnung, dass es die Sub Side und die magische Parallelgesellschaft, die sich dort eingenistet hatte, überhaupt gab. Die Polizei wusste Bescheid, das war kompliziert genug. Der Streifenwagen vor *Dark & Duesters Nachlebensversicherung* wirkte fehl am Platz, und die beiden Polizisten, die mit einer Walküre von der Aufsichtsbehörde diskutierten, machten einen unglücklichen Eindruck. Hin und wieder blickten sie hilfesuchend zu den Kuretern, die in ihren Uniformen vor dem Runensteinkreis patrouillierten – immer noch mit dieser naiven Hoffnung, dass die Gesetzeshüter der Sub Side doch eigentlich mit ihnen zusammenarbeiten müssten. Doch die Kureter kümmerten sich seit jeher nur um rein magische Fälle – die menschlichen Belange des NYPD waren für sie bloß Kinkerlitzchen, die sie mit einem gönnerhaften *Ihr schafft das schon, Jungs* abhakten.

Moira winkte den Officers zu und huschte durch die Snake Pit, jene schäbige Gasse, die die Sub Side vom menschlichen New York trennte. Schmale Obelisken mit eingelassenen Echoaugen säumten die Straße. Früher hatten sie fast täglich Alarm geschlagen, um vor Dämonen in der Sub Side zu warnen. Aber in New York gab es längst keine Dämonen mehr. Heute verunstalteten Graffitis die Obelisken, und die schmutzigen Fassaden der ranzigen Imbissbuden schrien nach Lebensmittelvergiftung. Damit schreckten sie neugierige Menschen meist zuverlässig ab.

Trotzdem blickte Moira immer wieder über die Schulter, während sie aus der Sub Side schlüpfte. Ihr Nacken kribbelte, als würde jemand sie beobachten, doch niemand schenkte ihr Beachtung. Menschen marschierten zum Rhythmus des Hupens und Knatterns der Taxis über den Bordstein. Ein Mann Mitte fünfzig rempelte sie an. Graue Mähne, Augenklappe, wachsame Haltung wie ein Kriegsveteran. Irritiert drehte sich Moira zu ihm um – das vernarbte, bronzene Gesicht hatte sie in den letzten drei Wochen ein paarmal zu oft gesehen. Doch er murmelte bereits »Sorry, Missy« und huschte davon. Stirnrunzelnd blickte Moira ihm hinterher. Der Kerl trieb sich zu oft vor der Sub Side rum – und bei ihr daheim in Hell's Kitchen. Vielleicht ein Spitzel von McGowan. »Alarmzauber überprüfen«, murmelte sie und eilte die Madison Street entlang zur Redaktion der *Gazette*.

Ein paar überteuerte Zauber hatten das Chaos des Molotov-Cocktails beseitigt, doch ein Hauch von Qualm klebte noch immer an den vergilbten Tapeten der Redaktion. Um diese Zeit war kaum jemand mehr hier. Frances Goldenblatt verriegelte gerade die Dunkelkammer (und mied Moiras Blick, als sie zur Tür ging), doch Charlie saß am Konferenztisch – mit Joseph Penn, dem Herausgeber der *Gazette* und ihrer aller Boss.

»Bin gleich wieder weg«, rief sie auf halbem Weg zu ihrem winzigen Büro. »Ich muss nur kurz telefo-«

»Setzen Sie sich, Miss Bran«, sagte Joseph Penn. Er war ein schmalschulteriger Afroamerikaner, der wie Ende fünfzig aussah, von dem jedoch die halbe Belegschaft vermutete, dass seine Grübchen mindestens doppelt so lange gebraucht hatten, um sich neben seinen vollen Lippen einzugraben. Meist dröhnte sein warmes Lachen durch den Konferenzraum, doch jetzt trug er eine außergewöhnlich ernste Miene zur Schau.

Widerwillig ließ sich Moira den beiden Männern gegenüber nieder. »Ist was passiert?«

Als Joseph beharrlich schwieg, nahm Charlie seine Hornbrille ab und putzte sie umständlich mit dem Zipfel seines Karo-Pullunders. »Vor einer Stunde kam eine Rüge vom Presserat rein«, verkündete er schließlich unbehaglich. »Ich sag‘s dir seit Jahren, Bran, irgendwann bringen deine Methoden dich in Teufels Küche!«

»Da kann's auch nicht schlimmer sein als in Hell's Kitchen.« Moira steckte sich eine Zigarette an. »Und was genau rügen die Herrschaften?«

»Ihren Artikel über Senator McGowan.« Joseph blickte sie ernst an. »Sie haben erhebliche Zweifel an der Legitimität Ihrer Recherchemethoden, Miss Bran.«

»Du hast eine Abmahnung am Hals«, sagte Charlie. »Wenn's mies läuft, auch eine Anzeige. Und McGowan schäumt!«

»Dann kann er den Artikel ja zum Mund-Abwischen benutzen«, erwiderte Moira. »Wenn der Presserat Anzeige erstatten will, dann bitte gegen McGowan. Der Kerl hat Drogen aus dem Sub Side-Untergrund ins menschliche Rotlichtmilieu verhökert.«

»Und um das rauszukriegen, bist du ins Polizeihauptquartier eingebrochen und hast den Polizisten erpresst, der dich erwischt hat!«

»*Erpresst* ist ein starkes Wort. Ich bin nicht mal sicher, ob man es auf einen korrupten Polizisten überhaupt anwenden kann.« Moira zuckte mit den Schultern. »Wär's euch lieber, ich hätte den Artikel nicht geschrieben? Hätte ein Untoter, der mittellose Menschenfrauen mit magischen Drogen gefügig macht, sich ernsthaft noch mal in den Sub Side-Senat wählen lassen sollen?«

»Sie rechtfertigen unethische Recherche mit Moral?«, fragte Joseph trocken.

»Gibt es einen besseren Grund, Sir?«

Charlies Brillengläser beschlugen. »Wir können uns nicht auf den Pressekodex berufen, wenn du genauso schmutzig arbeitest wie die Typen, die du entlarven willst!«

»Du redest, als hätte ich den Artikel im Alleingang veröffentlicht, Charlie«, sagte Moira gedehnt. »Wir steckten im Sommerloch, wir brauchten eine Story, und da war eine verdammt große Story. Es wäre unmoralisch gewesen, sie *nicht* zu drucken. Du hast dein Okay gegeben, wir haben dreimal so viele Zeitungen verkauft wie sonst, und du hast dich nicht über deinen Bonus beschwert. Sie übrigens auch nicht, Sir«, wandte sie sich höflich an Joseph.

»Und Sie am allerwenigsten. Bei Ihnen korrelieren Geld und Moral erstaunlich oft, Miss Bran.« Stirnrunzelnd rückte Joseph seine Krawatte zurecht. Er sprach mit dem distinguierten Akzent jener Magier, die ihre Ausbildung an der Abraxas-Akademie bis zum Schluss durchgezogen hatten – der Teufel wusste, warum er dieses Käseblatt leitete, statt selbst im Senat zu sitzen. »Ich hätte den Artikel nicht abgenickt, wenn ich gewusst hätte, wie Sie mit Ihren Quellen umgehen. Mr. Sweeney ebenfalls nicht, schätze ich.«

Moira hob eine Braue. Charlie wusste ganz genau, wie sie ihre Informationen beschaffte, wenn der Rahmen des Pressekodexes ausgelotet war. Normalerweise reagierte er mit Schnappatmung und einem *Lass dich wenigstens nicht erwischen!* Und wenn sich die Ausgabe gut verkaufte, verwandelte sie sich auf magische Weise von *Bran* in *Liebes*.

»Das ist bereits Ihre zweite Rüge in zwei Jahren.« Joseph schüttelte enttäuscht den Kopf. »Ich verstehe Sie nicht, Miss Bran. Wenn Sie sich Mühe geben, leisten Sie hervorragende Arbeit. Ihre Dryaden-Reportagen waren brillant, Sie wurden nicht umsonst für den Argus-Preis nominiert. Und dann sinken Sie wieder mit dem Schnabel voran in den Schlamm unter der Sub Side.«

»Nun ja, korrupte Politiker schreiben nicht gerade Pressemitteilungen über ihre Dreckwäsche«, sagte Moira gedehnt. »Die Dryaden waren das Beste, was ich je abgeliefert habe, aber das wollte niemand lesen – ich zitiere, *sind ja nur Pflanzen*. Storys über den Schlamm unter der Sub Side gehen dagegen weg wie Gratis-Häppchen.«

»Geld ist aber nicht alles.«

»Haben Sie den Satz eigentlich jemals zu einem der männlichen Kollegen gesagt?« Nun hob Moira beide Brauen. Sie wollte es dabei belassen, doch die Worte drängten hinaus. »Irgendwie ist immer nur bei mir jeder völlig von den Socken, dass ich am Ende des Monats nicht hungern will.«

Joseph sah aus, als habe er Zahnschmerzen. »Vielleicht, weil Ihre männlichen Kollegen etwas mehr Berufsidealismus an den Tag legen als Sie.«

»Die bekommen ja auch für jeden Dollar, den ich verdiene, zweifünfundsiebzig – vielleicht hebt das die Motivation.« Moira drückte ihre Zigarette aus. »Und was bitte ist unidealistisch dran, den Schmutz unter der Sub Side öffentlich machen zu wollen? Gewisse Leute«, sie nickte zu Charlie, »haben mir auch schon vorgeworfen, ich sei *zu* idealistisch.«

Joseph seufzte schwer. »Dieser Vorwurf ist, glaube ich, schon eine ganze Weile nicht mehr gefallen. Ich trage die Verantwortung für fünfzehn

Mitarbeiter – und mit Ihrer Einstellung und Ihrer Arbeitsweise sind Sie für die *Gazette* nicht tragbar, Miss Bran.«

Moira blinzelte ungläubig. Das Lächeln krallte sich an ihren Lippen fest. »Sir -«

»Ich schlage Ihnen mit viel Wohlwollen vor, dass Sie sich eine Anstellung suchen, in der Sie sich und andere nicht in Gefahr bringen«, sagte Joseph leise, aber bestimmt.

»Sie feuern mich?« Moiras Blick zuckte zu Charlie, doch ihr Chefredakteur starrte bloß stumm auf seine Hände. »Meines Wissens ist eine Kündigung erst nach der dritten Rüge gängig. Ich -«

»Auf eine dritte Rüge will ich es nicht ankommen lassen.« Joseph tippte mit den Fingerkuppen auf die Tischplatte. »Nicht so kurz vor dem Wahlkampf. Wir müssen auf das Image der *Gazette* achten, wenn wir in der Berichterstattung neben dem *Scrying Mirror* und der *Sub Side Mail* bestehen wollen. Und Sie sind nicht gut für unseren Ruf, Miss Bran.«

»Tatsächlich?« Moira schluckte das Herzklopfen herunter und lehnte sich in ihrem Stuhl zurück. »Letzte Woche war ich noch verdammt gut fürs Geschäft, Sir.«

Joseph massierte seine Nasenwurzel. »Ihre Storys *verkaufen* sich, keine Frage, aber was Sie machen, kippt eine Spur zu oft vom investigativen Journalismus in die Sensationsschiene.«

»Wir reden von *zwei* Fällen, in denen ich nicht hundertprozentig sauber gearbeit-«

»Zwei, von denen wir *wissen*«, sagte Joseph. »Einmal ist ein Ausrutscher, Miss Bran. Aber das zweite Mal ist Vorsatz, und dann fällt schnell die Hemmschwelle zum dritten, vierten, fünften Mal, bis es Routine wird.«

»Es ist keine Routine.« Moira legte die Hände flach auf den Tisch. »Aber Sie wissen genauso gut wie ich, dass wir in der Sub Side mit dem Pressekodex nicht weit kommen.«

»Merkwürdig. Ihre Kollegen kommen weit genug.«

»Ist im Sport- und Kulturteil natürlich besonders schwierig«, erwiderte Moira.

Joseph seufzte. »Lassen Sie es mich anders formulieren: Ihre Kollegen versuchen, Kollateralschäden zu vermeiden. Sie dagegen … Muss ich Sie wirklich an den Leprechaun erinnern, der zum Mörder geworden ist, nachdem Sie sich in die Sache eingemischt haben?«

»Ich habe Patrick O'Malley kein Messer in die Hand gedrückt, Sir.« Moira bemühte sich, nicht die Augen zu verdrehen. »Er war der Hauptverdächtige in einem Mordfall. Niemand hat ihn gezwungen, die Lady umzubringen, die wirklich dahintersteckte.«

Charlie stöhnte leise, schwieg sich ansonsten jedoch weiterhin aus.

»Sehen Sie, genau das ist das Problem.« Joseph erhob sich. »Ich möchte, dass unsere Zeitung mit sauberer Arbeit glänzt – und Ihre Methoden sind schon lange nicht mehr sauber, Miss Bran.« Er schob ein unterzeichnetes Dokument über den Tisch.

Moira zog es zu sich – und wurde aschfahl. »*Fristlos*? Sir, das -«

»Mr. Penn, darf ich Sie daran erinnern, dass Miss Bran nicht verheiratet ist?« Charlie rutschte unbehaglich auf seinem Platz herum. »Sie wird es schwer haben, finanziell über -«

Unter dem Tisch trat Moira ihm gegen das Schienbein. Mit rasendem Herzen zwängte sie ein neuerliches Lächeln auf die Lippen – die Art von Lächeln, das man sich angewöhnte, wenn man eine von drei Frauen in einem Männerverein war und unvorsichtige Gefühlsduselei einem die Arbeit zur Hölle machen konnte. »Sir, ich arbeite an einer Story, die vielleicht -«

»Das ist nicht länger Ihre Aufgabe.« Joseph streckte die Hand aus. »Ihren Presseausweis, bitte.«

Die Worte trafen Moira wie eine Ohrfeige. »Sir, wenn Sie sich wenigstens die Prämisse anhören, es geht um Professor -«

»Ihren Ausweis.« Joseph hob die buschigen Brauen.

Wie in Trance angelte sie in ihre Handtasche. Das durfte nicht sein. Das durfte einfach nicht sein!

Joseph nahm ihren Presseausweis an sich und legte ihr mit ernster Miene die Hand auf die Schulter. »Ich wünsche Ihnen viel Glück, Moira.«

In den sechs Jahren, die sie für ihn arbeitete, hatte er sie genau zweimal beim Vornamen genannt: Als sie die Nachricht vom Tod ihres Bruders erhalten hatte und bei ihrem Vorstellungsgespräch. *Warum sind Sie Reporterin geworden, Moira?* Die ehrliche Antwort hätte ihm nicht gefallen. Also hatte sie Joseph die polierte Version vorgelegt: *Weil die Wahrheit manchmal tief verborgen liegt, Sir. Irgendwer muss sich die Hände schmutzig machen, um sie auszugraben, richtig?* Und sie hatte sich die Hände schmutzig gemacht. Mit Ansage. Ihren jugendlichen Idealismus, dass die Presse dazu da war, die großen Wahrheiten ans Licht zu bringen, hatte sie zwar schnell an den Nagel gehängt, aber manchmal fand sie in all dem Schmutz tatsächlich ein Körnchen Gold. Oder Herz. Und wenn sie es fand, wusste sie wieder, warum sie sich die ganze Chose überhaupt antat.

Als die Redaktionstür hinter ihr ins Schloss fiel, hallte der Knall dumpf in ihren Ohren wider.

-5-

Fluchend hievte Moira die Kiste voller Ordner und Papiere in ihren Schuhkarton von Einzimmerwohnung in Hell's Kitchen. Ihr Hab und Gut aus der Redaktion. In der winzigen Diele stolperte sie über die Mahnung ihrer Leprechaun-Vermieterin – die Miete war längst überfällig, die Stromrechnung wollte immer noch bezahlt werden, und das Verbot von Herrenbesuch gelte in ihrem Fall explizit auch für Damen. Mehr Post gab es nicht. Seufzend warf Moira die Umschläge in den Karton mit ihren Unterlagen. Ehe sie die Wohnungstür hinter sich schloss, spähte sie ins Treppenhaus. Zwischen der Subway und ihrer Wohnung hatte sie erneut den Veteranen mit der Augenklappe entdeckt. Ins Haus wagte er sich allerdings scheinbar nicht – was auch an den Junkies im Erdgeschoss liegen mochte.

»Hey, Tiger!«, rief sie in den Wohnraum. Das überschaubare Zimmer mit den kahlen Wänden verschluckte ihre Stimme. Ein Foto, das ihren verstorbenen Bruder Rory samt Freundin und unehelicher Baby-Tochter zeigte, hing schief an der Tapete, daneben die vergilbten Bilder von Niamh und Liz sowie der Schnappschuss, auf dem sie und Joanne einander eng umschlangen und den sie längst hätte abhängen sollen – immerhin war es zwischen ihnen schon seit fast einem Jahr aus. Der Kater, mit dem sie ihre Wohnung teilte, tigerte vor dem kleinen Fenster auf und ab.

Moira runzelte die Stirn. »Was denn, keine Begrüßung heute? Sonst maunzt du doch mindestens nach Futter, Dicker!«

Doch der Tiger ließ sich nicht einmal dazu herab, beleidigt zu fauchen. Er drückte sich bloß mit angelegten Ohren gegen den Heizkörper.

»Du hast doch wohl nicht wieder an der Alraune geknabbert, hm?« Sie bückte sich, doch er wich fauchend ihrer Hand aus. Besorgt begutachtete

Moira die Pflanzen auf dem Fensterbrett: zwei Alraunen, eine Tollkirsche, Schlafmohn, Bilsenkraut, Salbei – was man als mäßig begabte Hexe eben so brauchte. Doch sie fand keine Zahnabdrücke auf den Blättern. Dafür war ihr Katerchen auch eigentlich zu klug und der sauteure Schutzzauber in den Blumentöpfen zu wirksam. Während sie Nassfutter in Tigers Schale kippte und eine halbleere Scotchflasche aus dem Küchenschrank holte, mied sie sorgfältig den Blick auf den Elefanten im Raum – ihre Kiste mit Redaktionskram. Sie war noch zu nüchtern, um sie auszuräumen. Vielleicht sollte sie wenigstens das Emonen-Jungtier freilassen.

Später. Wenn der Scotch in der Flasche abgenommen hatte.

Nach dem ersten Glas schlich sie zurück in den Etagenflur, streckte die Hand nach dem Telefon aus und zog sie wieder zurück. Sie hatte zwei Monate nicht mit ihrer Grandma gesprochen – heute war ein schlechter Tag, wieder damit anzufangen. Die *Ich hab's dir ja gesagt*-Tirade ertrug sie gerade nicht. Ihr zweiter Impuls, Biancas Nummer zu wählen und ihre Schwägerin in spe zu bitten, Jenny ans Telefon zu holen, ließ sich deutlich schwerer niederkämpfen. Das Piepslachen ihrer vierjährigen Nichte spendete lächerlich viel Trost, aber sie hatte die beiden seit Biancas Geburtstag im Juni nicht mehr gesehen.

Zögernd hielt sie ihr Pendel über das Telefon, tastete nach vergangenen Schwingungen. Nichts. Es hatte seit Tagen nicht geklingelt. Nun, sei's drum. Morgen würde sie Stunden mit dem Ding verschwenden. Sie brauchte einen neuen Job, und zwar schnell. Bevor ihre Vermieterin sie rauswarf.

Mit einem flauen Gefühl im Magen kehrte sie zur Scotchflasche zurück. Dabei machte sie einen Bogen um die Redaktionskiste. In der Mitte des zweiten Glases sprang ihr der Kater auf den Schoß und stieß ihr ungnädig den Kopf vor die Brust.

»Ich weiß, ich war spät heute, tut mir leid«, murmelte sie, drückte die Nase in das rote Fell – und stutzte. Der Tiger roch nach Katze, Dosenfutter und … Blut? Er sträubte sich, doch als Moira durch sein Fell tastete, spürte sie etwas Feuchtes. »Hast du wieder mit dem Schreibtisch gerauft, du Angeber?«, fragte sie leise, doch ihre Nackenhaare stellten sich auf. »Sonst stolzierst du nach deinen Prügeleien mit dir selbst immer durch die Wohnung oder leidest demonstrativ auf der Türschwelle, also was -«

Der Kater fauchte verstört und legte die Ohren an.

Und Moira hörte es auch, dieses Knarren. Im Badezimmer – der einzige Luxus, den dieses Mauseloch besaß – regte sich etwas. Der Kater maunzte schrill. Moira klaubte in seinem Fell. Endlich fand sie die Wunde. Zwei kleine, dicht beieinanderliegende Löcher im Nacken. Bisswunden. Sie stammten eindeutig nicht von Tigers Raufereien mit den Möbeln.

Ihr Mund wurde trocken.

»Das ist doch wohl nicht euer scheiß Ernst«, sagte sie laut. Ihre Stimme bebte. Im Bad klapperte es erneut; Tiger sprang fauchend von ihrem Schoß, während sie nach dem Revolver in ihrem Nachttischschrank tastete. Sie hätte Pflöcke dazu packen sollen!

»Oh, nicht doch, Herzchen«, sagte eine weiche Stimme. »Mein Anzug ist nagelneu.« Ein fremder Mann trat in den Wohnraum. Groß, breitschultrig, volles Haar. Sein Grinsen entblößte einen Satz kräftiger Eckzähne – zu kräftig für einen Menschen, aber nicht groß genug für einen Untoten. Lebender Vampir. Eine frische Blutkruste klebte an seinem Mundwinkel.

»Habt ihr's echt nötig, euch an Haustieren zu vergreifen?« Moira spannte den Hahn des Revolvers. Einen Lebenden konnte sie wenigstens lange genug außer Gefecht setzen, um abzuhauen. »Hübscher Anzug. Ich will keine Flecken drauf machen, und eine Reinigung für meinen Teppich kann ich mir im Moment nicht leisten. Also verschwinden Sie. Pronto.«

Noch während sie sprach, traten weitere Vampire in den Raum – zwei weniger elegante Exemplare. Ihre abgewetzten Tweedjacken spannten über den breiten Schultern.

»Der Auftritt wäre eindrucksvoller, wenn ich nicht wüsste, dass ihr eine Viertelstunde in meinem Bad gehockt habt, Jungs«, sagte Moira – selbstbewusster, als sie sich fühlte. Der Revolver rutschte in ihren schwitzenden

Händen. »Nett, dass ihr vorbeischaut, aber meine Vermieterin schmeißt mich raus, wenn sie mitbekommt, dass ich Herrenbesuch habe.«

Der Vampir im Anzug lachte leise und wischte sich das Katzenblut aus dem Mundwinkel. »Na ein Glück, dass Sie schon eine neue Bleibe haben, Miss Bran.«

Auf seinen Wink hin marschierten die Muskelpakete vorwärts. Moira drückte ab, zweimal, dreimal, doch der Revolver klackerte nur nutzlos. Der Kerl im Anzug ließ lächelnd die Silberkugeln zwischen seinen Fingern tanzen. Die Muskelprotze rangelten sie mühelos zu Boden. Moira schrie – mit etwas Glück würde die schwerhörige Mrs. Cohen aus der Etage unter ihr sie hören. Gleich darauf bohrten sich Zähne in ihren Hals. Moira ächzte, krümmte sich vor Schmerz, doch ihre Muskeln wurden lahm, als der Schläger zu trinken begann.

»Reiß dich zusammen, Ed, wir sollen sie vorzeigbar abliefern.« Jemand langte in ihre Manteltasche; kurz darauf flammte ein Streichholz auf. Der Anzugmann steckte sich eine ihrer Zigaretten an, ging neben ihr in die Hocke und blies ihr den Qualm ins Gesicht. »Beste Grüße von Senator McGowan, Liebes. Ihr neues Quartier wartet auf Sie.«

»Ex-Senator«, stieß Moira hervor und richtete sich mühsam auf, um ihm zu sagen, wo genau er sich seine Grüße hinstecken konnte.

Doch ein Schlag traf sie an der Schläfe. Und danach sagte sie gar nichts mehr.

2.
SCHLAFLIED

-1-

Die kleine Jenny Mendoza wälzte sich im Schlaf auf den Bauch und merkte nichts von dem Polizeieinsatz, der Hell's Kitchen in dieser Nacht auf Trab hielt, nichts von den Leprechauns, die sich vor ihrem Haus prügelten, nichts von den Motten, die aufgeregt vor ihrer Scheibe flatterten. Und natürlich wusste sie auch nichts von dem Schatten, der gegen halb eins auf ihren Fenstersims kroch.

Mit einem sanften Lächeln steckte Sova Skorpin ihre behandschuhten Finger durch das gekippte Fenster. Wenn es praktisch offen stand, war es kein Einbruch, richtig?

Lautlos folgte sie den Motten ins Zimmer, die mit ihren schwarzen, goldschlierigen Flügeln Funkentupfer an die Wand malten. Neugierig blickte Sova sich um. Auf dem Teppichboden bekriegten sich zwei Stofftierarmeen – den abgetrennten Plüschköpfen nach zu urteilen, verloren die Teddys. An der Tapete klebten Pferdepostkarten und quietschbunte Strichmännchen-Kreationen. Keine Mutter-Vater-Kind-Truppe, sondern Mama, Tante und Oma, allesamt mit spitzen Hüten und dampfenden Kesseln ausgestattet. Hexensippe. Prächtig. Nun, das Krümelchen roch ja auch eindeutig nach Hexe, obwohl es erst vier war. Vor dem Bett stapelten sich Bücher. *Alice*, *Der Hobbit*, *Narnia*. Mit leuchtenden Augen streichelte Sova ein verschlissenes Exemplar vom *Zauberer von Oz*. Kein Wunder, dass die Kleine auf dem Markt so beliebt war.

Genug getrödelt. An die Arbeit.

Vorsichtig schob Sova die Bettdecke beiseite. Jenny Mendoza bestand vorwiegend aus Pausbäckchen und schwarzen, weichen Locken. Sehr putzig. Dazu eine stolze Stupsnase in einem runden Gesichtchen, dessen Haut nur ein wenig heller war als Sovas eigener Bronzeteint. Die Kleine roch nach Badeschaum und Gutenachtgeschichten, ihre Aura glomm in einem lebhaften Orangegold, doch sie wimmerte und pfefferte Sova ihr Plüscheichhörnchen um die Ohren. Unter den Lidern rollten die Augäpfel wild hin und her.

Albtraum. Eindeutig. Perfekt!

Zufrieden begann Sova zu singen. Es war eines von Orphins neueren Kompositionen; wahrscheinlich verhunzte sie die Melodie des Maestros, aber wen kümmerte das? Es funktionierte ja trotzdem. Nach der ersten Strophe wurde Jennys Atem tiefer, ihr Körper sank still in die Kissen. Aus Gewohnheit zog Sova ihre Tube mit Mohnsalbe hervor, zögerte jedoch, sie aufzuschrauben. »Du bist zu lange raus aus dem Job«, hatte Zeta gesagt, als sie ihr das Zeug in die Hand gedrückt hatte. »Nimm es mit. Nur zur Sicherheit.« Aber Geister und Sterne, das war Monate her. Sie war wieder *drin* – sie brauchte kein Sicherheitsnetz mehr. Kurzentschlossen packte sie die Salbe fort. Bei der zweiten Strophe streckte sie die Finger nach Jennys Kopf aus.

Wolkenzarte, bunte Fäden quollen aus Jennys Schläfen, schlüpften unter ihren Augenlidern hervor und ringelten sich um Sovas Fingerspitzen, als hätten die Handschuhe magnetische Kräfte. Behutsam beförderte Sova Knäuel um Knäuel in ihren Jutesack. Obwohl sie keinen Schimmer hatte, was genau das Mädchen da träumte, spürte sie panische Angst und blankes Entsetzen in ihren Handflächen. Jenny strampelte und schlug um sich. Herrje, das arme Kind! *Wenn du ihr die Nase zuhältst, werden die Träume intensiver*, wisperte ein Stimmchen in ihrem Hinterkopf, das wie ihre Mutter klang. *Wenn du sie zwickst, wenn du ihr auf die Kehle drückst –*

»Sei still, du alte Krähe«, zischte Sova und verscheuchte die Motten, die über dem kleinen Körper kreisten wie Aasgeier. Prompt zuckte Jenny. Eilig nahm Sova das Lied wieder auf, massierte die Schläfen der Kleinen und fuhr fort, die Beute aus ihrem Kopf zu pflücken.

Als die Traumströme endlich abebbten, lugte Sova in den Beutel. Die bunten Traumknäuel *dufteten*. Intensiv. Zu intensiv. Der Worn lauerte schon in ihren Knochen. Prompt wurde Sovas Zunge trocken. Sie spürte, wie ihre Pupillen sich zu schmalen Schlitzen zusammenzogen. Eilig rappelte sie sich auf.

»Aua! Verdammt!«

Polternd fiel der Bücherstapel in sich zusammen. Schreckensstarr spähte Sova zum Bett hinüber. Als sich unter der dicken Daunendecke nichts regte, stapelte sie eilig die Bücher zu einem ordentlichen Haufen, schulterte ihren Jutebeutel und hüpfte aufs Fensterbrett.

»Wer bist du denn?«

Das Piepsen bescherte Sova beinahe einen Herzinfarkt. Sie fuhr herum und blickte geradewegs in Jenny Mendozas rundes Gesichtchen.

»Bist du Knecht Ruprecht?«

»Nein, ein Gespenst«, raunzte Sova. »Schlaf weiter!«

»Einbrecher!«, quäkte das Mädchen, und Sova sprang mit einem Satz vom Fensterbrett ins Bett, um ihm den Mund zuzuhalten.

»Psst! Ich bin kein Einbrecher!« Das Fenster hatte schließlich offen gestanden. Fast.

»Was machst du dann in meinem Zimmer? Und was ist in dem Sack?« Erschrocken blickte Jenny sich um, als wolle sie sichergehen, dass all ihre Stofftiere noch an Ort und Stelle waren.

»Vielleicht habe ich dir ja etwas gebracht«, zischte Sova, doch sie blickte so grimmig drein, dass kein Kind der Welt je etwas von ihr hätte haben wollen. »Jetzt schlaf weiter!« Sie stimmte erneut ihr Lied an. Jenny wankte im Sitzen, ihre Lider flatterten. Mit pochendem Herzen tastete sich Sova rückwärts zum Fenster. Das Mädchen war schon beinahe wieder in die Kissen zurückgesunken, als es plötzlich aufschreckte.

»Ich will aber nicht wieder träumen!«

Sova erstarrte in ihrer Bewegung. »Du träumst heute nicht mehr«, sagte sie steif.

»Wirklich?« Ganz und gar nicht mehr schläfrig sprang Jenny aus dem Bett.

Sova fluchte leise. Sie hätte die verdammte Mohnsalbe nehmen sollen! Wann hatten Kinder aufgehört, sich vor großen Frauen in schwarzer Lederkluft zu fürchten?

»Ehrlich? Ich träume wirklich nicht mehr?« Jenny zupfte erst an Sovas Mantelärmel, dann am Jutesack. »Hast du meine Träume mitgenommen?«

»Red keinen Unfug, so etwas geht überhaupt nicht.«

»Doch, das geht wohl!« Jennys Augen wurden kugelrund wie grüne Glasmurmeln. »Meine Tante sagt, dass Träume geklaut werden können!«

»Kluge Frau, deine Tante«, knurrte Sova. Sie mochte die Frau schon vom Hören nicht. »Hör zu, Jenny, du musst jetzt trotzdem schlafen, damit du morgen ausgeruht in die -«

»Oh, ich weiß, was du bist! Du bist ein Baku! Bakus essen Albträume weg!«

»Nein, kein Baku, ich … Pst!«

Doch Jenny stieß weiterhin frohgemute Laute aus. Sova verdrehte die Augen und brachte den Jutesack außer Reichweite. Schlafend war die Kleine ja wirklich niedlich, doch nun war sie vor allem eins: Viel zu laut. Kurz erwog Sova, Jenny mit einem Fluch lahmzulegen, aber die Kleine war praktisch noch ein Baby!

»Ist ja gut! Pst, *vrenoj*, sei still!«

»Ich weiß, was du bist«, quietschte Jenny. »Du bist ein Traumfänger! Und Traumfänger nehmen Albträume weg, sagt meine Tante. Ich hab immer ganz schlimme Albträume, du kannst sie alle mitnehmen!«

»Traumfänger haben Federn und hängen an der Wand«, sagte Sova trocken, obwohl Averna wie sie sich gelegentlich tatsächlich als Traumfangende bezeichneten. »Schau, wenn deine Albträume dich so sehr quälen, war es mir eine Ehre, dir zu helfen. Und jetzt … gute Nacht!«

»Aber nein, ich -«

Bevor Jenny protestieren konnte, sang Sova ein drittes Mal. Die Kleine sackte mit einem enttäuschten »Oh« zusammen und begann zu schnarchen. Diesmal tupfte Sova ihr eine üppige Portion Mohnsalbe auf die Nasenspitze. Zur Sicherheit. Als das Kind so laut schnarchte, dass es definitiv nicht mehr aufschrecken würde, stöhnte Sova leise. Sie würde ewig brauchen, die Erinnerungen der Kleinen zu bereinigen – und bei Nantey, ihre Fähigkeiten in der Gedächtnismanipulation waren längst nicht mehr, was sie mal gewesen waren!

Frustriert streifte Sova ihre Handschuhe ab und beugte sich erneut über Jenny. Dabei hatte die Nacht so gut angefangen!

-2-

Erst, als Sova auf den Markt zurückkehrte (und zwei Tassen Kakao an Rheas Heißgetränkerondell hinunterkippte), beruhigte sich ihr Herzrasen. An den offenen Feuern kam ihre Kollegschaft nach der Spätschicht zum Wärmen und Tratschen zusammen. Der Duft nach starkem Kaffee, süßem Rauch und frischem Brot war überall und die leichte Brise trug die Stimmen der Standbetreibenden und Kundschaft sowie die Musik von der kleinen Bühne über den Markt. Sie war *zu Hause*. In Sicherheit. Doch als Sova sich zu den Schlangen vor den Schätzpavllions durchkämpfte, brodelte es erneut in ihrem Magen. Ihr Jutesack war viel zu leicht. Ihre Kollegschaft dagegen schob prallgefüllte Beutel über die Tresen, um sie schätzen zu lassen und Preise auszuhandeln. Das Letzte, was Sova in dieser Nacht gebrauchen konnte, war der Spott der Schätzenden, doch einer von ihnen winkte ihr mit einem breiten Grinsen zu.

»Komm schon her!«, rief Luas Cabal über den Lärm hinweg. Bei ihm gab es keine Schlange, wie so oft. »Zeig, was du hast, Grumpelstilzchen.«

Sova bemühte sich um eine neutrale Miene, doch als sie vor seinem Pavillon stehen blieb, glühten ihre Wangen.

»Du weichst mir doch nicht aus, hm?«, begrüßte Luas sie. Heute hatte er sein glattes schwarzes Haar ordentlich zurückgekämmt – ein seltener Zustand. Mit seiner violetten Samtweste, dem Krückstock mit Schnitzmuster und der metallischen Imitation eines Unterschenkel- und Fußknochens, die unter seiner gebügelten Hose hervorlugte, sah er aus wie ein Dandy, den Sessue Hayakawa in einem fantastischen Film hätte spielen können. Luas jedenfalls genoss die Blicke, die er mit seinem Outfit auf sich zog.

»Warum sollte ich dir ausweichen?« Sova schwang ihren Jutesack auf den Tresen.

»Oh, ich weiß nicht.« Luas zog den Beutel heran. »Vielleicht, weil du viel später zurück bist als die anderen und dein Sack trotzdem fast leer ist?« Er senkte die Stimme. »Gib's zu, du hattest ein Stelldichein!«

»Niemand sagt mehr *Stelldichein*, Cabal«, brummte Sova.

»Dann hast du wieder die Hexe gestalkt.« Luas' Augen begannen zu leuchten. »Ich bin ja echt neugierig, Sovalein. Ist sie hier? Kann man mit ihr reden? Hat sie 'nen Spitzhut?«

Sova starrte ihn irritiert an. »Dreimal nein. Eigentlich viermal nein.«

»Oh, guck nicht, als wolltest du mich auffressen! Früher war das echt heiß, aber inzwischen ist es ein bisschen beängstigend.«

»Luas!« Sova ignorierte die Hitze in ihren Wangen. »Ich hab noch eine Schicht am Stand vor mir, schätzt du jetzt meinen Krempel oder was?«

»Okay, wenn du so wild auf den Standdienst bist, hattest du entweder wirklich kein Date – oder es war mies.« Er flexte seine langen Finger über dem Jutebeutel.

»Weniger quatschen, mehr arbeiten, Luas.« Sova war alles andere als wild auf den Standdienst. Sie war ohnehin nicht gut darin. »Bringt's dich um, die Kundschaft anzulächeln?«, hatte Alistair Bluth zu ihr gesagt. »Du musst dich ein bisschen verkaufen!« – »Ich besorge und verkaufe die Ware – das reicht ja wohl«, hatte Sova geschnarrt und damit prompt einen Kunden vergrault. Und die neuen Regularien erforderten, dass sie die Kundschaft über den Kauf hinaus bespaßte. Sie in das Zelt hinter dem Stand begleitete. Für Annehmlichkeiten sorgte. Sang. Und freundlich blieb, selbst wenn die einen oder anderen aufdringlich wurden. All das hatte früher nicht zu ihrem Job gehört (*dàmals, vor dem Krieg, vor den Tombs, als die Welt noch gut war*), aber jetzt war es essenziell. Sie durften nicht noch mehr Marktgäste verlieren – die Umstrukturierung hatte sie alle genug gekostet. Nicht auszudenken, wenn noch mehr Kundschaft absprang … wegen grantigem Verkaufspersonal, oder wegen Waren, die beschädigt wurden, weil Traumspendende plötzlich aufwachten …

Sova zwang ein Lächeln auf ihre Lippen. »Muss ich etwa doch zu Virgil gehen? Du bist doch mein Lieblingsschätzer, Schätzchen.«

Luas lachte. »Das mit dem Flirten üben wir aber noch mal.«

Sovas Mundwinkel sanken. »Ich flirte nicht mehr mit dir. Will doch deinen Ruf nicht gefährden.«

Wie so oft ignorierte Luas ihren scharfen Tonfall frohgemut. »Mein Ruf ist gut genug für uns beide, Liebling. Der leidet nicht, wenn ich versuche, eine Knastbraut aufzumuntern.« Trotzdem zuckte sein Blick zu der Tätowierung auf ihrem Handgelenk. Merkwürdig, wie ein bisschen Tinte so viel verändern konnte. »Dann woll'n wir mal – bevor du mir bei Virgil fremdgehst.« Er *zwinkerte*. Für diese Uhrzeit war er abartig gut gelaunt. »Übrigens siehst du scheiße aus«, bemerkte er, während er den Jutesack öffnete.

»Vielen Dank. Ich wusste nicht, dass ich gut aussehen muss, wenn ich von der Arbeit komme.« Zähneknirschend ließ sich Sova auf den Stuhl vor dem Tresen fallen.

»Ich meinte eher, dass man dir den Worn an der Nasenspitze ansieht. Deine Pupillen sind schmal wie Grashalme. Willst du die ganze Beute verkaufen oder lieber gilden?«

»Ich hab schon gegildet.«

»Na dann.« Dankenswerterweise enthielt sich Luas jeden weiteren Kommentars. Stattdessen leerte er den Beutel in eine Waagschale, setzte eine dickglasige Brille auf und begutachtete skeptisch die Knäuel. »Sieht mir gar nicht nach deiner gewohnten Beute aus. Sonst schleppst du immer Fluchtträume oder religiöse Offenbarungen an. Wie kommst du plötzlich auf Mutter-Albträume?«

»War keine gute Nacht«, sagte Sova nur, doch ihr Magen verknotete sich.

Luas grinste hämisch. »Du lässt nach, Liebes.«

»Wirst du eigentlich fürs Quatschen bezahlt?«

»Ich mach doch nur Spaß.«

Wenn Sova sich nicht arg täuschte, verdrehte Luas die Augen, ehe er ihren Jutebeutel über einem Trichter an der Rückwand des Standes leerte.

Mit einem leisen Stöhnen rieb sie sich die Stirn. Wenigstens ihre Topfpflanze hatte sie im Worn noch nicht vergrault. Der Standdienst dürfte lustig werden.

Indes nahm sich Luas die Träume von Mrs. Mendoza vor, begutachtete einen nach dem anderen. Ihre Fäden und Knäuel waren pastellfarben, nicht halb so bunt wie die Träume der kleinen Jenny, doch sie ringelten sich und zuckten wie vorwitzige Katzenschwänze. Luas begutachtete jedes Knäuel durch seine dickglasige Brille, hob sie prüfend mit behandschuhten Fingern an und machte sich knappe Notizen.

»Mann, Sova, du hast dir die langweiligste Mutter der Stadt ausgesucht. Erstens: Beim Putzen fliegt ihr eine Taube ins Wohnzimmer und rumst so oft gegen die Scheibe, bis sie stirbt. Also, der Vogel, nicht die Mutter. Zweitens: Töchterlein ertrinkt im Planschbecken. Drittens: Sie spaziert mit ihrem Herrn Gemahl durch den Wald; der Mann wird von einem Hirsch über den Haufen gerannt, sie verwandelt sich in ein Reh und springt über die Wiese. Viertens: Schwiegermutter fährt ohne Führerschein und fällt mit dem Auto eine Klippe hinunter.« Er verzog das Gesicht. »Der Rest ist Kauderwelsch.«

Sova zuckte mit den Schultern. »Das Reh kann man verkaufen, wenn man's ein bisschen ausschmückt.« *Für einen Spottpreis*, fügte sie in Gedanken hinzu.

»Schön, aber die Albträume taugen nichts«, sagte Luas geschäftsmäßig. »Die Adrenalinjunkies brauchen härteren Stoff, aber falls du an einen Familienvater gerätst …«

»… wird er auch keinem Kind beim Ertrinken zuschauen wollen.« Sova seufzte. »Gib mir den Autounfall und das Reh, der Rest kann weg.«

Luas nickte knapp. Ehe er sich Jennys Träumen widmete, schob er Sova Stifte und leere Etiketten hin, die sie mit mehr oder minder kreativen Beschreibungen zu füllen versuchte. Sie selbst wusste nicht, was ihr Klientel träumte, also musste sie sich auf Luas' Wort verlassen. Es kam durchaus vor, dass die Schätzzunft jenen Traumfangenden, denen sie eins auswischen wollte, falsche Auskunft über ihre Beute gab, sodass diese ihrer Kundschaft fehlerhaft etikettierte Ware verkauften. Und da die meisten Schätzenden arrogante, wichtigtuerische Schnösel waren, stellte man sich besser gut mit ihnen, statt seine Karriere zu riskieren.

»Oh, Liebes …« Stirnrunzelnd hob Luas den Kopf. Jenny Mendozas Traumknäuel wanden sich nicht halb so lebendig wie die ihrer Mutter. »Die Träume sind halbkaputt. Ist das Kind etwa aufgewacht?«

Sova presste die Lippen aufeinander.

»Erinnert es sich?«, fragte Luas.

»Ich hab mir das Gedächtnis der Kleinen vorgenommen.«

Sorge huschte durch Luas' dunkle Augen. »Schön und gut, aber Sova, das Gedächtnis der Hexe hast du dir auch vorgenommen, und die hat sich letztlich wieder erinnert.«

»Schrei doch noch ein bisschen lauter!«

Luas senkte die Stimme. »Willst du nicht lieber jemanden zum Nachjustieren hinschicken? Wir können uns keine Aufwachenden leisten, Sova! Vor allem nicht jetzt!«

»Denkst du, das weiß ich nicht?«, knurrte Sova. »Ich frag Brod Strider, ob er Zeit hat.« Die reine Vorstellung ließ sie Galle würgen.

Sie ärgerte sich über sich selbst, nicht über Luas, und er wusste es. Zaghaft berührte er ihr tätowiertes Handgelenk. »Hör mal, so was kann passieren. Du bist aus der Übung.«

»Komisch, den Satz höre ich im Moment ständig.«

»Du warst sechs Jahre weg. *Niemand* holt so etwas in nur acht Monaten wieder auf.«

»Wir können es uns trotzdem nicht leisten.« Sova zog ihre Hand fort und schob ihm die ausgefüllten Etiketten hin.

»Straßenschreck«, las er vor, »Schwiegermutter wagt sich ohne Fahrkenntnisse ans Steuer. Ideal für Verheiratete. Nebenwirkungen: Schuldgefühle, Paranoia.« Amüsiert hob er den Kopf. »Ideal für Verheiratete? Klingt eher wie der wahrgewordene Traum einer Ottonormalschwiegertochter.«

Gegen ihren Willen zuckten Sovas Mundwinkel. »Nicht doch! Das schlechte Gewissen hat schon manche Ehe harmonischer gemacht.«

Luas lachte. »Ihr Fangenden seid grauenhaft! Ich war zu meinen aktiven Zeiten nie so scheußlich!« Mit seiner ordentlichen Schrift malte er die endgültigen Preise auf die Etiketten. Verdammt niedrige Preise. »Ich mach deinen Hypnos fertig. Gib mir zwanzig Minuten.«

Skeptisch beäugte Sova den dampfenden Kupferkessel hinter Luas. »Nimmst du die Destille? Ich hab so wenig heute Nacht, Zeta reißt mir den Kopf ab, wenn -« Sie biss sich auf die Zunge. Geister und Sterne, sie würde ja frohlocken, wenn Zeta plötzlich wieder da wäre, um ihr den Kopf abzureißen!

Ehe Luas ihr einen Vortrag über Alchemie im Allgemeinen und die Nachteile von Destillen im Besonderen halten konnte, brandete ein Stimmgewirr aus der Schlange am Nachbarpavillon auf. Zwischen den Traumjagenden entdeckte Sova Will Nikula vom externen Team und einzelne Mitglieder der Markt-Security: Neue Mitglieder, aber auch Mink, Welles und Strider – Sovas alte Kollegschaft in Kleidern, die an die Furis-Uniformen erinnerten, die Sova selbst bis vor sechs Jahren getragen hatte.

Nicht drüber nachdenken, Skorpin, das ist vorbei.

»Ist nicht dein scheiß Ernst, Strider«, grollte Robin Wood gerade.

»Erschieß nicht den Boten, junger Mann«, näselte Brod Strider. »Ich sag nur, was man heute so im Konzil geflüstert hat: Dass wir uns angesichts der jüngsten Umstände darauf einstellen müssen, den Markt in Kürze zu schließen.«

Prompt begann Martin Silver, die drei mit wenig schmeichelhaften Adjektiven zu bewerfen, während Caramia Gill ein Gegenargument nach dem anderen herunterratterte.

Natürlich rechtfertigten die jüngsten Umstände derartige Überlegungen. Sie änderten jedoch nichts daran, dass die Schließung des Markts in einer Katastrophe enden würde.

»Das ist doch Unsinn!«, rief Sova über den Lärm hinweg und erntete prompt abfällige Blicke. »Wir *leben* für diesen Markt, die können ihn nicht dichtmachen!«

»Sie können und sie werden, wenn das so weitergeht.« Ellyn Minks hünenhafte Gestalt und ihr kantiger Kiefer brachten die erbosten Gemüter eher zum Schweigen als Striders unangebrachtes Dauergrinsen. »Es ist kein Geheimnis, dass … rechnet sich nicht … zu gefährlich … und Lear sagt … und Sagittar sagt …«

Sova hörte kaum hin. Ihr Hirn verbiss sich im Wesentlichen: Sie würden den Markt schließen. *Den Markt schließen!* Und was, bei Nantey, sollte dann aus ihnen werden?

»Das kommt schon wieder in Ordnung«, sagte Luas, als die Marktwache sich wie ein Schwarm Unglücksraben vom Acker machte, doch er rammte seine Krücke härter als nötig in den Kies. Natürlich. Er hatte eine Mutter mit chronischem Worn und eine pubertierende kleine Schwester. »Irgendwie geht's schon weiter. Wir machen es unorganisiert, es gibt sicher Menschen, die Leute wie uns anheuern …«

»Das reicht doch vorne und hinten nicht«, erwiderte Sova.

Ihr Blick zuckte zu den Schatten, die die Stände umschlichen. Die Kundschaft bemerkte sie nicht, aber Luas sah sie auch.

»Es sind so viele geworden seit der Umstrukturierung«, sagte er leise.

Und wenn der Markt schloss, würde es noch mehr Schatten geben. Es war nur eine Frage der Zeit. Sova spürte, wie ihre Pupillen sich zusammenzogen. Der Worn regte sich in ihrem Fleisch. Schon wieder. Die Schatten streckten ihre knochigen Finger nach ihr aus. »*Vrenoj*, ich bin nicht aus den Tombs gekommen, um von einer Hölle in die nächste zu gehen!«

Aber wenn sie alle in der Hölle sind, wisperte das Stimmchen, *schauen sie dich wenigstens nicht mehr so an.*

Dafür könnten sie sich nicht einmal selbst im Spiegel ansehen, schnappte Sova zurück. Den Traummarkt schließen. Ihr Zuhause den Schatten überlassen. Eher würde sie sich den Arm abhacken!

Sie überprüfte den Sitz ihrer Wurfmesser und drehte auf dem Absatz um.

»Hey, wo willst du hin?«, rief Luas. »Was ist mit deinem Hypnos? Ich denke, du hast Standdienst! Oh, verdammt, hey!« Er hetzte ihr hinterher, erstaunlich schnell dafür, dass er humpelte. »Mach keinen Scheiß, Sova! Du bist nicht mehr in der Furis, du gehörst nicht zur Marktwache!«

»Verdammt richtig.« Sova drehte sich zu ihm um. »Ich bin Traumfängerin, und ich würde meinen Job gerne behalten. Und mein Zuhause auch.«

Und ich will kein Schatten werden, fügte sie im Stillen hinzu.

-3-

Alephs Plan war widerlich riskant und absolut nicht das, was Sova sich vorgestellt hatte, als sie der Marktwache zähneknirschend angeboten hatte, zu helfen, wenn es Not tat. Im Konzil war angeblich auch das Wort *Wahnsinn* gefallen. Aber sie waren verzweifelt genug – und angepisst genug, sollte man hinzufügen. So kauerte Sova Anfang Oktober in Gesellschaft von William Nikula vom externen Team hinter einem geparkten Auto in der Bronx und beobachtete, wie Jim DeLuca zu einer Villa am Ende der Straße huschte. Eine Villa mit fünffach verglasten Scheiben in der Tür, verschlossenen Fensterläden und vernagelten Kellerluken.

»So ein Haus will ich auch haben, wenn ich mal untot bin«, seufzte Nikula. Er war ein lebender Vampir, noch dazu einer mit schwachgoldener Aura, doch mit seiner Zahnspange sah er alles andere als bedrohlich aus. Obwohl sein Haar vor Zuckerwasser starr in die Luft stand und er sich in eine schwarze Lederkluft geworfen hatte, erinnerte er Sova eher an einen Retriever-Welpen.

»Das ist doch praktisch deine Nachbarschaft, Will«, wisperte Sova. »Wer wohnt da?«

»Niemand, soweit ich weiß.« Beleidigt verzog Nikula den Mund. »Ist eins von diesen Partyhäusern. Aber nur für ganz besondere Gäste. Bin noch nie eingeladen worden.«

»Na, der Bär scheint ja ganz gewaltig zu steppen«, murmelte Sova. Wenn sie die Ohren spitzte, hörte sie die Vielzahl der Stimmen, die aus der offenen Haustür drangen. Als die Tür hinter DeLuca ins Schloss fiel, breitete sich Stille in der Straße aus. Vorsichtig pirschte sie näher an das Haus, in den Garten. Auf der Rückseite der Villa waren die Fensterläden nicht verschlossen. In dem gedämpften Licht sah sie Silhouetten mehrerer Personen in eindeutigen Posen.

»Da denkt man, man zieht in eine familienfreundliche Gegend!« Nikula rümpfte die Nase, doch Sova bemerkte das Glitzern in seinen Augen. Misstrauisch sog sie die Luft ein und hielt sie sogleich an. In unmittelbarer Nähe des Hauses hatte der Wind eine metallische Note.

»Ach, *die* Art von Party ist das«, sagte sie leise und witterte weiter.

Nikula tat es ihr gleich – und wurde eine Spur blasser. »Ja, die Art von Party. Die hässliche Art. Sonst gibt's hier nichts. Lass uns gehen!«

Sova ignorierte ihn und kroch näher an das Haus, mit der Nase voran. Blut und Champagner lagen in der Luft, Erregung und Angst. Etwas Totes – oder etwas, das kurz davor war, zu sterben. Und noch etwas anderes.

»Skorpiönchen, lass uns gehen!« Nikula zog an ihrem Ärmel. »*Die Art Party* endet immer eklig, nicht mal mein Boss hat den Magen für so was! – Himmel, warum um alles in der Welt *grinst* du?«

»Weil ich eine Idee habe.« Sova zog sich hinter einen Rhododendronbusch zurück und zückte eine Streichholzschachtel. »Hoffen wir mal, dass sie zu meinen besseren gehört.«

3.
BLUT UND TRÄUME

-1-

Moira kämpfte gegen den Schlaf, doch ihre Augenlider wogen Zentner. Ihre Kehle brannte, jeder Muskel schmerzte, das karge Abendessen drohte, seinen Rückweg anzutreten. Dann allerdings beschleunigte sich ihr Herzschlag, und plötzlich war nichts davon mehr wichtig. Über den Dächern von New York strahlte die Sonne golden. Unter ihr gähnten die Straßenschluchten, aber was machte das schon, wenn man fliegen konnte? Man musste ja nur die Arme ausbreiten, nur den Wind an den Fingerspitzen spüren, dann würde einen die Luft über den Central Park tragen, über den Hudson, über Clairwood im Norden und die Nische der Sub Side im Süden …

Wenn man flog, tat nicht einmal der Schmerz weh. Nein, das Stechen und Drücken an ihrem Hals war gar nicht so unangenehm. Fast vertraut.

»Willst du sie nicht langsam mal ausrangieren? Schmeckt schal, wenn du mich fragst. Die hat's doch eh bald hinter sich.«

»Ich frag dich aber nicht, Jim. Nimm, was man dir anbietet, oder verpiss dich.«

Das Stechen kehrte zurück. Moira blinzelte die Gestalt über ihr an, eine bizarre Kontur in den Wolken. Sie protestierte, doch aus ihrem Mund quoll bloß ein Lallen. Selbst das kostete erbärmlich viel Kraft. Sie schwebte ja noch immer über den Dächern. Über dem Wind hört dich niemand schreien, Moira. Aber wenn es regnet, gibt's endlich was zu trinken, haha! Verflucht, sie war so durstig … Mühsam schob sie die Gestalt fort. Als man sie daraufhin grober bei den Schultern packte, schubste sie. Ihre Hände brannten, als hätte sie jemand in kochendes Wasser gesteckt. Die Person vor ihr fluchte, und als sie nun blinzelte, blitzte die hässliche Rosentapete zwischen den Wolken auf. Und die Zähne. Die langen Zähne über ihr.

Fliegen, na klar. Am Arsch. *Wach auf, komm schon!*

Mit zittrigen Gliedern rappelte Moira sich auf. Ihr Hals brannte von innen und außen, Blut rann über ihr Schlüsselbein. Ein metallischer Geschmack lag auf ihrer Zunge, bitter und schal. Instinktiv schlug sie mit der Faust nach den Zähnen. Zur Antwort ruckten die Hauer erneut zu ihr hinab – und bohrten sich in ihre Wange. Moira ächzte; ihr wurde übel vor Schmerz.

»Gottverdammt, Jim, nicht ins Gesicht beißen! Beschädigte Ware kostet extra!«

»Dann such eben Mädchen aus, die sich benehmen!« Wieder die Zähne. Lange, spitze Zähne in einem roten Mund. »So macht das keinen Spaß, Greg! Ich meine, ja, das Blut schmeckt anders, außergewöhnlich, aber -«

»Niemand zwingt dich, herzukommen, mein Junge.«

Oh, sie *hasste* diese Stimme – voll und seidig kroch sie ihr unter die Haut, lähmte sie. Über den Wolken explodierte ein Feuerwerk – Funkentanz über Manhattan. Moira blinzelte wild – *bleib wach, bleib wach, bleib wach!* Jims teigige Wangen verschwammen mit den Wolkenkratzern, ihr Magen schlingerte durch das Auf und Ab der Fliegerei. *Halt die Augen auf, verflucht noch mal!* Ihr Blick wanderte zu den riesigen Motten an der Zimmerdecke – schwarze, fransige Flügel mit goldenen Schlierenmustern – und schließlich zu Jim. Der wischte sich gerade den Mund ab, die monströsen Eckzähne rot und feucht. Kommentarlos nahm er seine Jacke und ging zur Tür. Jims Kumpan mit der Seidenstimme jedoch nahm neben Moira Platz, mit jenem süßlichen Moderduft, an dem man die Untoten in geschlossenen Räumen schnell erkannte. Das Polster sank unter seinem Gewicht ein – nur ein wenig, doch es reichte, dass Moira erneut schwindlig wurde. Ein neuer Traum?

»Du vergraulst meine Freunde.« Er seufzte theatralisch. Wenn er leise sprach, hatte er seinen schottischen Akzent tadellos im Griff. »Und du hattest dir so schön abgewöhnt, die Gäste zu schlagen.«

»Sorry, Mr. McGowan«, nuschelte Moira. Sprechen war anstrengend. Ihre Wange stach und pochte, wo Jim sie gebissen hatte. Teufel noch eins, sie war so durstig … und wach? *Doch, wach, ganz sicher. Wach tut alles weh.* »Welcher Tag ist heute?«

»Weißt du eigentlich, was für ein Glück du hast, dass ich keine Sadisten auf dich loslasse?« McGowan antwortete grundsätzlich nicht auf ihre Fragen – nicht in den wirren Träumen und erst recht nicht in den spärlichen Wachphasen. Nachdenklich lehnte er sich zurück. Sein Anzug saß perfekt, das glatte braune Haar darüber glänzte. Die makellose Imitation eines Sterblichen. Doch seine Pupillen waren groß wie Mantelknöpfe – leere Tunnel aus schwarzem Eis. Sein vetiverlastiges Aftershave überdeckte den Modergeruch nicht gänzlich. »Ich gebe dich nur denen, die wollen, dass sich der Biss *gut* anfühlt. Und was bekommen sie dafür?« Er fasste ihr an den Hals. Seine Finger kehrten rot von der Reise zurück. Abschätzig leckte er das Blut ab und verzog den Mund. »Einen fauligen Apfel.«

»Bedaure, Sir.« Krampfhaft hielt Moira die Augen offen. Langsam verdünnisierten sich die Wolkenkratzer. Sie kam auf den Boden zurück – lange genug, um darüber zu kichern, dass sie nicht *schmeckte.*

»Du findest das lustig?«, fragte McGowan sanft.

»Na ja, es ist schon ironisch, nach allem, was …« Die Worte blieben ihr im Hals stecken, als er ihr Gesicht in die Hände nahm.

»Vielleicht brauchst du ja deinen Galgenhumor.« Seine Daumen strichen trügerisch zart über ihre Brauen. Die Berührung sandte ein lustvolles Stechen in die Wunden an ihrem Hals. Täuschte über die Schmerzen hinweg. Moira ruckte mit dem Kopf – sie hasste es, wenn er das tat. »Oder vielleicht hast du deine Lektion auch einfach noch nicht gelernt. Deprimiert es dich nicht, dass niemand nach dir sucht?«

»Für 'nen Untoten sind Sie wirklich naiv, Greg«, murmelte Moira. »Wie kommen Sie darauf, dass ich erwarte, dass mich jemand sucht?«

McGowan schmunzelte. »Irgendwie bist du sogar unterhaltsam. Solange dein Mundwerk noch einwandfrei funktioniert, wirst du nicht ausrangiert.« Damit rammte er ihr die Zähne in den Hals. Und offensichtlich war er nicht in der Stimmung, dafür zu sorgen, dass es nicht wehtat.

Die zwei Dolche durchstießen ihre Haut wieder und wieder, als wollte er ihre Halsschlagader zerbeißen. Mit der Zunge tastete er nach dem Blut, seine Pranken hielten sie fest, bis sich ihre Welt in Schmerz verlor. Schließlich glitt sie zu Boden. Ein atemloses Wimmern wehte durch den Raum. Sie brauchte ein wenig, um zu begreifen, dass es aus ihrem Mund stammte. Aber vielleicht … vielleicht war auch das nur wieder einer dieser düsteren Träume. Sie träumte so oft von Zähnen und Blut in letzter Zeit …

McGowan beugte sich über sie. »Die Welt hat dich vergessen, Herzchen.« Sie zuckte zusammen, als sein Atem ihren malträtierten Hals streifte. »Schlechte Idee, es sich mit den wenigen zu verderben, die wissen, dass du noch da bist.« Er wischte sich das Blut von den Lippen. Seine Wangen waren fast rosig. Fast. Mit einem kaum hörbaren, sinnlichen Seufzen erhob er sich. »Mach die Sauerei weg. Wir haben das Haus voller Gäste.«

Er ließ die Tür offen. Lärm von draußen drang herein. Moira versuchte, aufzustehen, doch der Raum drehte sich. Ihre Hände kribbelten, als sie versuchte, die blutenden Löcher an ihrem Hals zuzuhalten. Kein Traum. Sie war wach. Der Durst brachte sie um. Durch die offene Tür sah sie die Dryade, die man wie eine große Zimmerpflanze im Flur drapiert hatte. Ein halbes Dutzend Vampire hing an ihren knorrigen Armen. Sie hatte die Augen geschlossen, den Mund verkniffen, als wartete sie nur darauf, endlich aus einem Albtraum aufzuwachen.

Bloß dass man in diesem Haus nie aufwachte. Nicht wirklich.

Moira gab es auf, die Wunden an ihrem Hals zuzuhalten. Vielleicht würde sie diesmal endlich verbluten.

-2-

Jemand hievte sie auf die Füße und schob sie zurück auf das Polster. Verschwommen erkannte sie den verhärmten Magier, den glücklichen Bastard, der hier mit unversehrtem Hals ein- und ausging. Stumm klatschte er ihr einen Blutstiller auf den Hals.

»Hey, Merlin, welcher Tag ist heute?«, murmelte Moira, während er seinen in Silber gefassten Smaragd vom Gürtel nahm.

Er sah sie nicht einmal an. Zu beschäftigt damit, sein Amulett zu aktivieren. Nicht, dass er wesentlich begabter war als sie, was Magie anging – so viel wusste Moira inzwischen. Vielleicht ein, zwei Jahre länger an der Abraxas-Akademie, gerade lange genug, um die Amulett-Lizenz zu kriegen. Er konnte keine Bisswunden heilen oder Blutungen stillen oder Infektionen vorbeugen. Aber im Saubermachen war er gut. Der Smaragd leuchtete auf. Der frische Blattgeruch von grüner Magie erfüllte den Raum, als Merlin Energie aus dem Stein zog und in seinen gekrümmten Zeigefinger leitete.

»Beim Erlkönig, wer beißt denn ins Gesicht?«, grummelte er angewidert, während er die Wunde auf ihrer Wange bearbeitete. »Das krieg ich nicht ganz weg.«

»Das war's dann wohl mit meiner Karriere als Schönheitskönigin.« Je wacher sie wurde, desto deutlicher spürte sie die übrigen Wunden. Am Hals, an den Handgelenken, den Waden, dem Steißbein … Ihr Magen verkrampfte sich.

Grüne Magie aus Merlins Fingern kroch in ihre Poren, während er versuchte, Jims Sauerei unsichtbar zu machen. Nur ein bisschen Kosmetik – nichts, was sie nicht mit ein wenig Schminke selbst hinbekommen hätte, dachte Moira. Dafür brauchte man nun wirklich kein Amulett. Sie selbst hatte auch nach dem zehnten Antrag keine Lizenz für ein magisches

Speichermedium bekommen – zu schlechte Grundausbildung. Aber das war nun ohnehin vorbei.

»Hey.« Sie zupfte ihn am Ärmel. »Welcher Tag ist heute?«

»Wasch dich! Sollen dich die Gäste so sehen?«, grollte er und zog eine Phiole aus seinem Köfferchen. »Mund auf.«

»Steck's dir sonst wohin, du -«

Doch er presste ihr das Glasröhrchen zwischen die Lippen und zwang sie zum Schlucken. Der Geschmack von süßem Rauch füllte ihren Mund. Ächzend sackte Moira zusammen. Merlins Schritte entfernten sich, der Schmerz an ihrem Hals schrumpfte zu einem dumpfen Pochen und die Welt rückte in weite Ferne. Der Schlaf schlüpfte in ihre Glieder. Moira konnte die Augen nicht öffnen – doch sah sie so viel! Ein dichter Wald, Nebel zwischen den Tannenwipfeln, Nadeln, die unter den Füßen knirschten, ein Weg, der im Kreis führte – und Bären. Bären mit riesigen, speichelbenetzten Zähnen.

Ihr Puls beschleunigte sich. Sie zwang sich, die Augen aufzureißen. Es war lächerlich anstrengend. Sie sah den fleckigen Teppichboden und die Motten an der Wand, roch die widerliche Mischung aus Blut und Alkohol an den Tapeten. Aber die Bären blieben. Wach oder Schlaf? Oder irgendwo dazwischen? Himmel, McGowan brauchte dringend andere Schmerzmittel! Welche, die keine Halluzinationen hervorriefen!

Ächzend zog sie sich am Waschbecken hoch und würgte zumindest einen Teil der Flüssigkeit wieder hervor. Prompt verschärfte sich der Schmerz an ihrem Hals. Vor Moiras Augen tanzten Bären mit Wolkenkratzern Tango. Sie konzentrierte sich auf die riesigen Motten an der Wand. Der bloße Anblick der Viecher sandte Adrenalin durch ihren Körper, aber sie erinnerte sich nicht, warum. Mit zittrigen Fingern spritzte sie sich Wasser ins Gesicht und trank Handvoll um Handvoll, doch der Durst blieb.

Aus dem Spiegel blinzelte ihr eine Fremde entgegen. Moira Bran war eine Frau, die sich mit Absätzen die Einssiebzig erschummelte, die zwar gern Wimperntusche und Lippenrot benutzte, aber eigentlich keine Schminke brauchte, um als lebendiges Wesen durchzugehen.

Das Ding im Spiegel hatte eingefallene Wangen, papierdünne Haut und geschwollene Augen, die sich anfühlten, als wollten sie demnächst platzen. Die trockenen Locken standen ihr vom Kopf ab, brauchten eigentlich dringend einen Haarschnitt, um sie wieder auf ihre kieferlange Wohlfühlfrisur zurückzutrimmen, und der scharlachrote Fummel, der ihr um die Schultern schlackerte, war durchsichtiger als alles, was Moira besaß. Vorsichtig berührte sie ihren Hals – ein Schlachtfeld aus frischen Bisswunden und Narbengewebe, schlecht kaschiert von Merlins Zaubern. Wie viele Vampire waren wirklich bei ihr gewesen – wie viele nur im Traum? Welche der Scheußlichkeiten, an die sie sich zu erinnern glaubte, waren tatsächlich geschehen? Heute, gestern, letzte Woche – alles verschwamm zu einer hässlichen Mischung aus Zähnen und Blut.

Gelegentlich fühlten sich die Bisse gut an. Selten, aber manchmal. Dann brachte der Schmerz pure Ekstase, und wenn das Blut aus ihr herausrann, tönte eine Symphonie in ihrem Kopf. Wenn die Vampire in Stimmung waren, klang der Tod zu schön, um Nein zu sagen. In Träumen war es ohnehin nicht schlimm. Manchmal kam sie halbtot auf dem Teppich zu sich, bemerkte viel zu spät, dass sie *nicht* geträumt hatte. Dann flickte Merlin sie zusammen, füllte sie mit Eisenpräparaten und Schmerztränken ab und das Spiel begann von Neuem. Niemand würde mitbekommen, wenn sie in diesem Bluthaus den Löffel abgab. Lange würde es nicht mehr dauern. Dann würde man ihren anämischen Körper hinaustragen, ausgelaugt und vollgepumpt mit Schmerzmitteln, und in den Abfall werfen. Vielleicht würde sie auch noch nicht tot sein, wenn McGowan sie für unbrauchbar erklärte. Dann verfütterte er sie vielleicht an Sirenen. Sie hoffte bloß, dass Jenny nie erfahren würde, wie ihre Tante gestorben war.

Moira schloss die Augen und fiel durch den Spiegel – in eine Welt, in der die Bären die Rosentapete zerfetzten und die Motten davonjagten …

-3-

Eine heisere Frauenstimme hallte durch den Flur.

»... nehme mir so viel Zeit, wie ich will, Herzchen.«

»Ja, aber Miss, Sie können hier nicht durchwalzen, als wären Sie von der Polizei! Wir haben Gäste!«

»Ich *bin* zu Gast, Vince. Und zwar so lange, bis ich finde, was ich suche.«

Moira riss den Kopf hoch. Wach oder Schlaf? Sie *kannte* diese Stimme! Oh, das musste ein Albtraum sein!

Im nächsten Moment steckte eine Frau mit langem schwarzem Haar und ebenso schwarzem Mantel den Kopf ins Zimmer. Das gedämpfte Licht verschluckte die Narben auf ihrer bronzefarbenen Haut. Goldene Schlieren waberten in den Untiefen ihrer dunklen Augen, deren Pupillen nur schmale Schlitze waren, wie die einer Katze. Als sie Moira erblickte, erstarrte sie.

»Ah, *das* ist interessant! Ich glaube, hier bleibe ich ein wenig, Vince.«

Der lebende Vampir, den McGowan kürzlich als Mädchen für alles eingestellt hatte, trat hinter ihr mit unglücklicher Miene von einem Fuß auf den anderen. »Miss Skorpin, Sie können nicht hierblei-« Unter dem finsteren Blick der Frau klappte er den Mund zu und verkrümelte sich. Während seine Schritte im Flur verhallten, musterte die Frau Moira wie eine Katze, die eine Maus zum Spielen entdeckt hatte.

»Miss Bran. Lange nicht gesehen.«

Mit einem schalen Geschmack im Mund wich Moira gegen das Waschbecken zurück. Sie kannte dieses Lächeln. Sie war die Maus gewesen, damals. Hastig kniff sie sich in den Arm, doch die Frau aus ihren Albträumen stand noch immer im Türrahmen, unter den Motten an der Wand. Scheiße. »Das Haus hat elf Zimmer, und Sie müssen ausgerechnet hier herumlungern? Verpissen Sie sich.«

»Aber in den anderen zehn Zimmern war ich schon.« Miss Skorpin schloss die Tür hinter sich. »Begrüßt man so etwa eine alte Freundin? Wir hatten doch so viel Spaß zusammen, Sie und ich.«

Während Miss Skorpin durch den Raum schritt, schnürte sich Moiras Kehle zu. »Sie haben eine eigenwillige Vorstellung von Spaß.«

Die Frau grinste schief. Menschliches Gebiss, keine außergewöhnlichen Eckzähne. »Bei Nantey, Sie sind mir doch nicht etwa immer noch böse wegen der Sache im April?«

»Oh, nicht doch«, log Moira. Die bloße Erinnerung an ihr letztes Zusammentreffen sandte ihr kalten Schweiß über den Rücken, doch sie zwang sich zum Lächeln. »Was treiben Sie hier, Miss Skorpin? Haben Sie mich vermisst?«

»Klar – wie eine Eiterinfektion.« Skorpins volle Lippen zuckten. Sie ließ sich auf dem Polster nieder, streckte die langen Beine aus, die in einer dunklen Lederhose steckten, und setzte ihren Jutebeutel sorgsam neben ihren Füßen ab. »Obwohl wir uns fast einsam fühlen, seit Sie uns nicht mehr nachstellen. Herrje, Missy, übertreiben Sie's nicht langsam mit Ihren Undercover-Storys? Ich hoffe, die Geschichte hier ist es wenigstens wert. Sie sehen aus wie ein zermatschtes Paprika-Sandwich.«

»Ihre Komplimente sind immer noch die besten.« Moira atmete tief durch. Ja, Miss Skorpin hatte monatelang die Hauptrolle in ihren Albträumen gespielt – aber inzwischen war sie von McGowan und einem Ensemble fremder Zähne abgelöst worden. Keine Angst mehr vor der Frau in Schwarz. »McGowan hätte sich mit Ihnen unterhalten sollen. *Sie* wissen, wie man unliebsame Artikel verhindert. Haben in meiner Karriere nicht viele Leute geschafft.«

»Ich bin ja so stolz auf mich«, sagte Skorpin trocken. Die Falter umschwirrten sie; goldener Mottenstaub schimmerte auf ihrer Haut. Sie strich sich den langen Flechtzopf über die Schulter. »Das nagt an Ihnen, was?«

»Im Moment *nagen* andere Dinge an mir.« Die Narben unter der Kosmetik ziepten. Für einen Moment wurde Moira schwarz vor Augen, und als sie den Kopf hob, tänzelte der Bär hinter Skorpin. Leider fraß er sie nicht auf.

Skorpins spöttisches Lächeln bröckelte. Eine Falte erschien auf ihrer Stirn. »Das hier ist gar kein Undercover-Job, hm?«

»Schön wär's.« Moira sank auf einen der Sessel. Das kalte Leder an ihrem Schenkel ließ sie frösteln. »So lernt man wohl, nicht dem falschen Politiker ans Bein zu pinkeln. McGowan nennt es eine Lektion.«

»McGowan ist ein Arsch.«

»Sie waren mir schon immer sympathisch, Sova.« Mit dumpfer Genugtuung beobachtete Moira, wie sich Skorpins Schlitzpupillen überrascht weiteten. »Ja, ich erinnere mich an Ihren Vornamen. Wäre schwer, ihn zu vergessen, nach unserem kleinen *Rendezvous*. Was wollen Sie hier?«, fragte sie noch einmal. »Das ist doch gar nicht Ihr Metier. Oder verkaufen Sie Ihre Drogen neuerdings in Bluthäusern?«

Skorpin verzog den Mund. »Sagen Sie's mir. Sie wissen doch alles über uns – nach Ihrer akribischen Recherche.«

Die Schärfe in ihrer Stimme schürte Moiras Übelkeit. Sie erinnerte sich zu lebhaft an Skorpins lange, fiebrige Finger an ihrem Hals, das Brennen unter ihrer Schädeldecke, die Luft, die knapp wurde. An das leise *Lachen*, während sie um Gnade bettelte. Nein, ihr letztes Zusammentreffen war alles andere als harmonisch verlaufen. Aber Gott im Himmel, Moira hätte darauf scheißen sollen. Sie hätte ihren Artikel veröffentlichen und sich nicht von dieser Möchtegern-Drogenbaronin ins Bockshorn jagen lassen sollen. Schlimmer als *das hier* hätten die Konsequenzen auch nicht sein können. Vielleicht. Moiras Augen zuckten zu den Motten hinauf, die aufgeregt unter der Decke schwirrten. Jetzt erinnerte sie sich, warum die Viecher sie so nervös machten.

»Wir verkaufen nicht an Bluthäuser. Das sollten Sie eigentlich wissen, *vitjka*.« Skorpin erhob sich betont langsam und schlenderte zu ihr hinüber. Prompt schoss Moira in die Senkrechte, doch sogleich tanzten dunkle Punkte vor ihren Augen. Skorpin schob sie in den Sessel zurück.

»Fassen Sie mich nicht an!«

»Keine Angst.« Skorpin ließ sich auf der Lehne nieder. »Ich tu Ihnen nicht weh – solange Sie mir keinen Grund dazu geben. Meine Güte, im April waren Sie nicht so scheu.« Sie strich Moiras buschige Locken beiseite. Eine Wolke aus Myrrhe umwehte sie, die dazugehörige rote Magie knisterte wie Elektrizität auf Moiras Hals, als ihre Fingerspitzen kaum merklich einen Pfad auf der heilen Haut zwischen den Bisswunden suchten. »*Vrenoj,* McGowan hat Ihnen den Artikel gründlich übelgenommen, was? Ich mochte ihn übrigens. Den Artikel, nicht McGowan. Und das will was heißen. Sie wissen ja, ich bin ein großer *Fan* Ihrer Arbeit.«

Sie hasste Moiras Artikel – das hatte sie im April deutlich gemacht. Beeindruckend, von was für einem hohen Ross eine Lady aus dem schmutzigsten Metadrogengeschäft herunterpredigen konnte. Als Skorpin sich anschickte, eine der Wunden zu berühren, packte Moira sie grob am Handgelenk.

»Welcher Tag ist heute?«

»Erster Oktober. Seit wann sind Sie hier?«

Für einen Moment blinzelte Moira sie nur dumpf an. Das konnte nicht sein. Das durfte nicht sein! »Ich … ich hab im August das letzte Mal auf einen Kalender geschaut.«

Skorpins Wangen wurden ein wenig fahler.

Zwei Monate! Moiras Herz polterte; abrupt wandte sie den Kopf ab, damit Skorpin nicht sah, dass ihr die Tränen in die Augen schossen. McGowan hielt sie seit zwei Monaten in diesem Bluthaus fest! Und das erste bekannte Gesicht, das hereinschneite und nicht an einem Vampir klebte, gehörte der metadrogenschmuggelnden Rothexe, die Moira im April beinahe kaltgemacht hatte? Irgendein Gott amüsierte sich gerade köstlich. Andererseits …

Zögerlich hob sie den Kopf. »Ich kann Ihnen helfen«, sagte sie heiser. »Sie sagten, Sie suchen etwas, nicht? Ich … ich helfe Ihnen, wenn Sie mir helfen.«

»Sie wollen mir helfen? Ich dachte, Sie wollen mir die Kehle rausreißen.« Skorpin rührte sich nicht. Die Motten schwebten über ihr wie eine aberwitzige Leibgarde.

Moira presste die Lippen aufeinander. »Was suchen Sie? Ich … kann Ihnen Räume zeigen. Oder …«

»Ach, in Ihrem Zustand bekommen Sie doch gar nichts mit, *vitjka*!« Skorpin schüttelte den Kopf. »Sie sind anämisch, und noch dazu breit wie 'ne Flunder in der Buchpresse.«

»Breit von Ihrem Stoff, nehme ich an.« Moiras Herz übersprang ein paar Schläge. Es war eine plötzliche Eingebung, ein Raten ins Blaue hinein. Doch Skorpin war hier – die Motten waren hier – es passte zu gut. »Hypnos führt solche Halluzinationen herbei, nicht?«

»Ich sagte doch, wir verkaufen nicht an Bluthäuser«, knurrte Skorpin, doch ihre Nasenflügel blähten sich verräterisch. Erneut streckte sie die Finger aus. Moira versteifte sich, als sie vorsichtig über ihren zerfetzten Hals strich und ihr Blut kostete.

»*Vrenoj*!« Skorpins Pupillen zogen sich zusammen, bis sie nur noch ein schmaler Strich zwischen den Goldschlieren waren. Die Überraschung auf ihrem Gesicht verwandelte sich prompt in Ekel. »Was genau geben die Ihnen? Pulver? Tabletten?«

»Schmerztränke«, sagte Moira heiser. Ihr unfertiger Gedanke schien aufzugehen. Zumindest verdüsterte sich Skorpins Miene rapide. »Und irgendwas zur Entspannung, glaube ich. Aber wenn ich mich so an Will Nikulas Palaver erinnere, entspannt Hypnos ganz hervorragend. Und Angstblut schmeckt besser, wenn der Körper nicht die ganze Zeit Adrenalin ausschüttet.«

»Hm.« Skorpins Blick ruhte weiterhin auf Moiras Hals. »Das erklärt einiges.«

»Also … also füllen die uns tatsächlich mit *Träumen* ab?«, fragte Moira schwach.

»Das ist aus alchemistischer Sicht nicht ganz korrekt, aber ja, Hypnos stimmt.« Skorpin zog sich zurück. »Glückwunsch, Sherlock.«

Moira versuchte, den jähen Brechreiz zu unterdrücken. Wieso hatte sie so lange gebraucht, um darauf zu kommen? Hypnos. Träume in Drogenform. Sie hatte Monate an dieser Story gearbeitet! Sie hätte es ahnen müssen, seit sie die Motten bemerkt hatte. Die Wolkenkratzer und geifernden Bären, das wirre Wandeln zwischen Schlafen und Wachem – alles ergab plötzlich einen ganz neuen Sinn.

Skorpin seufzte abgrundtief. »Ironisch, nicht wahr? Da haben Sie endlich Infos aus erster Hand, und dann sind Sie in keiner Verfassung mehr, um darüber zu schreiben. Tragisch.« Sie glitt von der Sessellehne und hob ihren Jutebeutel auf. »Nun denn. Machen Sie's gut.«

»Warten Sie!« Moira rappelte sich auf, Skorpin hinterher. Sie prallte gegen den Türrahmen und klammerte sich daran fest, als Skorpin auf den Flur schlüpfte. »Bitte, ich … Was suchen Sie? Ich kann Ihnen helfen.«

Skorpin hob die Brauen. »Ohne Ihren Presseausweis haben Sie nichts mehr zu bieten, Missy.«

»Meine Kontakte und Fähigkeiten habe ich noch. Wir werden uns bestimmt einig.« Moiras Blick flirrte zu der Dryade, an der mittlerweile nur noch ein Vampir hing. Ob das arme Ding überhaupt noch lebte? Nicht mehr lange und es würde ihr ähnlich ergehen. »Hören Sie, ich werde Sie nicht noch einmal anbetteln«, raunte sie. »Dass das nichts bringt, haben Sie im April sehr eindrucksvoll bewiesen. Also schlage ich Ihnen ein Geschäft vor. Sie helfen mir hier raus und ich … helfe Ihnen. Wie auch immer Sie wollen. Deal?«

Skorpin blickte sie bloß an, mit diesen vertikalen Pupillen, diesen Goldschlierenaugen, die so oft in Moiras Albträumen erschienen waren.

»Bitte«, flüsterte Moira.

Mit einem sanften Lächeln beugte Skorpin sich vor. Ihr Atem streifte Moiras Wange – viel zarter als McGowans harsches Schnauben. »Ich mag es, wenn Sie *bitte* sagen, Moira. Klingt fast wie Musik.«

Damit wandte sie sich ab und schritt den Korridor hinunter.

Moira sank rücklings gegen den Türrahmen und schluckte den Kloß in ihrem Hals herunter. Wie tief musste man sinken, um eine sadistische Drogendealerin um Hilfe anzuflehen? Sova Skorpin war taub für Hilfeschreie, das wusste sie seit der Sache im April! Moira schloss ihre schmerzenden Augen, als der nächste Gast den Flur hinunter torkelte.

Untot. Roch nach kalter Erde, Moder und Mahagoni. Zu lange Zähne. Gottverdammt – jetzt *wünschte* sie sich eine größere Portion Hypnos. Als er seine Zähne in ihren Unterarm bohrte, suchte sie nach den Motten an der Decke. Die schwarzen Falter ließen ihren Goldstaub herabrieseln.

Jetzt machten sie sie nicht mehr nervös.

-4-

Oh, es war eine heiße Geschichte gewesen, damals. Die Story hätte Moiras Durchbruch werden können, wenn Skorpin nicht gewesen wäre. Alles hatte mit den fetten schwarzen Motten angefangen, die Moira im Kinderzimmer ihrer Nichte gefunden hatte.

Die kleine Jenny fürchtete sich vor den Faltern, also fing Moira eine Motte und brachte sie zu Larry Drew auf den Sub Side-Schwarzmarkt. Larry verdrehte bloß die Augen und fragte, ob sie ihm etwa auch erzählen wolle, die Viecher seien Diebe.

»Auch?«, fragte Moira und begann, die Ohren offenzuhalten. Wenn man nicht demonstrativ weghörte, sobald das Gewisper in merkwürdige Richtungen driftete, fand man vor allem außerhalb der Sub Side so einige Magier, die gerne über Motten redeten – und über die Träume, an die sie sich gerade dann nicht mehr erinnern konnten, wenn die Falter herumschwirrten. Man habe ihre Träume gestohlen, wisperten sie.

»Die Motten?«

»Nicht die Motten, Miss Bran! Die Schatten, die den Motten folgen!«

Charlie lachte bloß, als sie ihm die Story pitchte. »Die fantasieren sich da was zusammen! Ich meine, ehrlich, Traumdiebe? Die Motten zum Stehlen dressieren?«

»Wäre nicht das erste Mal, dass man in der Sub Side von Traumdieben spricht.«

»Ach, komm schon, Bran, das ist doch bloß ein Märchen! Eine hartnäckige Verschwörungstheorie, ein urbaner Mythos!«

»Unser Bildungsminister ist ein Vampir«, erwiderte Moira, »du wohnst neben einem Troll und in meinem Ausweis steht *Hexe*, Herrgott noch mal. *Wir* sind auch nur Märchen!«

Außerdem häuften sich die Hinweise, dass es sich bei den Traumdieben keineswegs um Märchengestalten handelte. Man musste nur wissen, worauf man achten sollte. Schwarze Riesenmotten. Goldener Staub. Der subtile Myrrhegeruch von roter Magie. Schatten, die wie Spinnen an Hausfassaden hochkletterten – fast unsichtbar, wenn man nicht ganz genau hinsah. Aber Moira schaute hin. Fing bewegte Bilder mit Echoaugen, die, im Gegensatz zu Kameras, nicht auf gute Lichtverhältnisse angewiesen waren. Folgte den Schatten, verlor ihre Spur jedoch stets auf der Höhe der Wall Street. Führte Interviews mit William Nikula, einem lebenden Vampir, mit dem sie mittwochs Spiegelspiele spielte und der steif und fest behauptete, Träume als Drogen zu konsumieren.

»Hypnos«, schwärmte er in seinem kantigen finnischen Akzent, während er Moiras Waldläufer-Avatar in Brand setzte, »Hypnos ist der beste Trip der Welt!«

»Besser als Blut?«, hakte Moira nach.

Will bleckte die Zähne und gab dabei einen exzellenten Blick auf seine Zahnspange frei. »Besser als Blut, Sex und Wodka zusammen, Hexelein!«

Und William Nikula war nicht der Einzige.

»Es ist ein Geschäft, Charlie«, sagte Moira Anfang März. »Sie sitzen irgendwo am Battery Park – wahrscheinlich hinter einer magischen Barriere. Diese Leute benutzen Motten, um Träume zu jagen, die sie dann als Drogen weiterverkaufen.«

»Man kann Träume nicht aus Köpfen holen, Bran, das ist unmöglich!«, erwiderte Charlie mit schweißnasser Stirn. Sie führten solche Gespräche zu oft. Moiras Neigung, in Kleinigkeiten Spuren zu lesen, brachten ihn regelmäßig auf die Palme. Zumindest, bis man ihnen wegen der Storys, die aus den Kleinigkeiten entstanden, die *Gazette* aus den Händen riss. »Was für Leute sollen das überhaupt sein?«

Moira schürzte die Lippen. »Sie riechen nach roter Magie, also lehne ich mich mal ganz weit aus dem Fenster und behaupte, es sind Magier.«

»Rote Magie!« Charlie grunzte abfällig und tastete nach dem Holzamulett an seinem Gürtel. »Also ganz schmutzige Wäsche. Geh mit dem Mist bloß nicht zu Joseph. Solange du mir nicht diesen ominösen Markt zeigen oder beweisen kannst, dass diese Gestalten Träume klauen, leiere ich die Geschichte nicht an.«

Moira zuckte mit den Schultern und nahm ihre Tasche. »Okay.«

Okay bedeutete, was es immer bedeutete: Du willst Beweise? Du kriegst Beweise, du Bastard. Mittlerweile kannte sie genug Schatten, denen sie hinterherschleichen konnte. Einen breitschultrigen Mann mit Vollbart. Ein spindeldürres Mädchen, das bei Nacht kaum älter als sechzehn aussah. Eine erstaunlich agile Greisin. Sie tauchten immer dort auf, wo die Motten am wildesten tanzten. Moira brauchte sich bloß auf die Lauer legen.

Es dauerte. Aber Anfang April harrte sie hinter dem Kleiderschrank der alten Signora Martelli aus und kämpfte gegen ihre eigene Müdigkeit, während sich die Brust der alten Dame unter der Decke hob und senkte. Die Motten tanzten über der Nase der Signora. Ein Schatten kroch durch das Fenster herein, beugte sich über die alte Dame – und sang. Eine jähe Müdigkeit drohte Moira an Ort und Stelle zu Boden zu drücken, doch sie aktivierte ihre Echoaugen und beobachtete, wie der Schatten irgendetwas aus dem Kopf der Signora zog. Fäden, die in der Dunkelheit matt schimmerten und verschwanden.

Während der Schatten noch beschäftigt war, knipste Moira das Licht an – und blickte in langbewimperte schwarze Augen mit goldenen Schlieren. Schwarze Augen im hübschen Gesicht einer Frau mit geflochtenem Rabenhaar und langen, behandschuhten Fingern. Im Glühbirnenlicht wirkte ihre Bronzehaut ungesund fahl.

»Freut mich, dass wir uns endlich persönlich kennenlernen«, sagte Moira, während Signora Martelli munter weiterschnarchte. »Ich habe so viele Fragen, Miss.«

Zu ihrer Verblüffung lächelte die Frau zurück – keineswegs überrascht. »Oh, ich habe auch Fragen, Moira Catriona Bran. Oder sollte ich lieber Siobhan O'Reilly sagen?«

Beim Klang ihres Pseudonyms hob Moira die Brauen. »Mit wem habe ich das Vergnügen? Künstlername reicht auch, falls man das in Ihren Kreisen so macht.«

Die Frau lachte leise. »Ich sage Ihnen meinen richtigen. Immerhin haben Sie uns aufgespürt. Schaffen nicht viele. Sova Skorpin.«

Nie und nimmer war das ihr echter Name. Mit einem schiefen Lächeln schüttelte Moira ihre Hand – warm, trocken, angenehmer Druck.

»Ich muss sagen, ich bin ein kleiner Fan Ihrer Artikel«, sagte Sova Skorpin in einem Tonfall, als würde sie eigentlich das Gegenteil meinen. Sie roch nach Streichholzschwefel und Myrrhe. Nach roter Magie. Wie eine Hexe, die sich die Hände sehr, sehr schmutzig machte. »Nette Schreibe haben Sie. Also, schießen Sie los, Moira. Sie haben die einmalige Gelegenheit, einen von uns zu interviewen.«

Die Sache stank zum Himmel. Das wissende Funkeln in Sova Skorpins Augen ließ keinen Zweifel offen, wer hier wem aufgelauert hatte. Doch statt das Weite zu suchen, wie es jeder mit einem Funken Selbsterhaltungstrieb getan hätte, lehnte Moira sich an den Schrank und stellte ihre Fragen. Teufel noch eins, sie *wusste*, dass die Frau nicht zum Plaudern hier war, dass die Nacht möglicherweise hässlich endete, doch sie war hergekommen, um die Existenz der Traumdiebe zu beweisen. Und Sova Skorpin beantwortete jede Frage. Ausweichend zwar, natürlich, doch herrlich charmant. Ihre vollen Lippen bogen sich zu einem breiten Lächeln, das ihr markantes Gesicht aufleben ließ, und als sie durch den Raum streifte, verbreitete ihr Haar einen sinnlichen Duft nach Weihrauch und Wildrose.

Zur Kenntnis nehmen und ignorieren, wie immer, dachte Moira. Sie war einmal damit auf die Nase gefallen, sich von der Attraktivität einer zwielichtigen Interviewpartnerin blenden zu lassen, das passierte ihr nicht noch einmal. Dennoch sorgte Sova Skorpins raue Stimme dafür, dass sich ihre Nackenhaare aufstellten, und als Sovas warme Fingerspitzen ihre Handfläche streiften, während sie sich Zigarette und Streichhölzer borgte, unterdrückte Moira ein wohliges Schaudern.

Schließlich trat Sova so dicht an Moira heran, dass sie ihre Körperwärme durch die Bluse spürte. »Das war nett. Jetzt verrate ich *Ihnen* ein paar ganz exklusive Geheimnisse.«

Als sie loslegte, gefror Moira das Blut in den Adern. Die Frau wusste viel zu viel. Sie wusste von der Story, kannte Moiras Pseudonyme, Adresse und lebende Verwandte. Sie hatte alle jüngeren Artikel gelesen und fand die Hälfte davon zum Kotzen. Sie wusste, wie lange Moira an der Traum-Story gearbeitet hatte und welche Details noch fehlten. Und unter der verspielten Plauderei lauerte eine wilde Entschlossenheit, die letzten Puzzleteile so gut wie möglich zu verstecken.

»Wir können uns Ihre Schnüffelei nicht ewig anschauen, verstehen Sie?«, sagte Sova. »Tut mir fast leid, dass der Abend unangenehm für Sie enden muss, aber uns fehlen die Ressourcen, Sie dauerhaft im Blick zu behalten. Nehmen Sie's mir nicht krumm.«

Moira erstarrte, als sie die Klinge an ihrem Hals spürte. Obwohl sich ihr Herzschlag beschleunigte, lachte sie leise. »Ah, es ist schwer, etwas krummzunehmen, wenn eine schöne Frau so einen Aufwand betreibt, um mich kennenzulernen. Außerdem …« Sie schielte seitwärts auf das Messer. »Da beschatten Sie mich so akribisch und wissen nicht, dass ich solche Dinge eigentlich ganz gerne mag?«

Es war ein schamloses Flirten – die Art von Flirten, die ihr in der Sub Side Empörung oder missfälliges Stirnrunzeln eintrug, oder eine Irritation, die Moira in der Vergangenheit Zeit erkauft hatte, wenn es brenzlig wurde.

Sovas Brauen zuckten überrascht in die Höhe, doch das neugierige Funkeln starb so schnell, wie es gekommen war. »Ich bin leider nicht zum Spielen hier, Moira.«

»Stimmt. Sie sagten, Sie hätten Fragen.«

»Oh, eigentlich nur eine.« Skorpins linker Arm wand sich zwischen Moiras Rücken und den Schrank. »Wollen Sie sterben oder vergessen?«

Die Klinge grub sich fester in Moiras Hals. Ein warmes Rinnsal lief unter ihre Bluse. »Sie sind kreativ genug, um Träume zu stehlen und als Drogen zu verticken, und dann morden Sie so einfallslos?«, stieß sie hervor. »Wie enttäuschend.«

Die Klinge verschwand. Moira schnappte erleichtert nach Luft und atmete dabei so viel rote Magie ein, dass sie den Myrrhegeruch drei Tage nicht mehr aus der Nase bekommen würde. »Netter Bluff, Sova.«

Skorpin nahm ihr Gesicht in die Hände, in einer beinahe zärtlichen Geste, als wolle sie ihr einen Kuss auf die Stirn drücken. »Ah, Missy, ich bluffe nie.« Und dann schoss ihr Schatten vorwärts, wie der Stachel eines Skorpions. Moiras Schädel drückte nach innen; im nächsten Moment zerrte Skorpin Gedanken hervor wie Kleidung aus einer Wäscheschublade. Moira versuchte, sie von sich zu stoßen, doch die Frau hatte Muskeln, von denen Moira nicht einmal zu träumen wagte.

»Wissen Sie, eigentlich machen wir so etwas nicht«, zischte Skorpin durch die Zähne. Schweißperlen glänzten auf ihrer Stirn. »Ist den Aufwand nicht wert.«

»Dann sparen Sie sich doch die Mühe«, würgte Moira. Erinnerungen an ihren Bruder pressten gegen ihre Augäpfel: Rory Bran mit Baby-Jenny auf dem Arm, und mit seiner Freundin Bianca im Central Park. Skorpin warf die Fetzen achtlos beiseite und griff nach einem Fassadenkletterer in Harlem. Im nächsten Moment war das Bild verschwunden. Moira blinzelte. Das sichere Gefühl, etwas vergessen zu haben, breitete sich in ihrem Brustkorb aus.

Und mit der Erkenntnis kam die Panik. Sie gab früh auf – wenn sie zwischen einem intakten Gedächtnis und einer heißen Story wählen musste, zog die Story den Kürzeren -, doch Skorpin verbiss sich in ihrem Gedächtnis, stocherte, begutachtete, wühlte und hatte sichtlich Spaß, als Moira gegen drei Uhr früh um Gnade zu betteln begann. »Ich mag es, wenn Sie *bitte* sagen. Klingt fast wie Musik.« Sie strich ihr das zerzauste Haar aus der Stirn. »Singen Sie noch einmal für mich?« Moira konnte nicht antworten. Ihre Zunge gehorchte nicht mehr.

Als Skorpin im Morgengrauen aus dem Fenster kletterte, mit ihren Erinnerungen und den Echoaugen im Gepäck, sackte Moira vor dem Schrank zusammen. Ihr Schädel drohte zu bersten, bunte Punkte tanzten vor ihren Augen und sie erbrach sich zweimal in Signora Martellis winzigem Bad. Und als die Signora schließlich aufwachte, ihr einen Tee kochte und »Haben Sie die Schweine erwischt?« fragte, wusste Moira zum Verrecken nicht mehr, was sie überhaupt in der Wohnung der alten Dame verloren hatte.

***

Wochenlang schreckte Moira immer wieder schweißgebadet aus Albträumen hoch, in denen eine Unbekannte mit Goldschimmeraugen sie attackierte. Nach anderthalb Monaten erinnerte sie sich plötzlich wieder an ihre Story über die Hypnos-Droge, die sie aus unerfindlichen Gründen nie weiterverfolgt hatte. Ein weiterer Monat verging, bis Sova Skorpins Gesicht ihr wieder klar vor Augen stand. Jedes Mal, wenn sie mit dem Gedanken spielte, ihre Reservenotizen bei Joseph Penn einzureichen, spürte sie wieder Skorpin in ihrem Kopf. Nackte Angst hielt sie davon ab, den Artikel doch noch zu veröffentlichen. Feige war sie, so feige! Aber sie wusste ja nicht einmal, ob sie alle Erinnerungen wieder beieinander hatte. »Gottverdammt«, hatte Moira am Tag vor ihrer Kündigung gemurmelt und überlegt, die Geschichte über die Traumdiebe doch noch einmal anzugehen. Nach einer halbgaren Panikattacke hatte sie sich dagegen entschieden und stattdessen ein Emonenbaby zu Larry Drew auf den Sub Side-Schwarzmarkt geschleppt. Aber Skorpin? Moira würde der Frau den Hals umdrehen, wenn sie ihr das nächste Mal über den Weg lief!

Bloß, dass sie sich jetzt, wo es so weit war, in keiner Verfassung befand, um irgendwem den Hals umzudrehen. Sie hatte ja nicht einmal mehr die Kraft, den vermaledeiten Untoten fortzuschieben, der gerade ihr Handgelenk zerbiss.

»Hey, Mister«, sagte eine raue Stimme in der Tür. »Wechseln Sie zu jemand anderem. Wir haben hier ein kleines Hygieneproblem, Sie wollen sich doch nichts einfangen.«

Moira ächzte, als der Untote die Zähne aus ihrem Fleisch riss und sie entsetzt anstarrte. Sie schraubte ein Lächeln auf ihre Lippen. »Ich sag's immer wieder, Sir: Zähneputzen rettet Leben.«

Der Vampir grunzte empört und schob sich an Skorpin vorbei, die mit verschränkten Armen in der Tür stand.

»Sie vermissen mich wirklich, hm?« Mit flauem Magen drückte Moira den Saum ihres Kleides auf die Bisswunden. »Hygieneproblem, na danke! Hoffentlich spricht es sich rum.«

Skorpin ging vor Moira in die Hocke. Die schlechte Imitation eines Gesprächs auf Augenhöhe. Mit überraschender Vorsicht drückte sie ein sauberes Taschentuch auf Moiras zerbissenes Handgelenk. »Können Sie wiederholen, was Sie vorhin gesagt haben?«

»Dass McGowan uns mit Hypnos vollpumpt? Klar.«

»Nein, das andere.«

»Dass ich Ihnen helfe, wenn Sie mich hier rausholen?« Moira schluckte. »Auch das.«

»Gut.« Skorpin zog sie auf die Füße und schlang den Arm um sie, als Moira zu schwanken begann. »Merken Sie sich den Satz, den brauchen Sie heute noch ein- oder zweimal. Müssen Sie Sachen packen oder können wir gleich los?«

-5-

Bei Moiras letztem Besuch in McGowans Büro hatte man ihr die Kleidung abgenommen, ihr die erste Dosis Hypnos verabreicht und sie zum Mitternachtssnack für McGowans Freunde aus der Prosper-Partei erklärt. Heute war das Büro leer, mit Ausnahme des Lakaien, der Moira damals aus ihrer Wohnung verschleppt hatte.

»Theresa ist stocksauer, mein lieber Gregory«, sagte Skorpin gerade. Moira hielt sich am Schreibtisch fest und hoffte inständig, dass die Frau sie nicht auffressen würde, sobald sie hier raus waren. Indes nahm Skorpin die anrüchige Porzellanfigurine einer Vampirorgie aus einem Regal und betrachtete sie von allen Seiten. »Wissen Sie eigentlich, dass Sie eine von nur sechs Personen aus unserer Stammkundschaft sind, die wir noch beliefern? Wir waren sehr entgegenkommend, und so danken Sie es uns? Mit Vertragsbrüchen?«

McGowan lehnte an der Fensterbank, die Hände lässig in den Anzugtaschen. »Richten Sie Madame Lear doch bitte aus, dass kein Vertrag gebrochen wurde. Ich weiß ehrlich nicht, was Sie von mir wollen. Oder warum eine gewöhnliche Traumfängerin durch mein Haus streunt.«

»Dann erkläre ich es noch mal ganz langsam.« Skorpin beendete ihre Inspektion und stellte die hässliche Figur zurück. »Laut Vertrag beliefern wir Sie mit *medizinischem* Hypnos. Für den *Privat*gebrauch.«

»Das hier ist doch privat.«

»Das hier ist ein Bluthaus.«

»Das ist *mein* Haus, in dem ich mit engen Freunden und der Familie feiere.«

»Und Ihre vielen, vielen Bekannten lassen einen großzügigen Obolus für die Umstände da, schon klar.« Erst jetzt ließ Skorpin sich dazu hinab, McGowan direkt in die Augen zu sehen. »Wie viel nehmen Sie an einem Wochenende ein, hm? Und wie viel mehr, seit Sie Ihren *Dauergästen* Hypnos verabreichen, den Sie für private Zwecke kaufen?«

»Ich verabreiche gar nichts, Miss Skorpin«, erwiderte McGowan aalglatt. »Was sich meine Gäste zu Gemüte führen, bevor sie mich besuchen, ist deren Sache.«

Der Lakai lachte, verstummte jedoch, als Skorpin mit der Zunge schnalzte.

»Sie ist aber nicht erst seit gestern hier, nicht wahr, Greg?« Sie nickte zu Moira und schenkte McGowan einen finsteren Blick. »Wissen Sie, wir haben uns schon gewundert, warum Sie seit Juni plötzlich so große Mengen Hypnos ordern, aber bei unseren Stammkunden drücken wir gern ein Auge zu.« Sie sprach leichthin über die gedämpften Stimmen aus den anderen Zimmern hinweg, doch ihr Blick wurde hart. »Aber dass Sie für Ihre kleine Rache ausgerechnet jemanden von der Presse kidnappen und in unsere Geschäfte einmengen, Greg – das geht gar nicht.«

McGowan leckte sich die Lippen. »Sie ist nicht mehr bei der Presse.«

»Aber nur, weil Sie ihr keine fünf Minuten gelassen haben, um Bewerbungen zu schreiben«, entgegnete Skorpin. »Irgendwann fangen die Leute an, Fragen zu stellen, Greg. Wie viele Ihrer Besucherinnen und Besucher haben von ihr getrunken? Wie viele haben ihr Gesicht gesehen? Und wenn man hier nach ihr sucht und den Hypnos findet?«

»Niemand sucht nach ihr!«

Da hatte er vermutlich recht, doch Skorpin ließ sich davon nicht beirren. Missfällig tippte sie auf die Schreibtischplatte. Unter ihren Fingerspitzen fraß sich eine rußige Schwärze in das Holz. »Rächen Sie sich von mir aus für diesen lächerlichen Artikel. Aber halten Sie uns und unser Geschäft da raus. Wir wollen nicht, dass unser Hypnos mit einem illegalen Bluthaus in Verbindung gebracht wird.«

»Träume stehlen ist ebenfalls illegal«, meinte McGowan, doch Skorpin winkte ab.

»Das Sammeln von Träumen wurde nie verboten, Greg.«

»Ja, weil's dermaßen absurd ist«, murmelte der Lakai und beäugte Skorpins Jutebeutel.

»Aber wenn Sie mit Blut Kohle machen wollen, brauchen Sie eine Lizenz«, fuhr Skorpin fort. »Und ein Okay vom Gesundheitsamt. Sie haben nichts dergleichen, sonst würden Sie als Blutbar in den Schwarzen Seiten stehen. Zahlen Sie eigentlich Steuern für den Laden?«

Prompt verschwand jegliches Amüsement aus McGowans Gesicht.

Moira biss sich auf die Lippen. Clever. Ausgesprochen clever. Sie war wirklich nicht sicher, ob sie dieser Frau ihr Leben verdanken wollte.

»Was wollen Sie, Miss Skorpin?«

»Die Frage ist doch, was wollen *Sie,* Greg?« Skorpin stützte sich auf dem Schreibtisch ab. »Wenn Sie weiterhin Hypnos beziehen möchten, müssen Sie einen neuen Vertrag mit Madame Lear aushandeln. Und das wird schwierig – erst recht, wenn Sie tickende Zeitbomben wie sie hier anbieten.« Erneut nickte sie in Moiras Richtung. »Zu hohes Risiko für uns.«

»Nun, ich könnte sie auf der Stelle verschwinden lassen.« McGowan entblößte seine Fangzähne in ganzer Pracht. »Permanent und spurlos. Oder haben Sie eine bessere Idee?«

»Oh, eine viel bessere.« Skorpin grinste. »Sie verschwindet gar nicht von der Bildfläche. Wir bearbeiten ihr Gedächtnis, sie taucht wieder in der Sub Side auf und erinnert sich weder an ihre Ferien auf dem Schlachthof noch an mich. Keine Leiche, keine haarsträubenden Geschichten über Sie oder uns. So gewinnen alle Beteiligten.«

Moira öffnete den Mund, um zu protestieren, doch McGowan kam ihr zuvor.

»Ich aber nicht! Die Hexe ruiniert meine politische Karriere und spaziert weiter munter durch die Sub Side!«

»Mit Verlaub, Gregory, aber *Sie* haben Ihre politische Karriere zerstört«, sagte Skorpin. »Miss Bran hat ausnahmsweise nur ihren Job gemacht. Sie haben sich erwischen lassen, also nehmen Sie‘s wie ein Erwachsener und hören auf, Sündenböcke vorzuschieben. Ich biete Ihnen eine saubere Lösung, die Ihnen sämtliche Probleme vom Hals schafft. Also, kommen wir ins Geschäft?«

»Nein!« Moira packte ihren Arm. »Ich gehe nicht vom Regen in die Traufe, Sonnenschein!«

»Undankbare Hexe«, zischte Skorpin. »Wollen Sie hier verbluten? *Vrenoj*, ich hab einen Freudentanz hingelegt, als man mich aus den Tombs geholt hat!«

Moiras Augen zuckten nach unten. Eine Tätowierung wand sich um Skorpins sehniges Handgelenk – Pfeile und Runen, wie man sie aus dem magischen Gefängnis unter der Stadt kannte. Eine Rothexe mit Knasterfahrung! Die Sache wurde besser und besser!

Skorpin zog sie dicht zu sich. »So, wie Sie aussehen, machen Sie's keine zwei Wochen mehr, Missy«, raunte sie. »Glauben Sie, McGowan wird aufhören, Sie zu benutzen, nur weil Sie abkratzen? Der Kerl säuft Blut, um den Tod auszutricksen, und er hasst Sie. So richtig.«

Was sollte Moira darauf sagen? Mit tauben Lippen schaute sie zu, wie Skorpin und McGowan den Handel besiegelten. Während McGowan sich sorgfältig die Hände an der Anzughose abwischte, schnippte Skorpin mit den Fingern. Der scharfe Geruch von roter Magie stach in Moiras Nase; irgendwo im Haus rumpelte es; Schreie aus den umliegenden Zimmern wurden laut. Moira sackten die Beine weg. Sämtliche Bisswunden brannten, ihr Kopf dröhnte. Was auch immer Skorpin angestellt hatte – es hatte die Wirkung der Schmerztränke aufgehoben.

McGowan wurde blass – und das wollte bei einem Untoten etwas heißen. »Was haben Sie getan?«

»Oh, keine Sorge, Sie dürfen so viel Hypnos behalten, wie Sie als unverheiratete Einzelperson laut unseren statistischen Berechnungen für den Privatgebrauch benötigen.« Skorpins Miene blieb unbewegt, als sie Moira zur Tür dirigierte. »Den Rest konfisziere ich. Melden Sie sich, wenn Sie mit Madame Lear den neuen Vertrag ausgehandelt haben.«

»Ihnen ist natürlich klar«, sagte McGowan gedehnt, »dass ein anonymer Hinweis bei der Kureterzentrale genügt, damit Ihr kleiner Markt auffliegt?«

»Bitte sehr, machen Sie«, meinte Skorpin ungerührt. »Aber denken Sie dran, dass wir außer Konkurrenz spielen, Gregory. Wenn unser Markt hochgeht, gibt's keinen Hypnos mehr. Gar keinen.«

McGowans Wangen wurden aschfahl. Für seine säuerliche Miene hätte Moira Skorpin gerne geküsst.

»Das war so nicht abgemacht«, knurrte McGowan.

»Genau genommen war der Hypnos gar kein Teil unserer Abmachung, Greg.«

»Wenn Sie den Hypnos mitnehmen, bleibt die Hexe hier!«

Auf seinen Wink hin machte der Lakai einen Schritt auf Moira zu. Prompt flog eines von Skorpins Wurfmessern. Der Vampir jaulte auf, als die Klinge sich durch seine Hand bohrte und ihn an der Schreibtischplatte festnagelte. Skorpin spazierte seelenruhig zu ihm, zog das Messer aus Tisch und Hand und wischte die blutige Klinge an einem Tuch ab.

»Ist Ihre Publicity nicht schon schlecht genug, Greg?«, sagte sie über das Wimmern des Lakaien hinweg. »Brauchen Sie wirklich noch das Getuschel, dass die Reporterin, die Ihre politische Karriere ruiniert hat, vor ihrem Tod ausgerechnet bei Ihnen zuletzt gesehen wurde?«

»Allein für den Anblick schulde ich Ihnen was«, murmelte Moira, als McGowan goldfischgleich den Mund öffnete und wieder schloss.

Skorpins Hand landete auf Moiras Rücken, warm und fest. »Sie hatten Ihren Spaß, Greg. Wie Sie sehen, haben *wir* es noch nicht auf die Titelseite geschafft. Überlassen Sie die Hexe mir. Sie können sich später bedanken.«

»Verschwinden Sie aus meinem Haus«, knurrte McGowan. »Ich melde mich bei Madame Lear.«

-6-

Sobald die Bürotür hinter ihnen ins Schloss fiel, stieß Moira geräuschvoll die Luft aus. Skorpin sank mit einem leisen Stöhnen gegen die Wand. Das spöttisch-arrogante Gehabe fiel von ihr ab wie eine Maske, als sie Moira anfunkelte. »Gern geschehen«, brummte sie. »Habe ich doch gerne gemacht.«

»Ich bedanke mich, sobald ich lebend hier rauskomme, Sonnenschein«, erwiderte Moira matt. »Oder trauen Sie dem Wort eines Untoten?«

»Punkt für Sie.« Skorpin schloss die Augen. Sie wirkte erschöpft und blass. Was auch immer sie mit dem Hypnos angestellt hatte, musste irrsinnige Kraft gekostet haben. Schließlich stieß sie sich von der Wand ab und überprüfte den Sitz ihrer Wurfmesser. »Kommen Sie. Wir haben heute Nacht noch einiges vor.«

»Mein Gedächtnis ausräumen, zum Beispiel?«

»Wer sagt, dass das kein Bluff war?« Skorpin schenkte ihr ein mattes Grinsen.

»Sie.« Moira weigerte sich, ihr Lächeln zu erwidern. »Sie sagten, Sie bluffen nie.«

»Alles Verhandlungssache, Missy. Wenn Sie sich nicht daneben benehmen, kommen wir drum herum.«

Moira wusste kaum, wie sie es die Treppe hinunterschaffte. Ihr war schwindlig, die Schmerzen an Hals und Unterarmen forderten all ihre Aufmerksamkeit. So prallte sie gegen Skorpin, als diese im Atrium stehen blieb. Keiner der eleganten Ladys und Gentlemen mit den roten Mündern nahm Notiz von ihnen, doch die blassen Menschen in den Sesseln krümmten sich vor Schmerzen.

»Wir gehen«, sagte Skorpin, ohne Moira anzusehen.

»Na endlich, ich dachte schon, du wolltest hier einziehen!« Ein lebender Vampir mit blondem Haar rappelte sich von seinem Sitzpolster hoch und klemmte sich ein Köfferchen unter den Arm.

Moira traute ihren Augen nicht. »Will? William Nikula?«

»Hi Moira.« Der Vampir entblößte seine Zahnspange. »*Perkele*, siehst du mies aus!«

»Danke, du mich auch.« Moira hielt sich an einer Sessellehne fest. »Hast du bei unserem Interview etwa schon für sie gearbeitet?« Kraftlos zeigte sie in Skorpins Richtung.

Will zuckte mit den Schultern. »Die haben besser bezahlt als du. Ach, komm, Hexelein, guck nicht so böse! Unser *Interview* war eine ganz normale Runde *Queen of Hearts*, du warst am Verlieren und verdammt scharf drauf, dass ich dir was erzähle!«

»Ihr könnt später über die guten alten Zeiten plaudern.« Skorpin nahm ihm den Koffer ab. »Hast du alles?«

»Eure Flatterviecher waren blitzschnell«, sagte William und nickte zu den Motten, die an der Decke über der Eingangstür krabbelten. »Sah echt eklig aus, wie sie den Stoff aus den Blutern gezogen haben. Aber ehrlich gesagt hab ich mir einen roten Sammelbann spannender vorgestellt. Wusste gar nicht, dass du so was draufhast, Skorpiönchen.«

»Siehste mal.« Ein Lächeln huschte über Skorpins Lippen. Sie lugte in den Koffer. Es war derselbe, den Merlin stets bei sich hatte, erkannte Moira. Mehrere Dutzend Glasphiolen stapelten sich darin. Stirnrunzelnd überflog Skorpin die Etiketten und nahm eine Phiole. »Das ist einer von meinen! Dafür sollte ich die Zecke eigenhändig kastrieren!« William streckte begierig die Hand aus, doch bevor er sie erwischen konnte, steckte Skorpin die Phiole zurück und klappte den Deckel zu. »Los, verschwinden wir.« Mit zwei langen Schritten war sie bei der Haustür.

»Bastard«, knurrte Moira, ehe sie vor William nach draußen schlüpfte.

»Ach komm.« William kicherte. »Ich hab dich nie angelogen. Ich hab dir sogar mehr über den Traummarkt erzählt, als ich durfte. Hab Ärger riskiert, verstehst du? Hey, Sova, ich hab gut mitgearbeitet. Krieg ich ein Schlückchen?«

»Nein.« Skorpin wartete, bis die Motten aus dem Atrium flatterten, dann zog sie die Haustür hinter ihnen zu.

Die Nachtluft duftete süß und frisch. Sobald sie in den Vorgarten traten, stolperte Moira einem der knorrigen Ahornbäume entgegen.

»Hey, hiergeblieben!«, rief Skorpin. »*Vrenoj*! Sie sind doch wohl keine von diesen Baumkuschelhexen, nein? Ich dachte, Sie sind New Yorkerin!«

»Ich dachte, ich sehe Bäume nur noch von unten!« Moira schlang die Arme enger um den Stamm. Sie bekam kaum einen grünen Zauber auf die Reihe, doch der dunkle Geruch und das Leben unter den Borken waren wie Balsam. Ihr Herzschlag beruhigte sich ein wenig. Schließlich drehte sie sich zu Skorpin um. »Danke. Jetzt schulde ich Ihnen wirklich was.«

»Sparen Sie sich Ihren Dank für Theresa Lear«, erwiderte Skorpin. »Bei ihr haben Sie die Schulden, nicht bei mir. Hier, ziehen Sie das über.« Sie warf Moira ihren Mantel zu. Sobald die Hexe ihn übergestreift hatte, packte Skorpin ihren Unterarm und tastete vorsichtig über die frische Bisswunde. Missfällig zog sie ein Pulver aus ihrer Westentasche, das sie auf Moiras Unterarm streute. Es roch nach Moschus und brannte auf der Haut. Dass Skorpin es sorgsam in die Wunde rieb, half nicht. Als Skorpin ihr Werk beendete, klebte Blut an ihren Fingerspitzen. Wie in Trance hob sie die Hand an den Mund und leckte es ab. Moira beobachtete es mit einem äußerst eloquenten »Uäh!«

»Hey, wieso darfst du Hypnos-Blut probieren und ich nicht?«, protestierte William. Der finnische Akzent fraß sich durch seine Worte. »Das ist unfair!«

»Ist doch nur ein kleiner Test!« Die Schärfe kehrte in Skorpins Blick zurück. Sie schüttelte ihre Hand aus; ein Hauch des eigentümlich süßen Rauchdufts wehte an Moiras Nase. »Ich bring sie garantiert nicht als Leckerbissen auf den Markt.«

»Als könntest du das beurteilen!« William zog eine Schnute und machte sich an dem Hypnos-Köfferchen zu schaffen. »Du hättest mich machen lassen sollen, Skorpiönchen; mit einem professionellen Aderlass kann man viel besser feststellen, ob sie noch … *lecker* ist.«

»Ich bin für mein Leben genug zur Ader gelassen worden, danke«, grollte Moira.

Skorpin kickte den Koffer aus seiner Reichweite. »Ville Arttu Nikula, du bezahlst für deinen Stoff wie alle anderen auch!« Nun wirkte sie nicht mehr bedrohlich. Eher wie eine entnervte Kindergärtnerin. Eine bis an die Zähne bewaffnete Kindergärtnerin mit Drogen im Gepäck, aber dennoch. Moira kicherte leise.

Skorpins Mund wurde schmal. Vielleicht hätte Moira den Gedanken nicht laut aussprechen sollen. »Und Ihnen besorgen wir besser ein vernünftiges Schmerzmittel, Missy.«

Moira nickte matt. Ihre Knie zitterten, die Augäpfel schmerzten, und dank Skorpins Pulver juckten ihre Bisswunden bestialisch. Wenn sie noch lange hier herumstanden, würde sie wirklich zusammenbrechen. »Und jetzt, Glinda? Schlagen wir unsere Sohlen dreimal aneinander und ab geht's nach Hause?«

»Bedaure, Dorothy.« Skorpin grinste schief. »Wir müssen ganz ordinär mit der Bahn fahren. Es sei denn, Sie haben einen Heißluftballon unter Ihrem Kleidchen versteckt.«

Moira hob eine Braue. »Wollen Sie nachschauen?«

»*Vrenoj*, jetzt geht das wieder los!« Augenrollend wandte Skorpin sich zum Gehen.

William gluckste. »Ich seh schon, Bahnfahren mit euch Schätzchen wird lustig!«

Die Vorgärten sahen aus, als wären sie einer Spielzeugstadt entlaufen. Im Schein der Straßenlaternen glitzerte der Oktoberregen auf den säuberlich gemähten Rasen. Die kühle Brise wehte ihnen feine Tropfen ins Gesicht. Clairwood, wie man die vampirische Siedlung in Spuyten Duyvil nannte, unterschied sich mit seinen Landhausvillen kaum von den menschlichen Nachbarschaften in Riverdale – wenn man von den sonnenundurchlässigen Fensterscheiben und den zubetonierten Kellerluken absah. Es war die grüne, wohlhabende Seite der Bronx. Als Untoter ließ es sich hier gut leben.

»Also, Theresa Lear, ja?« Fröstelnd zog Moira Skorpins Mantel enger um die Schultern. Die transparente Entschuldigung für ein Kleid, in die

McGowan sie gesteckt hatte, eignete sich nicht für Herbstnächte. »Wer ist das eigentlich? Eine Meistervampirin, die einen Haufen Rotmagier Träume klauen lässt, um sich damit eine goldene Nase zu verdienen?«

»Sie stellen wirklich zu viele Fragen.«

»Kaum zu glauben, Sova, Fragenstellen war mal mein Job.« Moira versuchte, ihrem Drall nach links Einhalt zu gebieten, doch sogleich rempelte sie William an. »Sorry. Oder nein – nicht sorry.« Er war nicht groß, sie musste kaum aufblicken. »Wenn diese Typen dich bezahlt haben, damit du mir ein Interview gibst, Will, dann hätte ich gerne das Echoauge zurück, mit dem *ich* dich bezahlt hab.«

»Nee, nee, Hexelein, so läuft das nicht.« William schlang ihr ungebeten den Arm um die Taille. »Außerdem hab ich's nicht mehr. Hast du eine Ahnung, wie viel Geld die Untoten für ein Echoauge hinblättern?«

Im Gehen drehte Skorpin sich zu ihr um. »Vielleicht kümmern Sie sich erst einmal um Ihre eigenen Schulden, Miss Bran.« Ein roter Schatten flirrte durch ihre Augen. »Damit dürften Sie fürs Erste mehr als genug zu tun haben.«

Die Motten flatterten über ihre Köpfe hinweg, als sie zur Subway hinabstiegen.

4.
EHRENSCHULDEN

»Hast du diese Theresa Lear schon mal getroffen?«, fragte Moira, um die Stille zu verscheuchen.

»Kann man so sagen.« William blätterte in der aktuellen Ausgabe der *Paranormal Gazette*, ohne aufzublicken. »Hat mich in ihren Schwarm aufgenommen.«

Seine Lippen waren rot, und ein satter lebender Vampir war ein sicherer Vampir, trotzdem legte Moira schützend die Hand auf ihren Hals. »Arbeitest du nicht für Mr. Wayne? Ich dachte, Meistervampire teilen ihre Schützlinge nicht.«

»Madame Lear ist da eher unkonventionell.« William fuhr mit der Zunge über seine Zahnspange. »Und Mr. Wayne kann die enge Zusammenarbeit ja nur recht sein, wenn du verstehst, was ich meine.« Er gähnte. »Meine Güte, was treiben die denn so lange?«

Unisono blickten sie zu dem Korridor, in dem Skorpin vor geraumer Zeit verschwunden war. Sie hatte Moira und William in ein schäbiges kleines Hotel am Battery Park geführt. Den Namen konnte man nicht lesen, die vorbeieilenden Menschen schenkten der Bruchbude keine Beachtung, und obwohl der pseudo-viktorianische Salon, in dem sie nun saßen, nach Weihrauch und Salbei roch wie eine Hexenapotheke, schrie alles hier nach Vampir. Wenn selbst McGowan Schiss vor dieser Theresa Lear hatte, handelte es sich höchstwahrscheinlich sogar um eine Untote. Prächtig.

An den dunklen Fensterscheiben regte sich ein Meer von schwarzen Flügeln. Die goldenen Schlierenmuster der Motten verströmten einen warmen Schein. Moira unterdrückte ein Schaudern. William dagegen warf gelangweilt die *Gazette* beiseite, die mit einem exklusiven Wahlkampf-Bericht über die magische Welander-Partei titelte, und pfiff die Melodie des Grammophons mit. *Ding Dong! The Witch Is Dead* aus dem

Zauberer von Oz. Die halbe Sub Side hasste Judy Garland seit diesem unsäglichen Film; Moira selbst hatte den Streifen so oft mit ihrer Nichte anschauen müssen, dass sie die Lieder mittlerweile auswendig kannte. Sie wollte William gerade bitten, mit dem schiefen Gepfeife aufzuhören, als sich Schritte näherten.

Kurz darauf kehrte Skorpin in den Salon zurück, in Begleitung einer Frau, deren Augen sattgolden hinter den runden Brillengläsern schimmerten. Offenbar hatte Skorpin sie geradewegs aus einem Hexengarten gezerrt. Erde klebte an ihren dunkelbraunen Wangen, ein Blatt hatte sich in ihrem Haar verfangen, das sich wie eine Wolke um ihren Kopf bauschte, und eine Handsichel baumelte an ihrem Gürtel. Zwischen den Gartenschuhen und der gepunkteten Schürze blitzten gestreifte Strümpfe auf.

»Wir flicken sie besser erst zusammen«, sagte Skorpin mit scheelem Blick auf Moira. »Sie braucht ein bisschen Eisen.«

»Mehr als ein bisschen.« Die Frau betrachtete Moira, als wolle sie sie durch ihre Brillengläser röntgen. Ihr distinguierter Akzent klang mehr nach Hörsaal als nach Hexengarten. »Sie sieht etwas ramponiert aus. Vielleicht wäre sie im Krankenhaus besser aufgehoben. Herrje, wer hat denn diese Bisse überschminkt, ohne vorher zu desinfizieren? Sie können froh sein, dass Sie sich keine Entzündung eingefangen haben, *vitjka*!« Sie ließ sich auf Moiras Sessellehne nieder und beschwor aus dem Nichts ein Glas mit einer zähen Flüssigkeit. »Trinken Sie. Ist nur Eisen.«

Während Moira das Gebräu herunterwürgte (und sich ob des metallischen Geschmacks schüttelte), knackte die Frau mit ihren langen Fingern. »Drücken Sie die Daumen, Missy. Ist ein Weilchen her, dass ich medizinische Eingriffe an einer Hexe vorgenommen habe.«

Ehe Moira protestieren konnte, langte die Frau nach ihrem Hals. Die Finger ihrer rechten Hand waren trocken, fiebrig heiß und rot, als hätte sie jemand in frische Farbe getunkt. Unter Merlins dilettantischer Kosmetik begannen die Wunden und Narben zu lodern. Moira zuckte fort, doch die Frau hielt sie unnachgiebig fest. Moira schüttelte sich erneut. Rote

Magie kroch unter ihre Haut, brennend und schmutzig, und der Gestank von verschmorter Myrrhe und Streichholzschwefel schnürte ihr die Luft ab. Moiras schweißnasse Hände verkrampften. Aber was hatte sie denn erwartet? *Natürlich* benutzten diese Leute schmutzige Magie – anders ließ sich kein Schwarzmarkt betreiben, auf dem man *Träume* verkaufte! Und die Lady musste gut sein, wenn sie mit Rotmagie einfach so zerfetzte Haut flicken konnte, ohne langwierige Rituale und Formeln. Moira fragte sich bloß, welche arme Seele dafür gerade Höllenqualen litt …

»Ein Undercover-Bericht aus einem illegalen Bluthaus wäre eigentlich ein hervorragendes Thema für Sie gewesen, nicht?« Moira presste die Zähne aufeinander, als die Lady mit einem feuchten Tuch über die Wunden strich. Mit ernster Miene tupfte die Frau über Moiras Hals. Selbst die vorsichtige Berührung fühlte sich an wie Nadelstiche. »Sie haben hochinteressante Artikel geschrieben. Wir wollten gar nicht glauben, dass sich die Presse für misshandelte Dryaden, Banshee-Opfer und Trollkinderpornographie interessiert. Nicht wahr, Sova?«

Skorpin, die mit verschränkten Armen an der Wand lehnte, hob bloß die Brauen.

Als die Frau ihr Tuch fortpackte, schnappte Moira überrascht nach Luft. Ihre geschundene Haut prickelte unangenehm, doch langsam klangen die Schmerzen ab. Argwöhnisch betastete sie ihren Hals – und erstarrte. Wo zuvor halbverheilte Wunden gebrannt hatten, spannte nun empfindliche, *unversehrte* Haut. Skorpins Freundin war eine begabte Heilerin – eine verdammt begabte Rothexe! Mit dem unguten Gefühl, dass ihre Schulden sich soeben verdoppelt hatten, straffte Moira die Schultern.

»Vielen Dank, Ma'am. Ich -«

Die Worte blieben ihr im Halse stecken. Während die Lady sich sorgfältig die Hände abwischte, verschwanden die erdverschmierten Gärtnerkleider. Stattdessen schmiegte sich eine Seidenbluse um ihre Schultern, ein mitternachtsblauer A-Linienrock hüllte sich um ihre Beine. Nun wirkte sie mit den runden Brillengläsern und dem ernsten Mund wirklich wie eine Akademikerin – und nicht die Sorte, die mit ihren Studenten einen trinken ging.

Sie schenkte Moira einen prüfenden Blick. »Keine Ursache, Madame Hexe. Nun kommen Sie. Aleph wartet, er ist schon ganz gespannt.«

Madame Hexe? Die Frau redete, als sei sie *keine* Hexe, trotz der roten Magie, die sie soeben gewirkt hatte! Mit schwummrigem Kopf kam Moira auf die Füße. »Aleph? Sorry, Ma'am, aber ich habe einen Termin mit Theresa Lear und würde die Sache gerne schnell -«

»Zu Theresa Lear wollen Sie?« Ein roter Schatten huschte durch die Goldaugen der Frau. Das Aroma von Myrrhe und Streichhölzern umwehte sie wie ein erdiges Parfüm, als sie mit ihren fiebrigen Fingern nach Moiras Hand griff. »Wie unhöflich, ich habe mich gar nicht vorgestellt. Gucken Sie nicht wie ein hypnotisierter Goldfisch, Moira Catriona Bran. Ich *bin* Theresa Lear.«

Moira schluckte. »*Sie* sind Theresa Lear?«

»Ja.«

»Sie sind kein Vampir.«

»Mitnichten. Ich leite den Traummarkt von Fort Nook.«

»Also sind Sie wirklich Traumfänger?« Moira versuchte, ihre Hand zurückzuziehen, doch die Frau ließ sie nicht los.

»So nennt uns unsere Kundschaft«, sagte Theresa Lear mit einem vielsagenden Blick auf William. Ihre Augen waren so tief – sie hatte mindestens ein Jahrhundert auf dem Buckel. »Der Name trifft es wohl, auch wenn wir nicht finden, dass wir nennenswerte Ähnlichkeit mit indigenen Talismanen haben. Apropos Kundschaft – wie ich höre, haben wir Ihretwegen einen Stammgast weniger.« Zum ersten Mal lächelte sie. Ihre Zähne waren ebenmäßig, perlweiß und ein wenig zu scharf. »Wenn Sie mir bitte folgen wollen, Miss Bran?«

Moira wollte nicht, doch Lear schob sie mit erschütternd geringem Kraftaufwand durch die Lobby, den dunklen Korridor hinter der Rezeption entlang, der nur von den Motten unter der Decke erleuchtet wurde. Am Ende des Flurs zweigte eine einzige Tür ab, durch die Lear sie stieß. Moira stolperte abwärts, als hätte sie eine Stufe übersehen. Ihr Magen machte einen unangenehmen Hüpfer. Im nächsten Moment schmolz der Geruch nach Hexenapotheke in den Duft von Pfeifentabak und Kaffee. Fahrig blickte Moira sich um. Sie stand in einem Büro voller Aktenregale und einem wuchtigen Schreibtisch. Die Luft flimmerte vor roter Magie – sie knisterte an Moiras Nasenflügeln, brannte auf der Zunge. Das klägliche Gluthäuflein im Kamin verlor den Kampf gegen die Dunkelheit, trotzdem herrschten Temperaturen wie in der Vorhölle. Hastig drehte Moira sich um, doch hinter ihr glomm nur die Holzvertäfelung im Feuerschein. Die Tür war fort. Scheiße!

»*Ding Dong! The Witch Is Dead*«, summte eine raue Stimme.

Moira fuhr herum. Der Raum war gerade noch leer gewesen! Nun allerdings saß ein Mann mit Augenklappe, fahlbrauner Haut und langem grauem Haar hinter dem Schreibtisch. Sie kannte ihn sogar: Es war ihr Freund, der Kriegsveteran, der ihr im Sommer wochenlang nachgeschlichen war! Er schenkte ihr ein Lächeln, bei dem sein narbiges Gesicht beinahe auseinander fiel. Als er Moiras Miene sah, unterbrach er sein Summen und lachte auf. Es klang wie ein Bellen. »Verzeihung, Missy. Sie als Hexe hassen diesen Film gewiss aus Prinzip, aber Judy Garland war ganz entzückend darin, nicht?« *Sie als Hexe?* Und was war er? Ein Laternenpfosten?

Er legte den Kopf schief und musterte sie. »Schmelzen Sie, wenn man Sie mit Wasser bespritzt?«

»Nein. Aber vielleicht klappt's, wenn Sie ein Haus auf mich werfen.« Moira bemühte sich um einen lockeren Tonfall, aber sollte der Teufel sie holen – der Stuhl war *leer* gewesen, als sie hereingestolpert war! »Oder wenn ich noch mehr Zitate aus dem *Zauberer von Oz* ertragen muss.«

»Schön, Sie endlich persönlich kennenzulernen, Hexe-von-der-Zeitung.« Der Veteran erhob sich schwerfällig. »Sahen beim letzten Mal aber noch besser aus.«

»Miss Bran, unseren Sicherheitschef Aleph Taur haben Sie bereits kennengelernt, glaube ich.«

Moira zuckte zusammen. Sie hatte niemanden eintreten hören, doch Lear und Skorpin traten neben sie. Lear ließ sich hinter dem Schreibtisch nieder. Erneut knisterte rote Magie auf ihrer Handfläche. Keine unkontrollierte Eruption, wie man sie bisweilen in der Sub Side erlebte, sondern gezielte, rohe Magie. Sie beschwor damit einen Sessel für Taur, der jedoch wacker stehen blieb. *Das geht überhaupt nicht,* schoss es Moira durch den Kopf.

Lear sprach bereits weiter. »Aleph hat Sie damals im Auge behalten, als wir fürchteten, Sie würden Ihre Notizen über uns wieder ausgraben.«

»Ist mir aufgefallen.« Mit trockenem Mund starrte Moira den Sessel an. Nicht einmal Rotmagier konnten Gegenstände aus dem Nichts ziehen!

Keine Kaninchen aus Hüten, keine Sessel aus der Luft, und auch keine Eisenpräparate. Ihr Magen verkrampfte sich. Warum war ihr das nicht eher aufgefallen? Was zur Hölle *waren* diese Typen?

Aleph Taur zwinkerte mit seinem verbliebenen Auge. Kein schöner Anblick. Er tippte sich ans Kinn. »*Aber ist sie eine gute Hexe oder eine böse Hexe?*«

»*Ich dachte, alle Hexen sind böse.*« Skorpin hob süffisant die Brauen.

»Solche fehlgeleiteten Vorstellungen hat sie wahrscheinlich auch von uns, und es wird nicht besser, wenn ihr aus diesem fürchterlichen Film zitiert«, sagte Lear gereizt. Offenbar konnte sie den *Zauberer von Oz* ebenfalls nicht leiden – das machte sie beinahe sympathisch. Wenn das Ganze nicht zum Himmel gestunken hätte. Moira starrte Lear an. Kalter Schweiß rann ihr den Nacken herab. *Alle Hexen sind böse?* Außerhalb von Märchenbüchern gab es nur zwei Sorten von Leuten, die so etwas sagten: Menschen und Dämonen. Und Menschen waren nun wirklich nicht in der Lage, Sessel aus dem Nichts zu beschwören, und ihre Augen waren nicht rot, und sie rochen auch nicht nach Schwefel und Myrrhe …

»Scheiße«, hauchte sie. Ihre Hände begannen zu zittern.

»Na denn, kommen wir zum Geschäft.« Lear rückte ihre Brille zurecht. »Sie haben ein paar Schulden bei uns, wie ich höre. Greg McGowan war einer unserer besten Kunden. Er hat jeden Monat Hypnos im Wert von zehntausend Dollar gekauft.«

Moira schluckte ihr Herzrasen hinunter. Sie dankte ihrem Schöpfer, dass ihre Stimme nicht bebte, als sie den Mund öffnete. »Kompensiert meine Seele zehntausend Dollar?«

Lear, Skorpin und Taur blinzelten sie gleichermaßen verblüfft an.

»Was genau sollen wir denn mit Ihrer Seele anfangen?«, fragte Lear höflich interessiert.

»Was weiß ich.« Moira ballte ihre schweißnassen Hände zu Fäusten. »Aber Dämonen haben es doch auf Seelen abgesehen, oder nicht?«

Es war ein Testballon – genau wie im Bluthaus, als sie Skorpin den Hypnos unter die Nase gerieben hatte. Bloß hoffte sie diesmal inständig, falsch zu liegen. Denn wenn sie recht hatte, war sie mausetot. Zwei Herzschläge lang starrten die drei sie an, und Moira glaubte schon, sie würden in amüsiertes Gelächter ausbrechen.

Stattdessen hob Skorpin mit einem schiefen Grinsen die Hand. »Du schuldest mir was, Aleph.«

»Ich wette nie wieder mit dir«, brummte Taur und warf ihr einen Teebeutel zu. »Hätte nicht gedacht, dass sie das böse Wort benutzt. Sie ist 'ne Hexe und sie schreibt mitfühlend über *Pflanzen*! Da kann man doch erwarten, dass sie *Ilder* sagt, wie's sich gehört!«

»Tja, Onkel Aleph, *Dämon* ist nun mal kein schmutziges Wort, auch wenn du hundertmal guckst, als würde es stinken.«

»Ich *mag* das Wort aber nicht! Die Menschen sagen's, als wär's was Ekliges!«

»Was wissen die schon? Für die sind auch Kobolde und Nachtalben Dämonen. Außerdem gehörte uns das Wort schon lange, bevor irgendwer uns für böse befunden hat.«

Sie versuchten nicht einmal, es abzustreiten – also versuchte Moira erst gar nicht, sich einzureden, dies sei bloß eine anämiebedingte Halluzination. Unauffällig schaute sie sich um, doch das Fenster war gleich hinter Lear, und die Tür versteckte sich weiterhin. Dämonen! Sie saß mit drei Dämonen fest! Wahrscheinlich würden sie sie foltern, bevor sie ihre Seele hervorklaubten. Oder Besitz von ihrem Körper ergriffen und ihn für Untaten benutzten …

»Milch, nicht wahr?« Lear lächelte sie über den Schreibtisch an.

»Wie bitte?!«

»Im Kaffee.« Eine dampfende Tasse glitt über den Schreibtisch, eine Schale Kekse und ein großes Glas Wasser schrammten hinterher. »Bedienen Sie sich. Mit Kaffee lässt sich so mancher Schock leichter verdauen.«

Moira rührte sich nicht, obwohl sie für das Wasser getötet hätte. Ihre Kehle fühlte sich an wie Sandpapier. »Schock? Nur, weil Sie offiziell seit fünfzig Jahren nicht mehr an der Ostküste existieren? Ich bitte Sie.«

Laut den Geschichtsbüchern hatten die Kureter New Yorks letzte Dämonen Ende 1899 um die Ecke gebracht – nachdem die irischen Magier auf ihren Schiffen schon hoffnungsvoll gemunkelt hatten, in Amerika gäbe es gar keine Dämonen. Und im zwanzigsten Jahrhundert stimmte es ja auch: Keine Possessionen, keine fatalen Verführungen, keine umtriebigen Monster, die Besitz von unscheinbaren Bürgern ergriffen, Identitäten stahlen, Seelen fingen, leise folterten und spurlos mordeten. Ruhe an der ganzen Ostküste, und vor allem in New York, wo sich diese Monster besonders gern aufgehalten hatten. Doch offensichtlich waren diese Dämonen hier den Kuretern entwischt.

»Entwischt trifft es nicht ganz«, sagte Lear, als hätte sie Moiras Gedanken gelesen. Scheiße, vermutlich *hatte* sie Moiras Gedanken gelesen! »Wir hielten es damals für das Beste, uns in den Untergrund zurückzuziehen – für alle Beteiligten.« Sie runzelte die Stirn. »Sie sind aufmerksamer, als gut für Sie ist. Eigentlich wollte ich auf eine Enthüllung verzichten. Diese *Huch-Dämonen-Hilfe-sie-wollen-uns-fressen*-Diskussionen sind furchtbar ermüdend.«

Ermüdend! Das war nun wirklich ein Knüller! Dämonen dealten in New Yorks Untergrund mit Träumen. *Dämonen*! Die an der Ostküste seit fünfzig Jahren als ausgerottet galten! Die einst Angst und Schrecken in der Sub Side verbreitet, von Menschen und Magiern Besitz ergriffen hatten. Und selbst Moiras lückenhafte Recherchen bewiesen, dass diese Dämonen hier mit ihrem Traumhandel ein beeindruckendes Netzwerk aufgebaut hatten. Es war wohl nicht die beste Idee, es sich durch Vorurteilstango gleich mit ihnen zu verderben.

»Kann ich mir vorstellen, Ma'am«, versuchte Moira es stattdessen mit Diplomatie.

Lear schmunzelte. »Keine Panikattacken, keine Ohnmachtsanfälle, kein würdeloses Um-Gnade-Winseln? Nein? Wie erfrischend. Nehmen Sie doch Platz, Miss Bran.«

Ehe Moira protestieren konnte, rammte Skorpin ihr einen Stuhl in die Kniekehlen und ließ sich zu ihrer Rechten nieder. Aleph Taur nahm mit verwegener Miene auf dem beschworenen Sessel Platz. Die drei sahen täuschend menschlich aus, doch der Geruch von Myrrhe und Streichholzschwefel war überall.

Lear räusperte sich. »Also, was wissen Sie denn über Dämonen?«

»Ach, das Übliche.« Moira versuchte, ihr Schulterzucken locker aussehen zu lassen, doch zweifellos registrierten die Typen jedes Zittern und jede Schweißperle. »Sie ergreifen Besitz von Leuten, quälen Menschen, um Ihre rote Magie zu stärken, essen wahlweise Kätzchen oder Menschenbabys und versuchen, uns Magier wieder unter Ihre Fittiche zu bekommen. Aber das mit den Träumen ist neu.«

»Natürlich. Wir, die wir im Traumgeschäft arbeiten, sind ja auch nicht besonders zahlreich.« Lear überschlug die Beine.

Moira kämpfte eine neue Woge der Panik nieder. Ruhig bleiben. Rational denken. Das hatte ihr bislang immer den Arsch gerettet. Himmel, letzten Winter hatte sie sich mit einer Banshee angelegt, und die galten selbst unter irischen Magiern praktisch als ausgestorben. Dagegen waren Dämonen ein gottverdammter Klacks!

»Ich nehme an, wenn Sie mich töten wollten, hätten Sie mich längst aufgefressen. Oder mich einfach bei McGowan gelassen. Also, was wollen Sie?«

Lear lehnte sich mit ihrer Kaffeetasse zurück. »Freut mich, dass man vernünftig mit Ihnen reden kann. Nun denn, Miss Bran, Sie haben Sova um Hilfe gebeten und dafür Ihre Hilfe angeboten. Nicht mehr und nicht weniger. Sova hat ihren Teil bereits erledigt, dann schauen wir doch mal, ob Sie uns helfen können. Aleph, wenn du loslegen möchtest …«

-3-

Taur beschwor einen Becher heißen Wassers herauf und ertränkte seinen frischerbeuteten Teebeutel darin. Ein tröstlicher Duft nach Earl Grey überdeckte kurzzeitig die Myrrhe.

»Erinnern Sie sich, an welchem Tag Sie bei McGowan gelandet sind, Miss Bran?«

Moira presste die Lippen aufeinander, fest entschlossen, zu schweigen. Andererseits – solange sie Fragen stellten, hatten die Dämonen offenbar kein Interesse daran, ihr die Eingeweide herauszureißen. »Ich wurde am sechsten August gefeuert. Und McGowan hat keine Zeit verschwendet.« Aus dem Augenwinkel sah sie, wie Skorpin geschäftig Notizen niederkritzelte.

Taur nickte. »Was ist dann passiert? Hat man Sie gleich auf Hypnos gesetzt?«

»So ziemlich.« Moira verzog den Mund. »Glaube ich. Nach der ersten Nacht verschwimmt meine Erinnerung ein wenig.« Aber sie erinnerte sich an die Schmerzen – und an die Todesangst. Sie hatte um sich getreten, die Vampire gekratzt, sich die Kehle wundgebrüllt, doch man hatte sie immer weitergereicht, von einem hungrigen Mund zum nächsten, bis keine heile Haut an ihrem Hals mehr übrig gewesen war. Die Vampire waren auf andere Körperstellen ausgewichen. Moira hatte alles versprochen, damit sie aufhörten, doch scheinbar war ihr Blut interessanter. Als sie endlich fertig waren, hatte sie versucht, sich zu erhängen. Aber das war nur ein Traum gewesen, nicht? Sie war mit intakter Haut erwacht, und niemand hatte Kratzwunden gehabt … Fahrig rieb sie sich die Augen.

»Ich glaube, es war etwas in dem Eisenpräparat, das sie mir gegeben haben.«

»Und sonst haben Sie es mit den Schmerzmitteln bekommen?«

»Denke schon. Zumindest wurden die Schmerzen danach immer weniger.«

»Gab es längere Zeiträume, in denen Sie nicht auf Hypnos gesetzt wurden?«

Moira runzelte die Stirn. »Ich weiß nicht. Es verschwimmt alles … aber ich glaube, nie länger als einen Tag.« Nie lange genug, um einen ernsthaften Fluchtversuch zu unternehmen.

»Also wurden Sie dauerhaft durch Hypnos gefügig gemacht, ja?« Taur beobachtete sie aufmerksam. »Schmerzregulation, Halluzinationen … Noch weitere Nebenwirkungen?«

»Übelkeit.« Moira verzog den Mund.

»Wissen Sie, wer den Hypnos gebracht hat?«

Moira hob eine Braue. »Bis vor drei Stunden wusste ich nicht mal, dass es sich um Hypnos handelt. So viel zu meiner Aufmerksamkeit. Was wird das hier? Ein Verhör?«

»Ein Interview«, erwiderte Skorpin. Sie saß am äußersten Rand ihres Hockers, ihre Stiefelspitzen tappten leise auf den Boden. »Kennen Sie doch, Frau Reporterin.«

Lears Mundwinkel zuckten. In Taurs Stirn dagegen grub sich eine tiefe Falte. »Warum kommen die Gäste überhaupt in McGowans Bluthaus? Nur zum Trinken, oder …«

»Na bestimmt nicht, weil wir nach ein paar Tagen mit Zähnen im Hals noch so hübsch anzusehen sind«, schnarrte Moira. »Das ist ein Bluthaus, kein Bordell.«

»Schon klar.« Taur ruckte irritiert mit dem Kopf. »Nein, ich meine, gibt es Räume in dem Haus, in denen sich die Gäste ohne Blutspendende aufhalten? Unter sich bleiben?«

»Ich hab keine gefunden«, sagte Skorpin leise.

»Weil's keine gibt.« Moira verschränkte die Arme vor der Brust. »Diese Typen gehen nicht zum Plaudern in Bluthäuser, sondern weil sie die Leute dort totbeißen können, wenn sie wollen. Oder foltern. Oder durch das halbe Haus jagen und die Angst auskosten. Alles, wofür du in einer lizensierten Blutbar verhaftet wirst. Im Bluthaus kann ein Vampir noch wirklich Raubtier sein, nicht wie in der Sub Side. Die Typen haben kein Interesse an Räumen ohne Beute.«

Lear seufzte. Taur dagegen wechselte einen kurzen Blick mit Skorpin, ehe er unter lautem Geraschel einen Ordner hervorholte.

»Haben Sie während der Wochen bei McGowan diese Frau gesehen?«

Verdattert starrte Moira ihn an. »Sind Sie die Dämonenpolizei, oder was?«

»Im Moment sind wir immer noch *Ihre* besten Freunde und Fluchthelfer, Missy«, sagte Skorpin scharf. »Also, haben Sie die Lady gesehen oder nicht?«

Langsam senkte Moira den Blick. Es war eine Akte. Die Akte einer Person namens *Scale, Alyss.* Das Schwarz-Weiß-Foto zeigte eine junge Frau mit ebenmäßigem, sommersprossigem Gesicht, das beinahe unter den Wogen ihres schweren, hellen Haares verschwand.

»Nein, nie gesehen, bedaure.«

»Ist vielleicht auch zu frisch«, warf Skorpin so rasch ein, dass Moira ihr einen überraschten Blick schenkte.

Taur holte eine weitere Akte hervor. *Bluth, Alistair*, ein rüstiger Senior mit dunklem Haar und den grünsten Augen, die Moira je gesehen hatte. An solche Augen hätte sie sich erinnert. Sie schüttelte den Kopf. Taurs nächste drei Akten (eine stark tätowierte Frau namens Caramia Gill, ein verschlafen dreinblickender Schrank namens Igror Sagittar und ein zierlicher Mann namens Thom Alrakis) waren ebenfalls Fehlanzeigen. Je öfter Moira den Kopf schüttelte, desto härter wurde der Knoten in ihrem Magen. War es gut oder schlecht, dass sie diese Leute nicht kannte? Waren es Traumfänger? Dämonen? Oder potenzielle Opfer?

»Was ist mit ihr?« Taur zögerte, ehe er ihr die nächste Akte zuschob.

Taur, Zeta. Eine ältere Lady mit Lachfalten, weißem Zopf und einer breiten Lücke zwischen den Schneidezähnen. Die Familienähnlichkeit mit Aleph Taur war nicht zu übersehen.

»Ich glaube, ich habe sie während meiner Recherchen beobachtet«, sagte Moira stirnrunzelnd. »Sie geht oft in TriBeCa auf die Jagd, richtig?«

Taur nickte knapp. »Aber bei McGowan haben Sie sie nicht gesehen, nein?«

»Nein.«

Mit schmalem Mund strich Skorpin einen weiteren Absatz in ihren Notizen durch.

Moira räusperte sich. »Sind diese Leute verschwunden? Wie kommen Sie darauf, dass sie bei McGowan sind? Hatten sie vielleicht einfach die Nase voll vom Traumschmuggel und sich einen gutbürgerlichen Brotjob gesucht?« Bei Morrigan, Dämonen in gutbürgerlichen Brotjobs waren eine beängstigende Vorstellung!

Lear lächelte schwach. »Schön wär's, Miss Bran.«

Taur legte ihr drei weitere Akten vor die Nase – ein Dämon, der mehr Ähnlichkeit mit einer Bulldogge hatte als mit einem Menschen, ein Kerl mit beneidenswerten Locken und ein kurviges Teenager-Mädchen, das Moira einmal an einer Hochhausfassade in Queens klettern gesehen hatte – doch niemals bei McGowan.

Als Taur schließlich mit grimmiger Miene die letzte Akte zuklappte, leerte Lear ihre Kaffeetasse. Die drei Dämonen tauschten einen langen Blick. Unausgesprochene Worte geisterten durch den Raum.

»Dann wird es wohl länger dauern«, sagte Lear leise.

»Was wird länger dauern?« Moira umklammerte ihre Stuhllehne. In ihren Schläfen pochte es widerlich. »Den ganzen Krempel wieder aus meinem Kopf zu klauben? Hören Sie, wir können uns den Aufwand auch schenken und -«

»Wir haben kein Interesse daran, den *Krempel* aus Ihrem Kopf zu klauben«, unterbrach Lear sie. »Ganz im Gegenteil, uns ist daran gelegen, dass Sie so viel wissen wie möglich.«

»Auf einmal?«, murmelte Moira. »Im April klang das irgendwie anders.«

»Seit April hat sich unsere Situation leider ein wenig verändert.« Lear faltete die Hände und lächelte. »Wir möchten Ihnen einen Job anbieten, Miss Bran.«

-4-

Im Nachhinein rechnete Moira es den dreien hoch an, dass sie keine Miene verzogen, als sie in einen hysterischen Kicheranfall ausbrach – auch, wenn Skorpin dreinblickte, als hätte sie nicht übel Lust, sie zu erwürgen. Lear dagegen tappte mit den Fingerspitzen auf ihre Stuhllehne und betrachtete ihre Nägel. Als das letzte Kichern in Moiras Kehle erstarb, seufzte die Dämonin leise.

»Sie hätten den Kaffee trinken sollen.«

»Sie wollen eine Hexe engagieren, damit sie für Sie einen Haufen vermisster Dämonen aufspürt?« Moira verschränkte die Arme. »Das ist vollkommen absurd.«

»Wir wollen ja nicht *eine* Hexe, Miss Bran«, sagte Lear. »Wir wollen *Sie.*«

»Mich wollen Sie, aha.« Das letzte bisschen Hysterie verpuffte. Taur hatte sie wochenlang beschattet. Und Skorpin hatte bei McGowan nach etwas gesucht. Nach Hypnos, hatte Moira zuerst geglaubt, oder nach den Vermissten. Aber nein – sie hatte nach ihr gesucht. *Wenn Dämonen nach dir suchen, bist du im Arsch*, dachte sie. Doch als sie den Mund öffnete, fragte sie bloß: »Wann sind die Ersten Ihrer Leute verschwunden?«

»Mitte Juli«, antwortete Taur.

»Und nein, wir haben Sie nicht in ein Bluthaus entführen lassen, um Sie rauszuholen, damit wir dann auf Ihre ewige Dankbarkeit zählen können«, ergänzte Skorpin.

Lear hob die Brauen. »Das hat ja auch niemand behauptet, Sova.«

»Sie hat's gedacht.« Skorpin zuckte mit den Schultern, als Moira sie durchdringend anschaute. »Und wir haben auch nichts damit zu tun, dass Sie gefeuert wurden, *vitjka.* Das haben Sie sich selbst und Ihrer … kreativen Arbeitsweise zuzuschreiben.«

»Das kommt Ihnen aber gelegen«, murmelte Moira.

Lear schüttelte den Kopf. »Nein. Was uns gelegen kommt, ist Ihre Neugier, Miss Bran. Lassen Sie's mich so ausdrücken: Sie haben uns schon einmal gefunden – trotz aller Sicherheitsvorkehrungen. Gewiss können Sie dieses Kunststück noch einmal vollbringen.«

Moira hob die Hände. »Das ist doch verrückt!«

»Ihre Schulden bei uns«, sagte Lear langsam, »wären damit selbstverständlich mehr als beglichen. Außerdem brauchen Sie einen Job, nicht wahr? Oder haben Sie zurzeit etwas Besseres zu tun?«

Moira schluckte. Irgendwann in den letzten Wochen hatte sie aufgehört, sich Gedanken über das Danach zu machen – im Bluthaus hatte ja nur der Tod gewartet. Nun jedoch sprang das Danach ihr ins Gesicht. Sie hatte keine Arbeit, kein Geld, ihre Wohnung war zweifellos längst weitervermietet, ihr armer Kater auf die Straße gesetzt – und verflucht noch eins, sie hatte eine Lebensschuld bei Dämonen!

»Und wenn ich Ihre Leute nicht finde?« Sie richtete sich auf. »Was sehr wahrscheinlich ist – ich habe Sie nicht gefunden, Ma'am, Sie haben Ihren Markt verdammt gut versteckt! Wie soll ich dann jemanden finden, der es fertiggebracht hat, Sie und Ihre Leute übers Ohr zu hauen?«

»Ihnen fällt sicher etwas ein.« Taurs Lächeln sollte wohl ermunternd wirken, doch Moira erinnerte es eher an einen zähnefletschenden Höllenhund.

»Sie haben mich um Hilfe gebeten, Missy«, flötete Skorpin. »Und mir dafür Ihre Hilfe angeboten. Jetzt fordere ich sie ein. Ganz simple Rechnung.«

»Aber -«

»Vielleicht bringe ich sie besser zurück, Ma'am«, sagte Skorpin zu Lear. »Sie war zu teuer, um nutzlos zu sein. Vielleicht kann ich die Beziehungen zu McGowan noch kitten.«

Moira riss den Kopf hoch. Reizend. Absolut reizend, diese Frau! In einer schnellen, hässlichen Kaskade spürte sie die Armada der Fangzähne, die sie in den letzten Wochen malträtiert hatten. Sie hatte keine

Wohnung mehr. Und selbst in ihrer Wohnung war sie nicht sicher vor McGowan gewesen. Und jetzt, nach alledem, würde er sie doppelt und dreifach bluten lassen … Buchstäblich. Scheiße. Sie atmete tief durch, um ihr Herzrasen zu beruhigen.

»Ich möchte nur, dass Sie sich im Klaren sind, dass ich keine Ermittlerin bin! Ich bin – *war* – Reporterin, okay? Keine Polizistin. Keine Detektivin. Keine Kureterin.«

»Das wär ja auch noch schöner«, grollte Taur.

»Ich bin nicht mal eine ausgebildete Hexe!«

»Und dennoch sind Sie uns auf die Spur gekommen«, sagte Lear ernst. »Und dennoch haben Sie Greg McGowans politische Karriere unter die Erde gebracht. Sie wären ja auch nicht völlig auf sich allein gestellt, Miss Bran. Wenn es akut wird, können Sie auf die Unterstützung von vier Ex-Furis-Mitgliedern zählen.«

»Fünf«, knurrte Taur mit Blick auf Skorpin.

Die verdrehte bloß die Augen. »Einigen wir uns auf viereinhalb, okay?«

»Also gut, viereinhalb.« Lear nickte.

»Furis?« Moiras Mund wurde trocken. Die Geschichtsbücher waren voll von scheußlichen Erzählungen über die dämonische Eliteeinheit, die bis vor fünfzig Jahren die Sub Side heimgesucht hatte. »Ich dachte, die gibt's nicht mehr.«

»Tut sie auch nicht.« Skorpin rieb sich das tätowierte Handgelenk.

»Wir sind die Letzten, die übrig sind«, sagte Taur. »Aber wir sind immer noch gut.«

»Warum suchen dann nicht Ihre Elitekämpfer nach Ihren Vermissten?«, fragte Moira.

»Haben wir ja«, knurrte Taur. »Bis wir in einer Sackgasse gelandet sind.«

»Sonst wären Sie nicht hier, *vitjka*«, ergänzte Skorpin. »Wir brauchen jemanden, der die Sub Side betreten kann, ohne gleich einen Haufen Kureter am Hals zu haben.«

»Und vorzugsweise jemanden, der sich weniger tollpatschig anstellt als Will Nikula«, ergänzte Lear.

»Also wollen Sie eine Spionin in der Sub Side. Darauf läuft's doch hinaus, oder?« Moira rieb sich das Nasenbein. Wenn die Sache schiefging, hatte sie nicht nur wütende Dämonen am Hals, sondern auch die Kureter, die selbst heute noch prophylaktische Exorzismen durchführten, wenn sie es für angebracht hielten. Die Strafen für Hochverrat waren hässlich.

Lear faltete die Hände. »Natürlich werden Sie bei getaner Arbeit großzügig entlohnt. Wobei es freilich nicht mit Gold aufzuwiegen ist, wenn wir unsere Leute zurückbekommen.«

Sie schob ein Blatt Papier über den Schreibtisch und wartete höflich den Hustenanfall ab, in den Moira ausbrach, sobald sie die Zahl erblickte. Mit der Summe hätten sich ihre finanziellen Probleme fürs Erste erledigt. Sie könnte Jenny und Bianca schnappen und nach Irland zurückkehren, fort von dem Dreck des magischen New Yorks. Bloß nützte ihr das Geld nichts, wenn sie tot war. Bei einem Deal mit Dämonen *konnte* man nur verlieren, das war Allgemeinwissen unter Magiern. Aus gutem Grund gab es keine Dämonen in der Sub Side. Zu viel böses Blut war geflossen. Dämonen hassten Magier, und umgekehrt. Moira wäre lebensmüde, auf diesen Handel einzugehen. Wenn Lear und Konsorten hatten, was sie wollten, würde sie für ihren Leichtsinn bluten. Schon wieder.

»Kann ich auch nein sagen?«, fragte sie heiser.

Lear hob die Brauen. »Selbstverständlich.«

»Nein sagen und überleben?«, spezifizierte Moira.

Lear neigte den Kopf. »Vor uns haben Sie nichts zu befürchten, das versichere ich Ihnen. Aber der Fairness halber sollte ich Sie darauf hinweisen, dass McGowan stocksauer ist. Wenn Sie keine Verbindungen zu uns pflegen, sehen wir keinen Anlass, Sie unter unseren Schutz zu stellen. In dem Fall würde ich behaupten, wir sind quitt, wenn Sie all Ihre Erinnerungen an uns abtreten und wir getrennte Wege gehen.«

Letztlich konnte Moira nicht sagen, was genau sie dazu brachte, einen Pakt mit Dämonen einzugehen: Die Aussicht, ihr Gedächtnis zu behalten, Schutz vor McGowans beißwütiger Bande, ein sicheres Einkommen für die kommenden Wochen? Wie man es drehte und wendete: Für den Moment hatte Theresa Lear einfach bessere Argumente als der gesunde Menschenverstand.

»Freut mich, mit Ihnen Geschäfte zu machen«, meinte Lear und lächelte schief, als sie Moiras Hand schüttelte. »Sova, bring sie runter und sieh zu, dass sie noch ein bisschen Eisen bekommt. Sie ist schon wieder ganz blass.«

Skorpin verzog das Gesicht. »Ma'am, soll sie wirklich runter auf den -«

»- Markt, ja, natürlich. Wohin sonst?« Lear lächelte weiterhin, doch Moira fand nichts Beruhigendes daran. Dazu hatten diese uralten Augen einen zu eindeutigen Rotstich. »Gib Acht, dass sie keinen Ärger macht. Retter haften für ihre Schützlinge.« Mit einem schiefen Grinsen tätschelte sie Skorpins Arm und sagte etwas in einer Sprache, die wie eine Liebesheirat aus Latein, Russisch und Niederländisch klang. »Sieh zu, dass sie etwas isst. Ich stoße zu euch, wenn der Papierkram fertig ist.«

Mit skeptischer Miene hob Skorpin ihren Jutebeutel auf, schob eines der Aktenregale beiseite, hinter dem eine versteckte Wendeltreppe zum Vorschein kam, und dirigierte Moira auf die Stufen. Als das Regal wieder hinter ihnen an seinen Platz rückte, standen sie in der Dunkelheit, die nur vom Goldschimmer der allgegenwärtigen Motten erhellt wurde. Taurs Stimme drang dumpf durch das Holz. Skorpins Atem streifte Moiras Nacken.

»Glückwunsch zu Ihrem neuen Job, Missy.«

»Kriegen Sie Provision für die Vermittlung, Sonnenschein?«, fragte Moira steif.

»Schön wär's.« Skorpins Augen glommen in der Finsternis. Kein Funken Gold mehr, nur noch Rot. »Warum so vorwurfsvoll? Immerhin sind Sie nicht mehr bei McGowan. Und Sie haben mir eine Steilvorlage für den Pakt gegeben, als hätten Sie's drauf angelegt.«

»Ich wusste nicht, was Sie sind, *Dämonin*«, zischte Moira. »Sonst hätte ich mich auf keinen Handel mit Ihnen eingelassen!«

»Und wären unglamourös verblutet.« Skorpin drängte sich an ihr vorbei und tappte die Stufen hinunter. »Geister und Sterne, ihr Magier seid so kleinlich! Man rettet euch den Arsch und ihr beschwert euch, dass wir der falschen Spezies angehören!«

»Ich werde mich hüten, mich zu beschweren.« Mit einem hässlichen Schwindelgefühl folgte Moira ihr. »Aber es lässt tief blicken, dass der Rettung gleich eine Erpressung folgt.«

»Oho! Schmeckt's der Frau Reporterin etwa nicht, ihre eigene Medizin zu kosten?«

»Da ist es wieder, das erstaunlich hohe Ross«, seufzte Moira.

Skorpin schnalzte mit der Zunge. »Ich hoffe, Sie legen bei den Ermittlungen ein bisschen mehr Enthusiasmus an den Tag.«

»Am Enthusiasmus soll's nicht scheitern«, erwiderte Moira. »Aber ich bin Reporterin, keine Polizistin! Ich habe keinen Fingerhut Magie im Leib! Wenn nicht mal die Überreste der brillanten Furis Ihre Leute finden konnten, wie soll ich das anstellen?«

Skorpin blickte abschätzig über die Schulter. »Missy, Sie wissen das, ich weiß das, Theresa Lear weiß das. Da sehen Sie mal, wie tief wir gesunken sind. Wenn Sie's versauen, sorg ich dafür, dass Sie sich wünschen, Sie hätten Ihre lange Nase nie in unsere Angelegenheiten gesteckt.«

»Sie sind so reizend, Sonnenschein«, murmelte Moira, doch Erschöpfung und Schwindel raubten ihren Worten die nötige Schärfe. Während sie hinter Skorpin die Treppe hinunterwankte, atmete sie tief durch. Die penetrante Schwefelmyrrhe kratzte in ihrem Hals.

Im Halbdunkel drehte Skorpin sich zu ihr um. Sie klang belustigt. »Hey, sehen Sie's positiv: Jetzt kommen Sie endlich auf den Traummarkt. Fast schade, dass Sie keinen Artikel mehr darüber schreiben können.«

5.
DER TRAUMMARKT

-1-

Die Wendeltreppe führte schier endlos in die Tiefe. Moira fragte sich, ob der Traummarkt in einer verlassenen U-Bahn-Station lag, doch als Skorpin endlich eine weitere Tür aufstieß, gähnte der New Yorker Nachthimmel über ihnen.

»Was zur Hölle …« Verwundert blickte Moira sich um. »Moment. Ich dachte, wir sind am Battery Park.«

»Sind wir auch – in unserem Teil des Parks.« Skorpin strich sich eine verirrte Haarsträhne aus dem Gesicht. »Willkommen auf dem Traummarkt, Miss Bran.«

Stände und Buden säumten einen Kiesweg unter Bäumen, die höher waren als alles, was der echte Battery Park zu bieten hatte. Mit offenem Mund schaute Moira sich um. Es war ein Park, ja. Vielleicht sogar ein magisches Spiegelbild der Battery – aber ohne öffentliche Verkehrsmittel, ohne Menschen, ohne Denkmäler und Parkbänke. Die Wolkenkratzer hinter den Bäumen konnte sie nur erahnen. Der Markt wirkte entrückt, als wäre er einem Märchen entsprungen. Feenlichter und Kerzen statt Glühbirnen und Neon, Holz und Schiefer statt Stahl und Glas. Mit offenem Mund folgte Moira Skorpin den Kiesweg hinunter, durch die Reihen der farbenfrohen Zelte im Fackelschein, wich der dunkel gekleideten Kundschaft aus, die die Hälse reckte und hungrig die Blicke wandern ließ. Der köstliche Duft von etwas Gebratenem, von frischem Kaffee und Zimt ließ Moira das Wasser im Mund zusammenlaufen. Ihre letzte ordentliche Mahlzeit lag Tage zurück. Als hätte sie ihr Magenknurren gehört, schleifte Skorpin sie zu einem Rondell, in dem eine Dämonin in kugelrunder Menschengestalt Heißgetränke und Cocktails verkaufte. Am Tresen lungerte William Nikula, der breit grinste, als Moira neben ihm auf einem Hocker zusammensackte.

»Willkommen im Wunderland, Alice«, feixte er.

Skorpin winkte der Frau hinter dem Tresen. »Hey Rhea, eine Iron Maiden für die zermatschte Maid und eine Heiße Schokolade für mich, bitte.« Als William penetrant an ihrem Ärmel zupfte, seufzte sie. »Und eine Echte Bloody Mary für den jungen Mann hier.«

Die Bloody Mary war zu rot, und Wills genüssliches Schlürfen verstärkte Moiras Übelkeit. Dass Skorpin sechs Löffel Zucker in ihre Schokolade rührte und so lange nachsalzte, bis Rhea, die Rondellbesitzerin, ihr den Streuer wegnahm, machte es nicht besser. Die Iron Maiden jedoch entpuppte sich als Eisenpräparat in Traubensaftverkleidung. Nach ein paar Schlucken fühlte Moira sich besser – oder zumindest gut genug, um die misstrauischen Blicke der Dämonin hinter dem Tresen zu bemerken.

»Machen Sie sich nichts draus«, sagte eine helle Stimme. Ein Mädchen saß neben Skorpin – eine schlaksige Asiatin in einem zu großen Pullover. Irgendwie hatte sie es fertiggebracht, ihr glänzendes, schwarzes Deckhaar so zu flechten, dass es aussah, als würden ihr Schlangen aus dem Kopf wachsen. *Richtige* Schlangen, mit einem Flechtmuster als Schuppen und Kupferperlen als Augen … die sich bewegten! Sie wanden sich um den auffälligen Silberhaarreif, der wie eine Krone aus Mondstrahlen auf ihrem Kopf thronte, schlängelten sich umeinander und entblößten bisweilen die abrasierten Stellen hinter den Ohren. Schräge Frisur! Rebellierten Teenager heute, indem sie Medusa spielten? Das Mädchen mochte vielleicht fünfzehn sein und kritzelte lustlos auf etwas herum, das verdächtig nach Mathehausaufgaben aussah. »Hexen sind für die meisten hier eine Kuriosität. Wie Krokodile im Zoo.«

»Faszinierend, aber wenn man sie in echt sieht, erschießt man sie?«, fragte Moira matt.

Die Augen des Mädchens (goldschimmernd, doch im Gegensatz zu Skorpins mit runden Pupillen) weiteten sich pikiert. »Ich meinte eigentlich eher, dass man sie meist nur schlafend sieht.«

»Du sollst nicht mit ihr reden, Ami«, brummte Skorpin und schlürfte ihre Schokolade, die selbst im Meer der anderen Aromen viel zu salzig roch.

»Die Hexe beißt sie schon nicht, Skorpiönchen.« Belustigt nahm William einen großen Schluck von seiner Bloody Mary.

»Das behauptest du auch ständig von dir, Ville.« Skorpin leerte ihre Tasse in einem Zug, während Ami über ihren binomischen Formeln die Nase rümpfte. »Essen Sie was, *vitjka* – geht auf mich«, sagte sie zu Moira und rutschte von ihrem Hocker. »Wir vergiften Sie nicht. William, pass auf, dass sie keinen Ärger macht. Ich brauch nicht lang.«

»Was, ich soll babysitten?« William verzog das Gesicht. »Ernsthaft, ist die Zahnspange nicht Demütigung genug? Ich dachte, *du* passt auf sie auf!«

»Mach ich doch – ich versuche, rauszukriegen, was genau mit ihr passieren soll«, erwiderte Skorpin. Damit verschwand sie ohne ein weiteres Wort.

William seufzte gelangweilt. »Hast du Hunger? Rhea macht fantastische Sandwiches. Und Pudding. Oder Haggis? Mögt ihr Iren nicht Haggis?« Als er Moiras mörderischen Blick sah (der nicht nur daher rührte, dass er ihr schottischen Innereienmatsch zuordnete), kicherte er. »Ach komm, Kleines, guck mich nicht an, als wolltest du mich pfählen!«

»Oh, ich *will* dich pfählen, Ville Arttu Nikula.« Mit Todesverachtung würgte Moira den Rest ihrer Iron Maiden herunter. »Du hast mich für Dämonen ausgehorcht!«

»Nein, nein, mein Mädchen«, sagte Will und pulte sich ein Stück Tomate aus dem Zahnspangendraht. »*Du* hast dich diesen Dämonen an den Hals geworfen. Zweimal.«

»Ich wusste nicht, dass es Dämonen sind«, zischte Moira.

»Sag das nicht so abfällig und hör Onkel Ville mal gut zu.« Will ignorierte Moiras giftigen Blick. »In deinem Briefkasten stecken Dutzende Rechnungen, aber keine *Wo bist du?*-Briefe. Dein Telefon stand in den letzten sieben Wochen totenstill. Weder deine Grandma noch deine Schwägerin noch deine Nichte sind vorbeigekommen. Von deinen Redaktionsfreunden ganz zu schweigen.«

Moira wurde noch flauer zumute. Dann hatte auch niemand nach ihrem Kater gesehen … Doch William fuhr bereits fort.

»Niemand hat dich gesucht, verstehst du? Niemand. Nur diese Leute hier. Und ich natürlich, aber darum geht's nicht. Du hast echt Glück, dass Aleph Taur sich Sorgen macht, wenn sein Observationsobjekt plötzlich weg ist.«

»Ja, ganz uneigennützig.« In welcher Welt war es *Glück*, wenn Dämonen nach dir suchten? Moiras Blick streifte die Kunden, die von Stand zu Stand schlenderten. »Wissen die Typen etwa, mit wem sie da Geschäfte machen?«

William zuckte mit den Schultern. »Wenn sie's wissen, ist es ihnen völlig schnurz.« Er bestellte zwei Sandwiches. »Hör mal, ich arbeite seit fünf Jahren für Madame Lear, und wie du siehst, lebe ich noch. Wohlgemerkt, mein erstes Leben. Das Kleingeld stimmt, die Gesellschaft ist aufregend und man lernt interessanten Kram. Vom Hypnos ganz zu schweigen. Es ist gar nicht so schlimm, also entspann dich.« Mit einem zahnspangenblitzenden Lächeln nahm er Rhea die Sandwiches ab. »Danke, Schätzchen.«

Er zog Moira auf die Beine. »Komm, wir schauen uns noch ein bisschen um, bevor alle wissen, wer du bist und was du hier treibst, und sich komisch benehmen.« Er schlang ihr den Arm plumpvertraulich um die Schultern. »Du hast so lange nach diesem Markt gesucht, du willst dir doch nicht die Chance entgehen lassen, ihn in natura zu sehen?«

-2-

Auf einer Bühne am anderen Ende des Platzes musizierte ein Sextett. Gitarren-, Flöten- und Geigenklänge wehten durch die Luft, und Moira biss sich auf die Zunge, als sie ein weiteres Lied aus dem *Zauberer von Oz* erkannte. Die Kunden vor der Bühne trällerten munter mit, doch die meisten von ihnen wuselten zwischen den Ständen. So unterschiedlich die Banner und Buden gestaltet waren – die Auslage bestand überall aus einer beträchtlichen Anzahl handgroßer Glasphiolen. Bleiche Gestalten studierten die Waren und feilschten mit den Händlern. Die Dämonen hinter den Ständen sahen weitgehend menschlich aus, wenn man davon absah, dass ihre Finger etwas zu lang waren. Bei einigen von ihnen wirkte die Haut so grob, als hätten sie Borken statt Poren; hier und da entdeckte Moira Ausbuchtungen an den Schädeln, wie Hornstumpen, die mit Blumen, Federn oder ausgefallenen Frisuren versteckt wurden. Sie alle wirkten übernächtigt, ihre umschatteten Augen schimmerten mattgolden. Sie rochen nach roter Magie und Illusionszaubern und betrieben Stände wie *Pixens Traumland – Hypnos in reinster Qualität*, *Scales' und Silvers Spezialitäten – Sex and Crime* oder *Kunstschaffende und Kinder – allerfeinster Hypnos von Wood und Wood*. Und die Kunden … Im Kerzenschein glänzten kräftige Eckzähne, bisweilen sogar lange Fangzähne. Und zwar überall.

Hastig zog Moira den Kragen von Skorpins Mantel enger um den Hals. »Will? Du hast nie erwähnt, dass die Kundschaft ausschließlich vampirisch ist.«

»Weil's nicht stimmt«, antwortete William mit vollem Mund und wischte sich die Krümel von den Lippen. Als Moira ihn durchdringend ansah, verdrehte er die Augen. »Okay, gut, ja, überwiegend sind's Vampire. Aber keine Angst, die dürfen nur auf den Markt, wenn sie ordentlich gegessen haben.«

Seine Zunge schnellte über seine kräftigen Eckzähne. Erst nach seinem ersten Tod würden sie zu den Monstrositäten heranwachsen, die die Untoten zur Schau stellten. Vielleicht war er bis dahin auch die Zahnspange los.

Über dem Markttreiben schwirrten die Motten. Die goldenen Schlieren auf den Flügeln malten helle Tupfer in die Oktobernacht; hier und dort umschwärmten sie die Stände und wurden von den Händlern wieder fortgeschickt. Der ausladende Platz pulsierte vor dämonischer Energie – Schutzmagie, Illusionen, Abwehrzauber. Der Sub Side-Schwarzmarkt war ein Witz dagegen – an diesen Ort würde sich niemals versehentlich ein Mensch verirren.

Wenigstens behielt William recht: Keiner der Vampire nahm Notiz von ihr. Sie verschwanden bloß hier und da in den Zelten. Die ersten Händler schlossen ihre Stände. Immer wieder linste William über die Schulter. Schließlich schleifte er Moira zum Stand von *Wood und Wood*, die laut Banner *Hypnos von Kindern und Kunstschaffenden* anboten. Dort war nichts mehr los, die Auslage beinahe leer, und der Bär von Mann, der soeben die verbliebenen Phiolen wegräumte, klopfte sich mit der flachen Hand auf die Brust und reckte William zur Begrüßung die Faust mit aufgestelltem kleinen Finger entgegen – eine Geste, die Moira noch nie gesehen hatte.

»Bisschen spät, Nikula. Ich bin auf dem Sprung.« Mit seiner langen, rostfarbenen Zottelmähne, den roten Wangen und dem geflochtenen Bart sah er zum Fürchten aus – daran änderte auch sein grellgrüner Strickpullover mit dem schrillen Punktemuster nichts. Zumindest wäre Moiras vierjährige Nichte beim Anblick dieses Wikingers sicher in Tränen ausgebrochen. William dagegen schmollte.

»Och, Robin, für deinen besten Kunden hast du doch bestimmt etwas Hypnos übrig.«

»Bester Kunde? Du schuldest mir zweihundert Mäuse!«

»Kriegst du doch. Wenn ich für Mr. Wayne noch eine Fuhre Kobold mitnehmen darf.«

Furchen gruben sich in die Stirn von Robin Wood (Moira stöhnte innerlich und fragte sich, ob es sich um seinen richtigen Namen handelte). »Der liebe Mr. Wayne soll sich seinen Stoff selbst abholen. So lange ist er schließlich noch nicht untot.«

»Aber seit er untot ist, ist er ein vielbeschäftigter Mann, und Hypnos entspannt ihn so schön.« William klackerte mit den Zähnen. »Ich soll dich lieb grüßen.«

Ein unerwartetes Grinsen blitzte über Robin Woods pockennarbiges Gesicht. »Wenn Mr. Wayne Kobold will, soll er Kobold haben. Ich versuch's. Dauert aber. Vor vier bin ich nicht zurück, die Frühschicht hat mir heute die Bude leergeräumt.«

»Ach, du warst noch gar nicht weg? Krieg ich einen Rabatt auf die Reste?«

»Vergiss es, Nikula.«

»Aber die sind nicht mehr frisch!«

Während die beiden feilschten, schielte Moira auf die verbliebenen Phiolen, deren Etiketten im Kerzenschein sonderbare Inhalte versprachen. *Sex mit Ginger Rogers – Magier männl., 21, 350$,* hieß es auf dem ersten Fläschchen. Ihr Herz übersprang ein paar Schläge. *Cole Porters Vor-Premieren-Panik zu »Kiss me Kate« – Original Porter!! (Mensch* männl.*, 57), hochmusikalisch, 595$*, verkündete ein anderes. *Flug über Central Park – luzid!! – Magier weibl., 9, 400$. Werwolf-Pas des Deux mit Judy Garland – Werwolf* männl.*, 19, 200$ (realistischer Wunschtr.). Freier Fall vom Dach des Empire State Building – luzid – hyperrealistischer Albtraum! – Magier weibl., 4, 350$.* Moira atmete tief durch. Luzid. Hyperrealistischer Albtraum. Wie zur Hölle verabreichte man Träume überhaupt? Tranken die Vampire den Inhalt der Fläschchen? Injizierten sie ihn sich, schnupften sie ihn? Und wie zum Teufel holten Dämonen Träume aus Köpfen?

Moira blinzelte, als sie bemerkte, dass Robin Wood sie erwartungsvoll anschaute.

»Oh, hast du's noch nicht gehört?«, sagte William schnell. »Das ist die Hexe, die euch letztes Jahr ständig erschreckt hat. Arbeitet jetzt für Theresa Lear.«

»Im Ernst?« Wood lachte, ein lauter, warmer Bass, doch sein Blick blieb kühl. »Dann müssen wir ja keine Angst mehr haben, dass wir auf Seite drei dieses Klatschblatts landen, eh, *vitjka*? Sie haben uns ganz schön Arbeit gemacht, seit Sie angefangen haben, unsere Motten aus dem Zimmer Ihrer Nichte zu pflücken.«

Seine Worte trafen Moira wie ein Faustschlag in den Magen. Ein Jahr! Im letzten Oktober hatte sie die erste Motte in Jennys Zimmer gefunden! Diese Dämonen hatten sie seit einem Jahr im Auge? Die bloße Vorstellung weckte in ihr den dringlichen Wunsch nach Scotch und einer Zigarette.

Robin Wood zwinkerte ihr zu und streifte einen abgetragenen Ledermantel über, der an seinen breiten Schultern spannte. »Du weißt ja, wo's langgeht, Nikula. Und versuch erst gar nicht, rumzuschnüffeln, ich hab alles abgeschlossen.«

»Weidmannsheil!« William salutierte und zog Moira mit sich, während der Dämon sich entfernte. Er führte sie in das kleine Zelt, das gleich an Woods Stand grenzte. Ein mannshoher Spiegel ließ es größer erscheinen, als es war. Ein Heizstrahler verbreitete nach der Kälte draußen heimelige Wärme; drum herum reihten sich sechs gemütliche Sessel. Nur einer war belegt: Ein Vampir schlief in den Polstern – ein Untoter, dem widerlich süßen Moderduft nach zu urteilen. Er hatte kein Spiegelbild und schnarchte mit offenem Mund, dass seine Fangzähne in voller Speichelpracht glänzten. Es dauerte einen Augenblick, bis Moira auffiel, was sie an dem Anblick so irritierte.

»Ich habe noch nie einen Untoten schlafen gesehen«, flüsterte sie. »Nicht mal in sieben Wochen Bluthaus!«

»Aber das ist doch Sinn der Übung«, wisperte Will zurück. »Warum, denkst du, bezahlen die ein Heidengeld für Hypnos?«

»*Du* erzählst doch die ganze Zeit, dass keine Droge der Welt einen besseren Trip macht als Hypnos!«

»Ich bin aber auch nicht untot, Mädchen. Ich schlafe, statt tagsüber in eine Totenstarre zu fallen, ich verarbeite meinen Scheiß, wenn ich träume, und bin erholt, wenn ich aufwache.«

Moiras Augen weiteten sich. »Willst du etwa sagen, dass die Untoten Hypnos als Schlafmittel benutzen?«

»So sieht's aus.« Ächzend ließ sich William in einen Sessel fallen und zückte seine Phiole. »Ohne Hilfe können sie's nach dem ersten Tod nämlich nicht mehr. Hypnos ist eine wunderbare Medizin. Der dort macht bloß ein hübsches Nickerchen.« Er musterte sie skeptisch. »Wenn sie hypnosversetztes Blut trinken, ist es allerdings scheinbar was anderes. Dann wirkt's vielleicht eher wie ein besonderes Gewürz?«

Moiras Muskeln rebellierten, als sie neben William in einen Sessel sank. Sie konnte sich nur schwer vorstellen, dass McGowan ein Phiölchen Hypnos schlürfte, um Schlaf zu finden. »Verdammt. Mit so einer Story hätte ich ausgesorgt.«

William grunzte. »Denk nicht mal dran. Man beißt nicht die Hand, die einen füttert.«

»Kommt drauf an, ob man ein Hund oder ein Schaf ist«, sagte Moira und beäugte das Hypnos-Fläschchen. »Darf ich mal gucken?«

»Mach's bloß nicht kaputt.« Widerwillig reichte William ihr die Phiole. »Das war teuer, falls du's bei deinem faszinierten Starren nicht mitbekommen hast.«

Mit schmalen Augen hielt Moira die Phiole gegen das Licht des Heizstrahlers. Die zähe Flüssigkeit schwappte träge an das Braunglas. Das Fläschchen war leicht, als wöge der Inhalt gar nichts. »Ist es für dich auch wie eine Halluzination? Fliegst du gleich über den Central Park? Im Kopf eines«, sie schielte auf das Etikett, »neunjährigen Hexenmädchens?«

»Ah, dir haben sie auch Flugträume gegeben?« Mit einem breiten Grinsen schnappte William ihr das Fläschchen aus der Hand und schraubte es auf. »Ist der Hammer, nicht? Eine echte Offenbarung!« Er setzte die Phiole an die Lippen.

»Nehmt ihr es immer oral ein?«

Unwillig ließ William die Hand wieder sinken. Seine Nasenflügel zuckten. »Hängt von der Hypnos-Sorte ab. Ist eigentlich am praktischsten, aber Gewaltträume zu trinken, fühlt sich irgendwie schmutzig an – bei Sexträumen wiederum kann das ganz reizvoll sein. Ist das Interview jetzt vorbei?«

Müde rückte Moira den Sessel näher an den Heizstrahler und lehnte sich zurück. »Viel Spaß, Ville.«

Und so leerte William die Phiole in einem Zug. Als er in die Polster zurücksank, lief ein Zittern über sein Gesicht. Mit einem Mal wurden seine Augen ganz groß über der Stupsnase, und sein Blick flackerte über die Zeltdecke, als würde er dort Weltwunder erblicken. Sein Mund formte sich zu einem überraschten O. So entspannt war sie nie gewesen, wenn man sie mit Hypnos vollgepumpt hatte.

Will murmelte auf Finnisch, und als er nach unsichtbaren Gegenständen in der Luft griff, fiel das Hypnos-Fläschchen auf den weichen Teppich zu seinen Füßen. Eilig schnappte Moira es sich und schnupperte daran, doch sie roch nichts Bemerkenswertes. Als sie die Phiole umkippte, streifte sie einen winzigen Tropfen an ihrem Zeigefinger ab. Auf den ersten Blick war er grau, doch als sie ihren Finger gegen den orangenen Schein des Heizstrahlers hielt, schillerte das ganze Spektrum des Regenbogens vor ihr – und Bewegungen. Sie schluckte hart. Dies war der Traum eines Kindes! Eine ganze Kinderwelt in einem winzigen Tropfen …

Ihr Hals pochte schmerzhaft bei der Erinnerung an die Zähne, die sich keine drei Stunden zuvor in ihre Haut gebohrt hatten. Eine solche Kinderwelt war genug gewesen, um sie ruhigzustellen, solange die Untoten ihren Spaß mit ihrem Blut gehabt hatten …

»Faszinierend, nicht wahr?«

Moira zuckte zusammen. Sie hatte nicht bemerkt, dass Skorpin hereingekommen war. Die Dämonin stand mit verschränkten Armen am Zelteingang.

»Zur Hölle mit Ihnen«, wisperte Moira. »Ich hätte den Artikel veröffentlichen sollen.«

Skorpins Mundwinkel zuckten. »*Je ne regrette rien.*«

»Natürlich tun Sie das nicht.« Moira wischte sich eine Locke aus der Stirn. »Wissen Sie, dass ich meine Nichte wochenlang nicht erkannt habe? Jenny stand in meiner Wohnung und ich habe mir den Kopf darüber zermartert, wer dieses Kind ist. Wann zur Hölle mein Bruder eine Tochter gezeugt haben soll. Oh, dass mein Bruder tot ist, habe ich auch vergessen, schönen Dank dafür. Hat fast nicht wehgetan, als es mir wieder eingefallen ist.«

»Was wollen Sie denn hören, Miss Bran?« Skorpin neigte den Kopf. Ein Rotschimmer schwelte um ihre Reptilienpupillen. »Ein tränendurchweichtes *Tut mir leid*? Augenblick, ich versuch's.« Sie schniefte gekünstelt. »Es tut mir aufrichtig leid, dass ich Sie davon abgehalten habe, meine Familie, mein Zuhause, mein *Leben* in einem Artikel zu verramschen, der uns alle hätte umbringen können, nur weil Sie gerade knapp bei Kasse waren. Echt, sorry, *vitjka*.«

Moira schnaubte. »Ich weiß, es ist eine radikale Idee, aber sind Sie eigentlich mal auf den Gedanken gekommen, einfach mit mir zu reden?«

Skorpin stieg über Williams ausgestreckte Beine, legte die Hände flach auf Moiras Sessellehne und beugte sich hinunter, bis ihre Nasenspitzen beinahe aneinanderstießen. »Wozu? Damit Sie Ihre Informationen für Ihre Mai-Miete an die Kureter verkaufen können?«

Moira weigerte sich, zurückzuweichen. »So hübsch sind Sie«, sagte sie leise, »und so vielseitig talentiert – aber das mit dem Hellsehen müssen Sie noch üben, Sonnenschein. Ich mache grundsätzlich keine Geschäfte mit selbsternannten Exorzisten.«

Skorpin starrte sie an, als wolle sie Moiras Gedanken lesen. Schließlich schlich sich ein Lächeln auf ihre Lippen. »Wenn Sie sich den Satz auf die Stirn schreiben, schließen Sie massenhaft Freundschaften auf dem Markt, Missy.« Sie zog Moira unsanft auf die Füße.

-3-

Draußen auf dem Markt hatte sich der Besucherstrom mittlerweile aufgelöst, doch dafür bildete sich bald eine Traube Traumfänger um Skorpin. Moira verstand das aufgeregte Geschnatter kaum, doch die neugierigen Blicke waren nicht fehlzudeuten.

»Ist sie das?« Ein hagerer Mann, dessen junges Gesicht nicht zu seinem schlohweißen Haar passen wollte, reckte den Hals. »Robin sagt, du hast die Hexe mitgebracht, Sova.«

»Ich reiß Robin die Zunge raus«, grollte Skorpin.

»Ganz schön mickrig«, sagte ein Schönling in Uniform, der für Zahnpasta und Herrenunterwäsche zugleich hätte werben können. »Deswegen hat Aleph so ‘nen Wind gemacht?«

»Hab gehört, sie ist nur eine *halbe* Hexe«, sagte eine ebenfalls uniformierte Hünin mit kurzrasiertem braunem Haar, die nicht daran dachte, ihre beeindruckend gerade Haltung aufzugeben, um ihre Einsfünfundachtzig zu verstecken.

»Halb hat aber gereicht, um uns zu finden, Mink«, erwiderte Ami, das Mädchen mit der Medusa-Frisur vom Heißgetränkerondell.

»Ja, weil Mia und Alistair so unvorsichtig bei der Jagd waren«, spottete der Schönling.

Jemand packte Moira am Arm. »Sie finden meine Daphne, ja?«

»Äh …« Moira versuchte, ihren Arm loszureißen, doch der Mann an ihrer Seite hielt sie fest. Seine nadelschmalen Schlitzpupillen verwandelten seine Augen in leere Tunnel, die das hoffnungsvolle Lächeln auf seinen Lippen gespenstisch hohl wirken ließen.

Überhaupt lächelten erschreckend viele Dämonen Moira an, vielleicht wie ein Heiland, vielleicht wie ein saftiges Steak. Dagegen wirkte Skorpins skeptischer Blick nahezu beruhigend. Unbehaglich wand sich

Moira aus dem Klammergriff des Mannes, nur um gegen den Kerl mit dem weißblonden Pferdeschwanz zu prallen.

»Martin Silver, freut mich.« Er schüttelte ihre Hand. Seine Finger waren eiskalt. »Sie finden doch Alyss, richtig? Geister und Sterne, ich hätte nie gedacht, dass wir ausgerechnet eine Hexe um Hilfe bitten müssen ...« Er runzelte die Stirn. Der Enthusiasmus auf seinem spitzen Gesicht schmolz innerhalb von zwei Herzschlägen. »Ich spüre gar kein magisches Potenzial. Sie *sind* doch eine Hexe, oder?«

»Laut Ausweis ja«, krächzte Moira. Dass man ihr wegen ihrer menschlichen Mutter oft genug unterstellte, nur laut Ausweis eine Hexe zu sein, sollte sie den Dämonen eher nicht verraten. Sie zuckte zusammen, als Silvers Hand mit einem Schlag glühend heiß wurde.

»Da ist nichts!« Martin Silver ließ sie mit schmalen Augen los. »Sie hat einen Haufen Ex-Furis auf Trab gehalten – sagt mir bitte, dass Lear eine Hexe angeheuert hat, die was auf dem Kasten hat!«

»Schon mal auf die Idee gekommen, dass sie keine Magie gebraucht hat, um uns gefährlich zu werden, du Lauch?«, knurrte Skorpin.

»Aber sie wird welche brauchen, um Alyss zu finden«, schoss Silver zurück. »Mink, Strider und Welles gehörten zur Creme de la Creme der Furis, und sie haben nichts erreicht!« Er deutete auf die Knalltüten in Uniform. »Da können wir doch wohl erwarten, dass Lear jemanden an Bord holt, der besser ist!«

Mit jedem Wort wuchs der hässliche, harte Knoten in Moiras Magen. Die Mienen der Hünin Mink und des Schönlings Strider wurden mit jedem Wort säuerlicher; die Hoffnung in den Gesichtern der umstehenden Dämonen wich offensichtlichen Zweifeln.

»Wieso stellen wir sie nicht einfach auf die Probe?«, meinte Strider. Mit seinem Zahnpastalächeln schritt er zu einem der Stände und kehrte mit einem Blumentopf zurück. »Wären Sie so freundlich, uns eine Tulpe wachsen zu lassen, Missy?«

»Das ist doch Unsinn!«, fauchte Skorpin. »Jetzt lasst die Frau ein paar rote Blutkörperchen produzieren, sonst findet sie gar niemanden!«

Die Dämonen ignorierten sie und nickten enthusiastisch, als Strider Moira den Blumentopf in die Hand drückte. Moiras Grandma hätte binnen weniger Herzschläge eine Tulpe sprießen lassen können, doch unter den Blicken der Dämonen erstarrte Moira wie ein Schulmädchen.

»Worauf warten Sie?«, schnarrte Mink. Selbst die Frage klang wie ein Befehl. »Sie haben doch die Abraxas-Akademie besucht, nicht wahr?«

»Nur für ein Jahr«, antwortete Moira steif.

Die Dämonen murmelten unzufrieden. Strider dagegen schmunzelte. »Rausgeflogen?«

»Hab die Abschlussprüfung in der ersten Klasse nicht bestanden.«

»Muss man auch erst mal schaffen.« Mit einem schiefen Grinsen überkreuzte Strider die Beine. »Und danach? Sub Side High School? Oder gleich Menschenschule? Ich meine, Ihre Mutter war ein Mensch, nicht?«

»Sub Side High«, grollte Moira. Die Typen wussten viel zu viel über sie!

»Schwerpunktfächer?«

»Englisch.« Als die Dämonen sie durchdringend anstarrten, presste sie die Lippen aufeinander. »Pflanzenkunde …« Sie zögerte. »Und Pendeln. Aber hauptsächlich Englisch.«

Die eine Hälfte der Dämonen sog schockiert die Luft ein. Die andere Hälfte brach in gackerndes Gelächter aus. Von dem schrillen Gejaule klingelten Moiras Ohren. Silver spuckte mit miesepetriger Miene auf den Kies.

»Pendeln? Aber Sie *benutzen* doch wohl kein Pendel mehr, richtig?«

Moira hielt an sich, nicht die Augen zu verdrehen. Diese Dämonen waren den Magiern der Sub Side beeindruckend ähnlich.

»Na, keine Antwort ist auch 'ne Antwort«, meinte Mink verächtlich.

»Das ist irgendwie niedlich«, sagte ein Dämon mit Metallfuß und Samtweste. »Ich dachte, nur Magierkinder benutzen Pendel.«

»Wir haben keine Zeit für *niedlich*, Cabal!«, fauchte Silver. »Was zur Hölle sollen wir mit einer Hexe, die nicht hexen kann?«

Skorpin stemmte die Hände in die Hüfte. »Ihr wart *allesamt* dafür, sie an Bord zu holen – und meines Wissens nicht wegen ihrer guten Noten in transformativer Grün-Magie!«

»Aber die Grundlagen wird sie doch wohl können!«, sagte jemand. »Eine Blume, du meine Güte, so was kriegt sie doch wohl wenigstens hin!«

Moira wurde eiskalt. Was würde passieren, wenn die Dämonen sie für untauglich befanden? Würden sie Lear überreden, sie McGowan zurückzugeben? Denn so viel war gewiss – Moira würde keine zwei weiteren Tage im Bluthaus überleben!

»Hat jemand ein Pendel für mich?«, fragte Moira, um Zeit zu schinden. Die eine Hälfte der Dämonen gackerte erneut los, die andere Hälfte stöhnte auf. Irgendwer warf ihr ein schweres Eisenpendel zu, das sie gerade noch mit der linken Hand auffing, ohne den Blumentopf fallen zu lassen. Die magische Entladung ließ ihre Finger kribbeln und machte ihren blutleeren Kopf noch schwindliger. Das kalte Metall erwärmte sich tröstlich schnell in ihren Händen. Mit den gespannten Blicken der Dämonen im Nacken war sie plötzlich wieder elf, stand vor ihren ungnädigen Lehrern der Brax und scheiterte daran, die sturen Flohsamen zum Keimen zu überreden. Verdammt. Sie konnte Bäume umarmen und ihren Alraunen Edgar Allen Poe vorlesen, aber sie konnte nichts wachsen lassen! Sie hatte es nie gekonnt. Und diese Dämonenmeute würde sie vierteilen, wenn sie es herausfand!

Das Eisen rutschte in ihren feuchten Händen. Teufel noch eins, sie benutzte ihr Pendel nur zum Spurenlesen – alles andere war eine Nummer zu groß für sie. Dennoch ließ sie den schweren Anhänger über dem Blumentopf schweben. Es schlug in wilden Zacken aus – viel rote Energie in der Luft. Tief in der Erde musste eine Tulpenzwiebel stecken. *Konzentrier dich!*

Mit pochendem Herzen schloss Moira die Augen. Tastete mit dem Pendel nach dem Funken grüner Magie in der Saat. Aber selbst, wenn sie ihn fand – sie hatte die Brax nicht lange genug besucht, nie gelernt, wie man etwas wachsen ließ. Oder etwas zum Leben erweckte – oder was auch immer man in einem solchen Fall anstellte!

Nichts geschah. Einige Dämonen kicherten, andere murrten verdrossen.

Schließlich ließ Moira das Pendel sinken. »Wissen Sie, wenn ich mehr als nur einen Fingerhut Magie in den Adern hätte, hätte ich garantiert nicht bei der Zeitung angefangen." Ihr Herz übersprang einige Schläge, als Striders Lächeln in die Breite wuchs.

»Vielleicht«, schnurrte er und packte Moiras Unterarm, »vielleicht braucht sie ja eine Starthilfe.«

Moira schrie auf. Unter seinen Fingern brachen sämtliche Bisswunden der letzten Wochen zurück in ihr Bewusstsein, alle auf einmal, am ganzen Körper. Sie spürte jeden Zahn, jedes Fleckchen zerfetzter Haut, jede Zunge, die sich in die Wunde drückte, und nackte Angst schnürte ihr die Luft ab. Ihre Knie gaben nach, nur Striders glühende Hand hielt sie aufrecht. Ihr ganzer Körper krampfte, Panik schnürte ihr die Kehle zu, während Strider seine Finger vor ihrem Gesicht krümmte, bis sie nur noch rot sah – der Markt, die Gesichter der Dämonen, der verdammte Blumentopf, alles durchtränkt, wie von einem Rotweinschleier. Ihre Augäpfel drohten, aus dem Schädel zu platzen.

Indes wucherte eine Tulpe aus dem Blumentopf. Immer schneller, immer höher. Es dauerte einen Moment, bis sie begriff. Dies war Striders Werk – und er nutzte sie, ihre Schmerzen, ihre Angst. Rote Magie in Reinform! Die aufgeregten Stimmen klangen meilenweit entfernt, während sich die Tulpe unter Striders Fingern durch ihre Pein in eine Rose verwandelte. *So nicht! Nicht so!*

»Aufhören!« Das Wort kratzte in ihrer Kehle, Speichel troff von ihren Zähnen. Sie packte Striders Unterarme und drückte zu. Sie schmeckte seine Überraschung, die Überlegenheit, die für einen Moment ins Wanken geriet. Das genügte. Sie griff danach.

»So nicht, Miss Bran!«, rief Mrs. Nolan und sprang entrüstet durch die Tischreihen. »Nicht so! Hören Sie auf, sofort!«

Es kostete Mühe, den Blick von ihrem Fingerhut abzuwenden. »Aber er hat sich bewegt!« Aufgeregt hob Moira den Kopf. »Er ist einmal über den ganzen Tisch gesprungen -«

»Sehen Sie, was Sie angerichtet haben!« Wütend zeigte Mrs. Nolan auf Josephine Laume, die mit schreckensweiten Augen an die Wand zurückgewichen war. »Wie oft habe ich Ihnen gesagt, dass wir so etwas an der Abraxas-Akademie nicht dulden? Grüne Magie sollen Sie benutzen, nicht dieses ... welche Abartigkeit auch immer das ist!«

»Aber ich hab doch grüne Magie benutzt!« Verwirrt ließ Moira ihre Hände sinken.

»Haben Sie nicht! Mike, öffnen Sie das Fenster, damit wir den Gestank loswerden! Von dem Schwefel wird einem ja schlecht!«

Unkontrollierte Hitze explodierte unter ihren Fingern, irgendetwas bewegte sich in ihrem Fleisch, als wäre eine Schlange aus dem Schlaf erwacht. Erschrocken wollte sie Strider loslassen, aber ihre Finger drückten nur fester auf seine dampfende Haut.

»Ach, schau an, so etwas kann sie! Doch mehr als ein Fingerhut, was?« Sein Fleisch schwelte unter Moiras Händen. Daran störte er sich allerdings nicht. Stattdessen fasste er sie am Kinn, zog fester an ihrer Angst. Während ihr die Tränen in die Augen schossen, wucherte die Rose weiter.

»Brod, lass sie los!« Eine neue rote Woge fegte über sie hinweg. Energie sirrte aus Skorpins Fingerspitzen, ummantelte den fluchenden Strider wie eine wabernde Hülle, bis er Moira endlich losließ und rücklings gegen einen Stand taumelte.

»Zur Hölle mit dir, Sova!«, keuchte er. »*Sie* hat *mich* gepackt!«

»Geschieht dir recht, du hast sie als Batterie benutzt!«, fauchte Skorpin unter dem Gemurmel der umstehenden Dämonen. Ihre Finger knisterten vor roter Magie. In ihren Augen war kein Gold mehr übrig; die dunkle Iris verschlang die Schlitzpupillen wie ein schwarzer Schlund, der den ganzen Augapfel zu erobern drohte. »Seit wann nutzen wir Leute als Batterien, du Flitzpiepe?«

Während Skorpin weiterschimpfte, verschränkte Moira zitternd die Hände. Ihre Finger dampften; jeder Pulsschlag fachte das Glühen ihrer puterroten Haut an. Die fremde Energie zuckte durch ihr Fleisch wie eine gereizte Schlange, drängte danach, sich zu entladen, sie zu verbrennen …

Das ist nicht möglich, dachte sie mit erstaunlicher Klarheit. *Das kann nicht sein. Der Doc hat es weggemacht.*

»Sind Sie okay?« Der Dämon mit der Samtweste ging vor ihr in die Hocke. Mit kalten Händen betastete er ihre bebenden Finger. »Heftige rote Eruption. Aber Sie haben ja auch einiges mitgemacht.« Er schüttelte ihre Hand. »Luas Cabal, freut mich.«

In einer unkoordinierten Bewegung entriss Moira ihm ihre Hände. »Und wen benutzt Skorpin gerade als Batterie?«

Luas blinzelte irritiert. »Niemanden. Wieso sollte sie?«

»Aber sie benutzt doch rote Magie, richtig? Dann muss sie doch jemanden anzapfen. Also, jemandes Schmerzen oder -«

»Wo haben Sie denn diesen Unfug gelernt?« Luas runzelte die Stirn. »Personen als Batterie zu benutzen, ist bei uns genauso illegal wie in der Sub Side. Aber keine Sorge, dass Sie Brod Strider gerade angezapft haben, geht bestimmt gerade noch als Notwehr durch. Konzentrieren Sie sich auf meine Hand, bitte?« Er bewegte seinen Zeigefinger vor ihrem Gesicht hin und her. »Gut, Sie können einigermaßen fokussieren. Mit ein bisschen Sand, Eisen und einer Mütze Schlaf sind Sie wieder wie neu.«

Vorsichtig half er ihr auf die Füße. Prompt gackerte Martin Silver los, der ansonsten jedoch ganz und gar nicht amüsiert aussah.

»Ay, Cabal! Kaum ist 'ne Hexe hier, willst du sie für deinen komischen Fetisch!« Er warf Moira einen finsteren Blick zu. »Ich hoffe, Sie sind zäher, als Sie aussehen, Missy. Sonst können wir unsere Vermissten gleich abschreiben.«

»Verpiss dich, Martin«, knurrte Skorpin. Hinter ihr trollten sich Strider und Mink; langsam löste sich die Traube der gaffenden Dämonen auf. Skorpin sank in sich zusammen und stützte sich auf ihren Knien ab, als trüge sie hundert Zentner auf den Schultern. »Hey, *vitjka*, wollen Sie Ihre Blume?«

Mit unsteter Hand hielt sie Moira die Rose hin, die immer noch vor roter Magie sirrte, doch Moira konnte nur starren. Skorpins Gesicht war grau, die Augäpfel hatten sich dunkel verfärbt und die Wangenknochen stachen messerspitz hervor!

Luas fluchte vernehmlich. »Schon wieder, Sova? Gilding, jetzt, sofort, Abmarsch! Amihan, komm her!« Er stupste Moira mit dem Ellbogen an und nickte dem Mädchen mit dem Schlangenhaar zu. »Helft mir mal. Ich hab irgendwo noch Klappstühle in meinem Pavillon.«

-4-

Vor Luas Cabals Pavillon wartete niemand, und es gab dort auch keine brodelnde Destille. Nur ein kleiner Kessel dampfte und verbreitete einen stechenden Ammoniakgeruch, als Moira und Amihan (die sich als Luas' kleine Schwester herausstellte) Skorpin an einen quadratischen Holztisch verfrachteten. Die Dämonin ächzte. Moira mochte sie kaum anschauen; das Weiße in ihren Augen färbte sich zusehends schwarz, während die Schlitzpupillen immer schmaler wurden und scharlachrot aufloderten. Sie sah aus wie … nun ja, wie ein Dämon. Fehlten nur die Hörner und das selbstbewusste Gebaren, das sie bei McGowan an den Tag gelegt hatte. Doch stattdessen krümmte sich Skorpin auf ihrem Stuhl und stöhnte auf.

»Was ist mit ihr?«, fragte Moira, die selbst noch wacklig auf den Beinen war. Ihre Haut fühlte sich an, als würde darunter Säure brodeln.

»Sie hat Worn«, antwortete Ami. Ihre Medusa-Zöpfe schlangen sich umeinander, als sie eine Tasse heißen Wassers an den Tisch holte. »Weil sie zu viel Magie benutzt hat, als sie Brod angegangen ist. War wohl zu anstrengend.«

»Gern geschehen, *vitjka*«, lallte Skorpin und warf Moira einen feindseligen Blick zu.

Indes klatschte Luas in die Hände. »Hey, Leute, ihr könnt auch hierher kommen! Keine Schlangen, faire Schätzungen, exzellenter Hypnos!«

Doch die meisten Traumfänger machten einen weiten Bogen um seinen Pavillon. Nur eine große Tigerkatze jagte vor dem Tresen Motten.

Luas seufzte. »Warum hast du nicht gegildet, als du zurückgekommen bist?«, fragte er und knallte eine Keramikschüssel auf den Tisch.

»Hab ich doch«, murmelte Skorpin und lugte in die Schale. »Sind das meine? Warum sind die noch nicht in der Destille?«

»Weil ich die Destille nicht mehr nehme. Das ist unhygienisch. Und im Kessel kann ich nur zwei auf einmal machen.« Er nickte zu dem Kessel, aus dem mittlerweile blauer Dampf aufstieg. »Jetzt mach schon.« Er schob ihr die Schüssel hin.

Skorpin presste die Lippen aufeinander, und Moira konnte es ihr nicht verübeln. Der Inhalt der Schüssel sah aus wie gestockte Blutklumpen. Die glimmenden Fadenknäule waren rotgrau, zäh und doch merkwürdig wolkig – und sie *bewegten* sich. Ringelten sich, wie ein Bachlauf im Morgengrauen. Ein Dutzend Motten flatterten herbei. Skorpin scheuchte sie fort, doch die Insekten landeten am Rand der Schüssel und tunkten ihre Rüssel in die Knäuel. Skeptisch zog Skorpin einen der Klumpen nach oben und hielt ihn gegen das Licht.

»Okay, das sind *nicht* nur meine. Von wem sind die anderen?«

»Martin Silver.«

Skorpin rümpfte die Nase. »Ausgerechnet! *Vrenoj*, der Mann holt echt die hinterletzten Albträume, seit Alyss weg ist … Aber die kann man noch verkaufen, Luas!«

Moira klappte die Kinnlade herunter. »Moment, *das* sind Träume?«

»Jap, frischgefangen.« Luas rückte sich ein dickglasiges Monokel vors Auge und spähte erneut in die Schüssel. Was genau er mit dem Monokel sah, konnte Moira nicht feststellen. Dann und wann sortierte er Knäuel auf eine angeschrammte Untertasse aus. Manche waren kleiner, einige dunkler oder bunter als andere. Skorpins Nasenflügel blähten sich, während Ami sie ermunterte, ihren Tee zu trinken.

»Voilà, nur noch Kauderwelsch und die wertlosen Dinger, die ihr nicht loswerdet. Bitteschön, jetzt aber! Das gildet sich nicht von allein, weißt du?«

Widerwillig schob Skorpin sich eines der Traumknäuel in den Mund.

Für einen Moment verschlug es Moira die Sprache. »Sie *essen* Träume?« Ihr ungläubiger Blick wanderte von Ami zu Luas. »Sie alle?«

»Das haben Sie in Ihrer akribischen Recherche nicht rausbekommen?«, erwiderte Skorpin mit vollem Mund.

»Nicht alle Dämonen, wenn Sie das meinen.« Ami putzte sich die Nase. »Hier in Fort Nook gibt's auch welche, die keine brauchen. *Normale*

Dämonen, wenn Sie so wollen. Mink und Welles, zum Beispiel, und ein paar unserer Lehrer …«

Luas hob die Schultern. »Vampire brauchen ihr Blut, Sirenen ihr Fleisch, und wir …«

»… haben dieses Vergnügen«, muffelte Skorpin. Ihre Augäpfel waren bereits wieder weiß, und mit jedem Bissen kehrte das Gold in ihre Iris zurück, weiteten sich ihre Pupillen, bis sie fast wieder rund waren. »Und es heißt gilden, nicht essen, Missy.«

Prompt donnerte ein Schlagzeilengewitter durch Moiras Kopf. *Rückkehr der Dämonen: Traumfresser verkaufen Metadrogen als Medizin!* Das war besser als alles, was sie sich bei ihrer Mottenrecherche ausgemalt hatte!

»Denken Sie nicht mal dran, *vitjka*«, grollte Skorpin.

»Sie hätten *wirklich* mit mir reden sollen, Sonnenschein«, erwiderte Moira und massierte sich die pochenden Schläfen. »Im Ernst. Sie hätten sich die ganze Mühe mit dem Gedächtniszauber schenken können.«

»Weil Sie sich immer auf die Seite der Underdogs schlagen?« Skorpin schluckte einen weiteren Traum hinunter und knackte mit dem Nacken. »Ich glaub's Ihnen sogar, Missy. Im April hätten Sie uns in Ruhe gelassen. Im Mai vielleicht auch. Aber im Juni hätten Sie mit uns das Sommerloch gestopft – mit uns hätten Sie Ihre Miete leichter zahlen können als mit dem Bericht über das Abschlussmusical an der Sub Side High School.«

»Der Keks ist sowieso gegessen«, sagte Moira spitz und ballte die Hände zu Fäusten. »Also, ich fasse noch mal zusammen: Ich soll für Sie einen Haufen entführter, traumfressender Dämonen aufspüren, die … Entzugserscheinungen bekommen, wenn sie zu lange nicht … gilden? Was passiert, wenn ich sie nicht rechtzeitig finde?«

»Mit den Vermissten oder mit Ihnen, *vitjka*?« Skorpin grinste schief.

»Beides interessante Fragen, meint ihr nicht?«, sagte eine Stimme hinter Moira. Sie kam scheinbar aus dem Nichts; niemand wollte seine Traumbeute bei Luas schätzen lassen. Bloß die Tigerkatze hatte ihre Mottenjagd aufgegeben. Der Kopf der Katze zog sich in die Länge. Ihr ganzer Körper wuchs; Arme wucherten aus den Vorderläufen, das Fell zog sich in matte, tiefbraune Haut zurück, und im nächsten Moment funkelten Theresa Lears Augen sie über den Tresen hinweg an.

»Wir haben noch Papierkram zu erledigen«, sagte sie und winkte mit einem Briefumschlag.

-5-

»Ich unterschreibe keinen Vertrag mit Blut«, sagte Moira nachdrücklich.

Sie saß zwischen Skorpin und Ami, während Luas hinter ihnen weiß Gott was mit den rohen Träumen anstellte. Der Geruch nach verbranntem Ammoniak mischte sich mit einem guten Schub Myrrhe und Streichholzschwefel. Die Situation war surreal.

Lear ließ einen Ritualdolch um ihre Finger kreisen – eine Athame mit gebogener, silberner Doppelklinge, auf der feine goldene Adern blühten. »Unsere Verträge sind nur gültig, wenn Sie mit Blut besiegelt werden, Miss Bran. Blut ist ein ganz besonderer –«

»– Saft, ja, ich weiß.« Moira las ihren Arbeitsvertrag zum fünften Mal. Sie hatte Zusatzklauseln ausgehandelt, um die Dämonen von ihrer Grandma, von Jenny und ihrer Mum Bianca fernzuhalten. Jetzt war der Vertrag sauber – so sauber es bei einem Geschäft mit Dämonen eben zugehen konnte. Das war immer noch schmutzig genug. Wäre ihr Bruder noch am Leben, hätte er ihr den Hals umgedreht. »Was sind Averna?« Sie war sicher, dass der Begriff gerade noch nicht da gestanden hatte.

»*Wir* sind Averna«, antwortete Skorpin. Mittlerweile war ihre Schüssel leer, ihre Gesichtsfarbe gesünder. Den Tee hatte sie gegen Heiße Schokolade ausgetauscht. »Wir Traumfressenden, wie die Ilder uns nennen. Die *normalen* Dämonen«, ergänzte sie auf Moiras verständnislosen Blick.

»Okay.« Moira nickte knapp. »Alles klar. Müssen wir irgendwelche lateinischen Formen murmeln oder mysteriös singen?«

Lear verzog keine Miene. »Das können Sie gerne machen, wenn Ihnen der Sinn danach steht. Ich mag es lieber minimalistisch.« Damit schnitt sie sich in die Hand und tunkte eine Schreibfeder in ihr Blut. Ihre Unterschrift leuchtete eigentümlich hell auf dem Papier, wie flüssiger

Bernstein. Sie reinigte die Klinge sorgfältig, bevor sie sie an Moira weiterreichte. Der Griff vibrierte vor dämonischer Energie. Moira setzte ihre Unterschrift, schnell und unzeremoniell. Neben Lears Blut wirkten ihre eigenen Lettern schmutzig rußig. Die Erde bebte nicht, kein Gewitter brach über sie herein, es gab nicht einmal eine neue Schwefelwolke. Allerdings kribbelte es unangenehm unter Moiras Haut. Hinter ihrem Herzen zog es, als sie die Myrrhe zu tief einatmete. Schweiß rann ihr den Nacken hinab. Eilig langte sie in ihre Manteltasche, auf der Suche nach einer Zigarette, doch sie trug noch immer Skorpins Mantel. In den Taschen fanden sich nur Hustenbonbons. Moira versuchte, gleichmäßig zu atmen, doch ihr Herzrasen drohte sich in eine ausgewachsene Panikattacke zu verwandeln.

»Das wär's für heute«, sagte Lear gelassen. »Morgen können Sie loslegen. Die Marktwache lässt Ihnen alle nötigen Unterlagen zukommen.«

»Die Marktwache hat die bisherigen Ermittlungen durchgeführt«, ergänzte Skorpin. »Die erklären Ihnen alles, wenn Sie nur nett fragen. Also sagen Sie Danke und Bitte, versuchen Sie, niemanden zu bestechen, zu bedrohen oder zu erpressen, auch wenn's schwerfällt, dann bekommen Sie keine Probleme. Ich spring nicht jedes Mal in die Bresche, wenn Sie sich mit jemandem anlegen, klar? Bleiben Sie sauber.«

»Ich geb mir Mühe, Sonnenschein.« Das antrainierte Lächeln war das Einzige, was Moira davon abhielt, zu hyperventilieren. »Aber nur so aus Interesse: Wie stiehlt man auf saubere Weise Träume aus Köpfen?«

Skorpins eindringlicher Blick bescherte Moira eine unangenehme Gänsehaut. »Es mag Sie irritieren, aber unsere Weise *ist* die saubere Weise.«

»Hört, hört.« Lear erhob sich und streckte Moira ihre rote rechte Hand entgegen. »Nun denn, willkommen in Fort Nook.« Als Moira ihr zögerlich ihren rechten Arm reichte, schüttelte Lear den Kopf. »Die andere, Miss Bran.«

Lears Händedruck war fest, wie es sich für einen Vertragsabschluss gehörte, doch als sie den Schnitt an Moiras Zeigefinger streifte, gaben

Moiras Knie nach. Ein fremder Pulsschlag donnerte durch ihren Kopf; für den Bruchteil eines Herzschlags kratzte Lears Präsenz unter ihrer Schädeldecke – scharfsinnig, aufmerksam, klug und ruhig wie eine Pflanze, die mit Wurzeln und Ranken frischen Boden ertastete. Moira riss den Arm zurück, doch ihre Handfläche brannte wie Feuer. Für einen kurzen Augenblick sah sie das tiefrote Mal in ihrer Hand – ein Kreis, den fünf senkrechte Striche durchbrachen. Als sie blinzelte, zerschmolz das Mal zwischen ihren Lebenslinien, doch sie spürte es wie einen Fremdkörper unter der Haut.

Ihre Kehle schnürte sich zu. Ein Dämonenmal. Wenn die Kureter sie damit erwischten, war sie geliefert – mehr als bei Lear und McGowan zusammen.

»*Jetzt* hat sie Angst«, sagte Skorpin trocken.

»Oh, nicht doch, das sind bloß Formalien, Miss Bran.« Gold loderte in Lears Augen wie ein Sonnenaufgang über dem Hudson.

Moira biss die Zähne zusammen. Wenn sie den Mund aufmachte, würde sie sich über den Vertrag erbrechen, und vermutlich wurde das vermaledeite Ding dadurch nicht unwirksam. Sie rappelte sich auf – zu schnell. Das Dämonenmal unter ihrer Haut pochte widerlich, wie ein zweiter Herzschlag. Sie bekam keine Luft mehr.

»Alles in Ordnung?« Amis besorgte Stimme klang weit weg, obwohl sie gleich neben Moira saß. »Sind ein bisschen blass um die Nase, Miss.«

»*Ding Dong! The Witch Is Dead*«, murmelte Moira. Dann hatte die Panikattacke die Freundlichkeit, sie ins Reich der Ohnmacht zu befördern. Ihre wenig graziöse Bauchlandung vor Theresa Lears Füßen bekam sie nicht mehr mit.

6.
EMON IM SCHRANK

-1-

Sova schloss die Augen und genoss, wie das heiße Wasser ihren Körper umspielte und die lange Nacht fortspülte. Das ausgiebige Bad hatte sie sich nach diesem Abend wirklich verdient! Sie schrubbte ihre vernarbten Arme mit Salbeiseife und klaubte Brans angetrocknetes Blut unter den Fingernägeln hervor. Beim Haarewaschen sehnte sie sich inbrünstig nach einem Tütchen Vipernatron, um den Geruch zu neutralisieren, denn als sie sich schließlich mit einem Handtuch trockenrubbelte, in frische Kleider schlüpfte und sich anschickte, das Badezimmer zu verlassen, hatte sie das Gefühl, noch immer nach Bluthaus zu stinken.

»Tust du ja auch.«

Sova schrie auf. Die knarzige Stimme war gleich neben ihrem Ohr! Etwas stach an ihrem Hinterkopf, dann an den Rippen, dann am Hals – plötzlich ein widerliches Saugen. Alrmiert drehte sie sich um ihre eigene Achse. Irgendetwas war hier im Bad! Fahrig betastete sie ihren Nacken. Es fühlte sich an, als ränne etwas aus ihr heraus. Benommen stützte sie sich auf dem Waschbecken ab. Bei Nantey, sie hasste das Gefühl! Mit tränenden Augen griff sie in die Luft, gleich über ihrem Nacken, wo das Saugen am stärksten war. Ihre Finger trafen auf wolligen, warmen Widerstand. Ein Fauchen ertönte. Entschlossen packte sie das flauschige Etwas und drückte es in das nasse Keramikbecken. Das Fauchen schrumpfte zu einem atemlosen Röcheln. In ihrem Griff materialisierte sich ein ausgesprochen hässliches Wesen – rattengroß, mit rauchgrauem Fell, maskenhaftem Ledergesicht und Krallentatzen. Breite Reißzähne grinsten in dem Spitzmaul, schwarze Hörner ragten aus dem waschbärhaften Kopf.

Ein ausgewachsener Emon. Schon wieder.

»Ihr Viecher werdet immer frecher«, brummte Sova.

»Bäh, du schmeckst nicht!« Der Emon putzte seine gespaltene Zunge am Wasserhahn ab. Sein zackiger Schwanz peitschte gegen Sovas Unterarm. »Wie verbrannter Toast, igitt! Und als Brutstätte taugst du auch nicht!«

Was ihn allerdings nicht davon abhielt, sie erneut anzuspringen. Seine Zunge bohrte sich wie ein Stachel unter ihr Fleisch, saugte an dem Schrecken, an der aufkeimenden Wut, an der Angst, die immer *mehr* wurde, während er fraß.

»Hat dir niemand erzählt, dass Skorpione giftig sind?«, fauchte Sova und warf den Emon quer durchs Bad. Das Viech prallte mit einem dumpfen Knall gegen die Tür und setzte mit gewetzten Krallen erneut zum Sprung an. Sova schlug mit einem Handtuch nach ihm, bis er mit einem empörten Quieken verschwand.

Schwer atmend sank sie gegen die kalten Kacheln und wartete, dass der widerliche Schreck abebbte. Als sie schließlich misstrauisch umherspähte, war der Emon nirgends zu sehen.

Der Türknauf bewegte sich. »Alles in Ordnung?«, drang Luas' besorgte Stimme durch das Holz.

»Spinne«, krächzte Sova. »Riesenviech. Alles gut, sie ist tot.«

Als das Klonken von Luas' Fußprothese verklang, wischte Sova sich mit bebenden Händen das nasse Haar aus den Augen, tastete über die Pikser und atmete tief durch. Geister und Sterne, sie brauchte Schokolade. Diese Nacht schoss sowieso den Vogel ab, und jetzt auch noch Emonen!

»Spinne, soso.« Ein dreckiges Kichern erklang gleich über ihr. »Maann, wenn du wenigstens was Hübsches wärst!« Der Emon schaukelte am Schwanz von der Deckenlampe und betrachtete Sova ungeniert. »*Das wird lustig, Algernon*, haben sie gesagt – *Bestes Futter, Algernon*, haben sie gesagt. Aber du bist nicht lecker, nur müde! Nix, wo man ordentlich Eier legen will!«

Sova wurde eiskalt, doch der erste Schreck ebbte rasch ab und hinterließ ein schales Gefühl in ihrem Mund. »Das Leben ist hart, Algie.«

»Algernon, ich heiße Algernon.« Der Emon entblößte seine spitzen Zähne. »Aber die Show ist noch nicht vorbei. Irgendwann musst du wieder raus aus diesem hässlichen Fummel, oder schläfst du darin?« Das Fell über seinen Augen wackelte provokant. »Und Scham ist wirklich … köstlich!«

»Tja, ich fürchte, bei mir verhungerst du.« Sova schenkte ihm ein strahlendes Lächeln – die Art von Lächeln, die selbst Jenny Mendoza zum Heulen bringen würde. Erneut schlug sie mit ihrem Handtuch nach ihm. Der Emon plumpste kreischend zu Boden. Ehe er fortkrabbeln konnte, packte Sova ihn. Für einen Moment spielte sie mit dem Gedanken, ihn die Toilette hinunter zu spülen; dann kletterte sie auf den Badewannenrand und warf ihn aus dem Fenster. Der Platzregen draußen ertränkte seine Protestschreie.

Schleunigst schloss Sova das Fenster und wischte den beschlagenen Spiegel ab. Ihr Nacken kribbelte und rötete sich zusehends über dem Kragen ihrer weißen Bluse, wo der Emon mit seiner gespaltenen Zunge gefuhrwerkt hatte. Hoffentlich hatte das Viech in der kurzen Zeit keine Eier gelegt.

»Verdammte Parasiten«, murmelte Sova. Erst Vampire, jetzt Emonen. Es reichte.

Sie öffnete die Schranktür, um ihr Therox-Tonikum hervorzukramen. Der warme Duft half erstaunlich gut gegen den Worn, der schon wieder in ihren Knochen lauerte. Doch als sie nach dem Fläschchen griff, zuckte sie zurück. Ein pitschnasser Emon hockte mit gefletschten Zähnen im Badezimmerschrank.

»Du fiese Wachtel! Ich bin schon sauber, da brauch ich keine Zwangsdusche!«

Und damit sprang er ihr ins Gesicht.

Sova stürzte rücklings auf die Fliesen. Sie robbte über den Boden, während sie versuchte, sich Zähne, Zunge und Zackenschwanz des Emons vom Leib zu halten, doch das kleine Mistviech nahm, was es kriegen konnte: Es biss durch die Bluse, geradewegs unter ihre Rippen.

»Du – hast – sie – doch – nicht mehr alle«, keuchte sie und zog den Parasiten am Schwanz, doch Algie versenkte die Zähne bloß tiefer in ihrem Fleisch. Sova stöhnte auf. Als sie ihn endlich fortriss, spuckte er Stoff und quäkte, als hätte *sie* ihn gebissen.

Erneut trug Sova ihn zum Fenster. »Versuch das noch einmal, du Bazille«, keuchte sie, die linke Hand auf ihre Rippen gepresst, »und ich fress dich!«

»Das traust du dich nicht.« Das Viech zuckte mit den blutigen Schnurrhaaren – und verschwand aus Sovas Griff.

»Was zum …« Verdutzt starrte Sova auf ihre leere Hand. Wenn Emonen sich einmal für dich sichtbar machten, blieben sie es in der Regel auch. Außer, wenn …

Draußen auf dem Flur ertönte ein Trappeln wie von Rattenpfötchen.

»Drecksvieh«, fluchte Sova und stürzte aus dem Bad.

Nasse Tapser auf den Dielen führten einmal im Kreis durch die winzige Wohnküche. Sie endeten nicht an der Treppe, taperten nicht hinunter zu den Räumen von Luas und Amihan Cabal, und auch nicht zu Sovas Tür. Nein, sie verschwanden unter der Tür zum zweiten Gästezimmer der Cabals gleich gegenüber, in dem sie vor einer Stunde die Hexe einquartiert hatten.

Sova fluchte erneut und wischte sich über die Stirn, hinter der es mittlerweile wieder pochte. Vorsichtig öffnete sie die Tür zum Gästezimmer. Im Halbdunkel sah sie, wie Brans Brust sich leicht hob und senkte. Ami hatte sie kurzerhand in ein etwas zu großes Nachthemd gesteckt und den roten Fummel von McGowan im Hinterhof verbrannt. Jetzt verschwand die Hexe beinahe unter der dicken Daunendecke und atmete ruhig. Ihre Aura klebte wie ein brauner Schmierfilm an ihr, aber das war nach zwei Monaten in einem Bluthaus wohl kaum verwunderlich. Darunter blitzte sogar wieder ein wenig Gelb hervor. Wirkte nicht, als hätte sich der Emon sie zu seinem nächsten Snack erkoren. Sova wollte die Tür gerade wieder zuziehen, als Bran ein höchst unhexenhaftes Quietschen von sich gab. Ein Würgen und Husten folgte – und es klang nicht nach Brans Raucherlunge.

»Schmeckt's, Algie?« Mit zwei großen Schritten durchquerte Sova den Raum.

Der Emon hockte missgelaunt am Kopfende, die feuchten Schnurrhaare streiften Brans Lockenschopf. »Schmeckt auch nicht«, beschwerte er sich. »Ganz bitter, wie 'ne alte Grapefruit. Und ich heiße Algernon, merk dir das, Sofa!«

»Sso-wah«, sagte Sova. »Jetzt verpiss dich, Krümel!« Damit packte sie ihn am Genick, doch der Emon krallte sich mit dem Zackenschwanz an Brans Haaren fest und stieß, aller Grapefruithaftigkeit zum Trotz, seine Zunge in ihre Schläfen.

Prompt schoss die Hexe mit ausgestreckten Armen in die Senkrechte. Eine rote Woge stieß Sova erneut rücklings auf den Boden; hinter ihr knallte ein gerahmtes Bild von der Wand und zerschellte auf den Dielen.

»Was zur Hölle, *vitjka*!«

»Was ist denn falsch mit der alten Schabracke?«, zeterte Algie und steckte sich die verbrühten Pfoten ins Maul.

»Was ist falsch mit *dir*, Algie?«, knurrte Sova.

Bran murmelte benommen in einer fremden Sprache. Gälisch vielleicht. Ihre Finger dampften. Bei allen Geistern und Sternen, das ganze Zimmer roch nach Myrrhe und Schwefel!

Ehe Bran Anstalten machen konnte, aus dem Bett zu klettern, hob Sova die Stimme und sang. Es brauchte nicht viel, bis die Hexe wankte und zurück in die Kissen sank; dennoch zehrte es genug Energie, dass Sovas Pupillen sich erneut zusammenzogen. Ein scharfer Schmerz zuckte hinter ihren Augäpfeln. Geräuschvoll stieß Sova die Luft aus und wandte sich Algie zu, eine Schimpftirade auf der Zunge, doch der Emon war verschwunden.

»Was ist denn los hier oben?«

Luas hinkte die Treppe hinauf, mit seiner Krücke in der Hand und Ami im Schlepptau. »Hey, du gildest doch wohl nicht bei ihr?«

»Hier mieft's.« Ami rümpfte die Nase, als ihr Blick auf die Scherben fiel. »Habt ihr euch gezankt?«

»*Ich* hab gezankt«, knurrte Sova und kratzte sich die Rippen. Der Biss juckte, doch ihr Herzschlag beruhigte sich endlich. »Mit dem Emon, der mich im Bad überrascht und sie im Schlaf angefallen hat.«

»Emon? Schon wieder?« Ami schauderte.

Luas dagegen schnupperte nach dem Myrrhearoma. »Das riecht gar nicht nach dir.«

»Ist auch nicht von mir«, erwiderte Sova tonlos und nickte in Richtung der Hexe.

»Sie?« Luas runzelte die Stirn. »Noch mal? Ich dachte, mit ihrer Entladung bei Brod Strider hätte sich die Sache erledigt!«

»Ehrlich gesagt fand ich schon die Sache bei Strider merkwürdig«, sagte Sova langsam. »Ich meine, die Frau kann *nichts* außer Pendeln.« Mit einem letzten Blick auf Bran, die mittlerweile wieder gleichmäßig atmete, verließ sie das Zimmer. Die Cabals folgten ihr.

Grimassenschneidend schirmte Sova die Augen vor dem warmen Licht der Küchenzeile ab. Luas musterte sie so überrascht, als sähe er sie erst jetzt. »Du hast ja eine Bluse an. Die gute.«

»Die jetzt ein Loch hat.« Stirnrunzelnd betrachtete Sova den zerrissenen Stoff, in dem Algies Zähne ihre Spuren hinterlassen hatten. Bluttröpfchen zierten die weiße Baumwolle wie Marienkäfer. »Genau deshalb trag ich lieber Schwarz.«

»Hast du noch was vor?« Ami gähnte.

»Das Marktkonzil hat geladen«, antwortete Sova düster.

»Hui!« Luas hob die Brauen. »Seit wann lädt das Marktkonzil einfache Traumfängerschaft?«

»Seit einfache Fangende Hexen aus Bluthäusern holen, nehme ich an.« Sova schlüpfte in ihren Mantel, doch Luas fasste sie am Arm und hob ihr Kinn an. »Kriegst du schon wieder Worn? Du hast doch vorhin erst gegildet.«

Sova warf einen Blick in den Spiegel neben der Treppe. Ihre Pupillen wurden bereits wieder schmaler, und ihre Augäpfel begannen, in den Höhlen zu drücken. »Weil ich mich mit Parasiten prügeln durfte«, grollte sie. »Passt ihr auf, dass Algie nicht zurückkommt?«

»Algie?«, fragten die Cabals wie aus einem Mund.

»Der Emon.«

»Seit wann haben Emonen Namen?«, fragte Luas.

»Und seit wann sprechen die?«, ergänzte Ami.

Sova zuckte mit den Schultern. »Meint ihr … meint ihr, dass er …«

»Nein.« Luas‘ Miene verhärtete sich. »Es gibt vereinzelte Berichte über sprechende Emonen, Sova, aber die sind einfach nur alt. Und boshaft, wo wir schon dabei sind. Nichts weiter.«

Sova öffnete den Mund für eine Entgegnung, schloss ihn jedoch unverrichteter Dinge wieder. Sie hatten wirklich drängendere Probleme als sprechende Emonen!

-2-

»Ich sag doch, die Hexe hat mich gepackt – und bumm!« Brod Strider reckte dramatisch seine Arme. Brans Fingerabdrücke zeichneten sich auf seiner Haut ab wie Brandmale.

»Daran war nichts *bumm*, Brod, du hast sie als Batterie benutzt«, bellte Aleph. »Du hast genug Energie durch sie gepumpt, um einen Labrador zu grillen, selbst schuld!«

»Sie hat *mich* als Batterie benutzt«, erwiderte Strider mit hocherhobener Nase.

»Merkwürdig genug«, murmelte Sova. Wie so oft achtete niemand auf sie.

»Fürs Protokoll«, sagte Theresa Lear vernehmlich. Das Gemurmel erstarb. »Ich verbitte mir, dass auf dem Markt irgendwer als Batterie benutzt wird. Auch wenn die Herrschaften aus der ehemaligen Furis vielleicht anderes gewohnt sind.« Sie strafte Strider, Mink und Welles mit einem mahnenden Blick. »Miss Bran braucht keine Starthilfe. Wir haben sie nicht wegen ihrer magischen Fähigkeiten engagiert.«

»Aber Ma'am«, schaltete sich Lauril Welles ein, wie immer der ruhige Pol der Marktwache. »Das ist es doch! Wir wissen, dass die Frau magisch nichts auf dem Kasten hat, und trotzdem hatte sie nach Brods kleiner Starthilfe eine mittelschwere rote Eruption.«

»Und es war auch nicht die einzige«, sagte Sova. Diesmal drehten sich das versammelte Konzil und die Marktwache zu ihr um.

Lear nahm ihre beschlagene Brille ab. Ihr Adamsapfel zuckte, als sie schluckte. »Wie meinen?«

So berichtete Sova von Brans Begegnung mit dem Emon. Ihre letzten Worte gingen im beunruhigten Gemurmel der Dämonen unter.

»Das muss gar nichts bedeuten«, sagte Aleph laut. »Die Hexe hat zwei Monate lang jeden Tag Hypnos bekommen. Wir *wissen*, dass Hypnos bei Leuten mit entsprechender Veranlagung das rote Potenzial anfachen kann.«

»Aber die Hexe ist ansonsten so magisch wie eine Kuchengabel«, gab Sova energisch zurück. »Sie hat *gar* keine Veranlagung. Und plötzlich explodiert sie? Sie ist ein Sicherheitsrisiko!«

»Und du weißt natürlich alles darüber, wie man durch Hypnos zum Sicherheitsrisiko wird, nicht wahr?« Der alte Hector Sagittar zupfte seine Konzilsrobe zurecht und lächelte sie an, als wolle er sie demnächst auffressen. Roh.

Welles verschränkte die Arme. »Wie wahr. In letzter Zeit wieder ein paar Rationen geklaut, Sova? Hat eigentlich jemand überprüft, ob die Phiolen, die sie von McGowan mitgebracht hat, vollständig waren?«

Sova schoss das Blut in die Wangen. Sie ignorierte Welles und suchte Sagittars Blick. »Hier geht's nicht um mich, Sir!«

»Nein?« Sagittar hob die linke Augenbraue. »Du bist praktisch unser Präzedenzfall. Wen kennen wir denn sonst, der über einen längeren Zeitraum Hypnos geschluckt hat?«

Nun ballte Sova die Hände zu Fäusten. Sie begann zu schwitzen, obwohl sie fror, seit sie das Haus verlassen hatte. »Das ist sechs Jahre her, bei Nantey, wie lange wollt ihr mir das noch vorwerfen?«

»Das ist kein Vorwurf, im Gegenteil.« Sagittar erhob sich. »Ich halte die Hexe bekanntermaßen generell für ein Sicherheitsrisiko. Du bist das beste Beispiel, warum wir uns gründlich überlegen sollten, ob wir sie in dem Zustand in die Sub Side schicken wollen. Oder behauptest du etwa, es war eine *gute* Idee, dass du damals Hypnos gestohlen und konsumiert hast?«

Sova kniff die Lippen zusammen. »Es war damals notwendig.«

»Oh, klar, es war notwendig, dass du uns im Feld damit beinahe umgebracht hast«, grollte Mink. »*Dafür* hätten sie dich aus der Furis werfen sollen!«

»Ihr habt ja einen anderen Grund gefunden, nicht wahr?«, sagte Sova mit einem zuckersüßen Lächeln. Wie so oft in letzter Zeit bewirkte es bloß, dass der halbe Raum schauderte. Mit zittrigen Fingern berührte Sova die Tätowierung an ihrem Handgelenk. Sie war nicht wegen des Hypnos-Diebstahls in den Tombs gelandet, aber halb Fort Nook benahm sich, als wäre es genau so gewesen. »Es war notwendig, aber nein, es war keine gute Idee. Es war riskant. *Ich* war ein Risiko – für meine Kollegen und für unsere Gemeinschaft.«

»Einspruch«, sagte Lear. »Sovas Hypnos-Diebstahl mag die Gemüter immer noch erhitzen, aber niemand kann bestreiten, dass sie dadurch einige Leben gerettet hat.«

»Oh, bitte!« Mink warf die Hände in die Luft. »Aleph hat damals unser verdammtes Team angeführt und uns sowie unzählige Zivilisten aus brenzligen Situationen gerettet, und zwar ohne sich mit Hypnos zu dopen! Und Brod hatte das ebenfalls nie nötig!«

»Brods Dad ist ein echter Dämon, kein Averna«, schoss Aleph zurück. »Und ich hab gute Gene, sonst würde ich genauso häufig Worn leiden wie die anderen armen Säue in meinem Alter.«

»Aber deine Nichte hat deine tollen Gene nicht geerbt, oder was?«, grollte Mink.

Wie üblich ignorierte Aleph den Seitenhieb auf seine Verwandtschaft mit Sova. »Du vergleichst Äpfel mit Birnen, Ellyn!«

Mit Mühe hielt sich Sova davon ab, ihm dankbar zuzulächeln. Kam nicht oft vor, dass ihr Onkel ihr ach so schlimmes Vergehen verteidigte.

»Es geht hier nicht um Miss Skorpins Fähigkeiten in der Furis, sondern darum, was der Hypnos mit ihr gemacht hat«, sagte Sagittar sanft. Er wischte sich das weiße Haar aus der Stirn, sodass die beiden Hornstumpen über seinen Schläfen sichtbar wurden. »Ich glaube, dem Konzil ist nicht ganz klar, welche Auswirkungen der Hypnos damals bei ihr hatte. Sova, wärst du so gut, dem Konzil eine handfeste Probe zu geben?«

-3-

Kurz darauf erlosch das Licht im Konferenzraum. Sova war dankbar dafür – die Helligkeit verstärkte ihre Kopfschmerzen. Lears Hände lagen viel zu warm an ihrer Stirn, und jede Erinnerung, die sich in der Dunkelheit zu verschwommenen Bildern formte, ließ Sova zusammenzucken. Das Konzil würde alles sehen, was sie sah, und die bloße Vorstellung war zum Kotzen! Dennoch schloss sie die Augen, und mit einem Mal war sie wieder zweiundzwanzig, beim Feldeinsatz am Hafen, eine Falle von Iris Lesath höchstpersönlich, und sie presste die Zähne zusammen, um die Schreie des kleinen Jungen zu ertragen, dessen Aura zu schwarz und dessen Gesicht zu blutig war.

»Lass ihn gehen, Procyon!«, rief sie. Ihre Stimme bebte. Der Worn breitete sich in ihrem Hinterkopf aus wie eine Sturmwolke und saugte die Kraft aus ihren Gliedern. *Vrenoj*, sie war zu jung für den Scheiß!

»Aber ich hab doch so viel mit dem Kleinen vor!« Der Junge grinste, doch es lag nichts Kindliches in diesem Lächeln. Es war auch nicht die Stimme eines Kindes. Es war das Gebaren eines Dämons, der es genoss, seinen menschlichen Wirt so lange zu quälen und auszusaugen, bis nur noch eine leere Hülle übrigblieb.

Achill Procyon war zweifellos ein erstklassiges Arschloch in Lesaths Reihen.

Die Finger des Jungen krümmten sich.

Geistesgegenwärtig sprang Sova hinter den Schreibtisch. Der rote Blitz sauste über ihren Kopf hinweg, demolierte das Büro noch mehr. Der Junge brüllte vor Schmerzen, doch im nächsten Moment kicherte er. »Spielen wir Verstecken, ja?«

Schwer atmend schielte Sova zu ihrem Partner, doch Ben Tokar lag noch immer bewusstlos vor der Wand. Im oberen Stockwerk knallte es;

sie roch den Schwefel bis hierher. Gleich darauf ertönte ein Schrei. Klang nach Aleph. Hoffentlich riss er Iris Lesath ihr vergiftetes Herz heraus, dann hätte der Spuk endlich ein Ende …

Mit gefletschten Zähnen sandte sie einen roten Bann über den Schreibtisch. Achill Procyon lachte aus dem Kindermund.

»Du bist eine Averna, nicht wahr, Sova Skorpin?«, säuselte er. »Traumfresserchen. Süß. Ihr seid so *schwach*, wie Puppen. Ohne eure Träume überlebt ihr keine paar Wochen. Iris sagte schon immer, gerade euch würden ein paar *Batterien* extrem guttun.«

»Lesath hatte schon immer verdrehte Ideen«, keuchte Sova.

»Nicht doch!« Procyon schlug dem Jungen auf den Bauch, als würde er ein Pferd tätscheln. Dieser verkniff das Gesicht, doch gleich darauf kehrte Procyons höhnisches Grinsen zurück. »Menschlein sind so praktisch, findest du nicht? Frische Körper, Anonymität, Extra-Energie … Aber auf Dauer werden sie langweilig, muss ich sagen.«

Plötzlich herrschte Stille. Sova hielt den Atem an. Ihre Hand voller roher roter Magie zitterte. Wenn sie nur ordentlich zielen könnte … Ein Plumpsen ertönte. Vorsichtig lugte Sova am Schreibtisch vorbei. Der Junge lag reglos auf dem blutbefleckten Linoleum. Wo war Procyon?

Zu ihrer Rechten regte sich Ben in seiner Ecke. Als ihr Partner die Augen öffnete, keuchte Sova entsetzt auf. Seine Aura war nicht grün, wie die von Ben, sondern pechschwarz wie die von Achill Procyon!

»Ah, das ist besser.« Procyon streckte sich in seinem neuen Wirt. »Ist noch ein bisschen träge, der Gute.« Er streckte Bens Körper, mit einer Grazie, die ihr schlaksiger Kollege nie besessen hatte. »So praktisch, diese Dämonen-Menschen-Sprösslinge. Noch etwas widerborstig, aber sie lassen sich gut zureiten.«

Sova beschwor eine Ladung rote Energie in ihrer Handfläche, hielt jedoch im letzten Moment inne. Wenn sie falsch traf, würde sie Ben nicht befreien, sondern ermorden! Procyon lachte entzückt, als könne er ihre Zweifel wittern. Fieberhaft versuchte sie, Mink mit bloßer Willenskraft hierherzubewegen. *Possession. Ben. Hilfe, Leute, wir brauchen Verstärkung!* Doch niemand kam. Und wenn sie nichts unternahm, überließ sie ihren Partner einem größenwahnsinnigen Possesseur! Sie setzte zu einer neuen Beschwörung an, doch die Energie in ihrer Hand flackerte und erstarb. Ihr wurde schwarz vor Augen. Verdammter Worn! Schwer atmend presste sie sich die Faust vor den Mund. Lauschte dem Gebrüll aus dem Stockwerk über ihr, Brods und Laurils Flüchen von nebenan. Niemand sonst würde Ben helfen. Niemand würde *ihr* helfen. Sie kauerte sich unter dem Schreibtisch zusammen.

Schwere Schritte näherten sich.

»Willst du dich verstecken, bis du stirbst, Sova Skorpin?«

Kurzentschlossen tastete Sova in die Innentasche ihrer versengten Uniform. Sie hatte nie vorgehabt, die Phiole zu benutzen. Sie war ein Glücksbringer, ein Talisman, eine Erinnerung daran, wer sie war – wo sie herkam. Sie würde in hohem Bogen aus der Furis fliegen, wenn sie sie benutzte. Aber wen juckte das, wenn sie tot war?

Und so schluckte sie den Hypnos. Für einen Moment war sie gefangen in den albtraumhaften Bildern, die nicht ihr gehörten. Nackte Angst rauschte durch ihren Körper – und dann wandelte sich die Angst zu purem Adrenalin. Es war, als würde *sie* träumen – einen jener luziden Träume, in denen sie die Regeln machte. Neue Kraft durchströmte sie, verbrannte den Worn, verbrannte die Zweifel. Ein Lachen entfleuchte ihr. Sie würde heute Nacht nicht sterben, und Ben auch nicht!

Lautlos rollte sie unter dem Schreibtisch hervor und sprang Procyon an. Er antwortete mit einem Fluch; sie riss die Hände hoch, blockte, schleuderte ihn zurück. Die rohe Energie schmolz die Stehlampe neben der Tür. Mit einem Wink setzte Sova den Teppich in Brand und drängte Procyon an die Wand zurück. Eilig rollte sie den reglosen Körper des Kindes in Sicherheit, doch als sie wieder in die Senkrechte kam, ließ Procyon die Flammen gefrieren und sandte sie ihr als spitze Eiszapfen entgegen. Erneut duckte sie sich hinter den

Schreibtisch, presste die Handflächen zusammen und zielte mit den Fingerspitzen auf Procyon. Gleich darauf schrie er überrascht auf, wich fluchend in die Mitte des Raums zurück und streckte die Hände zu beiden Seiten aus. Er duckte sich, als würde die Decke auf ihn herniederdrücken. Sova lächelte atemlos. Hielt er sie wirklich für mächtig genug, um den Raum schrumpfen zu lassen? *Es ist doch nur ein Wachtraum, du Spaten*, dachte sie, doch sie verschwendete keine Zeit damit, ihn zu verspotten. Stattdessen warf sie sich auf ihn, ihre Athame fest in der Hand.

»Vorsicht, du willst deinem Freund doch nicht wehtun«, fiepte Procyon.

»Er wird's überleben«, grollte Sova und setzte die Athame an seine Stirn. »Du allerdings …«

Procyon warf sich gegen ihren Griff, sträubte sich, doch Sova packte ihn bei den Haaren und ritzte ohne Federlesen die Bannsigille auf seine Stirn. *Sorry, Partner, das wird ein harter Exorzismus*. Sie kannte den Drill – sie hatte es oft genug getan, und sie war gut darin. Besser als die Kureter der Sub Side, denen bei ihren Exorzismen regelmäßig die Opfer unter den Händen wegstarben. Heute würde niemand sterben!

»*Zersjelt!*«, bellte sie. Das rote Sirren an ihren Fingerspitzen machte sie ekstatisch. Macht. So süß, so betörend … »*Zersjelt*, Procyon!« *Weiche*. Das Sirren entlud sich in die Sigille an Bens Kopf, spielend leicht, statt sie, wie sonst, unfassbar müde zu machen. Und der Mann, der schrie, war nicht Ben, sondern Achill Procyon! Procyon krallte sich in dem gestohlenen Körper fest. Ungeduldig setzte Sova zwei Schnitte auf Bens Unterarme. »*Zersjelt, vrenoji laek*!«

Und Procyon gehorchte. Nun, gehorchen war untertrieben. Er platzte aus Bens Körper wie ein Eiterpickel und landete auf allen Vieren auf den feuchten Holzdielen. Sein eigener Körper war gedrungen. Er hatte ein vernarbtes Gesicht, lange Schattenhaare, aus denen schartige Elfenbeinhörner ragten, und Glutaugen.

»Süß«, keuchte Procyon, doch nun wirkte er nicht mehr amüsiert. Sein Blick zuckte zu den Wänden, die sich keinen Zentimeter bewegt hatten. »Wirklich süß, Skorpin.«

»Du sagst das immer wieder.« Irgendwie brachte Sova es fertig, zu lächeln. »Ich glaube, du weißt nicht, was das Wort bedeutet.« Damit schleuderte sie ihm zwei weitere Oneroi entgegen. Wachträume waren ihre Spezialität, besonders jene, die Angststarren hervorriefen, auch, wenn Traumzauber in der Furis nicht gern gesehen wurden. Die Zauber zehrten an ihr, fütterten den Worn, doch der Hypnos pulsierte in ihren Venen, hielt sie auf den Beinen, hielt ihre Hand stabil, als sie nach Procyons Arm griff.

»Süße Träume, Arschloch«, flüsterte Sova und begann zu singen.

Er sträubte sich, doch sie hatte bereits mit acht Jahren gelernt, selbst widerspenstige Geister in die dunklen Gewässer zu ziehen. *Danke, Mum.* Sie war gerade dabei, Procyon fluchtsicher zu verschnüren, als Brod und Lauril in den demolierten Raum stolperten.

»Lesath ist entwischt«, keuchte Brod. »Mink ist gerade dabei, hinter ihr aufzuräumen, und Aleph hat ein Auge verloren …« Er verstummte, als er Procyon sah. »Ist das …«

»Jawoll«, sagte Sova ruhig.

»Habt ihr … hast du …«

»*Vrenoj*, was ist mit Ben passiert?« Lauril wurde noch bleicher unter ihrem roten Haar, als sie sich über Sovas Partner beugte.

»Exorzismus.« Sova beendete ihr Werk. Sie sollte erschöpft sein, nach all den Flüchen, doch Magie knisterte in ihren Muskeln, wollte hinaus, und das Gilding konnte bis nach dem Frühstück warten!

»Brachialer ging's nicht, was?«, rief Lauril und drückte ihren Mantel auf die Schnitte an Bens Unterarmen. »Scheiße, Skorpin, du bist knapp an den Pulsadern vorbei!«

»Die Mediks kriegen ihn schon wieder hin.« Sova fischte eine Zigarette aus ihrer Uniform. »Er lebt noch, darauf kommt es an!«

Brod pfiff durch die aufgeplatzten Lippen. Selbst mit Veilchen sah der Mann noch unverschämt gut aus. »Respekt, Skorpin. Achill Procyon im Alleingang gestellt und einen Kollegen gerettet? Mit der Geschichte kannst du dir haufenweise Dates aufreißen.«

Sova grinste. »Als ob ich Zeit für Dates hätte, du Schrubber.«

***

»Das genügt.« Mit einem Wink ihrer roten Hand ließ Lear das Kaminfeuer aufflammen. Sova schnappte nach Luft, als würde sie aus einem reißenden Fluss gezerrt. Sie atmete schnell und unregelmäßig, ihre Muskeln brannten, als hätte sie den Kampf soeben erneut ausgefochten. Bloß die Hypnoseuphorie fehlte. Das Licht verscheuchte die Bilder, doch die Farben kehrten nicht zurück. Lauril Welles‘ Rotschopf blieb tristgrau, das Gold in Lears Augen bloß helle Flecken. Sova zwang sich zum Atmen und bekam kaum mit, dass die Diskussion um sie erneut entflammte.

»So übel hatte ich es gar nicht mehr in Erinnerung.« Mink bleckte ihre Zähne. »Größenwahn, beschissenes Risikomanagement, eine Prise Ruchlosigkeit …«

»Alles unschöne Nebenwirkungen von Hypnos, die uns in ordentliche Schwierigkeiten bringen, wenn sie bei Miss Bran auch auftauchen sollten«, meinte Hector Sagittar.

Lear straffte die Schultern und lehnte sich mit kerzengeradem Rücken in ihrem Stuhl zurück. »Die Frage ist bloß: Warum sollte dieser Fall eintreten, Hector? Erstens: Miss Bran ist eine Hexe, keine Averna. Zweitens: Sovas Hypnoszeit war 1941, seitdem hat unser Alchemiezirkel die Hypnosproduktion zweimal umgestellt. Der Hypnos von heute kann ganz anders wirken als der von damals.«

»Aber reichen die Parallelen nicht, die wir schon kennen?«, stieß Sova hervor. Der Raum blieb dunkel, obwohl das Kaminfeuer wild flackerte. »Die Hexe ist gut in Englisch und im Pendel-Gefuchtel, sonst nichts. Sie *sollte* keine roten Eruptionen haben. Wer weiß, was sie durch den Hypnos noch alles an den Tag legt, was sie eigentlich nicht können oder haben sollte? Ihr wollt doch wohl keine tickende Zeitbombe in die Sub Side schicken!«

»Habt ihr zwei Pappnasen eine bessere Idee, wenn ihr plötzlich so einhellig dagegen seid?«, brummte Aleph und blickte von Sova zu Hector.

»Projekt Black«, sagte Sova leise. »Wir könnten Projekt Black mit ihr fortsetzen.«

Für einen Moment herrschte Stille im Tagungsraum. Dann jedoch brach das Konzil in wildes Gekeife aus.

»Ruhe!« Lear erhob sich und Schweigen senkte sich über den Raum. »Wir haben wochenlang nach Miss Bran gesucht, damit sie für uns ermittelt. Genau das wird sie auch tun. Projekt Black«, ihre geschürzten Lippen ließen keinen Zweifel offen, was sie davon hielt, »ist beendet und wird nicht wiederbelebt.«

Sagittar räusperte sich. »Ich gebe zu, wir wissen momentan nicht genug darüber, wie Miss Bran auf Hypnos reagiert. Aber sollte sich herausstellen, dass sie uns in der Sub Side mehr schadet als nützt, wäre es unvernünftig, Projekt Black kategorisch auszuschließen.«

»Miss Bran hat ihre letzte Hypnos-Dosis vor weniger als sechs Stunden bekommen«, erwiderte Lear steif. »Vier Dosen am Tag, zwei Monate lang. Es wird dauern, bis das Zeug vollständig aus ihrem Stoffwechsel verschwindet, aber wenn es weg ist, haben sich die Eruptionen möglicherweise erledigt.«

»Und wenn nicht?«, fragte Strider.

»Darum kümmern wir uns, wenn es so weit ist. Solange die Hexe unsere Ermittlungen unterstützen kann, soll sie's tun.«

Sova sperrte den Mund auf. »Aber Ma'am, das ist Zeitverschwendung, und Zeit haben wir nun wirklich nicht!«

»Ganz genau.« Lears Stimme nahm einen stählernen Ton an. »Der Markt bricht zusammen, wenn wir noch mehr Fangende verlieren. Ohne Hypnos keine Kundschaft, ohne Kundschaft kein Geld für Essen, mehr Hunger, mehr Worn. Und wir wissen alle, was danach kommt.«

»Eben!«, rief Sova. *Vrenoj*, sie stand wie der leibhaftige Worn unter ihnen, zitternd und schwitzend. Wollten sie mit Gewalt wegschauen? »Das *sage* ich doch die ganze Zeit, wir -«

»Die Diskussion ist beendet.« Lear legte die Handflächen flach auf den Tisch. »Ich möchte, dass Miss Bran Einblick in alle Akten bekommt und mit den Angehörigen spricht.«

Während Lear Anweisungen an die Marktwache verteilte, sank Sova auf ihren Stuhl zurück und massierte ihre Rippe, wo der Emon sie gebissen hatte. Ihr Kopf schmerzte, und nicht nur, weil man Erinnerungen aus ihrem Schädel geklaubt hatte. Die Zähne drückten in ihrem Kiefer. Atmen wurde zur Schwerstarbeit. Wenn sie nicht aufpasste, würde sie der nächsten unseligen Person, die den Fehler machte, sie anzusprechen, die Kehle zerfetzen. Oder sich selbst die Augen herausrupfen, damit die Augäpfel nicht mehr so fürchterlich pulsierten …

»Sova. Auf ein Wort.«

Sie zuckte zusammen. Der Tagungsraum war leer; Lear stand bereits an der Tür an der Schrankwand, die zurück in ihr Büro führte. Widerwillig schlurfte Sova zu ihr, obwohl ihre Muskeln gegen die wenigen Schritte durch den Raum protestierten. In Lears Büro nahm sie auf dem Stuhl vor dem Schreibtisch Platz und eine Tasse Tee entgegen. Oder Kaffee – Sova roch nichts und erkannte auch die Farbe nicht. Dunkle Brühe, die nach nichts schmeckte. Missmutig rührte sie eine großzügige Portion Zucker hinein, aber nichts mit ein bisschen Süße blieb weiterhin nichts. Suchend blickte sie sich um. Lear schob ihr kommentarlos Salz- und Pfefferstreuer entgegen.

»Welcher Tee ist das?«, fragte sie, während sie den halben Salzstreuer in die Tasse leerte.

»Heiße Schokolade.«

»Oh.«

Lear schenkte ihr einen mitleidigen Blick. »Versuch's nach dem Gilding noch mal, dann schmeckst du bestimmt wieder etwas.«

»Ich bin nicht hier, um mit Ihnen Heiße Schokolade zu trinken, nicht wahr, Ma'am?«

»Nicht ganz.« Lear nahm ihre Brille ab und rieb sich die Augen. Ihre Pupillen waren nicht halb so schmal wie Sovas, doch merklich dünner als sonst. Sie wirkte übermüdet. Nach kurzem Zögern zog sie auch den hölzernen Ring von ihrem Mittelfinger, dessen magische Symbole prompt erloschen. Sogleich wurde ihr Kiefer markanter, die Schultern kaum merklich breiter, unter dem Stoff ihrer Bluse verschwanden ihre Brüste. Sova hatte sie noch nicht oft in ihrer zauberlosen Gestalt gesehen. Es passierte, klar, vor allem an anstrengenden Tagen, und in den Nooks spielte es ohnehin keine Rolle – Madame Lear war Madame Lear, ganz gleich, wie sie aussah. Doch jeder in den Nooks wusste, dass die Chefin sich mit den subtilen Wandlungszaubern wesentlich wohler fühlte, die sie nutzte, solange ihre Energie dazu ausreichte. Für heute war ihre Kraft offenbar aufgebraucht, und ein lächerlicher Teil in Sova seufzte erleichtert darüber, dass Lear sie noch immer als sicher genug empfand, um sich so zu zeigen – trotz allem, was sie verbockt hatte.

Klar, Skorpin – als könntest du *eine Bedrohung für die große Theresa Lear darstellen! Nimm dich nicht so wichtig!*

»Deine Rede vorhin war sehr leidenschaftlich, Sova«, sagte Lear schließlich. »Seit wann bist du so eine große Verfechterin von Projekt Black?«

Unbehaglich rutschte Sova auf ihrem Stuhl herum. »Es war … *ist* ein wichtiges Projekt.«

»Ich wünschte, wir hätten es nie gestartet«, sagte Lear leise und setzte die Brille wieder auf ihre Nase. »Es überrascht mich doch etwas, dass du es plötzlich mit deiner neuen Mitbewohnerin fortführen willst.«

Sova verdrehte die Augen. »Ja, was das angeht – wieso wohnt sie ausgerechnet bei uns? Sie könnte sonst wo schlafen! Gibt 'nen Haufen Averna, die ihr liebend gerne ein Bett zur Verfügung stellen würden!«

Doch Lear winkte bloß ab. »Luas Cabal war so enthusiastisch, eine Hexe im Haus zu haben. Bei euch ist sie gut aufgehoben. Auch, wenn du ständig dreinschaust, als würdest du ihr gern den Hals umdrehen.«

»Ich traue ihr nicht, Ma'am. Die Frau hätte uns für eine Titelstory verkauft, ohne Rücksicht auf Verluste! Wissen Sie, wie viele Leute ihretwegen in den Tombs hocken? Und nicht alle haben Dreck am Stecken! Sie ist 'ne Skandalreporterin, die ihre Quellen erpresst und bedroht und Geld mit dem Elend anderer Leute scheffelt.«

»Und trotzdem hast du sie nicht bei McGowan verrecken lassen.«

Sova biss sich auf die Unterlippe. »Weil niemand es verdient hat, als Lebendfutter für die Untoten herzuhalten. Und weil wir ihre Hilfe brauchen. Muss ich sie deshalb mögen?«

Lear schmunzelte. »Nun, sie sympathisiert sicher auch nicht gerade mit der Dämonin, die ihr das Hirn ausgekugelt und sie mit Gusto um Gnade hat winseln lassen.« Sie nippte an ihrem Tee. »Du bist die erste Dämonin, die sie kennengelernt hat, und du hast jedes Schauermärchen bestätigt, das man ihr in der Sub Side erzählt hat.«

Sova knirschte mit den Zähnen. »Ich darf Sie dran erinnern, dass der Befehl, sie abzuschrecken, von ganz oben kam, ja? Es war zu unser aller Schutz!«

»Darf ich *dich* daran erinnern, dass du den Job unbedingt wolltest?«, entgegnete Lear scharf. »Um, wie sagtest du, zu sehen, ob du noch das Zeug für die Furis hast? – Also.« Etwas gelassener fuhr sie fort: »Dass du sie vor McGowan gerettet hast, zeigt ihr hoffentlich, dass du nicht nur das Monster aus ihren Abträumen bist, sondern auch eine integre Person mit moralischem Rückgrat und ausgeprägtem Beschützerinstinkt.« Ehe Sova ihr für die verblüffend freundlichen Worte danken konnte, fügte sie hinzu: »Also mach es nicht kaputt.«

Sova stellte ihre Tasse eine Spur zu energisch auf dem Tisch ab. »Bei aller Liebe, ich werde mich nicht bei einer Hexe anbiedern!«

»Sollst du auch nicht. Du sollst bloß nicht die Ermittlungen untergraben.«

»Die Ermittlungen …« Empört schüttelte Sova den Kopf, der dadurch bloß noch ekliger schmerzte. »Ma'am, ich will unsere Vermissten genauso wiederhaben wie alle anderen auch!«

»Dann trag deinen Teil dazu bei.« Lear rückte ihre Brille zurecht. Nicht zum ersten Mal fragte sich Sova, ob sie das Ding wirklich brauchte. Es war schwer, sich bei einer so mächtigen Dämonin eine banale Sehschwäche vorzustellen. »Wenn sie dir vertraut, haben wir es geschafft. Also nimm ihr die Gründe weg, uns zu misstrauen. Sie soll unsere Vermissten finden, keinen Gespenstern hinterherjagen.«

Gequält verdrehte Sova die Augen. »Darf *ich* ausziehen?«

»Wieso? Ich wette, ihr zwei versteht euch prächtig, wenn man euch mit einer Flasche Saigall alleine lässt«, sagte Lear trocken. »Wenn sie sich nicht bedroht fühlt, konzentriert sie sich auf ihre Ermittlungen. Mehr wollen wir nicht.« Sie presste die Lippen aufeinander. »Und von Projekt Black will ich hier nichts mehr hören, verstanden?«

»Aye, Ma'am.« Sova leerte ihre Tasse, obwohl sie noch immer nichts schmeckte. Der Worn wütete auf ihrer Zunge, unter ihrer Haut, in ihren Knochen. *Wir wissen alle, was danach kommt.*

Verdammt, sie hatte keine Zeit für diesen Mummenschanz!

7.
FORT NOOK

-1-

Im Schlaf versuchte Moira, die fremden Hände abzuschütteln, doch McGowan drückte sie zu Boden. Seine Augen leuchteten golden, wie die von Skorpin. Wenn er sprach, klang er sogar wie die Dämonin. »Ich mag es, wenn Sie *bitte* sagen. Klingt fast wie Musik. Singen Sie noch mal für mich?« Dann rammte er Moira seine Fangzähne in den Hals. Moira schrie, versuchte, ihn fortzustoßen, aber er ließ sie nicht los.

»Geister und Sterne, beruhigen Sie sich, Miss Bran! Sh! Moira!«

»Sova! Kneif sie doch nicht!«

Moira schnappte nach Luft, tastete reflexartig nach ihrem Hals. Unversehrt, bloß empfindlich. Wach oder Schlaf? Sie kniff sich in den Arm, fester, als Skorpin es gerade getan hatte – fest genug für blaue Flecken. Wach. Eindeutig wach. Hektisch blickte sie sich um. Keine Rosentapete, und nach Blut roch es auch nicht. Das Zimmer, in dem Luas und Amihan Cabal sie untergebracht hatten, sah ernüchternd normal aus. Keine Pentagramme an den Wänden, nur ein Schutzkreis aus Kreide lugte unter dem Flickenteppich hervor. Skorpin saß auf der Bettkante, die Cabals musterten sie neugierig. Moira kniff die Augen zu. Dämonen. Richtig, sie hatte einen Blutpakt mit Dämonen geschlossen! Ein Dämonenmal brannte unter ihrer Haut! Und wenn sie Lears unmögliche Aufgabe nicht löste, landete sie wieder bei McGowan … War sie denn noch bei Trost?!

»Hey, sparen Sie sich die Schnappatmung, Missy, Sie sind in Sicherheit«, sagte Skorpin in ihrer netten, tröstlichen Art.

»Zeit fürs Frühstück, würde ich sagen«, meinte Luas, der im Türrahmen lehnte, heute in petrolblauem Samt und mit einem Holz- statt einem Metallfuß. »Und für mehr Eisen.«

»Und für warme Klamotten«, sagte Ami.

Fröstelnd verschränkte Moira die Arme. »Wo genau sind wir noch mal?«

»Bei uns zu Hause.« Ami stieß sich vom Kleiderschrank ab.

»Seit Mum im Hospiz ist, haben wir ziemlich viele freie Zimmer«, sagte Luas. »Sova wohnt auch hier, eine Tür weiter.«

»Reizend«, sagte Moira schwach.

»Tanzen Sie nicht gleich vor Freude«, seufzte Skorpin.

»Oh, Sie brauchen keine Angst zu haben«, meinte Luas. »Die Sache im April war ein Sicherheitsauftrag, nichts weiter. Sova hatte ein mächtig schlechtes Gewissen danach. Hat sich ordentlich die Kante gegeben.«

»Luas!« Wie von der Tarantel gestochen sprang Skorpin auf die Füße.

»Ist doch wahr.« Luas zuckte mit den Schultern. »Ich durfte dich nach Hause tragen.«

»Penner«, murmelte Skorpin mit hochroten Wangen.

Moira runzelte die Stirn. »Man hätte fast auf den Gedanken kommen können, Sie hatten Spaß an unserem kleinen Rendezvous.«

Pikiert zupfte Skorpin ihre Weste zurecht. »Das war der Plan, *vitjka.* Sie davon abzuhalten, weiterzurecherchieren. Das heißt noch lange nicht, dass es Spaß gemacht hat.«

Lüge, wisperte ein Stimmchen in Moiras Hinterkopf. Vorsichtig setzte sie die Füße auf die Dielen. »Nun, Sie waren oscarreif. Ich hoffe, Sie hatten wenigstens einen Mordskater.«

Zögerlich streckte Skorpin ihr die Hand entgegen. »Sind wir quitt? Nach gestern, meine ich?«

Moira hob eine Braue. »Sicher doch«, sagte sie und schlug ein – mit festem Händedruck. Die Art, die Leuten glaubhaft vorgaukelte, man sei nicht nachtragend. Skorpins Lächeln wirkte nicht mehr ganz so angestrengt.

Luas räusperte sich. »Fühlen Sie sich ganz wie zu Hause. Das hier ist Mums altes Zimmer. Wir hatten es eigentlich Mia Gill angeboten, weil sie die Nase voll von dem Gezanke in ihrer Wohngemeinschaft hatte, aber sie ist … nie hier eingezogen«, endete er unbehaglich.

Moira runzelte die Stirn. »Mia Gill? Wie in Caramia Gill?« Das Bild der tätowierten jungen Frau aus Aleph Taurs Vermisstenunterlagen tauchte in ihrem Kopf auf.

»Genau die.« Skorpin warf ihren zerzausten Flechtzopf über die Schulter und schnupperte naserümpfend. »Geister und Sterne, Sie brauchen ganz dringend ein Bad, Missy. Beeilen Sie sich, die Pancakes werden kalt.«

***

Die Cabals nannten es Frühstück, doch als Moira sich eine Viertelstunde später an den Esstisch im Erdgeschoss fallen ließ (mit nassem Haar und einem warmen Pullover von Ami), zeigte die Uhr neben dem Fenster bereits fünf Uhr nachmittags. Misstrauisch beäugte Moira ihre Kaffeetasse, während Ami neben ihr einen ihrer langen, geflochtenen Zöpfe umklammerte, die Augen zukniff und vor sich hinmurmelte.

»Nicht beim Essen, Amihan«, meinte Luas mit vollem Mund.

»Hey, das sind praktisch Hausaufgaben!« Ami betrachtete den Zopf. »Sie bewegen sich doch schon, oder? Sova?«

Kauend hob Skorpin die Brauen. »War das nicht ein Lufthauch? Sorry, sind für mich noch keine Schlangen, Mini-Medusa.«

Grummelnd presste Ami erneut die Augen zu.

Vorsichtig nippte Moira an ihrem Kaffee. »Ich dachte, Dämonen können ihr Äußeres so leicht wechseln wie Unterwäsche.«

»Glauben Sie, ich würde mit 'ner Fußprothese rumlaufen, wenn es so einfach wäre?«, entgegnete Luas mit einem schiefen Grinsen.

»Aber Lear hat sich gestern einfach so in eine Katze verwandelt.«

Skorpin schnaubte. »Die Frau ist aber auch nicht Ihr Ottonormaldämon. Von Lears Fähigkeiten können die meisten von uns nur träumen. – Ami, du kokelst!«

»*Vrenoj*!« Hastig tunkte Ami den schwelenden Flechtzopf in ihren Orangensaft. Der scharfe Schwefelgeruch ließ Moira würgen. »Ich geb's auf«, stöhnte sie, öffnete das Fenster und tauschte ihr zerfleddertes Schulbuch gegen ein Comicheft aus.

Frische Luft wehte herein, brachte den Duft nach Regen und feuchtem Laub mit sich und weckte Moiras Lebensgeister. Zwischen starkem Kaffee und Pancakes löcherte Luas sie mit Fragen über die Sub Side im Allgemeinen und Magier im Besonderen. Moira antwortete mit höflichem Schulbuchwissen und subtilen Gegenfragen. Je mehr sie aus den Cabals herauskitzeln konnte, desto besser. Das Bad hatte Klarheit in ihre wirren Gedanken gebracht. Was auch immer diese Dämonen für sie in petto hatten, konnte unmöglich schlimmer sein als das Bluthaus. Als Luas sich in einer Detailfrage über den Runensteinkreis verhaspelte, rollte Ami mit den Augen, ohne von ihrem Comic aufzusehen.

»Lass gut sein, Luas, sie ist doch kein Lexikon!«

»Aber wie oft können wir schon mit Hexen sprechen?« Luas setzte seine Teetasse ab. »Wissen Sie, unser Dad ist ein Magier.«

Moira spuckte beinahe ihren Kaffee über den Tisch. »Wie passiert denn so was?«

Skorpin, die gerade Senf auf ihren Marmeladenpfannkuchen strich, grinste schief. »Wenn zwei Personen mit kompatiblen Fortpflanzungsanlagen sich ganz doll lieb haben …«

Luas besaß die Grazie, sie mit einem Zuckerwürfel zu bewerfen. »Passiert eben«, sagte er zu Moira. »Wir haben ihn nie getroffen. Leider.«

»Also sind Sie Halbmagier?« Moira konnte sich beim besten Willen nicht vorstellen, dass ein Sub Side-Magier wissentlich mit einer Dämonin schlief. »Weiß euer Vater von seinem Glück?«

»Keine Ahnung, Mum redet nicht gern darüber«, sagte Ami mit einem Mundvoll Müsli. Ihrem Tonfall nach galt für sie dasselbe.

»Leider«, seufzte Luas erneut. »Ich wüsste gern, wer er ist, wie er tickt, ob man gut mit ihm quatschen kann … und, na ja, ob er vielleicht ein bisschen mehr über seine Familie weiß als wir über unsere. Ami und ich wurden beide in Manhattan geboren, Mum auch, aber … die meisten

Avernafamilien sind für Generationen über den halben Globus gezogen und haben sich mit unterschiedlichsten Leuten zusammengetan – meist Menschen, manchmal Magier, aus allen möglichen Orten. Dokumentiert wurde allerdings immer nur die dämonische Hälfte. Und jetzt werden Ami und ich ständig als *Chinesen* oder *Japaner* betitelt, weil wir aussehen, wie wir aussehen, und gut möglich, dass irgendeiner unserer Vorfahren dort herkam, aber wir wissen es nicht, weil … nun …«

»Nicht-Averna-Hälften zu unwichtig sind, um sie festzuhalten«, brummte Skorpin, die sich bislang nur mit finsteren Blicken am Gespräch beteiligt hatte. Als ein weiterer Zuckerwürfel in ihre Richtung flog, ergänzte sie eilig: »Zumindest wenn's nach Leuten wie meiner Mutter geht. Die behauptet bis heute steif und fest, dass wir New Yorker Averna sind und sonst gar nichts. Ändert aber auch nichts dran, dass meine Schwester und ich ständig gefragt werden, ob wir aus Pakistan oder Indien oder dem Iran kommen.« Damit widmete sie sich wieder ihren abenteuerlichen Pancakes.

»Aber wir *sind* doch in erster Linie Averna aus New York«, mümmelte Ami, während sie die Rosinen aus ihrem Müsli pickte. »Was anderes kennen wir ja nicht.«

»Leider«, wiederholte Luas erneut und erhob sich ächzend. »Beeil dich mal, Ami, sonst kommst du wieder zu spät zum Unterricht.«

Gequält verzog seine Schwester den Mund und sank tiefer in ihren Stuhl. »Kann ich den Extraktionskurs nicht einfach schmeißen?«

»Nein, kannst du nicht. Willst du Mum das Herz brechen?«

»Aber ich werde sowieso keine Fängerin! Und Mink hasst mich!«

»Mink hasst alle«, sagte Skorpin mit vollem Mund.

»Nicht hilfreich, Sovalein«, grollte Luas und warf sich seine Jacke über.

»Ist doch wahr!« Skorpin träufelte Sirup und Käse über ihre grausige Senf-Marmeladen-Mischung. »Sie ist 'ne frustrierte alte Schachtel, die es für unter ihrer Würde hält, als *echte* Dämonin niedere Averna-Blagen zu unterrichten. Hey, Ami, wenn sie fies zu dir ist, erinnere sie dran, dass sie als Furis-Rekrutin ihrem Ausbilder eine Inkontinenz angehängt hat.«

Prompt wurde Ami blass. »Damit mach ich's doch bloß viel schlimmer!«

»Quatsch, sie weiß doch, wer dir die Geschichte geflüstert hat.« Skorpin zwinkerte.

»Dann hasst sie dich noch mehr.«

»Noch mehr geht nicht«, entgegnete Skorpin und füllte ihren Mund mit Pancakes.

Als die Tür hinter den Cabals ins Schloss fiel, fasste sie Moira ins Auge. »Sie sollten sich ebenfalls ranhalten. Bereit für den ersten Arbeitstag, Frau Ermittlerin?«

Moira suchte nach dem Spott in ihrer Stimme, nach dem unausgesprochenen *Ich weiß genau, dass Sie eine Hochstaplerin sind, Missy* – und fand nichts dergleichen. Merkwürdig. Also schluckte sie ihre Kopfschmerzen und das schale Gefühl im Mund herunter und kam schwankend auf die Beine.

»Klar doch, Sonnenschein. Wo geht's zu den Akten?«

-2-

Als sie aus dem Haus traten, blieb Moira wie angewurzelt stehen. »Wo zum Teufel sind wir?«

Skorpin, die schon drei Schritte weiter war, drehte sich zu ihr um. »Immer noch in Fort Nook. Sie haben keine Quantensprünge gemacht, *vitjka.*«

Ungläubig schaute Moira umher. Am Ende der Straße begann der Traummarkt, die Stände reihten sich wie an einer Perlenschnur auf – kunterbunt, mit Lichterketten und Girlanden, wie ein Weihnachtsmarkt. Doch drum herum ... Das alles war letzte Nacht nicht dagewesen! Niedrige Häuschen lauerten unter den Bäumen wie Straßenkatzen auf der Jagd, schmale Gässchen zweigten von dem breiten Kiesweg ab und verloren sich zwischen windschiefen Ziegelgebäuden mit abgerundeten Schieferdächern. Gelächter und Stimmen drangen aus etwas, das wie eine Taverne aussah; hinter einem eleganten Bau mit filigranen Schnörkeln stieg duftender Dampf in die Abendluft. Wäscheleinen spannten sich zwischen den Giebeln, darunter spielten ein paar Dämonenkinder, aus deren Köpfen sich beachtliche Hörner wanden – viel größer als die, die Moira bisher bei den erwachsenen Dämonen gesehen hatte. Am anderen Ende der Straße, gegenüber dem Traummarkt, zeichnete sich eine ausladende Perlmuttkuppel vor dem bewölkten Abendhimmel ab, gestützt von Säulen und Bögen – wie ein Palast oder Tempel. Hinter den Häusern erstreckte sich ein Mischwald. Ein Wald! Und Grashügel? In Manhattan?

Mit offenem Mund drehte Moira sich zu Skorpin um. »Ich glaube, ich halluziniere immer noch. Sagten Sie nicht, wir sind noch in der Battery?«

»In Fort Nook, ja. In *unserer* Battery.« Mit den Händen in den Taschen schlenderte Skorpin zu ihr zurück. »Das war gestern auch alles schon da. Aber Madame Lear wollte nicht riskieren, dass Sie die Nooks sehen, bevor Sie den Vertrag unterschreiben. Denken Sie, sie brennt Ihnen zum Spaß Muster in die Haut?«

Verdutzt starrte Moira auf ihre Hand, wo Lears Dämonenmal unsichtbar unter den Lebenslinien lauerte. »Moment – dafür war das Mal? Und die Kunden …«

»… sehen nur den Markt, nicht unser Zuhause, richtig. Sie wollen doch auch keinen ungebetenen Besuch im Wohnzimmer, oder?«

Während sie zum Markt hinüberschlenderten, drehte Moira immer wieder den Kopf. Eine Gruppe Jugendlicher stand mit gereckten Hälsen an dem Steinmäuerchen, das den Markt einzäunte. Zwei uniformierte Dämonen scheuchten die Jungspunde fort, in Richtung des Palasts. Moira öffnete gerade den Mund, als der Boden unter ihren Füßen zu beben begann. Im nächsten Moment schüttelten die Marktstände ihre Girlanden ab. Die Lichterketten blähten sich zu warmen Laternen und Öllampen auf, bunte Tücher zierten die Stände, die plötzlich nicht mehr bloß Hypnos-Phiolen, sondern auch eine breite Auswahl an Kissen, Decken und Büchern feilboten, wie auf einem Basar. Vor den Wohnhäusern dagegen rollten trockene Steppenläufer über den regennassen Kies; Ziegel wurden zu bemaltem Holz, und ein Dämon in der Nähe fluchte, als sich die Pforten der Taverne in schwingende Saloontüren verwandelten. Und Moira selbst … nun, sie und Skorpin standen nicht länger auf dem Kiesweg, sondern auf einer Brücke. Ein Fluss, der zuvor nicht da gewesen war, gabelte sich statt der Steinmauer um den Traummarkt. Moira kniff sich in den Arm, doch vor ihren Augen wurde die Straße länger, während sie hinsah. Sie war wach. Aber das konnte nicht sein.

»Brauchen Sie 'ne Spucktüte?«, fragte Skorpin amüsiert. »Will Nikula hat gereihert, als er das erste Mal hier war.«

»Was *ist* das?« Ungläubig drehte Moira sich um die eigene Achse.

Skorpin schmunzelte. »Na ja, das Ding heißt nicht umsonst Traummarkt.«

»Halt, Sie meinen … Das ist doch wohl ein Scherz!«

»Fragen Sie mal Madame Lear, ob sie darüber lachen kann. Seit dem Lesath-Krieg ist Fort Nook der sicherste Schlupfwinkel für Dämonen. In Träumen kann dich niemand finden.«

»Sie verstecken sich *in* Träumen?« Moira starrte sie an. Sie spürte die Wellen des Flusses unter ihren Füßen. »Wessen Traum ist das?«

»Der Markt selbst träumt«, sagte Skorpin. »Ich weiß nicht genau, wie es funktioniert. Ist wohl ein intelligenter Zauber, das ist Lears Spezialgebiet. Das Ding bekommt jeden Tag ein paar Häppchen von allem, was die Fängerschaft mitbringt, und spinnt es zu eigenen Träumen weiter.« Sie biss sich auf die Lippen, als hätte sie zu viel gesagt.

Moiras Hirn verknotete sich bei dem Versuch, eine logische Erklärung herzuleiten. Ein *Ort,* der lebendig genug war, um zu träumen? »Das ist, als würden sich Vampire ein Haus aus Blut bauen, oder Emonen ein Nest aus Gefühlen.« Sie konnte nicht aufhören, zu schauen. Die Wohnhäuser zogen sich in gigantische Bäume zurück; Licht schien aus den großen Astlöchern. Farben erstrahlten intensiver, Schatten verschwanden. Der Kuppelpalast wand sich zu einer spitzdächigen Kathedrale in die Höhe. Im nächsten Moment veränderte sich die Szenerie rasend schnell. Die Farben flackerten; Distanzen schrumpften und streckten sich; Fort Nook schien sich zu verbiegen, zu zerlegen und spiegelverkehrt wieder zusammenzubauen. Nun wurde Moira tatsächlich übel.

»In der Dämmerung rotiert alles schneller – das gibt sich wieder«, sagte Skorpin. »Aber die Knochen unter den Träumen bleiben immer konstant. Machen Sie sich einfach einen Ariadne-Knoten, dann sehen Sie nur das Skelett. Praktisch jeder von uns orientiert sich so, sonst macht es einen ganz wirr.«

»Ist ja praktisch.« Moira balancierte die Worte vorsichtig auf der Zunge, damit ihr Frühstück blieb, wo es hingehörte. »Bloß übersteigt das meine Fähigkeiten, fürchte ich.«

Skorpin runzelte die Stirn. »Wirklich? Selbst so Basis-Kram wie ein Ariadne?«

»Ich brauch ein Pendel, um Magie auch nur zu erspüren, Sova.«

»Herrje.« Skorpin zog ein Band aus ihrer Manteltasche und summte eine kurze, dissonante Melodie, während sie es durch ihre Finger zog. Schließlich verknotete sie es dreimal. Als sie Moira das Band in die Hand drückte, blieb die Welt mit einem Ruck stehen. Die Häuser waren wieder aus Ziegel, der Markt eine Ansammlung kunterbunter Stände.

»Danke«, sagte Moira leise und wickelte das Band um ihr Handgelenk.

Während sie Skorpin auf den Markt folgte, drehte sie immer wieder den Kopf. Sie war nicht für einen Artikel hier, doch sie hätte viel dafür gegeben, ihre Eindrücke mit einem Echoauge festzuhalten.

-3-

»Was zur Hölle ist ein FFS?« Moira rieb sich die Augen.

Vorsichtig füllte Luas frische Hypnos-Rationen in die Phiolen ab. »Das bedeutet ‚fängt für Stand'. Also, Fangende, die die Stände beliefern, aber nicht ihren Namen dafür hergeben.«

»Okay. Und dann sind F/S …«

»Fangende, die gleichzeitig auch einen eigenen Stand betreiben, richtig. Und S sind die, die Stände betreiben und verkaufen, aber nicht selbst auf die Jagd gehen.«

»Hs gibt's nicht.«

Luas klebte Etiketten auf die Hypnos-Phiolen, die er gerade fertiggestellt hatte, und linste nach oben. »Schreibst du dir ein Lexikon?«

»Nein, ich übersetze.« Gähnend machte Moira sich eine Notiz. Es war die dritte Nacht, die sie in Luas' Pavillon über den Akten verbrachte. Sie kam im Schneckentempo voran. Die Unterlagen, die Aleph Taur ihr in die Hand gedrückt hatte, strotzten vor Begriffen und Abkürzungen, die Moira noch nie gehört hatte. Während Ami über ihren Lateinhausaufgaben saß, versuchte Moira, Stück für Stück die Dokumente zu übersetzen und einen roten Faden zu entdecken. Nun überflog sie noch einmal die Notizen.

»Gut, also sind die meisten Vermissten Zulieferer.« Sie runzelte die Stirn und blätterte durch die einzelnen Unterlagen, aber mehr als die Markierungen fand sie nicht. »Gibt's eine Kartei, mit der man rausfinden kann, welcher Fänger welchen Händler beliefert?«

Luas unterdrückte ein Schmunzeln. »Na ja, hier weiß das jeder. Wahrscheinlich haben sie's deshalb nicht für nötig gehalten, es extra aufzuschreiben. Wenn du magst, zeige ich dir nach meiner Schicht, wen du ausfragen kannst.«

»Fantastisch, danke.« Moira rieb sich das Kinn. Die Puzzleteile bereiteten ihr Kopfschmerzen. Schlimmstenfalls zermarterte sie sich das Hirn, während die Lösung ganz einfach war. »Ist schon mal jemand auf die Idee gekommen, dass Ihre Leute den Kuretern in die Hände gefallen sind?«, hatte sie Aleph Taur gefragt, als sie ihre Arbeit angetreten war.

»Selbstverständlich«, hatte Taur gegrollt. »Nur können wir schlecht in die Sub Side spazieren und das selbsternannte Exorzistenpack fragen, ob sie einen Haufen Dämonen in Gewahrsam haben, nicht wahr?«

»Haben Sie's versucht?«

»Wissen Sie, was los ist, wenn Dämonen sich in die Sub Side wagen?« Taur hatte gegrunzt. »Zeter und Mordio. Die Obelisken schlagen Alarm. Natürlich würden die Kureter es als rotmagischen Anschlag vertuschen, die haben schließlich einen Ruf zu verlieren. Nikula hat's versucht. Aber ein Vampir in einer Magier-Schlangengrube … Sie können sich denken, wie das gelaufen ist.« Seine Mundwinkel zuckten. »Für so etwas haben wir ja Sie engagiert.«

Moira bezweifelte, dass sie als Halbhexe mehr Erfolg haben würde als Will Nikula. Aber wenn sie sich die Akten so anschaute, war sie noch zehn Schritte davon entfernt, in der Sub Side nach den Dämonen zu suchen.

»Habt ihr eigentlich Konkurrenz?«, fragte sie Luas, während Ami sich neben ihr die Haare raufte und versucht schien, ihren Ovid im Hypnos-Kessel zu ertränken. »Irgendwer, der wirklich davon profitieren würde, wenn eure besten Leute verschwinden?«

»Wir sind die einzigen Averna, die Hypnos verkaufen, wenn du das meinst«, antwortete Luas. »Es gibt zwar noch die Separatisten – also die Averna, die nicht in Fort Nook wohnen. Die Skorpins, die Arrains, die Carous und Rickons … Aber die wohnen alle in Brooklyn und die halten rein gar nichts von unserem … Geschäftsmodell.«

Moira runzelte die Stirn. »Die Skorpins?«

»Jap. Hat Sova dir mal von ihrer Mum erzählt?« Luas schauderte. »Gruselige Frau.«

»Aber Träume brauchen diese Separatisten schon?«

»Klar, aber die regeln ihren Bedarf anders.« Luas schob den fertigen Hypnos beiseite und überkreuzte die Beine. Heute trug er einen Klauenfuß aus Kupfer. Moira hatte ihn noch nie zweimal hintereinander mit derselben Prothese gesehen. »Die gilden jede Nacht bei denselben Leuten, ohne Rücksicht auf die Gesundheit der Träumenden.« Er senkte die Stimme. »Die entführen wohl sogar Obdachlose und halten sie sich für ihr Gilding im Keller, aber das konnten Aleph und Sova ihnen nicht mal zu Furis-Zeiten nachweisen.«

»Wie bitte?« Moira starrte ihn an.

Luas zuckte bloß mit den Schultern. »Sova konnte nicht schnell genug zu Hause ausziehen. Ihre Mum ist im Dreieck gesprungen, als sie rausbekommen hat, dass ihr Töchterlein heimlich Träume auf dem Markt vertickt.« Er strich sich über das Kinn. »Wie gesagt, für die Separatisten sind wir bloß dreckiger Abschaum. Die haben keinen Grund, uns unsere Leute abspenstig zu machen. Und Mink hat ihnen schon einen Besuch abgestattet, glaube ich.«

Moira nickte langsam und ließ den Blick schweifen. Zwischen den Ständen stromerten Vampire herum, die, wie es aussah, durch eine Art U-Bahn-Schacht auf den Markt gelangten. Dort unten, hatte Ami ihr erklärt, lag der Besuchereingang (der einzige Ein- oder Ausgang, den Moira bislang entdeckt hatte), und wann immer eine langzahnige Gestalt erschien, war ein Dämon mit Klemmbrett zur Stelle, der Namen notierte und Gesichter abglich. Nicht wenige davon bekannt. Unwillkürlich presste Moira die Hand auf ihre Narben, als sie Gäste aus dem Bluthaus entdeckte. Hastig senkte sie den Kopf und vergrub sich wieder in den Akten. Sie bemerkte kaum, wie Ami sich für ihre Spätabendlektion verabschiedete.

Als sie das nächste Mal aufblickte, schaute sie geradewegs auf Martin Silver, der mit Argusaugen beobachtete, wie Luas seine Beute in ein flaches Sieb gab und mit einer Flüssigkeit übergoss, die stark nach Benzin stank. Die Traumknäule wanden sich, als litten sie Schmerzen, und glitten als geleeartige Masse durch das Sieb in eine tiefe Schale. Dort vermischten sie sich jedoch nicht, sondern schwammen übereinander, wie Öl auf Wasser. Luas griff nach einem breiten Schöpflöffel und hob die einzelnen Träume mit flinken Bewegungen an.

»Holla, Martin, so viele Sexträume heute! Neunzig für den kürzeren, schätze ich, hundertfünfzig für den langen, zweihundert für den mit der Peitsche … Wow, Hitchcock ist hier? Du hast nicht ernsthaft Alfred Hitchcock beklaut! … Dafür kannst du sechshundert nehmen, Mann, die Qualität ist spitze!«

»Ich weiß.« Silver strich sich das weiße Haar aus der Stirn. »Versau's nicht, Cabal. Auf den Hitchcock bin ich super stolz!«

»War dein Hypnos gestern gut oder sehr gut?« Luas grinste ihn unter seinem Monokel an, ehe er den Kopf wieder senkte. »Der Ekstatika ist vielleicht hundertsiebzig wert. Der Überfall dreißig, der ist mies … Oh.« Stirnrunzelnd hob Luas den Kopf. »Martin, Kinder unter drei sind tabu, das weißt du doch!«

»Das Krümelchen ist acht«, näselte Silver. »Du weißt doch, wie das mit Trollen ist.«

»Ach, das ist Troll! Interessant, hatten wir lange nicht mehr. Aber sorry, ich weiß nicht, ob du den loskriegst – Troll ist so speziell, und dann noch als Tagtraum … Fünfzehn Mäuse vielleicht.« Luas richtete sich auf. »Der Rest ist Kauderwelsch.«

Silver hob die Brauen. »Dann sieh zu, dass das Zeug ins Hospiz kommt. Ich will nicht, dass deine Ex schon wieder alles alleine gildet.« Er spuckte auf den Boden. »Wie kann man in dem Alter schon Worn haben wie ein Greis?«

Luas lächelte weiter, doch seine Stimme nahm einen scharfen Ton an. »Dein Hypnos ist in zwanzig Minuten fertig.«

Silver nickte knapp. »Denk dran – Destille, Cabal. Keine Magieexperimente.«

Sobald er ihnen den Rücken kehrte, verdrehte Luas die Augen. »Gestern hatte er kein Problem mit undestilliertem Hypnos.« Seufzend wandte er sich Moira zu. »Hör mal, ich bin vor der Spätschicht auf die Bühne verdonnert worden und mach den Pavillon gleich dicht. Aber Sova hat den Rest der Nacht Standdienst. Sie sagt, du kannst bei ihr weiterarbeiten.«

Moira schraubte ein steifes Lächeln auf ihre Lippen. »Hurra!«

Wenig später stromerten sie gemeinsam durch das Gewühl der Stände. Moira hielt die Luft an, um den süßlichen Modergeruch der Untoten auszusperren, doch ihr Atem wurde bereits flach und schnell. Unruhig tastete sie in ihre Jackentasche, doch in Amis Kleidern fanden sich natürlich keine Zigaretten.

»Keine Angst«, sagte Luas leise, »hier sind zig Mitglieder der Marktwache unterwegs, die passen schon auf, dass die Kundschaft ihre Zähne bei sich behält.«

Trotzdem raste Moiras Herz weiter. Um sich abzulenken, fragte sie: »Wie ist das mit deinem Fuß eigentlich passiert?«

»Eine Spenderperson ist aufgewacht. Ich hab Panik bekommen, bin weggerannt und vor 'nen LKW gelaufen, mit zwanzig. Hat meine Karriere ruiniert.« Luas' Mundwinkel zuckten. »Na ja, die Umschulung war auch nicht schlecht. Aber ein Dämon, der Gliedmaßen durch Autounfälle verliert, ist schon peinlich.«

»Ich dachte, so etwas könnt ihr mit links nachwachsen lassen.«

Luas lachte steif. »Du hast merkwürdige Vorstellungen davon, was wir können.« Er klopfte mit seinem Gehstock auf den Kies.

Kurz darauf erreichten sie den Stand mit der Aufschrift *Zeta Taurs medizinischer Hypnos – gegen Insomnia & Albträume*, wo Skorpin mit einem gequälten Lächeln versuchte, zwei Phiolen an den Mann zu bringen und die beiden Untoten schließlich in ein Zelt hinter dem Stand geleitete.

Luas packte Moira am Arm, zog sie zu dem Stand hinüber und schob die Plane beiseite. Schweigend beobachteten sie, wie Skorpin den beiden Vampiren auf den Polstern – eine gebrechliche Frau und einen Mann mit verängstigten Augen – Wolldecken reichte. Und dann (Moira traute ihren Ohren nicht) begann Skorpin zu singen. Ihre Stimme klang rau, als hätte sie ihr Instrument lange nicht mehr benutzt. Prompt entspannten sich die Vampire; kurz darauf setzten sie die Hypnos-Phiolen an die Lippen und begannen zu schnarchen.

»Das ist unglaublich«, wisperte Moira, als sie Luas zurück vor den Stand folgte. »Dass die Typen wirklich alle hierherkommen, um ein Nickerchen zu halten!«

Luas verzog den Mund. »Ich mochte es früher lieber. Klar, da haben auch ein paar von denen hier geschlafen, aber die meisten haben das Zeug mit nach Hause genommen. Und jetzt … Wenn die Leute die ganze Nacht hier rumhängen, lässt man seine Kinder oder jüngeren Geschwister nicht mehr so gerne über den Markt laufen.«

»Verständlich.« Moira hob die Brauen. »Und wieso sind die Kunden plötzlich so scharf drauf, herzukommen? Ich meine, das Ambiente hat natürlich etwas.« Sie nickte zu den Rondellen und der Bühne hinüber.

Luas schnaubte bloß. »Ja, das müssen wir ihnen auch bieten, damit sie weiterhin kommen.«

Moira neigte den Kopf. »Wieso nehmen sie den Hypnos denn nicht mehr mit?«

»Damit wir sichergehen können, dass sie das Zeug selbst nehmen und nicht verkaufen oder anderen verabreichen«, antwortete Luas – und biss sich auf die Unterlippe.

»Der Plan funktioniert ja hervorragend«, sagte Moira sardonisch. Automatisch strich sie über die Narben auf ihrem Hals. »Und Mistsäcke wie McGowan werden weiter beliefert?«

Luas wand sich unter ihrem Blick. »Jetzt nicht mehr. Hör zu, wir wussten nicht, wie viel Dreck der Kerl am Stecken hat, okay? Ganz erlesene Stammkundschaft darf den Hypnos weiterhin außerhalb des Marktes konsumieren. Leute wie Marina Glass, Leonard Fonda und Greg McGowan, die seit Jahrzehnten jeden Monat ein hübsches Sümmchen hierlassen und uns damit unsere Mahlzeiten bezahlen. Weniger Hunger heißt weniger Worn.«

»Aha.« Moira zog ihr Notizbuch hervor. »Wie viele Kunden kommen denn noch in den Genuss dieser Sonderbehandlung?«

»Keine Ahnung, da musst du Hector Sagittar oder Theresa Lear fragen.« Unbehaglich schob Luas die Hände in seine Westentaschen.

»Oh, das werde ich.« Moira lächelte. »Wann wurde das Geschäftsmodell umgestellt?«

»Kurz vor Weihnachten letztes Jahr. Soweit ich weiß, wollte Madame Lear die Sonderbehandlung, wie du es nennst, komplett einstampfen, aber wir können es uns nicht leisten, die ganze wichtige Kundschaft zu verprellen.«

»Mhm.« Moira leckte sich über die Lippen. »Ist denn irgendwas vorgefallen, dass die Kundschaft jetzt praktisch nur noch unter Aufsicht konsumieren darf?«

Luas öffnete zögerlich den Mund, doch in diesem Moment schlüpfte Skorpin aus ihrem Zelt und warf ihm einen mahnenden Blick zu. Luas rettete sich zum Stand *Scales' & Silvers Spezialitäten – Sex & Crime*, um Martin Silver die frischen Hypnosrationen zu überreichen. Obwohl Skorpin weiterhin finster dreinblickte, reichte Moira ihre Frage an sie weiter. Skorpin murmelte bloß etwas von *Sicherheitsbelangen*, während sie ihren Stand aufräumte. Stirnrunzelnd blickte Moira auf ihre Notizen. Wieso wollten die Dämonen nicht darüber reden, warum die Vampire Hypnos nur noch auf dem Markt konsumieren durften? Irgendetwas stank hier.

»Ich meine nur. Es waren sicher nicht alle Kunden begeistert über dieses neue Geschäftsmodell, richtig? Und relativ kurz danach verschwinden Ihre besten Fänger?«

Skorpin stellte ein *Gleich wieder für Sie da*-Schild auf ihre Auslage. »Sie werden's kaum glauben, Sherlock, aber so weit war die Marktwache auch schon.« Sie biss sich auf die Unterlippe und lächelte gleich darauf. Es sah aus, als hätte sie Zahnweh. »Kann ich Ihnen sonst wie weiterhelfen?«

Moira klappte ihr Notizbuch zu. Der Rest der Nacht würde ein Spaß werden. »Möglicherweise. Die Aufzeichnungen der Marktwache sind nicht allzu ergiebig, was die Vermissten selbst angeht. Vielleicht können

Sie mir ein bisschen von Caramia Gill erzählen. Sie arbeitet doch ebenfalls für Zeta Taur, richtig?«

»Unter anderem. Mia liefert mal hierhin, mal dorthin, und ja, Zeta ist meine Chefin.« Skorpin gähnte. »Aber klar kann ich Ihnen was erzählen. Kommen Sie einfach mit in den Garten. Da finden Sie fast die gesamte Fängerschaft nach der Frühschicht.«

»Pause?«, fragte Moira.

Skorpins Augen blitzten. »Wir machen keine Pausen, Missy.«

***

Der Garten befand sich hinter dem tempelartigen Gebäude. Birken umsäumten einen grasbewachsenen Innenhof, in dem es vor Traumfängern wimmelte. Sie kletterten an der Fassade des Tempels hinauf und hinab, rannten Runden durch den Birkenhain, absolvierten Liegestütze – oder feuerten rohe rote Magie auf Vogelscheuchen ab. Im hinteren Bereich triezte Ellyn Mink eine Gruppe Jugendlicher, die offenbar versuchten, einander gegenseitig in den Schlaf zu singen. Unter ihnen entdeckte Moira auch Ami, die mit knallrotem Gesicht Töne herauspresste.

»So viel zur Pause.« Skorpin schlüpfte aus ihrem Mantel. Sie wirkte unruhig, doch Moira zog ihr noch Eigenheiten über Caramia Gill und Zeta Taur aus der Nase. Letztere deckten sich dankenswerterweise halbwegs mit dem, was sie aus Aleph Taur herausbekommen hatte. Ehe Skorpin Moira stehen ließ, war sie so freundlich, auf einige Traumfänger zu zeigen, die Verbindungen zu den übrigen Vermissten hatten.

Moira sprach sie einen nach dem anderen an – unterhielt sich mit Igror Sagittars resoluter Gattin, Thom Alrakis‘ Zwillingsbruder Slim, der während des Gesprächs fast zu weinen begann, mit Alistair Bluths Cousine zweiten Grades und suchte vergeblich nach Angehörigen von Daphne Archer. Über die jüngsten Änderungen des Traummarkts mochte niemand wirklich sprechen. Kurios genug. Für ihre Fragen erntete Moira vor allem Stirnrunzeln und gerümpfte Nasen. Umso freigiebiger erzählten sie von ihren verschwundenen Verwandten. Dennoch wuchs der Stapel der Ungereimtheiten stetig an, und Moira wurde das Gefühl nicht los, dass es vorwiegend daran lag, dass sie zu wenig wusste – über die einzelnen Fänger, über die Kunden, über die Ware, über das ganze seltsame Konstrukt von Fort Nook. Ihre Wissenslücken gehörten unter den Traumfängern offenbar zur Allgemeinbildung.

»Ich könnte Sie auch einfach ins Archiv im Tar bringen«, sagte Ami, die zum Ende ihrer Unterrichtseinheit erschöpft zu ihnen hinüberschlurfte. Mit halbem Ohr hatte Moira mitbekommen, dass Mink sie diverse Male zusammengefaltet hatte. »Da könnten Sie sich fix einen Überblick verschaffen, das wäre bestimmt effizienter.«

»Sie geht nicht ins Tar«, sagte Skorpin knapp und tupfte ihre verschwitzte Stirn ab.

»Aber da ist die gesamte Fängerschaft registriert und alle Personalien sind aufgelistet«, warf Ami ein, »und da lagern auch unsere Geschichtsbücher. Jede Menge Informationen, die sicher niemand extra in die Ermittlungsakten geschrieben hat, und -«

»Sie geht *nicht* ins Tar«, schnappte Skorpin und rieb fahrig ihre Rippen. »Nicht, bevor wir die Angehörigen gefragt haben. Das sind sensible Informationen, die -«

»Sensible Informationen, am Arsch!« Martin Silver stürzte eine halbe Flasche Wasser hinunter. Das weiße Haar klebte an seiner Stirn. »Ich *bin* ein Angehöriger. Meinetwegen kann die Hexe das Tar auf den Kopf stellen, wenn sie dadurch Alyss schneller findet.« Er nickte Ami zu. »Komm, Krümel, du spielst doch so gerne Touristenführerin!«

Als Moira den beiden um den Palast herum folgte, spürte sie Skorpins stechenden Blick im Nacken.

-4-

Das Tar, so stellte sich heraus, war jenes tempelartige Kuppelgebäude, das Moira bislang nie betreten hatte. Im Kellergewölbe versteckte sich eine wilde Mischung aus Archiv und Bibliothek, ein Labyrinth aus unzähligen Regalen und Schränken voller Ordner und Bücher, die klaustrophobisch eng beieinander standen. Es roch nach Staub und vergilbtem Papier. Hier unten war es viel zu eng. Moira linste unbehaglich nach dem Ausgang, doch Ami wuselte so fix durch die Reihen, als täte sie den lieben langen Tag nichts anderes. So ähnlich war's dann auch.

»Ich spiel hier ab und an Sekretärin«, keuchte Ami, als sie die Papierstapel vom Schreibtisch hievte und stattdessen einen monströsen, in Leder gebundenen Ordner darauf plumpsen ließ – ein Register der Traumfänger. »Wir sammeln Akten wie Briefmarken. Irgendwer muss in dem Saustall ja den Überblick behalten, also mach ich das nach der Schule. Eigentlich sollte ich auch Fängerin werden. Luas hätte mich auf die Jagd mitgenommen, wenn er noch Fänger wäre – also, er *war* Fänger, bevor er seinen Fuß verloren hat, wissen Sie? Ich bin ein paarmal mit Robin Wood mitgegangen, aber dann hab ich eine Nachttischlampe umgeworfen und die Spenderperson ist aufgewacht, jetzt bin ich für zwei Monate gesperrt. Vielleicht probier ich's nächstes Jahr noch mal …«

»Möge Nantey uns dieses Elend ersparen«, murmelte Martin Silver, der mit einem Buch in der Hand an einem Tisch lehnte und befremdet zuschaute, wie Ami in eine Regalschlucht abtauchte.

Moira griff nach dem ersten Lederband, an dem Staub und Fett klebten. Vorsichtig blätterte sie durch die Hauchdünnen Seiten. Es dauerte ein wenig, bis sie sich in dem Ordner *R bis T* zurechtfand. Zwischen einer ganzen Reihe von Dämonen, die offenbar längst nicht mehr als Traumfänger arbeiteten, fand sie nicht nur Martin Silver, sondern auch

Alyss Scale. Auf ihrer Akte prangte dasselbe Foto wie auf Aleph Taurs Ermittlungshefter. Laut den säuberlichen handschriftlichen Notizen arbeitete sie seit ihrem vierzehnten Lebensjahr als Traumfängerin – ebenso wie *Scale, Rizzo* und *Sideral, Taylor*.

»Sie fangen aber früh an«, meinte Moira. »Da gehen andere noch zur Schule.«

»Wir doch auch«, erklang Amis Stimme aus dem Regallabyrinth. »Aber die Ausbildung machen wir parallel.« Mit staubigen Haaren stolperte sie aus der Regalreihe, knallte zwei weitere Bücher auf den Tisch und nieste herzhaft.

»Arbeitet niemand von euch in normalen Jobs?« Moira überflog Alyss' Akte. Auszeichnungen für eine besondere Begabung in Mathematik und Alchemie, spezialisiert auf Angstträume von Jugendlichen, Ausbilderschein fürs Mottentraining. Silver war Ansprechpartner für gefühlsechte Sexträume. Moira musste an sich halten, sich nicht zu schütteln.

»Wenn Sie mit normalen Jobs Menschenjobs meinen …« Ami putzte sich die Nase, während Moira durch den Ordner blätterte. »Ein paar von uns haben Nebenjobs im Kino, oder als Garderobier im Theater. Aber die meisten Jobs passen nicht so gut zu unserem Tagesrhythmus, wissen Sie? Und je mehr Worn man bekommt, desto schwieriger wird es, irgendwas anderes zu machen als zu jagen.«

Silver zog ein Buch aus dem Regal. Freuds *Traumdeutung*. »Es *gibt* natürlich Averna mit ganz normalen Bürojobs«, sagte er gedehnt, während er blätterte. »Die sperren ihre Spendenden fürs Gilding in den Keller – fragen Sie mal Skorpin.«

»Hab schon davon gehört«, murmelte Moira unbehaglich.

Silver lehnte sich gegen das Regal und erzählte trotzdem. »Ihre Mutter war Sekretärin in irgendeinem Etepetete-Laden in der Upper East Side. Schön säuberlich bei den Menschen etabliert, hatte nichts mit unseren dreckigen *Drogengeschäften* zu tun, wie sie es nannte.« Er verzog den Mund. »Und wissen Sie, was sie noch hatte, die gute Mrs. Skorpin? Ein kleines Nest im Keller. Ist nicht ab und an jagen gegangen, wie alle anderen, sondern hat Leute *gesammelt*, sie dort festgehalten und immer wieder von ihnen genascht, wie eine Spinne. Sova und ihr Schwesterlein natürlich ebenfalls. Haben ihren *Gästen* gelegentlich ein wenig wehgetan – macht die Träume nahrhafter, wenn sie Angst oder Schmerzen haben, wenn Sie verstehen, was ich meine.«

»Vollkommen.« Moira schluckte die Übelkeit herunter, die sich ihren Weg durch ihre Kehle bahnte.

»Sova hat aber nie Leuten wehgetan beim Gilden!« Ami zog einen weiteren Ordner aus dem Regal. »Und sie wohnt schon ewig hier, nicht bei den Separatisten. Sonst hätten sie sie doch nie in der Furis aufgenommen!«

»Sie hat's ja trotzdem geschafft, wieder rauszufliegen, Kleines«, sagte Silver kühl.

Ami schnaubte. »Ich muss mal in die Erweiterung, irgendein Witzbold hat meine schöne Ordnung zerstört und *B bis D* geklaut.« Sie wuselte zurück ins Gewirr der Regale.

Da Silver gerade dabei war, Freuds *Traumdeutung* zu überfliegen, blätterte Moira unauffällig ein paar Seiten weiter. Hinter *Sideral, Gintari* fand sie *~~Se~~ Skorpin, Sova Megera*. Auf dem neueren Foto war Skorpins Gesicht ausgemergelt. Die Haut spannte über den spitzen Wangenknochen, die Augen lagen tief in ihren Höhlen. Das Bild war auf Weihnachten 1947 datiert. Auf einem älteren Foto lächelte sie mit einer Herzlichkeit in die Kamera, die Moira sich heute beim besten Willen nicht mehr an ihr vorstellen konnte. Sie mochte vielleicht achtzehn gewesen sein und trug eine Uniform ähnlich jener der Marktwache. Ihr hübsches Gesicht strahlte vor Elan, ihr dichtes Rabenhaar glänzte, die Augen schimmerten mit runden Pupillen und frei von Worn, und trotz der dunklen Schatten darunter wirkte sie wie das blühende Leben. Überrascht überflog Moira die Personalien. Skorpin war zwei Jahre jünger als sie selbst – sie hatte sie für älter gehalten.

- ~~Se~~ Skorpin, Sova Megera
- 24.11.1920, Brooklyn

- Eltern: Skorpin, Megera & Zajin (geb. Taur)
- Fängerin für Fort Nook: 1933-37
- Ausbild. zur Furis: 1937-40
- Furis-Prüfung 1940 mit Auszeichnung bestanden
- Defensiv-Furis: 1940-42 unter Edith Vega und Aleph Taur
- Temporäre **Suspendierung** wg. Hypnos-Diebstahl, Verstöße gegen die Auflagen zur Unversehrtheit von Menschen
- **ARREST!!** wg. Possession von Hyperion Brooks (Kureter) & mutwilliger Gefährdung der Ilder-Gemeinschaft New York. Verhaftung durch Augusten Carter.
- Arrest in den Tombs: Feb. 1942-Dez. 47.

Ein handschriftlicher Zusatzvermerk verkündete:
- Rückholung nach Fort Nook: Dez. 1947.
- März 1948: Reinstallation als Fängerin auf Probe (Zeta Taur)

Moira schluckte. Ihr Blick zuckte zu den Arrestnotizen. »Possession?«, flüsterte sie.

»Macht Mut, nicht wahr? Ist natürlich auch ‘ne Möglichkeit, zu gilden. *Ganz* frisch von der Quelle.«

Moira hob den Kopf. Silver stand über ihr, seine Finger umklammerten noch immer Freuds *Traumdeutung*.

»Sie saß wegen Possession im Knast?«

»Offiziell nicht. Ich meine, bei uns wäre sie für Possession verurteilt worden, aber die Kureter waren schneller. Haben uns Arbeit abgenommen, als sie sie als Rothexe festnahmen – fragen Sie mich nicht, wie sie's geschafft hat, zu verstecken, was sie wirklich ist. Wir dachten, sie wär in den Tombs abgekratzt. War ‘ne ziemliche Überraschung, als Will Nikula letzten Winter aus 'ner Ausnüchterungszelle kam und meinte, er hätte ‘ne Averna in den Tombs getroffen.«

Moira hob die Brauen. »Hat niemand versucht, sie da rauszuholen?«

»Wozu?« Silver klappte das Buch zu. »Wissen Sie, dieser ganze elende Lesath-Bürgerkrieg fußte auf der großen Frage, ob wir Dämonen Besitz von Menschen und Magiern ergreifen dürfen. Die meisten von uns Averna waren schon immer dagegen, und die Furis hat jahrelang gegen Iris Lesath und ihre Bagage gekämpft. Die haben einen richtigen Sport daraus gemacht, Menschen und Magier zu besitzen. Skorpin tönte damals immer rum, wie scheußlich Possessionen sind. Heuchlerin. Verstehen Sie, wir Averna sind nicht sonderlich beliebt bei den *richtigen* Dämonen. Und da schafft es Skorpin als eine der wenigen *Traumfressenden* in die Furis, pumpt sich im Dienst mit Hypnos voll, und in ihrem Größenwahn besitzt sie diesen Kureter und lässt uns beinahe vor der Sub Side auffliegen. Und jetzt hat sie Dauer-Worn und wir dürfen sie durchfüttern. Lear hätte sie in den Tombs verschimmeln lassen sollen, wenn Sie mich fragen.«

Beklommen blickte Moira auf die Fotos. Auf dem Bild vom letzten Weihnachten sah Skorpin mehr tot als lebendig aus. Possession. Possession eines Kureters. Teufel noch eins …

»Wieso hat man sie zurückgeholt?«

»Weil Theresa Lear sich kuriose Lieblinge aussucht.« Silver stellte die *Traumdeutung* zurück ins Regal. »Und wir jede halbwegs fähige Person brauchen. Skorpin ist eine passable Fängerin und eine ausgebildete Furis – noch dazu eine, die den Bürgerkrieg überlebt hat. Sie ist *nützlich*, verstehen Sie? Aber wenn ihr etwas zustößt, sind die meisten hier nicht traurig drum.«

Moira atmete tief durch. Sie wusste nicht, wer sie mehr anwiderte – Skorpin oder Silver.

»Sind Sie ein Goldfisch?«, schnurrte eine Stimme dicht hinter ihr. »Vergessen Sie alle zehn Sekunden, was gerade gesagt wurde, Miss Bran?«

Moira erstarrte. Skorpins Atem streifte ihren Nacken. Gleich darauf packten zwei siedend heiße Hände sie an den Oberarmen und drehten sie einmal um die eigene Achse. Skorpin presste sie gegen den Tisch.

»Ich gehöre nicht zu den Vermissten, glaube ich«, flüsterte Skorpin. »Mich müssen Sie nicht suchen.«

»Offensichtlich.« Moira versuchte, ihre Finger abzuschütteln, doch Skorpin verstärkte bloß ihren Griff. Sie bemühte sich, den intensiven Myrrhegeruch auszusperren, den die Dämonin ausdünstete. »Mein Fehler. Pardon. Und, bestrafen Sie mich jetzt für meine Neugier?«

Sie wartete darauf, dass Skorpin explodierte. Stattdessen bogen sich die Mundwinkel der Dämonin bloß kühl nach oben. »Vielleicht später«, wisperte sie, als würde sie ein Geheimnis teilen. »Sie haben noch so viele Erinnerungen, die ich nicht gesehen habe. Und das hier …« Sie tippte auf ihre Akte. »Das hier ist ein guter Anknüpfungspunkt, finden Sie nicht?«

»Wenn Sie meinen, Sonnenschein.« Mit einem flauen Gefühl im Magen versuchte Moira, sich loszureißen, doch Skorpin beobachtete sie mit glitzernden Augen. Ihre Nasenflügel zuckten, als würde sie Moiras Angst aufsaugen – in Vorfreude auf ihre kleine Privatrache.

»Wissen Sie, ich finde es wirklich *nett*, dass wir unter einem Dach wohnen«, raunte Skorpin. Ihre Finger glühten an Moiras Arm. »Wir hatten doch so viel Spaß zusammen im April. Das sollten wir … unbedingt wiederholen.«

Alles Blut wich aus Moiras Wangen. Sie erstarrte. Dieser Tonfall, diese Worte … Dieser feste Griff an ihrem Arm … *Sie landete mit der Stirn voran auf dem muffigen Teppich, das Handgelenk taub, als sie nach ihrem Hals tastete und Blut auf dem Orientmuster verteilte. Eine Männerstimme an ihrem Ohr, der Geruch von Metall und vetiverlastigem Aftershave in der Nase. »Wieso weinst du, Hexchen? Wir hatten doch so viel Spaß zusammen.« Sie hörte, wie er sich die Lippen abwischte, an denen zweifelsohne noch ihr Blut klebte. »Das sollten wir unbedingt wiederholen.«*

Sie schnappte nach Luft. Es war zu stickig im Archiv. Zu wenig Sauerstoff.

»So schweigsam auf einmal?« Skorpin beobachtete sie aufmerksam. »Wo ist Ihr reges Mundwerk, Miss Bran?«

McGowan schmunzelte sie an. »Irgendwie bist du sogar unterhaltsam. Solange dein Mundwerk noch einwandfrei funktioniert, wirst du nicht ausrangiert.« Damit rammte er ihr die Zähne in den Hals. Und offensichtlich war er nicht in der Stimmung, dafür zu sorgen, dass es nicht wehtat.

Kalter Schweiß rann Moira über die Stirn. Sie packte Skorpins Hand und bog ihre Finger nach hinten, bis die Dämonin sie losließ. Skorpins Haut rötete sich unter ihrer harschen Berührung. *Ich mag es, wenn Sie* bitte *sagen - klingt fast wie Musik.* Possession eines Kureters … *»Die Welt hat dich vergessen, Herzchen.« Kalter Atem auf ihrem zerbissenen Hals. »Schlechte Idee, es sich mit den wenigen zu verderben, die wissen, dass du noch da bist.«*

»Ich freu mich drauf, Sova«, stieß sie hervor. Es gelang ihr sogar, ein schmales Lächeln auf ihre Lippen zu zwingen, obwohl es sie alle Mühe kostete, Skorpin zu sehen und nicht die Fangzähne vor der Rosentapete. »Nehmen Sie doch diesmal die richtigen Erinnerungen – die an das Bluthaus zum Beispiel, dann haben wir beide was davon.«

Damit kehrte sie Skorpin den Rücken und rannte. Die Treppe hinauf, vorbei an Ami, die ihr mit einem Stapel Akten entgegenkam, hinaus aus dem Tar.

Hektisch sog sie die Nachtluft ein, kalte Nadeln in ihren Lungen, doch es war nie genug. Ihre Kehle war zu eng, und sie spürte noch immer die Hände, die Zähne. Roch den Moder der Untoten, der von den Zelten der Traumhändler bis hierher wehte. Sie drehte sich auf dem Absatz um, floh blindlings in die entgegengesetzte Richtung, tiefer in die Nischen und Winkel von Fort Nook.

Als sie endlich stolperte und sich schwer atmend umblickte, kauerte sie in einer Art Garten hinter einem niedrigen weißen Gebäude. Auf der Terrasse saßen fahle Dämonen mit Schlitzpupillen und Wolldecken an runden Tischen und starrten apathisch ins Nichts. Lautlos wich Moira in die Schatten zurück, in die Rhododendronbüsche nahe dem Mäuerchen. Mit wild pochendem Herzen lehnte sie sich dagegen, versuchte, sich auf den kalten Stein unter ihren Handflächen zu konzentrieren, die Panik abzuschütteln. Sie war frei. Ihre Haut war intakt, dank Theresa Lears merkwürdiger Magie. Sie musste sich nur mit einer fuchsteufelswilden dämonischen Flurnachbarin herumschlagen, nicht mit Vampiren …

Alles war gut. Sie war in Sicherheit.

Und dennoch raste ihr Herz weiter.

Und dennoch brannte ihr Hals, als würden sich Zähne hineinbohren.

Und ihr Nacken. Ihre Schläfen. Ihre Fingerspitzen und Unterarme.

Sie riss die Augen auf, schlug um sich, doch da war nichts. Sie wurde noch verrückt!

Ein Pieken und Brennen an ihrer Schulter. An den Rippen. Am Bauch. An den Lippen.

Sie wirbelte herum, wedelte mit Händen, die immer heißer wurden, obwohl sie fror. Das Pieken, Brennen und Saugen riss nicht ab. Es wurde stärker, und je wilder sie sich wehrte, desto mehr schnürte sich ihre Kehle zu.

»Nicht so hastig, Kinder, sonst fällt sie noch in Ohnmacht«, schnarrte eine heisere Stimme über ihr.

Moira fiel nicht in Ohnmacht. Die Welt wurde auch nicht schwarz vor ihren Augen.

Sie wurde rot.

8.
DER ELEFANT IM RAUM

-1-

»Viel Spaß, Mädels.« Sova zog die Plane hinter den letzten Kunden zu, die in dem Zelt hinter dem Stand verschwanden – eine Horde kichernder lebender Vampirinnen. Die Sorte, die man nicht in den Schlaf singen musste, Nantey sei Dank.

Während sie den nichtverkauften Hypnos der Spätschicht fortpackte und die Auslage abdeckte, fiel ihr Blick immer wieder auf Brans Unterlagen. Die Hexe hatte alles liegen lassen, als sie aus dem Tar gestürmt war, also hatte Sova den Krempel mitgenommen (jedoch nicht, ohne durch das Notizbuch zu blättern und sicherzustellen, dass Bran nichts über *sie* hineingekritzelt hatte). Sie hatte die Hexe seit Stunden nicht gesehen, obwohl sie von ihrem Stand den Markt weitgehend gut im Blick hatte. Nun, sie würde wohl in die Casa Cabal zurückgekehrt sein.

Doch als Sova wenig später die Treppe erklomm, war es zu ruhig im Haus. Aus Amis Zimmer drang ein leises Schnarchen. Luas war um diese Zeit grundsätzlich noch nicht zu Hause … und als Sova vorsichtig den Kopf durch Brans Tür steckte, fand sie ein leeres Bett vor. Ein leeres, kaltes Bett. Die Hexe war nicht mehr hier gewesen, seit sie das Haus am frühen Abend verlassen hatte.

Beunruhigt legte Sova die Unterlagen auf dem Bett ab. Schön, sie hatte die Hexe provozieren wollen. Es hatte nicht funktioniert und Sova bloß eine Schimpftirade von Ami eingebracht, auf die Zeta Taur stolz gewesen wäre. Aber Geister und Sterne, Bran war nicht die Sorte Frau, die sich von ein paar harschen Worten ins Bockshorn jagen ließ. Nicht wahr?

Dennoch streifte Sova kurz darauf erneut durch die Gassen von Fort Nook, die sich über der Konstante des Ariadnefadens zu einer Wüstenoase bogen. Leider ohne die passenden Temperaturen. Sova fröstelte. Martin Silver hatte den ganzen hässlichen Austausch im Tar mitbekommen.

Wenn der Hexe irgendetwas zustieß, weil Sova ihre Klappe nicht hatte halten können, war sie geliefert!

Sie steckte den Kopf in die Taverne (wobei sie bezweifelte, dass die Hexe freiwillig einen Fuß in eine Dämonenkneipe setzen würde), kehrte sogar auf den Markt zurück, zu den Schätzpavillons, ins Tar. Nichts. Mit wachsender Unruhe eilte Sova durch die Außenbezirke der Nooks, wo die Gassen enger und die Häuser brüchiger wurden. Dahinter gähnte der Wald – Theresa Lears Meisterstück. Sova schluckte. Wenn Bran sich ausgerechnet dorthin verirrt hatte, würde sie sie nie finden!

Ein heiseres Ächzen ließ sie herumfahren. Stirnrunzelnd spitzte Sova die Ohren. Hier draußen herrschte grundsätzlich Stille. Die Häuser waren seit Jahren nicht mehr bewohnt, wer früher dort gelebt hatte, war längst ins Hospiz umgesiedelt. Kinder durchquerten diesen Teil der Nooks gelegentlich als Mutprobe. Das Ächzen wurde lauter. Eilig folgte Sova dem Geräusch in die Gasse. In der Düsternis machte sie ein zuckendes Bündel aus – ein mageres Bündel mit krausen Locken. Erleichtert stieß Sova die Luft aus, doch die harschen Worte blieben ihr im Halse stecken. Die Hexe kauerte an einer Hauswand, die Augen zugekniffen, die Arme fest um sich geschlungen, und zuckte, als würden unsichtbare Schlangen nach ihr beißen. Oder unsichtbare Vampire.

Mit einem leisen Fluch auf den Lippen ging Sova neben ihr in die Hocke.

»Hey, Missy, es ist alles gut. Sie sind nicht mehr im Bluthaus. Sie … ist etwa Kundschaft aufdringlich geworden?«

Bran reagierte nicht. Sie schlug nach unsichtbaren Langzähnen in der Luft.

»Kommen Sie«, sagte Sova und streckte die Hand nach Brans Schulter aus. »Ich bring Sie zu den Mediks, wir - Ho!« Abrupt zog sie die Hand zurück. Sie hatte Bran nicht angerührt, doch plötzlich stach es in ihren Fingern. Natürlich. Geister und Sterne. Keine Vampire.

Grimmig hob Sova die Hand und machte eine Geste mit Ringfinger und Daumen. »*Slackya dej*!« Zeige dich.

Und mit einem Mal verschwand die Hexe unter einem Gewusel aus rauchgrauem Fell, Zackenschwänzen und gehörnten Köpfen. Emonen. Nicht einer, sondern ein ganzes Rudel! Sie hockten auf Bran und fuhrwerkten mit ihren gespaltenen Zungen. Sova schluckte. So viele Emonen hatte sie ewig nicht auf einem Fleck gesehen. Andererseits roch sie Brans Panik selbst unter den Parasiten. Ein echter Leckerbissen. *Das ist deine Schuld, Skorpin.*

»Verpisst euch«, sagte sie laut. Als die Emonen nicht reagierten, hob sie die Hand. Rohe, rote Magie sirrte an ihren Fingerspitzen. »Fort mit euch, sonst gibt's gegrillte Parasiten!«

Nun hoben die Emonen die Köpfe. Sie gaben keinen Mucks von sich, starrten Sova bloß feindselig an.

Dann sprang einer von ihnen auf den Kies. Er sah aus wie alle anderen, doch als er sein Maul öffnete, quoll eine vertraute Stimme hervor.

»Erst lecker für uns kochen und dann die Mahlzeit wegnehmen? Nicht nett, *Sophia*!«

»Sorry, Algie«, fauchte Sova und ließ eine Woge roher Energie auf ihn los. Algie quäkte empört; die anderen Emonen gaben keinen Laut von sich, doch sie wurden unruhig.

»Fort von ihr, wird's bald?«, knurrte sie.

»Guckt mal, sie wird nervös.« Algie bleckte die Zähne. »Vielleicht macht sie ja satter als das Hauptgericht, das sie für uns gekocht hat. Irgendwer Lust auf Nachtisch?«

Die Emonen hüpften zu Boden; ihre roten Augen hefteten sich auf Sova. Diese unterdrückte den Impuls, zurückzuweichen. Beim Anblick des Rudels krampfte ihr Magen zu einem harten Klumpen. Ein Emon war unangenehm, zwei ein Albtraum – aber ein ganzes Rudel?

»Du sagtest doch, ich schmecke wie eine gammelige Grapefruit, Algie.«

»Algernon, ich heiße Algernon«, knurrte der Emon und tappte ihr entgegen. Das Rudel folgte ihm, gespenstisch still und flink wie Ratten.

Ehe Sova einen weiteren Schwall Energie entfesseln konnte, sprangen die ersten ihr auf die Schultern. Ihre Zungen zehrten von ihrer Angst, zerrten hässliche Bilder hervor. Erinnerungen lähmten ihre Muskeln, fachten ihren panischen Herzschlag an. Die Tombs, die feuchte Zelle und die Dunkelheit … Der Keller in ihrem Elternhaus, ihre Mutter, die sich über einen der Gäste beugte und Sova zeigte, wo sie ihre Hände platzieren musste, um …

»Verpisst euch!«, rief sie erneut und ruderte mit den Armen. Myrrhe stach ihr in die Nase; die Emonen stoben auseinander, kehrten jedoch sofort zurück.

»Nein!«, röchelte jemand. Bran kam mühevoll auf die Knie, streckte die Hände aus. Hände, die rot glühten. Doch nichts geschah.

»Letzte Warnung«, japste Sova. Ihre Augen brannten. Sie formte Daumen und Mittelfinger zu einem Oval.

Algie legte die pelzigen Ohren an. »Das traust du dich nicht! In den Nooks darf man keine Emonen töten!«

»Willst du's riskieren?«, keuchte Sova. »In den Nooks dürft ihr auch nicht im Rudel jagen!« Die Myrrhe nahm eine bittere Note an. Es würde wehtun – sie hatte seit sieben Jahren keinen tödlichen Fluch gesprochen.

Die Emonen sprangen zu Boden. Sova sog scharf die Luft ein, als ihre Zungen ihr Fleisch verließen; sogleich fühlte sie sich besser. Mit den Fingerspitzen zeichnete sie einen großzügigen Kreis in die Luft und schloss sich und Bran darin ein. Die Emonen hüpften ihnen erneut entgegen, doch sie prallten an einer unsichtbaren Mauer ab. Einige Minuten umschlichen sie den Kreis, mit leuchtenden Augen und flatternden Zungen. Schließlich verschmolzen sie lautlos mit den Schatten. Nur Algernon grummelte und schimpfte lauthals vor sich hin.

Erschöpft rieb sich Sova die Rippen. Zögerlich drehte sie sich zu Bran um, die sich gerade mühevoll an der Hauswand in die Senkrechte zog und durch die Zähne zischte, wann immer ihre zitternde Hand den rauen Stein berührte. Sie war kreidebleich und wacklig auf den Beinen, und wenn Sova recht sah, hatte der ein oder andere Emon sie als Brutstätte ausgesucht.

Sova trat zu ihr und drehte ihre Handflächen nach oben. Rot und geschwollen, als ob eine Entzündung darin köchelte. Es roch nach Myrrhe und Schwefel.

»Sie sind weg«, sagte Sova leise.

Bran starrte weiter auf ihre Hände. Ihre Lippen waren blutleer, die Augen schreckgeweitet. »Es ist wieder da«, flüsterte sie. »Es sollte nicht da sein.«

Sova verabscheute sich für die Aufregung, die sie durchzuckte – und dafür, wie schwer es ihr fiel, sich nach alledem das Lächeln zu verbeißen.

»Nein, sollte es wirklich nicht«, bestätigte sie milde und löste den Kreis auf. »Kommen Sie.«

-2-

»Ein ganzes Rudel?« Theresa Lear runzelte die Stirn, während sie mit einer langen Pinzette das letzte Emonenei aus Brans Nacken zog. Die Hexe knirschte mit den Zähnen. Für ihre Verhältnisse war sie verdächtig still, doch innerhalb der letzten halben Stunde war der Schrecken aus ihren Augen gewichen und der sardonische Ausdruck zurückgekehrt. »Sie haben Glück, dass die Emonen nur fünf Eier gelegt haben, Miss Bran.«

»Ja, was für ein Glück.« Bran hob eine Braue. Sie hatte Sova weder angesehen noch ein Wort mit ihr gewechselt, seit sie aus der düsteren Gasse gekrochen waren. »Wen muss man hier eigentlich bestechen, um eine Zigarette zu kriegen?«

»Die Chefin.« Ohne eine Miene zu verziehen, angelte Lear eine Packung aus ihrer Schreibtischschublade. Nicht, dass die Chefin rauchte. Doch so ziemlich jeder in den Nooks (Sova eingeschlossen) hatte schon einmal vor Lear gesessen und war wahlweise mit Zigaretten, süßen Heißgetränken oder Keksen beruhigt worden. Nun blickte sie zu Sova auf. »Dir geht's gut?«

»Blendend.« Unruhig rieb sich Sova die Rippen und wedelte den Rauch fort, den Bran durch die bebenden Lippen blies. »Reden wir jetzt über den Elefanten im Raum?«

»Ganz recht!« Hector Sagittar nickte knapp. »Seid ihr noch zu retten, ein ganzes Rudel Emonen aufzuscheuchen?«

»Die mussten nicht aufgescheucht werden, Hector«, sagte Lear, ehe Sova den Mund öffnen konnte. »Was erwartest du, wenn eine Traumatisierte wie ein saftiges Steak durch ihr Revier spaziert?«

»Dann hätte die liebe Miss Skorpin sie nicht in die Nähe des Hospizes lassen sollen, nicht wahr?«, schnarrte Sagittar und fasste Sova ins Auge. »Solltest du nicht auf sie aufpassen? Hast du eine Ahnung, welches Chaos gerade im Hospiz herrscht?« Er schnippte mit den langen Fingern. »Vier Stunden, jede von Ihnen.«

»Wie bitte?« Ungläubig drehte Sova sich zu ihm um. »Ein Rudel Emonen geht auf Jagd, die Hexe explodiert, und du willst Sozialdienst verhängen?«

»So sieht's aus.« Sagittar reckte das Kinn. »Ihr werdet Mink beim Extraktionskurs behilflich sein. Und ich werde mit Genuss daran denken, wie die Krümel versuchen, euch in den Schlaf zu singen, während ich den Papierkram erledige, den ihr zwei mir mit eurer schwachen Impulskontrolle eingebrockt habt.«

Bran sah nicht aus, als verstünde sie, was genau er gerade gesagt hatte, und Sova fehlte die Geduld, es ihr zu erklären. »Wie Sie wollen, Sir, aber ich meinte eigentlich den *anderen* Elefanten.« Sie deutete auf Brans gerötete Finger, die sich zittrig an ihrem Glimmstängel festhielten.

»*Der* würde mich auch interessieren.« Die Hexe inhalierte so tief, als wolle sie die Zigarette in einem Zug aufrauchen, und schloss die Augen.

Nachdenklich sog Lear die Luft ein. Offenbar erschnupperte sie unter dem Zigarettenqualm einiges mehr als Sova. »Es scheint, als wären Sie kurz vor einer weiteren roten Eruption gewesen. Nicht ganz so heftig wie die, die Sie Mr. Strider aufgehalst haben, aber stark genug. Kurios, wenn man bedenkt, dass Sie sonst praktisch keine Magie beherrschen. Grüne Magie, meine ich.«

»Was wollen Sie damit sagen?« Bran blies den Rauch durch ihre spröden Lippen.

Lear räusperte sich. »Haben Sie schon einmal rote Magie angewendet?«

Sova hielt die Luft an. Sie wusste nicht allzu viel über Magier, doch in den Tombs hatte sie genug mitbekommen – für anständige Magier war die bloße Frage eine tödliche Beleidigung. Nicht, dass sie Bran besonders viel Anstand zutraute. Vermutlich würde die Hexe mit einem zynischen Spruch auf den Lippen verneinen, und dann konnten sie endlich aufhören, um den heißen Brei herumzutanzen …

»Als Kind«, sagte Bran leise.

Aleph, der bislang nur schweigend gelauscht hatte, verschluckte sich. »Wie bitte?«

Bran zuckte mit den Schultern. »*Anwenden* wäre wohl zu viel gesagt. Mir … ist es immer leichter gefallen, rote Magie zu erspüren als grüne. War ein Spaß in der Schule, kann ich Ihnen sagen.« Sie verzog den Mund. »Ich … meine Großmutter hat mich zu einem Arzt geschickt. Doktor Pythios. Als ich in der Pubertät war. Er hat dafür gesorgt, dass es aufhört.«

Lear, Sagittar und Aleph tauschten einen verstörten Blick.

»Wie meinen?«, fragte Lear befremdet.

»Ich weiß nicht, was genau er gemacht hat, aber nach der Behandlung bei ihm hatte ich keine roten Eruptionen mehr.«

Aleph schnaubte vernehmlich. »Jetzt verstümmeln sie in der Sub Side auch noch Kinder!«

»Verstümmeln?«, meinte Bran. »Reparieren trifft es eher. Ich hab es jedenfalls nicht vermisst.«

Sova richtete sich auf. »Merkwürdig, dass es ausgerechnet jetzt wieder auftaucht.«

»Ja, sehr merkwürdig«, brummte Aleph, doch er schaute nicht Bran an, sondern Sova. Während Lear der Hexe weitere Fragen zu ihrer präpubertären roten Phase stellte, fasste er Sova am Ellbogen und zog sie in die Ecke neben dem Kamin. »Ich weiß genau, was da los war«, knurrte er. »Verdammt, Sova, ich hab dir gesagt, halt die Füße still!«

»Hab ich doch«, zischte Sova, doch ihre Wangen erwärmten sich.

»Ach, unter Füße-Stillhalten verstehen wir also jetzt, Hexen zu Panikattacken zu treiben und zu Emonenfutter zu machen?«

»Aleph -«

»Ich bin sehr enttäuscht von dir, Sova.«

»Sie hat nichts gemacht«, sagte Bran laut.

Sova und Aleph drehten sich gleichermaßen überrascht zu ihr um.

Aleph räusperte sich. »Martin Silver sagt, ihr seid im Tar aneinandergeraten.«

»Wäre doch nicht das erste Mal.« Bran drückte ihre Zigarette aus und suchte Sovas Blick. »Miss Skorpin ist zweifellos eine beeindruckende Erscheinung, wenn sie sauer wird, aber nach dem Bluthaus reicht das nicht mehr für eine Panikattacke.« Unter Lears durchdringendem Blick verschränkte die Hexe die Arme. »Ich bin draußen einem Untoten zu nahe gekommen, bei dem Geruch habe ich die Nerven verloren. Das war's. Miss Skorpin hätte mich sicher vom Hospiz ferngehalten, wenn ich nicht so schnell abgehauen wäre.«

Sova schluckte hart und versuchte, die Ungläubigkeit aus ihrer Miene zu verbannen. Bran *log*? Sie hatte die Nerven schon im Tar verloren – Sova hatte es gespürt. Und nun log sie Lear ohne Federlesen ins Gesicht? Lear musste es spüren. Aleph und Sagittar ebenfalls.

»Komisch, die letzten drei Tage hatten Sie keine Probleme mit den Untoten«, bemerkte Aleph.

»Das ist doch vollkommen irrelevant«, sagte Lear. Sie rückte ihre Brille zurecht; die goldenen Augen dahinter wurden hart. »Wenn die Präsenz der Untoten Miss Bran derart zusetzt, dass sie zur Beute für ein ganzes Rudel Emonen wird, ist sie in Fort Nook vielleicht doch nicht so gut aufgehoben, wie ich dachte. Sova, bring sie nach Hause.«

Sova erstarrte. »Nach … nach Hell's Kitchen?«

Auch Bran blickte entgeistert drein. »Als ich das letzte Mal nachgeschaut habe, war meine Wohnung nicht gerade eine untotenfreie Zone. Außerdem weiß ich nicht mal, ob ich da noch wohne!«

»Nun, Ihr Name steht noch auf dem Briefkasten.« Lear lächelte. »Und vielleicht tut Ihnen die gewohnte Umgebung ganz gut.«

Bran wurde eine Spur bleicher.

»Ma'am, ihre Wohnung ist nicht sicher«, sagte Sova nachdrücklich und gestikulierte zu Brans Händen. »Erst recht nicht, nachdem -«

»Dauerhafte Emonenbelastung ist ebenfalls nicht sicher«, erwiderte Lear ernst.

»Aber das -«

»Keine Diskussion, Sova!« Lear erhob sich. »Bring sie nach Hause.«

Ihr Tonfall duldete keinen Widerspruch. Bran kam wie betäubt auf die Füße, und Sova hatte den sicheren Verdacht, dass sie beide dasselbe dachten: Lear wollte sie aus Fort Nook weg haben. Sehr plötzlich. Dafür benutzte sie die Emonen als fadenscheinige Ausrede. Die Frage war bloß: Warum?

Als sie an die frische Luft traten, wischte die Hexe sich das wirre Haar aus den Augen. »Was zur Hölle war das, Sonnenschein?«

Sova vergrub die Hände in den Manteltaschen. »Ich wünschte, ich hätte die geringste Ahnung, *vitjka*.«

-3-

In der Bahn wechselten sie kaum ein Wort miteinander. Erst, als sie in Hell's Kitchen ausstiegen, räusperte sich Sova.

»Wieso haben Sie gelogen?« Als Bran nicht antwortete, fügte sie hinzu: »Nach der Sache im April … und der im Tar … Sie hatten die perfekte Gelegenheit, mich loszuwerden.«

»Nachdem Sie mich vor Vampiren und Parasiten gerettet haben?« Bran hob eine Braue, während sie in die zweiundvierzigste Straße einbogen. »Verstehen Sie mich nicht falsch, Sonnenschein – Sie haben 'ne Macke. Aber im Moment steht es zwei zu zwei, und ich bin ganz froh, nicht weiterhin als Untoten- oder Emonenfutter herhalten zu müssen.«

»Ich wollte Sie nicht erschrecken.«

»Doch, wollten Sie.« Die Hexe zog eine weitere Zigarette aus der Jackentasche, die sie sich von Lear geschnorrt hatte. »Ich weiß nicht, warum, aber Sie wollten eine heftige Reaktion provozieren. Ich frage mich bloß, ob es derselbe Grund ist, aus dem Lear mich so plötzlich vom Markt haben wollte.«

Sovas Magen zog sich zusammen. »Lear will Sie in Sicherheit wissen«, sagte sie leise. »Ich hab allerdings dieselben Bedenken wie Sie, ob das hier der sicherste Ort für Sie ist.« Vor einem verziegelten Mehrfamilienhaus blieb sie stehen. »Da wären wir.«

Prompt wurde Bran ein wenig blasser. Sie trat ihre Zigarette aus. »Ehrlich gesagt bin ich wirklich nicht sicher, ob ich noch hier wohne. Meine Vermieterin hat seit Juli kein Geld mehr von mir gesehen.«

»Ihr Name steht noch auf dem Briefkasten«, wiederholte Sova Lears Worte.

Tat er tatsächlich. Brans Blick wurde stetig misstrauischer, während sie über die Betrunkenen im Treppenhaus hinwegstiegen und die Stufen hinaufkletterten. Vor einer Tür im vierten Stock hielt Bran schließlich inne und seufzte schwer. Natürlich – ihre Schlüssel lagen vermutlich noch drinnen. Sova wollte gerade anbieten, das Schloss mit einem Zauber zu knacken, als Bran in die Hocke ging und sich an einer Fußleiste neben der Tür zu schaffen machte. Dahinter verbarg sich, zu Sovas Erstaunen, ein winziger, schlichter Kasten. Bran legte umsichtig ihren Daumen auf das dunkle Holz. Für einen kurzen Moment leuchteten ihre Fingerabdrücke auf der Maserung, dann schnappte der Kasten auf und ein Ersatzschlüssel kam zum Vorschein.

»Das haben Sie aber nicht selbst gebastelt, nein, *vitjka*?«, fragte Sova beeindruckt.

Bran schüttelte den Kopf. »Einzugsgeschenk von meinem Bruder. Rory hatte einen kleinen magischen Schlüsseldienst.« Sie hob den Kopf und strich über eine winzige Schutzrune am Türrahmen. »Schlüsseldienst und Alarmanlagen – aber die hier hat niemand mehr gewartet, seit er tot ist.« Zögerlich entriegelte sie die Tür, steckte den Kopf hinein und zog ihn gleich wieder heraus.

»Alles okay?« Sova verschränkte die Arme.

»Die Katze scheint nicht gestorben zu sein.«

»Tanzen Sie nicht gleich vor Freude, Missy.«

Endlich betrat Bran die Wohnung. Unaufgefordert folgte Sova ihr. Zu ihrer Verwunderung riss die Hexe zuerst die Badezimmertür auf, ehe sie in den Wohnraum tappte.

»Hey, Tiger.« Bran ging in die Hocke und streckte die Hand aus. Der Kater maunzte ungnädig und marschierte mit aufgestelltem Schwanz durch den Raum. Das Maunzen wurde weicher, als er Sova um die Beine strich.

»Hey Großer.« Sova bückte sich, um den in der Tat erstaunlich wohlgenährten Kater zu streicheln, und lächelte unwillkürlich, als er seinen Kopf in ihre Handfläche drückte und mit geschlossenen Augen zu schnurren begann.

»Im Ernst?« Langsam richtete Bran sich auf. Die Empörung über den Verrat des Katers ließ sie merkwürdig jung aussehen. Als der Kater sich rücklings auf den Boden warf und Sova den Bauch entgegenreckte, warf sie resigniert die Hände in die Luft und blickte sich stattdessen skeptisch im Zimmer um.

Soweit Sova erkennen konnte, war alles in bester Ordnung. Etwas karg für ihren Geschmack, aber genug Pflanzen, um einer Gärtnerei in Notzeiten auszuhelfen. Ein paar Fotos an der Wand. Brans Bruder samt Freundin, Bran selbst mit ihrer Baby-Nichte auf dem Arm. Ein paar Personen mit langen Haaren in eleganten Kleidern (den optischen Gepflogenheiten von Menschen und Magiern nach vermutlich Frauen), ein vergilbtes Bild von einer Gruppe sommersprossiger Teenager (Hexen und Leprechauns, wenn Sova nicht irrte), die mit Flöten und Handtrommeln in die Kamera strahlten. Mit langen Haaren sah Bran aus, als sei ein Angorakaninchen auf ihrem Kopf explodiert. Ein deutlich jüngeres Foto zeigte die Hexe in inniger Umarmung mit einer blonden Frau, die das Gesicht in Brans Locken verbarg; Bran selbst lächelte so glücklich und gelöst, wie Sova es in natura nie bei ihr gesehen hatte. Überhaupt wirkte es seltsam, Bran so nahe mit jemandem zu sehen, so *intim*. Sovas Magen zog sich zusammen. Aus irgendeinem Grund drängte sich Vicky in ihre Gedanken. Was sollte das? Sie hatte ewig nicht an die Rothexe gedacht, mit der sie in den Tombs zeitweise die Zelle geteilt hatte, doch beim Anblick des Fotos roch sie plötzlich wieder den zarten Seifenduft ihres Haares, hörte ihr helles Lachen, ihr Necken, ihr Stöhnen, fühlte die weiche Haut unter Händen und Lippen …

Hitze schoss ihr in die Wangen. Demonstrativ wandte sie sich ab, versuchte, die ungebetenen Gedanken zu verscheuchen. Was in den Tombs passierte, blieb in den Tombs, und wenn es nach ihr ging, konnte alles, was dort geschehen war, unter der Stadt verrotten – ihre … *Knastfreundschaft* mit einer Rothexe ebenso wie die vielen, wesentlich hässlicheren Dinge, die sie dort erlebt hatte!

Auf der Suche nach Ablenkung streunte sie durch Brans Wohnraum. Es gab keinen Esstisch, bloß einen Schreibtisch, auf dem sich Papiere stapelten – und ein Klappspiegel, umgeben von bekritzelten Blättern und mehreren bunten Oktaederwürfeln.

»Ich fass es nicht!« Mit einem ungläubigen Grinsen las Sova eines der Blätter auf. »Die Hexe ist eine Spiegelspielerin! Das treiben Sie also in Ihrer Freizeit? Als …« Sie schielte auf die Bleistiftkritzelei. »Als Elfenkrieger Shadowstone retten?«

»Geben Sie das her!« Mit mohnroten Wangen rupfte Bran ihr den Zettel aus der Hand. Nun entdeckte Sova die dünnen Hefte, die hinter dem Klappspiegel lehnten. *»Queen of Hearts, Runenwelt* … Ich dachte, nur einsame Alleinstehende, die noch bei ihren Mamis wohnen, spielen dieses Spiegelgedöns!«

»Vorurteile. Außerdem *bin* ich alleinstehend«, erwiderte Bran. Sie wurde noch eine Spur röter.

»Hey, ich mein's nicht böse – ich hab so was nur noch nie in echt gesehen, nicht mal auf der Jagd. Also, ich hab auch nie drauf geachtet.« Neugierig nahm Sova den Spiegel in die Hand. »Stimmt es, dass die Dinger mit intelligenten Zaubern belegt werden? Ein Kunde hat mal erzählt, man kann sich damit unterhalten.«

»Mit den anderen Spielern, ja.« Endlich kühlten Brans Wangen ab. »Der Spiegel macht quasi den Spielleiter und … ach, ist ja auch egal.« Sie nahm Sova den Spiegel ab und stellte ihn ordentlich wieder zurück. Während sie weiterhin misstrauisch ihre Wohnung inspizierte, blätterte Sova durch die Regelwerke von *Queen of Hearts*.

»Irgendetwas stimmt hier nicht.«

Sova seufzte. »Natürlich nicht, Sie wurden in Ihrem eigenen Zuhause überfallen.«

Bran nickte knapp und trat ans Fensterbrett. Sie berührte die Pflanzen, als wolle sie sie begrüßen. Täuschte sich Sova oder reckten die Blätter sich ihr tatsächlich entgegen?

»Alraunen sind magische Pflanzen, aber selbst sie gehen ein, wenn sie drei Monate kein Wasser bekommen.« Die Hexe drehte sich zu Sova um und musterte den Kater, der sich mit einem zufriedenen Schnurren an ihrem Bein rieb. Die Furche auf ihrer Stirn wurde immer tiefer. »Und Katzen überleben keine drei Monate ohne Futter, und er hat sogar zugenommen.«

»Oh.« Eilig wich Sova von dem Kater zurück. »Ja. Aleph und ich waren öfter hier, um Ihre Pflanzen zu gießen und den Kater zu füttern. Vielleicht haben wir's mit den Leckerlis übertrieben.«

»Wie bitte?« Bran entgleisten die Gesichtszüge – wohl kaum wegen der Gewichtszunahme der Katze.

»Ja, ja, Dämonen in Ihrer Wohnung, kriegen Sie sich wieder ein!« Sova verschränkte die Arme. Der Worn klopfte wieder an und stichelte in ihren Schläfen. »Sie wissen doch, dass wir nach Ihnen gesucht haben. Natürlich war das hier unsere erste Anlaufstelle.«

»Wie sind Sie reingekommen?«

»Durchs Fenster.«

»Natürlich.« Brans Augen wurden schmal. »Haben *Sie* etwa die Miete weiterbezahlt?«

»So dicke haben wir's nun wirklich nicht, *vitjka*.« Sova rieb ihre Fingerspitzen aneinander. »Halten Sie mal Ihre Paranoia im Zaum. Wahrscheinlich ist McGowan Ihr edler Spender. Würde mich nicht wundern. Wenn Ihre Miete weiter pünktlich bezahlt wird, kann er immer noch behaupten, Sie wären bloß auf Reisen und nicht in seinem Haus verreckt.«

Bran nickte langsam und drehte sich bedächtig um ihre eigene Achse. Ihr Blick blieb an dem Flickenteppich hängen, der die Dielen bedeckte. »Haben Sie auch das Blut weggewaschen?«, fragte sie leise.

»Sehen wir aus wie Putzpersonal?«, erwiderte Sova. »Welches Blut?«

»McGowans Leute haben erst die Katze und dann mich gebissen. Der ganze Boden war voll.«

Nun spürte Sova Brans Nervosität beinahe körperlich. Ihre Aura verdunkelte sich zusehends, und in ihrer Angst roch sie köstlich.

»Vielleicht haben die Typen im Anschluss noch sauber gemacht. Als Aleph und ich hier waren, sah es genauso aus wie jetzt.« Sova strich dem Kater ein letztes Mal über den Bauch, dann richtete sie sich auf. »Dann lasse ich Sie mal in Ruhe ankommen. Wir sehen uns morgen in den Nooks.«

Bran reagierte nicht. Sie kramte in einer Kommode, überprüfte die Fenstergriffe und eilte schließlich mit hohlen Wangen in die Diele. Dann kehrte sie mit einer Handtasche zurück, in der sie bereits im Gehen wühlte.

»Er hat meine Schlüssel«, sagte sie angespannt. »Alle.«

Sova lehnte sich gegen den Schreibtisch, die Fingerkuppen fest aneinandergepresst. Sie spürte, wie ihre Pupillen immer schmaler wurden. Verfluchter Worn! »Nichts für ungut, Missy, aber beim ersten Mal hat McGowan auch keinen Schlüssel gebraucht, um reinzukommen.«

»Ich weiß«, sagte Bran steif. Ihre Nasenflügel blähten sich. »Riechen Sie das?«

Sova witterte. »Was meinen Sie?«

»Vetiver.« Mit der Nase voran stakste Bran die Wände entlang, die Augen weit aufgerissen. Das Blinzeln hatte sie offenbar aufgegeben. Einen Meter vor dem Bett erstarrte sie. Ihre Wangen nahmen einen gräulichen Ton an. »Er war hier.«

Stirnrunzelnd trat Sova neben sie und sog die Luft ein. Sie roch nichts, nur Katzenfell und Alraunen. Dennoch schnupperte sie demonstrativ etwas lauter und nickte knapp. »Von Ihren Liebschaften steht niemand auf modriges Vetiver-Aftershave?«

»Scherzkeks.« Bran strich sich fahrig über die Stirn, zog ein Päckchen Zigaretten aus dem Küchenschrank und steckte sich mit zittrigen Fingern eine an. Sie murmelte manisch über das missfällige Maunzen des Katers hinweg – irgendeinen Quatsch von wegen kein Geld für ein Hotel. »… muss das Schloss austauschen. Und Grandma anrufen … gibt's Schutzkreise, die auch gegen Vampire wirken? Und Pflöcke – Pflöcke besorgen …«

Sova räusperte sich und schob die Hände tief in ihre Taschen. »Sie können auch einfach wieder mit nach Fort Nook kommen.«

Bran blieb vor dem Fenster stehen. Die Asche am Ende ihrer Zigarette neigte sich bedrohlich nach unten. »Lear will mich nicht dahaben, schon vergessen?«

»Sie will aber auch nicht, dass Sie von McGowan gefressen werden. Oder durchdrehen, was wahrscheinlicher ist.« Sova hob die Brauen.

»Luas sagt, Sie können bei uns schlafen, so lange Sie wollen. Oder … falls Sie Angst haben, dass ich Besitz von Ihnen ergreife, findet sich bestimmt auch jemand anders, der Sie aufnimmt. Vorübergehend.«

Bran zog ausgiebig an ihrer Zigarette und lehnte sich gegen das Fensterbrett, als würde die reine Nähe der Alraunen sie beruhigen. Der Kater stupste vorwurfsvoll mit dem Kopf gegen ihr Schienbein.

»Ich hab keine Angst, dass Sie Besitz von mir ergreifen«, sagte sie. »Sie haben die Possession damals nicht begangen, wieso sollten Sie jetzt damit anfangen?«

Sova erstarrte. »Wie kommen Sie darauf, dass ich es nicht getan habe?«

»Haben Sie?«

»Nein, aber das juckt erfahrungsgemäß niemanden.«

Bran ruckte mit dem Kopf. »Ich habe zu wenig Ahnung von Dämonen, aber ich kenne die Kureter. Die sind paranoider als Sie und ich zusammen, Sonnenschein. Die überprüfen noch heute jeden Rotmagier nach der Verhaftung auf schwarze Partikel, die nach einer Possession übrigbleiben. Wenn die Typen auch nur den kleinsten Hinweis gehabt hätten, dass Sie eine Dämonin sind, wären Sie nicht sechs Jahre in den Tombs versauert, sondern tot.«

Sova starrte sie stumm an. Ihr Magen zog sich zusammen. Die Hexe hatte soeben eins zu eins Theresa Lears Freispruchplädoyer zusammengefasst. Ohne den Prozess und die Vorgeschichte zu kennen.

Schließlich senkte Sova den Kopf und zwang sich, ihre Fingerkuppen voneinander zu lösen. Der Worn brannte wie Säure in ihrem Magen, den Schläfen, den Augen. »Also, kommen Sie mit, oder was?«

Bran öffnete den Mund und schloss ihn wieder. Schließlich drückte sie die Zigarette in dem Aschenbecher auf dem Schreibtisch aus. Sova sah den Schweiß auf ihrer Stirn. »Nein, nicht nötig. Ich … räume auf, dann falle ich ins Koma und -«

Schritte erklangen im Treppenhaus. Die Hexe fuhr so heftig zusammen, dass sie eine Alraune vom Fensterbrett warf. Eilig bückte sie sich nach der Pflanze. Mit finsterer Miene rieb sie sich die Augen und straffte die Schultern, doch die Alraune in ihren Händen bebte so sehr, dass sie zwei Blätter verlor. »Gott im Himmel!«

»Ich sehe schon, Sie werden schlafen wie ein Baby«, kommentierte Sova trocken.

Bran presste die Lippen aufeinander. Sie hatte die Arme fest um den Oberkörper geschlungen und sah verloren aus in dem Wohnraum voller Grünzeug und Papiere. Dennoch sagte sie: »Danke fürs Herbringen. Passen Sie am Rückweg auf sich auf, okay?«

»Wie Sie wollen. Bis Morgen.«

Mit einem festen Knoten im Magen zog Sova die Wohnungstür hinter sich zu. Wieso wurde sie das Gefühl nicht los, dass das hier ihre Schuld war? Sie hatte nichts, aber auch gar nichts mit der McGowan-Sache zu schaffen – im Gegenteil! *Aber bevor du den schlafenden Köter aufgeweckt hast, ist sie klargekommen,* wisperte das hässliche Stimmchen in ihrem Hinterkopf.

Sie stieg gerade die Treppe zum zweiten Stock hinunter, als hinter ihr eilige Schritte erklangen.

»Äh, Sonnenschein?« Bran klammerte sich mit bleichen Lippen am Treppengeländer fest. Ihre Brust hob und senkte sich zu rasch, einige Adern in ihren Augen waren geplatzt. Und trotzdem musste sie sich sichtlich zwingen, die nächsten Worte aus dem Mund zu schubsen. »Wenn Sie irgendwem erzählen, dass ich mich in einem Dämonennest sicherer fühle als in meinen eigenen vier Wänden, reiße ich Ihnen die Zunge raus. Diesmal wirklich.«

»Süß, Ihre leeren Drohungen.« Sova grinste schief. Der Knoten in ihrem Magen löste sich, als sie die Stufen wieder hinaufkletterte. »Brauchen Sie Hilfe beim Packen?«

9.
RAUBTIERFÜTTERUNG

-1-

Das hier ist falsch, dachte Moira, als sie auf ihr Bett im Haus der Cabals sank. Ihr Kopf sperrte sich dagegen, aber ihr Atem ging so viel freier und leichter, seit sie in die Nooks zurückgekehrt war. Mit dem Daumen strich sie über das unsichtbare Dämonenmal auf ihrer Handfläche. Es war so falsch, doch diese Narbe war ihr um Welten lieber als all die Bissspuren auf ihrem Körper. Lears Mal hatte sie sich wenigstens selbst ausgesucht.

An diesen Gedanken klammerte sie sich, als sie bei Sonnenaufgang in die Kissen sank, doch sobald sie die Augen schloss, roch sie Vetiver-Aftershave gleich über ihr. Schmeckte Blutstiller und Hypnos, spürte Zähne, Zähne, Zähne …

Mit einem Ruck fuhr sie in die Senkrechte. Der Kater, den die Cabals entzückt ins Haus gelassen hatten, maunzte vorwurfsvoll, und auch Moira würgte leise, als der Schwefelgestank in ihre Nase stach. Unter ihren Handflächen brodelte es – rote Energie, die sich wie ein lebendiger Fremdkörper durch ihr Fleisch fraß, und plötzlich war sie wieder dreizehn, saß zum ersten Mal in der Praxis von Doktor Pythios und entschuldigte sich umständlich bei der Arzthelferin, die angeekelt den schwefeligen Brandfleck auf ihrer Uniform betrachtete. »Der Doc kommt gleich, Mädchen. Sei so gut und bring ihn nicht um, wir brauchen ihn noch.«

Doktor Pythios hatte einen Kreis aus Salzkreide um den Behandlungsstuhl gezogen, ihr eine Kapsel mit Bitterkalbian verabreicht und seine Spritzen gezückt. Eine in die Armbeuge, eine ins rechte Auge, eine neben den Mund, und das genügte, dass Moira in Panik geriet. Das rote Knistern auf ihrer Haut bäumte sich auf, holte aus, griff nach dem Nächstbesten, nach dem Doc, der sie anschrie, sich zusammenzureißen …

Hektisch griff Moira nach dem Wasserglas auf dem Nachttisch. Glas hatte ihr früher immer geholfen, sich zu entladen … Ein leiser Knall, rote

Funken erleuchteten den Raum, das Glas zersplitterte. Der Kater flüchtete fauchend von der gefluteten Bettdecke.

»Guck nicht so, ich weiß auch nicht, warum das passiert«, zischte Moira und ballte die schmerzenden Hände. »Ich hatte das seit fünfzehn Jahren nicht mehr, okay?«

Und warum jetzt? Fünfzehn Jahre Ruhe, und plötzlich … Der süße Rauchgeschmack von Hypnos schwemmte auf ihre Zunge. Was war in den vergangenen zwei Monaten wirklich passiert? Was hatte sie geträumt, was hatte sie sich eingebildet? Hatte McGowan … nein. Nein, das war lächerlich. Warum sollte er? Er konnte nicht wissen, was in ihrer Krankenakte stand. Andererseits – er hatte Kohle, er konnte sich alle Informationen beschaffen, die er wollte. Aber war das überhaupt wichtig? *Sie* konnte nicht wissen, was er mit ihr angestellt hatte – sie wusste ja noch nicht einmal, woher manche ihrer Narben stammten! Und wenn er sie nicht nur verfüttert hatte? Wenn er andere Dinge mit ihr angestellt hatte? Wenn er sie …

Stopp! Denk nicht mal dran! Denk nicht dran, du wirst noch verrückt!

Aber der Morgen war noch jung. Die Nooks schliefen. Woran sollte sie sonst denken?

Als hätte er ihre Grübelei satt, sprang der Kater auf ihren Schoß. Sie kraulte ihn ausgiebig, drückte die Nase in sein Fell, genoss das Schnurren – ihr war nicht einmal klar gewesen, wie sehr sie den Tiger vermisst hatte. Als er langsam in ihrem Schoß eindöste, fiel ihr Blick auf den Aktenstapel neben dem Bett. Akten von Aleph Taur, Akten aus dem Tar, ein schwarzweißer, bürokratischer Blumenstrauß voll Ablenkung.

»Komm her, Baby«, murmelte sie und schlug die erste Akte auf.

-2-

Fort Nook zählte rund zweihundertdreiundvierzig Dämonen. Vierundzwanzig von ihnen (dreiunddreißig, wenn man die Vermissten mitzählte) jagten hauptberuflich Träume, die sie viermal pro Woche von den fünf Alchemisten schätzen und zu Hypnos verarbeiten ließen, um sie an den Ständen der siebzehn Händler an den Mann zu bringen. Die Einnahmen deckten die Lebenskosten der Bewohner von Fort Nook ohne nennenswerte Überschüsse (im Stillen war Moira überrascht, dass Theresa Lear ihr Einblick in die Finanzen gewährte). Träume, die nicht als Hypnos verkauft wurden, speisten die Dämonen im Hospiz, die für ihren chronischen Worn behandelt wurden, und die Kinder und Jugendlichen, die zu jung für die Jagd waren. Es gab etwa zwanzig sehr wohlhabende Stammkunden, allesamt untot. Im Durchschnitt strömten pro Nacht an die achtzig Vampire auf den Traummarkt. Die Marktwache, das ging aus den Protokollen hervor, sorgte nicht nur durch ihre Patrouillen für Sicherheit, sondern überprüfte auch in regelmäßigen Abständen die Vertrauenswürdigkeit sämtlicher Bestands- und Neukunden. Die meisten Kundenakten im Tar waren dick wie Romane (und Moira stellte befriedigt fest, dass das Marktkonzil seit ihrem Artikel darüber diskutierte, McGowan als Kunden abzustoßen), doch gerade die Stammkunden wurden mit nur wenigen Zeilen abgespeist.

»… ein paar Zusatzinformationen über die Stammkunden wären also hilfreich, um die Zusammenhänge zwischen den Entführungen und der Kundensituation besser einschätzen zu können«, endete Moira, klappte ihr Notizbuch zu und hob den Kopf.

Zwölf goldglänzende Augenpaare blickten sie stumm an. Moira hatte ja nicht erwartet, dass ihr Statusbericht das Marktkonzil beeindruckte, aber dieses Schweigen war frostig. Unter den ungnädigen Blicken begann sie zu schwitzen und versuchte, ihr nervöses Schlucken zu kaschieren.

Schließlich räusperte sich eine Dämonin in frechem Ocker, aus deren dichtem rotem Haar tatsächlich zwei Hörner sprossen. »Hübsch, hübsch, ja. Ich kann mich allerdings nicht erinnern, dass wir um eine Prozessanalyse gebeten haben.«

Der Dämon mit dem schlohweißen Haar und den flaschengrünen Augen, der sich als Hector Sagittar vorgestellt hatte, kratzte sich am Kinn. »Und für diese … nennen wir es wohlwollend *Feststellungen* haben Sie allen Ernstes zwei Wochen gebraucht, Miss Bran?«

Moira straffte die Schultern. »Bei allem Respekt, Sir, ich muss mich grundlegend in Ihre Kultur und Gesellschaft einarbeiten, um die richtigen Schlüsse für die Ermittlungen zu ziehen.« Nun schlug sie ihr Notizbuch doch wieder auf und unterdrückte ein Gähnen. »Ich käme zum Beispiel schneller voran, wenn man mir gleich gesagt hätte, dass die Vermisste Zeta Taur eine Alchemistin ist.«

»Zeta Taur ist keine Alchemistin«, sagten drei Konzilsmitglieder im Chor. Einer von ihnen, Master Virgo, seines Zeichens Luas‘ Chef und Vertreter der Schätzer, rümpfte die Nase. »Die widerspenstige Schreckschraube lässt sich immer bei uns die Preise machen und haut dann mit der Beute wieder ab. Sagt, sie sei zu alt, um Schlange zu stehen. Pf!«

Moira knirschte mit den Zähnen. In ihren Schläfen pochte es, und das halbe Konzil sah aus, als wäre es bereit, sie als Frühabendsnack zu verspeisen. »Die Formalien sind doch egal! Der Punkt ist, die Frau kann Hypnos selbst herstellen. Ohne sie hätten etwaige Entführer nur Rohträume – damit kann außer Ihnen aber niemand etwas anfangen. Aber mit Zeta Taur *könnte* jemand ein eigenes Hypnos-Business aufmachen.«

Nun funkelte Sagittar sie mit offener Feindseligkeit an. »War es etwa diese bahnbrechende Erkenntnis, mit der Sie zwei Wochen verplempert haben?«

Moira zwängte ihr altbewährtes Höflichkeitslächeln auf die Lippen. »Wissen Ihre Kunden, wer für die Hypnosproduktion verantwortlich ist?«

Master Virgo reckte das Kinn. »Hypnos wird hinter den Kulissen produziert. Wieso?«

»Nun ja, ich nehme an, *außerhalb* des Markts weiß niemand von Zeta Taurs besonderen Fähigkeiten?«

Erneut stierte das Konzil sie an wie eine vieläugige Bestie. »Was wollen Sie damit andeuten?«, fragte die gehörnte Dämonin gefährlich leise.

»Dass Sie möglicherweise einen Maulwurf in den Nooks haben, Ma'am.«

Das halbe Konzil explodierte. »Jetzt hören Sie mal gut zu, Sie verschrobene Hexe! Ich weiß ja nicht, wie Sie in der Sub Side miteinander umgehen, aber hier in Fort Nook geben wir aufeinander acht! Zu behaupten, dass einer von uns Averna -«

»Ist irgendwer schon mal auf die Idee gekommen, William zu überprüfen?«, fragte Moira in den Tumult hinein.

Sagittar, der zwar nicht in die Schimpftirade eingestiegen war, Moira jedoch immer noch misstrauisch beäugte, hob überrascht die Brauen. »Ich denke, Ville Arttu Nikula ist ein Freund von Ihnen.«

»Ein Freund, der mich an Sie verkauft hat. Wer sagt Ihnen, dass er dasselbe nicht mit Ihnen machen würde, wenn ihm jemand genug Kohle bietet?«

Die gehörnte Dämonin verschränkte die Arme. »Den genialen Einfall hatte die Marktwache tatsächlich schon. Mr. Nikula wurde überprüft, er ist sauber. Ehrlich, ich fasse nicht, dass unsere Spitzen-Ermittlerin zwei Wochen für diesen -«

»Wo ist eigentlich Madame Lear?« Moira reckte das Kinn. Ihre Kopfschmerzen wurden unter dem Gemurmel noch stärker. »Wenn ich mich hier vor versammelter Mannschaft herunterputzen lassen darf, will die Chefin doch gewiss mitspielen?«

»Madame Lear hat anderweitig zu tun«, sagte Sagittar. »Und ich muss sagen, Miss Bran, wenn das hier alles ist, was Sie zu liefern haben, dann …«

»Entschuldigen Sie die Verspätung«, sagte eine warme Stimme. Theresa Lear ließ die Tür zum Tagungsraum ins Schloss fallen. Zwar trug sie erneut ihre Gartenkleidung und balancierte eine Tasse Tee, ein Mini-Töpfchen mit einem Therox-Setzling und einen dicken Briefumschlag in den Händen, doch sie durchquerte den Raum mit großen Schritten, ohne dabei auch nur einen Tropfen Tee zu verschütten, und ließ sich mit kerzengerader Haltung am Rande des Konzils nieder. »Was habe ich verpasst?«

»Nichts«, grollte die gehörnte Dämonin, die neben Lear wie eine verschüchterte Ziege wirkte. »Absolut nichts, Ma'am. Ihre Hexe hat nichts vorzuweisen, nach zwei Wochen.«

»Apropos Hexe.« Lear warf Moira den dicken Briefumschlag zu. Sie hatte nicht mit der Wimper gezuckt, als Skorpin Moira zurück in die Nooks gebracht hatte – erstaunlich genug. »Miss Bran, mein Büro im Hotel ist kein Postamt. Wenn Sie Briefe erwarten, lassen Sie sie nach Hell's Kitchen liefern – Sie verfügen immerhin über eine valide Anschrift.«

Hector Sagittar schnaubte. »Um ihre Post zu holen oder anständig zu ermitteln, müsste sie die Nooks ja verlassen!«

Moira ignorierte das Getuschel und öffnete eilig den Umschlag. Ein dicker Schnellhefter und eine kurze Notiz lagen darin. *Das ist alles, was ich finden konnte. Halten Sie mich auf dem Laufenden, bin auch interessiert an der Sache. Grüße, Lieutenant M. Malone.*

»Danke, Sir«, murmelte sie und schlug den Hefter auf.

»Was ist das?« Lear trat neben Moira und blickte ihr über die Schulter. »Wer ist Geoffrey Edwards?«

»Ein Rotmagier, der vor zwei Wochen in den Tombs eingecheckt hat.«

Sagittar runzelte die Stirn. »Rotmagierverhaftungen sind Kuretersache!«

Auch Lear musterte Moira skeptisch über ihre Brille hinweg. »Ich wusste, dass Sie gute Kontakte haben, aber dass Sie mit den Kuretern gut genug gestellt sind, um Archivakten in Ihre Handhabe bringen können, war mir neu. Noch dazu, ohne Fort Nook zu verlassen.«

Moira lachte leise, obwohl ihre Kopfschmerzen sich davon bloß verstärkten. »Sie überschätzen mich. Das Kureterarchiv ist ein Hochsicherheitstrakt, besser bewacht als die Tombs. Minidrachen, intelligente Zauber, die sich in deinen Kopf schleichen … Nicht mal ich bin so lebensmüde, bei denen einzubrechen.«

»Lassen Sie mich raten«, sagte Sagittar trocken. »Sie haben's versucht?«

»Ist schon ein Weilchen her. Den Fehler mache ich nicht zweimal.« Ungerührt blätterte Moira weiter. »Glücklicherweise arbeiten die Kureter mit unseren menschlichen Freunden und Helfern vom NYPD zusammen. Lieutenant Malone war so nett, mir die Akten sämtlicher verurteilter Rotmagier der letzten zwölf Monate zu kopieren.«

Die Gehörnte schnaubte. »Sie holen Ihre Informationen von Menschen?«

Moira schenkte ihr ein freundliches, aber bestimmtes Lächeln – jenes, das sie sich normalerweise für den Presserat aufsparte. »Wenn es so leicht wäre, an Kureterunterlagen zu kommen, hätte die Marktwache Ihnen den Kram sicher schon vor Monaten besorgt.« Befriedigt stellte sie fest, dass die Gehörnte schmollend den Mund zuklappte. »Wir wissen bislang nicht, ob Ihre Leute entführt oder verhaftet wurden. Wenn die Kureter sie erwischt haben, sind sie in den Tombs.«

»Oder tot«, erwiderte Lear ernst.

»Nur, wenn man sie als Dämonen entlarvt hat. Ich meine, sehen Sie mal.« Während zwei Konzilsmitglieder sich über »das böse Wort mit D« echauffierten und Teebeutel den Besitzer wechselten, hielt Moira eine Akte in die Höhe. Skorpin starrte aus dem Foto, ausgemergelt, mit wornschmalen Pupillen und leerem Blick. Ein Entlassungsdatum (19. Dezember 1947) prangte unter den zweifelhaften Personalien. »*Yasmeen Khan* ist sogar offiziell entlassen worden. Nicht ausgebrochen, nicht in Luft aufgelöst – und ganz definitiv nicht tot.« Sie hatte das Ende des Hefters erreicht. Die Schreibmaschinenlettern verschwammen vor ihren Augen; erneut unterdrückte sie ein Gähnen. »Außer Miss Skorpin scheinen sich in letzter Zeit keine Averna in die Tombs verirrt zu haben.«

Immerhin die Hälfte des Konzils atmete erleichtert auf.

»Das wird die Angehörigen zumindest ein wenig beruhigen«, sagte Lear. Sie selbst wirkte allerdings nur mäßig beruhigt. »Wäre auch zu schön gewesen, wenn wir unsere Leute nur aus den Tombs hätten holen müssen.«

»Was sind Ihre nächsten Pläne, Miss Bran?«, schnarrte Sagittar, der weiter unzufrieden dreinblickte.

Moiras Erleichterung über Malones Kureterakten verpuffte. Dennoch sprach sie mit gleichmütiger Stimme weiter. »Bei meiner anderen Spur weitermachen, Mr. Sagittar. Den Maulwurf finden.«

Die Gehörnte schnalzte herablassend mit der Zunge. »Wenn Sie in dem Zustand überhaupt etwas sehen. Miss Skorpin sagt, Sie schlafen seit Tagen nicht.«

Moira erstarrte. »Miss Skorpin sagt *was*?«

»Dass Sie sich die Nächte um die Ohren schlagen. Nicht sehr verantwortungsvoll.«

»Um Ihnen Ergebnisse zu liefern!«, schnarrte Moira. Die freundliche Tonlage war längst gestorben; dafür meldete sich das Prickeln auf ihren Handflächen.

Brod Strider, der als Vertreter der Marktwache im Konzil saß und sich die ganze Sitzung über durch Hübschaussehen und Schweigen hervorgetan hatte, richtete sich auf. »Lassen Sie sich nicht verunsichern, Hector stänkert nur gerne, Missy.«

»Aber Sie sollten trotzdem schlafen«, meinte Lear. »Wir sind keine Sklaventreiber, wissen Sie, auch wenn man in der Sub Side gerne anderes behauptet.«

»Danke, Ma'am«, erwiderte Moira durch die Zähne, doch in ihr brodelte es.

»Das wäre dann alles«, sagte Lear.

»Die nächste Statusmeldung hätten wir gerne in einer Woche«, fügte Sagittar hinzu. »Hoffentlich mit reichhaltigerem Inhalt.«

»Gerne doch, Sir«, zwitscherte Moira. In diesem Moment begann der Hefter in ihren Händen zu schwelen. Myrrhe stach in ihre Nase. Jäh ließ sie den Hefter fallen, spreizte die Finger. Eine kleine Menge roter Energie entlud sich in die Luft. Als Moira sich nach dem Hefter bückte, sah sie aus den Augenwinkeln, wie Sagittar Lear einen vielsagenden Blick zuwarf. Die jedoch schüttelte mit einer tiefen Falte auf der Stirn den Kopf.

Moira packte ihre Unterlagen und sah zu, dass sie fortkam.

-3-

»Hey, Hexelein, konzentrier dich!« Will Nikula schnippte mit den Fingern vor ihrer Nase und tippte auf das Spielbrett. Sie saßen an Rheas Heißgetränkerondell über einer Partie *Queen of Hearts*, doch Moiras Gedanken wanderten immer wieder zu ihrem nichtvorhandenen Plan.

William entfernte einen ihrer Rosenläufer von dem improvisierten Spielbrett und nippte an seiner Chocolat Sanguine. »Wenn du dein Schloss behalten willst, musst du aufpassen.«

»Sorry, Will, ich hab heute keinen Kopf dafür.« Moira vergrub das Gesicht in den Händen und massierte ihre Schläfen. »Ich ärgere mich viel zu sehr über diese Flachpfeifen im Konzil. Und über meine Mitbewohnerin.« Finster blickte sie zu Skorpin hinüber, die sich an ihrem Stand mit der Kundschaft abmühte.

William gab es auf, sie für das Spiel motivieren zu wollen, und schlug stattdessen die Abendausgabe des *Scrying Mirror* auf. »Die testen dich nur, Liebes, das war bei mir am Anfang auch so. Die Leute hier sind supereingespielt; jeder, der von außen dazukommt, ist erst mal eine Bedrohung, selbst, wenn du auf der Gehaltsliste stehst. Das gibt sich.«

»Hoffentlich.« Moira ließ den Blick über das Markttreiben schweifen, als könnte sie dort den nächsten Schritt für ihre Ermittlungen finden. Einige der Stände hatte sie noch nie geöffnet gesehen. Dafür herrschte bei den anderen ein reger Zulauf. Beryl Emini flirtete an ihrem Stand und Robin Wood unterhielt seine Kunden mit Anekdoten über seine Fängerkarriere, ehe er sie ins Schlafzelt geleitete. Ein mausgrauer Vampir, den Moira schon einige Male gesehen hatte, stromerte durch die Standreihen und blickte sich ebenso suchend um wie sie selbst. Seufzend nippte Moira an ihrem Kaffee. Sie wusste nicht einmal, wo sie anfangen sollte. Die Marktwache hatte alle Stränge, die ihr aufgefallen waren, bereits abgearbeitet; das Konzil würde sie bei lebendigem Leibe häuten, wenn sie die Stammkunden noch einmal überprüfte. Oder schlimmer: Sie würden sie an McGowan zurückgeben …

»Wow!«, fiepte William und tippte aufgeregt auf die Zeitung. »Also, wenn du noch ein Weihnachtsgeschenk für mich suchst, Moiralein, das hier wär was!«

Moira beugte sich über die Werbeanzeige. »Viradent Zahnzwischenraumbürsten von Doktor Bite – Zahnpflege für Champions.« Mit einem ungläubigen Grinsen hob sie den Kopf. »Nicht dein Ernst! Ville, du hast mindestens acht Zahnbürsten!«

»Aber keine Zwischenraumbürste! Und das da ist die beste!«

»Hast du's mal mit Zahnseide versucht?«

»Zahnseide ist was für Anfänger!« Will schenkte ihr einen mitleidigen Blick. »Du hast wirklich keine Ahnung, wie wichtig schöne Zähne sind, Hexelein. Und wie sexy. Mit Gammel-Zähnen brauchst du in 'ner Blutbar nicht mal mit jemandem reden. Willst du, dass ich alt und einsam ende?«

»Ihr Vampire habt einfach einen Fetisch«, murmelte Moira und legte sich instinktiv die Hand auf den Hals. McGowans Gäste im Bluthaus hatten zwar das nötige Kleingeld, aber wer auf Privatpartys nach Gusto Leute totbeißen konnte, machte sich nicht die Mühe, freiwillige Blutspender mit einem schönen Lächeln zu bezirzen …

»Gibt schlimmere Fetische«, plauderte William ungerührt weiter. »Außerdem wäre die Zahnforschung der Menschen noch bei null, wenn nicht so viele lebende Vampire als Zahnärzte oder Kieferorthopäden arbeiten würden.«

»Das erklärt zumindest, warum du ein Heidengeld für dieses Monster von Zahnspange ausgibst.«

»Wer schön sein will, muss leiden.«

»Und Kohle haben. Ernsthaft, fünfundachtzig Dollar für einen Mini-Weihnachtsbaum, den du dir zwischen die Schneidezähne stecken kannst?« Demonstrativ nahm Moira ihm die Zeitung aus der Hand – sie war das Gerede über Zähne leid. Stattdessen überflog sie den Artikel neben der

Zahnbürstenwerbung. »Die verhaften ziemlich viele Rotmagier im Moment. Ein Jahr fast gar nichts, und in den letzten drei Monaten sieben auf einmal? Ist den Welandern plötzlich ihr letztes Wahlkampfversprechen eingefallen?«

»Hey, hey, warten Sie mit der nächsten Schlagzeile, bis Sie mit unserer Story fertig sind, *vitjka*«, sagte eine spöttische Stimme direkt an Moiras Ohr.

Moira schoss hoch und drückte Skorpin den Zeigefinger gegen das Brustbein. »Sie! Wie kommen Sie eigentlich dazu, mit Typen wie Hector Sagittar über meine Schlafgewohnheiten zu plaudern?«

Skorpins Augen weiteten sich überrascht, doch sie fing sich schnell. »Welche Schlafgewohnheiten? Sie schlafen schon seit einer Woche nicht mehr, Missy. Der wievielte Kaffee ist das?«

»Machen Sie das bloß nicht noch mal! Das Konzil hat mich in der Luft zerrissen!«

»He, beruhigen Sie sich, Sie zittern ja.«

»Das ist nur der Kaffee.«

»Ja, klar, und der Kaffee ist schuld, dass du Schwefel schwitzt«, kommentierte Will.

Skorpin lehnte sich mit verschränkten Armen gegen den Tisch. »Hören Sie mal, ich weiß, warum Sie nicht schlafen und warum Sie Schiss vor dem Konzil haben -«

»Ich hab keinen Schiss vor dem Konzil«, erwiderte Moira matt, doch was nützte das Abstreiten? Skorpin roch ihre Angst in dem verfluchten Badezimmer, das sie teilten.

»Nein, Sie haben Angst, dass die unzufrieden sind und Sie an McGowan zurückgeben.« Skorpin fasste sie an den Schultern. Ihre Pupillen waren bereits schmal, das Gold schwand, doch ihr Blick war überraschend offen und freundlich. »Aber ich versichere Ihnen, Miss Bran, das wird nicht passieren. Selbst, wenn Sie unsere Vermissten nicht finden, geben wir Sie nicht an Greg McGowan zurück, das verspreche ich Ihnen.«

»Dann habe ich aber immer noch Schulden bei Ihnen«, murmelte Moira.

»Ach, da fällt uns was ein.« Skorpin klopfte ihr auf die Schulter und wandte sich eine Spur zu schnell ab. »Aber ehrlich, Missy, ich pack Sie bei Sonnenaufgang persönlich ins Bett, wenn's sein muss. Sie sind nämlich gereizter als ein hungriger Säbelzahntiger.«

»Wie Sie wollen, Sonnenschein. Dann kann ich Sie aber auch nicht mehr aufwecken, wenn ich mitbekomme, dass *Sie* Albträume haben.«

Prompt entgleisten Skorpin die Gesichtszüge. »Das war ein einziges Mal!«, grollte sie, während William zu lachen begann.

Moira nahm ihre Unterlagen und leerte ihre Kaffeetasse. »Können Sie mir sagen, wo ich Mia Gills Eltern und den Bruder von Thom Alrakis finde? Das sind so ziemlich die einzigen Angehörigen, mit denen ich noch nicht gesprochen habe.«

»Die sind im Hospiz«, antwortete Skorpin, die Wangen immer noch gerötet. »Kommen Sie einfach mit mir. Ich muss ohnehin zum Gilding.«

»Im Hospiz?« Moira schluckte, doch sie folgte Skorpin klaglos über den Markt in die Nooks, bis zu dem niedrigen stillen Gebäude, das von blühenden Rhododendronbüschen umringt war.

Seit ihrem Emonen-Zwischenfall hatte sie diesen Teil von Fort Nook gemieden. Mittlerweile wusste sie, dass die Kinder und Jugendlichen, die noch zu jung für die Jagd waren, zum Gilding hierherkamen. Auch die Fänger und Händler, die vom Worn überrascht wurden, liefen hier auf, doch um diese Zeit befanden sich hauptsächlich Hospizbewohner in der steril riechenden Imitation eines Speisesaals. An den quadratischen Tischen saßen Dämonen, deren nachtschwarze Augen trüb ins Leere starrten. Nur wenige unterhielten sich.

»Das sind sie«, flüsterte Skorpin und nickte zu einem Paar, das dicht beieinander saß und doch Welten entfernt voneinander wirkte. »Ich begleite Sie, Missy. Bei den beiden weiß man nie, wie sie drauf sind.«

Als sie an dem Tisch stehen blieben, räusperte sich Skorpin. »Mrs. und Mr. Gill? Das hier ist Moira Bran. Sie hilft der Marktwache, Mia wiederzufinden.«

Mr. Gill, ein Dämon, dessen volle Lippen zu groß für sein spitzes Gesicht wirkten, hob langsam den Kopf. Seine Nasenflügel blähten sich. »*Vitje*?«

»*Hoya, vitje*«, sagte Skorpin. »Aber sie ist sauber, Sir.«

Mrs. Gill zog die Lippen hoch. »Aber du nicht, Sova Megera Skorpin. *Possessuya*!«

Skorpin verdrehte die Augen. »Dann legen Sie mal los, Missy. Viel Spaß.«

Während sie von dannen schlurfte, streckte Moira den Gills die Hand entgegen. »Darf ich Ihnen ein paar Fragen zu Ihrer Tochter stellen?«

Die beiden Dämonen starrten sie ausdruckslos an. »Warum sucht eine Hexe nach unserer Tochter?«, fragte Mr. Gill. Seine Stimme klang scheppernd, und sein Kiefer war so angespannt, dass das Sprechen ihm sichtlich Schmerzen bereitete.

Moira erklärte sich mit knappen Worten. Schließlich akzeptierte sie, dass die beiden sie weiterhin anstieren würden, als sei sie ein stacheliges Insekt, von dem man nicht recht wusste, ob man davor weglaufen oder danach schlagen sollte. Sie begann, nach den Jagdgewohnheiten von Caramia Gill zu fragen. Viel kam nicht dabei herum, doch immerhin erfuhr Moira, dass Mia schon immer mies in Alchemie gewesen war – keine heimliche Schätzerin wie Zeta Taur. Als sie sich schließlich höflich verabschiedete, wanderten die Blicke der beiden schweigend in die Ferne.

Etwas verstört ließ Moira sich an den Tisch fallen, an dem Skorpin es sich mit einer zerlesenen Ausgabe von *Batman* gemacht hatte. »Das war eines der merkwürdigsten Gespräche, das ich in letzter Zeit hatte«, sagte sie leise.

»Was erwarten Sie in diesem Geisterhaus?«, murmelte Skorpin. Sie wirkte angespannt.

Moira ließ den Blick schweifen – zu den Dämonen-Mediks in ihren hellblauen Roben, zu den grauen Gesichtern der Hospiz-Bewohner. Langsam streiften die Dämonen ihre Lethargie ab, wirkten ungeduldig. Andere dagegen fielen in eine regelrechte Starre, blinzelten nicht einmal mehr. Der Geruch nach Streichholzschwefel intensivierte sich.

»Wie haben Sie es eigentlich geschafft, in den Tombs zu verbergen, dass Sie eine Dämonin sind?«, fragte Moira leise. »Sie haben … einen recht einschlägigen Geruch. Und Sie mussten doch im Knast auch gilden, nicht wahr?«

Skorpin rutschte unruhig auf ihrem Platz herum. »Der Geruch kommt von der roten Magie. Ich habe während der Haft nicht praktiziert, also ging der Geruch irgendwann weg. Genau wie bei den Rotmagiern, die auch dort eingepfercht waren. Und das Gilding …« Ihr Kiefer mahlte. »Was glauben Sie, warum ich den Altersdurchschnitt hier so hübsch senke?«

Moira blickte sich um. Tatsächlich. Alle anderen Dämonen im Saal sahen gut doppelt so alt aus wie Skorpin – wobei es natürlich riskant war, von ihrem Aussehen auf das Alter zu schließen. »Wie oft wäre denn in Ihrem Alter normal?«

»Zwei-, dreimal die Woche.« Skorpin blickte Moira nicht an, zog bloß eine Grimasse. »Wenn man mehrmals am Tag ranmuss … Sagen wir's so, es wird nicht gern gesehen.«

Moira stieß die Luft durch die geschürzten Lippen aus. »Also haben Sie in den Tombs gar nicht gegildet?«

»Doch, natürlich, sonst wäre ich jetzt nicht mehr hier.« Skorpin ruckte ungeduldig mit dem Kopf. »Aber ich hatte nur selten die Gelegenheit. Mit Anfang zwanzig ist das noch machbar. Aber Alistair Bluth ist fast fünfzig, und Zeta …« Sie schluckte und senkte sie den Blick.

»Die kommen schon zurück, Liebes. Kopf hoch«, mischte sich eine kleine Frau am Nebentisch ein – und neben dieser Frau saßen Luas und Ami.

»Hi«, meinte Luas mit einem schiefen Lächeln und legte der Frau die Hand auf den Arm. »Mum, darf ich dir unsere neue Mitbewohnerin vorstellen?«

Mrs. Cabal machte kaum einen lebendigeren Eindruck als die anderen Dämonen. Ihr stumpfes schwarzes Haar steckte in einem losen Zopf und ihre schmalen Augen waren so dunkel, dass man nicht sagen konnte, wo die Iris aufhörte und die Pupille begann. Dass sie ein ganzes Stück kleiner war als Luas und Ami, ließ sie noch zerbrechlicher aussehen. Dennoch kroch bei ihrem Anblick so etwas wie Neugier auf ihr Gesicht, und als sie ihren Tisch kurzerhand an den von Skorpin schob, sodass sie gemeinsam an einer improvisierten Tafel saßen, wirkte sie neben den anderen grauen Gestalten geradezu löwenstark.

»Sie sind die Hexe, richtig? Luas war ganz aufgeregt, als Sie ankamen.«

»Nein, Mum, ich war nicht aufgeregt, ich *habe* mich aufgeregt – weil sie Löcher im Hals hatte«, sagte Luas trocken.

»Unfug, du bist immer aufgeregt, wenn du Magier triffst.« Obwohl ihre Augen völlig schwarz blieben, behielt Mrs. Cabals Lächeln eine gewisse Wärme. »Sein Vater ist aus der Sub Side, wissen Sie? Und meine Lieblingsschwiegertochter hat dafür gesorgt, dass Sie nicht ganz durchgebissen wurden, was, *vitjka*?«

»Ich bin nicht deine Schwiegertochter, Ulpan«, sagte Skorpin verlegen.

»Ich sagte ja auch *Lieblings*. Die Mädchen, die mein Sohnemann nach dir angeschleppt hat, waren komisch.«

»Mum!« Luas schoss das Blut in die Wangen.

Ami kicherte, während sie ihren Stuhl neben den von Moira ruckelte. Unter dem Lächeln allerdings wirkte sie nervös; ihr Blick flackerte immer wieder unruhig zu ihrer Mutter, als befürchte sie eine Explosion.

Stattdessen fasste Mrs. Cabal Amis Hand und begann, sich mit ihr über Comichefte zu unterhalten. Diese reizende Frau konnte nicht älter als Mitte vierzig sein, vermutete Moira, doch sie verhielt sich wie eine

Greisin. *Alle* Bewohner dieses Hauses machten diesen schrecklich zerbrechlichen Eindruck, als sei ihre graue Haut aus Papier, die Knochen zu hohl. *Chronischer Worn*, hatte Luas ihr vor ein paar Tagen erklärt. *Irgendwann holt er uns alle. Manche früher, manche später.*

Und Skorpin hatte es ganz offensichtlich früher erwischt. Auf dem Markt sah man diese Schlitzpupillen nur selten, aber hier … hier waren sie überall. Und Skorpin wurde nächsten Monat achtundzwanzig. Himmel …

Während Mrs. Cabal sich Luas zuwandte, drehte Ami suchend den Kopf. »Ich hoffe, er braucht nicht zu lange«, murmelte sie, den Blick auf einen Medik geheftet, der hinter einer Scheibe mit diversen Glasschalen fuhrwerkte. Moira erkannte ihn: Slim Alrakis, der Zwillingsbruder von einem der Vermissten. Sie hatte mehrfach mit ihm gesprochen, allerdings hatte er dabei meist hinter einem Traumstand gelungert oder in einer Schlange zum Schätzen seiner Beute gestanden. Dass er auch im Hospiz arbeitete, war ihr neu.

»Was passiert denn?«, fragte Moira.

»Raubtierfütterung.« Ami setzte sich auf ihre Hände. »Schau dich doch um.«

Sie hatte Recht. Die Lethargie der übrigen Dämonen war endgültig verflogen, die Stimmung aufgeladen. Ein- oder zweimal glaubte Moira, dass die Schatten nicht ganz zu den Bewegungen im Raum passten. Und hier und da … hier und da entdeckte sie Zackenschwänze.

»Sonnenschein.« Zaghaft stieß sie Skorpin unter dem Tisch an. »Da sind Emonen!«

»Ja, die kommen gerne her«, antwortete die Dämonin leise.

Das Tischgespräch wandte sich der Schule zu. Ami legte beim Erzählen mehr Enthusiasmus für ihren Unterricht an den Tag, als Moira in den letzten zwei Wochen erlebt hatte, doch Mrs. Cabals Blick driftete immer wieder ab.

»Wieso dauert das denn so lange? Muss er die Träume erst noch pflücken, oder was?«

Ami versteifte sich, als wolle sie im nächsten Moment die Flucht ergreifen.

»Er muss es nur aufteilen, Mum«, sagte Luas leise. »Damit alle genug bekommen.«

»Oh, *genug.*« Mrs. Cabals Stimme nahm einen stählernen Ton an. Etwas verschob sich in ihrem Gesicht – Moira konnte es nicht benennen, doch die ausgehungerte Leere in ihren Augen erklärte plötzlich sehr gut Amis offenkundiges Unwohlsein. »Es ist ja nie genug, nicht wahr? Erst recht nicht, seit meine allerliebste *Schwiegertochter* zurück ist.«

Skorpin versteifte sich.

»Siebenundzwanzig.« Mrs. Cabal beobachtete Sova starr. Ohne ihr Lächeln wirkte sie nun wie eine völlig andere Person. »Erklär mir bitte, wie man mit siebenundzwanzig gilden kann wie ein Greis?«

»Mum, ihr Worn ist genauso chronisch wie der von allen anderen hier«, sagte Luas.

»Und dabei hat sie nicht einmal Kinder bekommen, nicht wahr? Nicht mal das hat sie hingekriegt, als ihr noch zusammen wart. Oder lag's an dir, Luas?«

»Besser gar keine Kinder bekommen, als einen ganzen Wurf in die Welt zu setzen und sich nicht zu kümmern, richtig, Ulpan?«, knurrte Skorpin. Ihre Pupillen wurden so schmal, dass sie beinahe verschwanden – und ihre Worte troffen vor Gift.

»Sova, nicht!« Alarmiert richtete Luas sich auf.

»Ich *habe* mich gekümmert!« Mrs. Cabal bleckte die Zähne und drehte sich zu Ami um. Ein Schatten huschte über ihr Gesicht. »Mit allem, was ich geben konnte. Dabei – wenn ich meine Jüngste nicht bekommen hätte, wäre ich wohl noch als Jägerin aktiv. Und was macht Klein-Amihan? Verschwendet ihre Magie auf *Frisuren*!«

Neben Moira griff sich Ami reflexartig an den Kopf, wo ihre Medusa-Zöpfe prompt erstarrten. Ihre Augen glitzerten. Unauffällig drückte Moira ihre freie Hand.

»Sie meint das nicht so, Ami«, sagte Luas rasch. »Das ist nicht sie, die redet.«

»Wenn ich meinen *Ältesten* nicht bekommen hätte, würde ich wohl noch jagen, bis ich achtzig bin. Und was macht mein Erstgeborener? Lässt sich den Fuß abfahren, damit er sich hübsch in den Nooks verstecken kann!«

Luas sah aus, als hätte sie ihn geohrfeigt, doch Mrs. Cabal redete unentwegt weiter. Die Schatten auf ihrem Gesicht bewegten sich, als hätten sie sich losgelöst. »Und wenn dieser Nichtsnutz von Magier seine Hosen anbehalten hätte, als es drauf ankam -«

»Dazu gehören immer zwei, nicht wahr?«, fauchte Skorpin, die nun denselben hohlen, hungrigen Ausdruck in den Augen hatte wie Mrs. Cabal.

»Macht mal jemand die verfluchten Emonen weg?«, rief Luas.

Zwei Mediks eilten in den Raum, Ami dagegen war bereits auf den Beinen. Eilig erhob sich Moira und folgte ihr. Auf dem Weg nach draußen stieß sie beinahe mit Slim Alrakis zusammen, der mit einem Tablett voller Rohträume den Saal betrat. Sämtliche Dämonen schossen von ihren Sitzplätzen hoch und stolperten ihm entgegen, ein Knäuel aus Händen, wirrem Haar und fauchenden Mündern. Sie machten sich über die Rohträume her wie ausgehungerte Tiger. Emonen umschlichen den Pulk. Nur drei von ihnen waren sichtbar, doch Moira spürte, dass viel mehr im Saal lauerten. Ihre Schatten waren überall. Moira schloss die Tür und lief Ami hinterher, hinaus auf den regenfeuchten Kiesweg.

»Hey, Liebes, ich wette, sie meint das nicht so«, sagte sie, als sie das Mädchen eingeholt hatte.

»Du hast doch gar keine Ahnung!« Ruppig wischte Ami sich über die Augen. »Das war das letzte Mal! Ich geh sie nicht mehr vor dem Gilding besuchen!«

»Deine Mum ist eine reizende Frau. Wenn sie keinen Worn hat, meine ich.« Verlegen reichte Moira ihr ihr Taschentuch.

»Aber sie hat *immer* Worn. Er geht nicht mehr weg, und …« Ami schnäuzte sich lautstark die Nase – und begann erneut zu weinen. Ratlos strich Moira ihr über den Rücken. Im nächsten Moment warf Ami ihr die Arme um den Hals und schluchzte los.

»Es ist noch schlimmer geworden in den letzten Wochen! Es gibt nicht genug Rohträume, verstehst du? Und wenn … wenn ich nicht so tollpatschig wäre, hätte ich meine Jagdausbildung machen können, und dann käme mehr Beute rein, und -«

»Hey!« Moira fasste sie bei den Armen und schob sie von sich, um ihr ins Gesicht zu schauen. »Hör zu, das da drinnen ist nicht deine Schuld, Ami.«

»Du hast sie doch gehört! Wenn sie mich nicht bekommen hätte -«

»Aber dich zu bekommen, war ihre Entscheidung, Ami, und kurz bevor der Worn richtig eingesetzt hat, sah's nicht aus, als würde sie das bereuen. Deine Mum hat dich sehr lieb, Kleines.«

Ami schnüffelte in ihr Taschentuch. Ihre Schlangenzöpfe hingen niedergeschlagen herab. »Das hier ist so … so verdammt unfair.«

Darauf konnte Moira nun wirklich nichts erwidern. Stattdessen strich sie Ami weiter über den Rücken, während das Mädchen erneut schluchzte. Der kalte Nachtwind biss in ihre Stirn und befeuerte ihre Kopfschmerzen. Als Ami sich schließlich mit roter Nase und geschwollenen Augen verabschiedete, um zu Bett zu gehen, blieb Moira mit einem merkwürdig hohlen Gefühl in der Brust vor dem Hospiz stehen und rieb sich die Schläfen.

Unfair? Das war eine Untertreibung.

-5-

»Das war nett.«

Moira schrak zusammen. »Müssen Sie sich eigentlich immer so anschleichen?«

»Furis-Gewohnheit. Sorry.« Skorpin, die an der Hospizwand lehnte, zuckte mit den Schultern. Der maliziöse Ausdruck war von ihrem Gesicht verschwunden, das Gold in ihre Iris zurückgekehrt. »Danke, dass Sie sich um Ami gekümmert haben. Das war nett.«

»Sie klingen so überrascht, Sonnenschein.« Moira steckte sich eine Zigarette an und hielt Skorpin die Schachtel hin. Zu ihrer Überraschung nahm die Dämonin eine Kippe. Moira hatte sie seit ihrem Zusammentreffen im April nicht mehr rauchen gesehen.

»Wo ist Luas?«, fragte Moira, während sie langsam zum Markt zurückschlenderten.

»Bei seiner Mum. Schadensbegrenzung. Sie erinnert sich nie, was sie zu den Leuten sagt, wenn der Worn schlimm wird. Ami weiß, dass sie es nicht so meint, aber …« Skorpin seufzte abgrundtief. »Es ist ein Fluch.«

Beklommen biss sich Moira auf die Unterlippe. »Was ist das Ende vom Lied?«, fragte sie, unsicher, ob sie die Antwort überhaupt hören wollte. »Endet Worn tödlich?«

Skorpin blickte starr geradeaus, auf das Gewusel des Markts. Als sie Zeta Taurs Stand erreichten, rechnete Moira längst nicht mehr mit einer Antwort, doch über das aufgeregte Geschnatter der Kunden vor dem Verkaufstresen murmelte Skorpin: »Schlimmer. Ich sage ja, es ist ein Fluch.« Damit setzte sie so jäh ein strahlendes Lächeln auf, dass nicht nur Moira, sondern auch die Kunden zusammenschraken.

»Übertreiben Sie's nicht mit den Mundwinkeln, Sonnenschein.« Moira trat ihre Zigarette aus und beeilte sich, den Stummel aufzuheben, als Skorpin ihr einen finsteren Blick schenkte.

Während die Dämonin ihre Spätschicht abwickelte und die Kundschaft ins Zelt geleitete, ließ Moira den Blick über das Markttreiben schweifen. Viele Stände hatten bereits geschlossen. Ein Gutteil der Untoten schunkelte (jawohl, schunkelte!) vor der Bühne, auf der Robin Wood und einige Händler wilde Melodien aus ihren Instrumenten kitzelten. Nur wenige Kunden stromerten noch durch die Standreihen.

»Macht Sie der ganze Hypnos eigentlich unruhig?«, fragte Skorpin, als sie aus dem Zelt kam.

»Nein.« Moira rieb sich die Schläfen, um das Stechen dahinter zu verscheuchen. »Wobei ich sagen muss, dass ich in der ganzen Zeit bei McGowan niemals Kopfschmerzen hatte. In der Hinsicht war das Zeug spitze.«

»Schlafen soll helfen, habe ich gehört.« Skorpin musterte sie scheel von der Seite. »Ihre Augen sind ganz rot.«

»Ihre Sorge ist rührend, Sova.« Moira verbiss sich ein Schmunzeln, während sie eine Gruppe lebender Vampire passierten. Der Kerl mit dem mausgrauen Schopf, den Moira schon einige Male auf dem Markt gesehen hatte, blickte sich immer noch um, als hätte er sich verlaufen.

»Na ja, das Konzil hat nicht unrecht«, meinte Skorpin, während sie ihre Hypnos-Phiolen sortierte. »Ich meine, Sie kommen frisch aus dem Bluthaus, explodieren ständig mit roter Magie, da müssen Sie nicht noch - Hey, Missy! Hören Sie zu?«

»Dürfen Kunden hier eigentlich Fotos machen?«

»Klar, und manchmal pinseln wir aus Spaß auch *Wir sind hier* vor die Sub Side, damit die Kureter uns schneller finden. Was soll die Frage?«

Moira kniff die Augen zusammen. »Der Kerl da drüben hat ein Echoauge.«

»Wie bitte?«

»Der Vampir, der aussieht wie eine verkappte Rennmaus.«

»Der sieht doch nicht aus wie eine Rennmaus. Hey, wo wollen Sie hin?«

Doch Moira schlug bereits Haken über den Kiesweg, dem U-Bahn-Aufgang entgegen, wo gerade die Schöpfe der Vampire verschwanden.

Als sie die Gruppe einholte, hatten sie die Halle an dem stillgelegten Gleis bereits halb durchquert.

»Hey, Mister, Sie haben Ihren Hypnos verloren!«

»Hä?«

»Keine Ursache, Sir.« Blitzschnell steckte Moira ihm eine Phiole in die Jackentasche.

»Hey, Pfoten weg!«

»Lassen Sie den Kerl in Ruhe, Missy!«

Skorpin erschien neben dem Mann und pflückte Moira aus seinen Pranken. Ihre Augen allerdings taxierten aufmerksam den Vampir. »Entschuldigung, Sir, sie ist neu und etwas übereifrig.« Sie war gut. Während sie dem Kerl auf die Schulter klopfte, gelang es ihr, ihn unauffällig abzutasten. Der Besucher verzog keine Miene, bedachte Moira jedoch mit einem Naserümpfen.

»Das gehört mir nicht.« Missmutig drückte er Skorpin die Phiole in die Hand und wandte sich ab.

»Geister und Sterne, sind Sie immer so plump?«, knurrte Skorpin Moira zu. »Der Kerl hat keine Echoaugen! Sie können nicht einfach unsere Kundschaft anspringen, die sind -«

»Die Mantelknöpfe«, zischte Moira und drückte ihr die kleine Kugel in die Hand, die sie dem Vampir vom Revers gezupft hatte.

Stirnrunzelnd betrachtete Skorpin die Kugel – eine kleine graue Glasmurmel. »Ich weiß, wie Echoaugen aussehen, und das ist keins!«

»Das sind die, die Hekate Berry auf dem Sub Side-Schwarzmarkt verkauft«, sagte Moira steif. »Rechtliche Grauzone, aber die beste Möglichkeit, im Untergrund Beweismaterial zu sammeln. Ich hab selbst solche.«

»Natürlich haben Sie das.« Skorpin verdrehte die Augen. Fluchend setzte sie den Vampiren nach, die soeben durch die Eisentür auf der anderen Seite der Halle schlüpften. Mister Rennmaus bildete die Nachhut.

Skorpin zog ihn am Kragen in die Halle zurück und drückte ihn an die Wand. »Eine Frage noch, Mister.« Sie drehte sich zu Moira um. »Holen Sie Aleph! Und ich hoffe ganz stark für uns beide, dass Sie recht haben.«

-6-

Während das Echoauge auf dem Grund des Wasserglases auf Theresa Lears Schreibtisch schwamm und seine Bilder in die Wellen spie, hätte Moira vor Erleichterung beinahe gesungen.

»Ich hab doch gesagt, es gibt einen Maulwurf«, sagte sie, während ihr Hirn wisperte: *Mehr Glück als Verstand, Bran.*

Das Konzil achtete nicht auf sie. Alle Augen ruhten auf den Echobildern: Der Markt mit seinen Ständen, dreihundertsechzig Grad, wann immer der Vampir sich um die eigene Achse drehte.

»Wie haben Sie das überhaupt gemerkt?«, raunte Skorpin. Während die anderen Dämonen im Echowasser beobachteten, wie Beryl Emini, eine quirlige Traumfängerin mit langem blondem Haar, an Pixens Hypnosstand mit Kunden flirtete, durchblätterte sie einen Stapel Unterlagen.

»Er hat sich komisch bewegt«, antwortete Moira leise. »So wie ich mich bewegen würde, wenn ich mit einem Echoauge Eindrücke auf dem Markt einfangen wollte – man dreht nicht nur den Kopf, sondern den ganzen Oberkörper, ganz ruhig, damit man auf den Bildern auch was erkennt. Und dann hab ich seine Mantelknöpfe gesehen. Meine Güte, er mag Beryl, hm?«

Tatsächlich. Beryl Emini rückte immer wieder in den Fokus des Echoauges. Auf der anderen Seite des Büros veranlasste Mink soeben Personenschutz für die Fängerin.

»Wieso hielten Sie es für angebracht, Aufzeichnungen von unserem Markt zu machen?«, fragte Taur gerade zum dritten Mal. Zweifelsohne spielte er den bösen Cop – zumindest im Vergleich zu Lear, die nach ihrer ersten Verhörrunde höflich distanziert hinter ihrem Schreibtisch saß und nur beobachtete. Allerdings hatte Moira das ungute Gefühl, dass die Dämonin im Hintergrund viel mehr in Erfahrung brachte als Taur mit seinen gekläfften Fragen. »Spucken Sie's schon aus, Mann! Was wollen Sie mit den Aufzeichnungen?«

»Souvenir«, brummte der Vampir unbeeindruckt.

Moira wandte sich ab. Der Kerl redete ohnehin nicht. Sie trat neben Skorpin, die noch immer fahrig in ihren Unterlagen blätterte. »Was suchen Sie da eigentlich? Der Türsteher sagte doch, der Kerl sei auf eigene Faust hier. Und er hat auch nur eine Portion Hypnos mitgenommen.«

»Ich hab ihn aber schon mal gesehen«, murmelte Skorpin. »Ist ewig her, noch bevor ich in der Furis-Ausbildung war – und damals hatte der Typ nicht die Kohle, um exquisiten Hypnos von Rams und Twins zu kaufen … Ah!« Aufgeregt tippte sie auf eine Akte. »Wusste ich‘s doch! Er steht im Kurierverzeichnis!«

»Von 1938!« Moira hob eine Braue.

Doch Skorpin gab Lear bereits ein Zeichen. Lear glitt zu ihnen hinüber und las wortlos, was Sova ihr zeigte. Ihre Augen weiteten sich kaum merklich.

»Für Leonard Fonda?« Mit geschürzten Lippen beugte sie sich vor. »Aber es ist Jahre her, dass der Kerl da für Fonda Kurier gespielt hat. Und Fonda …«

»… hat seit Wochen keine Bestellungen mehr bei uns aufgegeben.« Skorpin zog einen zweiten Ordner heran. »Seine letzten Käufe waren bei Iggy Sagittar und Alistair Bluth. Und …« Sie griff nach einem weiteren Blatt. »Wer auch immer hinter den Entführungen steckt, wusste, *wo* unsere Leute jagen, *was* sie jagen, vielleicht auch, wann sie zur Jagd aufbrechen und zurückkehren.« Sie hob den Kopf. »Die Hexe hat recht mit ihrer Maulwurftheorie. Ich würde sogar behaupten, unser spionierender Freund dort drüben ist nicht der Einzige.«

»Aber Harry Lewis hat seit zehn Jahren keinen Hypnos mehr für Fonda geholt«, erwiderte Lear und nickte zu dem Vampir, den inzwischen Brod Strider und Lauril Welles umkreisten wie ein Paar diabolischer Wildkatzen. »Fonda schickt inzwischen ganz andere Leute.«

»Eben!« Skorpins Augen leuchteten. »So ist es unauffälliger!«

Moira räusperte sich. »Lässt sich der gute Mann denn nicht persönlich blicken?«

»Mr. Fonda? Der war noch nie hier«, sagte Lear. »Er ist ein Stammkunde der ersten Stunde, aber schon der Erstkontakt mit ihm lief über Mittler. Heute regle ich die Geschäfte meist telefonisch mit ihm.« Sie kratzte sich am Kinn. »Angenehmer Bariton. Ich wäre sicher enttäuscht, wenn ich ihn irgendwann live und in Farbe sehen würde. Wie dem auch sei – Fonda hat nie einen Fuß auf den Markt gesetzt.«

»Würde ich auch nicht, wenn mir jede zweite Blutbar in der Sub Side gehören würde.« Moira kniff die Augen zu, als ein jähes Stechen durch ihre Schläfen zuckte. Sie ignorierte den Schmerz. »Er lässt sich nie in der Öffentlichkeit blicken. Bei der *Gazette* beißen wir uns seit Jahren die Zähne an ihm aus. Sie glauben nicht, wie schwer es ist, ein Interview mit dem Mann zu bekommen.«

»Was wissen Sie sonst über Leonard Fonda?«, fragte Lear.

Moira hob die Schultern. »Das, was jeder über ihn weiß: Er ist stinkreich und untot, gilt in der Sub Side als Wohltäter. Finanziert jede Menge karitative Einrichtungen, Krankenhäuser, Schulen, Frauenhäuser … Jeder kennt den Namen, aber niemand sein Gesicht.«

»Dann passt es nur umso besser«, kommentierte Skorpin. »Niemand sonst aus unserer Kundschaft braucht Spitzel. Selbst Pappnasen wie McGowan, die jetzt Hausverbot haben, waren oft genug selbst auf dem Markt.«

»Es bleibt nur eine Vermutung«, sagte Lear. »Wir haben ihn dreimal befragt. Er bleibt dabei, dass er auf eigene Faust hier ist. Kein Hinweis auf Hinterleute. Die Codenamen, die wir immer mit Fonda benutzen, sagen ihm nichts – Mink hat die Körpersprache während der Verhöre genaustens analysiert. Wir können es uns nicht leisten, Kundschaft durch falsche Anschuldigungen zu vergraulen.« Sie verzog das Gesicht. »Trotzdem, die Sache mit dem Echoauge ist übel genug. Wenn hier noch mehr Kundschaft mit Spionageausrüstung herumstreunt, müssen wir das wissen.« Sie blickte Moira an. »Das war gut, Miss Bran.«

Trotz des Lobs stellten sich Moiras Nackenhaare auf. *Mehr Glück als Verstand*, dachte sie unbehaglich. »Klar, Ma'am. Dafür haben Sie mich schließlich engagiert, nicht?«

»Natürlich. Genau dafür«, bestätigte Lear, doch dabei schaute sie nicht Moira, sondern Skorpin an. Die erwiderte den Blick beinahe verlegen und senkte den Kopf. Moira hatte das merkwürdige Gefühl, dass zwischen den beiden eine ganze wortlose Unterhaltung vonstattenging, und das machte sie unruhig. Sie presste die Zähne aufeinander – das Licht stach ihr in den Augen.

Mink trat zu ihnen. »Vergessen Sie's, Ma'am«, sagte sie und zeigte mit dem Daumen über die Schulter. »Harry Lewis redet nicht über die Echoaugen.«

»Dann nimm ihn mit nach drüben und sorg dafür, dass er sich nicht an unsere kleine Unterhaltung erinnert.« Lear strich sich über das Kinn. »Und Ellyn – setz ihm unauffällige Erinnerungen ein. Wer auch immer ihn geschickt hat, muss noch nicht wissen, dass wir ihn erwischt haben.«

Während Mink den Vampir aus dem Raum geleitete und die Konzilsmitglieder langsam nach draußen tröpfelten, bemühte sich Moira um eine gleichmütige Miene. Ihre Kopfschmerzen lieferten sich einen Kampf mit der einsetzenden Übelkeit. Wie beiläufig diese Dämonen über Gedächtnismanipulationen und vertauschte Erinnerungen plauderten!

Skorpin stupste sie mit dem Ellbogen an. »Und, was ist die nächste Station?«

»Die Fonda-Stiftung«, antwortete Moira langsam und hielt sich am Schreibtisch fest, als die Lettern von Skorpins Unterlagen vor ihren Augen zu tanzen begannen. »Fondas Blutbars, das Hekate-Hospital …«

»Nein.« Lear richtete sich auf. Zum ersten Mal entdeckte Moira Worn statt Gold in ihren Augen. »Noch nicht. Zu auffällig. Leonard Fonda ist einer unserer wichtigsten Kunden. Die Beweislage reicht nicht, um es uns mit ihm zu verscherzen.«

Überrascht hob Moira die Brauen. »Seine alten Kuriere werden reaktiviert, und das reicht Ihnen nicht?«

»*Ein* alter Kurier«, sagte Taur. »Das ist ein sehr wackeliges Indiz dafür, dass Fonda in die Sache verwickelt sein *könnte*. Für so einen Fliegenschiss riskieren wir nicht, dass Sie in einer Blutbar totgebissen werden oder Ihre Arbeit für uns jetzt schon auffliegt, Missy.«

Aufgebracht kam Skorpin auf die Beine. »So klein ist das Indiz aber nicht! Ich meine, ein Echoauge?«

»Was schlagen Sie vor, Ma'am?«, fragte Moira.

»Wir beobachten die Sache weiter«, antwortete Lear bestimmt.

Skorpin warf die Hände in die Luft. »Beobachten! Wir haben ja alle Zeit der Welt!«

»Halt an dich«, knurrte Taur.

Doch als Skorpin fünf Minuten später Moira die geheime Treppe hinter Lears Bücherregal hinunterfolgte, grummelte sie noch immer.

»Meine Güte, Sonnenschein, Sie sind ja richtig sauer«, meinte Moira. Dabei versuchte sie zu verstecken, wie sehr sie auf das Treppengeländer angewiesen war.

Skorpin schnaubte. »Dieses Echoauge ist der konkreteste Hinweis, seit die ganze Chose angefangen hat! Wir haben uns immer gefragt, warum diese Typen so genau wussten, bei welchen Fangenden es am besten läuft. Und dann erwischen wir einen Maulwurf, haben endlich eine Spur, die den Namen verdient, und Lear zieht die Notbremse? Natürlich bin ich sauer!«

Sobald Moira auf den Traummarkt trat, steckte sie sich eine Zigarette an. »Ist mir persönlich ja viel lieber, als wenn Sie über meine Arbeit frotzeln.«

»Oh, keine Sorge, *vitjka*, ich weiß, dass Sie am Anfang der Nacht keinen Plan hatten, was Sie machen sollen«, erwiderte Skorpin trocken. »Das ändert aber nichts daran, dass dieser Typ uns nicht aufgefallen ist.«

Moira blies Rauchkringel in die Luft. Prompt verstärkte sich ihr Kopfweh. Wehmütig trat sie die halbgerauchte Zigarette aus. »Sie haben beeindruckend schnell rausbekommen, dass der Kerl für Fonda gearbeitet hat.«

Skorpin zuckte mit den Achseln. »Wie gesagt, er kam mir bekannt vor. Mich wundert nur, dass Fonda ihn damals für so billigen Hypnos losgeschickt hat. Eigentlich kauft der Mann eher exquisite Ware.«

»Ach ja?« Fröstelnd hakte sich Moira bei ihr unter. »Was halten Sie davon, wenn Sie mir ein bisschen was über Mr. Fondas Kaufverhalten erzählen, Sova? Seine Kundenakte ist furchtbar mickrig.«

10.
DIE AKTE FONDA

-1-

»Das ist der Dritte in anderthalb Wochen«, knurrte Sova.

Brod Strider hob unbeeindruckt die Brauen. »Jap. Ändert aber nichts daran, dass du nicht zum Ermittlerteam gehörst, also verpiss dich und geh Träume fangen.«

Durch den Türspalt hinter ihm erkannte Sova, dass die Befragung von Bonnie Moon, der lebenden Vampirin, die Aleph vor zwei Stunden in Gewahrsam genommen hatte, noch in vollem Gange war. Ein Wasserglas stand auf dem Tisch; Bilder der Stände schwappten durch den Raum.

»Wieder ein Echoauge?«, fragte sie.

»Geht dich nichts an.« Mit verschränkten Armen lehnte Brod sich gegen den Türrahmen. Offensichtlich genoss er es, sie hinhalten zu können.

Also wechselte Sova die Strategie. »Muss euch doch wurmen«, schnurrte sie. »Da arbeitet ihr euch seit zwei Monaten den Buckel rund, und die Hexe bringt es fertig, innerhalb von ein paar Wochen drei Spitzel zu identifizieren.«

Prompt verschwand Brods Zahnpasta-Grinsen. »Wir wissen nicht, ob es Spitzel waren«, knurrte er. »Die Verbindung von Harry Lewis zu Fonda ist extrem dünn, Flavio Salieri hat keine Kontakte zu *irgendwem*, und die Trulla dort drinnen arbeitet in der Glass-Bank. Für Marina Glass. Die immer noch meine persönliche Hauptverdächtige ist. Also ...«

»Genau deshalb bin ich hier«, sagte Sova knapp und schlüpfte unter seinem ausgestreckten Arm hindurch.

Lear, Aleph und Mink nahmen kaum Notiz von ihr, als sie das Büro betrat. Nur die Hexe, die eifrig Notizen machte, blickte auf, als Sova ihren Aktenstapel neben ihr auf den Schreibtisch plumpsen ließ.

»Wollen Sie sie damit erschlagen?«, fragte Bran mit einem schiefen Lächeln. Seit einigen Tagen trug sie wieder Make-up, doch unter Lippenstift und Wangenrot sah sie ungesund fahl aus, und die geplatzten Äderchen in ihren Augen vermehrten sich mit beunruhigender Geschwindigkeit.

»Liebend gerne, aber ich übe mich in Zurückhaltung.« Sova ließ sich auf der Tischkante nieder. Als Bran neugierig die Hand nach den Akten ausstreckte, schlug Sova ihr auf die Finger. »Na, na, Geduld! Lear und Aleph wollen sicher etwas abhaben!«

Bran starrte sie befremdet an. »Sie haben abartig gute Laune, aber irgendwie wirken Sie trotzdem, als wollten Sie jemanden auffressen.«

»Merken Sie jetzt endlich, dass *Sonnenschein* ein unpassender Spitzname ist?«

»Nicht doch, Ihr Lächeln ist reizend.« Schmunzelnd widmete sich Bran wieder ihren Notizen.

In den letzten sechs Tagen war Schlaf Mangelware für sie beide gewesen. Nach Schichtende hatten sie die Köpfe zusammengesteckt, sich über Leonard Fonda ausgetauscht und Kurierakten gewälzt. Weit gekommen waren sie nicht. Abgesehen davon, dass sie nun einen guten Überblick über Fondas offizielle Kuriere der letzten paar Jahre hatten, waren sie genauso schlau wie vorher. Nachdem sie drei Stunden auf Aleph eingeredet hatten, hatte er Will Nikula in Fondas Blutbars geschickt – mit ernüchterndem Erfolg. »Der Kerl gibt sich nicht mit Vampiren ab«, hatte Will gebrummelt und sich den billigsten Hypnos aus Sovas Auslage ausgesucht. »Obwohl er für uns wirklich gutes Zeug auf die Beine stellt. Mein Kieferorthopäde wird durch die Fonda-Stiftung gefördert.« Er präsentierte seine Zahnspange. »Aber nicht mal mein Boss kennt jemanden, der Mr. Fonda persönlich kennt.«

»Traut seinem eigenen Klientel wohl nicht über den Weg«, hatte Bran gesagt. »Soweit ich weiß, gibt er sich vorwiegend mit Magiern und Werwölfen ab, aber wir von der *Gazette* sind auch nicht an ihn rangekommen.«

Nun beendete Aleph sein Verhör. Als Mink und Welles die Vampirin nach draußen geleiteten, die von Impfungen und Kinderfangzahnprophylaxe brabbelte, stöhnte Aleph leise.

»Die Frau ist in etwa so auffällig wie eine Haselmaus – wie die zwei anderen auch. Miss Bran, steht die gute Miss Moon im Kurierverzeichnis?«

Bran schüttelte den Kopf. »Nada.«

Seufzend nahm Lear ihre Brille ab und putzte die Gläser. »Es besteht immer noch die Möglichkeit, dass das alles nur Korrelation ohne kausalen Zusammenhang ist.«

»Vielleicht wollen die alle wirklich nur Souvenirs«, sagte Aleph mit so finsterer Miene, als schmecke die reine Vorstellung nach Galle. »Der Markt ist ja auch was Besonderes.«

»Jaa, und ich wollte damals *wirklich* nur Motten beobachten«, sagte Bran trocken.

Sova räusperte sich und zog ein Foto hervor – ein Schwarz-Weiß-Bild, das ein Pärchen auf dem Traummarkt zeigte. »Es *gibt* Zusammenhänge.«

Lear, Aleph und Bran stießen beinahe mit den Köpfen gegeneinander, als sie das Foto begutachten wollten.

»Ja, okay, die Lady ist Bonnie Moon«, sagte Bran. »Und wer ist der Kerl?«

»Aaron Bings, Fondas Hauptkurier im Frühling 1923.« Sova öffnete eine Akte – viel älter als die, die Bran zu Recherchezwecken aus dem Tar entführt hatte. »Scheinbar hat er seine Freundin damals auf den Markt mitgenommen.«

Aleph rupfte ihr das Bild aus der Hand und hielt es so dicht an sein verbliebenes Auge, dass das Foto sein halbes Gesicht verdeckte. »Was ist deine Hypothese? Dass Leonard Fonda jetzt die Ex-Liebschaften seiner Ex-Kuriere aktiviert?«

»Passt ins Muster.« Sova verschränkte die Arme. »Fonda nennt uns immer eine offizielle Mittelsperson, die den Hypnos hier abholt, aber danach geht die Ware durch zig Hände, und die Kuriere wissen selbst nicht, wen sie da beliefern. Harry Lewis gibt den Hypnos einem Bekannten, der ihm einer Hexe gibt, die sich mit einem Werwolf trifft, der den Stoff bei einem Menschen parkt, wo ihn ein Magier abholt und irgendwo ablegt, wo Fonda in den Achtzehnsechzigern mal ein Rendezvous hatte. Oder so ähnlich.«

»Bizarr«, sagte Aleph. »Fonda war schon immer übervorsichtig, aber er gilt auch als Wohltäter. Und er kauft nur *Schlafmittel*!«

»Och, die selbsternannten Wohltäter haben die meisten Leichen im Keller.« Bran zog eine Zigarette aus der Tasche, betrachtete sie und steckte sie seufzend fort, um sich die geröteten Augen zu reiben. »Sehen Sie, Fonda hat einen Ruf zu verlieren. Und bei allem Respekt, aber eine Kundenkartei bei Dämonen, die Träume als Drogen verhökern, ist keine gute Publicity, selbst wenn er nur Schlafmittel kauft. Mich wundert's eher, dass nicht noch mehr Ihrer prominenten Kunden so vorsichtig sind.«

»Das wären zwei von drei Verbindungen zu Fonda«, sagte Lear langsam.

»Drei von drei.« Triumphierend schlug Sova eine weitere Kundenakte auf. Flavio Salieri, der spindeldürre Finanzbeamte aus Clairwood, so bieder und unauffällig, dass man ihn selbst beim Eingangscheck beinahe übersah. Bran hatte ihn am Mittwoch zur Marktwache geschleift. Er hatte nichts gekauft – ungewöhnlich für so ziemlich alle, die den Markt betraten – und sich nicht bei seinen Stammständen blicken lassen. Also war Bran ihm nach draußen gefolgt und hatte ihn kurz vor der Wall Street mit einer Teletaube sprechen sehen – jene plappernden Mistviecher, mit denen die Magier der Sub Side ihren Verwandten auf der anderen Seite New Yorks Nachrichten zukommen ließen. Salieri behauptete steif und fest, er habe nur seiner Frau Bescheid gegeben, dass er heute nicht fündig geworden sei und früher heimkäme, doch die Taube war längst verschwunden – wer wusste schon, was Salieri wirklich gesagt hatte und zu wem? In den Kurierverzeichnissen stand er nicht, er tauchte bloß alle paar Monate auf den Besuchslisten des Markts auf – und genau da hatte Sova des Rätsels Lösung gefunden.

»Der Typ hat 1935 zweimal Kurier für Fonda gespielt«, sagte sie und tippte auf die Liste. »Ganz kurz, als Krankenvertretung für Melanie Brown, die damals Fondas offizieller Kurier war. Melanie Brown ist übrigens seit drei Jahren mit dem guten Flavio verheiratet.«

Lear, Strider und Aleph starrten sie verblüfft an.

»Das lassen sie sich nie anmerken, wenn sie herkommen«, knurrte Aleph.

»Und es interessiert auch niemanden, weil sie so ziemlich die Langweiligsten sind, die zu uns kommen«, sagte Sova. »Aber William wusste es. Sein Meister war zur Hochzeit eingeladen.«

Bran pfiff durch die Zähne. »Schon mal an 'ne Karriere in der Presse gedacht?«

»Danke, Ex-Furis reicht«, entgegnete Sova und suchte herausfordernd Alephs Blick.

»Die Salieri-Sache überzeugt mich nicht.« Ihr Onkel und Ex-Mentor strich sich nachdenklich über das stoppelige Kinn. »Aber dass Leute mit Echoaugen über den Markt stromern, die vage Verbindungen zu Fonda hatten … Das ist nicht gut, verdammt noch eins.«

Lear nahm Sova die Akte aus der Hand und überflog stirnrunzelnd die Blätter.

Bran verschränkte die Arme. »Ma'am, Sie verhandeln Ihre Verträge telefonisch mit Mr. Fonda, nicht wahr? Wär's nicht Zeit, den guten Mann anzurufen?«

Lears Mund wurde zu einem schmalen Strich. »Wenn ich ihn mal erreichen würde. Ich habe es bereits ein paarmal versucht, weil er so lange keine Bestellungen mehr bei uns aufgegeben hat.«

»Ach, was für ein Zufall.« Bran hob die Brauen. »Dann würde ich behaupten, es ist an der Zeit, dass ich mir die Einrichtungen der Fonda-Stiftung mal genauer ansehe. Oder haben Sie immer noch Einwände, Ma'am?«

Sova sog die Luft ein. Brans Tonfall war ungewöhnlich scharf, und sie hatte mit dem Blinzeln aufgehört.

»Fühlen Sie sich dem denn gewachsen, Miss Bran?«, gab Lear zurück. »Sie sehen, gelinde gesagt, miserabel aus.«

»Mir geht's blendend«, sagte Bran.

Lear und Aleph tauschten einen langen Blick. Kein Wunder: Obwohl sie das Bluthaus vor drei Wochen verlassen hatte, sah Bran aus, als würde sie demnächst zusammenklappen. Selbst im miserablen Licht des Konferenzraums bemerkte Sova den Schweiß auf ihrer fahlen Stirn.

»Irgendwas stimmt doch nicht mit ihr, Theresa«, murmelte Aleph auf Ildra. Bran verdrehte die Augen, wie so oft, wenn die Dämonen in ihre Erstsprache wechselten, ehe sie ihr auf Englisch antworteten. Musste frustrierend sein, wenn man kein Wort verstand.

»Ihr wolltet doch die ganze Zeit, dass sie ermittelt«, sagte Sova, ebenfalls auf Ildra. »Sie hat eine Spur, also lasst sie!«

»Das kommt ausgerechnet von dir?«, knurrte Aleph. »Liegst du mir nicht, seit sie hier ist, in den Ohren, das Ganze sei Zeitverschwendung?«

»Das hier ist die erste ernsthafte Spur seit Monaten«, erwiderte Sova hitzig. »Keiner von uns hatte Fonda auf dem Schirm!«

»Die Spur ist heiß, ja«, gab Aleph zurück. »Dann soll sich Mink um Fonda kümmern, aber die Hexe gehört zu den Mediks!«

»Das eine schließt das andere ja nicht aus«, schaltete Lear sich ein.

»Sind Sie fertig?« Brans irisch gefärbtes Englisch klang hart nach all dem Ildra.

Lear drehte sich zu ihr um. Wie so oft schien ihre Stimme nach dem Sprachwechsel höher. »Legen Sie los, Miss Bran. Aber bevor Sie anfangen, brauchen Sie noch eine Kleinigkeit. Sova, begleitest du sie?«

Sovas Mundwinkel zuckten. »Mit Vergnügen.«

-2-

»Verraten Sie mir auch, wohin wir ausfliegen?«, fragte Bran, als sie an der Haltestelle East Broadway aus der Bahn stiegen.

»Überraschung«, antwortete Sova. Ein käsiger Teenager rief ihr eine Beleidigung hinterher.

»Menschen«, murmelte Bran.

»Ich hab sie zum *Fressen* gern.« Sova zeigte die Zähne.

»Sie können nicht alle Rassisten aufessen.« Bran schmunzelte. »Würde Ihre Figur ruinieren. Auch wenn's die Welt ein bisschen besser machen würde.« Ihre Miene wurde so plötzlich ernst, dass Sova beinahe gelächelt hätte. »Aber Dämonen essen nicht wirklich Menschen, richtig? Oder Magier?«

»Nur sonntags und zum Geburtstag«, sagte Sova, ohne eine Miene zu verziehen. Als Bran sie skeptisch musterte, lachte sie leise. »War doch nur ein Scherz. Ich esse keine Menschen. Aber meine Mutter hat immer gesagt, Menschen sind genauso Säugetiere wie Rinder und Schweine.«

»Reizende Frau, Ihre Mum.«

»Ist ein heißes Streitthema unter Dämonen, ehrlich gesagt. Ich persönlich finde es eine Spur zu dicht am Kannibalismus. Wir Averna haben uns so oft mit Menschen zusammengetan – das ist einfach falsch. Außerdem schmecken Menschen nicht. Sind sehr zäh.«

»Also *haben* Sie welche gegessen?« Bran drehte sich so abrupt zu ihr um, dass Sova einen Schritt zur Seite auswich.

»Hey, ich sag doch, meine Mum hat früher welche gekocht. Seit ich weiß, was das Zeug auf meinem Teller war, hab ich keine mehr angerührt!«

»Wie beruhigend.«

»Die meisten Averna essen keine Menschen, okay? Und Magier sind so dicht mit uns verwandt – kein Dämon, der noch ganz bei Trost ist, würde das tun.« Sova schnalzte mit der Zunge. »Unrühmliche Ausnahmen gibt's natürlich immer. Mal vom Hexenfresser von Lemas gehört?«

»Der Feuerdämon, der auf Scheiterhaufen Festmahle abgehalten hat? Klar.« Schaudernd verschränkte Bran die Arme – und blieb stehen. »Sagen Sie mal, sind Sie sicher, dass Sie hier sein sollten? Da drüben ist die Sub Side.« Sie versteckte ihre Hand im Mantelärmel – die mit dem Dämonenmal.

»Wir sind genau da, wo wir hinmüssen.« Sova marschierte zielstrebig fort von der Sub Side, geradewegs zu einem Kiosk, wo sie zwei Muffins kaufte. Einen reichte sie Bran, in dem anderen vergrub sie ihre Zähne, als gelte es, ein Gnu zu erlegen.

»Klar, essen Sie in Ruhe, wir haben ja Zeit.« Unruhig blickte Bran über die Schulter.

»Hey, ich war die ganze Nacht auf der Jagd, bin Hausfassaden hochgeklettert und habe Listen gewälzt.« Sova wischte sich die Krümel vom Mundwinkel. »Und Sie essen zu wenig, *vitjka.* Ich trag Sie nicht nach Hause, wenn Sie hier umkippen.« Vor einem sechsstöckigen Gebäude blieb sie stehen.

Bran erstarrte, als sie es erkannte. »Was zur Hölle wollen Sie bei der *Paranormal Gazette*?«

Mit zusammengekniffenen Augen legte Sova den Kopf in den Nacken. »Dritter Stock, richtig?« Sie zeigte auf ein mickriges, dunkles Fenster, das zu einem der Großraumbüros der *Gazette* gehörte. »Muss laut gewesen sein. Und … ja, doch, das passt – von hier aus konnte eine Lianhan Sidhe locker auf dich schießen.«

»Müssen Sie immer raushängen lassen, dass ihr mich ein Jahr lang bespitzelt habt?« Mit zittrigen Händen rauchte Bran eine Zigarette an. In ihren Augen platzten weitere Adern.

»Sorry, Gewohnheit. Haben Sie noch einen Schlüssel?«

»Bedaure.«

»Na gut.« Sova dehnte ihre Arme. »Um die Zeit arbeitet niemand mehr, richtig?«

»Unwahrscheinlich. Ich war meist die Einzige, die Nachtschichten geschoben hat.« Bran grinste schief. »Wird das etwa unser erster gemeinsamer Einbruch, Sonnenschein?«

Sova verdrehte die Augen. »Sie brechen ständig irgendwo ein!«

»Sie doch auch.«

»Nein, ich *arbeite*. Außerdem sind die Fenster meist offen.« Sova verzog keine Miene. »Warten Sie einen Moment. Ich schau nach, ob die Luft rein ist.« Damit machte sie sich daran, die Fassade hinaufzuklettern.

Sie hielt sich in den Schatten, kroch wie eine Spinne die Hauswand hinauf, während unter ihr die Lichter der Taxis vorbeirauschten. Als sie in dem spartanisch eingerichteten Büro landete, spitzte sie die Ohren. Es roch nach Druckerschwärze, kaltem Kaffee und Pfeifentabak – etwa so, wie Bran bei ihrem ersten Zusammenstoß im April gerochen hatte. Alles war still. Vorsichtig spähte Sova zur Tür hinaus. Ein Großraumbüro mit einem langen Konferenztisch bildete das Herz der Redaktion. Planungen der aktuellen Artikel hingen an der rechten Wand, die brandheißen Knüller an der linken. In keinem der Büros brannte noch Licht – offenbar hatte sich kein Reporter spontan zu einer Nachtschicht entschieden. Für den Moment gab es in den Räumlichkeiten der *Gazette* nur Schreibmaschinen, halb im Anschlag zurückgelassen, und eine munter missachtete Liste für den Spüldienst in der Küche. In einem der Büros verweilte Sova länger, wühlte in Schubladen und Schränken, bis sie endlich fand, wofür sie hergekommen war. Wunderbar. Beruhigt kehrte sie in das Büro zurück, durch das sie eingestiegen war, um Bran grünes Licht zu geben – doch der Bordstein vor dem Gebäude war leer. Die Hexe war verschwunden.

»*Vrenoj*, das ist doch wohl nicht -«

Sie sprang aufs Fensterbrett, um wieder hinunterzuklettern, als aus dem Treppenhaus erhitzte Stimmen erklangen. Kurz darauf knarrte die Redaktionstür. Sova erstarrte; das Herz schlug ihr bis zum Hals. Hatte die Hexe etwa die Gelegenheit genutzt, um die Kureter aus der Sub Side herzuzitieren?

»Hey, Sonnenschein, haben Sie sich verlaufen?«

Sova stieß die Luft aus und glitt von der Fensterbank. Bran stand im Redaktionsraum.

»*Vrenoj, vitjka*! Sie sagten doch, Sie haben keinen Schlüssel!«

»Hab ich auch nicht.« Bran setzte ein kleines Bündel auf dem Tisch ab. Es war ein Glühwichtel, bis an die Zähne bewaffnet mit Sticknadeln und winzigen Spritzen. Am Gürtel der knallroten Nachtwächteruniform erkannte Sova sogar ein kleines, aber scharfes Schwert. Allerdings war der Wichtel voll und ganz damit beschäftigt, sich einen Muffin quer in den Mund zu schieben. Seine Flügel verbreiteten ein gedämpftes blaues Licht, das mit jedem zuckrigen Bissen schwächer wurde. »Ich hätte Sie auch gleich mit durch die Tür genommen«, sagte Bran, »aber Sie waren schneller die Wand rauf, als ich *es gibt eine Nachtwache* sagen konnte. Ach je, sagen Sie bloß, ich hab's geschafft, Sie zu erschrecken!«

»Nein, Sie haben es geschafft, mich schon wieder auf hundertachtzig zu bringen«, grollte Sova. Ihr Herz polterte noch immer, doch sie beruhigte sich, als der Glühwichtel herzhaft rülpste und über dem halbgegessenen Muffin ins Zuckerkoma fiel. Ohne die Hexe eines weiteren Blickes zu würdigen, marschierte sie in das Büro, in dem sie zuvor gewühlt hatte.

Bran folgte ihr verdutzt. »Was treiben Sie bei Mr. Penn?«

Statt zu antworten, hockte sich Sova im Schneidersitz auf den Schreibtisch, knipste die Lampe an und durchforstete die Blechkiste, die sie zuvor zutage befördert hatte. »Ihr Ex-Boss ist erstaunlich gut organisiert – für einen Magier.« Sie warf der Hexe ein dünnes Dokument zu. »Ihrer?«

Perplex fing Bran es auf. »Mein alter Presseausweis? Wollen Sie den mitgehen lassen?«

»Das wäre viel zu plump!« Sova verzog den Mund. »Ist die Aufmachung so gängig? Oder sehen die Papiere vom *Scrying Mirror* oder der *Sub Side Mail* anders aus?«

»Für die Sub Side ist es gängig«, murmelte Bran. Sie strich so zärtlich über das Papier, als würde sie eine lang vermisste Liebschaft berühren. Als ihre zittrigen Finger den grellen Stempel streiften, der den Ausweis entwertete, hob sie den Kopf. »Bei Menschenzeitungen sehen die Ausweise allerdings etwas anders aus.«

»Sub Side reicht.« Sova zupfte ihr den Ausweis aus den Händen und positionierte ihn neben einem leeren Papier auf dem Schreibtisch. »Machen Sie mal das Fenster auf?«

»Wieso? Oh.«

Bran hastete zum Fenster, als Sova eine jähe Schwefelwoge in den Raum entlud. Gierig schnupperte Sova nach der frischen Brise, die die New Yorker Nachtsymphonie aus Taxihupen und dem Stimmenmeer hereintrug. Dann schloss sie die Augen. *Konzentrier dich!* Magie floss aus ihren Fingern in das Papier. Sie befahl der Tinte neue Bahnen, den Farbpartikeln neue Wege …

»Nicht Ihr Ernst!«, hauchte Bran. Verblüfft trat sie neben Sova. »Mit Erpressungen und Bestechungen haben Sie ein Problem, aber Dokumentenfälschung geht klar?«

»Das hier tut niemandem weh«, murmelte Sova abwesend. *Bloß mir*, fügte sie im Stillen hinzu. Ihre Finger bebten, während das vormals leere Papier zusehends Ähnlichkeit mit Brans altem Presseausweis annahm. Sova biss die Zähne aufeinander, als es in ihren Augäpfeln zu stechen begann. Säure trat auf ihre Zunge, ein Stechen zuckte durch ihre Schläfen. Dennoch füllte sie langsam Zeile um Zeile.

Neben ihr schnüffelte Bran überrascht. Nach der ersten Schwefelwelle duftete es nun vor allem nach einer frischen Mischung aus Myrrhe und Gras.

»Sie benutzen grüne Magie?«

»Ich mische«, sagte Sova angestrengt.

»Ja, das rieche ich, aber … Ich hab noch nie von Dämonen gehört, die grüne Magie beherrschen – nicht mal in der Schule.«

»Sie haben auch noch nie von Dämonen gehört, die Träume fressen, *vitjka*«, presste Sova hervor. Mit schmalen Lippen betrachtete sie ihr Werk. Die Welt schien entsättigt, schwarz-weiß … Aber der Kontrast zwischen Brans Haar- und Hautfarbe kam hin. Einigermaßen. Nantey, sie war aus der Übung! Als sie Bran schließlich den Ausweis in die Hand drückte, beugte sie sich erschöpft vor und zwängte Luft in ihre Lungen. »Ist das überzeugend?«

Beeindruckt betrachtete Bran den Ausweis von allen Seiten. »Perfekte Fälschung. Respekt, Sonnenschein. Was ist die *Nook Press*?«

»Unsere Schulzeitung.« Sova lachte leise, doch der Laut kratzte in ihrer Kehle, brachte sie zum Husten. »Ihre Chefredakteurin ist vierzehn und hat Ami noch einen Gefallen geschuldet.« Ihr Magen verkrampfte. Mühsam überkreuzte sie die Arme vor dem Torso. Ihre Rippenbögen pochten, als müsse Sova sie mit bloßen Händen zusammenhalten.

»Sie müssen gilden«, sagte Bran leise.

Sova wandte sich ab und warf einen vorsichtigen Blick zum Fenster. Selbst ihr verzerrtes Spiegelbild hatte Schlitzpupillen, die in den tiefen Schlünden der Iris versanken. Kein Rot, kein Gold. Sie hasste Worn. Sie hasste ihn so sehr! Wieso kam er jetzt schon? Selbst nach einem anstrengenden Duplikationszauber sollte ihr noch eine halbe Stunde bleiben, um einen geeigneten Spender zum Gilding zu finden …

»Mir geht's gut.« Sova schloss die Augen und massierte einen Punkt unter ihren Rippen. Ihr Kiefer schmerzte vom Zähneknirschen. »Verschwinden wir.« Sie reckte sich, um die Schreibtischlampe auszuknipsen, als ein jähes Rumsen im Redaktionsraum sie beide zusammenfahren ließ.

Sie waren nicht mehr allein.

-3-

»Sie sagten doch, um diese Zeit arbeitet niemand mehr hier«, zischte Sova.

»Vielleicht hat sich die Arbeitsmoral verändert!« Mit bleichen Wangen ließ Bran den gefälschten Ausweis in ihrer Tasche verschwinden und betastete ihre Handfläche, wo das unsichtbare Dämonenmal saß. Der Blick ihrer rotgeränderten Augen flirrte durch den Raum. »In Frances Goldenblatts Büro gibt's eine Feuerleiter zum Hinterhof. Aber dazu müssen wir die ganze Etage durchqueren.«

Das Licht im Redaktionsraum ging an. Wer auch immer da erschienen war, konnte den zuckerkomatösen Glühwichtel auf dem Tisch gar nicht übersehen …

»Wer da?«, rief jemand.

»Das ist Charlie«, hauchte Bran.

»Wer ist Charlie?«

»Mein alter Chefredakteur.«

Sova trat so dicht neben sie, dass sie die fiebrige Körperwärme der Hexe durch zwei Lagen Stoff spürte. Durch den Türspalt lugten sie in den Redaktionsraum. Ein schlaksiger Mann mit Milchgesicht, schiefsitzender Brille, dünnem Blondschopf und blassblauer Aura kehrte gerade aus einem Büro zurück, das er soeben inspiziert hatte. Mit einem Blick auf den schnarchenden Glühwichtel griff er zum Telefonhörer.

Ehe Sova einen Finger rühren konnte, trat Bran in den Redaktionsraum.

Charlie sprang vor Schreck einen halben Meter in die Höhe. »Gottverdammich, Moira! Was treibst du denn hier?«

»Ich hab dich auch vermisst, Charles.« Mit verschränkten Armen lehnte sich Bran gegen einen Schreibtisch – offensichtlich, um ihr eigenes Wanken abzufangen, doch der Kerl schien es nicht zu bemerken. »Mir geht's gut, danke der Nachfrage. Aber du bist ein bisschen blass um die Nase.«

Charlie fing sich überraschend schnell. Seine Hand blieb ruhig, als er sich das schüttere Blondhaar aus dem Gesicht strich. »Was treibst du hier, Moira? Um die Uhrzeit?« Seine Finger tasteten nach dem Holzamulett an seinem Gürtel.

»Du weißt doch, ich bin ein Nachtvogel«, antwortete Bran lahm.

Sova verdrehte die Augen. Die Hexe war zu nervös. Jeder Emon im Umkreis von zwei Meilen musste sie riechen, ihre Verwirrung und die … Sovas Nasenflügel zuckten, ihr Mund wurde trocken. *Lass dir was einfallen,* vitjka*! Wimmle den Typen einfach ab, damit wir verschwinden können!*

»Scheiße, Liebes, du lässt wochenlang nichts von dir hören, und dann brichst du hier ein?« Charlies Brillengläser beschlugen.

»Ich habe von dir auch nicht viel gehört, Charlie.« Unter anderen Umständen hätte Sova die Schärfe in Brans Stimme amüsiert – wenn man sie ließ, würde sie dem Kerl vielleicht den Kopf dafür abreißen, dass er nicht einmal angerufen hatte, während sie beinahe in einem Bluthaus krepiert war. Aber jetzt musste die Hexe verdammt noch mal aus dem Quark kommen und ihre große Klappe wiederfinden!

Verlegen kratzte Charlie sich am Hinterkopf. »Na ja, ich dachte, du brauchst vielleicht Zeit, du weißt schon, um … um dich zu fangen?«

»Zu fangen?« Bran hob die Brauen. »Im Ernst?«

Das reichte.

»Ja, zu fangen.« Sova schob sich in den Konferenzraum. »Von der Enttäuschung über eine so *mutige* und überaus besorgte Kollegschaft.« Es kostete sie alle Mühe, überhaupt aufrecht zu stehen, sie stützte noch immer ihre Rippen, doch sie strahlte Charlie an, als sei er ein glitzerndes Einhorn. Oder ein saftiges Steak. Nantey, in ihrem Worn roch er für Sova mit seiner Verwirrung und dem Adrenalin tatsächlich wie ein Festmahl …

Charlie wich an den Konferenztisch zurück, doch Sova rückte nach und trat dicht an ihn heran.

»Schön, Sie kennenzulernen«, schnurrte Sova und schüttelte seine Hand. »Moira hat schon so viel von Ihnen erzählt, Mister … Sweeney.«

Neben ihr zuckte Bran zusammen. Vielleicht spürte sie, wie Sova im Geist ihres alten Redakteurs grub, vielleicht erinnerte sie sich daran, wie Sova im April dasselbe bei ihr getan hatte. Wie sie nach Informationen tastete, Worte und Namen herauspickte … Vielleicht sah sie auch, dass Charlies Aura noch eine Spur blasser wurde – durchlässig.

»Und Sie sind?«, fragte Charlie stockend. Sein Blick klebte an Sovas Lippen, zuckte zu ihren Brüsten. Er roch nach Überraschung. Angenehmer Überraschung. Eine kurze Erinnerung daran, dass er seit Monaten nicht gevögelt hatte …

»Ich bin Miss Brans neue Kollegin.« Sova ließ seine Hand nicht los. Sie drückte ihn gegen den Konferenztisch. »Und Sie, Charles Sweeney, machen jetzt ein Nickerchen. Hören Sie?«

Charlies Augen wurden glasig. Er nickte mit offenem Mund; seine Lider flatterten, als Sova zu singen begann.

»Lassen Sie das!« Bran schoss an Sovas Seite, die rotgeriebenen Augen weit aufgerissen. Sie packte Sova am Arm, ihre fiebrigen Finger knisterten auf Sovas Haut. Rote Entladung. Myrrhe-Duft.

Charlie schoss in die Senkrechte, doch Sova umklammerte weiterhin seine Hand. Ihre Augen glühten.

»Sie haben gesagt, ich muss gilden, Miss Bran«, säuselte sie. Angst. Trotz seiner Schläfrigkeit köchelte Angst in Charlie. Köstlich! *Er hat Angst vor der Dunkelheit,* wisperte das Stimmchen in ihrem Hinterkopf. *Wenn du ihm die Augen verbindest, dich auf ihn setzt … Angst und Sex, das ist die beste Mischung …*

Klappe, Mama!, hielt Sova dagegen und sang weiter. Sie fing Charlie auf, als er schnarchend in ihren Armen zusammensackte, und legte ihn vorsichtig auf den Teppichboden. *Langsam jetzt!* Nun klang die Stimme wie Zeta Taur. *Schön vorsichtig, sonst machst du ihn kaputt. – Ist doch egal*, hielt die andere Stimme dagegen. *Er ist nur ein Magier. Gilde!*

Erst, als sie die Finger in Charlies feinem Haar vergrub und die ersten Traumfäden hervorlockte, bemerkte sie, dass etwas nicht stimmte.

Widerwillig hob sie den Kopf. Brans Protest war außergewöhnlich lasch ausgefallen. Jetzt wusste Sova auch, warum: Bran verharrte reglos neben ihr, angespannt … nein, nur gespannt, die Augen fest auf Charlie gerichtet.

Und ihre Pupillen … Ihre Pupillen waren schmale Schlitze, wie die einer Katze.

Für einen Moment schwiegen die Stimmen in Sovas Kopf.

»Ähm, *vitjka*?«

»Nicht jetzt, Sonnenschein«, wisperte Bran.

Dann schoss sie vorwärts und riss Sova die rohen Träume aus den Händen.

-4-

»*Vitjka*, nein!«

Doch die Hexe schluckte bereits und drehte sich zu Charlie um, der im Schlaf leise stöhnte. Kurz vorm Aufwachen. Und Bran … Bran kauerte sich rittlings auf ihn, die Zähne speichelglänzend, die Augen schaurige, leere Tunnel. Sie presste Charlie die Hände auf die Brust – und begann zu kratzen, als wolle sie sein Herz hervorklauben.

»Was zum … was machen Sie da, Missy?« Entsetzt rappelte Sova sich auf und packte die Hexe unter den Achseln. Bran schlug ihre Hände fort, fauchte, fluchte auf Gälisch – und ihre Pupillen wurden noch schmaler.

»Lass mich«, krächzte sie. Weitere Adern platzten in ihren Augen; ihr Haar war schweißnass. Charlie zuckte im Schlaf, fuhr über die Kratzer auf seiner Brust. Seine Schmerzen machten Bran nur wilder. Mit einem Ruck riss sie ihren Ellbogen los und rammte ihn Sova in die Magengrube, nur um sich erneut auf Charlie zu stürzen.

»*Vitjka*, Sie brechen ihm noch das Brustbein!« Keuchend zog Sova sie an den Haaren.

»Lass mich, nur … das … da drinnen … muss raus …«

»So funktioniert das nicht«, fauchte Sova und rangelte die Hexe rücklings zu Boden. Für einen Herzschlag machten sich ihre Hände selbstständig, der Worn übernahm das Steuer, ihre Finger glitten in Brans Kraushaar, zogen an ihren Gefühlen, ohne Umweg über Schlaf und Träume, doch dann riss sie sich zusammen. »So geht das nicht, Moira, du kannst es nicht aus ihm herausklauben«, presste sie zwischen den Zähnen hervor, während die Hexe unter ihr strampelte und trat. »Wir machen es zusammen, okay? Ich zeig dir wie!«

Zur Antwort knurrte die Hexe bloß. Sie erinnerte Sova an einen tollwütigen Fuchs. *Was machst du da?,* keifte die Stimme in ihrem Kopf.

Nimm sie einfach beide! Nimm sie alle beide, dann hast du eine Woche lang Ruhe! Ihre Wut, seine Angst, ihre Nervosität, seine feigen Gewissensbisse ... Festmahl! Gilde! Jetzt! Nimm sie alle beide, jetzt!

Mühevoll zog Sova ihre Finger aus Brans Haaren und half der Hexe, sich aufzusetzen. Erneut sang sie ihre Melodie, schickte Charlie zurück in die Tiefen des Schlafs, ehe er aufwachen konnte. Schwer atmend beugte sie sich über ihn.

»Vorsicht jetzt«, zischte sie durch den Mundwinkel.

Bran blinzelte nicht mehr, als traue sie Sova nicht über den Weg. Sie sah aus wie eine Fremde. Sie sah aus wie Mrs. Cabal. Wie Sovas Dad, bevor er … *Gilde!*

Mit klammen Händen zog Sova einen weiteren Rohtraum hervor. Einen für sie, einen für Bran. Einen für sie, einen für Bran. Einen für sie, einen für … Als ihr Kopf endlich zu schmerzen aufhörte, ihre Hände nicht mehr bebten, ihre Welt wieder Farbe annahm, sank sie erschöpft gegen das Tischbein.

Bran jedoch … Bran kauerte weiterhin vor Charlie; ihre Brust hob und senkte sich hektisch. Sie lachte mit geschlossenen Augen. Sova kannte diese lächerliche Leichtigkeit – das Wohlgefühl, wenn die Schmerzen verschwanden, man sich wieder zu Hause in seinem Körper fühlte, das Hirn einem wieder gehorchte, man atmen konnte … Doch dann verstummte das Lachen. Bran riss die Augen auf. Ihre Pupillen waren wieder rund, die geplatzten Äderchen verschwunden. Fassungslos starrte sie auf ihre Hände, dann auf Charlies zerkratzte Brust.

Scham. Obwohl der Worn fürs Erste Ruhe gab, wurde Sovas Mund wässrig. *Scham für die frivole Erleichterung ... Nachtisch, Liebling?*

»Was«, stieß Bran mit zittriger Stimme hervor, »was zum Teufel war das?«

Sova schluckte. Ihr Herz zog sich zusammen. Erst jetzt brach die ganze Tragweite der Ereignisse über sie herein. Nantey, sie hatte *gehofft*, dass es passieren würde. Hatte früher damit gerechnet – mit dem Beweis für ihre Theorie, dem Beweis, dass sie von Anfang an recht gehabt hatte. Doch nun, da Bran wie ein Häufchen Elend vor ihr saß, schmeckte der Triumph bitter. Ehe sie antworten konnte, nahm Brans Gesicht einen ungesunden Grünton an. Die Hexe rappelte sich auf, stolperte in Schlangenlinien durch eine Tür neben der Garderobe. Gleich darauf ertönte ein Würgen.

So war es immer nach dem ersten Gilding.

Mechanisch wischte Sova sich über das Gesicht. Tupfte Charlie Mohnsalbe unter die Nase, damit er nicht aufwachte. Stopfte dem Glühwichtel einen weiteren Bissen Muffin in den Mund. Genoss für einen Moment die Schmerzlosigkeit, das freie Atmen. Aleph. Sie musste Aleph kontaktieren, oder Mink – irgendwen, der Sweeney eine ungefährliche Erinnerung zu den Kratzern auf seiner Brust einpflanzen konnte.

***

Nach einem kurzen, unerfreulichen Telefonat mit Aleph klopfte sie schließlich an die Toilettentür. Bran kauerte mit angezogenen Knien an der Kachelwand und starrte ins Leere. Obwohl sie sich ganz offensichtlich erbrochen hatte, war ihre Gesichtsfarbe gesünder als in den letzten drei Wochen.

Vorsichtig ging Sova vor ihr in die Hocke. »Wie geht's dir?« Auf Formalitäten kam es jetzt auch nicht mehr an.

»Blendend.« Bran blickte nicht einmal auf. »Meine Kopfschmerzen sind weg.«

»Erfreulich.«

»Warum?« Endlich hob Bran den Kopf. Runde Pupillen. Kein Goldschimmer, wie Sova es kannte. Dafür war ihr Blick umso stechender. »Was zum Teufel war das, Skorpin?«

Oh. Kein Sonnenschein, kein unangebrachter Kosename. Die Hexe war sauer.

»Was das war, weißt du glaube ich selbst«, antwortete Sova steif. »Was das Warum angeht … Da bin ich genauso schlau wie du. Du solltest mit Lear reden.«

»Ich bin eine Hexe«, knurrte Bran. »Gerade eben so, wie man mir in der Sub Side oft genug unter die Nase reibt. Mehr Mensch als Magier, und ganz bestimmt kein Dämon. Ich *kann* keinen Worn bekommen. Das ist nicht möglich.« Sie kniff sich in den Arm, als hoffe sie, aus einem schlechten Traum aufzuwachen. »Ich meine, was zum … Charlie …«

»Deinem Freund fehlt nichts«, sagte Sova leise. »Er wird morgen höchstens Kopfschmerzen haben, und ein paar Kratzer, aber … Nun, er wird sich an eine wilde Nacht mit einer schönen Unbekannten erinnern. Von daher …«

»Dann ist ja alles in Ordnung.« Ruppig kam Bran auf die Beine. Auf dem Weg nach draußen rempelte sie Sova an.

Ärgerlich presste Sova die Zähne aufeinander und fasste sie am Arm. »Hey, lass es nicht an mir aus, *vitjka*!« Ehe Bran protestieren konnte, fügte sie hinzu: »Hör zu, Hexen und Dämonen sind näher miteinander verwandt, als wir alle zugeben wollen. Du wurdest zwei Monate lang mit Hypnos abgefüllt. Das Zeug war nie dazu vorgesehen, dass Magier es schlucken, verstehst du? Es ist nicht mal dazu vorgesehen, dass *wir* es schlucken. Hypnos wurde für Vampire entwickelt – einzig und allein für Vampire. Bei denen wissen wir, wie es wirkt. Bei Magiern? Keine Ahnung, Missy. Sprich mit Lear.«

Fahrig wischte Bran sich über den Mund. Es dauerte etwas, bis Sovas Worte zu ihr durchdrangen. »Wird das jetzt immer so? Dauermigräne, es sei denn, ich falle irgendwelche armen Säue an, die mir gerade zufälligerweise über den Weg laufen?«

Sova stieß die Luft aus. »Vielleicht ist es nur vorübergehend. Vielleicht musst du dich auch damit arrangieren, dass du mit uns anderen im Hospiz gildest. – Oh, Scheiße.«

»Weil ihr ohnehin Rohträume im Überfluss habt, ja?« Bran rieb sich die Nasenwurzel. Ihre Schultern bebten, als drohe sie zu bersten, wenn sie zu tief einatmete. Sie fluchte mehrfach, teils auf Englisch, teils auf Gälisch.

»Tut mir leid«, murmelte Sova und legte ihr behutsam die Hand auf den Arm. »Ich wollte nie, dass so etwas passiert.«

Unter ihrer Berührung wurde Bran plötzlich ganz ruhig. Das Flirren ihres Blicks erstarb. Schock. Vermutlich würde sie gleich anfangen, alles zu verleugnen, was soeben geschehen war. Stattdessen trat sie abrupt einen Schritt zurück. »Komm.«

Erschöpft rieb sich Sova die Rippe. »Wir müssen auf die Marktwache warten. Mink kümmert sich um deinen Kumpel.«

»Können wir ja.« Bran zwang sich offensichtlich, Wut und Entsetzen herunterzuschlucken. »Aber wir sind in der Redaktion der *Gazette*. Das Archiv ist gleich da hinten. Willst du mehr Informationen über Fonda oder nicht?« Damit verließ sie den Waschraum.

Sova starrte ihr mit offenem Mund hinterher. Nach alldem … »Äh, Moira?«

»Eure Vermissten finden sich nicht von alleine, Sonnenschein!«

-5-

Das Archiv der *Gazette* versteckte sich in einem Aktenschrank neben der Küche. Statt Regalböden lauerte hinter der Tür ein ausladender Raum, der sich über zwei Stockwerke erstreckte. Irgendein magisches Architekturbüro hatte zweifellos gut an diesem Schrank verdient.

»Wollen wir doch mal sehen, ob ich noch in der Kartei bin«, meinte Bran, als sie vor einer engen Regalreihe stehenblieb. Wobei, *Reihe* traf es nicht ganz: Die beiden langen Regale standen so dicht beieinander, dass niemand eintreten konnte. Es gab keinen Mechanismus, um sie auseinanderzuschieben.

»Musst du dich in eine Spitzmaus verwandeln oder braucht ihr ein Passwort?«

»Wenn's nur das wäre.« Bran räusperte sich – und begann, ein Gedicht zu rezitieren. Irgendwas mit Goblins, deren Früchte man nicht essen sollte. Während sie sprach, glitten die beiden Regale im Schneckentempo auseinander. Erst nach fünf schier endlosen Versen klickte es: Die Regale rasteten ein und würden nicht zurückschnellen, um sie zu zerquetschen, und der Gang war breit genug für sie.

»Passwort plus Stimmidentifikation?«, fragte Sova, als sie eintraten. »Clever. So verlieren die meisten auf jeden Fall die Lust, hier einzubrechen.«

»Die ganze Belegschaft hasst es«, meinte Bran, während sie suchend mit dem Zeigefinger über die Ordner strich. »Du kannst nicht schnell mal eben was nachschauen … Ah, da ist er ja!« Sie klopfte auf eine Regalreihe, die aus allen Nähten platzte.

»Ist das etwa alles über Leonard Fonda?« Vor ihnen stapelten sich Ordner, Tonbänder, lizensierte Echoaugen … »Sag bloß, ihr behaltet alles Recherchematerial für jede Story!«

»Joseph Penn ist pingelig, was die Aktenführung angeht«, antwortete Bran. »Schauen wir doch mal!«

Beunruhigt musterte Sova sie von der Seite. Die Hexe hatte offenbar entschieden, den Vorfall mit Sweeney knallhart zu ignorieren. »Aber Geister und Sterne, der ganze Krempel hier kann unmöglich nur über Fonda sein!«

»Was erwartest du?« Bran öffnete den Ordner. »Der gute Leonard ist eine Säule der Sub Side.«

Konnte man so sagen. Tatsächlich gehörte Leonard Fonda die Hälfte aller Blutbars in Manhattan. Die Etablissements, in denen Vampire staatlich geregeltes Blut zu sich nehmen konnten, verhinderten seit der Jahrhundertwende, dass die Langzähne sich eigenmächtig über New Yorks Menschen hermachten. Laut William (und dem Sub Side-Senat, wenn man der Wahlwerbung trauen durfte) waren Blutbars unverzichtbar für ein friedliches Leben der magischen Parallelgesellschaft. Natürlich gab es immer schwarze Schafe, die lieber selbst auf die Jagd gingen, doch das meiste Blut, das bürgerliche Vampire zu sich nahmen, stammte aus Krankenhäusern. Passenderweise finanzierte Leonard Fonda auch diverse medizinische Einrichtungen. Bei den meisten handelte es sich um Menschenhospitale, zwei Heilstätten allerdings befanden sich in der Sub Side. Ansonsten unterstützte die Fonda-Stiftung vampirische Kindergärten, Hotels der NosferaTours-Reiseagentur, Fördergruppen an der Sub Side High School und Forschungsprojekte an der Abraxas-Akademie. Während Bran eilig Notizen niederkritzelte, überflog Sova die Listen.

»Wirklich ein verdammter Wohltäter. Warum versteckt er sich dann wie ein kleines Beutetier? Die Sub Side müsste ihn doch lieben!«

»Oh, sicher ist er beliebt. Aber er vertritt auch vehement die Meinung, dass Vampire ausschließlich freiwilliges Blut zu sich nehmen sollten. Findet nicht jeder Untote gut.« Bran verzog den Mund. »McGowan gehört nicht zu seinen Fans, und seine Bluthaus-Gäste auch nicht. Im Salon haben sie ständig gelästert – Fonda kröche dem Magiersenat in den Arsch, Vampire sollten nicht kuschen, bla, bla …« Sie schloss den Ordner. »Dann wollen wir doch mal sehen, was Frances Goldenblatts Schatzkammer ausspuckt.«

»Schatzkammer?«

»Franziska Goldenblatt ist die Herrscherin unserer Bildaufnahmen.«

Sobald sie in den Gang zurückkehrten, rückten die Regale wieder dicht zueinander.

»Moment!« Sova beeilte sich, der Hexe in die hinteren Winkel des Archivs zu folgen. »Willst du etwa sagen, ihr habt Fotos von Fonda? Ich denke, ihr seid nie an ihn rangekommen!«

»Ich sagte, wir haben nie ein Interview mit ihm bekommen.« Bran leierte erneut ein Gedicht herunter. Kurz darauf wühlte sie sich durch eine Nische voller Negative, Schwarz-Weiß-Fotos, Schatten-Aufnahmen aus Echoaugen, die sich auf Fingerdruck zu einem lebensechten Hologramm der Szenerie über der Zeitung aufblähten, und druckbaren Bewegtbildern, die die Sub Side schon lange vor den ersten Stummfilm-Experimenten der Menschen produziert hatte.

»Was genau suchst du?«, fragte Sova, als Bran fluchend die Hände in die Luft warf.

»Letztes Jahr gab's diesen Heilerball in der Agrippa Hall. Riesenevent, sehr glamourös, jeder von Rang und Namen war da. Auch Leonard Fonda. Er war zwar in einem abgesperrten Bereich, da durfte sich die Presse nicht blicken lassen, aber Rose Vesna konnte reinschlüpfen, und sie hatte eine von diesen Kameras dabei, mit denen man die Untoten ablichten kann. Die Dinger sind zwar nur so halb legal, aber … nun ja.«

»Rose Vesna kommt nach dir«, sagte Sova trocken.

»Komisch, das hat Charlie damals auch gesagt.« Ein Schmunzeln huschte über Brans Lippen, während sie eine Negativsammlung beiseiteschob. »Wir haben ewig diskutiert, ob wir die Fotos drucken dürfen oder nicht, weil es gegen Fondas Privatsphäre ver- Ah, scheiße.« Sie beugte sich über ein Päckchen mit der Beschriftung *Heilerball Agrippa Hall Nov. 1947*.

»Das ist es doch, oder nicht?«, fragte Sova. »Mach's doch einfach auf.«

»Dann kannst du gleich in die Tombs zurückspazieren«, sagte Bran. »Das ist einer von Frannies Spezialknoten. Hat sie von 'nem Kölner

Kobold gelernt. Das Seil reagiert auf Fingerabdrücke. Wenn du nicht lizensiert bist, jault es los – und es merkt sich deine Abdrücke.«

»Ihr Magier seid echte Herzchen.« Seufzend lehnte sich Sova gegen den Schrank.

Nachdenklich tippte sich Bran ans Kinn und schlenderte zu den Uralt-Materialien hinüber – die von vor der Jahrhundertwende. Ein Titelblatt verkündete triumphierend die Hinrichtung der letzten Dämonen. Während Sova den Artikel überflog, kroch ihr eine Gänsehaut über den Nacken, auch wenn nichts davon stimmte. Während die Sub Side das Aus der Dämonen feierte, hatte man in den Dämonen-Nestern von Fort Nook, Ley Wak und Morpheus‘ Hof neue Gesetze zur Geheimhaltung erlassen. Die ganze Aktion musste teuer gewesen sein, und anstrengend, aber sie hatte vielen Dämonen den Arsch gerettet – und vermutlich ebenso vielen Magiern. Als Sova sich zu Bran gesellte, blätterte die Hexe in den vergilbten Fotos der Eröffnung des Merlin-und-Morgana-Hospitals. Schließlich zog sie mit einem zufriedenen »Ha!« ein Bild hervor.

»Das ist er?« Ungläubig beugte Sova sich über das Foto. »Sieht gar nicht schlecht aus – wenn man bedenkt, dass er halbverwest auf einen Friedhof gehört.«

Das Bild war gute sechzig Jahre alt, vermutlich entstanden, kurz bevor sich Leonard Fonda aus der Öffentlichkeit zurückgezogen hatte. Auf dem Foto wirkte er keinen Tag älter als fünfzig. Er war säuberlich rasiert, bis auf den prächtigen dunklen Schnäuzer, dessen Enden sich kräuselten. Unter seinen Geheimratsecken und dem ordentlich gescheitelten Haar blickte er ernst in die Kamera. Er hätte sicher stattlich ausgesehen, wenn sein Jackett nicht so locker säße, als hätte er unmittelbar vor der Aufnahme plötzlich viel Gewicht verloren. Die Haut spannte eng am Kiefer, und selbst auf der farblosen Fotografie erkannte Sova, dass Iris und Pupille außergewöhnlich weit und dunkel erschienen.

»Kurz danach muss er untot geworden sein«, meinte Bran. »Ich glaub, er hat keinen Bart mehr. Sagte Rose zumindest. Sie war ziemlich angetan von ihm. Muss man auch erst mal schaffen, untot besser auszusehen als lebendig.«

Mit schmalen Lippen hob Sova das Foto dicht an ihre Augen, als könne sie den Papier-Fonda zwingen, in ihren Kopf zu hüpfen. »Wir können es nicht mitnehmen, oder?«

»Nur, wenn du noch mal den Tombs einen Besuch abstatten willst.«

Sova seufzte. »Okay. Dann muss Mink mir die Erinnerung nachher aus dem Kopf pulen, aber das ist besser als nichts.« Widerwillig gab sie Moira das Foto zurück. »Machen wir, dass wir hier rauskommen.«

-6-

So schnell ging es dann allerdings doch nicht. Die Marktwache ließ auf sich warten. Während Bran die Tür zum Archiv sorgfältig wieder verschloss, schmierte Sova Charlie eine weitere Portion Mohnsalbe unter die Nase und begutachtete die Artikel an der Wand hinter dem Konferenztisch. Berichte über Wahlumfragen, Politikbarometer, Interviews mit den Spitzenkandidaten der magischen Welander- und der vampirischen Prosper-Partei. Soweit Sova wusste, gab es noch andere Parteien in der Sub Side, allerdings stellte scheinbar keine von ihnen nennenswerte Kandidaten. Über genau diesen Umstand beschwerte sich jemand namens Daniel Wessex in einer Kolumne und mokierte sich über den langweiligen Wahlkampf.

Sova spähte über die Schulter. Bran stand noch immer vor dem Archiv, die Stirn an die Tür gelehnt, die Arme um sich selbst geschlungen. Sie murmelte leise vor sich hin.

»Geister und Sterne, berichtet die *Gazette* auch über was anderes als diese Wahl?«, fragte Sova über Charlies Schnarchen hinweg. »Die betrifft bloß vier versteckte Straßen!«

Bran fuhr sich über das Gesicht und trat neben sie, offensichtlich froh über die Ablenkung. »Vier versteckte Straßen in der Sub Side, ein Wohngebiet in Clairwood, die Leprechaun-Spelunken in Hell's Kitchen, die Sirenenkolonie in der Brooklyn Bay … Die Sub Side-Wahl ist 'ne große Sache, Sonnenschein.« Stirnrunzelnd überflog sie einen der Artikel. »Hey, Parcival Ruben ist zurückgetreten!«

»Parcival wer?«

»In Fort Nook lest ihr keine Zeitung, wenn ihr nicht gerade Reporter ausspioniert, was?« Spöttisch hob Bran die Brauen. »Parcival Ruben. Ein Senator aus der Welander-Partei. Ambitionierter Hochmagier, guter

Redner, die Hälfte des Parteiprogramms geht auf seine Kappe, und jetzt *… plötzlicher Rücktritt aus gesundheitlichen Gründen.*«

»Und?« Sova gähnte. »Das passiert doch ständig.«

»Nicht in der Sub Side.« Skeptisch schüttelte Bran den Kopf. »Magier haben keine gesundheitlichen Probleme, die ernst genug sind, um auf ein bisschen Macht zu verzichten. – Was ist?«

Langsam öffnete Sova den Mund. »Der Kerl hinter Ruben …« Sie tippte auf das Foto. »Ich kenn den Typen!«

Bran nickte knapp. »Ja, Jacob Benson ist bekannter, als gut für ihn ist.

»Jacob Benson?« Sova schüttelte den Kopf. »Nein, nein, das ist Lex Belafonte.«

Nun drehte sich Bran zu ihr um. »Wie bitte? Der Kerl ist ein Ex-Cop aus Lieutenant Malones Trupp. Ein Mensch. Ist rausgeflogen, weil er zu gerne Liebestränke in der Sub Sie gekauft hat, und seitdem arbeitet er als Mittelsmann für die Welander. Gilt als einer von Parcival Rubens engsten Vertrauten.«

Sovas Herzschlag beschleunigte sich. »Tja, dann war's bestimmt bloß ein ungewöhnliches Hobby, als er im Januar als Kurier für Fonda gearbeitet hat.«

»Wie bitte?« Brans Augen weiteten sich. Nichts darin wies auf ihren Worn hin – und nichts auf ihr Gilding. »Moment, ich denke, ihr lasst nur Vampire auf den Markt!«

»Schon, aber wie du weißt, geht Fondas Hypnos durch zig Hände. Wir verlieren die Spur irgendwann immer, aber Lex Belafonte kennen wir. Will Nikula hat es geschafft, zumindest eine der Kurierspuren zurückzuverfolgen. Allerdings hat sie sich nach Belafonte verloren. Halt, du sagst, er ist der engste Vertraute eines Magier-Politikers?«

Mit offenen Mündern starrten sie einander an – und zuckten zusammen, als die Tür zur Redaktion aufflog. Ellyn Mink schob ihren hünenhaften Körper herein, dicht gefolgt von Aleph Taur, der Charlie und den schlafenden Glühwichtel musterte, ehe er sein verbliebenes Auge ungnädig auf Sova und Bran richtete.

»Euch zwei kann man wirklich nirgendwo hinschicken«, knurrte er.

»Du hast ja keine Ahnung, Aleph«, murmelte Sova.

11.
DER WOLF, DER KREIDE FRASS

-1-

Worn. Theresa Lear sagte sehr viel, als die Untersuchung endlich endete, aber dies war das Wort, das bei Moira hängenblieb. Ein Wort für die Migräne und die Sehstörungen, die absterbenden Geschmacksnerven … für die Atemschwierigkeiten, die Ruhelosigkeit, die Getriebenheit, das Fremdsein in ihrer eigenen Haut … *Worn. Du hast Worn. Und er geht nur weg, wenn du Leute anfällst. Du bist nicht besser als ein Vampir.* Aber es wollte ihr nicht in den Kopf.

»Wie?«, unterbrach sie Lear schließlich. »Das ist nicht möglich.«

»Wir können nur mutmaßen.« Lear rückte ihre Brille zurecht. Es war merkwürdig, sie bei Tageslicht zu sehen. Die Nachmittagssonne kämpfte sich durch die schmutzigen Fenster von Lears Büro in dem Pseudo-Hotel am Battery Park und verlieh ihrem Haar, das sie heute in engen Reihen an ihrem Kopf zurückgeflochten hatte, einen Rotschimmer. »Bei der Extraktion von Träumen bleiben immer Spuren der Fänger an der Beute zurück, und wenn die Schätzenden sie mit Alchemie zu Hypnos verarbeiten, hinterlässt auch ihre Magie Partikel. Vampiren scheint es nichts auszumachen, aber Sie …«

Moira presste die Lippen aufeinander. »Ich wusste nicht mal, dass es ansteckend ist.«

»*Ansteckend* ist auch nicht das richtige Wort, würde ich sagen«, meinte Aleph Taur.

»Können wir uns die Wortklaubereien sparen?«, fragte Skorpin leise. »Vorher hatte sie es nicht, und jetzt hat sie es.«

»So sieht's aus.« Moiras Stimme knarzte. Unter Lears missfälligem Blick steckte sie sich eine Zigarette an und inhalierte tief. Scotch dazu wäre angebracht gewesen. Eine Flasche. Mindestens. Um zu vergessen, dass sie Charlie angefallen hatte. Aber da lag der Hase ja im Pfeffer. »Hören Sie, ich erinnere mich nicht mal, was genau passiert ist. Im ersten Moment versuche ich, meinen Ex-Kollegen abzulenken, im nächsten liegt er mit aufgekratzter Brust auf dem Boden und ich hab Blut unter den Nägeln und einen komischen Geschmack im Mund!«

»Und keine Kopfschmerzen mehr, nehme ich an.« Taur lehnte sich gegen die Fensterbank. Der Mann war unverschämt ruhig, dafür, dass er Moira musterte, als wolle er sie sofort festnehmen.

»Ja, großartig!« Moira inhalierte tief. »Hypnos wird noch zur großen Konkurrenz von Aspirin. Nur sind die Nebenwirkungen für meine Mitbürger etwas gefährlich.«

Lear nahm ihre Brille ab und rieb sich die Augen. »Miss Bran, Sie hatten drei Wochen bis zum ersten richtigen Worn – das ist das Niveau von zwölfjährigen Averna – *obwohl* Sie in die Nooks zurückgekommen sind, wo Emonen und Untote Ihren Worn potenziell beschleunigen könnten. Sie werden also kaum morgen wieder in … eine missliche Lage kommen.«

»Wie beruhigend.« Moira knirschte mit den Zähnen. »Und in drei Wochen geht das Spiel von vorne los? Und werden es irgendwann zwei Wochen? Eine?« Ihr Blick zuckte zu Skorpin, deren Pupillen sich bereits wieder zusammenzogen, obwohl das Gilding an Charlie keine fünf Stunden zurücklag. Und die Dämonen im Hospiz …

»Darüber machen wir uns Gedanken, wenn es so weit ist«, sagte Lear knapp. »Sie haben noch immer leichte Hypnos-Rückstände im Blut. Hoffen wir für alle Beteiligten, dass dies eine einmalige Sache war und Sie nie wieder Worn bekommen, sobald Sie den Hypnos vollständig abgebaut haben.«

Moira nickte knapp. Sie klammerte sich an diese Worte, auch wenn Skorpin und Taur hinter Lear einen wenig überzeugten Blick tauschten. Das ungesagte *und wenn nicht?* schob sie beiseite. Darüber konnte sie sich später sorgen. Doch der Knoten in ihrer Brust blieb.

Lear schenkte ihr ein aufmunterndes Lächeln. »Hauen Sie sich eine Runde aufs Ohr.«

Bevor die Müdigkeit Sie schneller in ein Monster verwandelt. – Himmel, Bran, krieg dich wieder ein!

»Aye, Ma'am.« Mit einem flauen Gefühl im Magen drückte Moira ihre Zigarette aus. »Darf ich kurz telefonieren?«

-2-

Moiras Finger zitterten, als sie die Wählscheibe in der leeren Lobby vor Lears Büro betätigte. Sie wusste nicht einmal, warum sie es versuchte, doch ein unnachgiebiger Teil in ihrem Kopf glaubte fest daran, dass alles gut werden würde, wenn auf der anderen Seite der Leitung jemand abhob.

Nach dem fünften Klingeln meldete sich eine Frauenstimme.

»Mendoza.«

»Hey Bianca. Ich bin's. Moira.«

Stille auf der anderen Seite.

»Ach, dich gibt's auch noch«, sagte ihre Schwägerin in spe schließlich. Sie klang frostig.

Moira biss sich auf die Unterlippe. Ihr Herz klopfte lächerlich schnell. »Ich … tut mir leid, ich konnte mich nicht melden, es war zu -«

»Spar's dir, Moira. Ich bin's ja gewohnt, dass ihr Brans plötzlich verschwindet.«

Bei ihren Worten zog sich Moiras Magen zusammen. Rory war nicht plötzlich verschwunden. Er hatte sich bloß sehr unerwartet für diesen Menschenkrieg einberufen lassen – und war nie aus Europa zurückgekommen.

»Das ist nicht fair, Bianca, ich mache nur meinen -«

»Job, schon klar. Komisch bloß, dass deine Kollegen ihre Arbeit erledigen können, ohne sich ständig in Lebensgefahr zu bringen.«

Moira kniff die Augen zu. Bianca hatte keinen Schimmer, was in den letzten zwei Monaten passiert war. Sie wusste nicht einmal, dass Moira nicht mehr für die *Gazette* arbeitete. »Ist Jenny schon da?« In Fort Nook krochen die Dämonen um diese Zeit gerade erst aus den Betten, aber ihre Nichte sollte aus dem Kindergarten zurück sein. »Darf ich mit ihr sprechen?«

»Wozu? Damit du danach wieder monatelang nichts von dir hören lässt?« In der Leitung knackte es. »Ich bin es leid, ständig zu denken, du seist tot, Moira. Weißt du, Jenny erinnert sich nicht an Rory. Irgendwann muss ich ihr erklären, warum sie keinen Dad hat. Aber dich kennt sie, obwohl ihr euch so selten seht, und ich will dieses Gespräch nicht führen, verstehst du? Ich will ihr nicht erklären müssen, dass ihre Tante für irgendwelche Zeitungsartikel ihr letztes bisschen Familie -«

Ihre Stimme ging in einem quirligen Piepsen unter. Moira schloss erneut die Augen, doch diesmal lächelte sie, als ihre Nichte aufgeregt den Telefonhörer verlangte. Sie sah die grünen Kulleraugen vor sich – das Einzige, was Jenny von Rory Bran geerbt hatte.

»Tante Moira?«

»Hallo, mein Spatz.« Mit einem Kloß im Hals presste Moira den Hörer fester gegen das Ohr. Die quäkige Stimme spendete ihr lächerlich viel Trost. »Wie geht's dir?«

»Ich hab wieder Schmetterlinge gefunden! Die schwarzen!«

»Hast du einen gefangen?«

»Nein, er war zu schnell. Du musst noch mal mit mir suchen gehen.«

»Mache ich, Süße. Hast du noch Angst vor den Schmetterlingen?«

»Nö, jetzt nicht mehr. Die machen ja nichts, nur Staub.« Jenny kicherte. »Hey, du hast Nana Catrionas Geburtstag verpasst. Wo bist du eigentlich? Wann kommst du uns mal wieder besuchen?«

Moira blinzelte gegen die Tränen an. »Ich bin gar nicht in New York, Kleines. Ich … bin in Chicago, wegen der Arbeit.«

»Und wann kommst du wieder? Vor Halloween? Wir wollten uns doch als Zahnärzte verkleiden und Vampire erschrecken!«

»Ich weiß nicht, ob ich's vor Halloween schaffe, Süße.«

»Oh.«

»Wir holen das nach, okay?« Aus den Augenwinkeln sah Moira, wie Taur aus Lears Büro humpelte. »Ich muss jetzt Schluss machen, mein Schatz.«

»Okay.« Jenny seufzte enttäuscht.

Es kostete Moira einiges an Willenskraft, den Hörer aufzulegen. Sie presste die Lippen aufeinander und kämpfte die Tränen zurück. *Nicht heulen. Nicht in einem Haus voller traumfressender Dämonen, nicht in der Nähe einer*

Brutstätte von Parasiten, die sich von Gefühlen ernähren! Die Tränen rollten trotzdem. Hastig presste Moira sich die Hand auf den Mund, versuchte, gleichmäßig zu atmen, doch je mehr sie gegen die Traurigkeit ankämpfte, desto stärker wurde sie. Stach in ihrer Brust. Und in ihrem … Nacken?

Auf Gutdünken schüttelte sie den Kopf, wischte sich grob über den Hals. Ein Fauchen ertönte … und das Stechen verschwand.

»Ihr verdammten kleinen Scheißer«, flüsterte Moira.

»Och, aber es war so lecker«, schnurrte eine kratzige Stimme. Die Schatten neben dem Telefon flirrten; kurz darauf materialisierte sich ein Emon auf dem Hörer, mit gebleckten Zähnen und peitschendem Zackenschwanz. »So viel *Liebe* und Traurigkeit und *Bedauern*! Hätte gar nicht gedacht, dass du so gut schmecken kannst!«

»Weißt du was?« Moira beugte sich vor. »Ich hab langsam die Nase voll davon, ständig angeknabbert zu werden, Algie.«

»Algernon«, jaulte der Emon. »Ist doch nicht so schwer zu merken, *Maria*!«

Damit sprang er Moira ins Gesicht. Er war leicht, kaum schwerer als eine Fliege, doch ihr Ärger schwoll im selben Moment an, wie seine Zunge fuhrwerkte. Moira stolperte rückwärts, versuchte ihn abzuschütteln. Der Emon lachte bloß. »Aber weißt du, was noch viel leckerer wird, Hexe? Das Dessert! Deine Nichte klingt zum Anbeißen! So *süß*, so quirlig und aufgeweckt!«

»Das wagst du nicht«, fauchte Moira.

»Oh, wirst du etwa wütend? Yummy!«

Algies Zunge stieß tiefer. Ein Bild jagte durch Moiras Kopf – Jenny, die sich unter einem Schwarm Emonen wand und weinte. Unter der Emonenzunge kochte ihre Wut auf – und mit einem Mal sah sie rot. Wortwörtlich. Der Flur, die Dielen und Vorhänge - alles wie durch Spätburgunder gefiltert. Ihre Hände wurden heiß, Energie pulsierte in ihren Poren, sie roch die Myrrhe.

»Nein, nein, nein!« Hastig ballte Moira die Hände zu Fäusten, versuchte, die rote Eruption aufzuhalten – bei den letzten Malen hatte sie sich stets die Finger verbrannt. Sie hielt die Luft an, schmeckte den Schwefel auf der Zunge, faulig und bitter, und plötzlich war sie wieder vierzehn und diskutierte mit Rory und Niamh in der Eisdiele über die Hexenverfolgung und konnte nicht fassen, welche unterirdischen Ansichten ihr Bruder vertrat. Plötzlich fasste sich Rory an die Brust und hustete. Es roch nach Schwefel. Ärgerlich holte Rory ein Stück Salzkreide hervor, berührte den Smaragd an seinem Gürtel und zog den Schutzkreis. »Dreck! Das macht ihr zwei Hupfdohlen doch immer! Wenn euch die Argumente ausgehen, fangt ihr so an!« – »Ich hab nichts gemacht!«, rief Moira, doch ihre Handflächen kribbelten. Sie hielt die Luft an, presste die Lippen aufeinander, erstickte beinahe an der roten Energie, die sie zurückhielt. »Ich hab nichts gemacht, ehrlich!«

»Ich schon«, sagte Niamh, die ihre roten Eruptionen immer mit sehr viel mehr Würde trug. »Deine Argumente sind schlichtweg falsch, Rory Bran.« Rory hatte den Schutzkreis gelöst, war nach Hause gestapft und hatte zwei Wochen nicht mit Moira gesprochen. Aber sie hatte nichts gemacht, damals. Sie hatte es zurückgehalten. Und jetzt ... jetzt presste sie die Lippen zusammen, ballte die Hände zu Fäusten – und die rote Woge, die sich in ihr aufbäumte, hielt inne. Staute sich an.

Algie würgte und hustete empört.

»Bäh, du hast es verdorben!« Mit blitzenden Augen sprang er zu Boden und wischte seine gespaltene Zunge am Teppich ab. »Igitt, ist das widerlich! Was hast du gemacht? Pah!« Schimpfend sprang er auf die Fensterbank. Gleich darauf war er fort.

Ungläubig grinste Moira – das erste Mal heute, dass ihr wirklich danach war – und wagte es nicht, ein- oder auszuatmen. Ihre Handflächen kribbelten, die Energie wollte hinaus, sofort, und sie wollte sie ebenfalls loswerden – diesen Fremdkörper.

»Zünde dir doch ‘ne Zigarette damit an«, sagte jemand hinter ihr.

Erschrocken fuhr Moira herum; ihr angehaltener Atem entfleuchte als hohes Quietschen - und prompt schoss die rote Energie aus ihren Fingerspitzen, haarscharf an Skorpins Kinn vorbei, und zersplitterte die Stehlampe neben der Tür. Aus Lears Büro drang ein resigniertes Stöhnen.

»So schreckhaft im Moment!« Skorpin strich sich das Rabenhaar aus der Stirn.

»Sorry, ich hab mich noch nicht dran gewöhnt, ständig als Futterquelle herzuhalten.« Geräuschvoll sog Moira die Luft ein und krauste irritiert die Nase. Die ganze Myrrhe konnte unmöglich von ihr stammen! »Bin gespannt, was Fonda mit mir anstellt, falls die Sache schiefgeht. Ob er McGowans Bluthaus noch toppen kann? Vielleicht flößt er mir ja irgendwas ein, wodurch ich plötzlich irrsinnigen Hunger auf Menschenfleisch bekomme. Hurra!«

Skorpin seufzte. »Wenn der ganze Scheiß vorbei ist, gehen wir einen trinken, okay?«

Sie wirkte so *menschlich*, dass Moira gegen ihren Willen lächeln musste. »Ich nehm dich beim Wort, Sonnenschein. Du, ich und eine Flasche Scotch. Wenn unser Gespräch mit Lex Belafonte vorbei ist. Wir haben einen Termin mit ihm, morgen Mittag, zwölf Uhr.«

»*Wir*?« Skorpin hob die Brauen. »Ich bin nicht mal im Ermittlerteam.«

»Aber ich könnte Unterstützung gebrauchen.« Moira verschränkte die Arme. Das Atmen fiel ihr leichter, wenn sie sich auf die Arbeit konzentrierte. »Wenn ich Brod Strider mitnehme, fühlt sich der gute Lex in seiner Männlichkeit bedroht, bei Lauril Welles wird er keinen vernünftigen Satz rausbekommen, weil er zu sehr mit ihren Kurven beschäftigt ist, und bei Mink und Taur kriegt er vor Angst keinen Piep raus.«

»Hey, das könnte bei mir auch passieren.« Skorpin klang allen Ernstes empört.

»Jap, und von deinen Endlos-Beinen könnte er auch abgelenkt werden, aber das Risiko gehe ich ein.« Moiras Mundwinkel zuckten. »Du bist Fängerin und Ex-Furis und hast dich tiefer in die Fonda-Akten eingelesen als jeder andere. Abgesehen von mir, natürlich. Also, bist du dabei?«

»Selbstverständlich.« Skorpins Augen funkelten. In diesem Moment war der Goldschimmer stärker als die schmalen Pupillen. »Aber zwölf Uhr mittags? Du hast echt 'ne Meise, *vitjka*, ich stehe bis fünf Uhr früh am Stand!«

Moira hob die Schultern. »Erst die Arbeit, dann das Vergnügen, Sonnenschein.«

-3-

»Erklär mir noch mal, wie genau ein Ex-Polizist einen Fuß in die Sub Side bekommt«, sagte Skorpin, als sie am nächsten Tag vor einem schäbigen Gebäude in Queens standen. Sie trug einen eleganten, knielangen Rock. Moira hatte nicht einmal gewusst, dass sie so etwas freiwillig anziehen, geschweige denn, dass es ihr so gut stehen würde. Vor ihrem Aufbruch hatte sie gegildet, um ihr Zielobjekt nicht mit Schlitzpupillen zu verschrecken.

Moira steckte sich eine Zigarette an. »Jacob Benson alias Lex Belafonte war Teil der paranormalen Spezialeinheit des NYPD. Einer der Mutigeren, der sich nicht gleich ins Hemd gemacht hat, wenn er einen Untoten oder eine Sirene vor der Nase hatte.« Sie bot Skorpin eine Zigarette an, die ablehnte. »Allerdings hat er sich etwas zu wohl bei uns magischem Volk gefühlt. Wurde suspendiert, als er mit Liebestränken vom Schwarzmarkt erwischt wurde.«

»Dafür hätte ich ihn auch gefeuert.« Stirnrunzelnd schob sich Skorpin ein Minzbonbon in den Mund. »Wie wird so jemand der menschliche Berater eines Magier-Senators?«

Moira zuckte mit den Schultern. »Man konnte ihm nie nachweisen, dass er die Liebestränke *benutzt* hat – damit war er in der Sub Side fein raus. Und menschlicher Input ist für die Welander-Partei eine Art Hauptgewinn, seit die Menschenpolizei über uns Bescheid weiß, verstehst du?« Als Skorpin sie bloß anblinzelte, seufzte sie. »Die einzigen Menschen, die von der Sub Side wissen, sind die menschlichen Ehepartner von Magiern – die streng von den Kuretern überwacht werden – und die Para-Truppe des NYPD. Belafonte gehört zu keiner der beiden Fraktionen mehr. Er könnte jede Menge Schaden anrichten. Also stand man vor der Wahl: Pustet man sein Gehirn durch und überprüft ständig, ob er nicht doch plaudert – oder bietet man ihm einen Job an? Parcival Ruben hat sich für Letzteres entschieden.«

»Klingt windig.« Skorpin rümpfte die Nase.

Schmunzelnd hob Moira die Brauen. »Ist fast dasselbe wie das, was ihr mit mir gemacht habt.«

»Das ist doch was völlig anderes!« Skorpins Wangen röteten sich. »Und was hat das alles mit Fonda zu tun? Hat Belafonte seine Fühler etwa auch nach den Untoten ausgestreckt?«

»Das wird er uns hoffentlich gleich verraten.« Moira blies einen Rauchkringel in die Luft. »Ach, und Sova … Unser Senat hat die Para-Truppe des NYPD zwar weitgehend über die Wesen aufgeklärt, die in der Sub Side wohnen, aber dass es Dämonen wirklich gab, haben sie verschwiegen – und es ist, denke ich, in unser aller Interesse, dass die Menschen es auch weiterhin nicht wissen.«

»Ach, Blutsauger, Werwölfe und Hexen sind okay, aber *wir* sind zu verstörend?« Ärgerlich verzog Skorpin den Mund. »Ganz dünnes Eis, *vitjka*! Vielleicht sollte man ihnen mal flüstern, dass Magier auch nur schwächliche Verwandte von Dämonen sind.«

»Großartige Idee.« Moira verdrehte die Augen. »Dann haben wir bald wieder Scheiterhaufen. Und wir beide können nicht mehr nach euren Vermissten suchen, weil wir zu beschäftigt damit sind, uns nicht die Hintern zu verbrennen. Also tu uns allen einen Gefallen und lass die Sache mit den Augen bleiben, okay?«

»Welche Sache mit den Augen?« Gereizt ruckte Skorpin mit dem Kopf; prompt zuckte ein roter Schatten durch ihre Iris.

»Genau diese Sache.« Moira trat ihre Zigarette aus. »Belafonte gehört zu der Sorte Männer, die schöne Frauen sehr gerne anschauen, aber vergessen, dass sie Ohren haben, wenn du verstehst, was ich meine. Lass ihn einfach glauben, du seist harmlos.«

Skorpin schürzte die Lippen. Sie wirkte nicht begeistert. »Du kennst dich eindeutig zu gut mit den schmutzigen Gedanken von Menschen aus.«

Moira grinste. »Deshalb habt ihr mich doch erpresst: Damit ich für euch im Dreck wühle.«

»Als müsste man dich dafür erpressen«, grummelte Skorpin.

Seufzend klingelte Moira bei *Benson, Jacob*.

»Memo an mich: Nie wieder unausgeschlafene Dämonin zu Interviews mitnehmen.«

***

Lex Belafonte hatte es sich seit seinem Austritt aus dem NYPD gutgehen lassen. Ihm gehörte die gesamte gemütliche Dachetage, samt Dachterrasse und lichtdurchflutetem Wohnzimmer. Von innen war sein Reich erheblich exquisiter, als die schäbige Gebäudefassade vermuten ließ. Moira rechnete halb damit, dass Skorpin, die nach ihrer Schicht nur drei Stunden geschlafen hatte, in den unerhört bequemen Polstern einnicken würde. Doch die Dämonin lauschte stirnrunzelnd, wie Moira höflich mit Belafonte plauderte, sich nach dem Wohlbefinden dieses und jenes Officers erkundigte und über einen Banshee-Zwischenfall lachte (ach, die guten alten Zeiten …). Als Belafonte kurz in der Küche verschwand, um frischen Tee zu holen, beugte Skorpin sich gereizt vor.

»Komm auf den Punkt! Wir sind nicht zum Tratschen hier!«

»Geduld, Sonnenschein, das hier ist ein Interview, kein Verhör. Und hör auf, ihn anzuschauen, als wolltest du ihn auffressen!«

»Ist doch genug an ihm dran.«

»Sova! Was haben wir ausgemacht?«

»Ist ja gut, ich sehe hübsch aus und spitze die Ohren.« Skorpin verdrehte die Augen. »*Vrenoj*, ich fühl mich nutzlos! Und ich hab Hunger!«

»Neues Memo: Müder Dämonin vor Terminen immer Frühstück geben«, murmelte Moira.

»Tut mir leid, ich hab nur noch Süßstoff, die Damen«, rief Belafonte aus der Küche. Gleich darauf kam er mit einem Tablett zurück ins

Wohnzimmer und setzte die Teetassen auf dem Kaffeetischchen ab. Ächzend ließ er sich wieder auf dem Sofa nieder und zog den Tweedanzug über seinem Wohlstandsbäuchlein zurecht. »Was sagten Sie noch gleich über die Lianhan Sidhe, Miss Bran?«

Er sprach es sogar richtig aus. Für einen Menschen wusste er bestens über die magische Parallelgesellschaft Bescheid. Moira antwortete mit einem zwitschernden Tonfall, der ihr einen stechenden Blick von Skorpin einbrachte, ehe sie beiläufig das Thema Politik streifte.

Volltreffer. Belafontes Augen begannen zu leuchten, und während er in einen schokoladengefüllten Schneeball biss, antwortete er entzückt.

»Die Arbeit für die Welander-Partei ist erfüllend, Miss Bran! Hätte nie und nimmer gedacht, dass ich dort mehr ausrichten kann als beim NYPD.«

»Senator Ruben hat Ihnen sein volles Vertrauen ausgesprochen.« Moira nickte ermutigend. »Ich nehme an, dass Sie nun stattdessen Senatorin Redgrave beraten?«

Belafonte nickte. Kokosflocken rieselten aus seinem Walrossbart. »Ja. Wobei sie's nicht leicht haben wird, in Parcivals Fußstapfen zu treten. Sie ist 'ne Macherin, er ein Diplomat. Zusammen? Ein unschlagbares Team. Alleine?« Skeptisch hob er eine Braue. »Sie wissen ja, wie das ist – niemand mag Frauen, die allen sagen, wo's langgehen soll.«

»Nun ja, Mrs. Redgrave hat damals im Alleingang die Para-Spezialeinheit mit dem NYPD aufgebaut, ganz ohne Rückhalt von Mr. Ruben«, erwiderte Moira. Ihre Mundwinkel schmerzten vom gezwungenen Lächeln. »Warum ist er eigentlich so plötzlich zurückgetreten?«

Neben ihr setzte sich Skorpin so rasch auf, dass Moira ihr unter dem Kaffeetisch den Absatz gegen das Schienbein rammte. Glücklicherweise nahm Belafonte sich gerade einen weiteren Schneeball.

»Herzprobleme, der Ärmste.« Traurig schüttelte Belafonte den Kopf. »Will sich lieber auf seine eigenen Geschäfte konzentrieren als auf die Politik. Werde ihn vermissen – die Arbeit mit ihm hat Spaß gemacht. Er hat Humor.«

»Ah, aber er ist ja zum Glück nicht aus der Welt.« Moira zwinkerte.

Belafonte lachte. »Ja, zum Glück. Wir trinken immer noch sonntags unser Therox-Met zusammen im *Scarlet Room*.«

»Therox-Met?« Überrascht richtete sich auch Moira auf. Sie musste nicht einmal schauspielern. »Das vertragen Sie? Als … also, als Mensch, meine ich?«

Belafonte warf sich in die Brust. »Ist natürlich stark, das Gesöff. Aber so lecker!« Er klopfte sich auf den Bauch. »Wobei Parcival es wegen seines Herzens natürlich nicht übertreiben sollte.«

Just schraubte Moira das Lächeln wieder auf die Lippen. »Herrlich, was für eine Männerfreundschaft sich da entwickelt hat!«

Neben ihr sah Skorpin aus, als sei ihr übel.

Belafonte mümmelte den Rest seines Schneeballs, klopfte sich die Kokoskrümel von den Fingern und lehnte sich zurück. »Worüber schreiben Sie denn diesmal genau, Miss Bran?«

»Interspezies-Beziehungen.« Die Lüge kam wie aus der Pistole geschossen. »Ich wollte so eine Reportage schon seit den Werwolf-Vampir-Unruhen schreiben, und jetzt habe ich endlich grünes Licht. Und Sie, Mr. Benson, haben natürlich eine Sonderstellung inne, als Ex-Cop und einziger menschlicher Berater in der Sub Side. Darf ich fragen … Sie sind ja mittlerweile bekannt für Ihre exzellenten Beziehungen zur Welander-Partei. Das ist natürlich Magier-Gebiet. Aber wie sieht es denn mit anderen Spezies aus?«

»Ah.« Belafonte lachte verlegen. »Man lernt ja dazu, nicht wahr? Wissen Sie, ich vermiete inzwischen an Walküren unter. Und vermittle Jobs an Brownies und Kobolde. Und bin Ansprechpartner für menschliche Eheleute von Magiern – es ist ja durchaus verwirrend, wenn der eigene Gatte einem plötzlich eröffnet, dass er auf dem College intelligente Zauber studiert hat, nicht wahr?«

Moira knirschte mit den Zähnen. Kein Magier, der noch ganz bei Trost war, *erzählte* seinen Partnern, was er war – aber spätestens, wenn

Kinder ins Spiel kamen, ließ es sich meist nicht mehr verbergen. Mit einem Lächelkrampf in den Wangen sagte sie: »Das ist großartig, Mr. Benson. Von dieser Diversität kann sich so mancher Welander-Politiker eine Scheibe abschneiden, der Senat interessiert sich gefühlt ausschließlich für Magier-Belange.«

»Ja, das ist in der Tat ein Problem.« Belafonte kratzte sich am Kinn. »Seppia Redgrave ist in den letzten Wochen viel offener geworden, sie interessiert sich plötzlich brennend für Menschentechnik. Wenn allerdings die Prosper die kommende Wahl gewinnt, sehe ich schwarz.«

»Mit Vampiren haben Sie's also nicht so?«, fragte Skorpin. Verhörstimme. Stechender Blick. Moira trat sie erneut unter dem Tisch.

Belafonte runzelte die Stirn. »Na ja, die Untoten würden mich essen, wenn sie dürften.«

»Aber es sind ja nicht alle Vampire untot«, warf Moira ein, ehe Skorpin erneut den Mund öffnen konnte.

»Und dafür danke ich meinem Schöpfer!« Belafonte lachte, doch ein nervöses Glitzern schlich sich in seine Augen. »Nehmen Sie's mir nicht krumm, aber die Typen sind richtig unheimlich, nicht? Ich meine, Sie wissen's am besten, Miss Bran, Sie haben schließlich dafür gesorgt, dass dieser Mistkerl McGowan nicht mehr antreten darf, und ich wette, seine Parteikameraden sind keinen Deut besser!«

»Trotzdem – selbst die Untoten sind nicht alle Monster«, sagte Moira freundlich. »Einige von Ihnen tun sehr viel für die magische Parallelgesellschaft.«

»Jaah, ich weiß.« Belafonte seufzte. »Aber da sehen Sie's doch – nicht mal die Untoten wollen die Prosper wählen! Die Welander haben vor Kurzem eine beeindruckende Spende von der Fonda-Stiftung erhalten, und man sollte ja nun wirklich meinen, dass Leo Fonda seine Moneten bei seinesgleichen unterbringen will.«

Skorpin verschluckte sich an ihrem Tee.

Über ihr Husten hinweg fragte Moira: »Leonard Fonda hat der Welander-Partei Geld gespendet?«

»Und nicht gerade wenig.« Belafonte nickte. »War eine ziemliche Überraschung.«

»Eine angenehme, denke ich.« Moira blinzelte. »Eine kleine Finanzspritze, mitten im Wahlkampf …«

Doch Belafonte winkte ab. »Wir haben noch nicht entschieden, wie wir die Spende einsetzen. Aber mir ist es trotzdem recht. Ich kann gut drauf verzichten, dass Blutsauger das Kommando über die Sub Side übernehmen. Von *draußen* ganz zu schweigen.« Er schauderte und wischte sich über den fliegenbewährten Hals. Gleich darauf räusperte er sich. »Das alles bleibt aber unter uns, nicht wahr?« Er nickte in Richtung von Moiras Notizbuch.

»Selbstverständlich, Jacob.« Moira zwinkerte ihm so verschwörerisch zu, dass ihr selbst übel wurde. Sie klopfte Skorpin auf den Ellbogen. »Meine liebe Kollegin würde gern noch ein Foto von Ihnen machen, und dann war's das auch schon.«

-4-

Sobald sie Belafontes Haus verließen, stießen sie unisono die Luft aus und ließen die Schultern hängen.

»Vorsicht, rutsch nicht auf deiner Schleimspur aus«, sagte Skorpin trocken.

»Morrigan, Jesus und Odin, du bist aber *richtig* launisch heute!« Moira angelte nach der nächsten Zigarette.

»Du hast mich als *Yasmeen Khan* vorgestellt! Praktikantin der Bildredaktion?« Skorpin funkelte sie an. Jetzt, wo sie keine Rücksicht mehr auf Belafonte nehmen musste, ließ sie ihre Augen nach Herzenslust rot glühen – und, stellte Moira beunruhigt fest, ihre Pupillen waren bereits wieder schmal, obwohl das letzte Gilding keine drei Stunden zurücklag. »Ernsthaft, *vitjka*? Ausgerechnet mein Tombs-Name?«

»Ich dachte, es wäre konsistent. Neue Karriere nach dem Knast, bürgerliches Leben, bla. Falls er nachforscht.«

»Wie clever von dir.« Missmutig nahm Skorpin Moira die Zigarette aus der Hand und gönnte sich einen tiefen Zug. Als sie die Kippe zurückgeben wollte, winkte Moira ab und steckte sich eine neue an, damit die Dämonin ausrauchen konnte. »Diese ganze Aktion war völlig sinnlos! Wir sind keinen Deut schlauer als vorher!«

»Findest du?« Moira blies den Rauch durch die Lippen. »Fonda hat eine große Summe Geld an die Welander gespendet.«

»Das ist Sub Side-Politik, das hat nichts mit uns zu tun«, knurrte Skorpin. »Du riechst hier die nächste Story, Moira, aber deshalb sind wir verdammt noch mal nicht herge-«

»Leo Fonda spendet unerwartet einen Batzen Geld an die Welander-Partei, die Partei macht nichts damit, und kurz darauf tritt Senator Ruben zurück?«, fragte Moira kühl. »Interessantes Timing. Das stinkt nach Bestechung.«

»Wofür? Selbst, wenn das stimmt – und das ist ‘ne wackelige These, *vitjka* – was hat Fonda davon, wenn dieser Ruben nicht mehr kandidiert?«

»Du hast Belafonte doch gehört«, sagte Moira. »Seppia Redgrave ist die Macherin – und Ruben das nette Gesicht, derjenige, der es schafft, ihre Aktionen vor der Sub Side sinnvoll und gerechtfertigt aussehen zu lassen. Redgrave hat sich durch ihre Zusammenarbeit mit dem NYPD nicht beliebt gemacht. Mit *Menschen*. Ohne Ruben sind die Welander schwach. Und die Prosper sind beliebt, nicht nur bei Vampiren – erst recht jetzt, wo McGowan nicht mehr mitspielt.«

Skorpins Augen verengten sich. »Du meinst, Fonda will indirekt die Prosper stärken?«

Moira zuckte mit den Achseln. »Er lässt sich nie mit anderen Vampiren blicken, aber er hat immer die vampirische Infrastruktur der Sub Side im Auge gehabt. Die Prosper an der Macht, und dann noch Hypnos im Angebot … Ihr habt einen hübschen Kundenstamm, Sonnenschein, aber weißt du, wie viele Untote sich danach sehnen, richtig zu schlafen?«

»*Vrenoj*.«

»Jap.«

»Hast du Schokolade mit?«

»Was?« Verdattert drehte sich Moira zu Skorpin um. Deren Augen verloren ihren letzten Goldschimmer.

»Ich brauch Zucker, mein Kopf tut weh«, murmelte Skorpin.

»Ich hab nur Salbeibonbons.« Moira reichte ihr eins, trat ihre Zigarette aus und holte tief Luft. »Belafonte hat die Hälfte der Zeit Mist geredet. Der Wolf hat extra für uns Kreide gefressen. Diese ganze Farce von wegen *Vampire sind böse, die Untoten sind Monster*.«

»Wie kommst du darauf?« Skorpin ließ das Salbeibonbon zwischen ihren Lippen verschwinden.

»Er trinkt mit Ruben im *Scarlet Room*. Das ist eine der wenigen Mischkneipen in der Sub Side – vorne gibt’s Cocktails, und wer Lust hat, kann sich im Hinterzimmer zur Ader lassen. Vampire gehen da ein und aus.«

»Na ja, Belafonte hat ja nicht gesagt, dass er *gerne* hingeht.«

»Er trinkt Therox-Met. Therox ist giftig für Menschen, wenn sie's ohne Balancer trinken. Lex muss sich prächtig mit dem Barkeeper verstehen, wenn der ihm Met mit Gegengift mixt. Und der Barkeeper ist ein lebender Vampir.«

Bonbonlutschend krauste Skorpin die Stirn. »Weißt du, wie der Barkeeper heißt?«

»James Rochelle. Was ist los?«

Skorpin, die abrupt stehen geblieben war, ballte die Hände zu Fäusten. »James Rochelle ist Fondas aktueller offizieller Kurier.«

-5-

»Du solltest da nicht alleine hingehen«, sagte Skorpin zum fünften Mal, als sie das Tar verließen, wo sie dem Marktkonzil soeben Bericht über das merkwürdige Dreieck Belafonte-Ruben-Fonda erstattet hatten. »Dein Hals sieht immer noch aus wie ein Schlachtfeld, und du willst dich alleine in eine Blutbar setzen!«

»Der *Scarlet Room* ist keine richtige Blutbar«, erwiderte Moira und zog unauffällig ihren Schal über die Narben am Hals. »Es ist unsere einfachste Möglichkeit, an Parcival Ruben heranzukommen, also mache ich es, okay? Außerdem laufe ich hier jeden Abend unter Vampiren herum.«

»Ja, aber unter Aufsicht der Marktwache.« Vor der Haustür der Cabals blieb Skorpin stehen und zog eine Streichholzschachtel aus ihrer Manteltasche. »Hier.«

»Äh, danke.« Moira zog ein Hölzchen hervor. Bevor sie es anreißen konnte, schnellte Skorpins Hand hervor.

»Wenn du die benutzt, um dir 'ne Kippe anzuzünden, reiße ich dir höchstpersönlich deine Raucherlunge raus.«

»Wie zärtlich du immer bist.« Irritiert hob Moira die Brauen. »Was soll das?«

»Mit denen erreichst du mich. Oder William, oder wer auch immer gerade in der Nähe ist, wenn du im *Scarlet Room* Verstärkung brauchst.«

Nun nahm Moira die Schachtel genauer unter die Lupe. Die Hölzer waren unregelmäßig und dick, die scharlachroten Köpfe verströmten einen Geruch nach Harz, Schwefel und Phosphor. »Wie zur Hölle soll ich dich damit erreichen?«

»Indem du eins anreißt und *Strix* sagst.«

»Ich soll mit einem Streichholz reden?«

»Fällt bestimmt nicht auf, so viel, wie du rauchst.«

»Feuerkommunikation. Interessant. *Strix*.«

Skorpins Augen loderten in einem verärgerten Rot, als das Streichholz aufflammte und gleichzeitig ein Bernstein an ihrem Gürtel zu leuchten begann. »Hey, nicht verschwenden! Flimmer sind nicht billig, und ich musste 'ne Extra-Genehmigung einholen, um dir welche zu besorgen!«

»Heißen Dank, aber ich probiere so etwas garantiert nicht in der Sub Side aus«, erwiderte Moira. Ihre Stimme erklang doppelt – aus ihrem Mund und aus Skorpins Gürtel.

Missbilligend öffnete Skorpin die Haustür. »Dachtest du, du gehst in Flammen auf, oder was? Es mag dich überraschen, aber Scheiterhaufen sind nicht so unser Ding.«

Moira blies das Streichholz aus und ließ die Schachtel in ihrem Mantel verschwinden. »Danke, aber … für den *Scarlet Room* ist das eher ungeeignet. Du kannst nicht in die Sub Side. Niemand von der Marktwache kann in die Sub Side.«

»William schon.« Während sie die Treppe zum ersten Stock hinaufkletterte, massierte Skorpin ihre Rippen. »Sag *Strix* und seinen Namen und hol ihn dazu, wenn es Ärger gibt. Versprochen?«

Statt zu antworten, folgte Moira ihr schweigend die Treppe hinauf. Erst, als die Dämonin ihre Jacke über einen Stuhl in der Wohnküche hängte, sagte sie: »Machst du dir etwa Sorgen um mich, Sonnenschein?«

»Klar. Immerhin warst du teuer«, brummte Skorpin.

»Reizend.« Gähnend fuhr Moira sich durch das Haar. »Hey, hast du zufällig irgendwas zu lesen, das nicht aus Fonda-Akten besteht?«

»Und ich dachte, du schmökerst nur Fachliteratur.« Mit einem schiefen Lächeln öffnete Skorpin die Tür zu ihrem Zimmer. »Such dir was aus. Ich hab zwar nicht viele Bücher, mein ganzer Kram ist ans Tar gegangen, nachdem ich in den Tombs gelandet bin, aber vielleicht findest du ja etwas.«

Erstaunt blickte sich Moira in dem kleinen Zimmer um. Sie wusste nicht, was sie erwartet hatte – mehr Schwarz vielleicht, oder mehr Leder, oder beides, aber ganz sicher kein penibel gemachtes Bett, kein Cab Calloway-Poster an der Wand, keinen Schokoladenvorrat auf dem Nachttisch und auch keine Gitarre, die auf dem kleinen Sessel lag, als hätte Skorpin sie erst vor wenigen Stunden noch gespielt. Neben einer bemitleidenswerten Topfpflanze auf der Fensterbank lagerten ein paar Kurzhanteln, auf dem Fußboden darunter schwerere Gewichte. Im Bücherregal entdeckte Moira eine experimentelle Mischung aus klassischer Literatur, Kinderbüchern, Magazinen über die Musicallandschaft des Broadway, und …

»*All Star Comics*? Ich bin beeindruckt, Sonnenschein. Mal was von *Wonder Woman* gehört?«

»Machst du Witze? Klar! Aber meine Hefte hab ich Ami ausgeliehen. Sag das bloß nicht Luas, er köpft mich, wenn er das rauskriegt. Was ist?«, fragte sie, als Moira ein Heft zwischen Dantes *Inferno* und einem zerlesenen Exemplar der *Ilias* hervorzog. »Oh.«

»Die *Bacchanalia*?« Belustigt hielt Moira das Magazin hoch, dessen Titelseite mit zwei spärlich bekleideten Nymphen in suggestiven Posen glänzte.

Prompt schoss Skorpin das Blut in die Wangen. »Die Kurzgeschichten sind wirklich gut!«

»Klar, jeder kauft die *Bacchanalia* wegen der Geschichten, nicht wegen der Fotos.« Moira lachte, doch gleich darauf klappte ihr Mund auf. »*Astrologie Heute*? Da hört der Spaß aber wirklich auf!«

»*Das* schockiert dich am meisten?«

»Die sind doch gar nicht seriös! Die Horoskope der Stargazers-Gilde sind viel genauer.« Trotzdem zupfte Moira das Magazin vorsichtig aus dem Regal. »Darf ich?«

»Klar.« Spöttisch verschränkte Skorpin die Arme. »Ich dachte, ihr Wassermänner glaubt nicht an Horoskope.«

»Und ihr Schützen meint immer, die Weisheit gepachtet zu haben.« Gähnend schlurfte Moira zur Tür. »Schönen Dank. Und Sova?«

»Was?«

»Schlaf gut.«

12.
SCHATTENSPIEL

-1-

Moira sog das vertraute Duftpotpourri aus Kräutern, Laub und Holz ein, das die Sub Side durchwehte. Nach vier Wochen unter den Dämonen von Fort Nook und zwei Monaten in einem Bluthaus hätte der bloße Geruch nach grüner Magie sie beruhigen sollen. Doch bereits nach fünf Schritten tauchte sie mit rasendem Herzen in eine Seitengasse der Snake Pit und drückte sich an die Wand.

»Reiß dich zusammen, es ist doch nur die Sub Side«, redete sie sich selbst gut zu.

Aber das war ja das Problem. Kureter patrouillierten an der breiten Hauptstraße vor dem Runensteinkreis, der das Herz der Sub Side bildete – die Typen *mussten* die Myrrhe und den Schwefel riechen, die an ihr klebten, und wenn sie sich vor ihrem Aufbruch mit so viel Vipernatron eingerieben hatte, dass Luas sie ausgelacht hatte.

Mit einem flauen Gefühl im Magen lugte Moira um die Ecke. Im Runensteinkreis wimmelte es vor Magiern. Auch einige Walküren, Kobolde und Menschenpolizisten waren zugegen, aber den Plakaten über dem Podest nach zu urteilen fand hier bloß eine Kundgebung der Welander-Partei statt. Vor den Blutbars dagegen schlichen Vampire herum und warteten unruhig, dass die Etablissements ihre Pforten öffneten – genau wie Moira selbst. Sie wollte den *Scarlet Room* auskundschaften, bevor sie Senator Ruben am Sonntag dort traf. Sich alle Fluchtmöglichkeiten einprägen, sollte ein Langzahn aufdringlich werden … Automatisch zog sie sich den Schal über die Narben am Hals und tastete unter ihren Mantel, wo sie zwei Holzpflöcke am Gürtel trug.

Vielleicht hatte Sova nicht unrecht. Vielleicht war es nicht die klügste Idee, alleine in eine Blutbar zu gehen, nachdem man sie bei McGowan hundertfach als essbar markiert hatte. Bei so vielen Narben fragte niemand mehr um Erlaubnis … Vielleicht war es auch Teil des einsetzenden Wahnsinns, dass sie Sicherheitstipps von einer Dämonin annahm und der Anblick ihrer eigenen Leute ihr eine Mordsangst einjagte …

»Moira!«

Ehe sie sich versah, flogen ihr schwarze Wasserwellen in die Augen. Moira konnte ihr Gesicht nicht sehen, doch Frances Goldenblatt gab bekanntermaßen die besten Umarmungen der ganzen Sub Side – so fest, dass es einem den Atem verschlug, aber herzlich genug, um sich gut aufgehoben zu fühlen.

Frannie schob sie eine Armlänge fort und begutachtete Moira mit ihrem geschulten Blick, vor dem weder ihre drei Söhne noch ihre Fotomotive sicher waren. »Lange nicht gesehen, Mädchen, wo hast du gesteckt?«

»Frag nicht«, meinte Moira – und erstarrte.

Hinter Frances stand Charles Sweeney. Aber wenn Charlie sich daran erinnerte, dass sie ihm vor einer knappen Woche die Brust aufgerissen hatte, ließ er es sich nicht anmerken. Stattdessen wirkte er sogar verlegen. Mink hatte nach dem kleinen Zwischenfall in der Redaktion offenbar mehr als gründlich aufgeräumt. »Hi, Bran. Auch wegen der Kundgebung hier?«

»Warum sonst?«, sagte Moira automatisch.

Frances‘ Gesicht verfinsterte sich. »Vielleicht hast du ja mehr Glück als wir. Uns haben sie rausgeworfen.«

»Rausgeworfen?« Stirnrunzelnd blickte Moira über die Schulter. »Aus ‘ner Freilichtveranstaltung? Was habt ihr gemacht?«

»Unsere Fragen waren wohl etwas zu kritisch.« Mit schmalem Mund nickte Charlie zum Runensteinkreis. »Oh, schau an, Perkins vom *Scrying Mirror* hat's auch erwischt!«

Moira sah gerade noch, wie ein Magier in einem langen grauen Mantel von den Kuretern aus dem Runenkreis geleitet wurde. Über das empörte Gemurmel der Menge hörte sie Senatorin Seppia Redgrave ins Mikrofon blöken, sie verbitte sich unangebrachte Fragen zur geplanten Kooperation mit dem Department of Labor.

»Mit dem menschlichen Arbeitsamt?« Verwirrt drehte sich Moira zu Charlie und Frances um. »Wo kommt denn die Schnapsidee plötzlich her?«

»Das wollten wir ja auch wissen.« Frannie verdrehte die Augen. »Soll wohl Arbeitsplätze für Kobolde schaffen. Wir haben uns erlaubt, anzumerken, dass man den Menschen damit erst mal verklickern müsste, dass es Kobolde gibt, und dass die Kobolde dann auf dem Menschenarbeitsmarkt mit anderen schlecht bezahlten Menschen konkurrieren, und dann standen wir plötzlich draußen.«

Charlie kratzte sich am Kinn. »Wisst ihr, ich hab mein Leben lang die Welander gewählt, aber wenn sie die Pressefreiheit so beschneidet, überlege ich mir das bei der nächsten Wahl noch mal.«

»Und wen willst du sonst wählen?«, fragte Frances ungnädig. »Etwa die Typen von der Prosper, die uns am liebsten alle als Lebendfutter nutzen würden?«

»Gibt ja genug andere Parteien«, brummte Charlie. »Die Leprechauns von der Fianna, die Magier von der Faustus -«

»Wenn du diesen Knalltüten deine Stimme schenkst, kündige ich, Sweeney.« Würdevoll reckte Frances das Kinn, ehe sie etwas sanftmütiger Moira ins Visier nahm. »Was treibst du denn eigentlich im Moment?«

»Ich hab's leider eilig«, sagte Moira.

Aus den Augenwinkeln sah sie, dass der *Scarlet Room* gerade aufmachte. Eilig verabschiedete sie sich von Frances und Charlie.

Als sie wenig später im noch leeren *Scarlet Room* saß, blickte sie wehmütig aus dem Fenster auf den Runensteinkreis, wo die Zuhörer mittlerweile erbost gegen Seppia Redgraves Verlautbarung protestierten. Normalerweise wäre sie jetzt dort draußen. Hätte Mittel und Wege gesucht, eine vernünftige Aussage aus der Senatorin herauszukitzeln. Ein Platzverweis hatte sie noch nie davon abgehalten, Material für eine wasserdichte Story auf den Tisch zu bringen. Aber das gehörte zu einem anderen Leben. In ihrem neuen Leben versteckte sie Bisswunden unter ihrem Schal, spionierte für Dämonen und versuchte, die Übelkeit zu ignorieren, die bei dem Gedanken in ihrem Hals aufstieg.

Der *Scarlet Room* war nicht groß. Wenn man nicht in der Nische hinter der Bar saß, hatte man von draußen freien Blick auf die Kundschaft. Auf dem Weg zur Toilette zweigte eine Tür ins Hinterzimmer ab – ein Rückzugsort für die freiwilligen Blutspender und ihre entzückten Abnehmer. Um diese Zeit jedoch saßen hauptsächlich Walküren und ein müder Polizist in Uniform an den Tischen. Hinter der Bar schlug eine Aushilfe die Zeit tot – ein schlaksiger lebender Vampir, der gelangweilt Gläser spülte und dann und wann seine Beißerchen im Spiegel hinter den Spirituosen begutachtete. Nach einem Tee und einigen eiligen Notizen kundschaftete Moira die Toiletten aus. Die Fenster waren zu klein, um als Fluchtweg zu dienen. Gut – dann konnte der Senator immerhin nicht abhauen, wenn ihr Interview am Sonntag in eine unerwünschte Richtung ging.

Schließlich überwand Moira sich, ins Hinterzimmer zu spähen – nur für den Fall, dass Senator Ruben sich als unverhoffter Blutspender entpuppte. Der Raum war leer – noch. Doch selbst unter dem Zitrusreiniger, mit dem eine emsige Putzkraft zweifelsohne die Kleckereien der vergangenen Nacht beseitigt hatte, roch Moira Blut und Eisenpräparate. Freudige Erregung und lustvolle Schmerzen klebten wie Rauch an der dunklen Tapete. Der Geruch weckte jeden Fluchtinstinkt in Moira. Mit wackeligen Beinen machte sie kehrt – und prallte im Türrahmen gegen den Aushilfskellner.

»Noch niemand da, Liebes«, sagte er und musterte sie neugierig. »Aber wenn du nicht warten willst, bis die passenden Gäste aufschlagen …« Beinahe zärtlich schob er ihren Schal beiseite, um ihren Hals freizulegen. Moira konnte sich nicht rühren. Beim Anblick der zahllosen Narben biss er sich genüsslich auf die Unterlippe. »Wenn du willst, stehe ich gerne zur Verfügung«, raunte er. »Ich mag Spenderinnen mit Erfahrung.«

Endlich gelang es Moira, sich aus ihrer Starre zu lösen. Grob packte sie seine Hand und entfernte sie von ihrem Hals. »Nein«, krächzte sie.

»Ach, auf einmal wird sie wählerisch?« Der Kellner hob spöttisch die Brauen.

»Oh, ich bin sehr wählerisch«, näselte Moira und dankte den Sternen, dass ihre große Klappe sich wieder selbstständig machte. »Jemanden mit Zahnstein lasse ich nicht an meinen Schwanenhals!«

Erschrocken schlug sich der Vampir die Hand vor den Mund. »Ich hab keinen Zahnstein!«, rief er noch. Als Moira sich an ihm vorbeidrängte, sah sie aus dem Augenwinkel, wie er besorgt seine Beißerchen im Spiegel begutachtete. Wie würde der Kerl bloß überleben, wenn er untot wurde und sein Spiegelbild verlor?

Sie klammerte sich an ihren Sarkasmus, doch selbst, als sie die Sub Side verließ, zitterte sie noch am ganzen Leib.

»Das wird ein Spaß am Sonntag«, murmelte sie.

-2-

Auf dem Rückweg machte Moira einen Umweg über Hell's Kitchen. Hauptsächlich, um sich zu beweisen, dass ihre Wohnung immer noch ihr Zuhause war. Doch als sie im Wohnzimmer stand, zuckte sie bei jedem Geräusch zusammen. Obwohl sie das Bad zweimal überprüfte, fühlte sie sich ununterbrochen beobachtet.

»Hier war niemand, nicht wahr?«, fragte sie die Alraune auf der Fensterbank. Natürlich glänzte die Pflanze mit würdevollem Schweigen.

Moira roch Vetiver-Aftershave, da war sie sicher! Verdammt. Früher hatte sie Vetiver geliebt, es in Salben und Öle gerührt. Nun wurde ihr schlecht davon. »Fick dich, Greg«, fluchte sie, packte den Topf mit der kleinsten Alraune und stürzte aus der Wohnung.

Unten holte sie mit tauben Fingern die Post aus dem Briefkasten, aber sie sah nicht mal auf die Absender. Stattdessen lehnte sie an der Hauswand, sog die kalte Nachtluft ein und blickte in den bewölkten Himmel. Das war jetzt ihr Leben. Dass sie sich danach sehnte, in ein Dämonennest zurückzukehren. Und sie hatte geglaubt, ihre Kündigung bei der *Gazette* sei der Tiefpunkt gewesen …

In ihrem Augenwinkel regte sich etwas. Alarmiert hob sie den Kopf, doch die Straße lag still da. Still, mit Ausnahme der drei Falter, die vor der Eingangstür des Nachbarhauses auf und ab flatterten und aus deren Flügeln goldener Staub auf den Bordstein rieselte.

Stirnrunzelnd stieß Moira sich von der Hauswand ab. Als die Motten von dannen schwebten, eilte sie hinterher. Aus drei Motten wurden sechs, und vor einem Gebäude einen Block weiter tanzten sie wilder denn je. Unauffällig lugte Moira über die Schulter. Sie hatte den Tanz oft genug beobachtet. Wenn ein kleiner Schwarm so aufgeregt tanzte, waren die Traumfänger in der Regel nicht weit. Bloß gefiel ihr die Adresse ganz und gar nicht. Sie sah nach oben – und fluchte leise, als sie gerade noch einen Schatten ausmachte, der, gefolgt von den Motten, durch ein Fenster im zweiten Stock schlüpfte.

Kurzentschlossen drückte Moira die Haustür auf. Das Beerdigungsinstitut im Keller war dafür berüchtigt, zu jeder Tages- und Nachtzeit Klienten zu empfangen. Sie nahm zwei Stufen auf einmal, bis in den zweiten Stock hinauf, und machte sich dort am Schloss einer Wohnungstür zu schaffen. Drinnen regte sich nichts. Nicht einmal die weiße Katze maunzte, obwohl sie Moira mit ihren gelben Augen von der Küchendiele aus beobachtete, doch hinter den Türen blieb es still. Mit einer Ausnahme.

Aus dem Zimmer am Ende des Flurs drang leiser Gesang.

»Are the stars above your head

The same stars that I see from here?

The stars shall kiss you goodnight from me

May they watch over you."

Das warme Schlaflied zerrte an Moiras Bewusstsein, wollte sie in Morpheus' Tiefen hinabziehen. Grimmig stieß Moira die Zimmertür auf und schaltete das Licht an.

Drei Traumfänger standen über das Bett gebeugt und stürzten erschrocken zum Fenster. Zumindest, bis einer von ihnen sich die Mühe machte, Moira anzusehen.

»*Vrenoj, vitjka,* mach das nie wieder!«, keuchte Luas und presste sich die Hand auf die Brust. »Ich hab schon nur noch einen Fuß, einen Herzinfarkt brauch ich wirklich nicht!«

»Was zum Henker macht ihr hier?« Mit großen Schritten durchquerte Moira den Raum und stellte sich vor das Bett, den Topf mit der Alraune wie eine traurige Entschuldigung für eine Waffe vor sich gehalten. »In meinem Vertrag steht, dass ihr euch von meiner Familie fernhaltet!«

»Deine Familie?«, keuchte Ami. Moira sah sie zum ersten Mal in der schwarzen Kluft und den typischen Handschuhen der Traumfänger; allerdings wirkte sie eher wie ein erschrockenes Reh als eine Jägerin. »Ich wusste das nicht, ehrlich!«

»Aber sie weiß es«, knurrte Moira und funkelte Sova an, die bereits auf dem Fensterbrett kauerte.

»Tante Moira!« Im Bett setzte sich ein Knirps mit schlafzerzausten Locken auf und strahlte verpennt durch ihre Zahnlücke. Jenny sprang auf und umarmte Moira auf Bauchhöhe. »Was machst du denn hier?«

»Aufpassen, dass dich niemand klaut, Spatz.«

»Aber Knecht Ruprecht klaut mich doch nicht«, erwiderte Jenny ernst. »Sie nimmt nur meine Albträume mit.«

Nun entgleisten Moira die Gesichtszüge. »Was zum -«

»Also, rein formell gesehen«, meinte Sova, während sie von der Fensterbank kletterte, »ist meine Absprache mit der jungen Dame älter als Lears Vertrag mit dir, *vitjka.*«

»Was für eine Absprache?«

»Ach, die kleine Maus ist mal aufgewacht, als Sova sie besucht hat«, sagte Luas, der lauschend den Kopf in den Flur steckte. Doch in Biancas Schlafzimmer blieb alles still. »Der Vergessenszauber hat bei ihr nicht angeschlagen, aber deine Nichte freut sich so, ihre Albträume loszuwerden.«

»Aber jetzt sind sie noch da!« Mit erhobener Stupsnase zupfte Jenny die Dämonin am Ärmel.

»Nicht mehr lange, Süße.« Moira traute ihren Augen nicht, als Sova den Knirps hochhob und wieder ins Bett verfrachtete. »Freiwillige Spender sind das Beste«, sagte sie über die Schulter. »Und deine Nichte war so lieb, Ami zu erlauben, sich bei ihr auszutesten.«

»Bei ihr ist es nicht so schlimm, wenn ich wieder was umwerfe und sie aufwacht«, murmelte Ami verlegen und strich sich einen geflochtenen Zopf aus der Stirn. »Bist du so weit, kleine Dame?«

»Moment!« Kurzerhand sprang Jenny wieder auf, nahm Moira bei der Hand und führte sie zum Bett, um auf den Schoß ihrer Tante zu krabbeln. »Jetzt«, sagte sie, während sie den Alraunentopf auf den Nachttisch stellte und Moiras Arme um sich wickelte, und blickte die Dämoninnen erwartungsvoll an.

Unschlüssig trat Ami von einem Bein auf das andere. »Ich weiß nicht, Sova …«

»Wir sind bei dir«, sagte Luas.

Ami schien das nicht zu beruhigen. Sie sah bloß noch nervöser aus, als sie ihre behandschuhten Finger an die Schläfen des Mädchens legte. Unter Jennys neugierigem, Moiras skeptischem und Sovas geduldigem Blick räusperte sie sich – und als sie den Mund öffnete, quietschten die ersten Töne so schräg durch Moiras Gehörgang, dass sie zu schwanken begann.

»Langsam, Amihan«, murmelte Luas.

»Du machst mich nervös!« Seine Schwester ruckte unbehaglich mit dem Kopf.

Luas scheiterte daran, nicht gekränkt auszusehen, doch er zog sich wortlos auf die andere Seite des Zimmers zurück. Ami atmete tief durch, schloss die Augen und begann erneut zu singen. Moira schlang ihre Arme fester um ihre Nichte, bereit, sie fortzutragen, sobald ihr etwas Spanisch vorkam. Jenny allerdings rollte sich entspannt auf ihrem Schoß zusammen und lauschte Amis schrägem Schlaflied. Moira spürte, wie ihr Atem tiefer wurde. Als Jennys Köpfchen schließlich gegen ihren Arm sank und ein Sabberfaden aus ihrem offenen Mund rann, räusperte sich Sova.

»Kannst du sie hinlegen? Wenn du sie im Arm behältst, ist das Risiko höher, dass sie mittendrin aufwacht. Ich verspreche dir, das willst du nicht.«

Widerwillig legte Moira ihre Nichte auf dem Kissen ab. Während Sova und Ami sich über die Kleine beugten, zog Luas Moira zur Zimmertür. Sein Blick streifte wachsam durch den dunklen Flur, während er sprach.

»Mach dir keine Sorgen. Sova ist pingelig, was die Sicherheit von Spendenden angeht. Sie ist die Erste, die das Ganze abbricht, wenn sie denkt, es schadet deiner Nichte.«

Dennoch beobachtete Moira skeptisch, wie Ami unter Sovas Aufsicht vorsichtig die Hände auf Jennys Schläfen legte. Diese drehte sich bloß im Schlaf auf die Seite und griff nach Sovas langem Flechtzopf, der so viel glatter und dicker war als die Locken und Wellen, die Bianca, Moira oder

Grandma Catriona zu bieten hatten. Sova lachte und kitzelte Jennys Nase mit der Zopfquaste, bis die kleinen Hände sie losließen.

»Sie kann echt gut mit Kindern«, meinte Moira überrascht.

Luas nickte langsam und kratzte sich am Nacken. »Sie wär 'ne gute Mum geworden. Aber der Zug ist schon abgefahren, als sie beschlossen hat, zur Furis zu gehen. In der Rekrutenzeit kannst du nicht mal eben monatelang ausfallen.«

Mit verschränkten Armen lehnte sich Moira gegen den Türrahmen. Amis Lied machte ihre Augenlider schwer. »Ich sehe, du hast dir gründlich Gedanken darüber gemacht.«

»Na ja, damals waren wir ja sogar noch zusammen.« Luas spiegelte ihre Haltung; gleichzeitig spitzte er offensichtlich die Ohren, ob es in der Wohnung ruhig blieb. »Ist ja nicht, als hätten wir keine Pläne geschmiedet, damals. Aber dann ging sie zur Furis, und dann ist noch die Sache mit meinem Fuß passiert …«

»Der Fuß ist ja nicht das entscheidende Körperteil, wenn's um Kinder geht«, meinte Moira schmunzelnd.

Luas lachte leise, doch es klang etwas hölzern. »Mit der Prothese kann ich nicht jagen. Und Zeugende versorgen Tragende nun mal mit Träumen, wenn der Worn während der Schwangerschaft öfter kommt. Keine Averna, die etwas auf sich halten, suchen sich für den Nachwuchs einen Partner, der nicht jagen kann.«

»Oh.« Verlegen senkte Moira den Kopf. Ihr Blick fiel auf Luas' Metallfuß. »Moment – aber du bist hier. Du *bist* mit auf der Jagd.«

»Nur ausnahmsweise. Ich brauch die doppelte Ration Schmerzmittel, damit ich die Kletterei durchstehe – Sova hat mir fast die Augen ausgekratzt. Aber ich wollte unbedingt dabei sein, wenn Ami das erste Mal Träume fängt. Schau!« Er blickte ins Kinderzimmer, wo Ami mit angestrengt verkniffener Miene schillernde bunte Fäden aus Jennys Kopf zog. »Wow«, hauchte Luas mit feuchten Augen, »ich bin so stolz auf sie! Eigentlich wollte ich sie selbst ausbilden, aber das hat sich vor langer Zeit erledigt …«

Als er zu schluchzen begann, wandte Moira sich ab und hielt ihm ihr Taschentuch hin. Erst, als es sich weigerte, den Besitzer zu wechseln, schaute sie auf. »Meine Güte, warum schämen sich Männer immer so, wenn sie weinen müssen?«

»Tu ich nicht«, schnüffelte Luas und starrte ins Nichts, die Hand auf Gesichtshöhe. »Klar bin ich stolz, aber die Reaktion ist ein bisschen … extrem …« Stirnrunzelnd tastete er in die Luft an seinem Hinterkopf. Seine Finger schlossen sich; im gleichen Moment ertönte ein Knurren.

Moiras Nackenhaare stellten sich auf. »Emon?«

Mit einer jähen Bewegung drückte Luas die Hand gegen den Türrahmen. »*Slackya dej!*«

Nach und nach erschienen rauchgraues Fell, schwarze Hörner und eine ledrige Waschbärmaske. Der Emon sah genauso aus wie seine Artgenossen, die durch die Nooks streiften. Erst, als er die Zähne bleckte und kicherte, erkannte Moira die hohe Raspelstimme.

»Stolz!«, kiekste Algernon, »so eine raaaare Delikatesse unter euch Schandflecken und Nestbeschmutzern! Komm, Jungchen, heul noch ein bisschen mehr für mich!« Er schlang seinen Zackenschwanz um Luas' Handgelenk. Luas schüttelte den ganzen Arm, als hätte sich eine Spinne auf ihm niedergelassen. Der Emon lachte bloß. »Mehr Tränen! Salz zum Hauptgang, und dann was Kleines, Süßes zum Nachtisch!«

»Verpiss dich«, zischte Luas ungewöhnlich grimmig – und ungewöhnlich blass.

»Schade, schade, Maestro. Dann geht's eben gleich zum Dessert.« Der Emon schwang sich zu Boden. Bevor er auf den bunten Teppichboden des Kinderzimmers trippeln konnte, packte Moira ihn. Sein Fell war merkwürdig kühl, und bei so einem kleinen Wesen sollte sie eigentlich einen Herzschlag spüren, doch da war … nichts.

»Hab ich dir nicht gesagt, meine Nichte ist tabu, Algie? Zu viel Süßes ist ungesund!«

Der Emon strampelte und schlug mit dem Zackenschwanz nach ihr. »Was willst du alte Schabracke denn?«, krakeelte er. »Willst du mich wieder rösten?«

An Jennys Bettchen zuckte Ami zusammen. Sova hob alarmiert den Kopf, und Luas humpelte in den Flur, wo er leise zu singen begann. Wenn Bianca mitbekam, welcher Trubel in ihrer Wohnung vonstattenging, würde sie sich am nächsten Tag wohl höchstens an einen merkwürdigen Traum erinnern.

»Schmeiß ihn raus«, zischte Sova. »Er hat hier nichts verloren.«

»Du auch nicht, Sofakissen«, fauchte der Emon. »Ihr dürft euch an kleinen Mädchen vergreifen, aber ich nicht?«

»Vielleicht haben sie einfach freundlicher gefragt als du, Algernon«, sagte Moira langsam. »Es hilft, die Leute vorher zu fragen, ob du sie essen darfst.«

Sova stöhnte vernehmlich. »Willst du jetzt anfangen, ihn zu erziehen, *vitjka*?«

»Ich brauch keine Erziehung und keine Erlaubnis.« Algie bleckte die Zähne und versuchte, seine gespaltene Zunge in Moiras Arm zu drücken.

Es gelang ihm erst, als Moira den Arm drehte und ihn ließ.

Algie quiekte überrascht, verlor jedoch keine Zeit und begann sofort, zu fressen.

»Was machst du denn da?« Luas kam zurück ins Zimmer, doch Moira brachte den Emon aus seiner Reichweite.

Etwas enttäuscht hob Algie den Kopf. »Beim letzten Mal hast du besser geschmeckt. Mehr Angst.«

»Na ja, bei den ganzen Ponykritzeleien an der Wand hält sich meine Angst in Grenzen«, sagte Moira und holte tief Luft. »Aber am Sonntag könnte ich dir ein Festmahl garantieren. Angst, Nervosität, vielleicht etwas Triumph. Auf jeden Fall jede Menge Aufregung. Klingt das gut?«

»Köstlich.« Misstrauisch stellten Algies Ohren sich auf. »Warum erzählst du mir das?«

»Weil wir beide was davon hätten. Du ein sehr reichhaltiges Essen und ich … ein zusätzliches Paar Augen.«

Nun setzte sich der Emon auf Moiras Unterarm auf, den Schwanz zur Balance um ihr Handgelenk geschlungen. Er blieb ganz still, doch seine Ohren zuckten aufgeregt. »Wo ist der Haken?«

»Du darfst nur essen, was da ist. Du darfst nichts verstärken, nichts schüren. Wenn du aus Angst Panik machst, wie beim letzten Mal, ist der Deal geplatzt.«

»*Vitjka*«, schnarrte Sova, »man macht keine Deals mit -«

»Sei leise, *Sophia*, ich muss nachdenken«, kläffte der Emon. »Fragst du noch andere Emonen?«

»Nicht doch.« Moira lächelte schief. »Die anderen reden ja nicht mit mir.«

»Dann sind sie selbst schuld.« Kichernd reckte Algie seine Hörner in die Luft. »Deal. Sonntag, du und ich. Such mich nicht, ich finde dich.« Und damit verschwand er.

Erst jetzt bemerkte Moira, dass Sova, Ami und Luas sie entgeistert anstarrten.

»Hast du noch alle Nüsse im Kuchen?«, grollte Sova. »Ich hab dir für Sonntag die Kontakthölzer gegeben – damit du vernünftige Verstärkung rufen kannst!«

Moira langte in ihre Manteltasche, ehe ihr einfiel, dass sie in Jennys Kinderzimmer schlecht rauchen konnte. »Will Nikula ist ein netter Kerl«, sagte sie leise, »aber er ist ein Vampir. Und nicht der allerdisziplinierteste. Ich brauche keine Verstärkung, bei der ich nicht weiß, ob sie mir Fangzähne aus dem Hals rupft oder die eigenen daneben parkt.«

»Als wir dich aus einem Bluthaus geholt haben, hatte er sich bestens unter Kontrolle«, erwiderte Sova, doch Moira zog bloß ihren Schal enger um den Hals, kniete sich neben Ami, deren Hände immer noch an Jennys Kopf lagen, und streichelte die Wange ihrer Nichte, suchte Trost in der Wärme und dem Seifengeruch.

»Es kommt nichts mehr«, sagte Ami leise.

Immer noch mit einer tiefen Falte auf der Stirn strich Sova ihrerseits über Jennys Kopf. Gleich darauf schmolz die harte Miene jedoch in ein winziges Lächeln. »Glückwunsch, Miss Cabal, Sie haben erfolgreich alle

Träume extrahiert.« Sie drückte Ami einen Kuss auf die Wange und einen nadeldünnen Stift in die Hand. »Mach deine Markierung, damit man die Kleine erst mal für eine Woche in Ruhe lässt.«

Während Ami sich mit glasigen Augen an der Tapete hinter Jennys Bett zu schaffen machte, zog Sova ein weißes Beutelchen aus ihrer Weste.

Überrascht trat Luas näher. »Du gibst ihr Sand?«

»Ich hab ihr versprochen, dass ich ihr gute Träume mitbringe«, antwortete Sova sanft. »Sie spendet so viele Albträume, da hat sie was Schönes verdient.« Vorsichtig schüttelte sie das Säckchen über Jennys Gesicht aus. Feiner Staub rieselte auf ihre Augenlider, glänzend und golden wie der Mottenstaub. Jenny wälzte sich auf die andere Seite und kicherte im Schlaf.

Mit offenem Mund beobachtete Moira, wie die winzigen Staubkörner unter Jennys Lider krochen. »Sind das etwa die Träume von jemand anderem?«

Die Dämonen lachten.

»Nicht doch«, sagte Luas. »Das hier ist ganz hohe Averna-Kunst. Wir machen das auch nicht oft, dafür ist Sand zu teuer und zu schwierig herzustellen.«

»Den bekommen nur ganz besondere Spender«, ergänzte Sova, den Blick fest auf Jenny geheftet. »Ansonsten benutzen wir ihn eher als Medizin.«

Verblüfft schüttelte Moira den Kopf. »Aber wenn ihr so etwas herstellen könnt, wozu dann überhaupt die ganze Traumjagd? Könntet ihr nicht Sand zu Hypnos verarbeiten?«

»Nee, es sind ja keine echten Träume«, sagte Ami, die soeben ihren Jutesack mit der Beute zuknotete. »Eher Traumhüllen oder Skelette. Erst der Träumer füllt sie mit Leben.« Ihre Wangen röteten sich erneut. »Ist ein faszinierendes Handwerk.«

Das glaubte Moira gern.

»Verschwinden wir.« Sova sprang auf die Fensterbank. »Wir haben noch eine Stunde, bis wir die anderen am Waldorf treffen. Nein, mein Lieber!«, fügte sie hinzu, als Luas zu ihr aufs Fensterbrett klettern wollte.

»Wenn wir schon eine Hexe mit Schlüssel dabeihaben, nimm mit ihr die Treppe – bevor du noch mehr Schmerzmittel schlucken musst.«

Luas wirkte beinahe erleichtert. »Hast du noch Termine oder magst du mitkommen?«, fragte er, als sie durch das Treppenhaus schlichen.

»Auf die Jagd?« Überrascht drehte Moira sich zu ihm um.

»Nein, zum Baseball.« Luas schnalzte mit der Zunge. »Ich für meinen Teil wär ganz froh, jemanden dabeizuhaben, der Schlösser knacken kann. Und gib's zu, du hättest das schon im Frühjahr gerne gesehen!«

»Darauf kannst du Gift nehmen«, sagte Moira leise.

Als sie sich unten auf der Straße zu Sova und Ami gesellten, die bereits erneut den Mottenflug studierten, schlug ihr Herz freier als in den ganzen letzten drei Monaten.

-3-

Gegen drei Uhr früh taumelten sie gähnend auf das Dach des Waldorf-Astoria-Hotels. Dort wartete bereits Robin Wood und tappte ungeduldig mit seinen großen Füßen.

»Seid gegrüßt, ihr Nachtfalter!« Er klopfte sich auf die Brust, reckte ihnen die Faust mit aufgestelltem kleinem Finger entgegen und zwinkerte Ami zu. »Und, wie war's, Mäuschen? Wo ist deine Beute?«

»Spielt Verstecken mit den Träumen, die Sova gefangen hat.« Ami wich gähnend den Motten aus, die sie umschwirrten, und lehnte sich im Schlurfen an Moira, die ihr, ebenfalls gähnend, den Arm um die Schulter legte.

»Zeig mal!« Ehe Sova protestieren konnte, rupfte Robin ihr den Beutel aus der Hand und schnupperte. »Riecht interessant. Luxus-Ladys?«

»Du denkst immer nur an Frauen, du Chauvi!« Sova schlug ihn auf den Arm. »Touris aus Saudi-Arabien, Broker aus Frankfurt, verwöhnte Teenager aus Los Angeles – und ihr Butler.«

»Wie öde.« Gelangweilt strich sich Robin über den Bart.

»Ach ja, was hast du denn Tolles, du Angeber?«, fragte Luas. Seit er gemeinsam mit Ami eine Witwe am Broadway in den Schlaf gesungen hatte, war er bestens gelaunt, doch er wirkte wackelig auf den Beinen.

Stolz hielt Robin seinen eigenen Beutel hoch. »Cab Calloway, Ella Fitzgerald, Joe DiMaggio.«

»Cab Calloway?«, quietschte Sova.

»Das glaub ich erst, wenn ich deine Beute geschätzt hab«, sagte Luas trocken.

Sova ignorierte ihn. »Wo hast du Cab Calloway aufgegabelt?«

Robin lachte. »Was, willst du hingehen und den armen Mann beim Schlafen beobachten? Ihn wecken und um ein Autogramm bitten?«

»Hey, *du* hast Judy Garland eine Haarsträhne abgeschnitten, als sie in New York war!« Sova verschränkte die Arme. »Und Ella Fitzgerald?

Nantey, wenn ich das Kleingeld hätte, würde *ich* dir den Hypnos abkaufen.«

»Ja, darauf wette ich«, antwortete Robin spitz.

Prompt verschwand Sovas Lächeln.

»Für Ella Fitzgeralds Träume würde sogar ich noch mal Hypnos schlucken«, sagte Moira vernehmlich. Suchend blickte sie sich um. »Bist du alleine? Luas sagte, du wärst mit Slim Alrakis losgezogen.«

»Er kommt noch. Hatte wohl 'ne heiße Spur im achten Stock.« Robin pfiff seine Motten zusammen. Der Schwarm flatterte über Amis Kopf wie ein kleines Goldgewitter.

Sie schlenderten auf dem Hoteldach auf und ab, dabei unterhielten sie sich über Musik und Filme, die sie irgendwann ansehen würden, wenn sie wieder Zeit fanden, ins Kino zu gehen. Moira ließ sich neben den Cabals auf dem kalten Boden nieder – vermutlich sahen sie aus wie die dreifaltige Müdigkeit.

»Nicht schlappmachen, Luas!«, rief Robin. »Wir haben noch was vor heute Nacht!«

»Erst mal muss ich meine Spätschicht überleben«, murmelte Luas. Er blickte auf die Uhr. »Wo bleibt denn Slim? Wird knapp, mit Rückweg, Schätzen, Hypnos-Machen ...«

Besorgt trat Sova an den Rand des Daches und blickte hinunter auf das Lichtermeer. »Ihm wird doch wohl nichts passiert sein?«

»Ach Quatsch!« Robin ruckte mit dem Kopf. »Slim ist notorisch verpeilt, vielleicht dachte er, wir treffen uns am Commodore Hotel. Außerdem, was soll passiert sein?«

»Oh, ich weiß nicht, was soll uns schon passieren?«, schnappte Sova.

»Dir und Slim? Nichts, Prinzessin der Dunkelheit!« Robin schnalzte mit der Zunge. »Bislang sind nur die Besten der Traumfängerschaft verschwunden. Slim ist höchstens Mittelklasse. Wenn hier jemand gefährdet ist, dann ich.«

»Aber sein Bruder ist verschwunden.« Moira richtete sich auf und drehte sich zu Sova um. »Wenn jemand die Sammlung vollständig haben will ...«

Mit grimmiger Miene zog Sova eine Streichholzschachtel aus der Manteltasche, riss ein Holz an und sagte Slim Alrakis' Namen. Nichts geschah. Die Flamme tanzte in der Nachtluft – und erlosch plötzlich. Mit deutlich weniger Elan entzündete Sova einen weiteren Flimmer. »Brod Strider.« Kurz darauf schlug die Flamme ein bisschen höher.

»Pforte hier. Skorpin?«, antwortete Striders angenehmer Bariton.

»Hey, Brod, ist Slim Alrakis schon zurück?«

Für einen Moment knisterte die Flamme. »Nein. Die Spätschicht ist fast komplett wieder hier. Außer Slim fehlen nur noch du, Robin und die kleine Cabal.«

»Die stehen neben mir, zusammen mit dem großen Cabal und der Hexe.«

»Dann bewegt eure Ärsche hierher, Aleph springt schon im Dreieck.«

Damit erlosch die Flamme. Moira und Sova tauschten einen langen Blick.

»Das ist nicht gut«, murmelte Robin. Während er und Luas nun ihrerseits versuchten, Slim Alrakis mit einem Streichholz zu erreichen, und Sova unruhig begann, auf dem Dach herumzutigern, beschleunigte sich Moiras Herzschlag. Bislang hatten immer noch Zweifel in ihrem Hinterkopf gegeistert – ob es die Vermissten überhaupt gab, ob die Dämonen sich die ganze Sache nur ausgedacht hatten, ob sie irgendetwas anderes planten … Aber das hier war echt, zweifellos.

»Wart ihr zusammen unterwegs?«, fragte sie Robin und zückte ihr Notizbuch.

»Na ja, wir haben uns das Revier aufgeteilt.« Robins blasse Augen glänzten besorgt. »Ich war eigentlich fertig, und er hat sich hier im Hotel herumgetrieben.«

Moira schrieb mit – und kritzelte eine Notiz daneben: *Nachschauen, ob Slim Alrakis zu Leonard Fondas Lieblingsfängern gehörte …*

»Nichts!«, murmelte Luas, als auch sein Holz unverrichteter Dinge erlosch. Ami neben ihm sah aus, als würde sie jeden Moment in Tränen ausbrechen.

Endlich beendete Sova ihr Herumtigern. »Er war hier im Hotel unterwegs? Dann suchen wir jetzt noch mal alles ab, bevor wir zurückgehen.« Sie zog Ami und Luas auf die Füße. »Und hoffen, dass das alles nur ein verdammtes Missverständnis ist.«

-4-

Für gewöhnlich schloss der Markt gegen sieben Uhr früh die Pforten – je nachdem, wann die Sonne aufging. Danach kamen Händler und Fänger für kurze Besprechungen, Schlummertrünke und das eine oder andere Ständchen zusammen. Doch an diesem Morgen schlief niemand in Fort Nook. Nicht, nachdem Aleph Taur tatsächlich im Dreieck gesprungen war und Theresa Lear Marktkonzil und Marktwache in ihr Büro zitiert hatte. Moira spürte die Anspannung beinahe körperlich, während sie zwischen Sova und Ami in einer Taverne in den Nooks hockte, auf Neuigkeiten wartete und ihre Notizen durchging. Wo sonst übermüdete Fröhlichkeit und Musik durch den Raum wehten, herrschte heute finsteres Gemurmel und wildes Spekulieren. Die Emonen machten sich nicht einmal die Mühe, unsichtbar herumzugeistern – hier wartete ein Festessen.

»Ich hätte ihn gar nicht aus den Augen lassen dürfen«, sagte Robin niedergeschlagen. »Ich hätte verdammt noch mal auf ihn aufpassen müssen!«

»Das war nicht deine Schuld, Robin«, murmelte Luas.

Sova hielt sich an ihrer Heißen Schokolade fest. Sie kniff die Augen zu, als würde selbst das gedämpfte Kerzenlicht ihr Kopfschmerzen bereiten. »Was, wenn sie den Markt schließen?«

»Ist das deine einzige Sorge?«, herrschte Martin Silver sie an.

»Eine von vielen«, fauchte Sova zurück. »Aber wenn sie den Markt schließen, sind wir alle am Arsch!«

»Das Ganze macht trotzdem keinen Sinn.« Moira schaute von ihrem Zettelwald auf, den sie auf dem Tisch verteilt hatte – hübsch um ihr Scotchglas drapiert. »Slim Alrakis ist nur Teilzeit-Fänger, ansonsten arbeitet er im Hospiz. Und mit Fonda hat er auch nichts am Hut.«

»Passt gar nicht ins Muster, oder?«, fragte William, der im Morgengrauen dazugestoßen war.

»Ich sag ja, vielleicht wollte er eigentlich mich.« Robin nippte an seinem Bier.

»Klar, du Bär und der schlaksige Slim, euch beide verwechselt man ständig!« Luas verdrehte die Augen. »Außerdem hat Fonda noch nie bei dir eingekauft, nein?«

Moira massierte ihre Schläfen. »Aber Thom Alrakis war einer der Ersten, der verschwunden ist. Und wenn sie seinen Bruder als Druckmittel geholt haben?«

»Druckmittel wofür?« Ami, die nun wirklich längst ins Bett gehörte, zog die Füße auf die Bank und bettete geknickt ihr Kinn auf die Knie.

Ehe Moira antworten konnte, kollidierte unter dem Tisch Luas' Prothese schmerzhaft mit ihrem Schienbein. Im selben Moment verstummte Beryl Eminis klägliches Aufmunterungslied: Theresa Lear marschierte in den Pub, dicht gefolgt von Aleph Taur, Hector Sagittar und zwei weiteren hohen Tieren des Marktkonzils. Neben Moira hielt Sova die Luft an; die langen Finger der Dämonin klammerten sich so fest an die Kante der Sitzbank, dass ihre Knöchel hell hervortraten.

»Ich mache es kurz«, sagte Lear. »Ab morgen geht niemand mehr alleine auf die Jagd. Ihr brecht in Teams auf. Mindestens zwei, maximal fünf Fangende pro Gruppe, und jedem Team wird ein Mitglied der Marktwache zugeteilt, das für eure Sicherheit verantwortlich ist.«

Kollektives Stöhnen erhob sich im Schankraum.

»Heißt das, wir müssen in Großgruppen zu den Spendenden tingeln?«, rief Robin ungläubig. »Da brauchen wir ewig und es kommt nichts dabei rum!«

»Nur, wenn Sie in einem Zweierteam arbeiten, Mr. Wood«, bellte Aleph. »Ansonsten meldet ihr euch alle fünfzehn Minuten bei eurer Sicherheitsperson.«

»Fünfzehn Minuten reichen, um jemanden zu kidnappen«, sagte Sova laut.

»Willst du etwa noch öfter?«, meinte Beryl Emini schrill.

Weitere missgelaunte Stimmen wurden laut. Man schimpfte über Ineffizienz, unnötige Bürokratie, Einschränkung von Kreativität und

Freiheit … Irgendjemand hatte sogar die Nerven, *Slim hätte das nicht gewollt* in den Raum zu jaulen.

»Die Alternative«, rief Lear über den Lärm hinweg, »ist, dass wir den Markt ganz schließen.«

Mehr brauchte es nicht, um die Fänger zum Schweigen zu bringen.

»Ich weiß, dass eure Arbeit dadurch nicht angenehmer wird«, fuhr Lear fort. »Aber es geht hier um *eure* Sicherheit. Ihr seid das Herz und das Rückgrat von Fort Nook. Ich überlasse euch nicht diesen … diesen Leuten, die in den Schatten lauern, nur weil einige von euch nicht miteinander auskommen.«

»Dann finden Sie endlich die Pisspilze, die dahinterstecken!« Mit einem Ruck stand Martin Silver auf. Sein öliges Silberhaar leuchtete im Spelunkenschein. »Sie sagen seit Wochen, dass Sie dran arbeiten, unsere Leute zurückzuholen, aber Alyss ist immer noch fort, und jetzt auch noch Alrakis Nummer zwei!« Mit dem Finger zeigte er auf Moira. »Sie haben eine Hexe angeschleppt, um die Sache zu klären! Und wofür? Nichts ist geklärt!«

»Ich arbeite ebenfalls dran«, erwiderte Moira selbstbewusster, als sie sich fühlte. Die Erwartungen für ihren Trip in den *Scarlet Room* waren soeben dramatisch gestiegen – und ihre größte Sorge war noch immer, dass sie die Nerven verlor, wenn sie in einem geschlossenen Raum voller Vampire saß. Dennoch nahm sie ihren Scotch und prostete den Dämonen zu. »Gebt mir einen Abend mit Senator Ruben, dann sind wir schlauer.«

13.
SCHLANGENGRUBE

-1-

Die Flammen in den ausgehöhlten Kürbissen malten flackernde Fratzen an die Wände des *Scarlet Rooms*. An Halloween sollte man sich wirklich nicht in eine Vampirkneipe setzen, dachte Moira unbehaglich, während ein weiterer Untoter an ihr vorbeischlurfte. Ihre Mantelinnentaschen waren gespickt mit Mini-Pflöcken. Andererseits machten die meisten Langzähne an Halloween die Menschenwelt unsicher, und die wenigen Vampire, die sich heute im *Scarlet Room* blicken ließen, verzogen sich mit ihren Begleitungen gleich ins Hinterzimmer. Kurzum: Die Situation war um einiges weniger spektakulär, als Moira sie sich ausgemalt hatte.

Ohnehin war die Sub Side praktisch leer; Satyrn, Trolle und Kobolde nutzten die seltene Gelegenheit, sich draußen unbeschwert unter Menschen zu mischen und dabei Lob für ihre originellen *Kostüme* einzuheimsen. Halloween bedeutete jede Menge Drecksarbeit für das NYPD und die Kureter, die auf beiden Seiten die Scherben aufsammeln durften, und jede Menge Ruhe für die Magier, die im Runensteinkreis das Jahr nach alter Zeitrechnung in den Tod schickten. Das Grammophon übertönte die monotonen Ritualgesänge nur leidlich; selbst im Pfeifenrauch des *Scarlet Rooms* schmeckte die Luft beißend nach grüner Magie.

Umso merkwürdiger, dass Parcival Ruben sich den Festivitäten entzog. Erneut fasste Moira den adretten Magier in grauem Tweed ins Auge, der auf der anderen Seite der Bar mit Lex Belafonte an einem Ecktisch Therox-Met schlürfte. Besser gesagt, Belafonte schlürfte entgifteten Therox-Met. Senator Ruben hielt sich an Weißwein – und sah keineswegs so kränklich aus, wie die Pressemitteilungen der Welander-Partei vermuten ließen. Moira rückte ihren Kragen zurecht, damit die Echoaugen an ihrer Bluse das Bild besser einfangen konnten.

»Also, ein Festmahl sieht anders aus, Fräulein«, maulte ein heiseres Stimmchen neben Moiras Glas. »Ich dachte, an Halloween steppt hier der Adrenalin-Bär!«

Moira zuckte zusammen, als Algie sich auf dem Tisch materialisierte. Fahrig blickte sie sich um, doch weder der Barkeeper noch die wenigen anderen Gäste bemerkten den Emon. »Hab noch ein bisschen Geduld«, zischte sie.

»Aber mir ist laaangweilig!« Algie seufzte abgrundtief und begann demonstrativ, sich den Intimbereich zu putzen.

Moira schielte zu ihren Observationsobjekten. Belafonte leerte gerade seinen Tonkrug; Rubens Glas war noch halbvoll. Sie zuckte zusammen, als James Rochelle, der heute den Barkeeper machte, vor ihr auftauchte, um zu fragen, ob sie noch Scotch wollte. Moira erwog, zu verneinen – sie brauchte einen klaren Kopf –, doch Rochelles kurze Eckzähne glänzten eine Spur zu bedrohlich, und seine Nasenflügel zuckten. Als er mit ihrer Bestellung verschwand, fischte Moira eilig ihr Vipernatron aus der Handtasche und bepuderte sich damit Hals und Pulspunkte.

»Das Zeug wirkt nicht«, behauptete Algie und wackelte mit dem Fell über den Augen. »Du riechst immer noch nervös. Wie ein Leckerbissen für Vampire.«

»Dann hau mal rein«, meinte Moira und hielt ihm den Arm entgegen. Sie schauderte, als Algies Zunge in ihr Fleisch tauchte. Sie spürte es nicht und hatte es aufgegeben, sich zu fragen, wie zur Hölle das möglich war, doch ihre Nervosität schwand merklich. Dennoch tupfte sie verstohlen ein paar Tropfen Vanilleöl auf die Handgelenke. »Riecht man die Nooks noch?«

»Ich schon«, meinte Algie. »Aber meine Nase ist natürlich auch phänomenal.«

»Ach ja?« Moira beugte sich vor. »Ich wette, du kannst mir nicht sagen, wonach der Magier dort drüben riecht.« Sie zeigte auf Ruben.

Algie ließ beleidigt seine gespaltene Zunge flattern. Im nächsten Moment war er verschwunden, und kaum war er fort, beschleunigte sich Moiras Herzschlag erneut. *Nicht nervös werden!* Wenn sie im Bluthaus eines gelernt hatte, dann, dass Nervosität Vampire hungrig machte – selbst, wenn sie zwei Zimmer weiter saßen oder seelenruhig Gläser spülten.

»Er riecht langweilig.« Algie kehrte zurück und hockte sich missgelaunt neben ihr Scotchglas. »Entspannt, ein bisschen abwesend. Sollte der Typ nicht eigentlich bei den anderen Besenschwingern in dem Möchtegern-Stonehenge da draußen singen?«

»Ja, sollte er«, sagte Moira leise.

Lex Belafonte erhob sich, um Ruben die Hand zu schütteln, und verabschiedete sich auch von James Rochelle mit Handschlag.

»Oh ja, Freundchen, Vampire sind ja so furchterregend!« Moira zog eine Grimasse, um ihre Gesichtsmuskeln zu entspannen und ein einigermaßen echtes Lächeln auf ihre Lippen zu zaubern. Mit dem Scotch in der Hand schlenderte sie durch den Schankraum.

»Guten Abend, Senator.«

Parcival Ruben hob den Kopf. Sein Lächeln war so charismatisch wie auf den Wahlplakaten, doch seine Augen wirkten glasig, obwohl er Moiras Wissens nur ein halbes Glas Wein getrunken hatte. »Miss Bran? Von der Zeitung, ja? Sie sind aber überpünktlich!« Mit dem Fuß schob er Belafontes nach hinten. »Setzen Sie sich doch, setzen Sie sich!«

»Mit Vergnügen, Sir.« Mit gezücktem Notizbuch ließ Moira sich nieder.

-2-

Das Gespräch mit Ruben war mit Abstand das frustrierendste, das Moira in den letzten sechs Jahren geführt hatte. Algie hampelte hinter dem Senator herum und tat so, als wolle er von ihm naschen, und wann immer Moira versuchte, das Gespräch auf die Welander-Partei zu lenken, schweifte Ruben ab, um über Golfturniere zu schwadronieren, die er jetzt, ohne die Bürde der Politik, mit voller Lebenslust genießen konnte. Merkwürdig genug – gerade ältere Magier hatten mit Menschensport nur wenig am Hut.

»Ich finde es unheimlich entspannend«, antwortete Ruben gerade.

»Glaube ich gern.« Moira lächelte. »Der Wahlkampf für die Welander war sicher anstrengend – vor allem, wenn die Prosper-Partei so stark auftritt wie dieses Jahr. Haben Sie keine Angst, dass Seppia Redgrave es ohne Sie nicht schafft?«

»Ah, da kennen Sie Seppia aber schlecht!« Ruben lehnte sich zurück. Sein Blick schweifte über die Holzdecke. »Die Frau könnte den Senat alleine schmeißen.«

»Also haben Sie keine Bedenken, Ihre Partei allein zu lassen?«

»Nicht die geringsten. Meine Kollegen sind in guten Händen. Die Fledermäuse von der Prosper haben nicht die leiseste Chance.«

»Ja, wie man hört, sind die Welander auch außerhalb der Magiergemeinschaft sehr beliebt.« Moira benetzte ihre Lippen mit Scotch, ohne zu schlucken. »Wie man hört, sympathisiert sogar die Fonda-Stiftung mit Ihrer Partei. Das muss Sie doch stolz machen, wenn eine große *vampirische* Einrichtung sich offen zu Ihnen bekennt.«

»Offen ist anders«, erwiderte Ruben. »Das können die sich nicht leisten, verstehen Sie? Aber ja, es macht mich … stolz.« Allerdings klang er nicht stolz. Eher befremdet. »Wie gesagt, die Partei ist in guten Händen.«

»Hätten Sie sich auch ohne Ihre gesundheitlichen Probleme aus der Politik zurückgezogen?«, fragte Moira. Als Ruben irritiert die Stirn runzelte, fügte sie hinzu: »Ich meine, Sie sind sehr enthusiastisch in den Wahlkampf gezogen. Ihr Rücktritt kam überraschend.«

»Nun ja …« Ruben beschäftigte sich mit seinem Weinglas. »Wissen Sie, im Golf -«

»Ich verstehe voll und ganz, wenn Sie dazu nichts sagen möchten.« Moira senkte die Stimme. »Aber verraten Sie mir, warum genau Ihre Ärzte Ihnen geraten haben, es ruhiger angehen zu lassen?«

»Meine Ärzte?« Ruben blinzelte verwirrt.

»Ja, in Ihrer Pressemitteilung hieß es, Sie zögen Ihre Kandidatur aus gesundheitlichen Gründen zurück.«

»Dazu riet man mir, ja …« Ruben faltete die Hände. »Ich meine, man rät mir seit Jahren, es ruhiger angehen zu lassen – völliger Quatsch, dachte ich immer, aber wenn man sich plötzlich im Merlin-and-Morgana auf dem Boden wiederfindet, überlegt man sich zweimal, ob die Heiler dort nicht doch recht haben.«

Moira hielt an sich, keine Notiz zu machen. Das Merlin-and-Morgana-Hospital wurde von der Fonda-Stiftung finanziert! »Die Prosper hat sicher Luftsprünge gemacht.«

»Klar, die Prosper wünscht sich seit Jahren, dass ich zurücktrete.«

Moira lachte. »Ja, natürlich. Die hätten Ihnen vermutlich sogar Geld geboten, damit Sie sich zurückziehen.« Sie beobachtete Ruben, hielt Ausschau nach einer Reaktion. Es kam keine.

»Vermutlich«, sagte Ruben schlicht. »Aber wissen Sie, Golf ist sehr gut für die Gesundheit …«

Und damit war er wieder verloren für die wichtigen Themen des Lebens. Moira knirschte mit den Zähnen. Neben ihr kicherte Algie vernehmlich.

»Frust stand nicht auf der Karte, aber ich nehm ihn gerne, Hexchen.«

»Nimm doch seine Schwärmerei gleich mit«, grummelte Moira und strahlte gleich darauf, als Ruben sie verwirrt anblickte.

»Was sagten Sie, Miss Bran?«

»Dass ich mir kurz die Nase pudern muss.« Mit einem Zwinkern entschwand sie auf die klaustrophobisch enge Toilette, wo sich ihre gerade

Haltung in Wohlgefallen auflöste. Dieses Gespräch war schräg! Und nutzlos! Nichts deutete darauf hin, dass Ruben auch nur das Geringste mit Fonda oder den verschwundenen Traumfängern zu tun hatte. Und trotzdem - irgendetwas stank hier. Und es war ganz sicher nicht nur die Toilette.

Als sie zu ihrem Tisch zurückkehrte, lächelte Ruben ihr entgegen. Sein Weinglas war leer.

»Sie haben doch mittlerweile sicher genug Material über mich für Ihren Artikel. Warum begleiten Sie mich nicht nach Hause?«

»Wie bitte?« Moiras Augen wurden schmal. Mit diesem mörderischen Blick hatte sie zig Kollegen beigebracht, sich jedwede Anzüglichkeiten zu verkneifen.

Ruben lachte bloß röhrend. »Oh, schauen Sie nicht so finster, Miss Bran! Ich richte eine kleine Samhain-Feier aus, wenn das Ritual vorbei ist. Klein heißt selbstverständlich, dass *alle* da sein werden.« Selbstzufrieden drehte er an den Spitzen seines Walrossbartes. »Amadeus Ken, Jimmy Bob Thornhill, Lancelot Acker … Wenn Sie Glück haben, bekommen Sie einen O-Ton von Seppia Redgrave über meinen Rücktritt, falls Sie an Samhain wirklich lieber arbeiten möchten, statt einen guten 1750er Scotch zu kosten.«

»Sagte der böse Wolf zum Rotkäppchen«, wisperte Algie, der mittlerweile auf Moiras Stuhl hockte. »Sag Ja, komm schon! Ich will sehen, wie er dich auffrisst!«

Mit einem breiten Lächeln glitt Moira auf ihren Stuhl zurück – und ignoriere Algies empörtes Quäken, als sie den Emon zu Boden schubste. »Zu so einer netten Einladung kann ich wohl kaum Nein sagen, Sir! Womit verdiene ich denn die Ehre?«

»Na, Sie haben Greg McGowan aus dem Rennen gekickt«, erwiderte Ruben schlicht, als sei dies Erklärung genug.

Mit einem Anflug von Stolz leerte Moira ihren Scotch. Algie gurrte hungrig.

»Denk nicht mal dran, Knirps«, hauchte sie, ehe sie Ruben nach draußen folgte.

-3-

Ruben hatte nicht untertrieben. Die Crème de la Crème der Sub Side tummelte sich in seinem luxuriösen Salon in der Troll Street: Politiker, renommierte Lehrkräfte der Abraxas-Akademie, Hochmagier aus dem Senat, Zeitungskollegen vom *Scrying Mirror*, Kureter, Künstlerinnen und Künstler. Die Kürbissuppe schmeckte im Abgang nach Champagner, und ein Bardenquartett spielte Swing (allerdings nicht halb so gut wie die Menschenmusiker aus Harlem). Wenn die Welander-Partei auch nur halb so viel für die Sub Side-Bevölkerung hätte springen lassen wie für diese Party, müssten sie im Wahlkampf keinen Finger mehr krumm machen.

Um den Schein zu wahren, interviewte Moira die parteilose Hochhexe Athena Chen, Seamus Donaghue, den einzigen Leprechaun auf der Party und Wortführer der Fianna, der sich herzerwärmend über den gälischen Smalltalk freute, und Harold Fairbanks von der Faustus-Partei, einer erzkonservativen Splittergruppe, die sich mit Händen und Füßen gegen ihre wachsende Belanglosigkeit wehrte. Zum Glück schaute keiner ihrer Interviewpartner zu genau auf den kopierten Presseausweis von der dämonischen Schülerzeitung.

»Macht dir so was ernsthaft *Spaß*?«, wisperte Algie ungläubig, als Moira Fairbanks den Rücken kehrte. Der Emon hockte auf ihrer Schulter und kostete gelegentlich einen Happen ihres Nervenkostüms.

»Dafür bezahlt zu werden, dass ich neugierig bin? Selbstverständlich.« Moira ließ den Blick über die sektschlürfende High Society schweifen. Nicht, dass sie wirklich damit rechnete, Leonard Fonda hier zu treffen. Aber zumindest bestand die Möglichkeit – schließlich klüngelte hier alles, was Rang und Namen hatte und kein Vampir war. Klang nach perfekten Bedingungen für Mr. Fonda. Sie kniff die Augen zu. Auf der anderen Seite des Salons unterhielt sich Professor Penelope Shaw mit einem Mann, dessen strenger Haarschnitt, hervorstehende Wangenknochen und Bart durchaus zu Fonda passten. Auf die Entfernung erkannte Moira jedoch nicht, ob es sich überhaupt um einen Vampir handelte. Sie wollte gerade hinüberhuschen, als sie ein anderes bekanntes Gesicht entdeckte. Schnell wandte sie sich ab, doch es war bereits zu spät.

»Läufst du etwa vor mir weg?«, schnarrte es hinter ihr.

Moira fluchte leise. Mit einem starren Lächeln auf den Lippen drehte sie sich wieder um. »Nicht doch, Grandma. Ich hab dich gar nicht gesehen. Was machst du denn hier?«

»Um Fördermittel betteln, was sonst?« Catriona Bran musterte sie mit ihrem Falkenblick. Seit Moira sie das letzte Mal gesehen hatte, hatte sie den Färbezauber erneuert, mit dem sie der Öffentlichkeit vorgaukelte, sie hätte noch immer kastanienbraunes Haar ohne eine einzige graue Strähne. Sie verzog die Lippen. »Und wie oft hab ich dir gesagt, dass du mich in der Öffentlichkeit nicht Grandma nennen sollst?«

»Sorry, Grandma.« Moira grinste schief, woraufhin ihre Großmutter ihr einen frostigen Blick schenkte.

»Seit wann bist du zurück aus Chicago? Von Jenny musste ich erfahren, dass du überhaupt dort warst! Bist du so beschäftigt, dass du nicht selbst einen Telefonhörer in die Hand nehmen oder eine Postkarte schreiben kannst?«

Moira biss sich auf die Zunge. *Du meldest dich auch nie! Und wenn wir telefonieren, beschwerst du dich, dass ich immer noch keinen Ehemann habe!* Stattdessen sagte sie bloß: »Viel zu tun.« Bevor sie etwas hinzufügen konnte, sprang Algie von ihrer Schulter, geradewegs auf den Lockenschopf ihrer Großmutter.

»Wag das ja nicht«, knurrte Moira.

»Was genau?« Grandma ruckte irritiert mit dem Kopf, dass ihre Halsketten klirrten.

»Wieder eine halbe Stunde zu lamentieren, dass ich mir den falschen Job ausgesucht habe«, sagte Moira schnell, doch ihr Blick klebte auf Algie, der entzückt mit der Zunge Catrionas Schläfen abtastete.

»Damit habe ich mich inzwischen abgefunden«, grollte Grandma missbilligend. »Aber Kind, musst du so viel Schminke tragen? Männer mögen das nicht.«

»Sprach die Frau mit dem Abo auf Haarfärbe-Zauber«, schoss Moira zurück. In Wahrheit brauchte sie Puder und Wangenrot dieser Tage vor allem, weil sie dank Worn und Anämie noch immer aussah, als gehöre sie schleunigst ins Krankenhaus. Obwohl sie ihre Narben gut unter Blusenärmeln und Halstuch versteckt hatte, musterte ihre Großmutter sie eindringlich. Dass eine Retourkutsche auf Moiras vorherige Frechheit ausblieb, war merkwürdig genug.

»Wenigstens weiß ich jetzt, was ich dir zu Weihnachten schenke. Einen Ring, der dein Blut sauer schmecken lässt!«

»Grandma!«

»Du siehst aus wie eine Animateurin aus einem NosferaTours-Hotel! Wieso hast du mir nicht gesagt, dass du in Chicago arbeitest? Da wimmelt es von Vampiren, du - Aua!« Abrupt schlug sich Catriona auf die Stirn.

»Sorge! Köstlich!« Algie rülpste genüsslich.

Moira schoss vorwärts. »Halt still, Grandma, ich glaube, du hast da einen -«

»- Emon!«

Eine kompakte Hexe mit elegantem Dutt rauschte in einer Wolke von scheußlich süßem Parfüm heran und schob Moira aus dem Weg. »Halten Sie still, Cat, das haben wir gleich.« Sie zog ein Fläschchen aus ihrer Rocktasche, träufelte die beißende Flüssigkeit auf einen Wattebausch und betupfte die rote Pustel, die sich auf Catrionas Stirn ausbreitete. »Nicht kratzen, Cat.«

»Mit dem Zeug juckt es aber nur schlimmer, Penelope«, knurrte Grandma durch die Zähne. Ihre Wangen waren tiefrosa; sie verabscheute Spitznamen.

»Nicht ungewöhnlich bei Emonenbissen«, stellte die Frau fest, während sie unter den Blicken der umstehenden Magier Grandmas Stirn untersuchte.

Parcival Ruben trat dicht heran und reckte neugierig den Hals. »Drück das Tonikum fest drauf, Cat. Wenigstens hat das Vieh keine Eier gelegt.«

»In so altes Wellfleisch legt man auch keine Eier«, grunzte Algie und hüpfte neben Moira auf den Teppich. »Und *die* Schabracke ist ja wohl richtig unsympathisch!«

»Danke, Professor Shaw«, sagte Moira laut. »Ich wusste gar nicht, dass es mittlerweile Arzneien gegen Emonenbisse gibt.«

Penelope Shaw drehte sich zu ihr um, als würde sie sie jetzt erst bemerken, und musterte Moira wie eine Schabe. »Gibt es auch nicht. Ich stecke noch mitten in der Entwicklung.«

»Und Sie benutzen Ihre Kolleginnen als Versuchskaninchen?«

»Wer sind Sie überhaupt, Miss?«

»Ah, Penny, das ist Moira Bran«, tönte Ruben. Seine Hand landete auf Shaws Ellbogen. »Catrionas Enkelin. Ich habe sie spontan eingeladen.«

Professor Shaws Brauen wanderten in die Höhe. Ihre Mundwinkel zuckten spöttisch. »Ach, die, die nach der ersten Klasse abgegangen ist?« Sie lachte herzlich. »Mein Beileid, Cat. Aber der andere Enkel war doch ganz talentiert, wie man hört.«

Grandmas Blick wurde mörderisch, doch Moira lächelte Professor Shaw ins Gesicht. »Der andere Enkel ist tot. Deshalb verstehen Sie sicher, dass ich es nicht mag, wenn man an meiner Großmutter herumexperimentiert.« *Oder meine Nichte als Brutkasten für illegal gezüchtete Emonen benutzt.* Moira nahm ihrer Grandma den Wattebausch ab und wickelte ihn mit spitzen Fingern in ein Taschentuch – jedoch nicht, ohne vorher daran zu schnuppern. »Eibisch? Meine Großmutter ist allergisch gegen Eibisch. Überlassen Sie die Entwicklung von Arzneien lieber dem medizinischen Fachpersonal, Professor Shaw.«

Algie fauchte und legte die Ohren an. »Jaa, mach sie fertig!«

»Nächstes Mal. Wir sind nicht zum Spaß hier«, murmelte Moira und ließ Ruben, Shaw und ihre Großmutter stehen.

Algie folgte ihr beleidigt. »Warum sind wir denn dann auf dieser öden Party? Damit du mit langweiligen Leuten palavern und dich mit deiner Oma fetzen kannst?«

»Was beschwerst du dich? Dir schmeckt's doch.« Moira blickte sich um. »Schrei, wenn du hier irgendwo Vampire riechst. Oder Dämonen.«

Algie grunzte abfällig. Zu Moiras Überraschung wich er ihr allerdings nicht mehr von der Seite, während sie sich aus dem Partygetümmel manövrierten. Sie schlüpften aus dem Salon und huschten die Treppe hinauf. Keine Vampire weit und breit, und auch keine Dämonen – nur Magier, die sich wahlweise unterhielten oder Geschäfte abschlossen. »Was ist eigentlich aus der guten alten Zeit geworden, als man an Samhain noch mit den Toten kommuniziert hat?«, murmelte Moira, während sie unauffällig den Kopf in ein Zimmer nach dem anderen schob. Endlich fand sie, wonach sie suchte: Rubens Büro.

Unter Algies pausenlosem Gemecker durchforstete Moira mehrere Finanzordner, notierte sich auffällige Überweisungen und hielt das Echoauge dicht an den Eintrag über die Parteispende der Fonda-Stiftung.

»Ich mag's hier nicht!« Algie ließ sich auf den Bauch fallen und fegte mit dem Zackenschwanz über Moiras Notizbuch. »Der Zahlensalat ist stinklangweilig, und unten stromert diese schlimme Frau rum! Können wir endlich gehen?«

»Welche schlimme Frau?«, fragte Moira abwesend.

»Die Olle, die deine Oma mit dem ekligen Zeug eingeschmiert hat!« Algie streckte die Zunge raus. »Die stinkt nach Ärger. Ich riech sie durch zwei Stockwerke!« Seine Schnurrhaare zuckten. »Oh. Nein, pardon, ich riech sie durch die Tür.«

»Was?« Moira riss den Kopf hoch. Dann hörte auch sie die eiligen Schritte und Stimmen vom Flur. Fluchend stopfte sie die Ordner zurück in den Schrank und hechtete hinter eine Gardine. Algie hüpfte neben ihr auf die Fensterbank.

Im selben Moment öffnete sich die Tür. Parcival Ruben trat ein, dicht gefolgt von Penelope Shaw. Ruben hustete, rang nach Luft; Shaw klopfte ihm beruhigend auf den Rücken. »Versuch zu atmen, Percy, das haben wir gleich«, sagte Shaw merkwürdig sanft. »Wo sind deine Medikamente?«

Ruben antwortete nicht, zeigte bloß röchelnd auf seinen Schreibtisch. Hinter dem Vorhang hielt Moira den Atem an und betete, dass Shaw nicht den Kopf hob. Wenn sie jetzt aufblickte, würde sie Moira entdecken. Doch Shaw kramte bloß etwas hervor, das Moira nicht sah. Ruben spülte es mit einem Glas Wasser hinunter. Kurz darauf ebbte das Husten ab.

Kurzatmig lehnte Ruben die Stirn gegen Shaws Schulter. »Danke, Liebling.«

Liebling? Das war interessant. Moira schürzte die Lippen. Neben ihr würgte Algie leise.

»Geht's wieder?«, fragte Shaw besorgt. »Du bist plötzlich kreideweiß geworden. Vielleicht solltest du doch noch mal ins Krankenh-«

»Ach, Unsinn, mir geht's schon wieder blendend.« Ruben straffte die Schultern und schritt seinerseits zum Schreibtisch. Aus einer anderen Schublade zog er ein Röhrchen – nein, eine Phiole! Moira reckte den Hals, um besser sehen zu können, wie Ruben das Fläschchen in einem Zug leerte. Sein Blick wurde glasig, für einen Moment musste er sich am Schreibtisch festhalten. Als er wieder sprach, klang seine Stimme belegt – so wie die von William, wenn er gerade eine frische Ration Hypnos … Oh verdammt!

»Du nimmst das Zeug zu oft«, sagte Penelope Shaw stirnrunzelnd.

»Nicht doch, der Arzt hat's verschrieben«, murmelte Ruben. Kurz sah es aus, als würde er im Stehen einschlafen, doch dann … Mit offenem Mund beobachtete Moira, wie Ruben die leere Phiole in den Papierkorb warf und Shaw einen Kuss auf den Mund drückte. Sein Lächeln wirkte entrückt, als wäre er … nun ja, high. »Siehst du, Penny? Wie neu. Gehen wir wieder zu den anderen.«

Sobald die Tür hinter ihnen ins Schloss fiel, sprang Moira hinter der Gardine hervor und zog die Schreibtischschubladen auf.

Vier volle Phiolen starrten ihr entgegen.

»Bingo!« Algie sprang ihr auf die Schulter. »Na mach schon, nimm mit!«

»Das merkt er doch! Wir wissen nicht mal, ob das Hypnos ist! Keine Etiketten, keine Markierungen … Aber das könnten die Schätzer herausfinden, nicht wahr?« Moiras Lippen kribbelten. *Wenn* dies hier Hypnos war, wenn Ruben ihn regelmäßig trank … Waren *das* die gesundheitlichen Probleme, wegen denen er zurückgetreten war? Kämpfte auch der Senator gegen *Worn*? Welches Krankenhaus behandelte ihn? Wenn er in einem von Fondas Krankenhäusern ein- und ausging …

Eilig bückte Moira sich nach dem Papierkorb – und stieß einen Pfiff aus. Gut zehn leere Phiolen klirrten zwischen verworfenen Briefen und Werbeblättchen. Winzige Pfützen der Restflüssigkeit schimmerten im Licht der Schreibtischlampe.

»Nun, das Dienstmädchen wird wohl kaum in seinem Müll wühlen, nicht wahr?« Kurzentschlossen steckte Moira drei der leeren Phiolen ein. Ihr Herz legte einen freudigen Stepptanz hin, als sie mit federnden Schritten das Büro verließ. Verdammt noch eins, die Spurensuche hatte ihr gefehlt!

Unten waren Rubens Gäste mittlerweile dabei, ausgelassen zu einer etwas schiefen Darbietung von *Minnie the Moocher* zu tanzen. Ruben selbst schwofte mit Penelope Shaw. Catriona Bran diskutierte wild gestikulierend mit einem Mitarbeiter von NosferaTours; die Pustel auf ihrer Stirn war mittlerweile abgeklungen. Zeit zu gehen.

»Tanzen Sie, Miss?«

Irritiert drehte Moira sich um. Vor ihr stand ein Magier mit rippenlangem schwarzem Haar, Ziegenbart und stechenden Augen. Algie pfiff schrill.

»Pardon, Sir, ich habe absolut kein Taktgefühl.«

»Da sind wir schon zwei.« Der Mann reichte ihr die Hand. »Marcus Callahan. Tun Sie mir doch den Gefallen, Miss Bran.« Als er seinen Arm streckte, verrutschte sein weinrotes Jackett. Darunter kam ein Gürtel mit drei Amuletten zum Vorschein; an der Schnalle prangte das Adlerwappen der Kureter. Moiras Herz vergaß ein paar Momente lang das Schlagen. Ein schwerbewaffneter Kureter in Zivil! *Bitte lass das Vipernatron noch wirken!*

»Wenn Sie drauf bestehen, Marcus.« Mit steifen Schultern folgte sie ihm in den Pulk. Callahans beringte Finger zerquetschten beinahe ihre

Hand, und als er sie an sich zog, spürte sie die Pflöcke, mit denen er das Innere seines Jacketts gespickt hatte.

»Sind Sie im Dienst oder freuen Sie sich so, mich zu sehen?«, fragte sie mit einem schiefen Lächeln.

Callahan verzog das Gesicht. »Der war mies.«

»Aber völlig ernst gemeint.« Moira unterdrückte ein Würgen. Der Kerl roch nach Salz und Kreide. »Oder gehen Sie immer in voller Kriegsmontur auf Partys?«

»Volle Kriegsmontur sieht anders aus, Miss Bran, doch Kureter sind immer im Dienst«, erwiderte Callahan ernst. Er hielt sich schnurgerade, Soldat durch und durch, fast wie Taur, Sova und Mink, und nicht minder bedrohlich.

Hinter ihm sah Moira ihre Großmutter hoffnungsvoll zu ihr herüberstarren. Algie hockte neben ihr. Ausgerechnet, wenn sich ein Kureter an ihre Fersen heftete, verzog sich die kleine Kröte? Grandma wedelte auffordernd mit den Händen – wahrscheinlich witterte sie endlich die heißersehnten Urenkel.

Callahan trat ihr auf den Fuß. Seine Entschuldigung klang alles andere als aufrichtig. *Klar, Grandma, der Beginn einer großen Liebesgeschichte.*

»Sie stehen gar nicht auf der Gästeliste«, sagte er.

»Parcival hat mich spontan eingeladen.«

»Ungewöhnlich. Er hat Wochen gebraucht, sich zu entscheiden, wer eine Einladung bekommt und wer nicht.«

»Vielleicht hat ihn die Rente abenteuerlicher gemacht.« Moira lächelte höflich.

»Vielleicht«, wiederholte Callahan. Himmel, der Kerl hatte seit einer Minute nicht geblinzelt! Er stierte Moira an, als wolle er sie röntgen. In seinem Klammergriff bekam Moiras Hand allmählich einen Krampf, und die Nervosität arbeitete in ihrem Magen an einer roten Woge.

»Sie wissen, wer auf der Gästeliste steht?«, fragte sie.

»Wir haben sie vorab geprüft – um unschöne Überraschungen zu vermeiden.«

»Also sind Sie doch im Dienst«, stellte Moira mitleidig fest. »Sie Armer, an Samhain!«

»Nein, ich habe frei. Sonst würde ich gerade Vampirzähne aus Menschenhälsen ziehen.« Callahan blähte die Nasenflügel. »Interessantes Parfüm haben Sie da.«

»Dreikönigsmischung«, sagte Moira automatisch. »Salbei, Myrrhe und Weihrauch.« Und genug Vipernatron, um eine Müllkippe nach nichts duften zu lassen. *Bitte lass ihn den Streichholzschwefel nicht riechen! Ein Kureter ist immer im Dienst ...*

»Sie schwitzen ja.« Callahan lächelte kalt.

»Klar schwitze ich – Sie brechen mir gerade die Finger, Marcus«, erwiderte Moira mit einem freundlichen Lächeln, doch die rote Woge schwappte von ihrem Magen unter ihre Poren. Sie bemühte sich, gleichmäßig zu atmen.

»Verzeihung, Miss.« Endlich ließ er ihre Hand los; seine Rechte allerdings verweilte an ihrer Hüfte, fest und unnachgiebig. »Oh, schau an.« Mit gespielter Verwunderung musterte er den Silberring an seinem Mittelfinger. Der Onyx in der Mitte war nicht länger schwarz – er leuchtete tiefrot.

»Schicker Klunker«, sagte Moira mit gespieltem Unwissen.

Callahan ließ sich davon nicht täuschen. Sein Blick wurde eiskalt. »Sie haben eine erstaunlich hohe Schwefelkonzentration in Ihrem Handschweiß.«

»Das mit den Komplimenten üben wir aber noch mal. Sagt man dazu Danke?«

»Ich präzisiere: Eine erstaunlich hohe Konzentration an rotem Potenzial in Ihrem Schweiß, Miss Bran.« Nun ließ Callahan die Scharade fallen und stellte die lächerliche Imitation eines Tanzes ein. »Ihnen ist klar, dass Rotmagie in der Sub Side strafbar ist?«

»Ich weiß nicht, was Sie da reden, Marcus«, sagte Moira sanft. Sie wagte kaum mehr zu atmen – die rote Woge versengte ihre Nervenenden. Wenn sie eine falsche Bewegung machte, würde sie an Ort und

Stelle explodieren. »Ich bin bekannt dafür, dass ich keine vernünftigen Zauber auf die Reihe bekomme. Und der Kureterzentrale ist bekannt, dass ich in meiner Jugend ein erhebliches rotes Potenzial hatte – bedingt durch magische Legasthenie. Ist aber vorbei, dank guter medizinischer Behandlung. Los, schauen Sie nach. Ich warte derweil auf Ihre Entschuldigungsblumen.«

Damit ließ sie ihn stehen, bevor er ihre zitternden Hände oder ihren rasenden Herzschlag bemerken konnte. Sie hatte nicht gelogen – jedes Wort war wahr. Bloß hatte die magische Strafbehörde ihr damals keine große Aufmerksamkeit geschenkt. Sie war zu jung gewesen, um ernsthaft als Rothexe eingestuft zu werden. Und außerdem hatte sie nicht bei gottverdammten Dämonen gewohnt, ein Dämonenmal getragen und das Bedürfnis gehabt, Magiern die Brust aufzureißen …

»Miss Bran.« Callahan hatte sie eingeholt. Er streckte die Hand nach ihr aus. Mit mörderischer Miene wich Moira einen Schritt zurück – und betete, dass ihre Pupillen noch rund waren.

»Es liegt mir fern, Sie zu beleidigen, Moira«, sagte Callahan. Er klang ehrlich, doch sein Blick blieb stechend. »Sie brauchen keine Angst vor der Kureterzentrale zu haben. Wir haben unsere Augen überall. Und wenn Sie unsere Hilfe benötigen, sind wir da.«

Er brachte es fertig, dass selbst diese sanften Worte wie eine Drohung klangen.

Mit Algie im Schlepptau verließ Moira Rubens Villa. Der Emon schnurrte begeistert. Während er fraß, klang ihre Angst langsam ab; dennoch wagte sie es erst zwei Blocks hinter der Sub Side, in ihre Handtasche zu greifen. Rubens Phiolen klirrten, als sie Sovas Streichhölzer hervorholte. Sie riss eines an und sagte: »Strix.«

Eine Weile geschah nichts, dann erklang Sovas Stimme aus der Flamme. »*Vitjka*?«

»Sag Lear, ich hab was Interessantes für sie. Und ich fürchte, die Schätzer müssen ihren freien Tag streichen.«

-4-

»Ich fasse es nicht, dass du einen Senator beklaut hast!«, sagte Will Nikula.

»Ich hab bloß in seinem Müll gewühlt«, erwiderte Moira und füllte sich den Mund mit ihrer zweiten Portion von Rheas herrlicher Kürbissuppe. Sie hatte ihre Echoaugen und Rubens Phiolen in Lears Büro abgeliefert und ihre Geschichte erzählt. Lear hatte Luas und seine vier Alchemistenkollegen zusammengetrommelt, die nun die Hypnos-Reste analysierten, um herauszufinden, von welchen Fängern sie stammten. Nun saß sie auf dem Traummarkt, wo sie hundertmal freier atmete als in der Sub Side. Vielleicht lag es daran, dass die Bewohner der Nooks sie mit weniger Misstrauen anschauten. *Mieses Timing, um romantisch zu werden, Bran! Es sind immer noch Dämonen! Du weißt nicht, was sie mit dir anstellen, wenn sie dich nicht mehr brauchen!*

Aber für den Moment erlaubte sie sich, ihr Misstrauen mit Rheas starkem Kaffee hinunterzuspülen. Die Dämonen feierten – und nicht nur, weil die Alchemisten gerade womöglich die erste wirklich handfeste Spur auf die Vermissten entschlüsselten.

Schon als Moira den Traummarkt am späten Nachmittag verlassen hatte, war sie überrascht über die Umtriebigkeit der Dämonen gewesen, die um diese Zeit für gewöhnlich noch schliefen. Luas hatte verpennt von einer Seelennachtsfeier genuschelt, die heute Nacht stattfinden würde, und nun waren die Stände geschlossen, der Platz vor der Bühne freigeräumt. Überall wimmelte es von Dämonen, allesamt in weite schwarze Roben gehüllt, die Gesichter grau gepudert, Münder und Augen schwarz gerändert, eine grellrote Linie vom Scheitel bis zum Brustbein gemalt. Hier und dort erkannte Moira sogar Bewohner aus dem Hospiz, heute außergewöhnlich agil und fröhlich. Die meisten von ihnen wiegten sich zu den hypnotischen Klängen von der Bühne.

»Gegen das hier sind die Halloween-Partys der Menschen ein Kindergeburtstag.«

»Das ist keine Party, das ist eine Andacht für die, die nicht mehr unter uns weilen«, näselte Will. »Sie feiern demütig, dass sie selbst noch sind. Memento mori, carpe noctem und so.«

»Carpe noctem, aha.« Moira wischte mit einem Stück Brot die letzten Tropfen Kürbissuppe aus ihrer Schüssel und liebäugelte mit einer dritten Portion. »Was treibst du eigentlich hier, Ville? Ich dachte, ihr Vampire lasst heute draußen bei den Menschen die Sau raus.«

Will grunzte. »In Blut baden, für meinen Meister den Hals hinhalten und für ihn in die U-Haft gehen, weil der Jüngling im Arztkostüm doch nicht so volljährig war, wie er behauptet hat? Nee, danke, da gucke ich mir lieber hier ein paar Tanzschritte ab.«

Moira folgte seinem Blick. In dem Meer von schwarzen Roben vor der Bühne hüpften Amis Schlangenzöpfe auf und ab, während sie ihre langen Arme so ungelenk durch die Luft wirbelte, dass sie um ein Haar Martin Silver ohrfeigte. Auf der Bühne tirilierte Beryl Emini gegen das Schlagzeug an, gemeinsam mit einer weiteren Dämonin, die ihre Gitarre folterte und dabei abwechselnd sang und wie ein wütender Schäferhund knurrte und grollte. Moira klappte der Mund auf.

»Ist das Sova?«

»Jap. Gar nicht schlecht, das Skorpiönchen, was?«

»Ich wusste nicht, dass solche Geräusche möglich sind.«

»Das Gegrunze? Och, das ist gar nicht so schwer – man stellt sich einfach vor, man ist eine wütende Katze, der man auf den -«

»Ich meine die Gitarre, du Löffel.«

Fasziniert spitzte Moira die Ohren. Sie hatte elektrische Gitarren in Jazzsongs im Radio gehört und nicht recht gewusst, was sie davon halten sollte, aber was Sova (und Robin Wood, wie sie erkannte) auf ihren Saiten zauberten, war ein ganz anderes Kaliber. Unbewusst drehte sie den Holzring ihrer Grandma, doch hier lag kein Musikzauber in der Luft, vor dem sie sich schützen musste. Als die Band sich unter dem Johlen der Dämonen verbeugte, erkannte Moira, dass Mrs. Cabal zu ihrer Tochter stieß und sich in einen ebenso ungelenken Tanz fallen ließ. Sova dagegen sprang von der Bühne und gesellte sich zu Moira und William. Unter dem Puder und der roten Linie waren ihre Wangen entzückend rosig, die Augen strahlten golden – offenbar war das Gilding heute üppig gewesen.

Sie öffnete den Mund, aber was auch immer sie sagen wollte, blieb ihr bei Moiras Anblick im Halse stecken. Sie setzte neu an. »So kannst du hier aber nicht rumlaufen, Missy! Du stichst ja raus wie ein bunter Hund!«

Widerstrebend zog Moira den Mantel über ihrer kleegrünen Bluse zusammen. »Ich wusste nicht, dass es einen Dresscode gibt.«

»Jetzt weißt du's.« Feixend fasste Sova sie am Ellbogen. »Los, zieh dich um. Und auf dem Weg will ich alles über deinen Ausflug hören. Du glaubst nicht, was sie hier für einen Stuss verbreiten!«

***

Moira zog sich gerade ihren Lieblingspullover über den Kopf – ein verwaschenes schwarzes Wollteil –, als die Haustür der Cabals ins Schloss fiel. Kurz darauf ertönte Luas' aufgebrachte Stimme im Erdgeschoss. Als Moira in die Küche trat, tigerte Luas schimpfend auf und ab. Sein Klauenfuß klopfte im Takt über die Dielen.

»Seid ihr fertig mit der Analyse?«, fragte Moira.

»Keine Ahnung«, grollte Luas. Ohne die gewohnten kräftigen Petrol- und Violetttöne wirkte er merkwürdig blass, aber das mochte auch an dem grauen Puder liegen. »Die haben mich rausgeworfen!«

»Wieso das denn?« Moira runzelte die Stirn.

»Er war zu langsam.« Sova versenkte ihre Zähne in einem Apfel.

»Ich bin nicht langsam, ich bin sorgfältig«, knurrte Luas. »Ich wollte die einzelnen Stränge noch einmal gründlich analysieren, da fangen diese Orgelpfeifen an, die Proben mit Malsyakurium zu behandeln! Und ich sag ihnen, dass sie damit erst recht die Signatur der Fangenden stören, wenn sie jetzt nicht schnell was finden, und Maestro Virgil setzt mich vor die Tür!«

Moira nickte, als hätte sie auch nur die Hälfte von dem verstanden, was er gesagt hatte. »Also noch keine Hinweise?«

»Nein«, seufzte Luas. »Vielleicht ist der Hypnos auch zu alt – wir wissen ja nicht, wie lange die Phiolen in Rubens Müll rumgelegen haben.« Er musterte Moira und stupste Sova mit dem Ellbogen an. »Hey, Sova, wie sieht's aus – malen wir die Hexe an?«

»Einen Teufel tut ihr«, sagte Moira. »Bau deinen Frust woanders ab, Cabal!«

Doch gegen zwei Dämonen hatte sie keine Chance. Zehn Minuten später verließ sie im Schlepptau von Luas und Sova das Haus und musste sich stetig Ellbogen in den Rippen gefallen lassen, wann immer sie dem Drang nachgab, sich an der Nase zu kratzen, wo die rote Farbe scheußlich juckte.

Auf halbem Weg durch die Nooks kamen ihnen zwei schwankende Gestalten entgegen – Mrs. Cabal und ein Paar Ende fünfzig. Auf den zweiten Blick erkannte Moira, dass es Mr. und Mrs. Gill waren, die Eltern der vermissten Mia Gill. Mrs. Gill und Luas' Mutter stützten Mr. Gill, der wie ein Schluck Wasser zwischen ihnen hing.

Luas blieb abrupt stehen. »Hey, Mum, du gehst schon?«

»Ich bringe nur den armen Petyor ins Hospiz zurück«, antwortete Mrs. Cabal und klopfte Mr. Gill auf den Rücken. Ihre Stimme klang stählern, ihr müdes Gesicht blieb völlig ausdruckslos – als hätte eine halbe Stunde zuvor eine andere Frau mit Ami getanzt. »Der Ärmste fühlt sich nicht gut.«

»Gar nicht«, brummte Mr. Gill. Moira war sicher, dass er kein Puder trug – sein kantiges Gesicht *war* so grau, und die Augen vollkommen schwarz. Nichts Weißes mehr zu sehen – und wo die Pupillen hätten sein sollen, glühte ein scharlachroter Schlitz. Sein Atem pfiff, als sei seine Luftröhre nichts als ein hohler Flaschenhals. »Ulpan, es ist so dunkel …«

»Da hinten sind Lampen, Petyor«, murmelte Mrs. Cabal, obwohl sie gerade unter einer der Gaslaternen standen. Mrs. Gill sagte gar nichts; ihr Blick haftete bloß hungrig auf ihrem Mann.

Neben Moira verschränkte Sova unbehaglich die Arme.

»Vielleicht muss er noch mal gilden«, sagte Luas. Seine Worte gingen in einem Jaulen unter – so gequält, dass es Moira wie ein Schlag in die Magengrube traf.

»Ich hol Rohträume«, sagte Mrs. Cabal laut. In diesem Moment brach Petyor Gill hustend neben ihr zusammen. Er spuckte auf den Kiesweg. Zuerst glaubte Moira, es sei Blut, doch dann erkannte sie, dass die Flüssigkeit sich bewegte, wie Nebelfetzen. Der Dämon bleckte die Zähne. Seine Wangenknochen wurden spitzer, die Haut um seine Augen färbte sich schwarz.

Sova sprang vorwärts, ihre Hand schnellte unter ihre Robe. Sie zog etwas hervor, das wie ein Traumknäuel aussah, und stopfte es Mr. Gill in den Mund. Für zwei Herzschläge kehrte das Weiße in seine Augen zurück. Gleich darauf würgte er den Traum wieder hervor.

»Nein! Komm schon, Petyor, reiß dich zusammen -«

Ein schauriges Röcheln wand sich aus Petyors Kehle. Moira brauchte eine Weile, um zu bemerken, dass er lachte.

»Reiß dich zusammen, ja?«

Mrs. Gill schubste Sova fort von ihrem Gatten. »Wer *frisst* uns denn die ganzen Träume weg, *possessuya*? Wer versagt denn ständig darin, alles wieder richtigzustellen?«

»Geh weg, *Skorpionin*«, krächzte Mr. Gill boshaft. »Halt dir deine Spender im Keller, wie Mami. Oder krabbel gleich wieder in ihre Köpfe, wie früher -«

»Petyor, das bist nicht du!«, rief Luas schrill. »Kämpf dagegen an, bitte -«

Petyor Gills Grinsen wurde breiter. Wölfischer. Seine Stirn verformte sich, als brodele Lava unter seiner Haut. »Ah, der große Meisteralchemist! Heute wieder was in die Luft gejagt, Luas? Wieder gute Beute verschwendet?«

»Oh nein«, murmelte Mrs. Cabal ausdruckslos, während Petyor weitergeiferte und seine Frau ihn auch noch anstachelte, als hoffte sie, ein Extra-Gilding aus all den aufgepeitschten Gefühlen herauskitzeln zu können.

»Das bist nicht du, Petyor«, krächzte Sova und schüttelte den Dämon an den Schultern. »Das ist nur der Worn. Komm, gilde, mach den Mund -«

»Petyor?« Mr. Gill hob die Brauen. Moira hatte die Veränderung nicht gesehen, doch sein Gesicht schien mit einem Mal länglicher. Und in Sovas Klammergriff wirkte er so klein. »Wer ist Petyor?« Feindselig blinzelte er umher. »Und wer bei Uthorn seid ihr?«

Mit glitzernden Augen las Sova den matschigen Rohtraum auf und versuchte, ihn in Mr. Gills Mund zu zwängen. Er schnappte nach ihren Fingern. Seine Zähne waren spitz – und als Sova zurückzuckte, schnellte seine Zunge hervor. Seine *gespaltene* Zunge.

»Angst«, röchelte er. »Wie … appetitlich!«

»Nein!«, rief Sova, doch er sprang sie an. Sie fing ihn mit offenen Armen auf, hielt ihn fest, während er versuchte, sie zu kratzen, sie zu beißen, sie mit seinem Zackenschwanz zu schlagen.

»Was zur …« Moira sperrte den Mund auf.

In Sovas Armen schrumpfte Mr. Gill zusehends. Dunkles Haar spross aus seiner Haut, die Knubbel auf seiner Stirn brachen auf; schwarze Hörner ragten in die Luft. Das Gesicht wurde spitz und ledrig, wie eine teuflische Waschbärenmaske.

Schließlich befreite sich der Emon kratzend aus Sovas Fängen. Er fauchte bösartig. Hinter ihm regten sich die Schatten. Ein ganzer Schwarm von Emonen schlich über den Kiesweg. Nur wenige von ihnen waren sichtbar, sie alle ähnelten dem Emon, der kurz zuvor noch Mr. Gill gewesen war, und als er in ihre Mitte hüpfte, konnte Moira ihn nicht mehr von den anderen unterscheiden. Aus dem Pulk dröhnte Algies Stimme, die begeistert »Zuwachs!« krakeelte. Die anderen Emonen peitschten bloß lautlos mit den Schwänzen.

Moira, Sova, Mrs. Gill und die Cabals blieben schweigend zurück, während die Emonen sich zurückzogen. Sova hockte mit zitternden Fingern neben dem matschigen Traumknäuel, das sich in der Nachtluft langsam in Wohlgefallen auflöste.

Mrs. Gill blickte den Parasiten blinzelnd hinterher. »Jetzt kann sich Mia doch nicht verabschieden, wenn sie zurückkommt«, stellte sie nüchtern fest und wandte sich zum Gehen, als hätte sie bloß einen Vogelschwarm beim Wegfliegen beobachtet.

Luas hielt seine Mutter eng umschlungen, obwohl Mrs. Cabal einen unerhört gefassten Eindruck machte.

»Das erzählen wir Ami besser nicht«, sagte sie nur. »Das war das zweite Mal diesen Monat, sie regt sich immer so furchtbar auf, wenn ein Emonium passiert …«

»Moment«, sagte Moira. Ihr war nun entschieden übel. Sie bekam das Bild nicht aus dem Kopf, wie Mr. Gill sich vor ihren Augen verwandelte. »Das passiert öfter?«

»Nicht, wenn wir Glück haben und vorher sterben«, antwortete Mrs. Cabal so abgeklärt, als würde sie bloß ein Keksrezept diktieren.

Moira schüttelte den Kopf. »Ihr werdet … das … Emonen seid *ihr*?«

»Das wäre doch ein krönender Abschluss für deinen Artikel gewesen, was, *vitjka?*« Mit einem Ruck erhob sich Sova. Inmitten der schwarzen Schminke wirkten ihre Augen wie leere Tunnel. Ruppig wischte sie sich über die Nase. »Ich geb Lear Bescheid.«

Damit verschwand sie.

Luas fuhr sich über den Mund. »Geht's dir gut, Mum?«

Seine Mutter hob die Schultern. »Eine Seele weniger, die sich ums Gilding schlägt.«

»Mum!«

Mrs. Cabal blinzelte verständnislos, als könne sie nicht nachvollziehen, warum ihr Sohn sie verstört anschaute. »Sag's nicht Ami, okay?«

»Ich bring dich ins Hospiz.« Mit hohlen Wangen hakte Luas sich bei ihr unter. Seine Mutter wirkte nicht, als bräuchte sie Hilfe, doch Luas dirigierte sie rigoros den Kiesweg hinunter.

Wie betäubt blickte Moira ihnen nach. Links und rechts des Kieswegs regten sich die Schatten. Hier und dort blitzten Hörner und

Zackenschwänze auf. Hörner wie die Stumpen, die sie bei manchen Traumfängern gesehen hatte. Wie hatte sie das nur übersehen können?

»Und da ist sie wieder, die Angst«, surrte Algernons Raspelstimme. Moira blinzelte ihn an. Ein Emon. Ein Parasit – oder ein Gespenst?

»Versuch's erst gar nicht, Hexchen«, feixte Algie. »Denk lieber drüber nach, ob du nicht gerade in deine Zukunft schaust.«

Seine Worte trafen sie wie ein Schlag. Ihr Magen zog sich zusammen.

Ohne Vorwarnung erbrach sie sich hinter den nächsten Busch, mit dem Gelächter des Emons in den Ohren.

14.
SEELENNACHT

-1-

Sova erstattete Lear wie in Trance Bericht. Ihre Stimme gab etwa nach der Hälfte den Geist auf, und sie bekam kaum mit, wie Lear sie anwies, die Sache mit Petyors Emonium zumindest bis zum nächsten Tag für sich zu behalten. »Lassen wir die Leute wenigstens in Ruhe die Seelennacht feiern«, sagte Lear und wischte sich das graue Puder aus dem Gesicht.

Sova nickte stumm.

Während Lear sich ihren Afro zurückband, sodass die beiden Hörner sichtbar wurden, die sich aus ihrem Schädel wanden, musterte sie Sova nachdenklich. »Bei dir alles in Ordnung? Es ist immer hart, ein Emonium mitzuerleben, und bei deinem familiären Hintergrund …«

Sovas Kopf zuckte hoch. Ruppig rieb sie sich die Rippen. »Mir geht's gut, Ma'am.« Aus Gewohnheit salutierte sie, ehe sie Lear den Rücken kehrte. Sie schaffte es, den Markt gemessenen Schrittes zu verlassen. Sobald sie die Grenze zu den Nooks überschritt, gab sie dem Sturm in ihrem Inneren nach und rannte. Ihre Füße trugen sie über den Kiesweg, vorbei am Hospiz, in die Trainingshalle der Marktwache. Um diese Zeit trieb sich keine Seele hier herum – selbst die Rekrutierten lümmelten draußen auf dem Markt. Schwer atmend rannte sie um den Parcours – eine Runde, zwei, und dann noch drei weitere. Anschließend widmete sie sich den Boxsäcken. Ihre Faust prallte auf das harte Leder, wieder und wieder, obwohl sie den Sack kaum mehr sah. Sie sah ja nicht mal mehr die Halle – sie sah nur das Wohnzimmer in ihrem Elternhaus.

Mit fünf hatte sie es sich abgewöhnt, zu weinen, wenn Dad ohne Vorwarnung schmale Pupillen bekam und plötzlich gemeine Dinge sagte. Stattdessen hatte sie sich darauf konzentriert, Fel zu trösten, denn das schluckaufschwere Schluchzen ihrer kleinen Schwester war schlimmer als alles andere gewesen. Das Ding im Elternschlafzimmer war nicht mehr Dad, wenn es schmale Pupillen bekam, sagte sie Fel wieder und wieder, und versuchte, ihre eigenen Lügen zu glauben.

Drei schnelle Schläge für den Boxsack, und ein roter Fluch hinterdrein!

Mit sechs hatte sie die merkwürdigen Beulen auf der Stirn ihres Vaters gefunden – bei einer der seltenen Familienausflüge an die Brooklyn Bay. Er hatte Fel auf dem Schoß, obwohl sie langsam zu groß dafür wurde, und als Sova unbedarft fragte: »Dad, was ist das da auf deinem Kopf?«, war er entsetzt gewesen – einen Moment lang. Dann waren seine Pupillen zu Schlitzen geschrumpft und er hatte sich den Rest des Ausflugs über ihre Dreistigkeit empört – mit diesem *Hunger* in den Augen.

Der Boxsack ächzte unter der schnellen Abfolge von Schlägen und Tritten.

Sova war sieben gewesen, als sich Dads Zunge geteilt hatte. Mitten im Satz. Onkel Cain hatte Sova und Fel gepackt und aus dem Wohnzimmer gescheucht, während Mama zurückblieb. Die furchtbaren Schreie aus dem Wohnzimmer hatten Sova wochenlang in ihren Träumen verfolgt – und das, was danach kam. An diesem Abend hatte Mama sie das erste Mal mit in den Keller genommen. Zu den *Gästen.* An diesem Abend hatte sie erfahren, warum der Keller tabu war. An diesem Abend hatte Mama ihr gezeigt, wie sie die Hände auf die Schläfen und den Hals des zerknitterten Mannes auf dem Boden legen musste. Sova hatte geweint. »Warum, Mama?« – »Du willst doch, dass Dad gesund wird, nicht wahr, *shae*?« Also hatte sie getan, was Mutter verlangte. Gelernt, die Gäste in den Schlaf zu singen, die richtigen Stellen zu kneifen, die Hände fest genug auf die Kehle zu drücken. Danach hatten sie die Beute nach oben gebracht. Mit genug Träumen im Bauch wurde das Ding im Schlafzimmer wieder Dad.

Zwei rote Flüche. Der erste verfehlte die Zielscheibe, der zweite zersplitterte sie.

Als Sova acht war, hörte das Ding im Elternschlafzimmer für immer auf, Dad zu sein. Er war gerade dabei, ihr und Fel eine Gutenachtgeschichte vorzulesen, mit starrem Blick und blecherner, leiernder Stimme – er hatte schon lange vergessen, wie man Freude oder Überraschung oder Liebe in Töne packte. Sova hatte Fel an sich gedrückt, doch ihre kleine Schwester hatte weiterhin gezittert. Fel kam nicht gerne hinauf. Bitterer Schwefelgeruch klebte an der Tapete, obwohl das Fenster immer offen stand, und mischte sich mit dem Aroma des Glottiskrauts und des Therox-Suds auf Dads Nachttisch. Dad unterbrach seine eigenwillige Interpretation von *Lanzo und die Bernsteinflamme*, um Fel für ihr Zittern zu verspotten, und Sova für ihren angespannten Kiefer – und er sah so *hungrig* dabei aus!

»Keine Angst, Fel«, flüsterte Sova ihrer Schwester in das dunkle Haar.

»Doch, kleine Felina«, erwiderte das Ding in den Kissen mit einem ausgehungerten Glitzern in den Augen und leckte sich mit der gespaltenen Zunge über die trockenen Lippen. »*Hab* Angst. Ich bitte darum.« Sova hatte ihre Schwester aus dem Raum gezerrt und nach ihrer Mutter gerufen; Mama und Onkel Cain waren ins Schlafzimmer gestürzt. Sova hatte Fel die Ohren zugehalten, damit sie die Schreie und das Fluchen nicht hörte, die Augen zugepresst und zu Nantey und Morlynn und allen anderen Geistern und Sternen gebetet, dass das alles nur ein böser Traum war. Irgendwann war es oben still geworden. Und als Mamas Schluchzen schließlich die Treppe hinunterwehte, hatten die Schatten zu tanzen begonnen, und ein Monster hatte Fel angesprungen. Ein Monster mit Hörnern und roten Augen und Zackenschwanz, das nach Dads Rasieröl roch. Dann war Mama da gewesen, hatte den Emon fortgerissen. »Vorsicht, das ist doch Dad!«, hatte Sova geschrien.

»Das ist *nicht* Dad!«, hatte ihre Mutter gezischt, die Lippen nur ein dünner Strich in ihrem spitzen Gesicht. Trotzdem hatte sie es nicht über sich gebracht, das Ding aus dem Haus zu werfen. Niemals. Nicht wirklich, selbst, als es irgendwann von allein das Weite suchte.

Keuchend verpasste Sova dem Boxsack einen weiteren Schlag. Sie wollte noch einmal ausholen, doch sie bekam keine Luft mehr. Erst jetzt begriff sie, dass das Schluchzen nicht aus ihrer Erinnerung stammte. Es war nicht das Schluchzen ihrer Mutter, sondern ihr eigenes. Sie hielt den Sack fest, drückte die Stirn gegen das kühle Leder und wünschte die Welt fort.

»Hey, du wärst immer noch gut in der Furis aufgehoben.«

Jäh hob Sova den Kopf. Sie hatte Luas nicht hereinkommen hören. Er stützte sich auf seinen Gehstock und betrachtete das Chaos, das sie mit ihren Flüchen angerichtet hatte. Schnell senkte sie den Kopf und hoffte, dass das Leder ihre Tränen verstecken würde.

»Es ist okay, traurig wegen Petyor zu sein«, sagte Luas leise. »Und Angst zu haben.«

»Ich hab keine Angst«, muffelte Sova in den Boxsack. »Ich bin bloß stinksauer. Fällt eigentlich niemandem auf, wie verkorkst es ist, dass wir den Tod feiern?«

»Besser sterben, als zum Parasiten zu werden.« Mit dem leisen Klonken seines Stocks kam Luas zu ihr. »Armer Petyor.«

»Petyor ist es jetzt scheißegal«, fauchte Sova und stieß den Boxsack von sich. »Petyor Gill gibt's nicht mehr – nur noch ein Ding, das bloß ans Fressen denkt und seine Frau und seine Tochter anfallen wird, ohne es zu merken.«

Luas blickte sie an. »Du nimmst das zu persönlich, Sova. Dein Dad –«

»Mein Dad?« Sova verpasste dem Boxsack einen weiteren Schlag. »Mein *Dad*? Luas, *ich* gilde genauso viel wie Petyor! Wie lange, denkst du, dauert es noch bei *mir*?«

Erst jetzt erblühte die Erkenntnis in Luas' dunklen Augen. Entschlossen schüttelte er den Kopf. »Quatsch, Sova! Du bist siebenundzwanzig, du hast noch massig Zeit, bevor du auch nur dran denken musst, ins Hospiz zu gehen!«

»Ach ja?« Schlag. Tritt-Schlag-Schlag. »Wie oft gildest du, Luas?«

»Alle zwei Tage.«

»Ganz genau! Und das auch nur, weil du chronische Schmerzen hast, wegen deines Fußes! Die meisten in unserem Alter gilden dreimal die Woche! Ich gilde zweimal am Tag, Luas! Öfter, wenn ich Magie benutze!«

»Ja, jetzt!« Luas hielt den Boxsack fest, damit Sova ihn nicht weiter malträtieren konnte. »Weil du in den Tombs sechs Jahre lang nicht vernünftig gilden konntest. Natürlich hast du mehr Worn als die meisten in unserem Alter! Du brauchst bloß Zeit, Sova, das pendelt sich alles wieder ein, wenn du vollständig regeneri-«

»Ich bin seit fast einem Jahr raus aus den Tombs, und es wird nicht besser!«, rief Sova. Ihre Stimme brach erneut. »Weißt du, ich hab immer gedacht: Selbst, wenn es bei mir so früh einsetzt wie bei Dad, gibt es immer noch die Nooks, wo man in Würde sterben kann – alles besser als das Emonium. Alles besser, als ein Parasit zu werden! Und jetzt funktioniert nicht mal mehr das!« Sie schlug den Boxsack mit der flachen Hand. Die rote Magie an ihren Fingern kokelte ein Loch in das Leder; langsam rieselte der Sand auf den Boden. »Mein Dad war schon verdammt jung, mit zweiundvierzig. Ich bin froh, wenn ich's bis zweiundvierzig schaffe!«

»Red nicht so einen Mist!« Nun drängelte Luas sie fort von dem Boxsack und zog sie in eine Umarmung. »Wir haben dich gerade erst wiederbekommen, so schnell lassen wir dich nicht gehen!«

»Man kann das Emonium nicht wegwünschen, Luas!« Sie sträubte sich gegen seine Umarmung, die Tränen brannten in ihren Augen wie Essig, doch er ließ sie nicht los.

»Klopf klopf«, sagte jemand.

Moira stand in der Tür zur Halle. Sie wirkte zerrupft und blass. Mit einem schwachen Lächeln hielt sie drei kleine blaue Flaschen in die Höhe. Selkietränen. »Trostpflaster gefällig?«

»Flüssiger Trost?« Sova wickelte sich aus Luas' Armen. »Wie überaus irisch!«

»Immer diese Klischees, Sonnenschein.« Moira trat zu ihnen und reichte Luas und Sova je eine Flasche. Sie sah selbst aus, als könnte sie eine Runde Trost gebrauchen, dachte Sova und schämte sich, wie attraktiv Projekt Black nach diesem Abend schien. Sie hatte nicht den Fehler gemacht, es Lear gegenüber anzusprechen – nicht, nachdem Moira die Hypnos-Phiolen aus der Sub Side mitgebracht hatte – aber seit dem Emonium stichelte der Gedanke wieder in ihrem Hinterkopf.

Moira hob ihre Flasche. »Auf Mr. Gill?«

»Auf Petyor.«

Mit einem leisen Klirren stießen die drei Flaschen aneinander.

-2-

»Also noch mal«, sagte die Hexe. Sie hockten zu dritt auf einer der Trainingsmatten. Das salzige Aroma der Selkietränen verscheuchte den Turnhallengeruch. »Die ganze Idee hinter diesem Markt ist, dass euer Solidarsystem euch lange genug gesund hält, damit ihr in Frieden *sterben* könnt, bevor …«

»Bevor wir uns in Meta-Parasiten verwandeln. Richtig.« Luas genehmigte sich einen großzügigen Schluck. »Wenn wir genug Fangende haben und genug Beute reinkommt, funktioniert es ja auch. Wir hatten lange keine Fälle von Emonium mehr.«

Moira nickte. Dafür, dass sie soeben gesehen hatte, wie sich ein Mann in ein Monster verwandelte, wirkte sie einigermaßen gefasst. »Das erklärt natürlich diese morbide Feier.«

»Morbide?« Sova gab sich keine Mühe, langsam zu trinken. Selkietränen enthielten keinen Alkohol, doch der salzige Rausch machte ihren Kopf angenehm leicht – genau das, was sie jetzt brauchte. »Wenigstens tun wir auf unseren Partys nicht so, als würden wir das Blut und Fleisch eines heiligen Babys essen.«

Luas stieß ihr den Ellbogen in die Seite, doch Bran prustete los.

Sova zuckte mit den Schultern. »Sterben scheint mir jedenfalls eine gute Alternative dazu, sich in ein seelenloses Monster zu verwandeln.«

»Na ja, Vampire sind schon die elegantere Variante, wenn man seelenlos sterben will«, meinte Moira.

»Vampire!« Sova blinzelte. »Die erinnern sich wenigstens, und fühlen manchmal! Aber Emonen? Die fühlen nichts. Die wissen nichts. Sie erinnern sich an nichts – nicht an ihr Leben, nicht an diejenigen, die sie geliebt haben, nicht an ihren Namen …«

»Was ist dann mit Algie?« Moira runzelte die Stirn.

Luas machte eine wegwerfende Handbewegung. »Hat den Namen wahrscheinlich irgendwann aufgeschnappt. Es gibt und gab keinen Traumjagenden namens Algernon in Fort Nook. Ami hat nachgesehen, weil's so ungewöhnlich ist, dass sie überhaupt sprechen.«

»Und das alles nur, weil diese Pfosten es toll fanden, uns in Parasiten zu verwandeln«, brummelte Sova und nahm einen großen Schluck Selkietränen.

»Wer sind *diese Pfosten*?«, fragte Moira.

»Ilder. Die anderen Dämonen. Ist 'ne lange Geschichte.« Luas rollte sein Hosenbein hoch, löste die Ledermanschette und die Riemen, die seine Prothese oberhalb seines Knies befestigten, und nahm den Unterschenkelersatz ab. Mit einem erleichterten Seufzen streckte er das Bein aus, das kurz unter dem Knie endete.

»Wir haben doch Zeit.« Moira setzte sich in den Schneidersitz und zog sorgsam ihren Rock zurecht, damit ihre Knie bedeckt blieben. »Deine Alchemisten-Kollegen sind immer noch dabei, Rubens Hypnos auseinanderzunehmen.«

Luas richtete sich auf. »Okay, pass auf. Damals, in -«

»Willst du wirklich mit dieser hässlichen Geschichte anfangen?«, fragte Sova. »Die Nacht ist doch schon beschissen genug.«

»Die Seelennacht ist perfekt für diese hässliche Geschichte«, entgegnete Luas stur und stieß mit Moira an, als die Hexe ihm ihre Flasche hinhielt. Er lehnte sich zurück. »Also, das galbrische Reich sagt dir was, ja?«

»Das magische Europa? Sicher.« Moira zog eine Grimasse. »Unsereins nennt es auch gerne DDD – Die Dämonische Diktatur.«

»Wie kreativ.« Sova legte sich auf den Rücken und streckte die Arme über den Kopf. »Erwähnen sie auch, dass das magische Europa *wollte*, dass wir den Laden schmeißen und sie vor den Menschen beschützen? Oder dass der Ilderrat demokratisch gewählt wurde?«

»Wäre nicht die erste demokratisch gewählte Diktatur«, erwiderte Moira spitz.

»Und ihr wärt nicht die Ersten, die sich im Nachhinein als Opfer inszenieren«, sagte Luas gut gelaunt. Je mehr er trank, desto widerlich fröhlicher wurde er. Er überlegte einen Moment. »Also, stell dir vor: Europa um die Jahrtausendwende. Die Menschen verfallen zunehmend ihrem merkwürdigen Monotheismus und wollen nichts mehr mit uns magischem Volk zu tun haben. Jagen uns. Es wird gefährlich für uns, auch nur mit Menschen zu reden. Die Feen haben keine Lust mehr auf den Zirkus, also bauen die Dämonen ihnen einen großen Locus – einen magischen Ort, an den sie auswandern können. Die Anderswelt, du kennst die Geschichte sicher. Menschen können diesen Ort nicht sehen, lassen die Feen in Ruhe … Es ist die perfekte Lösung. Also bauen wir überall Loci, von Arkadien bis Avalon, von Atlantis bis Alexandria, von den Wäldern des Vostirin und den Ruinen des alten Alawis bis zu den Steppen des alten Tulienmar, und plötzlich hast du ein Anderes Europa, das fast so groß ist wie das Römische Reich. Nicht leicht zu verwalten, aber gut organisiert.«

»Von Dämonen«, sagte Moira trocken.

»Von Dämonen, genau.« Luas nickte eifrig. »Weil Vampire, Kobolde, Magier und was da noch so alles lebte, den Job nicht machen wollten. Und lange Zeit ist es gut gegangen. Besonders Magier und Dämonen kamen blendend miteinander klar, damals, als wir noch alle zusammenlebten und lernten und … Na ja.« Er räusperte sich. »Jedenfalls, wir Averna, wir waren ursprünglich gar keine spezielle *Art* von Dämonen, verstehst du? Ursprünglich war die Averna die Ethik-Kommission im galbrischen Reich. Ein Kontrollinstrument, damit die Dämonen im Allgemeinen und die Regierung im Besonderen ihre Macht nicht missbrauchen.«

»Bei allem Respekt, aber ihr wart nicht besonders gut in eurem Job«, sagte Moira und hob ihre Flasche. »Das galbrische Reich ist gefallen, weil alle die Nase voll von den Possessionen hatten.«

»Da«, sagte Sova und tippte Moira mit dem Zeigefinger auf die Nasenspitze, »liegt ja der Hase im Pfeffer, Sherlock.« Ihre eigene Laune besserte sich. Vielleicht lag es an den Selkietränen. »Genau das fand die Averna nämlich auch.«

»Jap.« Luas nahm einen großen Schluck. »Gib den Mächtigsten einen Spielplatz, und sie, nun ja, spielen. Mit Menschen, mit Magiern … Possessionen waren ein Riesenproblem, damals. Und die Averna wollten scharf dagegen vorgehen. Bei einem so großen Reich war das allerdings nicht so einfach. Wie sollen Averna in Alawis wissen, dass ein Dämon in Neapel gerade Besitz von einem Zwölfjährigen ergreift? Und da kommt der Schlüssel ins Spiel.«

»*Der* Schlüssel?« Moiras Augen weiteten sich. »Was habt ihr denn mit dem Schlüssel zu schaffen?«

»Alles.« Sova setzte sich auf und nahm einen so großen Schluck, dass ihre Augen tränten. »Die Averna-Kommission hat den Schlüssel erschaffen.«

Nun klappte der Hexe tatsächlich der Mund auf. »Wie bitte?«

»So sieht's aus.« Luas massierte seinen Fußstumpen. »Einige der bekanntesten Averna-Mitglieder haben daran gearbeitet. Lierre Ellion, Marsell Arrain, Berseem Skorpin, Osmond Sagittar, Glagol Taur …«

»Wenn die Sub Side wüsste, dass eure Vorfahren den Schlüssel erschaffen haben, würden sie euch nicht jagen, sondern als Helden feiern«, warf Moira ein.

»Das glaube ich gern«, sagte Sova trocken.

LuasräusperteumAufmerksamkeit.»Also,esistsechzehnhundertirgendwas in Glendrisk, der Hauptstadt des galbrischen Reichs, und Lierre Ellion hat endlich die rettende Idee, wie man den Possesseuren das Handwerk legen kann. Sie entwickelt einen intelligenten Zauber – einen, der die Namen der bekanntesten Dämonenfamilien kennt, der seine Augen überall hat und der merkt, wenn Magie für Possessionen benutzt wird. Und, das ist der Clou an der Geschichte, der es der Furis ermöglicht, die Delinquenten sofort zu sich zu rufen – im Idealfall, bevor sie die Possession überhaupt begehen können.«

»Wie eine Beschwörung?« Moira runzelte die Stirn.

»Genau.« Sova nickte. »Geniale Idee, wirklich, und das meine ich ernst. Die Regierung sah das allerdings ein wenig anders und hat das Ding rigoros abgelehnt.«

»Zu gefährlich«, ergänzte Luas, »zu mächtig. Der Ilderrat hat der Averna verboten, den Schlüssel zu erschaffen oder auch nur darüber zu reden.«

»Müßig, zu sagen, dass der damalige Ilderrat Menschen und Magier für unnütze Kriechtiere hielt, die Possessionen verdienen«, grollte Sova. »Die wollten sich von der Averna nicht reinreden lassen.«

»Na ja, komm schon«, sagte Luas, »ein Stück Magie, das mehr sieht, schneller denkt als du und ich *und* im Zweifelsfall den freien Willen unterdrücken kann? Es gab durchaus ernstzunehmende Bedenken gegen das Teil.«

»Aber der Schlüssel wurde trotzdem gebaut, richtig?« Moira knibbelte am Etikett ihrer Selkieflasche.

»Selbstverständlich.« Sova trank und ließ die salzige Flüssigkeit einen Moment auf ihrer Zunge prickeln. »Die gesamte Averna hat zwölf Jahre daran gearbeitet und ihn schließlich auch eingesetzt. Heimlich. Hat wohl ganz gut funktioniert.«

»Zumindest, bis der Schlüssel in die falschen Hände geriet«, seufzte Luas. »In die Hände von Magiern, die sich nicht länger von Dämonen herumschubsen lassen wollten. Sie haben ein bisschen an dem Schlüssel herumgeschraubt, und dann beschworen sie ein Mitglied des Ilderrats nach dem anderen, um sie hinzurichten. So schnell und effizient wurde wohl noch keine andere Regierung gestürzt.«

Sova beäugte die Hexe scheel. »Bei euch ist das alles eine heldenhafte Geschichte, was?«

»Eventuell fiel im Geschichtsunterricht mal das Wort *Befreiung*«, murmelte Moira. Sie wirkte blass um die Nase.

»Jedenfalls«, fuhr Luas fort, »flohen die übrigen Dämonen in den Untergrund und fragten sich, wie zum Henker die Magier plötzlich so mächtig werden konnten – vor unserer *schmächtigen Verwandtschaft* hatten wir vorher schließlich nie etwas befürchten müssen. Und dann kam heraus, dass die Averna den Schlüssel tatsächlich gebaut und benutzt haben.«

»Und statt sich zu überlegen, wie man die ganze Misere beenden könnte«, meinte Sova, »haben sie ihre Energie für ihre Rachepläne verschwendet.«

»Die Averna und ihre Familien wurden festgenommen, aber Haft oder Exekution erschien den anderen Dämonen nicht drastisch genug als Strafe«, sagte Luas. »Also verfluchten sie die Averna, auf dass ihre Seelen schrumpften, langsam und schmerzhaft, über Jahre, bis sie am Ende zu dem wurden, was sie an den Possesseuren am meisten verabscheuten: Monster, für die Menschen und Magier, die sie immer hatten beschützen wollen, nicht mehr sind als bloßes Futter.« Unbehaglich zog er die Knie an. »Letztlich ist Worn genau das: Die Seele, die immer weiter schrumpft.«

»Und damit die Lektion auch ja sitzt, haben sie den Fluch erblich gemacht.« Sova verdrehte die Augen. »Der Ilderrat war echt sauer.«

Moira schüttelte verwirrt den Kopf. »Okay, das ist furchtbar. Bloß sehe ich den Zusammenhang mit den Träumen nicht.«

Sova schenkte ihr einen befremdeten Blick. »Wirklich nicht? Du hättest deinem Charlie seine Angst bei vollem Bewusstsein aus der Brust gerissen und in Kauf genommen, dass er stirbt oder Zeter und Mordio schreit und dich wegen Körperverletzung anzeigt. Und dir fällt nicht ein, welche Vorteile es haben könnte, wenn die Spendenden nichts vom Gilding mitbekommen?«

Befriedigt stellte sie fest, dass Moira das Blut in die Wangen schoss.

»Das mit den Träumen war Theresa Lears Idee.« Luas leerte seine Selkietränen. »Genialer Kopf, die Frau. Hat herausgefunden, dass Träume auch nur verpackte Gefühle sind, und auch gleich einen Weg gesucht, wie man sie extrahiert, ohne die Spender zu wecken. Das hat Wunder für unsere Lebensqualität gewirkt, sag ich dir, auch wenn es anstrengender und aufwendiger ist.«

»Nicht mal meine Mutter hat daran etwas auszusetzen«, sagte Sova lakonisch. »Und die lässt ansonsten kein gutes Haar an Lear.«

»Dann macht ihr das mit den Träumen noch gar nicht so lange?« Moira schaute von Sova zu Luas.

»Doch, doch. Lear ist so alt wie Methusalem.« Luas zuckte mit den Schultern. »Glück und gute Erbanlagen, würde ich sagen, dass sie noch unter uns weilt. Bei anderen geht es schneller, die …« Sein Blick fiel auf Sova, und er biss sich rasch auf die Lippen.

Womit sie wieder beim Ausgangsthema waren. Mit rapide sinkender Laune lockte auch Sova die letzten Tropfen aus ihrer Flasche – und stutzte. Mit schmalen Lippen fasste sie Moira ins Auge. »Sind wir dann jetzt fertig mit dem Interview?«

»Interview? Was meinst du?« Die Hexe runzelte die Stirn.

Sova griff nach ihrer Flasche. Sie war noch voll. Die Hexe hatte keinen Schluck daraus getrunken. Sova bleckte die Zähne. »Das hat doch Klasse.«

Verwirrt richtete Luas sich auf. »Was ist denn los?«

»Leute betrunken machen, um ihnen Informationen aus der Nase zu ziehen?« Sova schnaubte ärgerlich. »Stilvoll, *vitjka*, wirklich!«

»Jetzt komm mal runter, Sova«, sagte Luas. »Du siehst wirklich Gespenster!«

»Weil ihr so was nicht im Traum einfallen würde, hm?« Sova rappelte sich auf. Sie wusste nicht, wo diese plötzliche Wut herkam, konnte sich aber auch nicht bremsen. »Du würdest auch nie in persönlichen Akten schnüffeln, nein, Missy?«

Moiras Miene wurde eisig. Warum zum Henker hatte Sova nicht vorher gemerkt, dass sie stocknüchtern war? »Noch mal, Sonnenschein, ihr habt mich engagiert, damit ich in Akten und Dreckwäsche schnüffle.«

»Aber nicht in unserer!«

»Sova, beruhige dich!« Hastig griff Luas nach seiner Beinprothese, doch ehe er sie wieder festgeschnürt hatte, kam auch Moira auf die Beine.

»*Unserer* ist das Stichwort!«, rief sie, und Sova stellte überrascht fest, dass die Hexe noch nie zuvor in ihrer Gegenwart die Stimme erhoben hatte. »Weil ihr Hypnos an Mistkerle wie McGowan verkauft, ist eure Dreckwäsche jetzt auch meine Dreckwäsche! Das bedeutet, dass ich nach fünfzehn Jahren plötzlich wieder rote Eruptionen habe? Okay! Das bedeutet, dass ich die Gefühle von anderen Leuten essen muss, um nicht durchzudrehen -«

»Gilden«, zischte Sova durch die Zähne, »es heißt gilden!«

»Okay! Aber wenn es bedeutet, dass meine *Seele* schrumpft, obwohl ich immer noch bezweifle, dass es so etwas wie die Seele überhaupt gibt, dann geht mich das verdammt noch mal etwas an!« Moira spuckte eine Haarsträhne aus, die sich während ihrer Tirade in ihren Mund verirrt hatte. Rosa Flecken übersäten ihren Hals und ihre Wangen. »Und du explodierst jedes Mal, wenn man dir eine Frage zu viel stellt! Wenn ich dich also abfüllen muss, um eine vernünftige Antwort aus dir herauszubekommen, dann nehme ich das in Kauf!«

»Klar tust du das!«, fauchte Sova – und wich zur Seite aus, als eine unerwartete rote Woge aus Moiras Hand brach. Hinter ihr plumpste der Boxsack endgültig zu Boden.

Fluchend steckte sich die Hexe ihre schwelenden Finger in den Mund.

Sova verbarg das Gesicht in den Händen. Die Halle wurde einige Nuancen dunkler, ihr Kopf begann zu schmerzen. Unter ihren Rippen pochte es unangenehm. Scheiße. »Du hättest einfach fragen können«, murmelte sie in die plötzliche Stille.

»Und du hättest einfach sagen können, dass du nach der Sache mit Petyor nicht alleine sein willst, Moira«, fügte Luas hinzu. Endlich hatte er seine Prothese befestigt und rappelte sich auf. »Es ist vollkommen in Ordnung, dass dir das Ganze Angst macht.«

»Angst? Mich macht das Ganze vor allem wütend!« Mit schmalem Mund massierte Moira ihre geröteten Finger. »Ich lasse mich fast von einem Kureter festnehmen, nur um dann rauszufinden, dass ich wahrscheinlich zu einem gefühlsfressenden Wollknäuel mutiere, bevor ich bezahlt werde!«

Müde blickte Luas von einer zur anderen. »Euch beide würde es wirklich umbringen, zuzugeben, dass ihr Angst habt, was?«

Zur Antwort nahm Moira bloß einen großen Schluck aus ihrer Selkieflasche.

»Wir wissen nicht mal, ob dich das Emonium überhaupt betrifft«, grollte Sova, doch ihre Wut war verpufft. Zurück blieb nur bleierne Erschöpfung.

»Wir wissen zu wenig darüber, was überhaupt mit dir los ist, okay? Für uns ist das auch Neuland.« Sie blickte Moira nicht in die Augen, spielte stattdessen mit ihrer leeren Flasche.

Moira verlagerte unruhig das Gewicht. Ihre Aura war mittlerweile beinahe wieder gelb; an einigen Stellen allerdings blieben dunkle, braune Flecken haften. »Hat sich das Konzil mal dazu geäußert? Was die mit mir vorhaben, nach den Ermittlungen?«

»Laut Vertrag bist du uns dann los«, murmelte Sova. »Aber als Lear den Vertrag aufgesetzt hat, wussten wir noch nicht, was mit dir los ist.«

»Ich hab den Vertrag *nach* meiner ersten Eruption unterschrieben«, sagte Moira scharf. »Und ich glaube keine Sekunde lang, dass Lear nicht geahnt hat, was noch kommt.«

Endlich hob Sova den Kopf, blickte ihr direkt in die Augen. »Ich will nicht lügen, *vitjka.* Es gibt ein paar Leute, die sich durchaus für deine … Entwicklung interessieren.« Sie biss sich auf die Lippen, doch dann spuckte sie es aus. »Nantey, *ich* hab mich am Anfang viel mehr für deine Eruptionen interessiert als für deine Ermittlungsfähigkeiten – du weißt ja, wie begeistert ich von Lears Idee war, dich als Detektivin einzusetzen.«

Moira blinzelte sie irritiert an – und Luas ebenfalls. Das war eigentlich noch schlimmer.

»Deshalb warst du so komisch?«, fragte er. »Ich dachte, du mochtest sie einfach nicht, weil sie eine Hexe ist.«

Sova schluckte. Plötzlich war ihr Mund trocken und ihr Herz klopfte viel zu schnell. »Ich dachte, es gäbe sinnvollere Dinge, die eine Hexe für uns tun könnte, die zwei Monate mit Hypnos abgefüllt wurde«, sagte sie heiser. »Damals. Bevor sie im Alleingang drei Fonda-Spitzel auf dem Markt enttarnt und bewiesen hat, dass Lear weiß, was sie tut, und ich eine paranoide Schnepfe bin.«

Sie hörte Luas‘ leises Stöhnen und wagte es kaum, die Hexe anzuschauen. Doch als sie den Kopf hob, lehnte Moira an der Wand und erwiderte ihren Blick. »Hätte ich vielleicht auch gedacht, wenn mir jemand eine Hexe, die nicht zaubern kann, vor die Nase setzt und behauptet, sie würde hinkriegen, was selbst die Überbleibsel der Furis nicht geschafft haben.« Sie zuckte mit den Achseln. »Heißt das, das Konzil will, dass ich Versuchskaninchen für sie spiele, wenn das alles vorbei ist?«

»Möglich«, hauchte Sova. Der Knoten in ihrem Magen löste sich, und zum ersten Mal seit Petyors Emonium fiel ihr das Atmen wieder leichter. »Kann sein, dass sie dir nach den Ermittlungen ein neues Angebot machen.«

»Das können sie vergessen«, grollte Moira.

»Und so dreist werden sie wohl auch hoffentlich nicht sein«, meinte Luas. »Selbst, wenn du unsere Vermissten nicht findest, Moira – dank dir wissen wir jetzt, dass unser Hypnos bis in den magischen Sub Side-Senat gehandelt wird.« Er fasste Sova und Moira an den Ellbogen und schob sie sacht zum Hallenausgang. »Apropos. Lasst uns mal schauen, wie weit meine Kollegen mit dem Hypnos sind.«

-3-

Aber der Alchemiezirkel hockte bis zum Morgengrauen über den Hypnosproben. Als sie endlich bereit waren, die Ergebnisse ihrer Untersuchungen zu verkünden, drängte sich ganz Fort Nook um die Schätzpavillons. Die meisten Averna waren guter Dinge, viele unerhört optimistisch. Einige klopften Moira sogar auf die Schultern, obwohl die Hexe dreinblickte, als würde man demnächst über ihr Schicksal entscheiden. So falsch war das wohl nicht – die Analyse würde zeigen, ob sie ihre Zeit verschwendet hatte oder nicht. Sova selbst kaute angespannt auf ihrer Unterlippe herum.

»Die Analyse der Proben aus dem Besitz von Senator Parcival Ruben bargen einige Schwierigkeiten«, trompetete Meister Virgil. »Zum einen waren sie schon einen guten Monat alt, und bekanntermaßen reduzieren sich die Identifikationsstränge im Hypnos mit zunehmendem Alter exponentiell. Zum anderen waren die Proben nicht rein, sondern …«, er krauste seine spitze Nase, »wiesen beachtliche Speichelspuren von Senator Ruben auf.«

»Komm zum Punkt!«, rief jemand.

Virgil ignorierte den Zwischenruf und badete sichtlich in der allgemeinen Aufmerksamkeit, obwohl selbst Theresa Lear ihn mahnend ansah. »Trotz aller Schwierigkeiten konnten wir herausfinden, dass es sich bei den Proben um ein Meta-Medikament handelt -«

»Ja, danke, wir wissen, was wir da jede Nacht verkaufen!«, rief Martin Silver. »*Wessen* Hypnos es ist, wollen wir wissen! War ein Identifikationsstrang von Alyss dabei?«

Virgil strafte ihn mit einem finsteren Blick. »Ah, mein lieber Martin, genau da liegt ja das Problem!« Er schaute erst zu Moira, dann zu Lear hinüber. »Es tut mir leid, keine erfreulichere Nachricht verkünden zu können, aber …« Er stockte – die Spannungspause war zum Kotzen. »Bei den Proben handelt es sich nicht um Hypnos.«

Mit einem Schlag erstarb das Gemurmel der Dämonen. Sova fühlte sich, als hätte Virgil ihr in die Magengrube geboxt; neben ihr fluchte Luas vernehmlich, und Moiras Wangen nahmen einen ungesunden Grünton an, als sich die Blicke der Fängerschaft auf sie richteten.

Lear jedoch nickte bloß knapp. »Aber ich nehme an, ihr habt nicht die ganze Nacht gebraucht, um das herauszufinden. Um was für eine Meta-Droge handelt es sich?«

»Nun …« Verlegen kratzte sich Virgil an seinem schütteren Schopf. »Das konnten wir leider nicht festmachen, Ma'am, bedaure. Wir wissen nur, dass es Hypnos in Struktur, Konsistenz und Verhalten stark ähnelt, aber es *ist* kein Hypnos.«

Moira fluchte verhalten – auf Gälisch, wenn Sova sich nicht täuschte. Kein Wunder – die Ruben-Aktion hatte sie eine ganze Woche gekostet. »Ich brauch Scotch«, beendete sie ihre Tirade in frustriertem Englisch.

»Rhea hat guten«, bot William an, der mit hängenden Schultern neben ihr stand.

»Bin dabei«, sagte Luas deprimiert. »Kommst du mit, Sova?«

»Nee, ich bin raus.« Sova verschränkte die Arme, als könnte sie die neuerliche Ruhelosigkeit durch bloßes Festhalten beschwichtigen. »In der Trainingshalle sind noch ein paar Boxsäcke, dir mir entgangen sind.« Sie zögerte. »Dein Plan war gut, *vitjka.* Ich hoffe, du hast noch ein paar von der Sorte – irgendeiner wird schon aufgehen.«

Zur Antwort lachte Moira freudlos auf. Sie wirkte so unbehaglich, dass Sova sie in eine schnelle Umarmung zog.

Ehe sie den befremdeten Blick ertragen musste, wandte Sova sich ab und rannte. Nicht zur Trainingshalle – einfach weiter. Einfach in Bewegung bleiben. Sie ließ die Außenbezirke der Nooks hinter sich und sprintete in den Wald dahinter – jene merkwürdige Traumlandschaft, die Lear erschaffen hatte. In der Menschenwelt musste der Battery Park hier längst zu Ende sein und in die rauschenden Fluten des Hudson übergehen, doch hier, hinter dem Schleier, in der anderen Welt, roch es nach Lärchennadeln. Hier tollten die wilden Träume herum, vor denen man sie gewarnt hatte, als sie das erste Mal in die Nooks gekommen war. Ein kleiner Albtraum in Gestalt eines fünfköpfigen Skeletthundes hechtete an ihr vorbei, verfolgt von einem Schwarm Motten. Die kalte Luft brannte in ihren Lungen, in ihrer Seite stach es. Sie ignorierte den Schmerz, rannte, rannte, bis ihre Beine zitterten. Keuchend blieb sie stehen, stützte die Hände auf die Knie und blickte sich um. Sie sah nur verschwommen, erkannte jedoch, dass sie am Rande einer kleinen Lichtung stand. Auf säuberlich angelegten Beeten wuchsen Theroxkraut, Saigallwurzeln und sogar winzige, schwächliche Belrohilsetzlinge. Lears Garten. Sova schloss die Augen und lehnte sich an eine Lärche. Im nächsten Moment ertönten Stimmen aus den Büschen auf der anderen Seite der Lichtung.

»… bleibe dabei, Theresa, wir verschwenden unsere Zeit!«

»Und ich bleibe dabei, Hector, dass die Ermittlungen erst seit vier Wochen laufen!«

Rasch tauchte Sova hinter einem Holunderbusch ab. Lear kniete sich ruppig neben ihre Saigallpflanzen und begann, Unkraut vom Beet zu zupfen. Hector Sagittar und Aleph Taur standen über ihr, beide mit finsteren Mienen.

»Ich weiß nicht, was du hast, Hector«, knurrte Aleph. »Das war nur ein Rückschlag.«

»Ich sehe, was ich sehe«, fuhr Sagittar dazwischen. »Wir füttern die Hexe seit vier Wochen durch und sie hat uns noch nichts Brauchbares geliefert!«

»Drei Spitzel auf dem Markt sind für dich also nichts Brauchbares?«, fragte Lear. Ihre Stimme klang gelassen, doch ihre Augen flammten scharlachrot auf, und während sie sprach, wuchsen ihre Hörner in die Länge und wurden merklich spitzer.

»Muss das sein?«, meinte Sagittar unbehaglich. »Ich hasse es, wenn du das machst.«

»Und ich hasse es, wenn ihr moralisch verwerfliche Vorschläge anschleppt, Hector, aber ich überlebe es trotzdem.« Vorsichtig trennte Lear einen Blütenkopf ab und betrachtete ihn prüfend.

»Fakt ist«, sagte Aleph, »dass die Hexe strukturiert arbeitet. Es ist nicht, als würde sie planlos durch die Gegend tappen – sie erstattet mir einmal die Woche Bericht über die Schritte, die sie als Nächstes plant. Hast du ernsthaft geglaubt, sie bringt unsere Vermissten über Nacht zurück?«

»Ich habe mit mehr Fortschritten gerechnet, ja«, erwiderte Sagittar. »Das Konzil wird langsam unruhig, Theresa. Die Leute haben ihre, wie ich meine, berechtigten Zweifel, ob es so sinnvoll ist, eine Hexe nach unseren Vermissten fahnden zu lassen. Noch dazu eine Hexe, die Worn bekommt.«

Ehe er fortfahren konnte, hob Lear die Hand.

»Ich will kein Wort mehr hören, Hector. Projekt Black bleibt tabu, verstanden?«

»Aber Skorpin hatte wirklich nicht unrecht! Wir haben immer mehr Emoniums. Die Nooks brechen zusammen, und mit Projekt Black -«

»Projekt Black bleibt tabu«, wiederholte Lear ungewöhnlich gereizt. »Sova steht selbst nicht mehr hinter ihrem Vorschlag, sogar sie hat begriffen, dass es zu gefährlich ist!«

»Was wir jetzt gerade machen, ist ebenso gefährlich für uns«, erwiderte Sagittar sanft. »Das Konzil interessiert sich sehr für Projekt Black. Du hast zur Genüge deine Bedenken kundgetan, liebe Theresa, aber wenn deine Hexe nicht bald brauchbare Fortschritte macht …«

Nun erhob sich Lear. Mit ihren langen Hörnern war sie größer als Sagittar, und er wich tatsächlich einen Schritt zurück. »Mach nicht den Fehler, mir zu drohen«, sagte sie leise.

»Ich drohe niemandem, Theresa. Ich sorge mich genauso um die Sicherheit der Nooks wie du. Ich setze dich bloß darüber in Kenntnis, dass das Konzil mittlerweile ebenfalls überlegt, ob wir unsere Ressourcen in Hexenform nicht sinnvoller einsetzen können.«

Mit flauem Magen zog Sova sich zurück. *Das Konzil interessiert sich sehr für Projekt Black?* Das verdammte Konzil hätte nicht im Traum daran gedacht, diesen schlafenden Drachen zu kitzeln, wenn Sova ihre verfluchte Klappe gehalten hätte!

Schwer atmend stolperte sie durch den Wald, zurück in die Gassen der Nooks. Die Perlmuttkuppel des Tar begrüßte die kühle Morgensonne. Zwischen den Traumständen tanzten die Schatten; hier und da blitzten scharlachrote Augen auf. Eilig rannte Sova weiter. Wie erwartet fand sie Moira in Begleitung der Scotchflasche an Rheas Rondell. Ein beträchtlicher Teil des Whiskeys befand sich bereits in ihr. Sova nahm ihr das Glas weg.

»Hey, hol dir ein eigenes!«

»Ich probier doch nur.« Sova schloss die Augen, als das torfige Brennen ihre Kehle hinunterrann. *Sag es ihr, na los! Wiederhol einfach, was Hector gesagt hat!* Doch als sie den Mund öffnete, kam etwas anderes heraus. »Willst du dich hier ernsthaft abschießen? Du hast zu tun, *vitjka!*«

Moira musterte sie mit glasigen Augen. »Ich trinke genau so viel, dass ich vergesse, dass ich mich unter Umständen in näherer Zukunft in einen gefühlsfressenden Parasiten verwandle. Dann kriege ich *vielleicht* keine Panikattacken und kann einigermaßen durchschlafen und mich wieder auf den Job konzentrieren, für den ihr mich angeheuert habt. Okay, Sonnenschein?«

»Okay«, sagte Sova, doch ein hässliches Stimmchen in ihrem Hinterkopf schimpfte sie einen Feigling. *Das wird ein Spaß, wenn sie irgendwann spitzkriegt, wer das Konzil auf die Idee mit Projekt Black gebracht hat!* Sova ignorierte es und rutschte auf den leeren Stuhl neben Moira. »Hey, Rhea, kann ich ein Glas haben?«

15.
IM KREIS

-1-

»Miss Bran, ich sagte Ihnen doch bereits, wir wissen nicht, ob und in welchem Ausmaß unser Fluch Sie betrifft«, wiederholte Lear am 1. November über einer Tasse Tee, nachdem Moira um ein Gespräch unter vier Augen gebeten hatte. »Sie hatten bislang einmal Worn. Wir gehen immer noch von einer reinen Nachwirkung des Hypnos aus. Für andere Schlüsse fehlt jede wissenschaftliche Basis.«

Moira lächelte, obwohl der Kater und eine Mordswut in ihren Schläfen rotierten. »Eine Hypothese reicht mir ja schon. Als Vorwarnung, mit welchen Überraschungen ich noch rechnen darf – vor allem, wenn ich für Sie in der Sub Side spioniere.«

Mit ernster Miene nahm Lear ihre Brille ab. »Sie werden sich nicht ohne Vorwarnung in einen Emon verwandeln, Miss Bran. So viel kann ich Ihnen garantieren.«

Sie log nicht, da war Moira sicher. Aber zweifellos ließ sie einige wichtige Puzzleteile aus. Moira erwartete nichts anderes von ihr.

Also versuchte sie den November über ihr Glück woanders. Bei Mrs. Cabal zum Beispiel, und bei den Mediks im Hospiz. Sie begleitete Ami zum Geschichtsunterricht, unter dem Vorwand, mehr Hintergrundwissen für die Ermittlungen zu sammeln. Ließ sich auf Luas' Lieblingsspiel ein: »Erzähl mir was über die Sub Side und ich erzähle dir was über den Fluch.« So erfuhr sie, dass die meisten Averna erst mit Ende zwanzig regelmäßig Worn bekamen – und dass die meisten schon mit fünfzig permanent im Hospiz wohnten. Rote Eruptionen, wie Moira sie erlebte, waren eher selten, Psychosen dagegen häufige Symptome von Worn im Endstadium. Und trotzdem wurde Moira das Gefühl nicht los, dass die Dämonen ein paar Details ausließen. Wichtige Details. Es gab keine konkreten Hinweise, nein. Aber die brauchte Moira auch nicht, um misstrauisch zu bleiben.

»Das nennt man Paranoia«, witzelte Algie, der offenbar Gefallen am Sherlock-Holmes-Spielen gefunden hatte und sie gelegentlich in die Sub Side begleitete.

»Wär nicht das erste Mal, dass mir Paranoia den Arsch rettet«, murmelte Moira.

Aber Paranoia half ihr auch nicht, als der Worn sie zum zweiten Mal einholte. Sie saß mit William im Tourismus-Zentrum der NosferaTours-GmbH und versuchte, Informationen über das Fonda-Projekt für lichtdichte Hotels und Sarg-Chauffeurdienste aus der nervösen jungen Hexe in der Lobby herauszuquetschen. Von einem Moment auf den anderen hörte Moira ihr kaum mehr zu, sondern *roch* ihre Nervosität, so stark, so köstlich, dass ihr die Zähne im Kiefer drückten. Was würde das junge Ding wohl mehr erschrecken – offenes Flirten oder eine absichtliche rote Eruption? Oh, bei einer roten Eruption würde sie wohl sogar in Panik geraten … Das war besser als die blasse Empörung, wenn eine Hexe, die zehn Jahre älter war als du, dich in ihr Bett einlud …

»Was ist denn los mit dir?«, zischte William und knuffte Moira in die Seite.

Sie schaffte es gerade so, den Termin zu beenden, ohne ihn misstrauisch zu machen.

Ansonsten gerieten die Fonda-Ermittlungen ins Stocken. Moira klapperte die Vampir-Schulen und Kindergärten in Clairwood ab (inklusive einer verstörenden Thanksgiving-Aufführung), besuchte die Fangzahnärzte und Kieferorthopäden in der Sub Side, die sich über Finanzspritzen der Fonda-Stiftung freuten, und die Hexen-Apotheken, die die Untoten mit Sonnenkraut und Vitamin D-Tränken versorgten – nichts.

Dafür tanzten immer wieder dieselben Fragen Ringelreihen in ihrem Kopf. Konnten Hexen zu Emonen werden? Gab es einen Weg, den Fluch zu brechen? Konnte sie so je in die Sub Side zurückkehren? War sie mit dem Fluch überhaupt noch eine Hexe – oder etwas anderes? Die Dämonen antworteten nicht. Warum nicht? Weil sie keine Antworten hatten – oder weil sie ihr keine geben wollten? Was genau verschwiegen die Dämonen?

Und *warum* schwiegen sie? Oder bildete Moira sich die fehlenden Puzzleteile bloß ein?

Es war zum Mäusemelken! Sie wusste einfach zu wenig! Wenn es um diesen vermaledeiten Fluch ging, waren die Averna ihre einzige Quelle. Und wenn sie die Fonda-Ermittlungen in den Sand setzte, versiegte diese Quelle. Also drängte sie das Fragenroulette zurück und stattete dem Fonda-Förderprogramm für mittellose Werwolf-Teenager einen Besuch ab. Danach dem Trollfrauenhaus, dem Stipendiatenbüro der Abraxas-Akademie – alles Fehlanzeigen. Indes kehrte Mitte Dezember Ash Twohead nach der Jagd nicht auf den Traummarkt zurück, und viele der Dämonen begannen, in Moiras Gegenwart laut über Hexen im Allgemeinen und sie im Besonderen zu schimpfen.

»Die sind eben ein wankelmütiger Haufen«, sagte Ami, als sie kurz vor der Wintersonnenwende im Cabalschen Wohnzimmer saßen – Ami über ihren Chemiehausaufgaben, Moira über einer Liste mit potenziellen Ansprechpartnern an der Brax. »Wenn du das nächste Mal eine heiße Spur mitbringst, lieben sie dich wieder.«

»Ja, *wenn*«, murmelte Moira und massierte sich die Schläfen. Die meisten Averna wussten nichts von ihrem kleinen Worn-Problem. Was, wenn sie es wüssten? Würden sie sie in die Familie aufnehmen – oder sie als Fressfeind kaltmachen? Energischer als nötig strich sie einige Namen auf ihrer Liste durch.

Ami deutete ihre Resignation gründlich falsch. »Wieso sprichst du nicht einfach mit deinen alten Lehrkräften?« Sie kritzelte eine eigenwillige Karikatur von Mink an den Heftrand. »Du warst doch kurz auf der Brax.«

Moira lächelte schief. »Ja, und seitdem hab ich Hausverbot an der Schule. Ich darf nur den Uni-Campus betreten. Ich müsste mich auf einer internen Veranstaltung einschleichen, wo man Direktoren, Dozenten und Sponsoren auf einem Haufen hat, aber da …« Ihre Mundwinkel sanken herab. Stirnrunzelnd wühlte sie in ihrer Handtasche nach der Post, die sie am Vorabend aus ihrem Briefkasten in Hell's Kitchen geklaubt hatte.

Schließlich zog sie einen tannengrünen Umschlag hervor und strich über die Tintenlettern ihrer Großmutter.

»Ich glaube, ich weiß, wie ich die Brax infiltrieren kann.«

»Ist doch gut!« Ami verpasste der Karikatur ein Paar Teufelshörner.

»Du hast ja keine Ahnung«, murmelte Moira.

-2-

Unter den Studenten der Abraxas-Akademie war Professor Catriona Bran berüchtigt für die hohe Durchfallquote in ihrem Basis-Seminar für Amulettmagie. In der Fakultät dagegen galten ihre irischen Weihnachtsbankette als legendär. Dort gaben sich Lehrer und Dozenten der Brax gemeinsam mit Förderern und Politikern bei Single Malt-Whiskey und Flötengedudel gepflegt die Kante und zündeten spätestens um Mitternacht den Weihnachtsbaum an. Moira hatte sich den Zirkus seit Rorys Tod nicht mehr angetan. Nun stand sie in einem kleegrünen Kleid, mit einem Stechpalmenzweig im Haar und dem Anflug einer Migräne in der eigens dafür angemieteten Fianna Hall in Hell's Kitchen und hielt Smalltalk mit Saoirse McCool, Hochhexe und Bildungssenatorin der Welander-Partei, die zufälligerweise Gelder der Fonda-Stiftung auf die Bildungsanstalten der Sub Side verteilte. Allerdings klang keines der Projekte, als würde es mit Hypnos gefüttert. Im Gegenteil. Gordon Bliss, der als Vertreter der Fonda-Stiftung vor Ort war, hatte ihr eben erst in akribischen Details die Kürzungen der Gelder erklärt, und die Welander-Partei schien sich nicht weiter daran zu stören.

»… müssen natürlich besser aussieben, wenn wir die Elite der Magier ausbilden wollen«, flötete McCool. Sie roch nach Maiglöckchen und Selbstzufriedenheit. »Es hat nun mal nicht jeder das Zeug zum Hochmagier. Wenn das magische Potenzial nicht ausreicht, kann man ja immer noch zu den Menschen gehen.« Sie kicherte. »Oder zur *Paranormal Gazette*. Aber das wissen Sie und Ihre Ex-Kollegen ja besser als ich, Miss Bran.«

Moira lächelte und zwang sich, ihr nicht den guten Single Malt ins Dekolletee zu kippen. »Wenigstens ist die magische Ausbildung bei mir und meinen Kollegen nur am Talent gescheitert, nicht an den finanziellen Mitteln«, sagte sie, doch McCool rauschte bereits von dannen. Grummelnd fischte Moira eine Zigarette aus ihrer Rocktasche.

»Hier drinnen dürfen Sie nicht rauchen, Miss«, piepste ein pickeliger Magier. Er war Anfang zwanzig und dem C-Level-Amulett an seinem Gürtel nach zu urteilen ein Student, der sein dünnes Haar unter der lächerlichen Imitation eines Leprechaun-Hutes versteckte. Selbst für solche Drecksjobs wurden nur Magier ab dem dritten Initiationsgrad eingestellt!

Widerwillig packte Moira die Zigarette weg. »Sind die Studiengebühren an der Brax mittlerweile so hoch, dass Sie Hostess auf einer Fakultätsparty spielen müssen?«

Der Student rümpfte die Nase. »Irgendwie muss ich meine Prüfungsgebühr bezahlen, oder?« Sein Blick wurde noch finsterer. »Das ist alles Seppia Redgraves Schuld! Sie hat die Kürzungen angeordnet. Geht munter auf Kuschelkurs mit den Menschen, und dass die Bildung in der Sub Side vor die Hunde geht, schert sie nicht! Haben Sie das Neueste mitbekommen?« Er zog die Abendausgabe des *Scrying Mirror* aus seiner Weste, die mit knallroten Lettern titelte: *Dreht Seppia Redgrave durch? Welander-Senatorin wirft kritische Reporter von Parteitag!* Garniert wurde das Ganze mit einem Schwarz-Weiß-Bild von vier Journalisten, die grob eine Treppe hinunterbefördert wurden. »Scheint eine hässliche Gewohnheit zu werden!«

»Dann wählen Sie doch die Prosper.«

Der Student schnaubte. »Ich verschenke meine Stimme nicht an Blutsäufer! Da wähle ich noch eher Harold Fairbanks und seine Faustus-Pappenheimer. Ich hab die Typen ja immer für völlig plemplem gehalten, aber so, wie sich Redgrave mit Menschen abgibt …«

»Na ja, immerhin hat die Frau den Dritten Weltkrieg verhindert«, sagte Moira und zündete sich nun aus reiner Dreistigkeit ihre Zigarette an. Die Entrüstung des Jungchens duftete köstlich.

»Dafür scharwenzelt jetzt ständig die Bullerei durch die Sub Side. Finden Sie das besser, Miss? Bald haben wir hier ein zweites Salem!«

Erneut schraubte Moira ein Lächeln auf ihre Lippen und blies ihm eine Rauchwolke ins Gesicht. »Ja, Sie klingen wirklich eher nach Faustus-Wähler, junger Mann. Frohes Fest.«

Damit ließ sie ihn stehen. Dieser Abend war eine hundsmiserable Pleite! Mit Fonda kam sie keinen Schritt weiter, und sie puderte sich zum dritten Mal den Hals mit Vipernatron, damit auch bloß niemand einen Hauch Myrrhe an ihr erschnupperte. Heute war nicht einmal Algie hier, dessen große Klappe die heuchlerische Farce etwas erträglicher gemacht hätte.

Wenigstens war das Essen gut.

Als sie am Büffet mit einem Irish Coffee liebäugelte und sich schließlich für Lavendeltee entschied, in der Hoffnung, er möge ihr Kopfweh vertreiben, erschien ihre Großmutter neben ihr.

»Hi, Grandma. Gibt's hier irgendwo Scotch?«

»Ich serviere kein schottisches Regenwasser«, erwiderte Catriona verächtlich.

»Schade.« Moira stibitzte sich ein Stück Guinness-Kuchen und lehnte sich gegen einen Stehtisch. »Die Hälfte deiner gut betuchten Freunde sind Schotten. Mit Regenwasser könntest du bei denen vielleicht eine Finanzspritze rauskitzeln und müsstest dich nicht beim Senat oder der Fonda-Stiftung anbiedern.«

Ihre Großmutter schnaubte. »Ich wusste ja nicht, dass sie einen Stellvertreter schicken! Eigentlich hatte ich Leonard persönlich eingeladen. Es heißt, er lässt sich manchmal auf Magier-Partys blicken, wenn keine anderen Vampire zugegen sind.«

»*Leonard*?« Moira spuckte ihrer Großmutter beinahe den Tee übers Kleid. »Du hast mir nie erzählt, dass du per du mit Mr. Fonda bist!«

»Wir haben 1899 auf den Sturz der Dämonen angestoßen.« Grandma ignorierte Moiras skeptischen Blick. Vermutlich hatten die beiden 1899 beide am Hudson-Ufer gestanden – so etwas ging bei Catriona durchaus als gute Bekanntschaft durch. »Ich dachte, ich lasse meine Beziehungen spielen, aber wahrscheinlich hat er alle Hände voll zu tun. Wo wir gerade von Beziehungen sprechen …« Mit grimmiger Miene tippte sie Moira aufs Brustbein. »Du vermeidest die Mistelzweige doch mit Absicht!«

»Nicht doch!« Moira schürzte die geschminkten Lippen. »Ich versuche den ganzen Abend, deine wissenschaftliche Hilfskraft unter so einen Zweig zu locken. Sie sieht zum Anbeißen aus in dem Elfendress -«

»Moira!« Pikiert blickte Grandma über die Schulter. »Nicht so laut!«

Weitere Ausführungen über die körperlichen Vorzüge besagter Mitarbeiterin lagen Moira auf der Zunge. Doch die Vorstellung von Grandmas Weißglut machte ihren Mund wässrig, und der bloße Gedanke, was *das* bedeutete, verschlimmerte ihre Migräne. So nippte sie nur an ihrem Tee. Er schmeckte wässrig.

Ihre Großmutter seufzte abgrundtief. »Dabei habe ich extra Seamus Flaherty eingeladen, als du so kurzfristig zugesagt hast! Ihr habt euch noch gar nicht unterhalten.«

»Seamus Flaherty ist ein Chauvi. Hör endlich auf mit den Verkupplungsversuchen! Oder schlag zur Abwechslung Frauen vor, dann klappt es vielleicht sogar!«

»*Ein* vernünftiges Urenkelkind, mehr will ich doch gar nicht!«

»Du *hast* eine zauberhafte Urenkelin, Grandma. Und Bianca -«

»Rory hat diese Latina nicht geheiratet«, sagte Catriona stur. »Jenny ist entzückend, aber sie ist … nun ja … Sie ist *unehelich*!«

»Wenn das ihr größter Makel ist, wird sie die glücklichste Frau der Welt«, schnappte Moira. Blut schoss ihr in die Wangen, ihre Fingerspitzen kribbelten, als hätten sich Ameisen dort eingenistet. Wenn sich magisches Potenzial so anfühlte, war sie froh, nur einen Fingerhut davon abbekommen zu haben! »Und Bianca hat Rory nicht gezwungen, in einen Menschenkrieg zu ziehen – im Gegenteil! Dein Goldjunge wollte unbedingt Mum Tribut zollen und -«

»Reg dich nicht auf, du kriegst nur wieder Flecken im Gesicht«, sagte Grandma eisig. Unter ihrem Lilienparfüm roch sie enttäuscht.

»Wenn Pusteln meine einzigen Probleme wären, wäre *ich* die glücklichste Frau der Welt«, knurrte Moira und ballte die Hand zur Faust, damit ihr nicht versehentlich eine Eruption entfleuchte. Sie hielt die Luft an. Diese fremde Energie zuckte wie eine gereizte Schlange durch ihren Körper. Hungrig. Wild darauf, sich in etwas zu verbeißen. Ruppig rieb sie sich die Augen.

»Geh dir besser mal die Nase pudern«, brummte Catriona. »Du siehst furchtbar aus.« Unauffällig steckte sie Moira einen Handspiegel zu – und zuckte zusammen, als sich bei ihrer Berührung mit einem leisen Sirren rote Energie entlud. »Moira!«

»Was? Himmel, Grandma, guck nicht so vorwurfsvoll!«

Doch Grandma schaute nicht vorwurfsvoll – sie schaute misstrauisch. Vielleicht auch ein wenig enttäuscht. Pikiert schüttelte sie den Kopf. »Ich dachte, das wäre vorbei!«

»Ist es auch. Behandlung erfolgreich abgeschlossen, und zwar vor fünfzehn Jahren! Doktor Pythios sei Dank.«

»Was soll das dann?« Grimmig massierte Grandma ihre Finger, wo sie die Entladung gespürt hatte. »Fang nicht mit diesem Mist an, Kind. Nach dem, was mit Niamh passiert ist -«

»Ich *kann* damit nicht wieder anfangen, Grandma«, sagte Moira entnervt und klappte den Handspiegel auf. »Weil Doktor Pythios nämlich alles rote Potenzial aus mir – oh scheiße!«

Unter dem Rouge wirkten ihre Wangen ungesund grau. Sämtliche Äderchen in ihren Augen waren geplatzt, und ihre Pupillen waren eindeutig eher schmal als rund. Wo ihr Daumen auf den Spiegel traf, schillerte das Glas rot. Scheiße, scheiße, scheiße!

»Ich geh mir die Nase pudern«, krächzte Moira. Erneut knisterte rote Energie, als sie ihrer Großmutter den Spiegel zurückgab, und ihre Hände wollten die bittere Genugtuung aus Catrionas Adern kratzen. Die Schlange schoss vorwärts. *Scheiße, nicht jetzt, nicht hier!*

Mit gesenktem Kopf stürzte sie aus der Halle. Wenn bloß niemand ihre Augen sah! Wenn bloß niemand die Myrrhe und den Streichholzschwefel roch! *Wenn sie bloß niemanden anfiel!* Sie war nicht sicher, was schlimmer gewesen wäre.

Vor der Tür zog Moira eine Streichholzschachtel aus der Tasche. »Strix!« Die Flamme tanzte im Dezemberwind und tötete die Schneeflocken, die in ihre Nähe wehten. Als Sovas Stimme ertönte, zwang sich Moira, ruhig zu atmen.

»Ich störe dich nur ungern auf der Jagd, Liebes, aber ich hab ein kleines Problem.«

-3-

In der Bahn gen Süden hielt Moira den Kopf konsequent gesenkt, damit niemand ihre Augen sah. Viel schwieriger war es jedoch, das rote Raubtier in ihrem Inneren zu bändigen. *Hör auf damit! Du solltest gar nicht hier sein! Warum bist du zurück?* Als wäre der Worn allein nicht schlimm genug! Fahrig strich Moira über ihre Ellbogenbeuge, wo sie in ihrer Jugend zahllose Spritzen empfangen hatte.

Doktor Pythios war ein Genie – damit hatte Grandma ihr damals ewig in den Ohren gelegen. Das Erste, was Moira bei ihrem Antrittsbesuch in der Praxis feststellen musste, war allerdings, dass Doktor Pythios in der Pinkelpause gewesen war, als der liebe Gott das Mitgefühl verteilt hatte. Er kaschierte es mit einem höflichen Gebaren, seiner bedächtigen Stimme und einem Dauerlächeln. Wer *lächelte*, wenn sein Patient vor Schmerzen kreischte, bis die Stimmbänder wund wurden?

Moira war ein dreizehnjähriges mageres Gör gewesen, das sich stets hinter einem Vorhang aus matten, bauschigen Locken versteckte. Beim ersten Mal hatte sein Pendel so wild ausgeschlagen, dass es einmal durch den Raum geflogen war. Moira hatte sich noch gewundert, einen Erwachsenen mit Pendel zu sehen – sie selbst wurde ja schon ausgelacht, weil sie mit dreizehn noch immer eins benutzte, doch der Doc hatte ihr erklärt, dass seltene Phänomene ungewöhnliche Maßnahmen erforderten. Dann hatte er ihr eine schwefelige Flüssigkeit injiziert, die Moiras Sicht verschwimmen und ihre Fingerspitzen taub werden ließ. Und dann hatten die Krämpfe begonnen und alle Gedanken an Pendel und Schwefel zum Schweigen gebracht. Jeder Muskel in ihrem Körper hatte gezuckt, selbst ihr Herz, ihr Hirn hatten sich in einem atemlosen Rhythmus zusammengezogen. Die Welt verbrannte in einem Inferno von Schmerzen, und nur ein Gedanke blieb übrig: Sie würde in diesem Behandlungszimmer sterben!

»Das ist ganz normal«, erklärte Doktor Pythios ihr nach der Sitzung, als Moira ihr verheultes Gesicht in einem Taschentuch verbarg. »Das rote Potenzial wehrt sich. Will nicht gefunden, will nicht eingefangen werden. Aber wir kriegen es schon. Du gewöhnst dich dran.«

Moira hatte sich nie daran gewöhnt. Die Krämpfe hielten stets bis abends an, und nachts wachte sie schweißgebadet auf, weil Nadeln und Spritzen sie in der Dunkelheit verfolgten. Mit vierzehn knackte sie das Schloss von Grandmas Kräuterschrank und stahl sich vor jeder Sitzung eine Portion Baldrian.

»Wieso tust du dir das überhaupt an?«, hatte Niamh gefragt. Niamhs rotes Potenzial konnte sich ebenfalls sehen lassen – unter den Kindern in Hell's Kitchen genossen sie beide diesen zweifelhaften Ruhm. Bloß machte es sie nicht gerade beliebt. Aber Niamh hatte es besser im Griff. Bei ihr gingen keine Sachen kaputt. Und die Kinder in ihrem Umfeld bekamen kein Bauchweh, keine Migräne, keine Krämpfe, wie es immer der Fall war, wenn Moiras rote Eruptionen hervorbrachen.

»Ich will das nicht mehr«, hatte Moira geantwortet. »Ich hab es satt, dass die Leute Angst haben. Im Unterricht will sich niemand mehr neben mich setzen. Rory und Grandma behandeln mich wie 'ne tickende Zeitbombe!«

»Ich könnte einfach noch mal sitzen bleiben«, hatte Niamh gewitzelt. »Dann sitzen wir immer nebeneinander.«

Moira hatte gelacht und Niamh fest umarmt, aber sie war weiter zu Doktor Pythios gegangen. Immer wieder stellte sie sich den Tag vor, an dem es endlich klappte – an dem der Doc das rote Potenzial ein für alle Mal aus ihr herauszog und sie endlich *normal* war. Sie würde endlich niemandem mehr wehtun. Sie würde vernünftige grüne Magie lernen, den ganzen Unterricht nachholen, den sie verpasst hatte. Vielleicht konnte sie sogar an die Brax zurück! Und mit Rory den Laden für magische Sicherheitstechnik aufmachen, von dem sie beide geträumt hatten! Mit diesen Träumen waren die Nadeln und die Schmerzen leichter zu ertragen.

Ein paarmal schlug sie Niamh vor, sich ebenfalls behandeln zu lassen. »Grandma sagt, wenn man zu viel rotes Potenzial hat, ist das quasi eine

Einbahnstraße in die Tombs. Ich will nicht in den Knast. Und ich will auch nicht, dass du im Knast landest!«

Niamh hatte bloß den Kopf geschüttelt. »So ein Humbug! Ich *mag* meine Magie, Moira. Meine roten Zauber sind gut! Wen kümmert's denn, ob die Quelle rot oder grün ist, wenn das Ergebnis stimmt? Ich versteh nicht, warum du es unbedingt loswerden willst!«

Moira hatte sich jedes Mal auf die Lippe gebissen und geschwiegen. *Weil wir kaputt sind, Niamh, und weil es nichts Schlechtes ist, sich reparieren zu lassen.* Aber das war nichts, was man seiner besten Freundin ins Gesicht sagte.

Nun, Doktor Pythios *hatte* sie repariert, dachte Moira, als sie mit brennenden Augen aus der Bahn stieg. Und Greg McGowan hatte es geschafft, sie in mehr als einer Hinsicht kaputtzumachen.

-4-

Als Moira die Tür zum *Neptun*-Café an der Hudson-Promenade aufstieß, hockte Sova bereits in einer Nische, löffelte Tomatensuppe und beobachtete die Menschen, die an diesem Dienstagabend an ihren Tischen plauderten. Mit ihrer dunklen Kleidung und der verschlossenen Miene wirkte die Dämonin wie eine Gewitterwolke zwischen all den gutgelaunten Pärchen und plappernden Geschäftsmännern, die mit Zimtcocktails der Vorweihnachtsstimmung frönten.

»Meine Güte, *vitjka*, hätte das nicht drei Stunden Zeit gehabt? Weißt du, wie schwer es geworden ist, sich von dem Jagdtrupp abzuseilen, seit wir in Gruppen losziehen müss- Oh, *vrenoj*!« Als Moira auf den Stuhl gegenüber rutschte, klappte Sova die Kinnlade hinunter.

»Es ist viel zu früh!« Mit zittrigen Händen zündete sich Moira eine Zigarette an. »Ich bin erst nächste Woche dran!«

»Mach deine Lunge später kaputt.« Sova schob ihre Suppenschüssel über den Tisch. Dem Geruch nach hatte sie den halben Salzstreuer hineingekippt. Auf der Untertasse kringelte sich ein Rohtraum, kunterbunt und quirlig wie ein Katzenbaby. Schnell steckte Moira ihn sich in den Mund. Gleich darauf schob Sova ihr auch den Brotkorb hin. Darin lagen weitere Träume. »Odin und Morrigan, ich danke dir, Sonnenschein!« Mit jedem Bissen verringerte sich der Druck und das Jucken an ihren Augen, die Kerzen und Lichterketten schienen weniger grell.

»Besser?«

»Die Kopfschmerzen sind noch da«, murmelte Moira.

Sova holte sich ihre Suppe zurück und schob sich den Löffel in den Mund. »Vielleicht hast du wirklich eine Migräne. Schmerzen, Stress, Hunger, das alles befeuert Worn.«

»Menstruation auch?«

Sovas Hand hielt auf der Suche nach einem Stück Brot inne. »Die kriegst du einfach so?«

»Klar. Du nicht?«

»Nee. Also, nur in der Pubertät und dann erst wieder, wenn wir uns fortpflanzen wollen. Ich dachte, Magier und Dämonen sind dicht genug verwandt, dass das bei euch auch so ist.«

»Ihr könnt es *kontrollieren*?« Unter normalen Umständen hätte Moira sich über diese Ungerechtigkeit echauffiert, doch heute hatte sie größere Probleme. »Heißt das, ich darf alle paar Wochen damit rechnen, dass der Worn früher kommt?«

»Ich hab's dir gesagt, Worn hängt stark von deiner körperlichen Verfassung ab. Du musst eben besser auf dich achten!« Sova blickte Moira nicht in die Augen. Jetzt, wo der Schreck abebbte, fiel Moira auf, dass die Dämonin entschieden unbehaglich wirkte. »Und versuch, in nächster Zeit nicht schwanger zu werden, okay? Die meisten sind bei uns im Schnitt neunzehn, wenn sie das erste Mal Kinder bekommen. Schwangerschaften sind zu anstrengend, wenn man ständig Worn hat – wir wollen lieber nicht ausprobieren, was bei dir passieren würde.«

»Keine Sorge, die Gefahr besteht nicht.« Seufzend griff Moira nach dem vorletzten Traum. »Dieser Fluch ist wirklich allerliebst.«

Sova blickte auf. »Tut mir leid, dass du jetzt mit drinhängst«, sagte sie leise. Sie musterte Moira einen Moment, dann senkte sie den Kopf, um eine unverschämte Portion Pfeffer in ihre Suppe zu streuen.

War Sova die Art Frau, die sich für etwas entschuldigte, auf das sie keinen Einfluss hatte? Nein. Eindeutig nein. Wofür entschuldigte sie sich also wirklich? Mit pochendem Schädel bestellte Moira sich einen Scotch und zündete die angerauchte Zigarette wieder an. Sova quittierte es mit einem missbilligenden Blick, doch sie stopfte sich bloß kommentarlos ein weiteres Stück Brot in den Mund.

Moira nahm ihren Scotch entgegen und leerte das Glas in einem Zug. Nicht gut für ihr Kopfweh, aber exzellent für ihre Nerven. Sie verschlang den letzten Rohtraum und stöhnte erleichtert, als der Schmerz in ihren Augäpfeln endlich nachließ und das Brennen unter ihrer Haut abklang. »Was für ein vermurkster Abend«, brummte sie. »Aber: Die Fonda-Stiftung hat der Brax die Finanzierung gekürzt. Da klemme ich mich hinter.«

»Ist doch gut.« Sova griff nach einem Becher, aus dem es nach viel zu süßer Heißer Schokolade duftete. »Darauf kannst du nachher bei der Lurlennasfeier anstoßen. Es gibt Bratäpfel und Sweven.«

»Was ist Sweven?«

»Therox-Geist in Blaubeerwein.« Sova grinste. »Wir nennen es auch liebevoll Gequälte Seele auf Eis.«

Moira verschluckte sich an ihrem letzten Zug und drückte prustend die Zigarette aus. »Himmel, ich will gar nicht wissen, wie ihr darauf ge- … Was ist los?«

Sovas Lächeln war verschwunden. Sie saß stocksteif auf ihrem Platz, ihre Goldschimmeraugen hafteten an einem Punkt hinter Moira. »Du hast doch gesagt, das hier sei ein Menschencafé!«

»Ist es auch.« Unauffällig drehte Moira sich um. Auf den ersten Blick unterschieden sich die drei Männer, die soeben das Café betreten hatten, nicht von Menschen, doch ein unaufdringlicher Blattgeruch mischte sich in das Aromentheater aus Zigarettenrauch, Kaffee und schwerem Parfüm. Der Geruch von praktizierenden Magiern. Moira warf Sova einen raschen Blick zu. Menschen mochten ihren Eigengeruch nach verschmorter Myrrhe und Streichhölzern für ein esoterisches Parfüm halten, aber jeder Magier, der in Geschichte aufgepasst hatte, wusste den Duft zu deuten! Und Moira? Moira würde endgültig in den Tombs landen, wenn man sie in Gesellschaft einer Dämonin erwischte!

»Wir verschwinden.« Sova rappelte sich auf. In diesem Moment nahmen die drei Magier nahmen zwei Tische weiter Platz und blockierten den Ausgang. Während Sova mit blassen Lippen wieder auf ihren Stuhl sank, zog Moira ein flaches Döschen aus ihrer Handtasche und schob es über den Tisch.

»Puder dir die Nase und alles, was du sonst noch erreichst«, flüsterte sie. »Dann warten wir eine Minute. Und dann gehen wir.«

Stirnrunzelnd beäugte Sova die Reste des dunkelgrünen Pulvers. »Vipernatron?«

»Geruchsneutralisierend. Wenn wir die Typen riechen, riechen die uns erst recht.«

»Ich weiß, was Vipernatron ist«, sagte Sova gereizt.

Moira winkte nach dem Kellner, um eine Entschuldigung zu haben, einen erneuten Blick auf die Magier zu werfen – und kehrte ihnen prompt wieder den Rücken. Niemand Geringeres als Parcival Ruben höchstpersönlich saß hinter ihr, in Begleitung eines mausgrauen Mannes und eines hageren Kerls mit schwarzem Ziegenbart, witternden Nasenflügeln und harten Augen, die Moira nur zu bekannt vorkamen.

»Das ist Marcus Callahan«, raunte sie Sova zu. »Der Kureter von Rubens Halloween-Party! Jetzt mach schon, willst du, dass er dich riecht?«

»Mit Verlaub, *vitjka*, du riechst auch nicht gerade wie ein Röschen, und dieser Fliegenschiss hier reicht nicht für uns beide!« Sovas Blick zuckte von dem Vipernatron zu den Magiern und wieder zurück. Dann nahm sie das Döschen und verteilte das Pulver mit spitzen Fingern auf dem Tisch.

»Was machst du denn?«, zischte Moira. »Hast du einen Schimmer, wie -«

»Ich weiß, wie teuer das Zeug ist.« Mit dem Zeigefinger malte Sova einen Kreis in das Pulverhäufchen. Die Luft an ihren Fingerspitzen flimmerte.

»Du wirkst doch wohl keine rote Magie, wenn ein Exorzist direkt neben dir sitzt!«, hauchte Moira entsetzt. Ein winziger Stromschlag erschütterte sie. Ihre Nackenhaare stellten sich auf. Die Luft um ihren Tisch herum flimmerte für den Bruchteil einer Sekunde, ein sauberer Kreis. Gleich darauf kratzte der Myrrheduft stärker denn je in Moiras Kehle. Die Luft war starr vor Rotmagie!

»Bitte sag mir, dass die das nicht riechen!«

Sova schüttelte knapp den Kopf. »Ich hab die Wirkung des Pulvers auf den Kreis übertragen«, formte sie mit den Lippen. Schweißperlen glitzerten auf ihrer Stirn; offensichtlich kostete es sie immense Kraft, den Zauber zu halten.

Doch tatsächlich: Die Menschen um sie herum kauten weiter unbehelligt ihre Sandwiches. Moira kniff die Augen zusammen. Sie musste schon sehr genau hinschauen, und selbst, als sie das Flirren sah, war sie nicht sicher, ob sie es sich bloß einbildete.

»Sonnenschein, du bist genial!«, wisperte sie. »Können wir uns damit bewegen?«

Sova schüttelte den Kopf. »Aber ausharren.«

Doch das Gold in ihren Augen schmolz zusehends. Lange würden sie nicht ausharren können. Nervös rieb Moira ihre Fingerspitzen aneinander. Die Kuppen knisterten nahezu elektrisch, die rote Energie zuckte wie ein fremdes Wesen unter ihrer Haut, drängte nach draußen. Erneut schielte sie über die Schulter. Ruben und seine Kumpanen stießen gerade erst mit ihren frischservierten Weingläsern an und plauderten dabei über Seppia Redgraves jüngste Entgleisung. Kurzentschlossen legte Moira ihre Hände flach auf den Tisch.

Sovas Augen wurden schmal. »Was hast du vor?«

Statt zu antworten, schob Moira ihre Finger dicht an den Natronzirkel. In ihren Händen loderte es. Sie hielt die Luft an. Im Oktober hatte sie ihre Eruption durch Atmen kontrolliert. Nun, zumindest hatte sie Algie nicht gegrillt. Angespannt schob sie ihre Hände vorwärts, sodass ihre Fingerkuppen den Pulverkreis berührten. Ein Stromschlag erschütterte ihre Hände, der Tisch bebte. Langsam atmete sie aus, und mit der Luft schoss ein dünner Faden roter Energie aus ihren Fingerspitzen, geradewegs in Sovas Pulverkreis. Er hinterließ eine dünne Aschelinie. Im nächsten Moment schmeckte Moira Schwefel auf der Zunge und würgte. Ihre Augäpfel schmerzten, als hätte sie jemand zu Luftballons aufgeblasen. Sovas Schultern jedoch entspannten sich augenblicklich. Ihre zornige Miene passte allerdings nicht zu ihrer Körpersprache.

»Hast du sie nicht mehr alle?«, zischte die Dämonin. »Was machst du da?«

»Dir helfen?« Moira zog ihre Hände zurück. Eine unsichtbare Spannung vibrierte zwischen dem Pulverkreis und ihren Fingern. Matt hielt sie sich an ihrem Scotchglas fest. Ihr war schwindlig, und das Pochen in ihrem Schädel klopfte im Polkarhythmus, doch das war nur Worn. Die rote Energie dagegen … Zum ersten Mal schnellte sie nicht nach vorn wie eine angriffslustige Schlange, sondern floss gleichmäßig, wie ein Bachlauf.

»Jetzt tragen wir den Zauber zu zweit, das ist -«

»Grob fahrlässig!« Ärgerlich strich Sova über die Tischplatte. Sie kam nicht über den Rand der Tischdecke hinaus, ihre Finger prallten an der bloßen Luft ab. »Du hast den Kreis solide gemacht, du Heldin!« Sie redete so leise, dass Moira sie kaum verstand, doch ihre zornfunkelnden Augen waren deutlich genug. »Du hast uns eingeschlossen! Und ich kann das Ding nicht auflösen, solange Ruben und Co zwei Tische weiter sitzen!«

Moira nippte an ihrem Scotch. Er schmeckte nach verbranntem Räucherwerk. Sie schob Sova ihre Tasse unter die Nase. »Trinkst du deine Schokolade immer so süß?«

»Lenk nicht ab, *vitjka*!«

Ihr Zischen fachte das Klopfen hinter Moiras Augäpfeln an. »Ich meine nur. Falls ich dich mal zum Frühstück einlade …«

Entgeistert blinzelte Sova sie an. »Wir haben gerade wirklich andere Probleme!«

Moira senkte die Stimme. »Ja, zum Beispiel Callahan, der ständig zu uns rüber guckt. Ich seh seine Nasenflügel aus den Augenwinkeln zucken, und ich wage zu behaupten, es fällt ihm auf, dass wir uns böse über unseren Drinks anstarren. Was ist deine Lieblingsfarbe?«

Sova presste die Lippen zusammen. »Das hier ist kein Date, wo man sich gegenseitig mit peinlichen Fragen foltert!«

»Aber ein Date wirkt um Welten unauffälliger, als wenn du mich anstierst wie eine kurzsichtige Königskobra im Killermodus«, flötete Moira und klimperte mit den Wimpern.

»Ich kenn dich jetzt schon besser, als mir lieb ist – zumindest weiß ich jetzt, dass du in Stresssituationen furchtbare Alliterationen raushaust.« Mit verschränkten Armen lehnte Sova sich zurück. »Also schön. Was ist deine Lieblingsfarbe?«

»Hey, denk dir deine eigenen Fragen aus!« Moira schloss die Augen. Ihr Schwindel wurde stetig stärker. »Grün. Deine?«

»Alles außer Grau. – Nein, warte. Sonnenblumengelb. Und Maiknospengrün.«

»Würde man nie meinen – ich seh dich immer nur in Schwarz.«

»Farben stehen mir nicht.«

»Ach, dir steht doch alles, Sonnenschein.« Moira erlaubte sich ein Schmunzeln, als die Dämonin die Augen verdrehte. »Was ist dein Lieblingslied?«

»*Somewhere over the Rainbow*.«

Moira stöhnte resigniert. »Was habt ihr bloß mit diesem elendigen Film?«

»Wieso? *Der Zauberer von Oz* ist großartig!«

»Weil der Mord an einer Hexe mit viel Tamtam zelebriert wird?«

Sova schaute sie an, als wären ihr Äste gewachsen. »Wegen der Farben natürlich, du Pappnase! Der Film ist quietschbunt, und so viele Farben sieht man nicht, wenn …« Sie brach ab, doch Moira wusste, was sie gesagt hätte. *Wenn der Worn alle Farben stiehlt.* So bekam die Obsession der Traumfänger mit Technicolor einen ganz neuen Beigeschmack …

»Wir haben uns damals ständig ins Autokino am Times Square geschlichen, um Nachtvorstellungen davon anzuschauen«, sagte Sova. »Luas, Robin, und Gintari, natürlich.«

»Wer ist Gintari?«

»Meine beste Freundin. Also, sie *war* meine beste Freundin. Als sie noch gelebt hat.« Sovas Stimme verlor sich im Lärm des Cafés.

»Oh.« Moira biss sich auf die Lippen. *Vorwärts, Bran, immer rein ins Fettnäpfchen!* »Lieblingsessen?«, fragte sie leise.

»Babys«, antwortete Sova trocken. »Mit Milchreis und Pommes Frites.« Vorsichtig spähte sie an Moiras Locken vorbei. »Sie trinken aus.

Hoffentlich ordern sie nicht nach.« Sie zuckte zusammen, als der Kellner zu ihr trat.

»Die Herren dort drüben«, sagte er und deutete zu Rubens Tisch, »lassen fragen, ob sie den Damen ein Glas Wein spendieren dürfen.«

Nun drehte sich Moira offen um. Ruben grüßte sie mit einem Zwinkern, und jetzt erkannte sie auch den mausgrauen Kerl neben ihm – es war Harold Fairbanks von der Faustus-Partei. Mit etwas Glück würden sie Sova für eine Menschenfrau halten. Doch Callahan lächelte nicht. Seine Nasenflügel blähten sich, während sein Blick in die Luft driftete, als könne er den unsichtbaren Kreis ertasten. Nicht gut. Gar nicht gut.

Moira zwang sich zum Lächeln. »Vielen Dank, Gentlemen, aber wir sind auf dem Sprung.« Demonstrativ leerte sie ihren Scotch.

»Aber Ihre Freundin hat doch noch gar nicht fertig gespeist«, sagte Harold Fairbanks. Sein braunes Haar war auf dem besten Wege, grau zu werden; die altmodische Brille und der farblose Tweed-Anzug ließen ihn gute zehn Jahre älter wirken, als er war.

»Setzen Sie sich doch zu uns, Moira«, sagte Ruben lächelnd. Welche Krankheit auch immer ihn im Oktober zum Rücktritt gezwungen hatte – jetzt wirkte er kerngesund.

»Ja, wir würden uns über die Gesellschaft zweier so netter Damen freuen«, ergänzte Callahan kein bisschen erfreut. Sein Blick streifte Sovas Handgelenk. Unauffällig zog sie ihren Mantelärmel über die Tombs-Tätowierung. Scheiße. Wenn der Kureter sich noch lange auf sie konzentrierte, waren sie geliefert. Vor allem Sova. Sie mussten hier raus!

Der Plan kam aus dem Nichts, und sie wusste, dass sie ihn später bereuen würde.

»Wir gesellen uns gerne zu Ihnen, wenn wir unser Gespräch beendet haben«, sagte sie laut. »Würden Sie sich zur Überbrückung von uns auf eine Tomatensuppe einladen lassen?«

Unter dem Tisch trat Sova ihr gegen das Schienbein, doch Ruben und Fairbanks nickten gnädig. So strahlte Moira den Kellner an, der noch immer verunsichert zwischen ihren Tischen stand. »Sie haben's gehört: Drei Tomatensuppen bitte.«

»Vier«, sagte Ruben gut gelaunt. »Oder fünf, wenn Sie noch Hunger haben, Miss«, sagte er zu Sova, die mit starrer Miene den Kopf schüttelte.

»Na gut, vier.« Moira beugte sich zu dem Kellner vor. »Und sparen Sie nicht mit den Gewürzen«, raunte sie. »Die Suppe von meiner Freundin hier war etwas lasch.«

Sova sah aus, als hätte sie Moira gerne auf der Stelle erwürgt. »Du hast doch wirklich den Knall nicht gehört!«

Moira antwortete nicht. Es war schwer genug, gleichzeitig den Kreis zu halten und sich nicht vor Worn zu übergeben. Ihre Hände zitterten, bunte Punkte tanzten vor ihren Augen. Als die Suppe kam, brach Sova den Kreis für einen Herzschlag, damit der Kellner den Teller durch die unsichtbare Barriere reichen konnte. Der fruchtig-kräutrige Tomatenduft mischte sich mit der Myrrhe und drehte Moira den Magen um.

»Guten Appetit«, trötete Ruben gut gelaunt und begann zu essen.

Moira prostete ihm zu, und während drei Löffel hinter ihr klapperten, schlürfte auch sie ein wenig Suppe, unterdrückte ein Würgen und schickte ein stilles Gebet zu den Sternen. Unter Sovas eisigem Blick quälte sie sich durch die halbe Schale, kämpfte gegen ihren rebellierenden Magen und lauschte hinter sich. Die Magier aßen und plauderten – viel zu vital für ihren Geschmack.

Dann jedoch ertönte ein Rülpser.

»Gottogott, Verzeihung, Sir!«, kam es von Callahan, doch aus Rubens Richtung ertönte ein unheilschwangeres Knurren. Stühle wurden zurückgeschoben. Als Moira sich vorsichtig umdrehte, hielt Ruben sich den Bauch; auf Callahans Wangen erblühten hässliche Quaddeln. Fairbanks drückte sich pikiert eine Serviette vor den Mund.

Mit gequälter Miene winkte Moira nach dem Kellner. »Entschuldigen Sie, junger Mann, was genau ist in dieser Suppe?«

Irritiert blickte der Kellner zwischen ihr und den stetig anschwellenden Gesichtern von Ruben und Callahan hin und her. »Nur gute Tomaten, Salz und Pfeffer, Miss. Und Olivenöl, Basilikum, frische Zwiebeln, Knoblauch -«

»Knoblauch?« Ruben sprang auf. Mittlerweile rumorte sein Magen vernehmlich.

Sogar Callahan wurde eine Spur blasser, Fairbanks Wangen dagegen nahmen einen ungesunden Grünton an. Hektisch warf er ein paar Scheine auf den Tisch und packte Ruben, der sich unter offensichtlichen Magenkrämpfen krümmte, am Ellbogen.

»Gentlemen, ist alles in Ordnung?«, quiekte der Kellner panisch.

»Wer kocht denn mit frischem Knoblauch?«, fauchte Callahan. Er wankte ein wenig, Schweiß rann ihm über die Wangen. »Man sollte Ihren Koch verklagen!«

Kurz darauf knallte die Tür, und die drei Magier waren verschwunden. Prompt packte Sova den Salzstreuer, kippte eine großzügige Ladung über den Kreis und vermischte alles mit ihren langen Fingern. In Moiras Ohren knackte es, als der Zauber brach; im selben Moment entluden sich die Myrrheschwaden in den Raum. Während die Menschen an den Nachbartischen irritiert husteten, sank Sova schwer atmend zurück in ihren Stuhl.

Mit zitternden Händen schob Moira die Suppe fort. Ihre Finger *vermissten* den roten Strom! *Was zur Hölle ist los mit dir, Bran?* Sie drehte sich um. »Sir? Einen Magenbitter, vielleicht?«

»Ich verstehe das nicht«, stammelte der Kellner, der die Suppenschüsseln einsammelte. Seine Panik, gefeuert zu werden, duftete köstlich! »Das ist noch nie passiert, Miss, wirklich, ich kann mir das nicht erklären!«

»Ich auch nicht«, sagte Sova mit schmalen Augen, während er verschwand.

Moira verzog das Gesicht und rieb sich den Magen. »Acht von zehn Magiern reagieren sehr empfindlich auf Knoblauch. Und Magier, die selten außerhalb der Sub Side speisen, wissen nicht, wie gerne Menschen das Zeug benutzen.«

Sova öffnete die Augen. Kohlrabenschwarz und leer. »Du hast die Typen vergiftet, um sie loszuwerden?«

»*Vergiftet* ist ein starkes Wort.« Dankend nahm Moira den Magenbitter entgegen.

»Du hast *dich* vergiftet, um die Typen loszuwerden!«

»Ach, das bisschen Bauchweh.« Moira leerte das Glas und schmeckte nichts als Myrrhe. »Außerdem bin ich dank meiner Menschenmami wohl nicht ganz so empfindlich.«

Mit einem ungläubigen Kopfschütteln starrte Sova sie an - und prustete in ihre kalte Schokolade. Obwohl der Worn in ihren Augen loderte, lachte sie, während sie ihren Jutebeutel unter dem Tisch hervorzog. Sie schob Moira einen weiteren Rohtraum zu.

»Hey, ich dachte, die willst du verkaufen!«

»Ach, wir sind sowieso zu spät fürs Hauptgeschäft.« Sova kaute einen Rohtraum. Prompt flammte das Gold in ihren Augen auf. »Außerdem ist Lurlennas, der Markt schließt um Mitternacht.«

Mit einem Rohtraum im Mund wischte Moira das Vipernatron auf dem Tisch zurück in ihr Döschen und winkte nach der Rechnung. »Ich lad dich ein.«

Als der Kellner ihr großzügiges Trinkgeld entgegennahm, schmeckte sie seine Verwunderung auf der Zunge wie einen guten Wein. *Vielleicht verrät Algie mir, wie man Gefühle ohne Schlaflieder essen kann,* zuckte es durch ihren Kopf.

Im selben Moment wurde ihr erneut übel. *Was zur Hölle, Bran?!*

Als sie in den Schneeregen vor dem Café traten, vergrub Sova die Hände tief in ihren Manteltaschen. »Danke übrigens.«

»Für dich doch immer, Sonnenschein«, seufzte Moira – und drehte verblüfft den Kopf, als die Dämonin sich bei ihr unterhakte.

»Also«, sagte Sova, »ich weiß jetzt, dass Menschen im Dezember alles mit Zimtstangen spicken, was nicht schnell genug wegläuft, und dass Magier eine traurige, langweilige, knoblaucharme Cuisine haben.

Setzen wir deine kulinarische Weiterbildung fort? Hast du Lust auf Lurlennas-Bratäpfel?«

Moira rümpfte die Nase. »Wie kannst du jetzt noch ans Essen denken?«

Zur Antwort grinste Sova. »Von Aufregung krieg ich immer Hunger.«

»Auf Babys?«, schmunzelte Moira.

»Klar.« Sova wackelte mit den Brauen. »Mit viel, viel Knoblauch.«

-5-

»Bäh, Sova, du kannst doch keine Chili auf die Bratäpfel machen!«

»Klar doch! Und Ingwer! Das ist doch das Besondere, Ami!«

»Das ist höchstens besonders eklig!«

Moira duckte sich, als Ami sie bei dem Versuch, ihre Bratäpfel vor Sovas Ingwerangriff zu retten, beinahe von der Bank warf. Die Nacht neigte sich bereits dem Ende entgegen, doch noch immer tummelte sich halb Fort Nook auf dem Markt. Unzählige Kerzen flackerten an den Buden und Ständen. Die Zelte dahinter waren geöffnet, sodass man Schutz vor Wind und Schneeregen suchen und trotzdem mit den Dämonen nebenan plaudern konnte. An den offenen Feuern garten die Reste – Bratäpfel, Rübenauflauf, süßes Kardamombrot – und die Averna verteilten noch immer großzügig Sweven und schwefeligen Glühwein. Robin Wood saß mit Gitarre und baumelnden Beinen auf dem Bühnenrand und leierte eine eigenwillige Version von *Have Yourself a Merry Little Christmas*. Gelächter wehte über den Platz, als gäbe es keinen Worn, keine Entführungen, keinen Fluch.

»Ich versteh nur nicht, wieso New York«, sagte Will Nikula, der mit Luas und Moira an dem Tischchen im Zelt hinter Zeta Taurs Stand hockte, und schenkte sich Sweven nach. Das Zeug war kohlrabenschwarz und duftete nach Zimtblättern. »Wieso nicht Los Angeles? Die Stadt der Träume wär so viel günstiger für euch als die Stadt, die niemals schläft!«

»Aber in L.A. gibt's keine Vampire«, erwiderte Luas. »Viel zu sonnig da drüben. An wen sollen wir denn da den Hypnos verkaufen?«

»Na, an die Filmstudios natürlich!« Will hob die Hände und warf dabei beinahe sein Glas um. »Stell dir mal vor, man könnte Hypnos auf Filmrollen übertragen und -«

»Bring ihn nicht auf gefährliche Gedanken, Ville!« Sova rutschte mit einem Chili-Bratapfel und einem Glas Wasser auf die Bank gegenüber. Moira blinzelte. Nach Feierabend sah man Sova meist mit Heißer Schokolade oder stärkerem Zeug. Und heute war ein Feiertag für die Averna …

»Ich hab noch was für dich«, meinte Sova mit vollem Mund und drückte ihr ein schmales Päckchen in die Hand.

»Das ist doch nicht nötig«, sagte Moira.

»Ihr Magier schenkt euch doch im Winter etwas, oder nicht? Los, pack schon aus!«

Also schlug Moira das braune Packpapier auf. Zum Vorschein kam ein zerschlissenes Büchlein, das selbst zur Jahrhundertwende schon bessere Tage gesehen hatte. Der Umschlag zeigte ein verstörend niedliches Ding mit Hörnern, Greifschwanz und roten Augen, das einen Apfel aus einem Baum sprießen ließ. »*Rotmagie für kleine Dämonen*?« Verwundert hob Moira den Kopf. »Hast du nicht gesagt, ihr habt keine Schulbücher auf Englisch?«

»Nur ganz wenige«, antwortete Sova mit einem schiefen Grinsen. »Vielleicht kriegst du damit endlich vernünftige Schutzkreise hin, nicht wie heute Abend. Und vielleicht hilft es auch gegen die Eruptionen?«

Einen Moment lang starrte Moira sie verblüfft an, dann schloss sie sie in die Arme. »Danke, Sonnenschein.« Hinter Sovas dunklem Schopf gesellten sich Brod Strider und Theresa Lear zu Ami an die Feuerstelle. Bemerkenswerte Kombination. »In welcher hintersten Ecke ist dir das denn in die Hände gefallen?«

»In der Bibliothek. In der Erweiterung im zweiten Stock gibt's richtig viele Schätzchen.« Verlegen strich Sova sich eine verirrte Haarsträhne aus der Stirn. »Ich hab damit geübt, als ich aus den Tombs kam. Da war ich magisch ungefähr so kompetent wie du. Verrat das bloß niemandem!«

»Keine Sorge, Sonnenschein, dein Ruf als böses Mädchen ist sicher. Aber …« Zögerlich gab Moira ihr das Buch zurück. »Hör mal, das ist lieb gemeint, aber wirklich keine gute Idee. Hexen sollten nicht mit roter Magie spielen, das bringt nur Ärger.«

»Seit wann gehst du Ärger aus dem Weg?« Stur legte Sova ihr das Buch wieder in den Schoß. »Rote Magie ist nicht böse. Nicht, wenn man sie richtig benutzt. Messer sind ja auch nicht per se böse, obwohl man Leute damit abstechen kann – die meisten benutzen sie nur zum Gemüseschneiden.«

»Der Vergleich hinkt arg, Sonnenschein.«

Sova schob sich eine weitere Gabel voll Chiliapfel in den Mund und blätterte, bis sie *Grundlagen der Rotmagie, Lektion 1* fand. Auf der Illustration kniff das niedliche Hornviech die Augen zu und … nun ja, atmete mit aufgeplusterten Apfelbäckchen. »Das sind wirklich gute Basis-Übungen. Und es gibt auch Anleitungen für Schutzzauber, Schutzkreise und Sigillen. Ist bei deinem Lebenswandel vielleicht ganz praktisch.«

»Wo du recht hast.« Obwohl sie nicht vorhatte, die Übungen auszuprobieren, schob Moira das Buch in ihre Tasche. Dafür ließ ein anderer Gedanke ihr Herz schneller schlagen. Vielleicht gab es in der Bibliothekserweiterung noch weitere Schätze in Sprachen, die Moira beherrschte …

Doch bis zum Morgengrauen gelang es ihr nicht, sich davonzuschleichen. Sie lauschte, wie Robin Wood irische Weihnachtslieder verschandelte, kostete von Sovas Chilibratäpfeln (die wider Erwarten ihren knoblauchgebeutelten Magen besänftigten), diskutierte mit William über Spiegelspiele, philosophierte mit Ami über Comics und mit Luas über die Unterschiede und Gemeinsamkeiten von Magiern und Dämonen. Möglicherweise trank sie auch Bruderschaft mit ihm – sie war nicht sicher, wie sie seinen merkwürdigen Spruch und das rituelle Klopfen seines Saigall-Glases zu deuten hatte.

»Wo ist eigentlich Sova abgeblieben?« Ami gähnte herzhaft, als sie im Morgengrauen mit Luas und Moira zum Haus der Cabals zurückschlenderte.

»Hat sich wahrscheinlich mit Brod Strider verdrückt«, sagte Luas wenig begeistert. »Ich hoffe, wir haben den Schmierlappen nicht bald ständig am Frühstückstisch sitzen. – Moira? Wo willst du hin?«

»Hab meine Tasche vergessen.« Moira winkte über die Schulter. »Ich komme nach.«

Damit kehrte sie zum Markt zurück, sammelte ihre Handtasche an Sovas Stand ein, wo sie sie strategisch hatte liegen lassen, und marschierte schnurstracks hinüber zum Tar. Das schwere Holzportal war unverschlossen und gab gnädigerweise keinen Mucks von sich, als Moira es aufzog. Sie holte Sovas Schulbuch aus der Tasche, um die Signatur zu begutachten. Erweiterung, zweiter Stock. Okay.

Die Bibliothek war abgeschlossen. Im Zwielicht der niedergebrannten Kerzen machte sich Moira mit ihrem Dietrich am Schloss zu schaffen. Sie startete gerade den dritten Anlauf, als Schritte im Korridor ertönten. Rasch sprang sie hinter eine der breiten Säulen, die die hohen Decken stützten, und betete, man möge sie nicht riechen.

Doch Sova und Brod Strider waren zu vertieft in ihr Gespräch. Moira verstand ihre melodischen Worte nicht. Der Tonfall klang allerdings nicht nach nächtlichem Stelldichein. Erst recht nicht, als Aleph Taur sie mit langen Schritten einholte. Sova gestikulierte aufgebracht mit den Händen, Strider antwortete mit glatter Stimme, Taur brummelte etwas, was nach Zustimmung klang. Und dann und wann fiel eines der wenigen Worte, die Moira kannte: *vitjka.*

Als die Schritte verklangen, trat Moira mit klopfendem Herzen hinter der Säule hervor.

Vielleicht gab es eine bessere Informationsquelle als die Erweiterung im zweiten Stock.

Sie schulterte ihre Tasche und folgte den Schritten.

-6-

Das Morgenlicht kroch bereits in den Tagungssaal – das erkannte Moira von ihrem Versteck hinter der angelehnten Tür –, doch das Marktkonzil sah alles andere als müde aus, als Theresa Lear die Sitzung eröffnete.

»Das Konzil hat um eine Wiederaufnahme der Debatte vom 1. November gebeten«, sagte Lear steif. Ihre Stimme hallte dumpf von den holzvertäfelten Wänden wider. »Der erste Punkt der Tagesordnung -«

»Vergiss die Tagesordnung, Theresa! Dein Plan A war ein Schuss in den Ofen, da ist sich das Konzil einig«, erwiderte Hector Sagittar. Er hatte sein weißes Haar zurückgebunden, sodass seine Hörner prominent hervortraten. »Wir lassen die Hexe seit zwei Monaten Detektiv spielen, und was haben wir? Ein paar halbgare Hinweise auf Leo Fonda, und so viele Leute im Emonium wie seit den Zwanzigern nicht mehr!«

In ihrem Versteck vor der angelehnten Tür wurde Moira eiskalt.

»Was schlägt das Konzil denn vor, Hector, hm?« Das war Aleph Taur.

»Plan B«, antwortete Sagittar. »Skorpins wunderschönen Plan B. Projekt Black. Dafür hat sie die Hexe schließlich hergebracht, nicht wahr?«

»Ich hab sie hergebracht, damit sie uns hilft«, entgegnete Sova barsch. Sie hockte auf einem der unbequemen Stühle, angespannt wie ein Skorpion vor dem Angriff. »Ich helfe ihr, sie hilft uns, das war der Pakt. Und sie hilft, indem sie unsere Vermissten sucht. Nicht, indem …« Sie biss sich auf die Lippen. »*Nicht* durch Projekt Black.«

»Komisch, das klang im Oktober noch ganz anders.« Sagittar hob die Brauen. »Da warst du noch Feuer und Flamme für deinen Plan B.«

»Ich war auch mal Feuer und Flamme dafür, im Dienst Hypnos zu nehmen, Hector, das war auch keine Sternstunde!«

»Fakt ist, gerade hilft die Hexe uns nicht«, schnarrte Sagittar und leckte sich über die Lippen. »Gerade verschwendet sie unsere Zeit. Nutzen wir sie endlich sinnvoll!«

Das Konzil stimmte lautstark zu, doch als Lear sich erhob, verstummten die Dämonen.

»Wenn wir euren Plan B in Betracht ziehen, will ich, dass sich jeder hier über die Konsequenzen im Klaren ist«, sagte sie nachdrücklich. »Plan B bedeutet, dass wir unsere Vermissten aufgeben, das ist euch hoffentlich klar! Projekt Black kann Miss Bran umbringen, und wenn die Hexe stirbt, haben wir gar nichts mehr – weder unsere Vermissten noch die Ergebnisse, die ihr euch erhofft. Es ist zu riskant.«

»Riskant?«, knurrte Taur. »Nenn das Kind doch beim Namen, Theresa! Wir wissen alle, wie Projekt Black letztes Mal ausgegangen ist! Hat die Hexe bei McGowan nicht genug durchgemacht?«

Danke, Aleph, dachte Moira grimmig. Was auch immer dieses Projekt Black war, es klang nicht gut.

»Seht es doch mal von der anderen Warte«, sagte eine Dämonin in gelber Robe. »Wir sind es nicht nur unseren Hospizbewohnenden schuldig, Projekt Black fortzusetzen, sondern auch der Hexe selbst.«

»Der Hexe?« Sovas Augen flammten zornrot auf. »Geht's noch ein bisschen zynischer? Moira riskiert seit drei Monaten, dass sie von ihren eigenen Leuten wegen Hochverrats hingerichtet wird, weil sie für uns arbeitet! Wir schulden ihr garantiert nicht, ihr zum Dank ein Messer in den Rücken zu rammen! Und wir helfen ihr garantiert nicht, indem wir sie umbringen!«

Atemlos drückte sich Moira an die Wand. Diskutierten die Typen gerade ernsthaft darüber, sie zu töten?

»Was redet ihr eigentlich dauernd von Umbringen?«, meinte Lauril Welles. Sie sprach leise, doch der ganze Raum schenkte ihr Gehör. »Projekt Black ist etwas riskant, ja, aber das sind die Ermittlungen auch. Für sie und für uns. Und früher oder später müssen wir uns sowieso mit ihrem Worn beschäftigen, selbst wenn sie unsere Vermissten bald findet. Oder wollt ihr sie so zurück in die Sub Side lassen?«

»Wir sollten sie nicht mal jetzt zurück in die Sub Side lassen«, sagte Brod Strider. »Sie hatte gestern Abend beinahe eine rote Eruption in der Brax! Und dieser Kureter ist doch schon seit Halloween misstrauisch.«

»Sie ist im Moment mehr Risiko als Hilfe«, stimmte die Dämonin in Gelb zu.

Moiras Lippen wurden taub. Aber was hatte sie denn erwartet? Dass Sova all die Zwischenfälle für sich behielt? Der Traummarkt bedeutete dieser Frau alles, und Moira stellte ein Sicherheitsrisiko dar – schon wieder …

»Wie lange, denkst du, geht das noch gut, Theresa?«, fuhr Sagittar fort. »Wir haben sie für die Ermittlungen angeheuert, weil sie sich unauffällig für uns in der Sub Side bewegen kann – und unauffällig ist sie langsam wirklich nicht mehr, mit den Eruptionen und dem Worn.«

Nachdenklich rieb sich Lear das Kinn. Ihre rote rechte Hand hob sich scharf vor ihrem braunen Gesicht ab. Schließlich drehte sie sich zu Sova um.

»Du wohnst mit ihr unter einem Dach. Wie häufig bekommt sie wirklich Worn?«

Alle Blicke richteten sich erneut auf Sova. Die starrte finster zurück, als sei sie fest entschlossen, zu schweigen, doch schließlich öffnete sie zögerlich den Mund. »Etwa alle drei Wochen. Fast wie eine pubertierende Averna. Aber manchmal schlägt er auch unerwartet zu, so wie gestern. Und ihre roten Eruptionen werden stärker. Aber -«

»Kurzum«, sagte Ellyn Mink, die mit verschränkten Armen an der Fensterbank lehnte, »sie verhält sich genauso wie Gabriel Black damals.«

»Gabriel Black ist tot«, grollte Taur. »Das ist ja der Punkt. Und Bran ist körperlich in schlechterer Verfassung als er damals. Projekt Black könnte sie noch schneller umbringen als Gabriel, davon hat niemand was. Und das moralische Dilemma möchte ich ebenfalls nicht unerwähnt lassen!« Seine Stimme wurde noch energischer. »Es ist ethisch nicht zu verantworten, an Magiern herumzudoktern!«

Mink schnaubte. »Die Tierversuchs-Debatte hatten wir jetzt zigmal, Aleph.« Ungeachtet des Protests, der unter den anderen Dämonen aufbrandete, fuhr sie fort: »Ihr wollt nicht an euren eigenen Leuten forschen und ihr wollt auch nicht selbst Hypnos an Magier verfüttern, um euch vernünftige Versuchskaninchen zu züchten. Damit begrenzt ihr euren Spielraum. Nantey und Galbreth, nachdem Gabriel Black hier aufgeschlagen ist, habt ihr sogar das ganze Marktmodell umgestellt, damit die Kundschaft keine Möglichkeit mehr hat, Hypnos an fremden Leuten auszuprobieren. Dass euch überhaupt noch mal eine Hexe in die Hände gefallen ist, der jemand Hypnos verabreicht hat, grenzt an ein Wunder, also nutzt es, zum Henker noch eins! Was ist ein Hexenleben, wenn ihr dadurch diesen Fluch loswerdet?«

Während Lear Mink ungewohnt harsch zurechtwies, klammerte Moira sich an der Wand fest. Ihre Füße schrien nach Flucht, doch sie konnte sich nicht regen. In ihrem Kopf drehte sich alles, der antiseptische Geschmack von Desinfektionsmittel brannte auf ihrer Zunge, obwohl es hier nur nach staubigen Büchern roch.

»In vierhundert Jahren haben wir es nicht geschafft, diesen Fluch selbst zu brechen«, knurrte Sova. »Wie groß ist die Wahrscheinlichkeit, dass wir es jetzt schaffen, ohne Moira umzubringen? Aleph hat recht, die Frau hat genug durchgemacht. Und … eine lebende verbündete Hexe ist viel mehr wert als eine, die bei den Experimenten stirbt.«

Wie liebreizend von dir, Sonnenschein. Moira schluckte. Ihr Mund war staubtrocken. In ihrer Tasche tastete sie nach dem Buch, das Sova ihr geschenkt hatte.

»Gabriel Black hat uns letztes Jahr angebettelt, dass wir den Worn aus ihm rausholen, komme was wolle«, entgegnete Lear leise. »Miss Bran hat nur gefragt, wie man gildet. Für mich macht das einen riesigen Unterschied.«

Die halbe Marktwache brummte ihre Zustimmung, doch Sagittar verschränkte stirnrunzelnd die Arme. »Darf ich daran erinnern, von wem wir hier sprechen? Das ist die Reporterin, die uns, ohne mit der Wimper zu zucken, für eine Titelstory verschachert hätte – womit Miss Skorpin uns den ganzen September über in den Ohren gelegen hat.«

»Das Risiko kannten wir, als wir sie eingestellt haben«, sagte Lear nachdrücklich. »Wenn das dein letztes Argument ist, Hector, schlage ich vor, wir stimmen ab: Wer ist dafür, die Ermittlungen zugunsten von Projekt Black abzubrechen und stattdessen Experimente an Miss Bran einzuleiten, um eine Lösung für den Fluch zu finden?« Gemurmel und Geraschel. Moira lugte um die Ecke; der Löwenanteil des Konzils hob die Hand. »Wer ist dafür, die Ermittlungen fortzusetzen?« Sova, Aleph Taur und ein Teil der Marktwache meldeten sich – zögerlich. Äußerst zögerlich. Zwei Konzilsmitglieder und Lear selbst enthielten sich.

»Unentschieden«, verkündete Lear. Immerhin hatte sie so viel Anstand, dabei auszusehen, als hätte sie Zahnschmerzen.

»So geht das nicht«, raunzte Mink. »Stimmen wir noch mal ab!«

»Das werden wir«, stimmte Lear zu. »In einer Woche.«

»Willst du wirklich so viel Zeit verplempern?« Sagittar hob die Brauen.

»Selbst, wenn wir uns heute für Projekt Black entscheiden«, erwiderte Lear, »würden wir nicht sofort starten. Wir haben Miss Bran hergebracht, damit sie die Entführungen aufklärt – ganz Fort Nook weiß das. Projekt Black bedeutet, dass wir unsere Vermissten aufgeben. Das verkünden wir den Angehörigen garantiert nicht während der Lurlennastage.«

»Dann sagt es wenigstens Moira.« Sovas Stimme wehte leise durch den Raum. »Sagt ihr, was los ist. Seid verdammt noch mal ehrlich, das sind wir ihr schuldig!«

»Wir schulden ihr nichts«, widersprach die Konzilsfrau in Gelb. »Im Gegenteil!«

»Wenn ihr's ihr nicht sagt, tu ich es«, legte Sova nach.

»Den Teufel wirst du tun«, schnarrte Sagittar. »Und bis nächste Woche denkst du besser noch mal scharf darüber nach, ob dir die Hexe wirklich so wichtig ist, dass du lieber mit Anfang vierzig zum Emon wirst wie dein Daddy, als sie zu opfern.«

Sag was, Sonnenschein, dachte Moira, *sag bitte irgendwas ...*

Doch Sova erwiderte Sagittars Blick bloß mit fahlen Wangen und senkte den Kopf.

***

Wie genau Moira es nach Hell's Kitchen geschafft hatte, wusste sie später nicht mehr. Als sie in den frühen Morgenstunden die Tür hinter sich zuknallte und den Schlüssel zweimal im Schloss drehte, zitterte sie am ganzen Leib.

Törichtes, größenwahnsinniges Mädchen! Mit Dämonen spielt man nicht! Wer mit Dämonen spielt, verliert!

Hektisch zerrte sie den Koffer unter dem Bett hervor, warf wahllos Kleider hinein. Aber wohin? Wohin sollte sie diesen Koffer denn bringen? *Du hast ein Dämonenmal in der Hand, du Suppenhuhn! Du hast einen Vertrag mit Blut unterschrieben! Sie finden dich überall, wenn sie erst einmal beschlossen haben, dass du ihnen nicht mehr nützt!*

Schwer atmend ließ sie sich auf ihr Bett sinken. Alkohol. Sie brauchte Alkohol. *Wenn du jetzt trinkst, kannst du dir gleich die Kugel geben, Bran!* Sie massierte sich die Schläfen. Der Sweven war längst ausgeschwitzt. Jetzt, im kalten Morgenlicht, sah sie die Dinge so klar, dass sie zu frieren begann.

Das Konzil wollte Experimente an ihr durchführen, um ihren Fluch loszuwerden – lieber an ihr als an ihren eigenen Leuten. Sie hatten es schon einmal getan – mindestens einmal, und dieser Gabriel Black hatte ins Gras gebissen, nachdem sie an ihm herumgedoktert hatten.

Erneut schmeckte sie Desinfektionsmittel und Salzkreide auf der Zunge – so intensiv, dass sie eilig ins Bad stolperte. Bratäpfel, Sweven und Tomatensuppe verabschiedeten sich in die New Yorker Kanalisation. Schließlich zog sie sich mit zittrigen Fingern am Waschbecken hoch und spritzte sich eiskaltes Wasser ins Gesicht.

Fliehen war zwecklos. Sie musste ihren Vertrag erfüllen oder ein Schlupfloch finden – innerhalb von einer Woche. Denn wenn auch nur ein weiterer Traumfänger zum Emon wurde, so viel war klar, würde das Konzil nicht auf die nächste Abstimmung warten.

Mit eisigen Händen zog Moira ihr Notizbuch aus der Tasche. Dabei streiften ihre Finger Sovas Zauberbuch. Hatte sie es ihr deshalb geschenkt? Weil das die einzige Hilfe war, die sie ihr geben konnte? Mit einem hässlichen Stechen in der Brust legte Moira das Buch neben sich auf das Bett.

Später. Zuerst brauchte sie einen Plan. Sie brauchte Ergebnisse. Sie musste dem Konzil einen Grund liefern, sie nicht zum Versuchskaninchen zu machen.

Eine Woche. Ihr blieb eine verflucht kurze Woche für einen Plan … oder für eine Lebensversicherung.

Zögerlich setzte sie den Kugelschreiber auf ihr Notizbuch und begann zu schreiben.

16.
DOCTOR SLEEP

-1-

Die nächsten drei Tage klapperte Moira weitere Projekte der Fonda-Stiftung ab. Die mobile Blutspende der NosferaTours, das Rehabilitationsprojekt für verhaltensauffällige Werwölfe, die Amulettmanufaktur für sozial benachteiligte Magier … Nichts.

»Du bist ein wandelndes Büffet«, gurrte Algie, als Moira nun durch die Sub Side marschierte. Seit dem belauschten Konzilsgespräch wich er ihr kaum mehr von der Seite. »Diese schlecht unterdrückten Panikattacken sind ein Träumchen!« Er ließ genüsslich die Zunge flattern. Als Moira stehen blieb, hob er misstrauisch den Kopf. »Moment – du willst *da* rein?«

»Jap.«

Das Hekate-Krankenhaus lag im Herzen der Sub Side. Mit seinen Glasfassaden und den schmutzigen grauen Wänden überragte es die umliegenden gedrungenen Häuschen und war vielen Bewohnern des Viertels ein Dorn im Auge – zu modern, zu groß und klobig, und sowieso nur eine Konkurrenz für das altgediente Merlin-und-Morgana-Hospital.

»Hässlich«, befand auch Algie, während Moira die Tafel mit den verschiedenen Stationen studierte. »Oh, hier gibt's 'ne Psychiatrie! Können wir da hin?«

»Wir sind hier nicht im Zoo!«

»Nein, im Restaurant!« Der Emon tänzelte auf ihrer Schulter herum. Allerdings wirkte er nicht ganz so aufgeregt, wie er klang.

»Bist du etwa nervös?«, fragte Moira, während sie zögerlich durch die Eingangspforte in das Neonlicht der Anmeldung trat. Der sterile Geruch drehte ihr den Magen um.

»Pff, du projizierst, Hexchen!«, zischte Algie. »Ich bin nicht nervös, aber du … du magst Krankenhäuser nicht, hm? Was hat dieser Doktor Pythios bloß mit dir gemacht?«

»Tröstet mich, dass du Schiss hast.« Unauffällig steuerte Moira die Treppe an.

»Schiss? Ich weiß nicht mal, was das is'!«, schnaubte Algie, doch mit jedem Stockwerk versteifte er sich stärker auf ihrer Schulter. Während Moira jede Stationstafel eingehend betrachtete, brummelte er vor sich hin. Als sie im dritten Stock stehen blieb, um ihrer Raucherlunge eine Pause zu gönnen, quiekte er schrill. »Da ist die schlimme Frau!«

»Welche schlimme – oh!« Hurtig versteckte Moira sich hinter einer deckenhohen Topfpflanze. Professor Penelope Shaw stakste soeben mit klackernden Absätzen aus der Station für magische Kollateralschäden und unglückliche Unfälle, einen feinmaschigen Käfig in den Händen. Darin kauerten drei winzige wollige Wesen mit Hörnern und Zackenschwanz.

»Das da ist die reinste Metzgerei«, fiepte Algie. »Jeder weiß, dass sie da drin ein Labor für intelligente Parasiten verstecken! Und die Olle kann sich da frei bedienen!«

Bei dem Gedanken, dass Professor Shaw unwissentlich geschrumpfte Dämonen-Seelen züchtete, wurde Moira eiskalt. »Willst du den Krümeln helfen?«, fragte sie leise.

Algie zeigte die Zähne. »Geht's noch? Ich hau ab. Arrivederci, Schwester!« Damit ließ er Moira allein zurück.

»Schisser«, murmelte Moira und schob das mulmige Gefühl in der Magengegend beiseite. Sie arbeitete immer allein! Sie hatte sich bloß daran gewöhnt, dass ein großmäuliger Parasit oder eine schlechtgelaunte Dämonin ihr Gesellschaft leisteten.

Sie straffte die Schultern und betrachtete erneut den Lageplan neben dem Fahrstuhl. Er war unvollständig, da war sie sicher. Zumindest fand sie keinen Hinweis auf die Kieferorthopädie, in der sich William alle paar Monate seine Zahnspange nachstellen ließ. Also musste es mehr geben – im Verborgenen. So huschte Moira in den leeren Fahrstuhl und zückte ihr Pendel. Mit spitzen Fingern ließ sie es vor der Armatur schaukeln, hielt es so dicht an das matte Metall, dass es beinahe dagegen klackerte, und hob es langsam die Stationsanzeige hinauf. Neben der Station für *Unglückliche Unfälle* verbarg sich nichts, doch neben den abgeblätterten Lettern für den vierten Stock schlug das Pendel jäh aus. Stirnrunzelnd tastete Moira über das kühle Metall neben den Knöpfen. Und da, gleich neben dem Knopf für den vierten Stock, begann das Metall unter ihrer Fingerkuppe zu glühen. Ein weiterer Knopf formierte sich – vermutlich einer, den nur die Untoten und ihre Freunde sehen konnten. Sie drückte ihn. Der Fahrstuhl setzte sich in Bewegung. Als sich die Türen öffneten, hielt Moira die Luft an. Die Station vor ihr war nicht, wie der Lageplan es für den vierten Stock ankündigte, die Dermatologie, sondern die Station für *Fatale Sonnenbrände und Tageslichtverbrennungen.* Im fünften Stock landete sie nicht im regulären Territorium der Zahnärzte, sondern bei Wills Kieferorthopäden, der sich auf die Formung von Fangzähnen spezialisiert hatte.

»Danke, William, du hättest ruhig mal erwähnen dürfen, dass du jeden Monat in eine magisch versteckte Praxis pilgerst«, brummelte sie, während sich die Fahrstuhltüren wieder schlossen.

Die Station für *magische Kollateralschäden* im dritten Stock hatte auch eine verborgene Abteilung für *untotes Organversagen*, die Psychiatrie hatte ein eigenes *Institut für postmortale Depression.*

»Jetzt wissen wir, warum Mr. Fondas Spenden ans Hekate so hoch sind«, murmelte Moira.

So tastete sie jeden Zentimeter der Aufzuganlage ab, schlich in die verborgenen Vampirabteilungen und hielt Ausschau nach allem, was irgendwie nach Hypnos oder Traumfängern roch. Erfolglos. Nach einer Stunde kehrte sie mit zittrigen Händen in den Aufzug zurück. Verdammt, langsam gingen ihr die Ideen aus! Wenn sie nichts fand, musste sie Beweise fälschen. Sie würde nicht im Labor der Averna verrecken! Fahrig drückte sie auf den Knopf zum Erdgeschoss. Das Pendel schlug eifrig aus.

»Was zum …«

Der Fahrstuhl ruckte abwärts, sobald Moira über das Metall rieb – zu weit abwärts, wenn man bedachte, dass das Hekate laut Gebäudeplan kein

Untergeschoss besaß. Die Türen glitten lautlos auf – und Moira wäre am liebsten gleich wieder nach oben gefahren.

Sie stand in der Pathologie. Der Gang zu ihrer Linken führte zur Rechtsmedizin, geradeaus lagen Labore und Operationssäle. Es war lausig kalt; der scharfe Geruch nach Desinfektionsmittel überdeckte den Fäulnisgestank nicht gänzlich. Niemand war hier, doch aus einem Raum am Ende des Ganges zur Rechtsmedizin drangen gedämpfte Stimmen und ein gelegentliches Klappern; Schatten tanzten an den Wänden. Zwischen den Schränken zu ihrer Rechten zweigte ein weiterer Gang ab.

Behutsam schlich Moira vorwärts. Ihr Herz machte einen jähen Hüpfer, als sie die nigelnagelneuen Lettern auf der Glastür in dem düsteren Gang entzifferte.

Schlaflabor.

»Morrigan, Odin und Jupiter, ich danke euch!«

Sie stieß die Luft aus, die sie angehalten hatte, und rückte die Echoaugen an ihrem Mantel zurecht. Dann schlüpfte sie durch die Tür ins Schlaflabor.

-2-

Trübes, blaues Licht empfing sie. Niemand saß an der Anmeldung, doch aus einem Zimmer zu ihrer Rechten drangen leise Stimmen. Vorsichtig spähte sie ins Wartezimmer. Fünf Vampire saßen darin; dem strengen Geruch nach zu urteilen allesamt Untote. Drei von ihnen blätterten in Illustrierten (*Obscura – für die modebewusste Untote von heute. Diese Woche: 10 Tipps, wie Sie auch nach Ihrem Tod rank und schlank aussehen, ohne ungesund zu wirken!*), die anderen beiden kabbelten sich wie ein altes Ehepaar. Ihre Stimmen verstummten, als eine dritte ertönte – die eines jungen Mannes.

»Doctor Sleep wäre dann so weit, Ladys und Gentlemen.«

Eine Vampirin, die nicht älter aussah als sechzehn, warf ihr Magazin auf das Tischlein, ihr Sitznachbar folgte ihr schlurfend in den angrenzenden Raum. Das Ehepaar zögerte.

»Ich glaub ja nicht dran«, meinte der Mann. »Schlafen! Ich hab seit 1931 nicht mehr geschlafen! Diese neumodischen Methoden …«

»Aber Sally-Anne und Mike haben es versucht, Schatz«, entgegnete seine Frau. »Doctor Sleep ist ein Genie, du wirst schon sehen!«

Die Stimmen verklangen, Schritte entfernten sich. Stirnrunzelnd richtete Moira sich auf. Doctor Sleep! Klang eher nach Dealer als nach Heiler. Sie schielte auf den Dienstplan und schrak zusammen. Es war gerade halb neun Uhr, fürs Erste schien der junge Mann alleine Schicht zu haben, doch in einer Stunde würde es hier vor Pflegern und Heilerhelfern wimmeln. Bis dahin hatte sie hoffentlich alles gesehen, was es zu sehen gab.

Auf Zehenspitzen schlich Moira ins Wartezimmer. Es war leer, die Tür am anderen Ende des Raumes war bloß angelehnt. Die Stimme des jungen Mannes drang heraus. Vorsichtig linste Moira durch den Türspalt. Dahinter befand sich bloß ein weiterer dunkler Flur. Am Ende des Korridors gähnte ein offener Raum. Hastig zog Moira den Kopf zurück und kauerte sich vor die Tür. Der pickelige junge Mann huschte durch den Raum, mal mit Wolldecken in der Hand, mal mit Gläsern, in denen eine rote Flüssigkeit schwappte, mal mit Kissen bewaffnet. Ein zweiter Mann schritt durch die Bettreihen. Selbst mit seinem grauen Kittel, der fast bis auf den Boden reichte, wirkte sein Gang raubtierhaft. Das lange dunkle Haar hatte er zu einem Zopf zurückgeflochten, und als er sprach, jagte seine samtige, tiefe Stimme Moira Schauer über den Rücken.

»Liegen alle bequem? Ja? Wunderbar. Dann schließen Sie ruhig schon die Augen, meine Damen und Herren.«

»Doctor Sleep?«, piepste die weibliche Hälfte des Ehepaars, die jetzt weniger mutig klang als zuvor, »wir wachen doch wieder auf, nicht wahr?«

»Selbstverständlich, Mrs. Cummings.« Doctor Sleep schenkte ihr ein Lächeln. »Sie schlafen bis vier Uhr, und wenn Sie dann einen Nachschlag möchten, bekommen Sie eine weitere Dosis, die Sie sanft in Ihre Tagstarre gleiten lässt. Jack? Die Medizin, bitte.«

Der junge Helfer trug eine Kiste zu ihm, aus der Doctor Sleep eine Phiole entnahm. »Sie trinken das hier für den ersten Schlaf«, erklärte er.

Atemlos aktivierte Moira eines ihrer Echoaugen. Die Flüssigkeit in den Phiolen, die der Doktor gerade verteilte, sah verdammt noch mal nach Hypnos aus!

»Spanner«, kiekste jemand hinter Moira.

Sie musste sich nicht umdrehen – das Krächzen kannte sie mittlerweile zu gut. Als sie nicht reagierte, hopste Algie kurzerhand vor ihre Nase.

»Ja, ich freu mich auch, dich zu sehen«, fauchte er und biss sie kurzerhand ins Handgelenk – zumindest zielte er auf das Handgelenk, bekam jedoch nur ihren Ärmel zu fassen, sodass er Moira bloß zwickte. *»Schön, dass du zurückbist, Algie, ich bin so froh, dich zu sehen! Ich dachte, du wärst -«*

»Psst!« Ärgerlich rupfte Moira ihn von ihrem Arm und zeigte in den Raum, in dem Doctor Sleeps Patienten gerade ihre Phiolen leerten. Algies schwarze Augen weiteten sich. Dann hörte Moira seine Stimme in ihrem Kopf. Jede Silbe ließ das Innere ihres Schädels unangenehm vibrieren.

Das kenn ich! Das sieht aus wie auf dem Markt!

Moira nickte. »Also halt dich zurück!«, flüsterte sie.

Dann mach doch nicht so einen Krach, du Dumpfnuss! Denk dir einfach deinen Teil, ich versteh dich auch so.

Moira presste die Lippen aufeinander. *Das fällt dir nach drei Monaten ein?*

Na ja, deine Selbstgespräche sind einfach lustig!

»Jack wird Sie einstimmen, Ladys und Gentlemen«, verkündete Doctor Sleep, während er die leeren Phiolen wieder einsammelte.

Jack, der Arzthelfer verzog gequält das Gesicht, doch auf Doctor Sleeps unerbittliches Nicken räusperte er sich und begann zu singen. *Dream a little Dream of Me.* Moira unterdrückte ein Stöhnen, als die Vampire enthusiastisch einstimmten. Nach und nach verstummte der summende Chor der Untoten; nur noch Jacks frischer Tenor hallte durch den Raum. Schließlich brach er ab und seufzte. »Ich kann das nervige Lied nicht mehr hören!«

»Aber sie lieben es, mein Junge!« Doctor Sleep zog die Handschuhe aus, damit er auf seine Armbanduhr schauen konnte. »Holen wir uns einen Kaffee. Wir haben eine halbe Stunde, bis die Nächsten kommen.« Verdrossen strich er sich eine verirrte Haarsträhne aus der Stirn. »Doctor Sleep! Wer hat sich eigentlich den albernen Namen ausgedacht?«

»Dieselben Typen, die zu *Dream a little Dream* in den Schlaf gesungen werden wollen, Doktor Shapiro«, antwortete Jack. »Vampire sind so seltsam …«

Moira wich rücklings zurück. Die beiden Männer kamen aus dem Raum, sie hörte ihre Schritte in dem kleinen Flur. Algie quiekte; Moira hielt ihm das scharfzahnige Maul zu und klemmte ihn sich unter den Arm. So leise sie konnte, huschte sie zurück in die Anmeldung. Eine ganze Steinlawine fiel ihr vom Herzen, als sie eine Patiententoilette entdeckte. Lautlos schloss sie die Tür hinter sich und betete, dass das Vipernatron alle auffälligen Gerüche absorbierte. Ihr Herz pochte so hart in ihrer Brust, dass sie nicht einmal daran dachte, Algie von ihrer Schulter zu schütteln, als er hinaufkrabbelte. Gemeinsam lauschten sie. Doktor Shapiro lachte über irgendetwas; eine Tür knallte zu. Erst, als sich draußen nichts mehr regte, streckte Moira vorsichtig den Kopf in den Flur.

Algie schnüffelte und kräuselte seinen Zackenschwanz. »Grünlaub und Moschus. Jacky-Boy ist ein kleiner Zauberer, was? Und Doctor Sleep heult den Mond an …«

»Vampire, die sich von Werwolf-Ärzten behandeln lassen!« Moira schüttelte den Kopf. »Für die bloße Vorstellung hätte man dich vor drei Jahren ausgelacht.«

Laut Dienstplan hatten sich Doctor Sleep und Jack feinsäuberlich für eine halbe Stunde ausgetragen. Eilig schlich Moira zurück durch das Wartezimmer und den kleinen Flur und lugte behutsam in den Behandlungsraum. Wobei *Behandlungsraum* das falsche Wort war. Es sah eher aus, als hätte sie sich in den Schlafsaal einer Jugendherberge verirrt.

Zwölf gemütliche Betten dominierten den Raum; nur fünf davon waren belegt. Die Untoten schliefen – und sahen zur Abwechslung nicht aus wie wächserne Leichen. Gläser mit Blutresten standen auf ihren Nachttischen. Jeder von ihnen trug ein Stirnband, das über eine hauchdünne Schnur mit einem Papier verbunden war, auf dem ohne jegliches Zutun Kurven erschienen. Gehirnstrom-Messungen. Schläuche pumpten beständig eine hellgraue Flüssigkeit aus den halblitergroßen Infusionsbeuteln in die stillen Adern der Untoten. Hypnos, jede Wette! Moira biss sich auf die Lippen. Intravenöser Schlaf! Das Ehepaar Cummings hielt über die Betten hinweg Händchen; ein seliges Lächeln umspielte Mr. Cummings Lippen.

Gib's zu, du bist froh, dass ich wieder da bin, schnurrte Algie. Er hockte auf der Brust eines Untoten mit kurzgeschorenem blondem Haar und spielte mit dem Infusionsschlauch.

Gib du zu, dass du Angst vor der Station für intelligente Parasiten hast, schoss Moira zurück. Sie pirschte zu der jungen Vampirin, die bäuchlings unter den Kissen vergraben lag, und hob vorsichtig den Infusionsbeutel an. Er war erstaunlich leicht; der Inhalt fühlte sich nicht an wie eine Flüssigkeit. Wenn das wirklich Hypnos war, mussten Sova und Konsorten für solche Mengen sehr lange jagen. Aber nach der Pleite mit Rubens Metadrogen konnte sie kein Risiko eingehen. Moira zog ihr Pendel hervor. Es schlingerte in zackigen Bahnen über dem Infusionsbeutel, doch es war das merkwürdige Kribbeln auf ihrer Zunge, das Moira stutzig machte.

Du hättest auch Angst, brummte Algie. Es fiel ihm sichtlich schwer, die Pfoten von den medizinischen Gerätschaften zu lassen. *Weißt du, was diese Metzger mit uns anstellen?*

Heiler. Es sind Heiler. Mit erhobenem Pendel schritt Moira die Schränke an der Wand ab.

Die wurschteln an unseren Zungen rum! Und wollen uns umerziehen!

Damit ihr euch dann nicht mehr von den Gefühlen unschuldiger Leute ernährt, sondern von Eiweiß, Fett und Kohlehydraten, wie jeder andere auch?

Oh, jeder andere, soso! Deshalb fängst du beim Geruch von Scham an zu sabbern, ja, du Heuchlerin?

Moira zog es vor, nicht zu antworten. Stattdessen rüttelte sie an den Schubladen und Schranktüren. Natürlich waren sie verschlossen. Dann musste wohl wieder ihr Dietrich herhalten. Konzentriert machte sie sich am Schloss des Medizinschranks zu schaffen. Hinter ihr ertönte ein lautes Fauchen. Moira schrak zusammen, aber es war bloß der blonde Untote, der im Schlaf scheinbar einer armen Sau die Zähne in den Hals rammte. Rasch wandte sie sich wieder dem Schrank zu. Ihr blieb nicht mehr viel Zeit, bis Doctor Sleep und sein Assistent zurückkehrten – von neuen Patienten ganz zu schweigen.

Endlich schnappte das Schloss auf. In diesem Schrank stapelten sich nur Spritzen, Kanülen und Blutvorräte. Im nächsten lagerten Desinfektionsmittel und Mullbinden. In einer großen Schublade allerdings, deren Schloss Moira gute fünf Minuten kostete, fand sie jene Kiste, die Jack zuvor durch den Raum getragen hatte. Darin war Platz für zwölf Phiolen, den Hypnos-Fläschchen des Traummarkts nicht unähnlich. Fünf fehlten.

Vorsichtig nahm Moira ein Fläschchen heraus und schraubte es auf. Stirnrunzelnd berührte sie die graue Masse, die am Glasrand haftete. Sie war dünnflüssig wie Orangensaft. Der Hypnos, den die Traumfänger verkauften, war zäher und selten wirklich grau. Eher wie Sturmwolken mit Regenbogenschlieren. Dies hier konnte Hypnos sein – oder bloß ein neuartiges Schlafmittel. Kurzentschlossen ließ sie das Fläschchen in ihre Tasche gleiten.

»Was machst du denn da?« Vor Aufregung vergaß Algie die stille Kommunikation.

»Wenn du mir sagen kannst, ob das hier Hypnos ist, wäre jetzt ein guter Zeitpunkt. Ansonsten soll sich Luas die Sache anschauen.« Moira fuhrwerkte mit ihrem Dietrich bereits am nächsten Schrank. Kälte schlug ihr entgegen. Auf einem Bett aus Kühlkissen lagen gut fünfzig Infusionsbeutel; daneben leere Phiolen. Nicht fünf, sondern zehn. Kurzerhand füllte Moira ihre Lücke im Medizinkasten mit einer benutzten Phiole, sodass der Satz wieder vollständig aussah. Sie zögerte, bevor sie einen Infusionsbeutel aus dem Schrank nahm.

»Spinnst du? Das fällt doch auf«, flüsterte Algie.

Moira schraubte das kleine Gewinde des Beutels auf und ließ eine zweite Phiole etwa bis zur Hälfte mit der grauen Infusionslösung volltröpfeln. Als sie den Beutel wieder verschloss, wirkte er nur unwesentlich leerer.

»Hoffen wir, der gute Jack ist weiter so schlampig mit dem Abfall«, raunte Moira. Das leise Schnappen, mit dem sie den Schrank schloss, ging in dem Knall einer zufallenden Tür unter. Jemand hatte das Schlaflabor betreten.

-3-

Moiras Herz übersprang ein paar Schläge; ihre eigene Panik spiegelte sich in Algies schwarzen Augen. Stimmen drangen aus dem Empfangsraum, offenbar zwei Personen. Neuerliches Gezwitscher über Doctor Sleeps beeindruckende Fähigkeiten.

Das sind die neuen Patienten, fiepte Algie.

Sag bloß, Sherlock. Moira drehte sich einmal um ihre eigene Achse. Es gab nur eine Tür in diesem Raum – die, durch die sie hineingelangt war. Sie musste durch das Wartezimmer, um hier rauszukommen, und aus dem Wartezimmer drangen die neuen Stimmen. Verdammt, verdammt!

Wir werden sterben, jaulte Algie und begann, hektisch um die Betten zu jagen. *Also, du wirst sterben, als Mitternachtssnack für die Untoten enden, das ist nicht so schlimm, aber mich werden sie wieder zu diesen Metzgern schicken und umkondition-*

Reiß dich zusammen, Algernon, sonst kommen wir hier nie raus! Moira hob ihn auf und hielt ihm sicherheitshalber das Maul zu, während sie in den kleinen Flur tappte, der den Behandlungsraum vom Wartezimmer trennte. Algie zappelte panisch – und schnappte erneut nach ihr. Diesmal gruben sich seine Zähne tief in ihre Hand. Mit einem leisen Stöhnen sackte Moira gegen die Wand. Das widerliche Saugen setze ein; Algies Zunge schnellte so tief, als wolle er sich bis zu ihrem Herzen vorbohren. Irgendwie gelang es ihr, seine Zähne aus ihrer Haut zu ziehen – und bereute es sofort. Blut rann über ihre Finger.

Haben sie dich zu heiß gebadet? Du benutzt doch sonst nie deine Zähne!

Algie sprang zu Boden und leckte sich das Blut von den Schnurrhaaren. *Bah, du schmeckst gerade echt widerlich!*

Da drüben sitzen Vampire, du verkorkster Waschbär! Hektisch versteckte Moira ihre Hand in ihrem Mantelärmel, doch die Stimmen im Wartezimmer veränderten sich prompt.

»Hier riecht's lecker«, verkündete die Frau mit ihrem schweren Brooklyn-Akzent. »Was meinst du, Pete, ob die wohl ein Betthupferl reichen?«

»Gottverdammich, Mary, du denkst immer nur ans Essen! Aber es riecht wirklich köstlich. Wie 'ne nette Mischung aus Magier und A-Positiv.«

Hektisch blickte Moira sich um, doch das Wartezimmer war der einzige Ausweg. Ansonsten gab es nur einen Wandschrank und ein Regal, auf dem ein Stethoskop und ein Fieberthermometer lagen, Wollmäuse auf dem Boden, Feuermelder an der Decke … Es gab nicht einmal einen Lüftungsschacht! Moira erwog gerade, in den Wandschrank zu kriechen, als sich ein toupierter Kopf in den Flur schob.

»Ah, da ist ja jemand! Miss, wir haben einen Halb-Zehn-Termin zur Schlaftherapie bei Doctor Sleep.«

Die Vampirin strahlte ihr mit vorstehenden Fangzähnen entgegen. Sie war so blass, dass sie mit ihrem korallenroten Lippenstift und dem kräftigen Rouge wie ein verunglückter Clown aussah. Die violetten Ringe unter ihren Augen machten es nicht besser.

Moira schluckte und räusperte sich. »Doktor Shapiro sollte jeden Moment wieder da sein.«

Die Frau strahlte weiterhin. Sie blinzelte kein einziges Mal. »Wir sind ein bisschen früh dran, und Sie sind ja offensichtlich auch gerade erst gekommen, Schwester, aber vielleicht könnten Sie schon die Formalitäten erledigen und uns eintragen?«

Moira hielt die Luft an. Die Untote glaubte, sie sei eine Krankenschwester? »Sicher, Ma'am. Geben Sie mir nur eine Minute, damit ich mich umziehen kann.« Mit der Frau im Nacken stakste sie durch das Wartezimmer, wo ein Vampir mit steifen Zuckerwasserstoppeln sie neugierig musterte. Moiras Finger krallten sich in das Futter ihres Mantels, das mittlerweile feucht von ihrem Blut war. Sie machte sich keine

Illusionen – die Vampire witterten längst, woher der metallische Geruch stammte. Die Frage war bloß, wie lange sie ihren Jagdtrieb im Zaum hielten … Moiras Mund wurde trocken bei der Erinnerung an zahllose Fangzähne an ihrem Hals, dem Bauch, dem Gesicht … Mit schweißnassen Händen trat sie in die Anmeldung. Algie huschte hinterher, die Untote folgte ihr, und auch der Mann kam dazu.

»Bread, Pete«, stellte er sich vor. Seine Nasenflügel bebten, die bleichen Augen zuckten zu Moiras Mantelärmel. »Ich glaube, hier arbeiten nur Dilettanten, Mary. Man kann doch nicht von uns erwarten, dass wir schlafen, wenn es so herrlich nach Abendessen duftet.«

»Ach, Pete, nicht doch«, sagte Mary mit den toupierten Haaren. Ihr Stirnrunzeln wirkte bestenfalls halbherzig. »Doctor Sleep findet es bestimmt nicht nett, wenn wir sein Personal anknabbern.« Ihr lautes Magenknurren strafte ihre Worte Lügen. Sie musterte Moira hungrig. »Andererseits sind Krankenschwestern natürlich ersetzbar …«

»Ma'am, bitte!«, protestierte Moira. Die Untote ignorierte sie, drückte sie mit ihrem ganzen Körper gegen den Empfangstisch. Modergeruch überlagerte das blumige Parfüm. Moira stockte der Atem. Die Fangzähne schimmerten viel zu nah. Ihre Arme hingen nutzlos an ihrer Seite; Pete rollte ihren Mantelärmel nach oben und fuhr mit der Zunge über ihre Bisswunden. Moira versuchte, sich aus Marys Klammergriff zu winden, doch je mehr sie sich wehrte, desto fester packte die Vampirin sie. *Wenn dich einer beißen will, wehr dich nicht,* hatte William ihr einmal gesagt. *Das macht sie nur hungriger*. Aber das hatte ihr im Bluthaus auch nicht weitergeholfen … Sie drehte den Kopf, suchte nach Algie. Aus den Augenwinkeln sah sie gerade noch, wie sein Zackenschwanz durch die angelehnte Tür verschwand, die zur Pathologie führte.

Etwas Feuchtes regte sich an ihrem Handgelenk. Pete tastete mit der Zunge nach ihrem Puls. Oh Gott, diese Zähne … Sie konnte sich nicht bewegen.

»Bitte, Sir«, flüsterte sie, »bitte lassen Sie mich -«

»Oh, schau mal, Pete, sie hat schon Erfahrung«, zwitscherte Mary entzückt. Sie zwängte Moiras Kinn nach oben, zog den Schal beiseite und entblößte die Narben auf ihrem Hals. »Sie brauchen sich nicht so zu zieren, Kleines.« Ihre Fangzähne kratzten über Moiras Halsschlagader – neckend, wie ein Liebhaber. Jeder klare Gedanke verschwamm. Das Blut rauschte siedend heiß durch Moiras Adern, und die Nervenenden unter den Fangzähnen standen in Flammen. Sie kniff die Augen zu, betete, dass die Vampire es schnell beendeten …

Plötzlich zuckte Mary zurück. Ihr Mund war geschwollen, als hätte Moira ihr einen Faustschlag verpasst. Der Anblick brachte eine Handvoll vernünftiger Gedanken zurück. Mit dem vagen Duft von Myrrhe in der Nase schob sie Mary eine Armlänge fort und zwang ihre Stimme, ruhig und abgeklärt zu klingen.

»Ma'am, Sie sind bloß übermüdet.« Moiras Hand glitt in ihre Manteltasche. »Sie bekommen vor Ihrer Schlaftherapie eine Portion Blut, damit der Hunger Sie nicht weckt – aber Doctor Sleep erteilt Ihnen Hausverbot, wenn Sie sein Personal essen.«

Bestimmt zog sie den Schal enger um ihren Hals. Verunsichert bleckte Mary die Zähne. Ihre Pupillen, groß wie Mantelknöpfe, verkleinerten sich kaum merklich.

»Entschuldigen Sie, Miss … Manchmal kommt mir die Natur …«

»Verstehe ich doch. Rauchen Sie?« Moira angelte eine Zigarette aus ihrer Tasche und steckte sie der Frau zwischen die Lippen. »Ich weiß nicht, wie's Ihnen geht, aber mich beruhigt Nikotin immer ungemein.« Blitzschnell versorgte sie auch Pete und sich selbst mit Zigaretten und entzündete sie flink mit einem Streichholz, doch Pete zupfte sich den qualmenden Glimmstängel gleich wieder aus dem Mund und warf ihn hinter sich.

»Ich rauche nur *nach* dem Essen, Liebelein. Und jetzt -« Er packte Moira bei den Schultern und drückte sie gegen die Wartezimmertür. Mit seinen klobigen Muskeln war er ein völlig anderes Kaliber als Mary. »-jetzt bin ich viel zu aufgeregt, um zu schlafen.« Er zerrte an ihrem Ärmel, legte den blutverschmierten Arm frei und presste sie mit vollem Körpergewicht gegen die Tür. Heißer Speichel tropfte auf ihren Arm. Moira versuchte, sich loszureißen, stolperte rücklings zurück ins Wartezimmer. Pete packte sie im Nacken. Und dann rammten sich zwei zentimeterdicke Messer in ihr Fleisch – einmal, zweimal, dreimal. Der vertraute Schmerz schlug tief, bis in die Knochen, eine schorfige Zunge leckte gierig das hervorquellende Blut auf. Moira würgte, roch Eisen und Rauch, Moder und Myrrhe. Mary stieß Pete beiseite. Für einen absurden Moment glaubte Moira, sie würde ihr helfen. Doch die Augen der Untoten waren leere, gierige Tunnel. Sie zog Moira an den Haaren, legte den Hals frei, kratzte mit den Zähnen über ihre Halsschlagader …

In diesem Moment ertönte ein Brausen. Der Deckensprinkler spie eisiges Wasser durch das Wartezimmer, regnete auf die fortgeworfene Zigarette und den schwelenden Teppich. Die Vampire stoben jäh auseinander, taumelten zurück in den Flur. Pete zerrte Moira am Ärmel mit sich; der raue Mantelstoff kratzte über das verletzte Gewebe.

»Was ist denn hier los?«, donnerte eine tiefe Stimme. Doktor Shapiro stand vor der Anmeldung und starrte fassungslos auf die patschnassen Gestalten. Seine Nasenflügel blähten sich. »Haben Sie etwa hier drin geraucht? Sind Sie von allen guten Geistern verlassen? Wir haben hochentzündliche Stoffe in diesem Labor! Raus aus meiner Praxis!«

Mary zuckte zusammen. »Aber ich habe fünf Wochen auf diesen Termin gewar-«

»Raus! Raus, alle drei!« Wütend packte Doctor Sleep Mary mit der Rechten und Moira mit der Linken und schob sie durch die Tür in den Gang zur Pathologie. »Kommen Sie wieder, wenn Sie Ihre Gelüste im Griff haben! Undiszipliniertes Pack!«

Die Glastür knallte hinter ihnen ins Schloss. Während Moira ihr milchiges Spiegelbild betrachtete, kam es ihr gar nicht so absurd vor, dass Doctor Sleep auch sie auf die Schnelle für eine Untote gehalten hatte – lebendig sah sie jedenfalls nicht aus.

Mary und Pete drehten sich langsam zu ihr um. Nichts deutete darauf hin, dass Pete ihr soeben den Unterarm zerfleischt hatte – sein Mund war völlig sauber, kein Blutstropfen war danebengegangen.

Moira hob ihre klatschnassen Schultern. »Ich hab's Ihnen gesagt.«

Dann wandte sie sich schleunigst um. Sie wollte rennen, aber so töricht war sie nicht. Einmal war sie im Bluthaus gerannt, und ihr Gast war ihr nur umso entzückter nachgejagt. Auch Mary und Pete waren zu klug, ihr hinterherzuhetzen – vor allem jetzt, wo Jack und vier weitere Helfer ihnen entgegenkamen – doch sie folgten Moira raschen Schrittes. Hinter ihnen öffnete sich die Glastür; Doktor Shapiros Schimpfen tönte bis in die Pathologie.

Die Pathologie! Moiras Magen verkrampfte sich jäh. Es gab nur einen Weg nach draußen, und der führte durch den Aufzug! Um Himmels willen, sie konnte nicht mit zwei blutlustigen Vampiren Fahrstuhl fahren! Hektisch blickte sie sich um. Mary und Pete waren verschwunden. Es war unheimlich still zwischen den Toten. Schwer atmend, den schmerzenden Arm an ihren Rumpf gepresst, rannte Moira die letzten Meter zum Aufzug und drückte den *Erdgeschoss*-Knopf gleich fünfmal. Die Tür schloss sich quälend langsam, und jede Sekunde rechnete Moira damit, dass die Untoten in den Fahrstuhl stürzten.

Doch nichts dergleichen geschah. Die Kabine setzte sich in Bewegung. Erleichtert schloss Moira die Augen. Unter ihren feuchten Kleidern schwitzte und zitterte sie gleichermaßen. Ihr war speiübel.

Vor dem Krankenhaus sog Moira gierig die frische Luft ein. Wenn sie den Arm bewegte, bohrten sich hundert Nadelstiche in ihren Muskel. Sie spürte die Finger, die im Bluthaus an ihr gezerrt, die Münder, die sie zerbissen hatten … *Das ist vorbei! Konzentrier dich!* Ächzend versuchte sie, die Hand abzuknicken, doch der Schmerz zuckte durch ihren ganzen Unterarm. Oh, sie würde Algie den Hals umdrehen, sobald sie ihn erwischte …

»Wir waren noch nicht fertig, glaube ich.«

Jemand packte sie an der Schulter. Pete klang ganz und gar nicht erfreut, doch als er erneut sprach, schlich sich ein Schnurren in seine Stimme.

»Magier und A-positiv ist eine delikate Entschädigung dafür, dass Sie mich um meinen Termin gebracht haben.«

Die Wut kam so plötzlich, dass die Straße in einem roten Schleier verschwand. Mit steifen Schultern drehte Moira sich zu ihm um und langte erneut in ihre Tasche. »Wissen Sie, Pete, *Sie* haben *sich* um Ihren Termin gebracht. Und langsam gehen Sie mir auf den Keks.«

Ehe er sich versah, riss sie ein Streichholz an und drückte es ihm auf die Wange. Pete brüllte wie am Spieß und schlug nach ihr. Das erstaunlich ausdauernde Streichholz brannte noch immer; Moira packte Petes Kopf, drückte das Holz auf seine Kehle, auf seine Lippen, die Augenlider. Der Gestank von verschmortem Faulfleisch stach ihr in die Nase. Sicherheitshalber presste Moira das Streichholz auch noch auf seine Stirn. Pete sackte gekrümmt zu Boden, und Moira nahm die Beine in die Hand. Als sie über die Schulter spähte, stürzte Mary aus einem Seiteneingang des Krankenhauses und ging neben Pete in die Knie. Das Streichholz noch immer zwischen den Fingern, hastete Moira durch die Sub Side.

»Moira?«

Unwirsch blickte Moira über die Schulter, doch weder die gähnenden Walküren noch die pokerspielenden Leprechauns achteten auf sie.

»Moira, wo bist du? Was ist los?«

Die Streichholzflamme zitterte. Sie hatte eins von Sovas Kontakthölzern erwischt! Ein zittriges Lachen rang sich aus Moiras Kehle.

»Ich dachte, ich müsste *Strix* sagen!«

»Offenbar kannst du meine Jacke auch so anzünden«, grollte Sova. Sie klang besorgt. »Du keuchst. Ich sag dir die ganze Zeit, du sollst weniger rauchen. Was ist los?«

»In einer halben Stunde bin ich bei euch«, krächzte Moira. Der Außenbezirk der Sub Side kam in Sicht. »Ich hab was, das ihr euch anschauen solltet.« Sie tastete nach den Phiolen in ihrer Tasche. »Etwas sehr … *Nützliches*.«

Damit drückte sie das Streichholz aus.

17.
BÖSES BLUT

-1-

Als der Bernstein an Sovas Gürtel zum zweiten Mal aufflammte, knurrte sie unwillig. »Wie soll man denn so arbeiten?«

Mit der Rechten schmierte sie der schlafenden betagten Person Mohnsalbe unter die Nase, mit der Linken berührte sie die glühenden Steine an ihrem Gürtel. Blaues Licht. Gruppengespräch. Sova stöhnte leise.

»Was, Ellyn?«, raunzte sie.

»Rückzug«, tönte Minks Stimme aus dem Stein. »Rückzug, habt ihr gehört? Team Fuchs zurück an den Times Square, sofort!«

»Aber die Frühschicht geht bis halb elf«, schnarrte Sova. Aus dem holprigen Knistern hörte sie, wie auch die anderen Mitglieder ihres Jagdtrupps protestierten.

»Ich diskutiere nicht über ein verdammtes Streichholz mit euch«, fauchte Mink. Sova sah ihre hünenhafte Gestalt regelrecht vor sich, wie sie ihr Kontaktholz anbellte. »Brecht eure Jagd ab. Kommt zum Treffpunkt, und dann marsch zurück auf den Markt!«

Damit erloschen die Bernsteine. Fluchend blickte Sova auf die schnarchende Spenderperson hinab, die ihre besten Träume bereits abgegeben hatte. Ihr Beutel war viel zu leer, und die Motten tanzten wild – die Nacht versprach so viel mehr Beute! Ruppig zog Sova ihre Handschuhe aus und vermerkte ihren Besuch auf der Tapete hinter dem Bett. Obwohl die zwei Träume, die sie mitgenommen hatte, kaum als Jagd durchgingen. Sie stöhnte leise. Das Gilding vom Abendessen kribbelte noch auf ihrer Zunge, doch die Welt war schon wieder so dunkel. Das Fleisch hing wie eisiges Blei an ihren Knochen, und das Blut in ihren Schläfen war so kalt, dass es brannte. Ihre Hand landete auf der Kehle des schnarchenden Menschen. Drückte zu. Die Person zuckte zusammen, die Augen rollten unter den Lidern, doch Aufwachen war unmöglich.

Die Angst unter den Schlafesschwingen machte Sova den Mund wässrig. *Keiner wird es merken,* wisperte ein Stimmchen in ihrem Hinterkopf. *Nur ein paar Bissen. Nur so viel, damit du wieder klar denken kannst. Kratzen, los!*

Ihre Nägel kratzten über die faltige Haut. Der alte Mensch wimmerte im Schlaf. So wie die Gäste, die Mama im Keller gehalten hatte …

Abrupt zog Sova sich zurück. »Raus aus meinem Kopf, Mum!«

Eilig floh sie aufs Fensterbrett. Draußen auf dem Balkon traf sie Robin Wood, der aus dem Nachbarfenster kletterte und sie mit einem herzhaften Fluchen begrüßte.

»Wehe, Mink hat keinen triftigen Grund, die Jagd abzublasen!«, grunzte er, während sie sich an den Abstieg machten. Über ihnen flatterten ihre Motten.

»Vielleicht hat's was mit der Hexe zu tun«, ächzte Sova. »Sie hat scheinbar was gefunden.« Ihre Füße landeten hart auf dem kalten Asphalt. Sie sog scharf die Luft ein.

»Alles okay?« Besorgt schloss Robin zu ihr auf. »Du siehst nicht so gut aus.«

»Geht schon.« Sova presste sich die Hand auf die Rippen. Atmen tat weh. »Muss nur gilden.«

»Schon wieder?« Robin musterte sie argwöhnisch. »Hast du nicht erst gegildet, bevor wir losgezogen sind?«

Sova stierte finster zurück. »Willst du mir deinen Kommentar ins Gesicht sagen oder lästerst du lieber nachher mit Beryl?«

Robin klappte der Mund auf. »Ich hab doch gar nicht … Hey, warte! Wir sollen zusammenbleiben!«

»Dann beeil dich, Großer.«

Sova blickte sich nicht um, während sie Richtung Time Square marschierte. Weihnachtsgirlanden verblassten unter den grellen Werbetafeln, Menschen in Pelzmänteln und Kaschmirschals strömten aus den Theatern und hatten nur misstrauische Blicke für das halbe Dutzend schwarzgekleideter Gestalten übrig, das sich im Schatten der riesigen Pepsi-Anzeige versammelte. Victor Sagittar und Zoe Pix scharrten unruhig mit den Füßen, als Sova und Robin sich zu ihnen gesellten.

Mink begrüßte sie mit einem Zähnefletschen. »Na endlich! Trödelnasen! Mitkommen, los.«

»Hey, warte!« Robin fasste sie am Arm. »Wir sind doch noch gar nicht vollständig! Wo ist Beryl?«

»Genau das«, fauchte Mink, »ist das beschissene Problem, Wood!«

Sova blinzelte. Mink war blass, das kurze Haar stand ihr zu Berge, und die Falkenaugen blitzten, als wollte sie jeden erdolchen, der Widerspruch leistete. So hatte Sova sie zuletzt zu Furis-Zeiten gesehen – als sie Rekrutierte im Feld gegen Lesath verloren hatte …

»Ellyn, was ist passiert?«

»Ich war mit ihr in diesem Hotel.« Mink fuhr sich über das Kinn. »Hab auf dem Balkon gewartet, wie die letzten Male auch, aber sie kam ewig nicht raus. Irgendwann bin ich dann rein, aber sie war nicht da – nur diese Spendenden mit den Sexträumen, die Beryl unbedingt holen wollte. Ich hab im Flur geschaut, in der Lobby, vor dem Hotel – nichts.«

Zoe Pix verlor gehörig an Farbe. Was für eine Zeit, Novizin zu sein!

»Und wenn die Motten nur schnell was anderes gerochen haben und Beryl hinterher ist?«, fragte Victor kleinlaut. »Ich meine, dieses Gruppengedöns kostet wirklich furchtbar viel Zeit, vielleicht wollte sie schnell noch was fangen, bevor die Frühschicht rum ist …«

Zur Antwort hob Mink bloß die Hand. In dem Glas mit dem löchrigen Deckel flatterten Beryl Eminis Motten. »Beryl weiß, dass sie keine Alleingänge machen soll. Ich bin nur ihretwegen mit euch unterwegs – Personenschutz für die besten Fangenden.«

Robin besaß die Arroganz, bei diesen Worten beleidigt zu grunzen.

Zoe Pix dagegen begann zu weinen.

»Kommt, marsch, zurück zum Markt«, raunzte Mink. »Ich verliere nicht noch mehr Leute in einer Schicht.«

Mit dem Zeigefinger zeichnete sie einen Kreis in die Luft. Der Wind schmeckte nach Myrrhe. Es hatte seine Vor- und Nachteile, mit Mink als Personenschutz zu jagen. Einer der unbestreitbaren Vorteile war die Tatsache, dass sie als Nicht-Averna über genug Können und Energie verfügte, um Portale zu aktivieren und sie binnen weniger Herzschläge geradewegs zurück auf den Markt zu befördern. Der unbestreitbare Nachteil: Averna vertrugen diese Art des Reisens nicht.

Während Mink gleich loslegte und Lear von Beryls Verschwinden berichtete, rieb sich Sova mit schmerzenden Augen die Rippen, die sich anfühlten, als wollten sie ein Organ nach dem anderen aufspießen.

»Aber *wie* denn?«, bellte Aleph, als Mink den Mund zuklappte. »Wie verschwindet jemand aus dem sechsten Stock? Sie kann sich doch nicht in Luft aufgelöst haben!«

»Ich nehme mal stark an«, sagte Mink gereizt, »dass die Entführenden durch die Tür kamen. Draußen war ja ich.«

»Und an dir kommt niemand vorbei?« Sova hob die Brauen.

»Darauf kannst du einen lassen, Skorpin!«

Lear dagegen blickte mit schmalen Augen in die Luft. »Die Frage ist doch eher: Wieso wussten die, wo ihr jagt? Ihr folgt schließlich dem Mottenflug.«

»Ich will ja nicht das Hässliche aussprechen …«, begann Sova.

»Dann lass es«, knurrte Robin. Unter seinem Bart war er ungewöhnlich bleich.

»… aber wenn jemand den Mottenflug interpretieren kann, liegt es nahe, dass einer von uns die Entführenden hergelockt hat«, endete Sova trotzdem.

»Das würde niemand tun«, beharrte Robin stur.

»Sagt ja auch niemand, dass es freiwillig war.« Sova verdrehte ungeduldig die Augen. »Die haben schon zehn von uns, du Schrubber.«

»Dir ist nichts aufgefallen?« Aleph fasste Sova ins Auge. »Schatten, anhängliche Passanten …«

»Seit Moira uns nachgeschlichen ist, sind wir wohl alle ganz gut drin, zu merken, wenn wir verfolgt werden«, erwiderte Sova. »Da war niemand.«

»Apropos.« Mink räusperte sich. »Die Hexe kann den Mottenflug zumindest ein bisschen interpretieren, stimmt's? Sie hat euch auf die Weise schon mal gefunden.«

»Red keinen Unfug!«, knurrte Sova.

»Wieso nicht?« Mink hob die Brauen. »Tu nicht so, als hättest du nie drüber nachgedacht, dass sie zweigleisig fährt. Ich hab von Anfang an gesagt, dass ihr auf der Rasierklinge reitet, wenn ihr der Frau zu viel verratet.«

»Und wie«, sagte Lear gedehnt, »soll Miss Bran gleichzeitig ein Krankenhaus in der Sub Side infiltrieren und Averna am Broadway verfolgen?«

»Na, sie *war* außer Atem, hast du gesagt!« Mink suchte Sovas Blick.

Lears Augen verengten sich zu schmalen Schlitzen. »Ich glaube, Miss Brans Kurzatmigkeit hatte andere Gründe.«

Sova folgte ihrem Blick. Soeben erschien Moiras zerrupfter Lockenkopf am Rande des Markts. Sova roch das Blut, bevor sie den nassen Mantelärmel sah.

Diese Nacht konnte unmöglich schlimmer werden.

-2-

»Du hast echt nicht mehr alle Tassen im Schrank, *vitjka*!« Sova knallte das Eisenpräparat so zornig auf den Tresen, dass die Hälfte überschwappte, und funkelte Moiras Verband an. Lear hatte die Hexe erneut zusammenflicken müssen. »Willst du dich mit Gewalt umbringen?«

»Reg dich ab, Sonnenschein, ich mache, wofür ich bezahlt werde.« Mit einer Zigarette im Mundwinkel umklammerte Moira ihren frischverarzteten Arm.

»Das ist eine Vampirklinik!«, fauchte Sova. »Du hättest wenigstens William als Backup mitnehmen können! *Vrenoj*, ich hab dich nicht aus einem Bluthaus geholt, damit dich andere Langzähne aufessen.«

»Nein, ganz sicher nicht«, sagte Moira spitz.

Irritiert blinzelte Sova sie an. Die Hexe neigte nicht zu schnippischen Antworten. Andererseits war sie gerade schon wieder von Untoten angefallen worden. »Trink dein Eisenzeug«, grollte sie, »bevor du noch umkippst.«

»Schalt deine innere Cholerikerin ab, sie lebt ja noch«, schnarrte Martin Silver.

Gereizt drehte Sova sich zu ihm um. »Musst du dich nicht um deine Kundschaft kümmern? Aurelius Mortimer kotzt gerade deinen Stand voll! Ich hab dir gestern schon gesagt, gib den Kunden kein Glühblut, die vertragen das nicht!«

»Im Gegensatz zu dir setze ich Prioritäten, Skorpin!«

»Haltet den Rand da drüben, wie soll man bei dem Gekeife arbeiten?«, rief Luas.

Wen auch immer er damit genau meinte. Vor dem Schätzerpavillon, in dem Maestro Virgil und sein Alchemiezirkel Moiras Krankenhausbeute analysierten, wimmelte es von Traumfangenden, die nach Neuigkeiten gierten – nach einem Funken Hoffnung, dass man Beryl gleich wieder zurückholen konnte. Die Hälfte von ihnen umringte Moira, bombardierte sie mit Fragen, doch die Hexe blieb einsilbig. Das allein genügte, um Sova erneut zu reizen. Sie hatte gleich nach ihrer Rückkehr gegildet, dennoch war der Worn schon wieder zurück. Es war nicht genug. In den letzten Tagen war es nie genug.

Eine Stunde später verkündete Maestro Virgil unzeremoniell das Ergebnis der Analyse: »Tja, sorry, das war nichts.«

»Inwiefern nichts?«, fragte Moira sofort – reichlich blass um die Nase. »Wieder kein Hypnos?«

»Doch, Hypnos ist es schon.« Verdrossen wischte sich Luas den Ruß von der Wange. Diesmal hatte seine Kollegschaft ihn gar nicht erst bei der Analyse mitmachen lassen, sondern ihn zu der glanzvollen Aufgabe abkommandiert, die Ergebnisse mit der Buchhaltung abzugleichen. »Aber er ist zu alt. Die Rationen sind von Mitte Juli, da hatten wir praktisch noch gar keine Vermisstenfälle.«

Lear, die umringt von Marktwache und Konzil vor dem Pavillon stand, verschränkte die Arme. »Konntet ihr identifizieren, um wessen Hypnos es sich handelt?«

»Bedauerlicherweise nicht, Ma'am«, sagte Virgil.

»Alistair Bluth«, sagte Luas, ohne von den Kaufverzeichnissen aufzuschauen. »Robin Wood. Caramia Gill. Sova Skorpin. Daphne Archer.« Als sowohl seine Kollegschaft als auch Lear ihn entgeistert anblickten, zuckte er mit den Schultern. »Ich hab's euch gesagt, destilliert die Omega-Komponenten und sublimiert die Oneroi-Dünste, dann kriegt ihr die Signaturen.«

»So viele Signaturen?«, fragte Moira stirnrunzelnd. »Ich hab doch nur zwei Rationen mitgebracht.«

»Schon, aber dieser Doctor Sleep panscht scheinbar alles zusammen.« Luas rümpfte die Nase, als hätte Doktor Shapiro seine Berufsehre beleidigt. »Das hier ist ein mieser Cocktail aus Hypnos von zig verschiedenen Jägern.«

Bei dem bloßen Gedanken kam Sova die Galle hoch. Ihre Kollegschaft murmelte unleidlich.

»Wieso macht man denn so was?«, rief Robin Wood. »Damit verscheißt man doch den ganzen Hypnos!«

»Na, die Untoten schlucken Hypnos ja nicht wegen der schönen Bilder«, hielt Will Nikula dagegen. »Schlafen kann man auch, wenn die Bilder scheiße sind.«

Lear studierte die Unterlagen, die Luas ihr reichte. »Der Hypnos wurde ganz regulär auf dem Markt gekauft. Von Leo Fonda zwar, aber nur drei der Signaturen stammen von unseren Vermissten.«

»Die Mitte Juli aber noch nicht vermisst waren, Ma'am.« Luas klappte die Bücher zu.

Martin Silver, der in der vergangenen Stunde diverse Male zwischen seinem Stand und dem Schätzpavillon hin- und hergezockelt war, spuckte auf den Boden. Er hielt einen Eimer in der Hand, in dem sich, dem Geruch nach, mindestens drei seiner Kunden wieder von ihrem Glühblut verabschiedet hatten.

»Also ist der Käse hier genauso nutzlos wie alles, was die Hexe die letzten drei Monate gemacht hat?«

»Die Recherchen waren alles andere als nutzlos.« Lear drehte sich zu Moira um. Gold und Rot tanzten hinter ihren Brillengläsern. »Wir wissen Ihren Einsatz zu schätzen, Miss Bran. Dennoch, es ist Weihnachten. Gönnen Sie sich und Ihrem Arm eine kleine Atempause.«

Sova riss den Kopf hoch, als Hector Sagittar und seine Konzilsleute hinter Lear bekräftigend nickten. Atempause! So nannte man das jetzt, wenn man jemanden ohne Vorwarnung zum Versuchskaninchen machte?

»Nicht doch, Ma'am.« Moira, die sonst hinter jeder Pusteblume einen Mordanschlag vermutete, steckte sich in aller Seelenruhe eine weitere Zigarette an und blies Lear einen Rauchkringel entgegen. »Ich habe noch zwei Hinweise, denen ich nachgehen will. Wir haben keine Zeit zu verlieren, Weihnachten hin oder her. Nicht wahr?«

»Die Sache ist ohnehin gelaufen«, raunzte Sova und wedelte sich missgelaunt den Zigarettenqualm aus dem Gesicht.

»Hey!« Jemand boxte sie unsanft gegen die Schulter. Es war nicht Moira – sondern Martin Silver. »Nur, weil du die Hoffnung aufgegeben hast, heißt das noch lange nicht, dass wir anderen die Flinte ins Korn werfen!«

»Sie wird nichts finden«, fauchte Sova. Sie wusste nicht, woher diese plötzliche Wut kam – Wut auf Moira, die keine brauchbaren Hinweise fand, Wut auf das Marktkonzil, das sie zum Tod im Labor verurteilte, Wut auf Lear, die nichts dagegen unternahm, Wut auf sich selbst, die den vermaledeiten Stein ins Rollen gebracht hatte und nicht einmal ihren Kollegen helfen konnte! »Sie wird nichts finden, Silver! Bis wir die Nadel im Heuhaufen aufspüren, hat Fonda die gesamte Fängerschaft entführt! Und Moira –«

»Sova!« Sagittar machte einen jähen Schritt nach vorn, doch Silver kam ihm zuvor.

»Halt den Rand!« Er stieß sie grob gegen den Tresen von Luas' Pavillon. »Halt deinen verdammten Rand, Skorpin! Du wolltest sie von Anfang an nicht finden!«

»Wie bitte?« Nun riss Sova ehrlich überrascht die Augen auf.

»Dir kann's nur recht sein, wenn die guten Fangenden verschwinden, nicht?« Er schlug neben ihr auf das zerschlissene Holz. »Du und Alyss, ihr habt sogar die gleichen Spezialgebiete! Weniger Konkurrenz, mehr Umsatz – und du wirst endlich wieder *wichtig*, was?«

»Vorsicht«, knurrte Sova. »Du erstickst noch an deinem eigenen Unsinn!«

»Wunden Punkt getroffen?«, spie Silver. »Als Fängerin taugst du nichts, also bist du zur Furis gegangen. Aus der Furis haben sie dich rausgeworfen, und jetzt, wo du in deinem alten Job nichts reißen kannst, wünschst du dir doch nur, wieder die erste Geige spielen zu -«

Sova stieß ihn von sich, die Handflächen randvoll mit roter Magie. Silver prallte gegen Robin; sein eisblaues Jackett dampfte. Es roch nach Myrrhe und verschmortem Haar.

Schwer atmend strich Silver sich eine rauchende Strähne aus der Stirn und las seinen Eimer voller erbrochenem Blut auf. »Böses Blut«, keuchte er. »Ich hab's schon immer gesagt!«

Moira schlängelte sich räuspernd zwischen Sova und William hindurch, um an den Aschenbecher zu kommen. »Nichts für ungut, Mr. Silver, aber wenn man einen Hund lange genug tritt, darf man sich nicht wundern, wenn er beißt.«

»Du sagst die süßesten Sachen, *vitjka*«, grollte Sova und drehte sich ihrerseits zu Silver um. »Geht's dir jetzt besser, ja?«

»Nein, noch nicht ganz.« Mit glitzernden Augen hob er seinen Eimer höher.

Lear und William sprangen geistesgegenwärtig zur Seite – Sova nicht. Es platschte; im nächsten Moment wischte sie sich würgend die rote, klumpige Masse aus den Augen. Blut! Frischerbrochenes Blut durchtränkte ihre Kleider, rann aus ihren Haaren. Sie wagte kaum, sich zu bewegen, geschweige denn den Mund zu öffnen. Kein Fleck an ihrer Vorderseite war trocken geblieben. Ihr Blick flackerte zu Moira, die stocksteif mit halbausgedrückter Zigarette neben ihr stand. Auch sie hatte einen gehörigen Schwall abbekommen.

»Ups«, sagte Silver sanft. »Bin wohl gestolpert.«

»Geht's noch, Junge?!«, brüllte Virgil. »Wir produzieren hier Medikamente!« Der Alchemist stampfte aus seinem Pavillon, riss Silver den Eimer aus der Hand und schlug damit nach ihm. Während er ihn fortscheuchte, schnappte Sova zitternd nach Luft. Sie zuckte zusammen, als irgendetwas an ihrem Bein zupfte. Algie schnupperte an ihr, wackelte gierig mit den Schnauzhaaren. Sova trat nach ihm, doch sogleich waren fünf weitere Emonen zur Stelle.

Mit bebender Hand wischte sich Moira den Glibber vom Mund. Ihre Augen schimmerten mordlustig in ihrem fahlen Gesicht. »Waschen. Jetzt. Sofort.«

Grimmig schüttelte Sova ihre Hände aus, dass das Blut zu Boden spritzte. Ohne ein weiteres Wort drehte sie sich um und stapfte davon. Ihre Seite stach, ihr Herz ebenfalls, und so wütend sie auch dreinblickte – es fühlte sich an, als würde sie eine Spur aus Blut und Tränen hinter sich herziehen.

18.
ZÄHNE UND KLAUEN

-1-

Moira steckte den Kopf unter den Wasserhahn und bemühte sich, nicht mit dem klumpigen Blut in Berührung zu kommen, als sie es aus den Haaren spülte. Sova würgte bisweilen, während sie über der Badewanne hing, ihre Arme abschrubbte und gelegentlich Algie anfauchte, der um sie herumtänzelte.

»Nimm doch einfach ein Bad«, feixte der Emon.

Sova spritzte mit dem schmutzigen Wasser nach ihm. »Verpiss dich!«

»Ich gehör zu der da!« Mit dem Zackenschwanz zeigte Algie auf Moira. »Wir sind quasi Ermittlungspartner!«

»Ja – er hat mich partnerschaftlich daran erinnert, warum ich lieber alleine arbeite«, brummte Moira. Sie hatten schon dreimal versucht, die kleine Kröte rauszuwerfen, doch Algie kam immer wieder zurück und umschlich Sova wie eine hungrige Hyäne.

»*Vrenoj*, den Gestank krieg ich nie wieder weg!« Mit einem hässlichen Platschen landeten Sovas Pullover und Hose in der Badewanne. Moira kehrte ihr höflich den Rücken. In dem angelaufenen Spiegel über dem Waschbecken sah sie dennoch, wie Sova nur in Unterwäsche das Blut aus dem Stoff rubbelte. Die Muskeln an ihren Oberarmen spannten sich; die an ihrem Bauch zitterten.

Bloß, dass das Zittern bei genauerem Hinsehen nicht von den Muskeln stammte.

»Was zum Teufel ist das denn?« Stirnrunzelnd drehte Moira sich zu ihr um. Unter Sovas Rippen pulsierte eine geschwollene, rotgeränderte Beule.

»Emonenbiss. Von ihm hier.« Mit ihrem triefenden Pullover schlug Sova nach Algie, der lauthals protestierte.

Moira wrang ihre tropfnassen Haare aus, ohne von Sovas Wunde aufzublicken. »Das sieht nicht gut aus.«

»Ist nichts weiter. Ich reagiere mit dem ganzen Worn bloß empfindlicher auf Bisse.« Sova zog den Stöpsel. Mit dem roten Wasser verschwand auch der säuerlich-metallische Geruch im Abfluss.

»Du reagierst immer empfindlich auf Bisse, deshalb rührt dich auch kein Mann mehr an«, quäkte Algie, während Sova in die Wanne stieg und den Vorhang zuzog. Kichernd wich er der Unterwäsche aus, die auf dem Fliesenboden landete; hinter dem Wannenvorhang begann das Wasser erneut zu rauschen.

Mit verschränkten Armen lehnte Moira sich gegen das Waschbecken. Ein Spruch über Karma lag ihr auf der Zunge, doch sie schluckte ihn herunter. Sova hatte sie während des belauschten Gesprächs so lautstark verteidigt wie niemand sonst. Ob das bei der nächsten Abstimmung noch genauso aussah, stand auf einem anderen Blatt. Trotzdem schauderte Moira beim Anblick der eitrigen Beule an Sovas Rippen.

»Sag mir bitte, dass du damit bei einem Medik warst.«

»Natürlich, was denkst du denn?«, murmelte Sova über das ruppige Plätschern hinweg, klang jedoch nicht sonderlich überzeugend.

»Sova! Das Ding ist entzündet, und zwar richtig!«, sagte Moira laut, um das demonstrativ laute nasse Schrubben und Platschen hinter dem Wannenvorhang zu übertönen.

»Was kümmert's dich?«

»Na ja, es sieht aus, als würde es verflucht wehtun.« Moira seifte sorgfältig ihre Hände ein. Auch nach dem vierten Mal hatte sie das Gefühl, nicht sauber zu werden. »Warum lässt du's nicht von einem Heiler anschauen?«

»Weil Averna nicht von Emonen gebissen werden!« Das Rauschen verstummte. Sova hatte das Wasser abgestellt; dafür schrubbte sie sich nun offenbar die Haut vom Fleisch – zumindest klang es so. Ein beruhigender Lavendelduft erfüllte das kleine Bad. »Nicht mit Zähnen. Das ist wie ein Schandmal, und mein Ruf ist schon mies genug!«

»Frag dich mal, wieso«, schnurrte Algie.

Moira ignorierte ihn. »Mich hat er auch gebissen, das hat niemanden gejuckt.«

»Du bist ja auch keine Averna.«

Aber ich bin euch ähnlich genug, dass ihr mich benutzt, um euren Fluch loszuwerden.

Algie kratzte sich mit der Hinterpfote am Ohr. »Averna essen und grillen auch normalerweise keine Emonen. Ich nenne es ausgleichende Gerechtigkeit.«

»Essen?« Moira hob die Brauen. »Niemand würde Emonen essen!«

»Doch. Sie.« Algies Augen glommen bösartig. »Deine grummelige Freundin hat uns zum *Fressen* gern.«

Das Plätschern erstarb jäh. Algies Augen begannen zu leuchten. Ehe er hinter den Wannenvorhang schleichen konnte, packte Moira ihn am Nacken, öffnete die Badezimmertür und warf ihn raus. Sovas Arm erschien; ein roter Zauber flirrte durch den Raum und zerplatzte an der Tür, wo er sich wie ein dünn schillerndes Netz ausbreitete. Es rumste, gleich darauf fluchte Algie draußen lauthals.

Hinter dem Wannenvorhang ertönte ein erschöpftes Grollen, danach herrschte Stille im Bad.

Mit einem grauen Handtuch näherte sich Moira der Wanne und hielt es so, dass Sova ungesehen danach greifen konnte, doch nichts geschah.

»Sova?« Besorgt lugte Moira um den Vorhang herum. Die Dämonin kauerte zusammengesunken in der halbvollen Wanne, die Knie eng an den Körper gezogen. Unter den dunklen Augenringen wirkte sie noch fahler als zuvor. Nasse Haarsträhnen klebten an ihren Wangen, ihr Blick war so leer, dass Moira erschauderte.

»Sonnenschein, du -«

Sovas Kopf ruckte nach oben. Endlich regte sie sich. Zog erneut den Stöpsel aus der Wanne, rupfte Moira das Handtuch aus den Fingern.

»Stimmt es?«, fragte Moira leise, während die Dämonin sich abtrocknete. »Was Algie gesagt hat? Du hast … Ich meine …«

»Wie, denkst du, übersteht man sechs Jahre ohne vernünftiges Gilding?« Sova weigerte sich beharrlich, ihr in die Augen zu sehen. »Rote Magie war in den Tombs tabu. Ich konnte in den sechs Jahren vielleicht drei- oder viermal Träume sammeln. Aber die Emonen – die Emonen waren überall. Die Tombs sind ein Schlaraffenland – so viel Aggression, Unzufriedenheit, Reue, Zorn …«

»Aber das sind …« Verstört schüttelte Moira den Kopf. »Ich meine, das sind eure …«

»Ich weiß!« Sova kniff die Augen zu. Ihre Stimme zitterte gefährlich. »Vielleicht war mein Dad dabei, oder Lears Sohn, oder Loreley Virgos Mann. Aber vom Prinzip her ist es wie ein Steak. Rinder essen ja vorher auch Gras, und die Nährstoffe sind im Fleisch.«

Doch sie klang so angewidert. Brüsk wandte sie sich ab, trocknete sich mit fahrigen Bewegungen ab und schlüpfte in eine frische Hose. Während sie einen sauberen Pullover über den Kopf zog, fragte Moira: »Also würden eure Mediks es als … Kannibalismus werten?«

»Das ist mal 'ne kreative Beschreibung.« Der Pullover verschluckte Sovas Stimme. Als sie ihren schwarzen Schopf aus dem Kopfausschnitt schob, war ihr Mund nur noch eine schmale, harte Linie. »Aber ja, so was in der Art. Und die denken ohnehin, ich hätte böses Blut, auch ohne die Geschichte.« Sie blickte Moira in die Augen. »Wenn du das ausplauderst, reiße ich dir die Zunge raus.«

»Im April waren deine Drohungen attraktiver«, seufzte Moira. »Hast du zufällig eine Jacke übrig?«

»Wieso?«

»Weil es verdammt kalt draußen und mein Mantel klatschnass ist.« Moira schielte zur Badezimmertür, vor der sie noch immer Algie herumschleichen hörte, ehe sie wieder in Sovas misstrauisches Gesicht blickte. Sie zog ihre Bluse aus und verschwand selbst hinter dem Wannenvorhang. »Wir beide haben einen Termin. Gib mir zehn Minuten, dann können wir los.«

-2-

»Du willst mich umbringen! Wir sind in der verdammten Sub Side!«

»Nein, wir sind *vor* der verdammten Sub Side, und Mord liegt mir fern, Sonnenschein.« Moira klopfte an eine blau bemalte Tür.

Sova zerrte an ihrem Jackenärmel, doch Moira hielt sie weiterhin fest. In diesem Moment öffnete sich die Tür. Eine kleine Frau mit glänzendem schwarzem Haar, runzeligem Gesicht und klugen Augen stand im Türrahmen. Ein scharfer, grasiger Geruch umwehte sie, gleich drei runde Holzamulette baumelten an ihrem Gürtel.

»Wer klopfet so spät bei Nacht und Wind?«

»Eher Nacht und Nebel, Tanaka-sensei.« Moira deutete eine Verbeugung an. Die Frau verdrehte die Augen, ihre Mundwinkel dagegen zuckten zufrieden. »Ich habe einen Notfall.« Moira packte Sova am Arm, die aussah, als würde sie ihr gern bei der nächsten Gelegenheit den Hals umdrehen.

Doktor Keiko Tanaka musterte Sova von Kopf bis Fuß. Bei den Schwaden von Myrrhe und Schwefel, die Sova ausdünstete, musste die Heilerin sie mindestens für eine Rothexe halten. Falls sie ein Problem damit hatte, ließ sie es sich nicht anmerken.

»In Ordnung. Kommt rein, ihr beiden.«

Sova machte den Eindruck, als würde sie lieber an Ort und Stelle in Flammen aufgehen, als die Wohnung einer (wachen!) Hexe zu betreten, doch Moira ignorierte ihren Widerstand und zog sie durch die Diele in einen Raum mit zahllosen Einmachgläsern, in denen neben diversen Pilzen und Kräutern auch Augen, Knochen und undefinierbare Glibbermassen in Alkohol schwammen.

»Was zum Teufel machen wir hier?«, zischte Sova, während Doktor Tanaka bis zur Hüfte in einer Truhe verschwand, die dreimal so groß war wie sie selbst.

»Doktor Tanaka ist die beste Heilerin der Sub Side.«

»Ihre Praxis ist ein Wohnzimmer und wir sind die einzigen Patienten!«

»Das ist einer der Aspekte, der sie so gut macht«, erwiderte Moira. »Und Hexen-Praxen sind immer gemütlich.«

»Lüg nicht, Moira, das gibt krumme Zehen!« Mit einer riesigen Brille auf der Nase kehrte Doktor Tanaka zu ihnen zurück und tätschelte Sovas Ellbogen. »Wo drückt's denn, Kind? Irgendwas an dir glüht ganz ordentlich.«

»Zeig's ihr«, sagte Moira. »Na mach schon, sie beißt nicht.«

»Nur manchmal.« Doktor Tanaka zwinkerte.

Sova schaute verunsichert zwischen den beiden Hexen hin und her – ein ungewohnter und absolut befriedigender Anblick. Schließlich hob sie zögerlich ihren Pullover an.

-3-

Moira presste die Augen zu. Sovas Schreie waren nur schwer zu ertragen. Von der Behandlungsliege aus warf die Dämonin ihr abwechselnd giftige und verängstigte Blicke zu. Sova konnte sich kaum rühren – Doktor Tanaka hatte sie mit Lederriemen auf der Liege fixiert.

»Tut mir leid, dass die Schmerzmittel nicht anschlagen, Kind.« Tanakas Stimme klang ungewöhnlich sanft. »Da hast du ja einen schönen Schlamassel. Irgendwas hat sich in der Wunde verfangen, sonst hätte es sich nicht so böse entzündet. Vielleicht ist ein Haar hängengeblieben, oder ein Zahn.« Sie trug eine weitere Eiterschicht ab, die sich unter der gereizten Haut verbarg. Sova fluchte. Der Emonenbiss pulsierte hart und ungleichmäßig, als wolle er sich gegen Tanakas Instrumente wehren.

»Meine Güte, Moira, warum hast du sie nicht früher hergebracht?«, schimpfte Doktor Tanaka und griff nach einem Skalpell. »Du musst jetzt ganz fest die Zähne zusammenbeißen, Kind, das wird wehtun.«

Sova schüttelte wild den Kopf, doch Tanaka setzte bereits das Skalpell an. Ein roher, rauer Schmerzenslaut drang durch Sovas zusammengepresste Zähne. Sie umklammerte die Kanten der Liege so fest, dass ihre Fingerknöchel hell hervortraten. Gleich darauf wurde Moira klar, dass der Schmerz nicht von Tanaka-senseis sauberem Schnitt rührte.

»Ah, das kleine Mistvieh wehrt sich! Ich tippe ja wirklich auf einen Zahn!« Die Heilerin grunzte und stocherte mit einer großen Pinzette in der Wunde.

Sova grollte wie ein verwundeter Tiger. Ihr unregelmäßiger Atem verfing sich als raues Schluchzen in der Luft, ihre Augen waren dabei völlig trocken.

Zögerlich trat Moira an die Liege und strich ihr beruhigend über den Kopf. Unter Sovas glattem, dickem Haar spürte sie kleine Ausbuchtungen – als würden auch ihr Hörner wachsen. Am liebsten hätte Moira näher hingeschaut, doch Sova ruckte so fahrig mit den Schultern, dass sie stattdessen lieber nach ihrer Hand griff. Sovas Finger glühten vor Hitze – dämonische Energie, die sich in einer menschlichen Hülle versteckte, sich um Knochen wand und gegen die Haut drückte. Wäre da nur nicht der vogelgleich schnelle Puls gewesen.

»Es ist gleich vorbei«, flüsterte Moira. »Halte noch ein bisschen durch. Du hast drei Monate durchgehalten, die paar Minuten schaffst du auch noch. Sch.«

Sie redete auf Sova ein, wie sie mit Jenny redete, wenn ihre Nichte albtraumgeschüttelt in ihren Armen weinte – mit dem Ergebnis, dass Sova begann, Hexen im Allgemeinen und Moira und Doktor Tanaka im Besonderen zu verfluchen. Sie klang längst nicht mehr wie sie selbst. Ihre schwarze Iris dehnte sich so weit, dass nichts Weißes mehr in ihren Augen übrigblieb; ihre Pupillen schrumpften zu scharlachroten Schlitzen. Tanaka ließ sich davon nicht beeindrucken, stocherte nur ungerührt mit ihrer Pinzette und rutschte ab. Sova heulte auf. Ihre Finger verkrampften so stark, dass sie Moira fast die Hand brach.

Tanaka knurrte. Nein, nicht Tanaka – Tanaka ruckelte mit verkniffenem Mund in der Wunde. Das Knurren drang *aus* der Wunde. Erneut zog die Heilerin an der Pinzette; das Knurren wurde lauter – Sova stöhnte. Schweiß rann über ihr Gesicht, verfing sich in ihren Haaren. Ihre Fingernägel gruben sich in Moiras Handrücken, als Tanaka die Pinzette weglegte und stattdessen zu etwas griff, das wie eine große Grillzange aussah.

»Ich bring dich um«, krächzte Sova – die Stimme fremd, tief, schartig. »Wenn ich das überlebe, bring ich dich um!«

»Ha!« Tanaka schnalzte triumphierend mit der Zunge. »Da haben wir das kleine Mistvieh! Festhalten, Kind!« Sie drückte die Zange zu, drehte und riss den Arm zurück.

Es knackte hässlich, Sova schrie und zerquetschte Moira fast die Hand. Das Knurren tönte so laut durch den Raum, als hätte Tanaka einen mittelgroßen Säbelzahntiger freigelassen. Sova dagegen erstarrte plötzlich auf der Liege. Moira wagte es kaum, den Kopf zu heben, als Tanaka etwas Schweres in ihre kleine Metallschale plumpsen ließ. Als sie sich schließlich überwand, hinzusehen, musste sie ein Würgen unterdrücken.

»Das ist *kein* Emonenzahn!«

Das faustgroße Ding in der Schale war unsichtbar, doch an ihm klebten Blut und Gewebe, sodass seine Umrisse klar zu erkennen waren. Es bestand überwiegend aus einem großen, reißzahnförmigen Horn. Und an diesem Horn hing ein Kopf; an diesem Kopf ein aufgedunsener, vierbeiniger Körper, und an diesem Körper ein langer Zackenschwanz. Das Ding zuckte, knurrte und strampelte mit den Beinchen, die ihr Leben lang nur den Widerstand festen Fleischs gekannt hatten.

Sova sah nicht hin. Sie starrte schwer atmend an die Decke. Ihre Augen sahen wieder normal aus, die Pupillen dunkel und rundlich, das Weiße wieder weiß, die Iris wieder schwarz – nein, nicht schwarz. Dunkelbraun, wie warme Kohlen, mit zarten goldenen Schlieren. Ihr Blick flirrte unstet durch den Raum.

Das Ding in der Schale fauchte. Doktor Tanaka rammte eine Spritze in seinen Körper, der noch eine Zeitlang weiterzuckte, ehe er erschlaffte.

Moira schluckte. »Ist das normal?«

Tanaka schenkte ihr einen grimmigen Blick, bevor sie sich daran machte, Sovas Torso zu desinfizieren und die Wunde zuzunähen. »Nichts an Emonen ist *normal.* Das sind Gefühlsparasiten, was erwartest du?«

»Jedenfalls nicht, dass aus einem abgebrochenen Zahn ein neues Viech wächst! Ich dachte, die legen Eier!«

Sova gab ein merkwürdiges Geräusch von sich – eine Mischung aus Schnauben und Schluchzen. Sie hielt still, bis Tanaka die letzten Nadelstiche setzte. Sobald die Heilerin die Lederriemen löste, setzte sie sich auf.

Doktor Tanaka warf einen Blick auf die Notizen, die sie während ihrer ersten Untersuchung gemacht hatte, und griff zu einer weiteren Spritze. »Die Nachwirkungen von Psycho-Parasiten sind langwierig und ziemlich ätzend, Kind«, sagte sie resolut. »Zum Glück hattest du nur einen im Körper. Für so einen kleinen Emon sind die Animatoxin-Werte in deinem Stoffwechsel allerdings deutlich zu hoch.«

Aber wenn man jahrelang Emonen essen muss, um sich nicht selbst in einen zu verwandeln, stimmen die Werte vielleicht, dachte Moira.

Zögerlich streckte sie die Hand aus und strich Sova über den Rücken. Die Dämonin war nass geschwitzt, zuckte bei der unerwarteten Berührung zusammen – und lehnte sich an sie.

Tanaka zog Sovas Arm gerade und setzte die Nadel in die Armbeuge. »Konzentrierter Belrohil. Das sollte den Löwenanteil aus deinem System spülen. Heute und morgen bist du vielleicht noch etwas wackelig auf den Beinen. Wenn du dich nächste Woche nicht besser fühlst, komm noch mal vorbei.«

Sova verzog keine Miene, als Tanaka ihr das rostrote Serum in die Adern spritzte. Sie sprach kein Wort, starrte bloß das betäubte Emonenbaby an, das drei Monate in ihr genistet hatte. Für einen Moment glaubte Moira, sie würde sich übergeben oder das Vieh mit bloßer Hand zerquetschen.

Stattdessen jedoch begannen ihre Schultern zu zucken. Sie senkte den Kopf, wischte sich über die Wangen, doch die Tränen rannen weiter.

Tanaka packte Moira am Ellbogen. »Gib ihr einen Moment.«

Moira blickte über die Schulter, während sie der Heilerin in die kleine Teeküche neben dem Behandlungsraum folgte. Sova kauerte wie ein Häufchen Elend auf ihrer Liege, verbarg das Gesicht in den Händen und schluchzte lautlos.

»Danke, Tanaka-sensei«, sagte Moira leise. »Was bekommen Sie?«

»Eigentlich dürfte ich ihr dafür gar nichts abknöpfen.« Tanaka knallte den Teekessel auf den Herd. »Ein echter Emonenspross, und dann noch in einem Dämon gewachsen!«

Alarmiert hob Moira den Kopf. »Sie wissen -«

»Selbstverständlich, Kind.« In aller Seelenruhe kippte Doktor Tanaka heißes Wasser auf ihre Minzblätter. »Ich hab genug Rothexen behandelt, um zu wissen, dass deine Freundin da drüben keine ist.«

Moira schluckte. »Sie behalten das doch für sich, nicht wahr?«

»Na hör mal, meine Schweigepflicht ist mir heilig!« Tanaka strafte sie mit einem empörten Blick. »Mich interessiert nicht, wer sie ist, wo sie wohnt und wo sie herkommt. Sie hatte Schmerzen und damit basta.«

»Ach, Doc.« Moira lächelte schwach. Erneut deutete sie eine Verbeugung an. »Wenn wir uns doch irgendwie erkenntlich zeigen -«

»Könnt ihr«, sagte Tanaka mit einem schiefen Lächeln. »Ich würde das Vieh gerne als Bezahlung behalten. So junge Emonen sind selten. Mit dem Knirps könnte ich beim Hekate vorstellig werden, oder beim Parasiten-Projekt an der Brax.«

Ehe Moira antworten konnte, klingelte das Telefon.

Während Tanaka abhob, lugte Moira erneut durch die Tür zum Wohnzimmer. Sova krümmte sich; ihr ganzer Körper bebte, als würden sich die Tränen mehrerer Jahre Bahn brechen.

»Schon wieder?«, grunzte Tanaka. »Lola, wenn ich alle paar Tage in deine Bar kommen muss, weil ihr so viele Blutstiller braucht, dann läuft etwas gehörig schief bei dir! … Anfangsschwierigkeiten? Das geht schon seit Wochen so! … Ja. Nein. Natürlich komme ich. In Ordnung. – Ja, bis gleich.« Sie knallte den Hörer in die Gabel und seufzte verärgert. »Ihr müsst jetzt gehen, Kinder, die Pflicht ruft. Man sollte nicht meinen, dass sie im Paradies ständig Ärzte brauchen, nicht wahr?«

»Im *Paradies*?« Moira runzelte die Stirn. »Das ist doch eine Kobold-Bar.«

»Schon, aber seit ein paar Wochen tummeln sich dort Vampire.« Tanaka warf Verbände, Blutstiller und Schmerzmittel in ihre Ledertasche. »Da steppt seit Kurzem der Bär. Lola Jean hat jeden Donnerstag aufgekratzte Langzähne und halbverblutete Spenderinnen und Spender in ihrer Bar liegen, die den Heimweg nicht mehr schaffen.«

»Ist das *Paradies* zur Blutbar mutiert, oder was?« Moira folgte der Heilerin zurück ins Wohnzimmer, wo Sova noch immer weinend auf der Liege kauerte. »Seit wann interessieren sich Vampire für Kobolde?«

»Frag mich nicht.« Tanaka stopfte Desinfektionsmittel in ihre Tasche. »Aber sie wollen keine Heiler aus dem Krankenhaus dahaben, und die Vampire, die ich ständig behandeln muss, sind breit wie plattgefahrene Flundern.« Sie tätschelte Sova so lange den Arm, bis die Dämonin benommen den Kopf hob. »Kind, willst du deine Trophäe wieder mitnehmen oder kann ich deinen unfreiwilligen Gast behalten?«

-4-

Als sie die Praxis verließen und sich eilig von der viel zu nahen Sub Side entfernten, rieb sich Sova unentwegt die geschwollenen Augen. Sie wirkte unsicher auf den Beinen, also schleifte Moira sie in ein kleines Café in Chinatown und bestellte ihr eine Heiße Schokolade. Sova blickte sich schweigend um, mit einem merkwürdigen Ausdruck auf dem Gesicht, als sähe sie die roten Girlanden, die Straßenstände, das nächtliche Treiben zum allerersten Mal.

»Es ist so hell hier«, murmelte sie. Ihre Stimme klang rauer als sonst.

»Es ist genauso hell wie immer.« Moira rührte in ihrem Kaffee.

Sova hob den Kopf. »Warum hast du das gemacht?«

Unruhig überschlug Moira die Beine. *Damit du zumindest zögerst, bevor du mich in eine Versuchsreihe steckst wie eine Albinomaus* war in dieser Situation vielleicht nicht die beste Antwort. Wusste Sova, dass sie es wusste?

»Sieh's als Lurlennasgeschenk«, sagte sie stattdessen, zündete sich eine Zigarette an und hielt Sova die Schachtel hin. Zu ihrer Überraschung nahm sich die Dämonin eine Kippe. Sie hustete nach dem ersten Zug.

»Zu Lurlennas schenkt man sich nichts.«

»Du hast mir ein Buch geschenkt.«

»Das war ein Weihnachtsgeschenk, und Weihnachten ist vorbei.«

»Okay, dann kann ich vielleicht einfach nicht sehen, wie eine schöne Frau Schmerzen hat. Zumindest, wenn sie's nicht auch ein bisschen genießt.«

»*Das* genießt nicht mal der größte Masochist!« Mit einer Grimasse drückte Sova die Zigarette wieder aus und schaufelte gewohnheitsmäßig eine Riesenmenge Zucker und einen Löffel Salz in ihre Schokolade.

Unruhig rutschte Moira auf ihrem Platz herum. »Ich hatte immer Angst, dass ein Emon Eier in mir legt. Wie ist das, wenn wirklich einer in dir wächst?«

»Anfangs hab ich gar nichts gemerkt.« Sova starrte in ihre Tasse, ohne zu trinken. »Klar, der Biss tat weh, aber wir hatten andere Probleme, und wenn alles grau wird und wehtut, ist normalerweise der Worn schuld. Nur kommt nach dem Gilding eigentlich die Farbe wieder. Aber zuletzt hat das Gilding fast gar nicht mehr geklappt. Und da waren Stimmungen, die nicht mir gehörten …« Sie trank einen Schluck Schokolade, würgte und spuckte das Salz- und Zuckergebräu zurück in ihre Tasse. »Bah!«

»So trinkst du das Zeug doch immer.«

»Ja, aber … ich …« Sova blinzelte verwirrt. »Weil es immer nach *nichts* geschmeckt hat! Seit ich aus den Tombs gekommen bin, ist alles …« Mit rosa Wangen drehte sie sich zu der Kellnerin um. »Entschuldigen Sie, könnte ich einen neuen bekommen?« Die Kellnerin nahm ihre Tasse mit einem missbilligenden Blick mit; Sova vergrub das Gesicht in den Händen. Als sie wieder aufblickte, runzelte sie die Stirn. »Du hast ja braune Haare.«

»Und Wasser ist nass.« Moira strich sich eine Kastaniensträhne aus den Augen.

»Aber ich hätte schwören können, dass sie schwarz sind!« Sova schüttelte den Kopf. Die neue Schokolade kam, doch Sova sah aus, als hätte diesmal jemand Essig hineingekippt. »Als ich aus den Tombs gekommen bin, war die Welt so dunkel«, sagte sie leise. »Ich dachte, das wäre einfach Worn, bloß … hatte ich in den Tombs keinen richtigen Worn.«

»Wegen der Emonen?« Moira wurde kalt, während sie es aussprach.

»Wegen der Emonen, ja.« Sova schob ihre Tasse fort. »Der Worn kam erst, als ich wieder in die Nooks zurückkehrte und versuchte, wieder normal zu gilden. Seitdem lachen sie.«

»Die Emonen?«

Sova nickte. »Ich höre sie immer noch. Als würden ihre Stimmen in meinen Knochen flüstern. Und mit Algies Biss ist alles noch schlimmer geworden. Als würde alles Gilding direkt an *sie* gehen.« Nun holte sie sich doch ihre Tasse zurück, umklammerte sie, als müsse sie sich an etwas festhalten. »Irgendwas von ihnen ist noch da. Und sie fressen alles. Alles, was schön ist, oder gut riecht oder schmeckt oder sich gut anfühlt …

Irgendwann bleiben nur noch verdrehte Spuren übrig – oder gar nichts.« Sie blinzelte. »Aber jetzt sind sie still.«

»Und dein Geschmackssinn ist zurück.« Moiras Mundwinkel zuckten. »Falls du Tanaka-sensei einen Blumenstrauß schicken willst: Sie mag Ringelblumen.«

»Ich merk's mir.« Sova trank einen Schluck Schokolade und genoss für einen Moment die Süße auf der Zunge. »Und du?«

»Du kennst ja meine Vorliebe für Tollkirschen und Fingerhut.«

»Du Pappnase, ich gebe dir als Dankeschön garantiert kein Gift!«

Du könntest deine Kumpel dazu bringen, mich nicht in euer Labor zu stecken.

»Wie wär's mit Waffeln?«, meinte Sova. »Zum Frühstück. Ich mach gute.«

Mit einer Grimasse drückte Moira ihre Zigarette aus. »Wie kannst du an Essen denken? Ich hab immer noch den Blutkotze-Geruch in der Nase!«

Sova zuckte mit den Schultern. »Ich hab Hunger. Und früher habe ich auch ganz passabel gekocht, also …«

»Was wird das? Ein Date?« Moira grinste – und lachte, als Sova die Augen verdrehte. »Dir fällt bestimmt eine *nützliche* Gegenleistung ein, Sonnenschein, da bin ich ganz sicher.« Zufrieden bemerkte sie die winzige Falte, die sich in Sovas Stirn grub. »Bis dahin drück mir lieber die Daumen, dass ich unbeschadet aus dem *Paradies* komme.«

Sovas Stirnrunzeln vertiefte sich. »Ich weiß ja nicht viel über monotheistische Religionen, aber ich dachte, wenn man's erst mal ins Paradies schafft, will man da nie wieder weg?«

»Oh, aus *diesem* Paradies will ich auf jeden Fall wieder weg«, seufzte Moira. Sie nippte an ihrem Kaffee und begann, Sova von Doktor Tanakas merkwürdigem Telefonat zu erzählen.

19.
PARADIESSEITS

-1-

Das *Paradies* war eine der besseren Koboldbars. Am Tresen bekam man guten alten Rotwein, wenn man freundlich (und in der richtigen Sprache) fragte, und das Licht ließ selbst den abgewracktesten Untoten halbwegs attraktiv aussehen. Kobolde wussten, wie man eine heimelige Atmosphäre schuf. Die meisten, die sich heute im *Paradies* tummelten, hatten kluge Augen, drahtiges Haar und blattförmige Ohren. Sie verströmten einen warmen Geruch nach Erde und frischgebackenem Brot. Durch die Jazzmusik drang ein Gewimmel aus Sprachen. Viel Deutsch, ein wenig Englisch; dazwischen prallten harte Konsonantenformationen aufeinander, die Moira nicht zuordnen konnte. Keiner der Kobolde war größer als eins fünfzig. Genau deshalb fiel die Handvoll Magier gleich auf, die neben den Kobolden wie Riesen türmten – und die Vampire. Mindestens zwanzig, die sich mit strahlenden Augen über die Koboldköpfe hinweg unterhielten. Sie wirkten aufgekratzt - beinahe so aufgekratzt wie die Kunden auf dem Traummarkt. Ein wahrlich seltener Anblick bei den Untoten …

»Der Eintritt kostet fünf Dollar«, schnarrte eine Koboldame in Pumps und engem Kleid, dessen Kirschton genau zu ihrem Lippenstift passte.

»Sieh an, Lola Jean!« Moira lächelte, während sie nach ihrer Börse kramte. »Seit wann steht denn die Chefin höchstpersönlich an der Tür?«

»Gästebegrüßen ist Ehrensache!« Sobald sie den Geldschein in ihrem Ausschnitt hatte verschwinden lassen, verwandelte sich der misstrauische Blick der Koboldin in ein zauberhaftes Lächeln. Ihr glänzendes braunes Haar verschlang sich in ihrem Nacken zu einem eleganten Knoten, der dunkle Lidschatten ließ ihr herzförmiges Gesicht härter wirken, als es war. Mit einem routinierten Griff drückte sie Moira einen Tintenstempel auf den Handrücken. »Heute zwanzig Prozent auf Selkie-Tränen und Leprechaun-Whiskey. Viel Spaß, Schätzchen.«

»Ist ja ganz schön was los heute.« Moira nickte zu den Vampiren hinüber. Bildete sie es sich ein oder waren es plötzlich weniger geworden? Dabei hatte sie die ganze Zeit vor der Tür gestanden – sie konnten nicht einfach gegangen sein.

»Oh – ja. Läuft gut, das Geschäft.« Lola Jean zwinkerte, bevor sie sich dem nächsten Neuankömmling widmete.

Moira schlenderte durch die Bar. Für eine Koboldschenke war sie modern. Statt der rustikalen Eicheneinrichtung und der Holzflöten, die einen für gewöhnlich in solchen Kneipen erschlugen, glich Lola Jeans *Paradies* eher einem Jazz-Schuppen. Auf der Bühne trompetete ein Kobold mit kurzem Stoppelhaar herzhaft in ein Saxofon, eine Bandkollegin zupfte sogar auf einer elektrischen Gitarre. Aber das war wohl kaum der Grund, warum die Vampire der Sub Side plötzlich in einer Koboldbar abstiegen. Es waren schon wieder weniger geworden. Diejenigen, die noch da waren, lachten dafür umso lauter.

»Ich bin so gespannt!«, rief ein lebender Vampir mit Hornbrille. »Hab so viel darüber gehört, ich dachte, so was krieg ich nie zu Gesicht, Leute!«

»Tommy war letzte Woche da, er war ganz begeistert«, jubilierte eine junge Frau mit schwarzem Rüschenkragen. »Kann kaum erwarten, dass es losgeht!«

Mit klopfendem Herzen blickte sich Moira um. Mittlerweile waren fast nur noch Kobolde und die paar Magier in der Bar. Was zur Hölle ging hier vor?

Auf dem Weg zur Toilette rempelte eine bullige Frau mit kantigem Kiefer Moira an, sodass sie gegen die glasverspiegelte Wand stolperte. Moira wollte sie gerade anpflaumen, als ihr auffiel, dass die Frau kein Spiegelbild hatte. Ohne Federlesen folgte sie ihr. Die Vampirin stapfte die Treppe zu den Toiletten hinunter, ließ die Tür mit dem Damenaufkleber jedoch links liegen. Stattdessen tappte sie weiter hinab, wo die Luft kälter und das Licht trüber wurde. Vor einer mitternachtsblau gestrichenen Eisentür nahm ein Kobold die Frau in Empfang und verlangte ihren

Ausweis, bevor er sie passieren ließ. Die Tür öffnete sich nur für einen kurzen Moment, doch Moira roch den metallischen Duft sofort. Ehe sich die Tür wieder schloss, erhaschte sie einen Blick auf das Schild, das die Vampirin empfing: *Blutbar zur Grinsenden Katze.*

»Hey, Miss«, sagte der Kobold gedehnt, als er Moira entdeckte, »sind Sie Blutspenderin?«

»Noch nicht, Sir. Aber -«

»Dann haben Sie hier unten nichts verloren. Zutritt nur für Mitglieder.« Er pfiff durch die Finger, ein messerscharfer Ton. Ehe Moira widersprechen konnte, kam hinter den nächsten fünf Vampiren ein Troll die Stufen hinunter, dessen breite Schultern beinahe die gesamte Treppe einnahmen. Während die Vampire durch die Tür schlüpften, packte der Troll Moira am Kragen und schleifte sie zurück nach oben.

»Sie dürfen Madame Jean erklären, was Sie da unten wollten«, brummte er.

»Oh, mit Vergnügen.« Moira lächelte, als er sie am oberen Treppenabsatz losließ.

-2-

Lola Jean schwitzte. Ihr triumphierendes Grinsen war längst verschwunden, doch sie hielt sich wacker.

Moira blickte sich gelassen in ihrem Büro um. »Du hast dir wirklich ein schönes Geschäft aufgebaut, Lola«, sagte sie. »Hätte ich wirklich nicht gedacht, nach allem, was damals vorgefallen ist.«

»Sei still!« Obwohl Lola Jean Anfang fünfzig war, klang sie mit ihrer hohen Stimme wie ein Teenager. »Du hast versprochen, dass du kein Wort darüber verlierst! Du hast gesagt, du tust, als ob wir uns nicht kennen, wenn wir uns noch mal sehen!«

»Das war mein Teil des Deals, stimmt.« Moira schielte auf die Uhr hinter Lolas Schreibtisch. Schon Viertel nach elf. »Aber, Karola Heringer -«, es gelang ihr, den Namen beinahe akzentfrei über die Lippen zu bringen, »eine Hand wäscht die andere. Es ist nur ein kleiner Gefallen.«

»Nenn mich nicht so! Niemand nennt mich mehr so.« Lola starrte mit zusammengekniffenen Lippen auf ihren Abakus. »Was willst du denn überhaupt da unten? Bei uns ist alles sauber, alles legal!«

»So sauber, dass du zweimal die Woche eine Heilerin rufen musst?«

Lolas Wangen wurden hohl. »Nicht meine Schuld, wenn die Kundschaft ausrastet!«

»Ziemlich aufgekratzte Kundschaft, in der Tat.« Moira beobachtete, wie Lolas Augen unruhig zur Tür flackerten. »Seit wann gibt es die *Grinsende Katze* eigentlich?«

»Zwei Jahre.« Lolas knochige Finger spielten mit den Abakusperlen.

»Läuft ja gut, der Laden. Erstaunlich gut, bedenkt man den merkwürdigen Standort.«

»Die *Grinsende Katze* ist ein Geheimtipp«, sagte Lola leise.

»Seit wann?«

Die Koboldin blinzelte sie feindselig an. »Seit ein paar Wochen. Davor lief's nicht besonders gut.«

»Aha.« Moira neigte den Kopf. »Und kannst du mir verraten, wieso ihr plötzlich so beliebt bei den Langzähnen seid?«

Lola biss sich auf die Lippen und schwieg.

»War jedenfalls eine brillante Idee von dir, ein neues Publikum zu erobern.« Moira erhob sich aus ihrem Stuhl. »Ich hoffe nur, du kriegst keine Lizenzprobleme, wenn deine Kundschaft außerplanmäßig jagt.«

»Es ist nicht *meine* Kundschaft«, piepste Lola trotzig. »Es ist nicht mal meine Blutbar, ich vermiete nur unter!«

Moira hob die Brauen. »Dann hast du doch sicher nichts dagegen, wenn ich mich unten ein wenig umschaue.«

»Du *kannst* da heute nicht runter!«

»Kriegst du etwa Ärger mit deinem … Untermieter?«

»Es ist zu gefährlich«, krächzte Lola. »Heute Abend ist es zu gefährlich für Hexen. Komm morgen Vormittag wieder, dann -«

»Blutbars sind immer gefährlich für Hexen, Lola.« Beiläufig zog Moira ihren Schal beiseite. Als Lola ihre Bissnarben entdeckte, wurde sie noch blasser. »Vielleicht sollte ich ein Wörtchen mit deinem Untermieter wechseln. Wer ist denn eigentlich der Glückliche?«

Zur Antwort presste Lola bloß die rotgeschminkten Lippen aufeinander und schwieg.

»Na gut.« Seufzend rückte Moira ihren Schal wieder zurecht und legte die Hand auf die Klinke. »Dann verabschiede ich mich jetzt. Ich habe noch einen Artikel zu schreiben. Schließlich gibt's immer noch ein paar Leute, die sich fragen, wie genau Johannes Kreuzbach damals gestorben ist.«

»Nein!«, quiekte Lola. Hinter ihren Brillengläsern schimmerten Tränen. »Nein, das darfst du nicht! Bitte, das darfst du nicht!«

»Sollte ich aber«, sagte Moira ruhig. »Du hast einen Menschen ermordet, Lola. Keinen Magier, keinen Werwolf, einen Menschen. In einer Zeit, in der so eine Geschichte ganz böse Folgen für die gesamte magische Parallelgesellschaft hätte haben können.«

»Du hast es versprochen! Er hat mir meine Kinder weggenommen und mich wie eine Sklavin in meinem eigenen Haus gehalten!«

»Es war trotzdem Mord, Lola.«

»Du hast versprochen, dass du nichts sagst!«

»Ich *will* auch nichts sagen.« Moira ging vor der Koboldin in die Hocke. »Ich freue mich, dass du dir ein gutes Leben aufgebaut hast, und ich will dir hier auch keinen unnötigen Ärger machen, Karola.«

Ein Klagelaut entwich Lolas Kehle. »Dann geh weg! Geh einfach weg!«

»Mache ich – nach meiner Recherche«, sagte Moira. »Ich muss mich nur dort unten umschauen.«

»Aber das geht nicht!« Lola schüttelte so wild den Kopf, dass die Ohrringe an ihren spitzen Ohren klirrten. »Nicht heute! Mach halt einen Termin mit Leonard Fonda, stell *ihm* deine Fragen, ihm gehört die *Grinsende Katze* schließlich, aber ich krieg einen Heidenärger, wenn die ganze Nacht eine Hexe da unten rumschlawienert! Es ist *meine* Security, die dafür sorgen soll, dass unten nur Mitglieder reinkommen und -«

»Leonard Fonda, sagst du?«, fragte Moira sanft. Ihr Herz hüpfte.

»Ja.« Lola putzte sich geräuschvoll die Nase. »Er wollte das ganze Haus kaufen, ich hab gesagt, er kann den Keller haben. Das Haus ist meins, das geb ich nicht wieder her.«

»Natürlich nicht – nach allem, was es dich gekostet hat.«

»Kannst ihn selbst fragen, er will heute noch vorbeischauen.« Wimperntusche rann über Lolas Wangen. »Ich frag ihn auch, ob er sich ein paar Minuten für dich nimmt. Aber warte um Himmels willen oben!«

»Auf das Angebot komme ich gerne zurück, aber nach unten muss ich trotzdem.« Moira richtete sich auf. »Weißt du, es ist ganz einfach, Lola. Ich werde jetzt vor die Tür gehen und eine Zigarette rauchen. Dann werde ich wieder reinkommen. Und wenn ich die Treppe runtergehe, werden deine Sicherheitsleute mich in die *Grinsende Katze* vorlassen. Wenn das gewährleistet ist, nehme ich den Namen Johannes Kreuzbach nie wieder in den Mund – besonders nicht in Zusammenhang mit deinem alten oder neuen Namen.«

Lola schniefte und erwiderte ihren Blick mit triefnassen Augen. »Dein Risiko«, stieß sie schließlich hervor. »Geh rauchen. Ich geb meinen Leuten Bescheid.«

-3-

Das Streichholzgespräch mit Theresa Lear dauerte nicht eine, sondern zwei Zigaretten lang, und die dritte trat Moira mit missmutiger Miene aus. Lears Anordnung, die *Grinsende Katze* nicht allein zu betreten, gefiel ihr gar nicht, erst recht, wenn die Verstärkung Will Nikula hieß. Schlimmstenfalls würde er den Plan vergessen und stattdessen selbst zum Hypnos greifen …

Jemand tippte ihr auf die Schulter.

Moira fluchte so laut, dass der Satyr auf der anderen Straßenseite erschrocken aufblickte. »Was zum Teufel machst du denn hier?«

»Ich freu mich auch, dich zu sehen«, sagte Sova trocken.

»Ich denke, ihr könnt nicht in die Sub Side. Wofür habt ihr mich eigentlich angeheuert?«

»Einmal geht in Ordnung«, antwortete Sova leise und blickte verstohlen über die Schulter. »Gerade so. Aber frag nicht, wie viel Vipernatron an mir klebt. Ich hab gefühlt drei Zentimeter mehr Haut als sonst und meine Augen jucken.«

Tatsächlich. Jetzt, wo Moira genauer hinsah, erkannte sie, dass Sova die Art von Kontaktlinsen trug, die Daniel Wessex von der *Gazette* manchmal bei Außenterminen einsetzte, wenn er zu eitel für seine Brille war. Sovas Linsen jedoch stammten offenbar nicht vom Optiker, sondern vom Schwarzmarkt, denn durch den Kunststoff schimmerte das Gold ihrer Iris nur sparsam und ihre Pupillen sahen rund aus. Das Puder, das ihrer Haut einen zarten Schimmer verlieh, war keine Schminke. Zwar erschnupperte Moira eine dezente Myrrhenote, doch die ertrank förmlich in den dominanteren Aromen von Styrax und Rosenweihrauch.

»Du riechst, als hättest du einen Laden mit Räucherwerk ausgeraubt«, stellte sie mit einem schiefen Grinsen fest. »Aber das tun viele Hexen.«

»Wehe, Fonda taucht nicht auf«, murmelte Sova, doch sie klang nicht halb so grummelig wie sonst. Im Gegenteil – sie blickte sich neugierig um und zupfte dabei ihren schwarzen Rock zurecht, der sich eng um ihre Beine schmiegte. Darüber trug sie eine rote Bluse. Sie sah aus wie das Liebeskind von Lucifer und Aphrodite – oder zumindest, als könnte sie Stammgast in einer Blutbar sein. »Und diese Schmunzelhasen-Bar gehört ihm, ja? Meinst du, er schmeißt da unten Hypnos-Partys?«

»*Grinsende Katze*. Und es wäre zumindest denkbar.«

»Dann finden wir's doch raus.« Mit funkelnden Augen zog Sova die Tür zum *Paradies* auf. »Oder soll ich doch lieber William holen?«

»Nein, bloß …« Moira blickte die Sub Side hinunter. Am Runensteinkreis unterhielt sich ein Kureter mit einer Walküre. »Es ist zu gefährlich für dich hier unten.«

Sovas Mundwinkel zuckten. »Normalerweise bin *ich* zu gefährlich, als dass mir jemand auf die Pelle rückt.«

»Ach, deshalb wolltest du mir vor drei Tagen an die Gurgel gehen, als ich dich auch nur in die Nähe der Sub Side gebracht habe, du böses Mädchen?«, erwiderte Moira und hob eine Braue. »Du bist besorgniserregend scharf drauf, hier zu sein!«

»Natürlich bin ich das!« Enthusiastisch griff Sova nach Moiras Hand. »Mit etwas Glück sind wir im Morgengrauen unsere Probleme los. Gehen wir jetzt rein, oder was?«

***

Lola Jeans Security ließ sie kommentarlos die Eisentür passieren. Jazz, Gelächter und dumpfes Gemurmel drangen ins Treppenhaus; an den Wänden hingen gerahmte, dunkelbunte Poster, die Vampire in unmissverständlichen Positionen zeigten. Am Fuße der Treppe wartete eine bildhübsche, lebende Vampirin mit blonder Bobfrisur, die von Kopf bis Fuß in hautenger schwarzer Seide steckte.

»Fünfundzwanzig Dollar pro Nase«, sagte die Dame mit einem leichten österreichischen Akzent und zeigte ihre makellosen Eckzähne, doch sogleich verrutschte ihr Lächeln. »Oh – hi.«

Moira verschluckte sich beinahe an ihrem Kommentar über die gepfefferten Eintrittspreise. »Joanne! Ich … sorry, ich hab dich im ersten Moment nicht erkannt, mit den …« Sie gestikulierte vage. »Nette Frisur.«

Es ist nur deine Ex, Bran! Reiß dich zusammen, es ist über ein Jahr her!

»Ja, mir war nach was Neuem.« Joanne fuhr sich durch das kinnlange Haar, das ihr früher bis zur Brust gereicht hatte. In einem anderen Leben hatte Moira ständig mit den langen, glatten Strähnen gespielt. »Neue Frisur, neuer Job … Aber was treibst du hier? Hätte nicht gedacht, dass ich dich noch mal in einer Blutbar sehe! Mit mir wolltest du am Ende nicht mehr in diese Schuppen.« Aus den Augenwinkeln musterte sie Sova etwas zu interessiert.

»Nichts für ungut, Jo«, murmelte Moira und mied ihren Blick, während sie ihre Börse aus der Tasche angelte.

Im Tausch für den überteuerten Eintritt räusperte Joanne pflichtbewusst Professionalität in ihre Stimme und reichte ihr ein kompaktes Päckchen. »Ihr habt noch eine Stunde. Niemand muss hier Blut spenden, aber falls ihr Lust habt, geht Sicherheit immer vor. Hier habt ihr Pflaster, Halskrause, Gummipflock, falls jemand aufdringlich wird, Eisentabletten für hinterher … Na ja, und Präservative und Lecktücher.« Sie zwinkerte Moira zu. »Mit mir war's nicht dein Ding, aber vielleicht findest du den Reiz von lauschigen Ecken in Blutbars mit deiner Freundin ja doch ganz spannend.« Als Sova mit einem erstickten Laut die Gesichtszüge entgleisten, verbiss sich die Vampirin ein entzücktes Lachen. »Himmel, so niedlich rot, wie ihr beide werdet, müsst ihr wirklich aufpassen, dass euch niemand anknabbert! Aber im Ernst: Falls jemand seine Zähne nicht bei sich behält, ruft die Security, okay?«

Mit schmalen Lippen und glühenden Wangen ließ Moira das Päckchen in ihrer Tasche verschwinden und zog Sova den Gang hinunter.

Irritiert schielte Sova über die Schulter. »Was bei allen Sternen war *das* denn?«

»Eine Türsteherin, offensichtlich.« Als die Dämonin sie befremdet von der Seite ansah, schob Moira hinterher: »Eine alte Bekannte.«

»Bekannte, aha.« Sova spähte über ihre Schulter, drehte sich jedoch ertappt um, als Joanne ihr eine spöttische Kusshand zuwarf. »Eine Bekannte, deren Bild in deiner Wohnung hängt.«

Moira antwortete nicht, wünschte bloß inständig, ihre Wangen würden wieder abkühlen. Sicher war sie knallrot im Gesicht. Joannes Blick brannte in ihrem Nacken. Für einen Moment verlor sie sich in der Erinnerung an das Einschlafen in zarten Armen und daran, von blondem Feenhaar wachgekitzelt zu werden. An weiche Lippen, samtige Haut unter ihrer Zunge, Erdbeerküsse. An Joannes wenig elegantes Prusten über Moiras Flachwitze, Gespräche, die die ganze Nacht dauerten, endlose Wochenenden im Bett. An vorsichtige Zähne an ihrem Hals, *in* ihrem Hals, an das Gefühl, bei lebendigem Leibe verschlungen zu werden, wenn Joanne von ihr trank. Nichts war so intim. Mit nichts konnte sie Jo so unmissverständlich zeigen, wie viel sie ihr bedeutete – vor allem, wenn sie Jo wieder für eine Recherche, ein Interview, eine Story, über die sie nicht reden konnte, versetzt hatte. Wenn sie schon ständig Geheimnisse haben musste, konnte sie sich zumindest auf diese Weise mit Joanne teilen, nicht wahr?

Doch irgendwann war das Gefühl, vertilgt zu werden, unerträglich geworden. Ohne das Blut als Füllmaterial für all die Dinge, über die Moira nicht mit ihr sprechen konnte, kroch die Distanz zu ihnen ins Bett. Und wenn Jo ihr Blut woanders auftrieb, fragte Moira sich viel zu oft, welche Körperflüssigkeiten ihre Freundin wohl noch mit ihren Spendern austauschte, um die Intimität zu bekommen, die Moira ihr offensichtlich nicht geben konnte. So hatte sie zum ersten Mal Eifersucht kennengelernt, und sie hasste noch immer, was dieses Gefühl mit ihr angestellt hatte. Kein Wunder, dass sie sich am Ende nur noch gestritten hatten. Und jetzt? Jetzt lagen selbst Joannes zärtlichste Liebesbisse begraben unter unzähligen Narben aus dem Bluthaus …

»Was?«, fragte Moira gereizt, als sie bemerkte, dass Sova sie noch immer von der Seite musterte.

»Nichts, bloß … Ich wusste nicht, dass du wirklich … Ich meine, ich dachte, ihr wärt einfach enge Freundinnen, aber …«

»Oh, das waren wir. Aber wir waren eben auch andere Dinge. – Guck nicht so, nicht jeder ist mit seinen Exen so dicke wie du mit Luas.«

Sovas lange Finger umschlossen die Tombs-Tätowierung an ihrem Handgelenk. »Und trotzdem hängt ihr Bild noch in deiner Wohnung. Wieso habt ihr euch getrennt?«

Geister und Sterne – sie würden diese Unterhaltung nicht jetzt und hier führen! Nicht im Gewölbe einer Blutbar, mit Joanne im Nacken, während Sovas Leute im Hintergrund abstimmten, ob sie Moira zum Versuchskaninchen erklärten!

Demonstrativ wackelte Moira mit den Brauen, stupste Sova mit dem Ellbogen an und raunte: »Ich steh zwar bis zu einem bestimmten Grad auf Schmerzen, Sonnenschein, aber wenn ich die Wahl hab, *diese* Geschichte wiederzukäuen oder noch mal von dir mit einem Messer gegen eine Schlafzimmerwand gedrückt zu werden, dann nehm ich dich und das Messer.«

Die Dämonin seufzte abgrundtief. »Ich hoffe um Joannes willen, dass du damals besser im Flirten warst.«

»Nein, damals war ich genauso mies darin. Jetzt konzentrier dich. Wir sind da.« Damit lüpfte Moira den schweren schwarzen Samtvorhang, der einen Bogen am Ende des Ganges verhüllte, und schlüpfte hinter Sova in die Blutbar zur *Grinsenden Katze*.

Unter der hohen Gewölbedecke herrschte ein sinnliches Zwielicht. In den Ecknischen glühten warme, orangefarbene Lampen. Grobe Steinwände und deckenhohe, gotische Fensterimitate schufen die Illusion einer düsteren Kathedrale, doch die Kirchgänger hier beteten keinen gekreuzigten Mittdreißiger an, sondern eine Bühne, auf der ein mäßig begabtes Quartett musizierte. Zahllose Steinkatzen zierten die Säulen, die die hohe Decke stützten – jede präsentierte ein scharfzahniges Grinsen.

An der Bar flackerten achtarmige Kerzenständer auf die Hände der Barkeeper, die routiniert Drinks mischten. Zigarettenrauch hing in der Luft, schweres Parfüm, Untoten-Moder, Pheromone, Alkohol – und Blut.

Sova pfiff leise durch die Zähne. »Das hat Stil. Und es ist so sauber hier!«

»Warte mal ab«, meinte Moira. »Wenn sie hier ständig Ärzte antanzen lassen müssen, bleibt es bestimmt nicht sauber.«

Das Zwielicht überzeichnete scharf die Gesichtszüge der Vampire. Die meisten von ihnen schnatterten aufgeregt, einige wiegten sich zu den Jazzklängen. Allerhand Pärchen waren in den Sitzecken miteinander beschäftigt. Im Zwielicht tanzten Münder und Zungen und Hüften in ihrem ganz eigenen Rhythmus; hier und dort glitten spitze Zähne in Fleisch.

Die *Grinsende Katze* war überschaubar. Neben dem Tanzsaal gab es einen Ruheraum, wo selig lächelnde Magier Mullbinden auf blutende Wunden drückten und mit Eisenpräparaten aufgepäppelt wurden, in einer kleinen Lounge verspeisten lebende Vampire unter den neidischen Blicken der Untoten Steaks, Pizza und Sandwiches. Moira konnte den Grund für die allgemeine Aufregung nicht ausmachen, doch überall sprachen Vampire mit aufgedrehten Stimmen und tänzelten regelrecht durch den Raum.

»Und die Kobold-Lady hat ganz sicher gesagt, dass Fonda herkommt?«, fragte Sova beunruhigt, während sie auf dem Weg zur Bar den schlenkernden Armen eines ekstatisch zappelnden Untoten auswich. Vampire konnten einfach nicht tanzen.

»Jap.« Moira hustete. Der Geruchscocktail kratzte in ihrer Kehle.

Es gab praktisch keine Getränke ohne Blut. Ausgerechnet die Bloody Mary war als *vegetarisch* deklariert. Widerwillig bestellte Moira eine – und stellte verwundert fest, dass Sova sich einen Wer-Gin (*Gin Tonic mit einem Spritzer A Positiv und einem Schuss Werwolfsjungfernblut*) zubereiten ließ. Während der Barkeeper ihre Drinks über den Tresen schob, geleiteten einige Mitarbeiterinnen der *Grinsenden Katze* (ebenfalls in hautenger Seide) die Blutspender aus dem Ruheraum zum Ausgang.

Ein Johlen aus einer Ecke links vor der Bühne ließ sie beide herumfahren. Mit ihren Drinks in der Hand kämpften sie sich durch das Gewühl. Moira erhaschte einen Blick auf eine junge Hexe, die, umringt von vier Vampiren mit roten Mündern, schwer atmend auf einer Tischplatte lag. Blut rann aus Bisswunden an Hals und Unterarmen, ihr Rock war bis zu den Oberschenkeln hochgerutscht. Auch dort fanden sich Blutschmieren. Das Blinzeln fiel ihr sichtlich schwer, ein leises Stöhnen perlte von ihren Lippen, doch es klang nicht, als hätte sie Schmerzen.

»Törichtes Mädchen!« Joanne, an der die schwarze Seide nun tatsächlich nach Arbeitskleidung aussah, zog die Hexe auf die Füße. »Wie viele von euch Saufbolden haben von ihr getrunken?«

»Sie wollte das doch!« Ein junger lebender Vampir wischte sich mit dem Daumen Blut aus den Mundwinkeln. »Sie steht auf so was, gucken Sie doch in ihren Spenderausweis!«

»Sie sieht nicht aus, als wäre sie noch in der Lage gewesen, zu irgendwas Nein zu sagen«, fauchte Joanne über das zusammenhanglose Lallen der Hexe und pfiff durch die Zähne. Sicherheitskräfte nahmen die vier jungen Vampire – zwei junge Frauen und zwei Männer – in Gewahrsam.

»Kommen Sie schon«, protestierte der junge Vampir, »wir wollten uns doch nur vor dem großen Highlight ein bisschen stärken! Wir sind extra aus Queens gekommen, um -«

»Und wenn ihr aus Idaho angereist wärt«, zischte Joanne und schlang den Arm um die Hexe. »Du beißt, wie die Hausordnung es vorschreibt, sonst fliegst du.« Während die Security die Querulanten abführte und Joanne der Hexe behutsam in den Ruheraum half, tauschten Moira und Sova einen vielsagenden Blick.

»Das große Highlight, soso.« Sova nippte an ihrem Wer-Gin. »Die benehmen sich wie ungezogene Kundschaft vor der Hypnos-Ausgabe.«

Tatsächlich bugsierten immer mehr Angestellte der *Grinsenden Katze* Blutspenderinnen und Spender aus den Nischen und dem Ruheraum.

Moira und Sova wichen ihnen unauffällig aus. Während nach und nach die Nicht-Vampire verschwanden, schwoll das aufgeregte Geschnatter an.

»Gleich geht's los«, piepste die junge Vampirin, die Moira bereits oben in der Koboldbar gesehen hatte. »Gleich geht's los, gleich geht's los!«

Der Untote neben ihr gähnte. »So besonders ist das gar nicht, Kleines.«

Hastig zog Sova den Kopf ein. »Das ist Perry Nash«, hauchte sie. »Der ist Kunde bei Martin, und zwar mindestens zweimal die Woche!«

»Scheint aber nicht allzu begeistert.« Moira nippte an ihrem Drink.

Das Jazzquartett verabschiedete sich mit einem schiefen Tröten und räumte die Bühne für einen Vampir mit pockennarbigem Gesicht in einem cremefarbenen Anzug, der enthusiastisch auf das Mikrofon tippte. Es quietschte hässlich; unter dem ungnädigen Raunzen des Publikums wischte der Mann sich verlegen das Silberhaar aus der Stirn. Mit seinen stetig blinzelnden, wässrigen Augen wirkte er unsicher, doch als er den Mund öffnete, klang seine Stimme beeindruckend voll und selbstbewusst.

»Werte Gäste, es ist mir ein besonderes Vergnügen, Ihnen im Rahmen unserer Nocturnal Moods-Reihe heute Nacht zwei ganz außergewöhnliche Künstler zu präsentieren. In New Jersey haben sie bereits die Untergrund-Bühnen erobert, heute spielen sie zum ersten Mal in New York. Bitte begrüßen Sie: Jillian und Oliver Monroe!«

Das Publikum applaudierte, während der Moderator das Feld räumte.

»Die Monroes!« Sova gab ein gänzlich unsovahaftes Quietschen von sich.

»Muss man die kennen?«

»Ja, muss man!« Mit leuchtenden Augen stellte Sova sich auf die Zehenspitzen und reckte den Hals. »Die beiden sind genial!«

Moira blinzelte. »Wer bist du und wann hast du Skorpin gefressen?«

»Komm schon, *vitjka*, hörst du kein Radio? – Oh, da sind sie!«

Zum Applaus der Menge glitten zwei Gestalten auf die Bühne: eine Frau mit hohen Wangenknochen und dichtem Haar, das ihr bis zu den Knöcheln reichte, und ein Mann mit schulterlangen brünetten Wellen, dessen ebenmäßiges Gesicht einige Vampire aufseufzen ließ. Keiner der beiden lächelte; sie schienen in eigenen Sphären zu schweben, während sie das erste Lied anstimmten. Oliver Monroe streichelte die Tasten des Konzertflügels; Jillian liebkoste die Saiten ihrer Geige mit dem Bogen. Die Töne schlichen durch den Saal, geisterhaft, suchend, vorsichtig wie die Brandung, die nach dem Ufer tastete.

»Nett.« Moira ließ den Blick über die Menge schweifen.

»*Nett*? Du bist echt eine Banausin«, brummte Sova, doch dann riss sie sich zusammen. »Okay. Ist das die musikalische Untermalung für das große Highlight?«

Die Vampire drehten immer wieder die Köpfe, als würden sie auf etwas warten, während sich die Monroes ein zunehmend aggressives Duell mit Violine und Klavier lieferten, das in einer dramatischen, aber seltsam befriedigenden Dissonanz endete.

»Werfen wir noch einen Blick in den Ruheraum«, murmelte Moira, während sie höflich applaudierte (deutlich weniger begeistert als Sova). »*Falls* sie hier Hypnos ausgeben, brauchen sie Platz zum Liegen, nicht wahr?«

Die Lounge war mittlerweile leer; Kellner räumten mit spitzen Fingern halbgegessene blutige Steaks von den Tischen. Seidenbekleidete Vampirinnen beeilten sich, die letzten Blutspender aus dem Ruheraum zu lotsen. »Wenn die *alle* Hypnos kriegen, reicht der Platz auf gar keinen Fall«, stellte Sova angesichts der übersichtlichen Liegenkollektion fest. »Für 'ne Blutbar ist das sowieso sehr wenig Platz.«

»Sieht aber auch nicht aus, als würden sie da heute noch Spender einquartieren, was? Hey, schau mal, sie schließen ab!« Moira zog die Dämonin am Ärmel in eine Nische neben dem Ruheraum und stützte sich mit unsteter Hand an der Wand ab. Sie hatte keine dreimal an ihrer Bloody Mary genippt, doch ihr Kopf fühlte sich merkwürdig leicht an. »Oh, wow!«

Ihre Augenlider flatterten, als Jillian Monroes klarer Sopran sich in ihr Ohr bohrte. Noch nie im Leben hatte Moira so eine schöne Stimme gehört! Engel konnten nicht schöner singen! Verwundert drehte sie sich zur Bühne um. Jillian sang mit geschlossenen Augen, jeder Vokal ein kleines Wunder. Als

Oliver einstimmte, seufzte Moira leise. Die Harmonien der beiden waren himmlisch! Ein Gesang wie Wind, der die Wellen aufpeitschte … Olivers Finger tanzten mittlerweile auf einer Akustikgitarre, an Jillians Hüfte schellte bei jeder Bewegung ein Tuch voller Glöckchen. Die Vampire tanzten. Einige wirbelten ihre Arme durch die Luft, andere drehten sich ekstatisch im Kreis. Die Musik war zu schön, um sich ihr zu verschließen – sie war ein Zauber, der selbst den deprimiertesten Untoten auf die Füße zog und lachen und tanzen ließ – ein Rausch, der alles Schlechte fortspülte, eine süße Verlockung, die man berühren wollte, bevor sie unter den Händen verrauchte.

»Hast recht, die sind gut«, stieß Moira am Ende des Lieds mit rauer Stimme hervor. Die Vampire jubelten begeistert, doch ausgerechnet Sova klatschte nicht.

»Ja, sind sie.« Die Dämonin musterte Moira, während die Monroes einen bittersüßen Walzer anstimmten. Ein merkwürdiger Ausdruck lag auf ihrem Gesicht. »Geht's dir gut?«

»Bestens«, nuschelte Moira. »Aber sollten wir nicht langsam mal nach dem Hypnos Ausschau halten?«

»Ähm … ich glaub, es gibt keinen Hypnos, Moira.«

»Hm?« Die Stimmen der Monroes schossen Moira geradewegs in die Glieder. Sie wollte auf der Stelle anfangen zu tanzen – tanzen, mit den Vampiren, die sich wie berauscht zum Takt der Musik hin und her wiegten und selbstvergessen mit den Armen schwenkten. Tanzen! Irgendwas daran war merkwürdig. Sie hasste Tanzen …

»*Vrenoj*!« Sova fasste sie am Ellbogen. »Scheiße, scheiße, scheiße! Das sind -«

»Sirenen!« Mit dumpfem Entsetzen drehte sich Moira zu ihr um. »Das sind Sirenen.« Aber die Wellen der Stimmen spülten den Schrecken fort. Kein schlimmes Gefühl. *Nichts* war schlimm, solange Jillian Monroe nur nicht aufhörte zu singen …

»Hast recht«, murmelte Moira und spannte die Oberschenkel an, damit ihre Beine nicht eigenmächtig auf die Bühne zumarschierten, »die Langzähne brauchen keinen Hypnos …«

Sie tastete nach dem Ring an ihrem Mittelfinger, den ihre Grandma ihr letzten Winter geschenkt hatte, als sie mit Banshee-Tinnitus im Krankenhaus gelandet war. Ein Schutzzauber gegen Vokalmagie war darin eingearbeitet, doch der Holzring war beinahe vertrocknet. Moira begann zu lachen, während Olivers angenehmer Bariton ihre aufkeimende Panik davonscheuchte. »Und sie hat mir noch gesagt, ich soll den Zauber erneuern lassen!«

»Was redest du da? – Hey!« Sova wedelte mit der Hand vor ihrem Gesicht, doch als Moira sich erneut zu den Sirenen umdrehte, um sie besser sehen zu können, schlang sie ihr kurzerhand den Arm um die Taille. »Du musst hier raus.«

»Du wusstest das, oder?« Moira schüttelte ihren Arm ab. »Du kanntest die doch!«

»Wusste ich nicht! Im Radio haben sie nicht gesagt, dass das Sirenen sind! He, wo willst du hin?«

»Zu Jillian, umarmen«, lallte Moira. »So eine schöne Stimme …«

»Geister und Sterne!« Sova hielt sie fest und starrte sie an. »Du bist sirenenhigh!«

Moira hob den Zeigefinger. »Ich glaub *nicht*, dass das so heißt.« Jillian lächelte in ihre Richtung – messerscharfe Schneidezähne über Schneewittchenlippen. Ein jäher Adrenalinschub schickte sich an, durch Moiras Venen zu jagen, doch die Angst verpuffte unter der Melodie. »Mir geht's gut …«

»Natürlich geht's dir gut, das ist doch Sinn der Sache!« Wütend bugsierte Sova sie durch die Menge der verzückten Vampire. »Du weißt, warum Sirenen singen, ja?«

Moira wusste es, vergaß ihre Erkenntnis allerdings gleich wieder, weil Jillians Sopran sie erneut gefangen nahm. Sie drehte sich um, wollte sich in die Arme der Frau mit der Engelsstimme sinken lassen und ihr Leben lang nichts anderes tun, als ihrem Gesang zu lauschen, bis sie unter den Wellen ihrer Melodien ertrank …

Sova schüttelte sie grob. »Moira! Warum singen Sirenen?«

»Um ins Radio zu kommen?«

»Reiß dich zusammen!«

»Zum Jagen?«

»Zum Jagen, richtig. Und was bist du *nicht*?«

»Taub?«

»Moira! Was warst du in McGowans Haus? Was bist du nicht mehr und willst du nie wieder sein? Konzentrier dich!«

»Futter«, würgte Moira mühsam hervor. »Ich bin kein Fischfutter. Oder Vogelfutter, wie man's nimmt.« Oh, aber es wäre *schön* … diese Stimmen zu hören, bis die Welt schwarz wurde …

»Richtig. Kein Futter.« Sovas Griff wurde sanfter. »Du bleibst jetzt schön hier stehen, ich besorg dir ein Glas Wasser.«

Moira schüttelte den Kopf und öffnete den Mund. Die Worte verirrten sich auf dem Weg von ihrem Hirn zu ihrer Zunge, verhedderten sich ineinander und stolperten in einem wirren Wust ins Freie. Oh Himmel, es wäre so viel einfacher, sich Jillian Monroe zu Füßen zu werfen und darauf zu warten, dass sie ihre Zähne in ihr Fleisch versenkte, als zu sprechen …

»Ringalade.«

»Was?« Sova runzelte die Stirn.

Moira holte tief Luft (sog den Sirenengesang durch die Nase ein), nahm die Dämonin bei der Hand und stolperte mit unangenehm weichen Knien zu den Toiletten. Die Wände und die Kabinentür dämpften den Gesang der Monroes und das ekstatische Johlen und Klatschen der Vampire, doch die Wellen in Moiras Kopf rauschten weiter.

»Kannst du …« Moira balancierte jedes Wort auf der Zunge, damit keine Silbe zu Bruch ging. »Kannst du … mich zur Bühne bringen?« Sie schüttelte den Kopf. Nein, das hatte sie gar nicht sagen wollen! »Kannst du …« Hirn kämpfte gegen Zunge. »… den Ring aufladen? Den Zauber?«

»Was redest du da?« Sova packte sie bei den Schultern. »Du musst hier raus, Moira! Je länger du dem Gesang ausgesetzt bist, desto stärker wird die Wirkung!«

»Wieso bist du eigentlich so klar?« Moira blinzelte mühsam.

»Ich nehme an, es liegt nicht in meiner Natur, betrunken von ihrem Gesang zu werden«, antwortete Sova gedehnt. »Jetzt verstehe ich, warum sie alle Blutspendenden rausgeworfen haben! Vampire sind immun gegen den Lockruf, sie können einfach die Musik und den Rausch genießen. Verschwinden wir. Das große Highlight sind die Konzerte, kein Hyp-«

»Wir können nicht gehen«, nuschelte Moira. »Fonda kommt her, schon vergessen?«

»Schon mal überlegt, dass dein Kobold-Kontakt vielleicht lügt?«, fragte Sova steif.

»Sie lügt nicht.« Moira holte tief Luft. »Willst du Fonda finden oder nicht? Willst du eure Vermissten finden oder nicht?«

»*Vrenoj*, natürlich will ich das!« Ärgerlich funkelte Sova sie an. Dann nahm sie zögerlich Moiras Hand und begutachtete den verdorrten Holzring, in dem kaum mehr grüne Magie pulsierte. »Ich hab keine Ahnung, was das für ein Zauber ist. Außerdem riecht man es, wenn ich Magie wirke.«

»Kannst du nicht -« Moira kämpfte mit den Worten, hustete und schluckte. »Kannst du nicht die Reste aufblähen? Nur ein bisschen? Das, was Ami gestern mit ihren Haaren gemacht hat, weil sie keinen neuen Lenkzauber kaufen wollte …«

»Ich bin nicht sicher, ob das reicht«, murmelte Sova zweifelnd, doch sie umschloss den Ring mit beiden Händen. Moira hatte keine Ahnung, was genau vor sich ging. Ihre Finger wurden warm. Gold kämpfte sich durch Sovas Kontaktlinsen, die Myrrhenote in ihrem Parfüm erhielt einen dominanten Streichholzschwefelakzent. Das trockene Holz des Rings erwärmte sich, die Borken quollen auf, als hätten sie frisches Wasser bekommen, und der Nebel in Moiras Kopf lichtete sich. Jillian Monroes Stimme klang noch immer verlockend, doch für den Moment fehlte ihr die Naturgewalt, die Moira dazu bringen konnte, sich ihr zu Füßen zu werfen.

Schwer atmend sank Moira gegen die Kabinentür. »Danke«, murmelte sie.

Sova schüttelte bloß den Kopf, während sie sich großzügig mit ihrem Vipernatron-Styrax-Gemisch einsprühte. »Das hält gerade lang genug, um dich hier rauszubringen. Wir verschwinden jetzt – du hast schon viel zu lange zugehört, wer weiß, was das für Auswirkungen hat.« Mit finsterer Miene öffnete sie die Kabinentür. »Die vom Radio sollte man verklagen! Spielen Sirenenmusik und sagen keinen Pieps!«

Moira bemühte sich, nicht zu schwanken, während sie ihr aus der Toilette folgte. »Die Wirkung kann man schließlich nicht aufnehmen. Wäre vielleicht eine Marktlücke …«

»Hör bloß auf.« Sova schenkte ihr einen garstigen Blick. Obwohl sie Moira rigoros zum Ausgang dirigierte, drehte sie den Kopf. »Meinst du, Fonda ist im Publikum?«

»Na, Privatlogen gibt's nicht.« Das Sprechen fiel Moira immer noch schwer, doch ihre Augen funktionierten einwandfrei. »Wir könnten aber einfach die Chefin fragen.«

Lola Jean lehnte neben den Kellnern und dem Moderator mit dem Silberhaar an der Bar. Die Koboldin hatte Watte in den spitzen Ohren; ihre Augen weiteten sich, als sie Moira entdeckte. Abrupt ließ sie den Moderator stehen und eilte ihnen entgegen, rammte Moira ihre kleinen Hände in die Magengegend und drängelte sie zurück vor die Toiletten.

»Wieso bist du immer noch hier? Die sollten dich um zwölf rauswerfen!«

»Ich gehe doch nicht, ohne mich zu verabschieden.« Moira lächelte. »Ich hätte da noch ein, zwei Fragen, Lola. Du weißt, dass Sirenenkonzerte in der Sub Side illegal sind?«

Unter ihrem Make-up verlor Lolas herzförmiges Gesicht rapide an Farbe. »Sie sind *nicht* illegal, wenn niemand im Publikum sitzt, dem sie schaden können! Ich hab dir gesagt, es ist gefährlich! Ich hab gesagt, du sollst gehen! Ich hab dich gewarnt!«

»Sehr präzise, diese Warnung.« Moira dankte den Sternen (und Sova, die einen Sicherheitsabstand einhielt), dass ihre Stimme zumindest ansatzweise kooperierte. Wenigstens lallte sie kaum noch. »Um auf dein Angebot zurückzukommen – du sagtest, du könntest ein paar Minuten für mich mit Mr. Fonda arrangieren?«

»Aber doch nicht, wenn du so verblendet durch die Gegend wankst!«

Oliver Monroe beendete sein Solo mit einem herrlichen, vibrierenden Ton, der in Moiras Brustkorb widerhallte. Es kostete sie alle Willenskraft, Lolas Blick ohne Zucken und Seufzen zu erwidern, doch offenbar reichte es nicht. Lola fluchte und steckte vorsichtig den Kopf um die Ecke. »Der Boss bringt mich um!«

»Weil nur Vampire hier unten sein sollten?« Aus den Augenwinkeln sah Moira, wie Sova mit ihrem Sicherheitsabstand stirnrunzelnd Lolas Blick folgte. »Keine Blutspender, niemand, der versehentlich gefressen und für Negativschlagzeilen sorgen könnte …«

»Ja, ja, ganz genau, und du machst alles kaputt!« Lola quiekte entsetzt. Während Sova plötzlich rücklings in die Menge der Vampire auswich, schubste die Koboldin Moira mit ihren kleinen Händen zurück in die Damentoiletten. Sie knallte Moira die Tür vor der Nase zu, doch Moira öffnete sie gleich wieder einen Spaltbreit. Im Toilettenfoyer begrüßte Lola den Moderator mit einem strahlenden Lächeln. Moira verstand nicht, was die beiden redeten; es fiel ihr zunehmend schwer, Jillians Sopran und Olivers betörenden Bariton aus ihrem Gehörgang zu drängen, doch sie sah die Schweißperlen auf Lolas Stirn. Die Koboldin nickte immer wieder eifrig, und als der Moderator endlich ging, sank sie zitternd gegen die Wand.

Moira trat aus der Damentoilette. »Ich nehme an, das war der Boss?«

»Geh bitte einfach«, piepste Lola, ohne Moira anzusehen. Hinter ihren Brillengläsern schwammen ihre Augen erneut in Tränen. »Du darfst nicht hier sein. Bitte, verschwinde!«

»Ich gehe, wenn du mir noch eine Frage beantwortest.« Moira ging erneut vor ihr in die Hocke. »Lola, war das gerade Leonard Fonda?«

Die Koboldin presste die Lippen aufeinander. Dann nickte sie.

Moira richtete sich auf. Es war schwierig, gerade stehenzubleiben – und noch schwieriger, nicht schnurstracks zur Bühne zu marschieren, wo Jillian gerade dunkle Töne im Altbereich liebkoste. »Danke, Ma'am.«

-4-

»Du hast sie erpresst?« Sova blickte der Koboldin mit offenem Mund hinterher. Als sie sich zu Moira umdrehte, glühten ihre Augen rot durch die Kontaktlinsen. »Moira!«

»Nicht doch – ich hab nur geblufft.«

»Glaub ich dir nicht«, knurrte Sova. »Du kannst nicht hergehen und Leute erpressen!«

»Du weißt doch, wie ich arbeite.«

»Ja, leider! Der Zweck heiligt aber nicht immer die Mittel, verdammt!«

Dankbar nahm Moira das Glas Wasser entgegen, das Sova ihr reichte. Die hastigen Schlucke klärten kurzfristig ihre Gedanken. »Hast du den *wichtigen* Teil von dem mitbekommen, was ich dir erzählt habe?«

»Der Moderator soll Fonda sein?« Sie drehte sich nach dem cremefarbenen Anzug um, der sich gerade seinen Weg durch das entrückte Publikum zur Bühne bahnte. »Die Frau hat dich verarscht, *vitjka.* Wir wissen, wie Fonda aussieht, und das ist er nicht!«

»Zweitgesicht«, stieß Moira hervor. »Fonda ist ein reicher Sack. Hat bestimmt 'nen ganzen Schrank voll Zweitgesichter. Hätten wir uns denken können, dass Leonard Fonda nicht mit seinem eigenen Gesicht durch die Sub Side läuft. Hier gibt's 'ne Menge Vampire, die ihm einen Pflock ins Herz rammen wollen.«

»Aber wieso? Wenn er so was auf die Beine stellt?« Sova deutete auf die Bühne.

»Er hat Geld, Macht und Einfluss, reicht dir das?« Moira schloss die Augen. Es war, als hätte jemand die Musik aufgedreht. Der Ring an ihrem Finger erkaltete, während Jillian Monroe mit den Tönen in der Kopfstimmlage jonglierte. »Himmel, wieso hat die Frau keinen Plattenvertrag?«

»Lenk nicht ab!«

»*Wir* lenken ab, weil wir hier rumstehen und diskutieren, während alle anderen dieser … dieser traumhaften Musik lauschen.« Moira hatte Mühe, die Augen offen zu halten, doch tatsächlich zogen sie den einen oder anderen genervten Blick auf sich. Sie standen im Weg.

Kurzerhand schlang Sova ihr einen Arm um die Taille und begann, sie beide halbwegs im Takt hin und her zu wiegen. Dabei schielte sie so wachsam über Moiras Kopf hinweg, als fürchte sie, die Sittenpolizei würde sie jeden Moment verhaften. Die Vampire waren jedoch bloß froh, das Hindernis loszuwerden. Ein paar Meter weiter legten zwei untote Gentlemen einen eleganten Walzer aufs Parkett und zwinkerten ihnen zu.

»Tanzen ist nicht mein Ding«, nuschelte Moira. Ihr Blick zuckte immer wieder zu Jillian. Sie versuchte, sich aus Sovas Arm zu winden. Prompt legte die Dämonin ihr beide Arme um die Schultern und zog sie dicht zu sich.

»Wenn du da rüber läufst, reiß ich dir die Ohren ab, *vitjka.*«

»Du sagst die süßesten Sachen, wenn du dir Sorgen machst.« Moira schloss die Augen und ließ ihre Stirn gegen Sovas Schulter sinken.

»Hör weg. Du brauchst einen klaren Kopf.«

Sie *wollte* ja weghören. Doch die Musik kroch durch ihre Venen – wie sollte man sich etwas so Schönem verschließen? Niemand sollte darauf verzichten müssen …

Sovas Arme lagen wie Eisen um ihre Taille. Ihre Stimme dagegen blieb sanft. »Ich bring dich hier raus, keine Angst. Wann hab ich je zugelassen, dass dich jemand auffrisst?«

»Nein, *das* würdest du nie zulassen«, nuschelte Moira benommen.

Prompt erstarrte Sova. »Ich hab eine Idee«, sagte sie leise, »aber sie wird dir nicht gefallen, und mir machen sie die Hölle heiß, wenn sie das zu Hause rausfinden.«

»Wovon redest du?«

»Synken.«

»Sinken?«

»Synken. Es ist … Wie soll ich das erklären?« Sova verdrehte die Augen zur Decke. »Ich bin klar im Kopf, okay? Mir machen die Sirenen nichts aus. Und mit Synken kann ich dir etwas von meiner Klarheit abgeben. Empathie für Fortgeschrittene.«

»Das da -«, Moira zeigte mit dem Daumen auf die Sirenen, »zu hören, aber dabei nicht wie ein Zombie durch die Gegend zu wanken, klingt nach einem Jackpot. Leg los.«

Gleich darauf regte sich etwas in ihrem Kopf. Fast wie damals, als sie den Dämonenvertrag unterschrieben und plötzlich Theresa Lear in ihrem Schädel gespürt hatte. Abrupt schob Moira Sova fort. »Als du das letzte Mal in meinem Kopf warst, war's hässlich.«

»Ich hab dir gesagt, du wirst es nicht mögen«, murmelte Sova. Das merkwürdige Gefühl verschwand. »Soll ich aufhören?«

Die Stimmen der Sirenen umschmeichelten ihren Geist, machten das klare Denken zur Schwerstarbeit. Brauchte sie als Zugabe auch noch eine Dämonin in ihrem Kopf? Eine, die darüber *abstimmen* würde, ob man sie zum Versuchskaninchen machte oder nicht? Aber wenigstens hegte besagte Dämonin nicht den geheimen Wunsch, sich auffressen zu lassen. Und Sova war ihr zu einer Hexen-Heilerin gefolgt, mit nichts als Moiras Garantie, dass ihr dabei nichts zustoßen würde …

»Nein, mach weiter.«

Also drang Sova erneut in ihren Kopf – tiefer als je zuvor. Und mit einem Mal verschob sich Moiras Wahrnehmung. Ein eigenartiges Schimmern umwaberte Sova, ein warmes Rosarot mit dunklen Flecken, wie eine zusätzliche Schicht über ihrer Haut. Um Moiras eigene Hand kroch eine schmutzig-gelbe Aura, und als Sova die Finger nach ihr ausstreckte, vermischten sich die Schimmer miteinander, ohne sich aufzulösen – umspielten einander wie Öl und Wasser. Die *Grinsende Katze* wurde heller und dunkler zugleich. In den scharfen Kontrasten erweiterte sich das Farbspektrum zu Nuancen, die Moira nie zuvor gesehen hatte. Sie hörte viel mehr – verstand sogar die Kobolde hinter der Bar und lauschte mit Sovas messerscharfer Aufmerksamkeit. Die Stimmen der Monroes klangen noch voller als zuvor, doch der betörende, giftige Zauber schwoll ab, als hätte jemand die Frequenz heruntergeregelt. Sie spürte zwei Herzschläge, spürte die dämonische Energie, die durch Sovas Körper strömte, die Stärke in den Muskeln, die sie nach den Tombs so emsig wieder aufgebaut hatte.

Moira stöhnte leise. »Das ist zu …«

»Tut mir leid!« Sofort zog Sova sich zurück. Ihre Aura schwand aus Moiras schmutzig-gelbem Schein.

»Nein, warte!« Moira fasste sie bei der Hand.

Prompt flatterten Sovas Lider. Mit einem leisen Hauchen taumelte sie gegen Moira, hielt sich an ihr fest. Moira selbst keuchte erstaunt auf. Sie spürte die Berührung doppelt! Auf ihrer eigenen Haut und auf Sovas, als sich ihre Auren erneut vermischten.

Schwer atmend hob Moira den Kopf. Dank Sovas Rhythmusgefühl wiegten sie sich immer noch zu den Klängen der Monroes, sodass die Vampire keine Notiz von ihnen nahmen. »Das ist verdammt intim«, murmelte sie. Diesmal war es nicht der Sirenengesang, der ihr das Sprechen schwermachte. Intim war eine Untertreibung. Es war schön! Zu schön, zu nah, zu beängstigend! Sie teilten *alles*, bei so viel Nähe konnte man keine Geheimnisse mehr voreinander haben, und genau das war ein ganz eigenes Hochgefühl …

»Wow, ich hätte nicht gedacht, dass Hexen so einen guten Geruchssinn haben!« Sovas Nasenflügel bebten. »Wie sieht's an der Sirenenfront aus?«

»Bestens.« Tatsächlich: Abseits von dem Rausch, den das Synken ihr verschaffte, war Moiras Kopf klarer. »Warte – müsstest du dann nicht sirenenhigh werden?«

Mit geschlossenen Augen schüttelte Sova den Kopf. Sie sah aus, als verlöre sie sich in den Eindrücken und Empfindungen. »Das ist ja genau der Teil, den ich ausgleichen wollte.«

Moira nickte benommen. Sie hielt so viel Stärke in ihren Armen – als wäre sie selbst plötzlich viel stärker. Die rotmagischen Impulse machten ihr keine Angst mehr, weil sie für Sova normal waren. Wie es sich wohl anfühlte, diese Kraft nutzen zu können? Diese Kraft zu besitzen? Mit einem Ruck hob Moira den Kopf. Für den Moment *besaß* sie Sovas Immunität gegen die Sirenen! Und das bedeutete im Umkehrschluss …

Sova schüttelte sacht den Kopf, als hätte sie den Gedanken aufgefangen. »Keine Angst, *vitjka*, Possession ist was anderes«, flüsterte sie. »Possession ist kein Teilen – Possession ist reines Nehmen, immer mehr, bis nichts mehr übrig ist.«

Doch nun, da der Gedanke einmal da war, breitete er sich aus wie Gift. Der Rausch fühlte sich so gut an, so richtig, so leicht, und das, was außerhalb wartete, jagte ihr eine Heidenangst ein. Dennoch murmelte sie: »Geh raus. Bitte.«

Zögerlich ließ Sova sie los. Ihre warme Aura verschwand, die Welt verlor ihre Kontraste und Farben, nur noch ein Herzschlag pochte in Moiras Brust. Dafür kehrte der Zauber der Sirenen mit solcher Wucht zurück, dass Moiras Knie wegsackten. Stützend schlang Sova ihr den Arm um die Schultern. »Ich habe ein bisschen Tratsch vom Personal mitbekommen«, raunte sie, während Oliver Monroe mit seiner sonoren Stimme das letzte Lied ankündigte. »Scheinbar laufen die Gäste nach den Konzerten ständig Amok. Greifen oben im *Paradies* Kobolde an, trinken Lola Jeans halbe Bar leer, ohne zu bezahlen. Drei Aushilfen haben gekündigt. Und die Sirenen halten sich nicht an Absprachen -«

»Seit wann bist du so redselig?« Moiras Blick hing erneut an Jillian, aus deren vollen Lippen herrliche Töne hervorquollen. Diese Harmonien … Nach der kurzen Auszeit klangen sie bloß noch verlockender!

»Hör *mir* zu, nicht denen!« Sova kniff sie unsanft. »Manchmal versuchen die Sirenen, früher anzufangen, wenn noch nicht alle Blutspendenden draußen sind. Und scheinbar hat vor zwei Wochen ein Sirenen-Männerquartett den Kobold-Koch angesungen. Erst dachte die Kollegschaft, alles wäre in Ordnung, aber dann ist der arme Mann geschlafwandelt. Als endlich eine Walküre dazwischen gegangen ist, hatten sie seinen ganzen rechten Arm gefressen.«

»Hm.« Jillians und Olivers Stimmen wanden sich umeinander. Es gab schlimmere Vorstellungen, als den beiden ihren rechten Arm zu servieren. Moira würde es mit Freuden tun, wenn sie bloß weitersangen … Als die Monroes ihren Schlusston in den Raum schmetterten und die Münder zuklappten, traten ihr die Tränen in die Augen.

Tosender Applaus brandete auf. Untote mit Tunnelblick brüllten nach einer Zugabe, eine junge lebende Vampirin schluchzte hysterisch. Moira klatschte mit einem Kloß im Hals, ruckte jedoch unwirsch mit dem Kopf, als der Moderator erneut die Bühne betrat und um einen weiteren kräftigen Applaus bat. Der Kerl sollte den Mund halten und die Sirenen weitersingen lassen! Doch die Monroes schwebten von der Bühne und ließen die Welt ein wenig trister und leerer zurück. Bloß, dass die Musik noch da war. In Moiras Kopf hallten Melodiefetzen nach, so schön, so wunderschön … Abwesend drückte sie sich die Hände auf die Ohren, damit die Harmonien nicht verschwanden …

Sova zwang sie, ihr ins Gesicht zu schauen. »Glaubst du dieser Koboldin, dass der Kerl dort Leonard Fonda ist?«

Moira versuchte, sich auf ihre Stimme zu konzentrieren. »Wir sollten sichergehen«, würgte sie hervor. »Wenn er's nicht ist, haken wir die Nacht als Reinfall ab. Wenn er's ist, habt ihr bald eure Vermissten wieder, ich werde bezahlt und ihr seid mich los.«

»Okay.« Sova schlang ihr den Arm um die Taille. »Dann reiß dich jetzt, um aller Geister und Sterne willen, zusammen. Wenn der Moderator wirklich Fonda ist, geht er gerade nach oben.«

20.
LEICHEN IM KELLER

-1-

Auf dem Weg nach oben stolperte Moira mehrmals über die Treppenstufen. Ihr Kopf war voller Musik, die Melodien befahlen ihren Füßen, umzukehren, doch Sovas Arm wand sich wie ein Schraubstock um ihre Mitte.

»Reiß dich zusammen, *vitjka*, du gehst nicht zurück!« Ungnädig schleifte Sova sie die letzten Stufen zur Koboldbar hinauf.

Nach der Düsternis der *Grinsenden Katze* blendeten die warmen Lampen im *Paradies*. Der Lärm bohrte sich in Moiras Gehörgang; grob und hässlich nach den Gesängen der Monroes. Vor der Tür stauten sich die Vampire, die auf dem Weg nach draußen über Blutspender gestolpert waren. Kreidebleiche Magier hielten sich an ihren Eisencocktails fest und wichen nur widerwillig zurück, als die übermütigen Vampire erneut die Hände nach ihnen ausstreckten. Die Koboldgäste verlangten missgelaunt die Rechnung; Lola Jean flitzte schniefend umher, um abzukassieren. Zwischen den geifernden Untoten entdeckte Moira Keiko Tanakas zierliche Gestalt. Die Heilerin kauerte über der Hexe, die dem Vampirquartett aus Queens unter die Zähne geraten war.

»Meine Fresse«, murmelte Sova.

»Ich hab dir gesagt, es bleibt nicht sauber – oh!« Moira stolperte erneut. Reflexartig klammerte sie sich an die Dämonin.

»Vorsicht, Liebes«, raunte eine seidige Stimme hinter ihr. Eine klägliche Alarmglocke schrillte in Moiras Hinterkopf, doch jede Faser ihres Körpers seufzte entzückt, als Jillian Monroe zu ihr aufschloss. Die Augen der Sirene waren steinern, wie die eines Raubvogels, der eine Maus auf dem Feld erspäht hatte. Aber Moira fühlte sich nicht wie eine Maus. Ihr Blick glitt über Jillians Lippen, aus denen diese berauschende Stimme perlte, die nun, da die Sirene nicht mehr sang, nur unwesentlich weniger sinnlich klang.

»Gehen Sie etwa schon?« Jillians Zähne blitzten wie Rasiermesser im Kerzenschein.

Moira konnte nicht antworten – sie war zu sehr mit Zuhören beschäftigt. Jillians Sprechstimme entfachte Melodiefetzen in Moiras Ohr – Harmonien füllten ihren Brustraum mit herrlicher Wärme …

»Sie trinken hoffentlich noch etwas mit uns?«, fragte Jillian.

Nein, dachte Moira, ihre Zunge allerdings hatte andere Pläne. »Gerne!« Sie schluckte, machte einen zweiten Anlauf, doch das Nein blieb in ihrer Kehle stecken. Benommen spürte sie, wie Sova sie in den Arm kniff. Diesmal dauerte das Synken keine drei Herzschläge. Auren erschienen und verschwanden wieder. Es genügte, um Moira für den Moment zu ernüchtern. Sie straffte die Schultern und speiste die Monroes mit einem »Theoretisch gerne, aber wir sind auf dem Sprung« ab.

»Ah, kommen Sie, ein kleiner Absacker wird schon nicht schaden!« Jillian lachte; ihre Augen blieben hart.

»Lass sie, Schatz«, mischte sich eine sonore Stimme ein. Oliver Monroe erschien hinter seiner Frau; seine harten Augen glitzerten gefährlich. »Verpflegung ist in unserem Engagement nicht inbegriffen.« Dennoch ließ er es sich nicht nehmen, Moiras Hand zu greifen. »Einen schönen Abend.« Als seine Lippen über ihren Handrücken streiften, wurde Moira schwarz vor Augen. Die Musik in ihrem Kopf breitete sich aus, zuckte bis in ihre Zehenspitzen hinunter. Als sie wieder klar sehen konnte, gesellten sich die Monroes bereits zu dem silberhaarigen Moderator an der Bar.

Ruppig wischte sich Sova eine verirrte Strähne aus dem Gesicht. »Klasse, *vitjka*, du hast einen unsichtbaren Beute-Stempel auf der Stirn!«

»Willst du sie nicht nach einem Autogramm fragen?«, murmelte Moira. »Du findest die beiden doch so toll.«

»Fandest. Präteritum«, brummte Sova, die Hand weiterhin fest an Moiras Rücken.

»Magst du ihre Musik jetzt nicht mehr, bloß, weil sie Sirenen sind?«

Sova sah aus, als hätte sie Moira gern k.o. geschlagen. Der Einfachheit halber. »Ich wünschte, du wärst bloß betrunken. Dann könnte ich dich wenigstens zusammenstauchen.« Brummelnd versuchte Sova, sie beide an einer Gruppe rangelnder Vampire vorbeizudirigieren, bekam jedoch um ein Haar einen Ellbogen ins Gesicht.

»Jungs, Jungs, Jungs! Beruhigen Sie sich, Gentlemen!« Der Moderator zog die Querulanten auseinander. Die Vampire – erneut ein Haufen junger Lebender, die den Sirenengesang offenbar nicht gut vertrugen – krähten Anschuldigungen; der Mann, von dem Lola Jean behauptete, er sei Leonard Fonda, hob beschwichtigend die Hände. »Jetzt beruhigen wir uns alle wieder! Madame Jean gibt euch auf Kosten des Hauses einen guten Roten aus. Nicht wahr, Lola?«

Während ein halbes Dutzend Koboldgäste sich zwischen den Beinen der Vampire hindurchdrängten, um das *Paradies* zu verlassen, warf Lola Jean ihm einen ausgesprochen giftigen Blick zu. »Mein Geschäft geht kaputt!«, schimpfte sie. »Die sollen ihre Absacker gefälligst unten trinken!«

Doch die Vampire stürmten bereits johlend die Bar.

Mitleidig schüttelte Sova den Kopf. »Arme Lola.«

»Die arme Lola ist schon groß und muss selbst wissen, mit wem sie Geschäfte macht«, nuschelte Moira über die Melodien in ihrem Ohr. »*Könnte* man von euch genauso gut auch sagen. Wenn man wollte …«

»Selbst high bist du herzlos.« Sova verdrehte die Augen. Im nächsten Moment spannte sich ihr ganzer Körper wie eine Bogensehne. »Unser Vielleicht-Fonda geht!«

Sie zog Moira mit sich, dem Vampir im Cremeanzug hinterher, der gen Ausgang schlenderte. Während Moira ihr nachstolperte, hatte sie das Gefühl, jemand zöge ihr eine Bettdecke vom Kopf. Die Sirenenmusik in ihren Gedanken wurde leiser, dafür verschärften sich alle anderen Sinneswahrnehmungen. Bloß die Auren fehlten diesmal.

»Synkst du wieder?« Sie entzog Sova ihre Hand; die frisch gewonnene Klarheit blieb.

»Ja, aber noch mal kann ich das nicht, zumindest nicht hier«, flüsterte die Dämonin. Unter den Kontaktlinsen schmälerten sich ihre Pupillen. Sie blinzelte ständig; unter den Linsen waren ihre Augen gereizt und gerötet. Dennoch wanderte ihr Blick wachsam über die Straße, ehe sie Moira von Kopf bis Fuß musterte. »Geht's dir gut? Alles noch dran? Nicht hinter meinem Rücken dein Ohr verfüttert?«

»Nein, aber die Vorstellung ist zum Kotzen attraktiv.« Moira sog die kalte Luft ein.

In der Sub Side herrschte ein reges Treiben – wenig verwunderlich, zwischen den Jahren. Um diese Zeit (die Uhr am Runensteinkreis zeigte kurz nach fünf) war in den übrigen Blutbars die Hölle los. Völlig normal für einen Freitagmorgen. Eine Truppe Walküren versuchte, die Schlägerei einer Satyrgruppe am Runensteinkreis in den Griff zu bekommen, eine Polizeistreife fuhr langsam aus der Troll Street. Der kalte Wind peitschte Moiras Lebensgeister auf; die trunkene Benommenheit flaute ab. Zumindest für den Moment.

»Danke«, sagte sie leise.

»Bedank dich, wenn wir wieder sicher zu Hause sind«, gab Sova zurück.

Sie wandten sich zu dem cremefarbenen Anzug um, der soeben in ein Traxi kletterte. Der Troll, der den Wagen zog, zupfte sein neongrünes Regencape zurecht, ehe er lostrabte.

Moira drehte sich zu Sova um. »Traxis können die Sub Side nicht verlassen.«

Sova verstand sofort. »Wie gut kannst du mit deiner Raucherlunge rennen?« Damit sprintete sie los, dem Traxi nach. Moira hechelte hinterher und versuchte, das Stechen in ihrer Raucherlunge zu ignorieren.

Die Sub Side war düsterer als das menschliche New York – Gaslampen statt kalter Neonlichter, und unzählige Schatten, in denen man abtauchen konnte, wenn der Troll über die Schulter lugte. Wann immer sie innehielten, wischte sich Sova besorgt mit dem Mantelärmel über die Stirn; Schweiß und Nieselregen wuschen ihr das Vipernatron von der Haut.

»Die fahren im Kreis«, keuchte Moira, als sie das zweite Mal am Campus der Brax vorbeihasteten.

»Das ist doch absurd!« Atemlos blieb Sova stehen und schnupperte demonstrativ. »Wenn das so weitergeht, muss ich abhauen. Rieche ich?«

»Wie ein aromatisches Räucherstäbchen.« Hustend stützte Moira die Hände auf die Knie. Die Musik in ihrem Kopf nahm wieder an Fahrt auf. Ihre Füße machten von ganz alleine ein paar Schritte – zurück in Richtung *Paradies*. Die Monroes standen vor der Bar und gaben Vampirfans Autogramme. Als hätte sie Moiras Blick gespürt, hob Jillian den Kopf und winkte einladend, ein Zwinkern in den kalten Steinaugen. Moira ächzte dankbar, als Sova sich in ihr Sichtfeld schob und den Blickkontakt unterbrach.

»Dreck, ich hasse Vokalmagie! Wo ist Fonda?«

»Ist gerade in die Troll Street gebogen.« Sova verzog den Mund. »Schon wieder.«

Benommen richtete Moira sich auf. »Dann schauen wir doch mal, wie viel Ausdauer der Traxifahrer hat.«

-2-

Das Traxi zockelte dreimal kreuz und quer durch die Sub Side. Gelegentlich hielt der Troll, um sein Regencape zu wechseln. Während dieser Stopps schaute Moira fahrig über die Schulter, doch die Monroes waren verschwunden. Nur ihre Stimmen wirbelten durch ihren Kopf, so schön, dass Moira bisweilen verzückt stehen blieb, bis Sova sie weiter piesackte. Erst nach der dritten Runde veränderte das Traxi seine Route völlig. Es war bereits halb acht, als der Troll in den nördlichsten Zipfel der Sub Side schlurfte, nach Oak Hill, wo überwiegend Magier-Familien lebten. Er hielt vor einem bescheidenen Bungalow. Moira und Sova drückten sich an eine Hauswand und lugten vorsichtig um die Ecke.

Der cremefarbene Anzug stieg aus dem Wagen und gab dem Troll Trinkgeld, bevor er hinter der Massivholzhaustür des Bungalows verschwand. Drinnen ging ein Licht an, erlosch jedoch rasch wieder. Das Haus lag da wie verlassen.

»Die Sonne geht bald auf«, stellte Sova fest.

Moira nickte. »Und niemand hält es für nötig, die Rollläden runterzulassen.«

Sie sprachen kaum, während sie darauf warteten, dass die Sonnenstrahlen in die Sub Side krochen. Stattdessen versuchten sie, ihre kalten Finger aufzuwärmen (gelegentlich sank Moira gegen die Hauswand, lauschte den Harmonien in ihrem Kopf und vergaß fast, dass ihre Zehen dabei waren, abzufrieren). Irgendwann pulte Sova sich die Kontaktlinsen heraus und seufzte erleichtert, als frische Luft an ihre geschwollenen, blutunterlaufenen Augen kam. Von dem Gold in ihrer Iris war kaum mehr als ein warmer Schimmer übrig. Als das blasse Morgenlicht endlich hell genug auf den Bungalow fiel, öffnete sich die Haustür. Ein sehr groß geratener lebender Vampir trat heraus, schloss sorgfältig ab und ging seiner Wege.

»Den kenne ich.« Sova blickte dem jungen Mann nach. »Louis de Ville. Das ist einer von Fondas Kurieren.«

»Tja, und scheinbar auch Lakai.« Moira straffte die steifen Schultern. »Wenn Mr. Silberhaar wirklich Fonda ist, sollte mittlerweile die Tagesstarre eingesetzt haben.«

Vorsichtig schlichen sie um das Haus herum. Ein hoher Zaun schützte den Bungalow vor den neugierigen Blicken der Nachbarn, die sich jedoch höchstens darüber mokieren könnten, dass in diesem Garten nichts wuchs. Die wenigen Büsche, die irgendjemand einst gepflanzt hatte, sahen aus, als wären sie nicht erst seit dem letzten Frost tot. Auch auf der Rückseite des Hauses war kein einziges Fenster verrammelt.

»Fühlt sich ja sehr sicher«, murmelte Sova. Bevor Moira nach ihrem Dietrich tasten konnte, streckte die Dämonin ihre Hand nach der Terrassentür aus. Ihr Schatten glitt durch das Glas; gleich darauf schwang die Tür lautlos auf. Ein durchdringender Modergeruch schlug ihnen entgegen – Moder, wie in McGowans Bluthaus, wie wenn ein Untoter dich an sich drückte, bevor er zubiss, die Hand fest an deinem Nacken, unnachgiebige Finger … Diesmal war Moira froh, dass die Sirenengesänge ihre Panik fortspülten. So folgte sie Sova nach drinnen.

Obwohl draußen mittlerweile eine kalte Sonne lachte, drang kein Licht durch die Scheiben. Die Fenster, die von außen so gewöhnlich aussahen, bestanden aus Schweißerglas. Sova tappte ohne zu zögern tiefer in die Düsternis; Moira zog eine winzige Taschenlampe aus ihrem Mantel. Der matte Schein tastete durch einen Raum, der mit viel gutem Willen als Wohnzimmer durchging – die dekadente Sorte. Die Decken waren hoch wie in einem Salon. Ein handgewebter Teppich dämpfte ihre Schritte, auf dem eleganten Marmortisch vor dem Ledersofa stand ein vergessenes Kristallglas, in dem eine rote Flüssigkeit stockte. Die verschlungenen Möbel machten den Eindruck, als hätte man sie aus Versailles gestohlen.

Sova pfiff durch die Zähne. »Der Mann hat wirklich Geld. Oh!« Abrupt blieb sie vor den handgemalten Bildern an der Wand stehen. Auf jedem räkelten sich spärlich bekleidete, überzeichnete Vampire in einer verstörenden Mischung aus Sex und Blutspielen.

»Ich höre nichts«, flüsterte Moira – was natürlich gelogen war. In ihrem Kopf sang alles. Aber abgesehen von dem Sirenengesang hörte sie nichts.

»Ich auch nicht. Hoffen wir, dass der Kerl keine Haushälterin hat, die morgens zum Saubermachen kommt.« Sova schaute sich um. »Wo schlafen wohl Untote?«

»Im Keller?«, schlug Moira vor. Es war ein flacher Witz, doch Sova huschte bereits zu den breiten Stufen, die von der Diele aus nach unten führten.

Die weit geschwungene Treppe hätte eher in ein viktorianisches Herrenhaus gepasst als in diesen unscheinbaren Bungalow. Sova musste sich sichtlich am Riemen reißen, das verschnörkelte Messinggeländer nicht anzufassen. Als sie unten ankam, trieb der penetrante Geruch nach Moder und feuchter Erde Moira die Tränen in die Augen. Die Treppe führte geradewegs in ein weitläufiges Zimmer. In der Mitte ragte etwas Dunkles, Kantiges in die Höhe. Obwohl kein Mucks zu hören war, durchströmte die reine Präsenz des Vampirs die Wände, die Bodenfliesen, die Spiegel, die hier unten wohl auf ewig leer blieben. Die Düsternis verschluckte den matten Schein der Taschenlampe. So stolperte Moira beinahe über den cremefarbenen Anzug, den jemand achtlos auf den Fliesen zurückgelassen hatte. Widerwillig tappte sie vorwärts – und prallte gegen Sova, die abrupt stehenblieb.

»Ist das ein *Bett*?«, hauchte die Dämonin entgeistert.

»Wenn man beide Augen zudrückt«, erwiderte Moira.

Doch in diesem Bett lagen keine Decken und Kissen, sondern Erde. Frische, aufgeschüttete Erde. Und aus dieser Erde ragten im kläglichen Schein der Taschenlampe zwei Fingerknöchel.

»Extravagant.« Moira schlich zu der Kante, an der sie das Kopfende vermutete. »Andere Untote besorgen sich einfach Särge.« Kurzerhand steckte sie sich die Taschenlampe in den Mund und strich vorsichtig ein wenig Erde beiseite. Der Dreck war nicht hoch aufgeschichtet; schon nach wenigen Herzschlägen spürte sie den Widerstand.

Nach kurzem Zögern half Sova ihr, die Erde beiseite zu häufen – so lange, bis eine Stupsnasenspitze zum Vorschein kam, eine ausgeprägte Kieferpartie, eine hohe Stirn und fettiges Silberhaar, in dessen Strähnen nun Erdklumpen klebten.

»Das ist nicht Fonda«, sagte Sova leise.

Moira steckte die Taschenlampe in die Erde und ließ ihr Pendel über der Nase des Untoten schweben. Die Kupferspitze tanzte ein wildes Zickzackmuster über seinem Gesicht. »Seine Mum hat ihm wohl nicht beigebracht, dass man nicht mit Make-up ins Bett geht.« Sorgfältig wischte sie Erdkrümel von seinen Wangenknochen, tastete nach seinen Ohren und zupfte an der Haut.

»Zieh nicht so fest«, zischte Sova, als Moira an der Wange des Untoten zu knibbeln begann. »Das merkt er doch, wenn er aufwacht!«

»Wird er nicht.« Moiras Magen machte einen unangenehmen Schlenker. »Ist schließlich nicht sein Gesicht.«

Behutsam löste sie die Haut von den Wangen, dem Adamsapfel, der Stupsnase, löste die schwülstigen Lippen, das silberne Haar. Sie hatte noch nie ein Zweitgesicht berührt – jetzt wusste sie, warum diese grausigen Masken auf dem Schwarzmarkt so verflucht teuer waren. Kalte Haut, unter der seit geraumer Zeit kein lebendiges Blut mehr geflossen war, Augen, die ins Leere blickten. Wahrscheinlich schwamm der dazugehörige Körper noch immer aufgequollen im Hudson. Mit dem Bedürfnis, sich an Ort und Stelle in die Erdkiste zu übergeben, entfernte Moira das Zweitgesicht vom Kopf des Untoten – und erstarrte.

Sova räusperte sich. »Ich sag's ja nur ungern, aber das ist immer noch nicht Fonda.«

Das sah Moira auch, doch sie brachte keinen Ton hervor. Auf dem Erdkissen lag niemand Geringeres als Greg McGowan.

Moiras Hand schoss zu seinem Gesicht.

»Was machst du denn?«, hauchte Sova entgeistert.

»Sichergehen, dass der Kerl nicht mehrere Zweitgesichter übereinander trägt«, krächzte Moira, während sie hinter die Ohren des Untoten tastete. »Nicht, dass es mir was ausmachen würde, wenn jemand den guten Greg gehäutet hätte.«

Doch dieses Gesicht war echt. Wie betäubt blickte Moira auf McGowan herab. Unter den vollen Lippen zeichneten sich die Fangzähne ab. Ihre Narben ziepten – die am Hals, die zwischen den Schulterblättern, die am linken Unterarm. Sie riefen nach ihrem Schöpfer. *Letzten Endes bist du nur Beute, Liebes,* hatte er zu ihr gesagt, während er sie gegen seinen Schreibtisch drückte. *Nimm es einfach an.* Dann hatte er seine Zähne in ihren Hals gerammt – und der Schmerz hatte eine Ekstase befeuert, bis sie schließlich darum *bettelte*, dass er weitermachte. *Nicht doch,* sagte er sanft. *Wir wollen doch nicht, dass du stirbst.* Am nächsten Tag hatten seine Parteifreunde sie zweimal durch das ganze Haus gejagt und sie wirklich fast totgebissen …

Moira presste die Lippen zusammen. In seiner Tagesstarre sah er aus wie das, was er war: Eine Leiche, die versuchte, die Langeweile des Todes zu vergessen, indem sie sich neue Spiele ausdachte.

»Nicht.« Sovas Hand landete auf ihrem Arm. Erst jetzt bemerkte Moira, dass rohe rote Magie an ihren Fingern knisterte. »Er wird das riechen, wenn er aufwacht.«

»Er wird nicht aufwachen, darum geht's doch.« Moira schüttelte die rote Magie von den Händen und tastete nach dem Gummipflock aus dem Besucher-Set der *Grinsenden Katze.*

»Willst du ernsthaft für so ein Arschloch zur Mörderin werden?«

»Es ist kein Mord, er ist schon tot«, wisperte Moira. »Und mir liegt nicht so viel an meiner weißen Weste, Sonnenschein.«

Ärgerlich stieß Sova die Luft aus. »Okay, dann mach ihn eben kalt – aber warte, bis wir hier fertig sind. Du bist immer noch im Dienst, verstanden?« Trotz der Abendgarderobe wirkte sie nun unverkennbar wie eine dämonische Soldatin. Fahrig strich sie sich das Haar aus der Stirn. »Ich würde das Ganze ja wirklich gerne als katastrophalen Reinfall abhaken – aber wieso war Lola Jean so überzeugt davon, dass das hier Leonard Fonda ist?«

»Das würde mich auch interessieren.« Mühevoll wandte Moira den Blick von McGowan ab. *Er läuft ja nicht weg, Bran. Nachher kannst du es beenden.* »Ich frag mich, ob das hier überhaupt Fondas Haus ist.«

»Na, das lässt sich ja rausfinden.« Mit einem scheelen Blick auf das Zweitgesicht holte Sova zwei Paar Handschuhe aus ihrer Jackentasche. Eines warf sie Moira zu, das andere streifte sie sich selbst über und zog nonchalant die Nachttischschublade auf. »Du hast einen schlechten Einfluss auf mich.«

Moira konzentrierte sich mühsam auf ihre Finger, um die sich der schwarze Stoff locker schmiegte. In ihrem Kopf brandete erneut Musik auf, angefacht durch das Brodeln in ihrem Magen. »Hat die Furis etwa keine Hausdurchsuchungen durchgeführt?«

»Nur mit Durchsuchungsbefehl«, gab Sova zurück, während sie die Schublade durchwühlte und überrascht einen zerlesenen Roman hervorzauberte. »Ein Western? Im Ernst?«

Moira nahm sich die Kommode vor, auf der es, mit Ausnahme der unverschämt großen Kollektion an Haaröl und Pomade, nichts zu sehen gab. Der Kleiderschrank war schon interessanter: In seinem muffig riechenden Inneren, das groß genug war, um als Ankleidezimmer durchzugehen, fand Moira dermaßen unterschiedliche Outfits, als würde sich hier nicht eine, sondern mindestens fünf verschiedene Personen einkleiden. Vom schnieken Geschäftsanzug über altmodische Fracks bis hin zum staubigen Südstaatendress war alles dabei. In einer Schublade über dem Schuhschrank entdeckte Moira auch die passenden Gesichter zu den Anzügen – ein Dutzend Zweitgesichter, säuberlich übereinander gestapelt. Ein schielender Brünetter, ein junger Afroamerikaner … Das Gesicht des ältlichen Mannes mit dem roten Ziegenbart kam Moira vage bekannt vor.

»Wenn das Zeug hier Fonda gehört, ist er vielleicht die ganze Zeit weiter auf den Markt gekommen«, sagte sie über die Schulter. »Inkognito. Vielleicht hat er sich als sein eigener Kurier - Oh scheiße!«

Das Rascheln hinter ihr verstummte. Sovas Schritte kamen näher. »Was ist?«

Moira schluckte, ihre Kehle krampfte. Ihre kalten Finger klammerten sich um das letzte Zweitgesicht. »Ich hab Fonda gefunden.«

-3-

Leonard Fonda war nicht mehr ganz so säuberlich rasiert, der Scheitel nicht mehr ganz so akkurat, die Wangen nicht mehr gar so eingefallen. Im Taschenlampenschein trat seine spitze Nase scharf hervor, das dunkle Haar war etwas länger und fiel ihm über die umschatteten Augen, doch es war unverkennbar der Mann von der alten Fotografie aus dem *Gazette*-Archiv. Vor allem aber hing sein scharf geschnittenes Gesicht nicht mehr an seinem Körper. Moiras Fingerspitzen kribbelten, als sie das Zweitgesicht aufhob. Selbst in dieser Totenmaske zeichneten sich mächtige Fangzähne unter der Oberlippe ab.

Neben ihr stieß Sova die Luft aus. »Das kann nicht sein!« Sie nahm das Zweitgesicht in die Hände, als müsse sie es erst berühren, um zu begreifen, dass es echt war.

»Ich sag's nur ungern, Sonnenschein, aber so was kann man schlecht imitieren.« Matt sank Moira gegen die Schrankwand und wischte die Hände an ihrem Rock ab. Jillian Monroe sang ein leises Requiem in ihrem Schädel – ein hypnotisches Requiem. Sie musste nur hierbleiben, einen Untoten betrauern und warten, dass die Monroes sie fanden …

Fassungslos schüttelte Sova den Kopf. »Wo ist der Rest von ihm?«

»Ich bin nicht sicher, ob ich das wissen will.« Mühsam richtete Moira sich auf. »Die große Frage ist doch: Hat McGowan ihn umgebracht?«

Unisono drehten sie sich um. In dem dunklen Schlafzimmer zeichnete sich das Erdbett nur schemenhaft im Taschenlampenschein ab.

»Mich interessiert gerade viel mehr, seit wann Fonda tot ist.« Mit grimmiger Miene legte Sova das Zweitgesicht zurück. Nun, da der Schock abebbte, war eine abgeklärte Kälte in ihre Züge zurückgekehrt. »Seit acht Wochen vielleicht? Seit zwei Tagen?« Sie stupste Moira an. »Kennst du irgendwen auf eurem Schwarzmarkt, der dir sagen kann, wie alt diese Maske ist?«

Moira prustete unwillkürlich. »So läuft das nicht, Sova. Die Hersteller und Verkäufer machen dich höchstpersönlich kalt, wenn du sie findest und fragst.«

Sie öffneten jede Tür und jede Schublade des Schlafgemachs, klopften die Wände ab, nahmen sich sogar die Lüftungsschlitze der Klimaanlage vor, doch den Körper des echten Leonard Fonda fanden sie nicht. Greg McGowan war die einzige Leiche im Keller.

Schließlich kehrte Moira zur Treppe zurück. »Schauen wir uns oben um. Und zwar zügig. Ich habe noch einen Mord zu begehen.«

-4-

Immerhin gehörte der Bungalow tatsächlich Leonard Fonda – so viel fanden sie heraus. Einige der vergilbten Fotos an der Wohnzimmerwand zeigten Fonda in Begleitung einer schielenden Dame und eines Jungen, der, der starken Ähnlichkeit nach zu urteilen, vielleicht sein Sohn war. Handgeschriebene Briefe, die Sova aus dem Sekretär klaubte und die bis auf 1868 zurückdatiert waren, begannen mit *Lieber Leonard*, auch wenn die maschinengeschriebene Post auf dem Kaffeetisch an einen *Benjamin Pennyworth* adressiert war.

Die Küche machte nicht den Eindruck, als würde jemals in ihr gekocht. Im Kühlschrank stapelten sich Flaschen, die nach Rotwein aussahen, laut Beschriftung allerdings Blut diverser Gruppen enthielten, und einige Gläser mit Herzkirschen-Marmelade (»Wie ich die Untoten einschätze, ist das wirklich Herzgelee«, sagte Moira, woraufhin sie Sova davon abhalten musste, neugierig das Glas aufzuschrauben). Es gab ein zweites Schlafzimmer mit einem richtigen Bett; wenn es nach der weißen Seidenwäsche und den Aktgemälden an den Wänden ging, hatte Fonda es allerdings nicht für seinen Schönheitsschlaf benutzt. Während Sova sich ins Bad vorarbeitete, zog Moira im Büro gähnend Aktenordner um Aktenordner aus dem Regal.

»Der Mann hat sogar seine Steuererklärung pünktlich gemacht«, rief sie in den Flur. Die Worte kratzten in ihrem Hals. »Ich hätte ja drauf gewettet, dass er Geld wäscht oder Steuern hinterzieht, aber …«

Sie fand einen Taschenkalender, in dem Fonda feinsäuberlich Termine eingetragen hatte, inklusive der Verkleidung und des Inkognitos, das er am jeweiligen Abend tragen würde. War viel herumgekommen, der Mann, allerdings nur selten unter seinem richtigen Namen. Auch die Hypnos-Lieferungen waren vermerkt. Bloß … Stirnrunzelnd beugte sich Moira über den Kalender. Mitte September änderte sich die Handschrift. Einige

Termine waren abgesagt und erst Anfang Oktober begannen wieder regelmäßige Einträge. Andere Einträge. Einträge wie: *Lieferanten-Kette 1938 reaktivieren, Echoauge für Harry Lewis, Überweisung Welander-Spende, Eröffnung Schlaflabor, Lieferanten-Koordination FN.*

Moira raufte sich die Haare. Alles, wirklich alles, was sie Fonda zugeschrieben hatte, seit sie Harry Lewis mit dem Echoauge auf dem Traummarkt erwischt hatten, war McGowans Werk gewesen. Aber warum?

Je länger sie durch die Unterlagen blätterte, desto schwerer fiel ihr das Atmen. Der Modergeruch setzte sich in ihren Lungen fest; die Dunkelheit des Hauses schien *lebendig*, kroch ihr in die Augen, machte ihren Kopf schwer und schwindlig. Und die Musik tönte noch immer in ihrem Geist. Es war so leicht, hinzuhören, zu vergessen, wo sie sich befand … Blinzelnd versuchte sie, sich auf die Papiere zu konzentrieren – Rechnungen, Lohnbescheide, Dankesbriefe von erfolgreich behandelten Schlaflaborpatienten. Personallisten der Blutbar-Mitarbeiter. Mehrere abgelehnte Spendengesuche der Faustus-Partei, ja sogar handschriftliche Notizen über den Erwerb von Hypnos bei diversen Traumhändlern – allerdings keiner der Vermissten.

»Hey, Sova, weißt du noch, wann Fonda zwischendurch aufgehört hat, Hypnos bei euch zu bestellen?«

Keine Antwort. Moira hievte sich aus dem Schreibtischstuhl, hielt sich einen Moment an der Tischplatte fest, als das Büro vor ihren Augen verschwamm, und schob die Ordner zurück ins Regal. Schwankend tappte sie durch den Flur ins Badezimmer.

»Sova?«

Moiras Stimme hallte von den Wänden wider. Sova war nicht da. Es gab keine Toilette, dafür jedoch gleich drei Badewannen. Ein Spiegelschrank stand offen, darin türmten sich Tablettenschachteln, vorwiegend Amphetamine (samt Folgerezepten, die bereits abgelaufen waren) und Vitamin D, und ein selbst für Vampire dekadenter Vorrat an Zahnbürsten, Zahnseide und zig verschiedene Sorten Zahnpasta. Daneben eine ebenso üppige Auswahl an Sonnencreme und ein paar Rasierklingen. Moira nahm eine in die Hand. Das Metall lag kühl an ihren behandschuhten Fingern, sauber und desinfiziert. Die Melodien in ihrem Kopf erdrückten alles Denken, färbten die Welt schwarz. Das Nächste, was Moira mitbekam, war der Schmerz in ihrem Handgelenk. Sie blutete. Verstört warf sie das Rasiermesser ins Waschbecken und wich an die Wand zurück, als könnte die Klinge sie anspringen. Aber die Klinge war ja nicht das Problem. *Sie* war das Problem! Vorsichtig drückte sie ihren Schal auf den Schnitt am Handgelenk. Er war nicht tief, aber was zum Teufel *sollte* das überhaupt? Der Gesang in ihrem Kopf hielt inne, um leise zu lachen.

»Reiß dich zusammen«, murmelte sie und beeilte sich, das Blut von den blankgeputzten weißen Fliesen zu wischen. Die beschmutzte Rasierklinge ließ sie in ihre Tasche gleiten; mit bebenden Fingern wickelte sie ihren Schal um den Unterarm. »Sova!«

Erneut keine Antwort. Beunruhigt kehrte Moira ins Wohnzimmer zurück, doch von der Dämonin keine Spur. Die Standuhr zeigte bereits halb zehn. Moiras Gedanken zuckten zu Beryl Emini – der Traumfängerin, die selbst unter Personenschutz entführt worden war. Sie spitzte die Ohren, doch sie hörte nichts – nichts außer dem Singen, aber das war, entschied sie, nur eine verdammte Illusion. Sie konnte genauso gut allein in diesem Haus sein. Mit schwitzenden Händen steckte sie den Kopf in die Küche, die noch immer so ordentlich und katalogtauglich dastand wie zuvor. Sie wagte es nicht, ein drittes Mal zu rufen. Das blutende Handgelenk fest umklammert, schlich Moira erneut die Kellertreppe hinunter. Sie sah nichts, hörte ein leises Scharren. Moira erstarrte. Die Untoten hatten keine Möglichkeit, aus ihrer Tagstarre zu erwachen, richtig? Ihre Kehle zog sich zusammen, als sie sich dem sargähnlichen Bett näherte.

»Irgendwas Interessantes im Büro?«, fragte Sova abwesend.

Moira atmete geräuschvoll aus. »Du hast mir fast einen Herzinfarkt beschert! Was zum Henker machst du da?«

Das Scharren verstummte; dafür glomm das kalte Licht der Taschenlampe durch den Raum. Moira blinzelte – allerdings nicht wegen des Lichts. Erdhaufen verteilten sich auf den Fliesen – und McGowans Körper lag frei. Sova hatte ihn ausgegraben.

»Das räumst du aber wieder auf«, sagte Moira.

»Hilf mir lieber«, brummte Sova. Sie interessierte sich nicht für den Vampir, der noch immer totenstarr in seinem Erdbett ruhte, sondern durchwühlte mit ihren behandschuhten Fingern die Erdhaufen. »Das ist der einzige Ort, an dem wir nicht nachgeschaut haben.« Sie ließ Erde durch ihre langen Finger rieseln. »Wieso riechst du eigentlich nach Blut?«

»Frag nicht«, murmelte Moira und machte sich an die Arbeit. Gemeinsam durchsiebten sie jeden Erdhaufen, doch das einzige Spektakuläre war der verirrte Regenwurm am Fußende. Schließlich warf Sova Moira einen schiefen Blick zu.

»Es gibt einen Bettkasten.«

»Natürlich gibt's den.« Moira seufzte. »Willst du die Füße oder die Schultern?«

Vorsichtig hoben sie McGowan aus dem Bett. Seine Haut war eiskalt und trocken; der Körper eigentümlich leicht, sodass Moira sich fragte, wie er es fertiggebracht hatte, sie immer wieder zu überwältigen und zu beißen. Sein Herz schlug nicht, doch gestohlenes Blut zirkulierte in seinen Adern. Moira packte seinen Kopf ein wenig fester. Nur ein kräftiger Schlag, Schädel gegen Fliesen, und die Welt wäre ein besserer Ort …

»Denk nicht mal dran«, sagte Sova streng. »Wir sind noch nicht fertig.«

»Ich hoffe, der Mann besitzt Kehrblech und Besen«, meinte Moira, während sie den Bettkasten hochstemmte. Erde rieselte ihr ins Gesicht. »Sonst haben wir ein riesiges Problem.«

»Das haben wir sowieso.« Sovas Lippen wurden schmal. »Oben ist jemand.«

-5-

Moira brauchte ein Weilchen, bis sie es durch den Singsang in ihrem Kopf hörte: Über ihnen pochten schwere Schritte. Wenn sie sich anstrengte, vernahm sie leise Stimmen.

»Was machst du?«, flüsterte Moira, als Sova sich über den Bettkasten beugte. »Wir müssen hier weg!«

»Es sind nur zwei, und sie sind im Wohnzimmer.« Sova hob ihre Taschenlampe an. Jemand hatte Wolldecken und Kopfkissen in den Bettkasten gestopft, Pyjamas, einen einäugigen grauen Plüschhasen und eine Spieluhr, die ihre besten Zeiten längst hinter sich hatte. Während Moira angestrengt nach oben lauschte, wühlte Sova in den Deckenlagen und grunzte frustriert. »Nichts! Nicht mal Nachthupferl-Hypnos!«

Über ihnen rumpelte es. Rasch schlossen sie den Bettkasten und hievten McGowan mit vereinten Kräften wieder auf die Matratze. Dann bedeckten sie ihn großflächig mit Erde.

Moira fluchte leise, während sie versuchte, das gröbste Chaos zu beseitigen. »Ich wünschte, ich würde einen von Grandmas Reinemach-Zaubern beherrschen.«

»Das wünsche ich mir gerade auch!« Sova packte ihren Arm. Der Schal war vom Handgelenk gerutscht und enthüllte den Schnitt, der über den Handschuh hinweg ragte. »Was hast du bloß gemacht? Vermisst du die Beißorgien so, dass du dich schon selbst aufschlitzt? Wenn das da oben Vampire sind, riechen die -«

»Ihr habt mich engagiert, weil Fonda sich fast nur unter Magiern aufhält, oder nicht?« Ruppig zog Moira ihren Mantelärmel über die Hand.

Zur Antwort riss sich Sova ihren Schal vom Hals und benutzte ihn als Handfeger, um noch mehr Erde zusammenzuscharren. Moira verteilte die kleinen Berge, die sie auf den Fliesen aufbauschte, über McGowans starrem

Körper. Die knochigen Finger, die aus der Erde hervorgeragt hatten, als sie erstmals heruntergekommen waren, legte sie umsichtig frei – und hielt inne, als die Stimmen lauter wurden. Die Männer hatten die Diele betreten.

»… will da nicht runter, Dick!«

»Für dich immer noch Richard.«

»Ich will da nicht runter, *Richard*! Man geht nicht zu Untoten ins Schlafzimmer!«

»Stell dich nicht so an, meine Güte!«

Schritte auf dem Treppenabsatz. Hastig zog Moira Sova in den Kleiderschrank. Sie schlossen rasch die Tür, drückten jedoch gleich die Ohren dagegen. Große Füße schlurften die Marmortreppe herunter, kurz darauf klickte ein Lichtschalter. Der dünne, gelbe Streifen Helligkeit drang unter der Schranktür hervor; in dem matten Schein wirkten Sovas Augen riesig. Sie kauerten so dicht beieinander, dass Moira ihren Herzschlag hörte.

»Und, sieht es richtig aus?«, fragte Dick gerade.

»Es sieht aus, als hätte der Kerl eine Schlammschlacht gemacht, bevor er McGowan eingebuddelt hat«, schnarrte sein Begleiter. Moira runzelte die Stirn. Sie kannte diese Stimme! »Ich finde es immer noch falsch, dass er hier schläft! Wie lange will er sich noch als Fonda ausgeben?«

»Solange er muss. Heute empfängt er Sponsoren aus dem Hekate, also muss die Maskerade so echt wie möglich aussehen. Und weniger zerstreut als bei der Sirenen-Sache letzte Nacht. Hehe, zerstreut ist ein gutes Stichwort, bei dem Chaos hier!«

Moira zuckte zusammen. Sie hielt sich an Sova fest, um unter ihre Sohlen zu tasten. Ihre Schuhe waren voller Erde! Ihre Kleider ebenfalls!

»Außerdem kommt er so nicht auf leichtsinnige Ideen«, fuhr Dick fort. Ein Schleifen und Scharren ertönte – vermutlich wischte der Kerl gerade mit seinen Quadratlatschen durch das Erdschlachtfeld, das Moira und Sova hinterlassen hatten. »Das kleine Projekt hält ihn beschäftigt.«

»Seine Ideen sind immer noch leichtsinnig genug«, grollte sein Kompagnon. Woher kannte sie bloß diese Stimme? »Wer ist er heute Abend noch mal? Bert van Hyke?«

»Jup. Leg ihm die Sachen raus. Und beeil dich ein bisschen. Ich muss um zehn die neue Lieferung fürs Schlaflabor abholen.«

Nummer zwei stöhnte entnervt, doch die Schritte kamen näher. Lautlos wich Moira in das Gewirr aus Anzügen und Hosen zurück. Der Modergeruch ließ bunte Punkte vor ihren Augen tanzen. Sie duckte sich unter eine Kleiderstange. Auf der anderen Seite des Schranks tat Sova dasselbe. Die Tür öffnete sich. Ein pockennarbiger Mann trat ein – ein Magier mit bleistiftspitzer Nase und tränenden Augen. Merlin aus dem Bluthaus.

Grummelnd begann er, durch Fondas Kleider zu wühlen. Während er gebügelte Hemden, ein Zweitgesicht, Krawatten und Jacketts von den Kleiderstangen zog, hielt Moira sich an Fondas Schalsammlung fest, um nicht umzukippen.

»Hey Merlin«, rief Dick aus dem Schlafzimmer. »Hast du dich wieder beim Rasieren geschnitten?«

Moira stockte der Atem. Sie drückte ihren Unterarm an den Körper, versuchte, mit reiner Willenskraft den Blutgeruch zum Verschwinden zu bringen, doch Dick trat bereits in den Schrank. Es war der Lakai, der Moira aus ihrer Wohnung verschleppt hatte.

»Ich hab nicht mal Bartwuchs, du Ochse«, grollte Merlin. »Hey, Pfoten weg!«

»Aber du riechst … zum Anbeißen.«

Schnell kniff Moira die Augen zu. Sie hörte Merlins Röcheln, den kläglichen Protest, das Schmatzen und Grunzen. Als sie zögerlich blinzelte, setzte ihr Herz für einige Schläge aus. Dick drückte Merlin auf die Kleiderstange auf der anderen Seite – genau dort, wo Sovas Stiefelspitzen unter den Anzügen hervorblitzten. Merlins bleiche Hände schlugen auf Dicks Schultern. Moira presste sich die Faust vor den Mund, doch der Blutgeruch, Untotenmoder und Merlins Ächzen krochen in ihren Geist.

War sie wieder im Bluthaus? Sie sah die Rosentapete vor sich, sämtliche Narben an ihrem Hals pochten. War sie als Nächste an der Reihe?

Reiß dich zusammen, Bran, du bist in der Sub Side! Moira krallte sich an Fondas Schals fest, und an dem Melodiefetzen in ihrem Kopf – *Atmen, Bran, atmen …*

Als Dick sich endlich den Mund abwischte, fluchte Merlin verdrossen. Er war kreidebleich.

»Bringt's dich eigentlich um, vorher zu fragen, du Gurke? Guck dir die Sauerei an!« Er zeigte auf die beschmutzten Hemden, während er die Löcher an seinem Hals zuhielt. »Du bezahlst die Reinigung! Und du hältst den Hals hin, wenn der Boss heute Abend mit einem Mordshunger aufwacht, weil er gleich als Erstes Blut riecht!«

Seine Stimme drang nur dumpf an Moiras Ohr. Ihre Hände bewegten sich, etwas Weiches war darin, dann etwas Hartes, dann nichts mehr. Ihre Lungen kämpften um jeden Atemzug; als Merlin den Schrank hinter sich schloss, schnürte die Dunkelheit ihr die Luft ab. Im Schlafzimmer ging das Licht aus, die Finsternis drückte auf ihre Kehle, ihre Füße traten auf Wolken, und über den Wolken sangen Engel …

»*Vrenoj*!«

Sovas Atem streifte ihr Ohr, der Geruch von Myrrhe, Schwefel und Moder stach in ihre Nase. Plötzlich verschwand der Druck auf ihrer Kehle; ihre Knie machten schmerzhafte Bekanntschaft mit dem Boden.

»Bei Nantey, Galbreth und Morlynn, was ist los mit dir?«, keuchte Sova entsetzt. Ein Streichholz flammte auf, beleuchtete ihre riesigen dunklen Augen.

Moira hustete. Das Atmen ging wieder leichter, doch ihr Hals tat weh. Sie hielt einen von Fondas Schals in den Händen – und hatte keine Ahnung, wie er dorthin gekommen war. Er war zu einer Schlaufe gebunden. Nein, einer Schlinge! Mit offenem Mund betastete Moira ihren Hals. »Was zum … Was soll der Mist?«

»Vielleicht bist du halbtot leichter zu essen«, antwortete Sova leise. Sie saß stocksteif da, ihre Augen glitzerten verdächtig. »Nach der

Nachtschicht haben die Monroes sicher keine Lust, dich durch halb New York zu jagen.«

Hustend rieb sich Moira den Hals. »Ich hasse Sirenen. Sova? Hey!«

Doch Sova rappelte sich bereits auf und stolperte aus dem Schrank, die Treppe hinauf. Moira folgte ihr, allerdings erheblich langsamer. Hinauf, in das finstere Wohnzimmer. Obwohl sie sich bemühte, ruhig zu atmen, zitterte sie weiterhin am ganzen Leib. Sie sah sich selbst von der Deckenlampe baumeln, im Takt zu einer schaurig schönen Melodie, gesummt von hartäugigen Monstern, die sie abknüpften und ihren Gesang unterbrachen, um ihre Zähne in ihr Fleisch zu bohren … Vampire, Sirenen, alles eins … Ihr wurde heiß und kalt zugleich. Sie wankte zu Sova in die Küche, trank Schluck um Schluck aus dem Hahn. Das kalte Wasser klärte ihre Gedanken, doch wenn sie blinzelte, sah sie Rosen auf vergilbter Tapete.

Schließlich drehte sie sich um. Sova stand mit zusammengepressten Lippen vor dem lichtlosen Fenster. Ihre Pupillen schmälerten sich immer weiter, doch noch vor einer Woche hätte sie um diese Zeit längst ausgewachsenen Worn gelitten. »Du bist verflucht blass, Sonnenschein.«

»Wundert's dich?« Sovas Faust traf den Türrahmen. »Diese ganze Nacht, das ganze Zinnober mit den Sirenen und Fonda – für nichts! Wir stehen wieder ganz am Anfang!« Ihre Stimme brach. »Wenn McGowan ein Heidengeld für Hypnos auf dem Markt ausgibt, dann hat er unsere Leute nicht. Schlimmer noch, er hat monatelang Hypnos bezogen, obwohl er auf unserer schwarzen Liste steht. Wir … haben keine Kontrolle darüber, wer unseren Stoff bekommt! Und wenn Lear das hört, macht sie den Markt endgültig dicht und wir … und du … und jetzt auch noch die Sirenen … ich -«

»Tut mir leid«, murmelte Moira. Ihr Herz klopfte dumpf in ihrer Brust, als sie Sova in ihre Arme zog. Ein merkwürdiger Laut entfleuchte der Dämonin, als sie die Umarmung erwiderte. Sie fühlte sich so trügerisch zerbrechlich an, und sie hielt sich an Moira fest, als würden ihre Knie nachgeben, sollte sie loslassen. Vorsichtig strich Moira ihr über das Haar.

Sie roch das Tränensalz, die köstliche Erschöpfung, die bittersüße Angst – der Worn regte sich wie ein schläfriges Raubtier. Moira schluckte den Kloß in ihrer Kehle herunter. Hielt Sova noch ein wenig fester – wusste der Teufel, wer sich hier an wem festhielt – und atmete tief durch.

»Wie sieht's aus, Sova? Hast du dich entschieden?«

21.
ASS IM ÄRMEL, MESSER IM RÜCKEN

-1-

Moiras Worte rissen Sova aus dem düsteren Strudel ihrer Gedanken. Stirnrunzelnd hob sie den Kopf. Ihr Herzschlag nahm an Fahrt auf.

»Wofür entschieden? Was meinst du?«

»Wie es weitergeht«, sagte Moira und schloss die Augen, als ob sie einem weit entfernten Ton lauschte.

Halb erleichtert zog Sova sich zurück und wischte sich mit der Hand über die Wangen. »Erst mal verschwinden wir und sorgen dafür, dass diese Sirenen die Finger von dir lassen.«

»Warum?«

»Warum? Damit du dich nicht auffressen lässt, *vitjka*. Was ist daran so lustig?«, fügte sie hinzu, als Moira leise zu lachen begann.

»Weil mich dieses Jahr alle essen wollen. Wird langsam mein persönlicher Running Gag.«

Sova seufzte erschöpft. »Du brauchst Schlaf. Gehen wir nach Hause.«

»Nach Hause?« Moira hob den Kopf. »Nach Hell's Kitchen?«

»Nach Fort Nook.«

»Ach ja.« Ein winziges Lächeln zupfte an Moiras Mundwinkeln. Unter ihren Sommersprossen wurde sie eine Spur bleicher. Bei Nantey, sie roch köstlich erschöpft, verängstigt, latent wütend … Gleich würde Sova sie gegen die Kühlschranktür drücken, von ihr gilden und alles noch schlimmer machen … Doch der Worn schwieg, obwohl das letzte Gilding einen ganzen Tag zurücklag. Weil eine kleine, dickköpfige Hexe sie zu einer Heilerin geschleift hatte. Sovas Magen zog sich schmerzhaft zusammen. Das hier war so falsch. Alles an den letzten Monaten war so falsch.

»Fort Nook also, okay. Und dann, Sonnenschein? Starten wir dann mit Plan B?«

Sova erstarrte. Moira beobachtete sie bloß mit diesem fürchterlichen Halblächeln auf den Lippen. Blinzelte nicht, sah nicht weg. Dieser Tonfall … Sie meinte nicht irgendeinen Plan B. Sie meinte …

»Seit wann?«, fragte Sova heiser. Über das Was mussten sie nicht mehr reden, so viel war klar.

»Lange genug«, antwortete Moira, die Stimme rau wie ein Reibeisen. Ihre Brust hob und senkte sich rasch. »Also, Sova, hast du dich entschieden? Bin ich nach dieser Pleite noch *nützlich* genug oder tauge ich nur noch als Versuchskaninchen?«

Nun war es Sova, die die Hexe an den Armen fasste. Ihr Herz pochte so schnell, dass ihr übel wurde. »Moira, hör zu, ich … Du verstehst das nicht, ich -«

»Oh, doch, ich verstehe, glaube ich, ganz gut.« Moira schüttelte ihre Hände so vorsichtig ab, als fürchte sie, sie kaputtzumachen, und zog eine Zigarette aus ihrer Manteltasche. Dann fiel ihr offenbar ein, dass Rauchspuren in McGowans Küche nicht besonders weise waren. »Du hast mich im Bluthaus gesehen, zugedröhnt mit Hypnos, und gedacht: Das ist die ideale Nachfolge für Gabriel Black. Sie ist seit Monaten hier, also vermisst sie niemand.« Sie sprach mit verstörend ruhiger Stimme. Kalt. »Und wenn ihr bei unseren Experimenten etwas zustößt, wird es auch niemandem auffallen. Nicht wahr?«

»Nein, so war das nicht!« Sova schüttelte den Kopf, doch als Moira stumm die Brauen hob, warf sie die Hände in die Luft. »Wir haben dich gesucht, verstehst du? Wir wollten deine Hilfe für die Ermittlungen. Ich hab es für eine absurde Idee gehalten – hab gesagt, du hilfst uns nie, nach allem, was im Frühjahr vorgefallen ist – nach allem, was ich verbockt habe – aber Lear ist dabei geblieben. Was denkst du, warum Aleph dich wochenlang beschattet hat? Er hat auf den richtigen Moment gewartet. Bloß, als der richtige Moment kam, warst du verschwunden. Also haben wir dich gesucht.« Sie schluckte hart. »Und als ich dich in McGowans Bluthaus fand, vollgepumpt mit Hypnos …«

»… kam dir eine andere Idee?« Moira verschränkte die Arme. Sie hatte offensichtlich genug Zeit gehabt, sich mit den Fakten zu arrangieren, doch nun glitzerten ihre Augen. »Projekt Black?«

»Ja.« Sova presste die Lippen aufeinander. »Es war meine Schuld, okay? Ich hab das Konzil auf diese beschissene Idee gebracht. Es war so unwahrscheinlich, dass wir je wieder jemanden finden wie Gabriel Black – *vrenoj*, wir *wollten* auch nie wieder jemanden finden wie Black, aber -«

»Ist schon gut, Sonnenschein, bleib ruhig.« Schwankend lehnte sich Moira an die Arbeitsplatte. Eine dürre kleine Halbhexe mit Narben und Druckstellen am Hals und Sirenenstimmen im Kopf. *Deine Schuld, Sova, Glückwunsch.* »Ich hätte es in deiner Situation wahrscheinlich genauso gemacht. Vielleicht hätte ich mir die eine oder andere Heuchelei gespart, aber -«

»Heuchelei?«

»*Bleiben Sie sauber,* vitjka. *Erpressen und bedrohen Sie ausnahmsweise niemanden*«, äffte sie Sovas Stimme nach, ehe sie abwinkte. »Aber das ist jetzt auch egal. Wichtig ist eher, was du als Nächstes vorhast.« Ihre Brauen wanderten in die Höhe. »Ob du weiterhin gegen deinen Plan B bist, oder …«

Fluchend wischte sich Sova über die Stirn. Ihr war entschieden übel. Ihr Kopf war so leer. »Du hast das Gespräch gehört! Du kennst meine Meinung. Ich bereue es so sehr, dass ich vor dem Konzil überhaupt wieder mit diesem Projekt angekommen bin …«

»Ich weiß.« Moira schluckte. Etwas Warmes flackerte in ihren Augen. Sie streckte die Hand nach Sova aus, und unter ihrer leichten Berührung atmete Sova leise durch. »Was meinst du, hat Hector den Rest des Konzils inzwischen um den Finger gewickelt?«

Sova presste die Lippen aufeinander. »Nein, glaube ich nicht. Wie's aussieht, wenn wir mit unseren Neuigkeiten nach Hause kommen, kann ich allerdings nicht sagen.«

Moira nickte knapp. »Das dachte ich mir fast.« Zögerlich trat sie einen Schritt zurück. Das Flackern in ihren Augen erlosch. »Hör zu, ich weiß, du hast versucht, das Konzil umzustimmen. Aber wenn wir zurückgehen und sagen, dass wir noch weniger haben als vor Weihnachten, dann … Ich lasse mich nicht von denen umbringen.«

»Die wollen dich nicht umbringen«, sagte Sova leise. »Darum geht's doch.«

»Aber das Risiko nehmen sie gerne in Kauf.« Moira schluckte. »Ich will den Worn auch loswerden, so ist es ja nicht. Und die rote Magie – solange ich wie eine tickende Zeitbombe durch die Gegend laufe, kann ich nicht in die Sub Side zurück. Nicht auf lange Sicht. Aber die Sache ist doch die: Das Beispiel Gabriel Black zeigt, dass ich eher mein Leben loswerde als den Worn.« Sie griff in ihre Handtasche und zog ein Blatt hervor. »Ich will das nicht.«

»Ich will das auch nicht, Moira! Und es tut mir leid, ich hätte dieses Projekt nie aufbringen dürfen, aber -«

»Ich will nicht auf dieses Mittel zurückgreifen«, sagte Moira laut, »aber vielleicht braucht das Konzil eine kleine Entscheidungshilfe.«

Sie reichte Sova das Papier.

Genauso gut hätte die Hexe ihr in die Magengrube treten können.

-2-

Es war ein Zeitungsartikel – oder zumindest ein Entwurf.

Wahrer urbaner Mythos: Traumhändler am Battery Park. Dämonisches Geschäft mit Träumen floriert. / Untotes Publikum begeistert. / Mehrere Magier stark beeinträchtigt durch Metadrogen. Eine Reportage.

Darauf folgte ein dreispaltiger Text voller präziser Beobachtungen, Ortsangaben und Personenbeschreibungen, gespickt mit Moiras feiner Ironie und gestohlenen Bewegtbildern aus den Echoaugen. Es war ein guter Artikel. Die Sorte, wegen der Sova ihr im April das Hirn durchgeschüttelt hatte. Die Sorte, die jeden Kureter nach Jahren der Ruhe wieder auf Dämonen scharf machen würde. Die Sorte, die Fort Nook zerstören konnte.

Die Schreibmaschinenlettern verschwammen vor Sovas Augen. »Das hast du nicht!«, flüsterte sie. »Das hast du nicht gemacht!«

»Sieh es als eine Art Lebensversicherung«, erwiderte Moira. Ihre Stimme blieb vollkommen ruhig, doch ihre Hand zitterte.

Sova packte das Papier fester, sammelte rohe rote Energie. Als das Blatt zu kokeln begann, schüttelte Moira den Kopf.

»Spar dir die Kraft, das ist ein Entwurf von zehn«, sagte Moira. »Die anderen neun liegen bei Kontakten von mir. Wenn sie länger als zwei Tage nichts von mir hören, gehen sie an die *Paranormal Gazette*, den *Scrying Mirror*, die *Sub Side Mail* und die Kureterzentrale.«

»Du bluffst!«

Zur Antwort lächelte Moira. Es wirkte wie eine Grimasse. »Ich kann mir keine Bluffs mehr leisten, Sonnenschein. Immerhin trete ich gegen Dämonen an.«

Sovas Atem ging nur noch flach. Bunte Punkte tanzten vor ihren Augen. »Du weißt, was das bedeutet, ja? Für uns alle – für Luas, für Ami, für -«

»Für dich? Ja, ist mir klar.« Moira blinzelte rasch, doch Sova hatte das Glitzern in ihren Augen bereits gesehen. »Kein Kunde wird sich mehr auf dem Markt blicken lassen, Kureter werden nach den Nooks suchen, und nach jedem Gesicht, das sie im Bildmaterial finden. In spätestens zwei Wochen wird es sein, als hätte es euch und den Traummarkt nie gegeben.« Mit jedem Wort sprach sie leiser – ein subtiler Versuch, zu verstecken, dass ihre Stimme bebte und kurz davor war, zu brechen. Sova hörte es trotzdem. »Wenn's nach mir geht, wird dieser Artikel nie veröffentlicht. Aber die Entscheidung liegt bei euch.«

Ungläubig blickte Sova auf das Papier hinab und wieder in Moiras bleiches Gesicht. »Warum? Warum tust du das? Du hast selbst gesagt, dass du dich bei uns sicherer fühlst als in deiner eigenen Wohnung.«

»Wir sagen doch alle gelegentlich unüberlegte Sachen«, wisperte Moira.

»Wieso?«, stieß Sova hervor. Die Worte stachen so sehr, dass sie kaum mehr atmen konnte. »Weil man Dämonen nicht trauen kann?«

»Nein.« Ein wackeliges Zittern huschte über Moiras Lippen. Ihre Stimme brach endgültig. »Weil ihr Hexen nicht trauen könnt. *Mir*. Das Konzil hat mich als potenzielle Bedrohung eingestuft, seit ich von euch erfahren habe, und ich war leichtsinnig genug, das zu vergessen.« Selbst, als sie es aussprach, wirkte sie halbwegs überrascht. »Du tust alles, um den Markt zu beschützen, Sova. Weil die Nooks dein Zuhause sind und weil du alles tun würdest, um es zu behalten.« Sie atmete tief durch – es klang wie ein Schniefen. »Was ist aktuell die akuteste Bedrohung für den Markt? Der Fluch? Der Entführer? Oder der Artikel?«

»Du willst das doch selbst nicht, Moira«, platzte es aus Sova heraus. »Schau dich doch an! Du zitterst, du kriegst die Worte kaum heraus, ohne loszuheulen -«

»Dass ich es nicht will, bedeutet noch lange nicht, dass ich es nicht mache«, flüsterte Moira. »Ich wollte auch nicht für euch arbeiten. Es war bloß das kleinere Übel – am Anfang.« Sie zuckte mit den Schultern. »Aber wir entwickeln uns alle weiter, nicht? Erfahren Dinge, ändern Meinungen … Ich meine, wann kam denn deine große Abkehr von Projekt Black? War das bevor oder nachdem ich dich zu Tanaka-sensei gebracht habe, damit sie den Emon aus dir rausoperiert?«

Ihre Worte trafen Sova wie ein sauber geführter Fausthieb. So dauerte es, bis sie den Tonfall einordnen konnte. Unter der aufgesetzten Ruhe klang die Hexe … verletzt. »Lange vorher«, sagte Sova heiser. Worte sprinteten auf ihre Zunge, bekamen auf halber Strecke kalte Füße und traten schleunigst den Rückzug an, als ihr Blick erneut auf den Artikel fiel. Der bloße Anblick schmerzte, entfachte ein Feuer der Angst in ihrem Magen. »Als du die Echoaugen auf dem Markt entdeckt hast.«

»Aha.« Moira verschränkte die Arme. »Als ich bewiesen habe, dass ich anders *nützlich* sein kann als in Experimenten.«

Sova lachte leise, ein bitteres, grimmiges Lachen, das bei ihren Mitinsassen in den Tombs kalte Schauer ausgelöst hatte. »Nach dem Bluthaus warst du nicht gerade die perfekte Kandidatin, um unsere Leute zurückzubringen, *vitjka*, sorry! Aber für Projekt Black warst du perfekt!« Die Worte widerten Sova an, noch während sie ihr von der Zunge rollten. »Ich war naiv und zu optimistisch, das ist mir klar, aber … aber was, wenn die Mediks den Worn aus dir entfernen könnten, ohne dass dir etwas zustößt? Was, wenn sie damit eine Lösung für uns alle finden? Das waren damals meine Gedanken, und das Konzil hat sie sich leider gemerkt.«

»Das sind verdammt große Wenns. Und es ist mein Leben, mit dem ihr dabei spielt.« Moira ruckte mit dem Kopf, als müsse sie erneut die Sirenengesänge verscheuchen, und schürzte die Lippen. »Schlag ihnen doch mal vor, einfach Freiwillige zu suchen.« Ihre Stimme nahm einen beißenden Spott an. »Ihr habt so viele Leute im Worn-Endstadium, die ohnehin bald das Emonium erwartet. Wäre doch die ideale Lösung: Ein paar Mäuler weniger zu stopfen, mehr Gilding für alle, die stark genug sind!«

»Das ist widerlich!«, knurrte Sova.

»Keinen Deut widerlicher als das, was das Konzil mit mir anstellt, wenn ich zurück in die Nooks gehe!« Endlich, endlich fiel die ruhige Maske. Ruppig wischte Moira sich über die Augen. »Nenn das Kind wenigstens beim Namen, wenn du etwas wie Projekt Black aufziehst! Ich glaube, Mink sprach von Tierversuchen.«

»Ja, verdammt, es ist widerlich!« Sova knallte die Hand flach auf die Arbeitsplatte. Tränen rannen über ihre Wangen, doch mittlerweile war es ihr gleich. »Projekt Black ist zum Kotzen, Moira, was glaubst du, warum Lear sich so energisch dagegengestellt hat? Aber dank diesem Fluch sind unsere Entscheidungen immer hässlich! Die Alternative ist Worn und ein Leben als Parasit! Willst du noch einen O-Ton für deinen Artikel? Hier, bitteschön: Der Markt kommt zuerst. Weil er uns das erspart. Weil er uns ein kleines bisschen Würde zurückgibt. Deswegen beschützen wir ihn, deshalb treffen wir hässliche Entscheidungen. Deswegen sieht es von Weitem so viel einfacher aus, an neugierigen Hexen zu experimentieren, als an unseren eigenen Leuten.« Sie schniefte. »Aber das hier ist kein *wir gegen dich.* Worn *macht* dich zu einem von uns. Also …« Sie hob den Artikel auf. »Also lass das hier bleiben! Du schießt dir ins eigene Bein. Du schießt gegen dich selbst.«

Für einen Augenblick blinzelte Moira sie an, als hätte Sova sie geohrfeigt. Erschöpft senkte sie den Kopf. »Dann bedeutet Projekt Black nur, dass ihr doch anfangt, an euren eigenen Leuten zu doktern. Und wenn das so ist, warum dann an mir? Warum nicht an sonst wem?«

»Moira -«

»Was erwartest du denn von mir? Dass ich mitkomme? Mich sezieren lasse wie ein Stück Fleisch, in der Hoffnung, dass mich diese Experimente nicht umbringen?«

»Nein.« Müde wischte sich Sova über die feuchten Wangen. »Von dir erwarte ich nur, dass du das hier nicht durchziehst.« Sie zeigte mit dem Artikel auf die Hexe. »Bitte. Ich versuche, wieder geradezubiegen, was ich versaut habe, verstehst du? Ich habe dem Konzil den Mist von Projekt

Black in den Kopf gesetzt; jetzt versuche ich, es wieder in Ordnung zu bringen. Sag mir, dass das kein Fehler war.« Verbittert fasste Sova das Papier fester. »Einer Hexe zu vertrauen. Zu versuchen, dir zu helfen. *Wirklich* zu helfen.«

»Helfen, ah, okay.« Moira lachte leise, doch nichts an dem Laut klang amüsiert. »Erklär mir noch eine Sache, Sova. Du hast bei diesem Treffen getönt, dass du mir reinen Wein einschenkst, wenn das Konzil es nicht tut. Ich habe die ganze Woche …« Sie brach ab, biss sich auf die Unterlippe, rieb sich das Kinn. »Du hast nichts gesagt. Warum nicht?«

»Weil ich nicht wollte, dass du mich hasst, okay?« Sova brachte es nicht über sich, sie dabei anzuschauen, doch schließlich gab sie ihr eindringliches Studium von Fondas Küchenfliesen auf. »Wieder. Ich … dachte, ich könnte es geradebiegen, ohne dass du wissen musst, dass …«

Den Rest des Satzes bekam sie nicht mehr über die Lippen. Vielleicht war es auch nicht nötig, denn Moira machte von sich aus einen Schritt auf sie zu.

»Willst du das denn immer noch, Sonnenschein? Nach der Pleite von heute Nacht? Mit dem Wissen, dass ihr alternativ eure Experimente starten könntet? Hast du dich entschieden?«

»Ich will es noch immer.« Sova schluckte. Ihr Blick klebte an den Lettern des Artikels. »Aber wie soll ich dich verteidigen, wenn du alles bedrohst, was mir auch nur ansatzweise wichtig ist? Bitte, Moira. Zieh diesen Artikel zurück. Wir finden eine andere Lösung. Eine bessere. Für alle Beteiligten. Eine, bei der dir nichts zustößt – und uns auch nicht.«

»Es gibt nur eine gute Lösung für alle Beteiligten, Liebes«, erwiderte Moira. Mittlerweile wirkte sie verdammt wackelig auf den Beinen. »Und die Lösung heißt: Projekt Black stirbt. Aber wie gesagt: Das ist eure Entscheidung.« Damit zupfte sie Sova den Artikel aus der Hand und wankte zur Terrassentür.

»Moira, warte!« Sova stolperte hinterher. Moira stand bereits mit einem Fuß im Garten; Sova sprang ihr in den Weg und fasste sie am Arm. »Du darfst diesen Artikel nicht veröffentlichen!«

Moira stand stocksteif vor ihr, betrachtete scheel Sovas Hand. »Willst du die Sache vom April wiederholen?« Ihre Lider flatterten; sie schwankte ein wenig, und obwohl sie versuchte, Sova herausfordernd anzuschauen, wirkte sie nur noch müde.

»Nein.« Sofort ließ Sova sie los. »Nein, das will ich nicht. Aber wenn du die Sache durchziehst, muss ich dir wehtun, Moira, ob ich will oder nicht, und dir ist genug wehgetan worden. Und uns auch. Es reicht. Bitte, Moira, du darfst diesen Artikel nicht veröffentlichen, du darfst nicht!«

»Wie gesagt, das liegt ganz bei euch.« Moira wandte sich zum Gehen. Ihre Augen waren glasig, wie betrunken von der plötzlichen Frischluft, und sie roch so kräftig nach Salz, als hätten die Sirenen ein Aquarium über ihr ausgekippt. Sie stolperte, stützte sich ab und zu an der Hecke ab, die zu schnell nachgab.

Wie betäubt blieb Sova auf der Schwelle zu Leonard Fondas Haus stehen. Tränen schnürten ihr die Kehle zu, während sie Moira nachblickte. Die Stimmen in ihrem Kopf lieferten sich ein erbittertes Gefecht. *Lass sie gehen. Wenn sie dir irgendwie wichtig ist, lass sie gehen, das hat sie verdient. Aber wenn sie jetzt geht, sind wir am Arsch! Wenn sie den Artikel druckt, sind wir sowas von am Arsch – jetzt kannst du sie erst recht nicht gehen lassen! Wir finden eine andere Lösung für den Fluch. Vielleicht kannst du das hier kitten – du willst nicht allen Ernstes eine Freundin opfern! Aber was für eine Freundin schreibt einen solchen Artikel? Der Markt kommt zuerst. Wir haben so viel verloren. Wir können nicht noch mehr verlieren!*

Aber eigentlich war es ganz einfach. Eigentlich gab es nichts zu überlegen.

Totes Laub raschelte unter ihren Stiefeln, als sie Moira durch den Garten folgte. Im Gehen wischte sie sich mehr Vipernatron auf den Hals.

»Moira, warte!«

»Fass mich nicht an!« Moira wich ihr aus, so unkoordiniert, dass sie rücklings in die Hecke taumelte.

»Vorsicht, du tust dir noch weh!« Sova streckte ihr die Hand entgegen. Moira ergriff sie nicht, blickte nur schwer atmend zu ihr auf.

»Was denn, willst du die Sache hier und jetzt regeln?«

»Kann man so sagen«, antwortete Sova mit einem sanften Lächeln. »Weißt du, *vitjka*, nur so als Tipp für die Zukunft, von Profi zu Profi: Man nimmt dir deine Drohungen viel eher ab, wenn du dabei nicht anfängst zu heulen.«

Damit bückte sie sich und packte die Hexe.

22.
PLAN C

-1-

Moira lauschte den Wellen, die am Hafen von Galway zerschellten, während sie mit ihren Eltern und Rory am Ufer entlangtapste und die Boote beobachtete. Möwen kreischten über ihnen, die Luft schmeckte nach Meer und feuchtem Gras und Algen. Ihre Füße rutschten auf dem regennassen Grund. Mum zog sie immer wieder an der Schulter zurück, damit sie nicht ins Wasser fiel. Und dann beugte sie sich doch zu weit vor – ein albernes Spiel mit Rory, wer die Nase dichter ans Wasser recken konnte – und stürzte mit einem lauten Platschen in die eisigen Wellen. Sie wollte das Wasser treten, rudern, aber sie konnte die Arme nicht bewegen. Sie konnte sich *überhaupt* nicht bewegen! Die Wellen murmelten dumpf in ihrem Ohr. Nein, keine Wellen. Stimmen. Viele, viele Stimmen.

Benommen blinzelte Moira. Der Sonnenuntergang tauchte den Traummarkt in warmes Licht. Bunte Tücher schmückten die Stände und Buden, Wunderkerzen regneten Funken auf den Schneematsch. Die ersten Kunden (lebende Vampire) tröpfelten herein und orderten an Rheas Getränkerondell Cocktails, um die Silvesternacht einzuläuten. Und gleich vor Moira … gleich vor ihr glommen zahllose Goldschlierenaugen. Zwei Dutzend Averna saßen direkt vor ihr, in einem Halbkreis vor der Bühne – Martin Silver, Aleph Taur, Mrs. Gill, Miss Alrakis – und keiner von ihnen wirkte amüsiert. Sie alle hielten Blätter in den Händen – Kopien von ihrem Artikel.

Erneut ruckte Moira mit den Armen, doch man hatte sie sorgfältig an ihren Stuhl gefesselt.

»Ah, sie ist wach.« Die ernste Stimme von Theresa Lear drang an Moiras Ohr. Sie musste irgendwo hinter Moira stehen. »Dann wollen wir doch mal hören, was die Hexe selbst dazu zu sagen hat. Sova, wärst du so nett?«

Moira drehte den Kopf. Als Sova sich mit ausdrucksloser Miene zu ihr herunterbeugte, um ihre Handfesseln zu lösen, ruckte Moira mit den Schultern, dass ihr Stuhl einen halben Meter zur Seite rutschte. »Fahr zur Hölle, Sonnenschein!«

»Halt deine Zunge ein bisschen im Zaum«, murmelte Sova, während sie erstaunlich sanft die Stricke an ihren Handgelenken entknotete. »Sonst funktioniert das hier nicht.«

»Täte mir furchtbar leid, deinen Plan zu ruinieren!«

Statt zu antworten, blickte Sova ihr bloß in die Augen. Für einen kurzen Moment sah Moira ihre rosarote Aura, spürte das Kribbeln unter dem Schädel.

»Raus aus meinem Kopf!«

»Sie ist wieder in Ordnung, denke ich«, sagte Sova laut. »Zumindest wird sie wohl nicht noch mal versuchen, sich vor ein Taxi zu werfen.«

»Meinetwegen kann sie sich im Hudson ersäufen«, fauchte Martin Silver und zerknüllte den Artikel in der Faust. »Haben Sie das hier geschrieben, während Sie Alyss suchen sollten, Missy?«

»Sie haben gesagt, Sie suchen meine Daphne!«, hauchte ein alter Mann. Mr. Archer, wenn Moira sich recht erinnerte.

Erst jetzt begriff sie die merkwürdige Kombination der Leute, die man vor ihr platziert hatte. Nicht das Konzil. Nicht die besten Fänger – sondern die Angehörigen der Vermissten.

»Habe ich auch«, sagte sie – und hustete. Ihre Zunge war trocken, als wäre etwas Pelziges darauf verreckt, und jeder Laut wehrte sich, durch ihre Kehle gequetscht zu werden. »Bis heute früh. Aber das Marktkonzil hat scheinbar beschlossen, die Ermittlungen einzustellen.«

»Unter den gegebenen Umständen können wir Sie ja auch kaum draußen herumlaufen lassen«, schnarrte Hector Sagittar. Er stand zu ihrer Linken, in eine nachtblaue Robe gehüllt, die schartigen Hörner freigelegt, als wäre er des Teufels Anwalt. »Und ich frage mich ebenfalls, wann Sie dieses pulitzerverdächtige Machwerk fabriziert haben, wo Sie doch ach so emsig mit den Ermittlungen beschäftigt waren.«

»Man fährt viel Bahn«, antwortete Moira. Ihr Schädel pochte. »Ich nehme an, Miss Skorpin hat Sie bereits vollumfänglich über meine Beweggründe aufgeklärt?«

Sova zuckte zusammen, als wäre ihr Nachname eine Backpfeife.

»Dieses Geschmiere erfordert nicht viel Erklärung«, raunzte ein bulliger Dämon mit feuerrotem Haar. »Was machen wir jetzt mit ihr?«

»Essen«, murmelte Mink, die mit Brod Strider und drei weiteren Mitgliedern der Wache hinter den Angehörigen Spalier stand. Sie klang nicht, als mache sie Witze.

»Wir verbrennen den Artikel und fertig«, knurrte Aleph Taur, der stocksteif zwischen den übrigen Angehörigen saß. Er strafte Moira mit einem enttäuschten Blick.

»Wir wollen auch nicht vergessen«, sagte Sagittar laut, »dass Sie beträchtliche Schulden bei uns haben, Miss Bran. Da Sie sie mit den Ermittlungen nicht abarbeiten können, schlägt das Konzil vor, dass Sie sich stattdessen im medizinischen Bereich nützlich machen.« Er drehte sich zu den Angehörigen um. »Wie sich herausstellte, hat die gute Miss Bran dieselben Voraussetzungen wie unser verblichener Freund Mr. Black. Das Marktkonzil hat beinahe geschlossen für Projekt Black gestimmt; allerdings sind wir der Meinung, dass ihr, als Angehörige, ein Mitspracherecht habt.«

Aufgeregtes Gemurmel entbrannte unter den Angehörigen.

»Projekt Black ist okay für mich«, sagte der bullige Rotschopf, den Moira als Mr. Pix kennengelernt hatte. »Mein Sohn ist verschwunden und meine Herzperson steht kurz vorm Emonium! Wenn es uns hilft, den Fluch zu brechen, nur zu!«

»Wir wissen nicht, ob sie die Experimente lange genug durchsteht, bis brauchbare Ergebnisse dabei rumkommen«, bellte Taur. »Im Zweifelsfall sind wir weiterhin verflucht und haben *noch* eine Hexe auf dem Gewissen! Nicht mit mir!«

Lear trat vor. »Ich möchte, dass ihr euch über die Konsequenzen im Klaren seid«, sagte sie vernehmlich. »Wenn wir Miss Bran auf diese Art ihre Schulden … *abarbeiten* lassen, wenn ihr es so nennen wollt, sinken die Chancen, eure Angehörigen zu finden, gegen null. Wir haben sie nur eingestellt, weil wir mit unserer Weisheit am Ende waren.«

»Und ihr solltet alle Gesichtspunkte kennen, bevor ihr abstimmt«, schaltete sich Sova ein. Lear schenkte ihr einen mahnenden Blick. Sova ignorierte ihn und straffte die Schultern. »Die Hexe hat den Artikel nicht nur geschrieben – was schlimm genug ist – sondern auch an diverse Kontakte in der Sub Side geschickt. Kontakte, an die wir selbst mit Will Nikulas Hilfe nicht herankommen. Wenn sie sich einen Tag lang nicht bei ihren Kontakten zurückmeldet, geht der Artikel an die großen Zeitungen der Sub Side und an die Kureterzentrale.«

Während sich empörtes Gemurmel unter den Dämonen breitmachte, runzelte Moira die Stirn. Sie hatte Sova gesagt, wenn sie sich zwei Tage nicht meldete. Zwei, nicht einen.

»Ihr könnt euch ausmalen, was das bedeutet, wenn die Hexe bei den Versuchen stirbt«, fuhr Sova fort. »Dann wird's hier hässlich.«

»Sie kann sich vom Hospiz aus melden«, erwiderte Martin Silver eisig. »Wir haben ein Telefon.«

»Und wenn sie nicht mehr lebt, behelfen wir uns eben mit Echozungen.« Eine zierliche Dame mit hüftlangem schwarzen Wallehaar nickte. »Ich mag den Plan.«

»Ja?« Sova verschränkte die Arme. »Wirklich? Meinst du nicht, die Kontakte werden irgendwann misstrauisch, wenn eine Echozunge immer wieder denselben Wortlaut abspult? Wenn sie diesen Artikel vor der Nase haben?«

Die Dämonen tauschten verunsicherte Blicke.

Martin Silver jedoch spuckte auf die Erde. »Du willst dich von einer Hexe erpressen lassen?«

»Ich will vor allem den Markt schützen«, gab Sova zurück. »Und ich hab kein Problem, der Hexe dafür noch mal das Kleinhirn durchzurühren, damit sie vergisst, dass sie je hier war.«

»Also willst du sie einfach gehen lassen?«, fragte Mr. Pix unzufrieden und hielt den Artikel hoch. »Nach dieser Aktion?«

Weitere Angehörige protestieren. Da übertönte ein gellender Schrei das Gemurre. Verdattert drehten die Dämonen sich um. Moira kam auf die Füße – und sah gerade noch, wie Rhea an ihrem Rondell einen der vampirischen Kunden von Ami fortzog, die schimpfend die Hand auf ihren Hals presste. Blut sickerte unter ihren Fingern hervor.

»Bei Nantey und Morpheus, drehen heute eigentlich alle durch?«, fluchte Taur und flitzte mit erstaunlicher Geschwindigkeit hinüber. Die Marktwache zockelte hinterher, um sich um den Übeltäter zu kümmern.

»Silvester macht alle wuschig«, brummte Sagittar und wischte sich das schlohweiße Haar aus den Augen. »Also, wenn ihr dann -«

»*Vrenoj*!« Mit starrem Kiefer trat Lear an den Rand der Bühne. Ihr Blick zuckte quer über den Markt. Soeben krabbelte eine bullige Vampirin, von der Moira sicher war, sie am Vorabend in der *Grinsenden Katze* gesehen zu haben, über Robin Woods Tresen. Auf der anderen Seite des Platzes stürzte sich ein Untoter mit beeindruckenden Hauern auf Meister Virgo, und Will Nikula tat sein Bestes, ein Vampirquartett von Tori Vega fernzuhalten, die keifend ihre Waren verteidigte. Alarmiert sprang Lear von der Bühne; Sova, Sagittar und die übrigen Angehörigen eilten hinterdrein, um der Marktwache zu helfen, die randalierenden Vampire in den Griff zu bekommen.

Niemand achtete auf Moira. So humpelte sie fort von dem Stuhlkreis an der Bühne, hin zum U-Bahn-Aufgang. Jeder Schritt schmerzte, als hätte *sie* sich geprügelt. Ihre Oberschenkel protestierten gegen jeden Schritt; am Ellbogen pochte eine Prellung. Was zum Teufel hatte Sova mit ihr angestellt? *Vermutlich musste sie mich mit Gewalt auf den Markt zurückschleifen*, dachte sie grimmig. Doch in ihrer Erinnerung klaffte eine Lücke. An den Stufen zur U-Bahn zögerte sie – und zuckte zusammen, als jemand sie am Arm berührte.

Im Fackelschein schimmerten die schlängelnden Medusa-Zöpfe auf Amis Kopf. Das Mädchen presste sich noch immer die Hand auf den blutenden Hals.

»Bastarde«, murmelte Moira und reichte ihr ein Taschentuch. »Geht's dir gut, Liebes?«

Ami ignorierte das Taschentuch, starrte sie bloß mit großen Augen an. »Wo willst du denn hin? Alle waren ganz aufgeregt, als ihr heute Morgen zurückkamt, du sahst aus wie der lebendige Tod – was ist denn überhaupt los?«

»Das kann dir Sova sicher besser erklären als ich.« Moira schluckte. »Trink ein Eisenpräparat oder drei. Und drück deinen Bruder von mir, okay?«

Ami biss sich auf die Unterlippe. »Du kommst aber noch mal wieder, ja?«

Zu ihrer eigenen Überraschung, trotz allem, bildete sich ein Kloß in Moiras Hals. Statt zu antworten, nahm sie Ami in den Arm. »Mach immer schön deine Hausaufgaben. Und hör nicht auf, zu zeichnen, okay? Deine Comics sind super.«

Hastig wandte sie sich ab. Mit Amis Protest im Ohr eilte sie die Stufen hinunter.

-2-

Moira hatte die Hälfte der Treppe hinter sich gebracht, als Füße leise an ihr vorbeitrappelten. Jemand rempelte sie an, dass sie beinahe hinabstürzte. Ächzend hielt sie sich am Geländer fest, riss den Kopf hoch – und erstarrte. Zwei vermummte Gestalten hievten Rhea die Treppe hinunter. Ehe Moira den Mund öffnen konnte, klapperte es hinter ihr; gleich darauf erschien Luas.

»Komm, hilf mir, bevor sie abhauen!«, keuchte er.

Ohne nachzudenken, schlang Moira ihm den Arm um die Taille und half ihm die letzten Stufen hinunter. Hinter ihr gellten wütende Rufe; kurz darauf stürmten Mink, Strider und Sova die Treppe hinab. Die Vermummten waren bereits auf der anderen Seite der Gleishalle und machten sich an der schweren Eisentür zu schaffen. Mink sprintete an Luas vorbei und sprang dem Ersten der Vermummten mit den Füßen voran in die Rippen.

Ein plötzlicher Ruck schleuderte Moira seitwärts gegen eine der grellorangenen Kunststoffbänke; im nächsten Moment knackte es hässlich, ein Schrei, ein Schlittern – und Luas ging zu Boden. Er regte sich nicht mehr. Ein weiterer Schatten hockte über ihm – und rupfte an den Schnüren und Riemen an Luas‘ Wade. Kurz darauf hielt er die metallene Fußprothese wie eine Waffe in den Händen.

Mit einem bösartigen Zischen und gezücktem Messer sprang Sova dem Schatten auf den Rücken, zerrte ihn fort von Luas. Während sie den Angreifer in Schach hielt, stolperte Moira vorwärts, packte Luas unter den Achseln und versuchte, ihn aus der Gefahrenzone zu schleifen, doch bei allen Sternen – ihre Arme zitterten, als hätte sie letzte Nacht Schwergewichte gestemmt!

»Komm schon, hilf ein bisschen mit«, ächzte sie.

Luas‘ Lider flatterten. Erleichtert lachte Moira auf. Aus dem Nichts traf ein harter Schlag sie in die Kniekehlen. Sie sackte auf der Stelle zusammen, fiel beinahe auf Luas, doch ein vierter Schatten huschte an ihr vorbei und hievte den Dämon davon. Sein Kompagnon warf Sova so energisch von sich, dass sie seitwärts über den Boden schlitterte, und packte Luas bei den Kniekehlen. Trotz ihrer Last sprinteten die beiden in halsbrecherischem Tempo zur Eisentür.

Fluchend kam Sova auf die Beine und schwankte bereits hinterher. »Wo ist Rhea?«

»Draußen, glaube ich«, keuchte Moira und humpelte ihr nach. Jeder Schritt schmerzte – das konnte doch nicht von einem Schlag in die Knie stammen! »Mink und Strider sind ihnen nach.«

So hetzten sie durch die Eisentür in den menschlichen Teil der U-Bahn-Station. Hier herrschte Trubel, immerhin wollten die New Yorker das neue Jahr begrüßen.

»Die können unmöglich hierher gekommen sein«, schnappte Sova. »Es fällt doch auf, wenn Typen eine bewusstlose Matrone wie Rhea rumschleppen, und Luas ist auch nicht gerade ein Zwerg!«

»Das hier ist New York«, schnaufte Moira zurück. »Die Menschen würden es wahrscheinlich für ein schräges Improvisionstheater zum Jahreswechsel halten!«

So oder so ähnlich musste es wohl sein, denn als sie schließlich die Treppe zur Straße hinaufkletterten und oben in der kalten Abendluft wieder auf Mink und Strider stießen, fanden sie keine Spur mehr von den Vermummten – und von Luas und Rhea ebenfalls nicht. Während sie den gesamten Block absuchten, bekamen sie Gesellschaft von Theresa Lear und Aleph Taur, die die Suche mit etwas Magie anfachten. Überall nur Menschen. Es roch nach voreiligem Feuerwerk und feuchtem Asphalt, und als Lear mit hohlen Wangen ihren roten Zeige- und Mittelfinger in den Wind hielt und den Boden berührte, mischte sich eine schwefelige Myrrhenote dazu.

Indes liefen Sova, Taur, Mink und Strider mit den Nasen voran über die Straße, noch immer ein eingespieltes Furis-Team. Lear dagegen erhob sich und tappte wie in Trance vorwärts, als ob sie einem unsichtbaren Faden folgte.

»Hast du sie, Theresa?« Taur stützte schwer atmend die Hände in die Hüften. Seine Augenklappe war verrutscht.

Lear konzentrierte sich einen Moment länger auf ihre Finger, dann schüttelte sie den Kopf. »Die Spur endet hier.«

»Sie meinen, sie sind die Fassade rauf?« Stirnrunzelnd blickte Mink gen Himmel.

»Nein. Ich meine, die Spur endet hier.« Diesmal zuckte kein roter Blitz durch Lears Augen – nein, sie begannen langsam zu glühen, als hätte der Goldschimmer Feuer gefangen. »Wie vom Erdboden verschluckt.«

Ärgerlich wischte Strider sich den Dreck von der Hose. »Wie kann das sein? Die Typen mussten Rhea und Cabal schleppen – so schnell waren die nicht!«

»Na, sie haben's immerhin geschafft, dieses Ablenkungsmanöver am Markt zu inszenieren, nicht wahr?« Moira steckte sich eine Zigarette an. Ihre Kehle protestierte, doch sei's drum – sie brauchte Nikotin!

Die Dämonen drehten sich zu ihr um, als hätten sie erst gerade gemerkt, dass sie bei ihnen stand.

Taur stieß geräuschvoll die Luft durch die Nasenlöcher aus. »Ablenkungsmanöver, in der Tat.« Er drehte sich zu Mink und Strider um. »Wir haben den Tumult wieder in den Griff bekommen. Jemand hat Satyrblut in Rheas Vorräte gemischt. Deshalb ist die Kundschaft so ausgerastet. So etwas ist in den letzten dreißig Jahren verdammt noch mal noch nie passiert!«

»Und das wird auch nie wieder passieren«, sagte Lear. »Ellyn, Brod – trommelt die Marktwache zusammen. Sie sollen die Gäste rauswerfen.«

»Wie bitte?« Mink und Strider drehten sich befremdet zu ihr um. »Alle?«

Lear nickte ernst. »Alle. Räumt den Markt. Wir evakuieren.«

Bei ihren Worten hielten sämtliche Dämonen inne.

»Aber Ma'am«, protestierte Sova leise, »wenn wir -«

»Keine Diskussion.« Lear hob nicht die Stimme, doch ihr Tonfall duldete keinen Widerspruch. »Es war schon immer gefährlich, den Markt für Außenstehende zu öffnen, und es war ein Fehler, ihn offen zu lassen, während wir immer mehr Leute verlieren. Und jetzt schlagen sie in unserem Zuhause zu? Es reicht! Wir geben ihnen keine Gelegenheit mehr. Ausgangssperre. Niemand kommt mehr rein oder raus.«

»Ma'am!«, sagte Sova erneut – diesmal mit Nachdruck. Ihre Augen flackerten rot auf. »Luas und Rhea sind gerade erst weg! Wir müssen sie suchen, wir können sie nicht einfach im Stich lassen!«

»Und wie willst du sie finden?«, fragte Lear barsch.

»Es muss eine Möglichkeit geben!« Sova ballte die Hände zu Fäusten. »Die Typen sind schnell, aber so weit können sie nicht sein, wir -«

»Hör auf zu träumen, Sova!« Ein scharfer Myrrheschwall peitschte durch die Luft, als Lear die Hand hob. »Ich riskiere nicht, noch mehr Leute zu verlieren. Rein jetzt, alle miteinander!«

Und ehe Moira auch nur daran denken konnte, sich davonzustehlen, wand sich Lears rote rechte Hand um ihren Ellbogen. »Sie auch, Miss Bran. Wir haben noch Formalitäten zu klären.«

-3-

Lears Büro war stickig wie nie zuvor. Die Motten flatterten so wild umher, dass Moira von dem Lichtergewirr schwindlig wurde; einige Emonen schlichen durch den Raum, bloße Schatten, die hungrig die Zungen nach all der Aufregung, all der Angst, all dem Schrecken ausstreckten. So musste sie nachfragen, als Lears Worte zu ihr durchdrangen.

»Ich glaube, ich hab 'nen Hörsturz«, sagte Moira, und die wenigen Konzilsmitglieder, die ihnen in Lears Büro gefolgt waren, blickten Lear ebenfalls fassungslos an.

»Nein, Sie haben richtig gehört«, antwortete Lear kühl. »Sie sind entlassen.«

Hinter ihr ertönte ein leises Kichern. Algie. Sie hatte den Emon nicht mehr gesehen, seit sie und Sova ihr unfreiwilliges Blutbad genommen hatten, doch nun reckte er genüsslich die Schnauze in die Luft, während Lear ein Stück Papier aus ihrer Schreibtischschublade zog – Moiras Vertrag. Erneut schnitt Lear sich mit der gebogenen Athame, tunkte ihre Schreibfeder in ihr Blut und strich ihre Unterschriften durch. Ein Kribbeln breitete sich in Moiras Handfläche aus. Als sie hinschaute, war das Dämonenmal verschwunden.

»Sie haben uns geholfen, drei Monate lang, wie besprochen, und dank Ihnen haben wir ein wenig mehr Insiderwissen aus der Sub Side«, sagte Lear. »Damit erachte ich Ihren Vertrag als erfüllt. In einer Stunde sind die Nooks evakuiert. Und auch, wenn Sie vermutlich das Gegenteil von uns denken, es liegt uns fern, Sie gegen Ihren Willen bei uns festzuhalten.« Sie holte einen Umschlag hervor und schob ihn Moira entgegen. »Ihr Lohn für Dezember.«

Ohne eine Miene zu verziehen, öffnete Moira den Umschlag und zählte nach. Der Lärm der Dämonen, die den Markt dichtmachten, drückte auf ihre Ohren. Aus den Geräuschen hörte Moira noch immer Amis aufgelöste Stimme heraus.

»Und die hier gehören Ihnen, glaube ich.« Lear rollte sechs Echoaugen über die Tischplatte.

Überrascht nahm Moira sie an sich. Drei davon gehörten tatsächlich ihr – Sova hatte sie ihr im April abgenommen. Die anderen stammten von Fondas Ex-Kurieren, und sie alle waren leer, als wären sie nie benutzt worden. »Sie geben sie mir zurück?«

»Wir wollen Sie schließlich nicht bestehlen.« Lear rückte ihre Brille zurecht und warf einen Blick aus dem Fenster. Unten erloschen die bunten Lämpchen; im kalten Flutlicht scheuchte die Marktwache die Bewohner von Fort Nook zusammen. »Nun denn …«

»Theresa!« Hector Sagittar trat vor, eine tiefe Furche in der Stirn. »Die Frau hat immer noch Worn! Das ist zu gefährlich!«

»Das ist nicht länger unser Problem«, antwortete Lear. »Miss Bran hat recht deutlich kommuniziert, dass sie unsere Hilfe nicht wünscht.«

»Und der Artikel?«

»Darum kümmert sich Sova. Sie hat Übung darin.« Lear suchte Sovas Blick. »Sorg dafür, dass sie sich diesmal wirklich nicht erinnert.«

»Ja, Ma'am.« Sova senkte den Kopf. Sie wirkte äußerst unglücklich.

»Theresa, ich glaube dennoch, dass es eine schlechte Idee ist, die Hexe gehen zu -«, begann Sagittar erneut.

Lear brachte ihn mit einem Blick zum Schweigen. »Wir haben dreizehn Leute verloren und darin versagt, uns auf unserem eigenen Boden zu beschützen«, sagte sie nachdrücklich. »Wenn ich Schlimmeres verhindern kann, dann tue ich es. Scheiß auf unseren Stolz.«

Das halbe Konzil zuckte bei dem unerwarteten Fluch zusammen. Lear achtete nicht darauf. Sie erhob sich und öffnete die Tür zur geheimen Treppe, die auf den Markt führte.

»Beeil dich, Sova. In einer Stunde versiegeln wir die Nooks. Dann kommt niemand mehr rein, also sieh zu, dass du pünktlich zurück bist.«

Nach einem weiteren »Ja, Ma'am« von Sova drehte Lear sich zu Moira um und streckte ihr die Hand entgegen. »Sie wissen, was beim letzten Mal passiert ist, als Sie jemandes Existenz mit einem Artikel bedroht haben, Miss Bran«, sagte sie leise. »Sie wissen besser als jeder andere, dass Worte äußerst wirkungsvolle Waffen sind. Setzen Sie sie mit Bedacht ein. Nicht, dass sie wieder zurückfeuern.«

Moira neigte den Kopf. »Ma'am, der Deal war, dass ich Sie in Ruhe lasse, wenn Sie mich in Ruhe lassen. Sobald ich hier raus bin, haben Sie von meinem Artikel nichts mehr zu befürchten.«

Lears Händedruck verfestigte sich. Zum ersten Mal wirkte sie wahrlich *alt* – und unfassbar müde. »Der Tag, an dem wir nichts mehr zu befürchten haben, liegt noch in sehr, sehr weiter Ferne, Miss Bran.«

***

Sova bestand darauf, Moira nach Hell's Kitchen zurückzubringen. Während sie in der Bahn saßen, mit Moiras überschaubaren Habseligkeiten und einem Korb, in dem der Tigerkater missmutig maunzte, schlich ihnen ein unangenehmes Schweigen um die Füße – und Algie, der immer wieder versuchte, von ihnen beiden zu fressen. Moira selbst kaute auf den vergangenen zwei Stunden herum, versuchte zu begreifen, was eigentlich passiert war. Luas und Rhea – fort! Entführer auf dem Markt. Projekt Black – so plötzlich gestorben. Und Sova … Sova hatte sie auf den Markt zurückgeschleift, nur um dem Konzil vorzuschlagen, sie gehen zu lassen … Als Algie sich trollte, um einen Mann im Anzug zu belästigen, stupste sie die Dämonin mit dem Ellbogen an.

»Danke.«

»Wofür? Dass ich dich monatelang angelogen habe? Sei nicht so zynisch.«

»Du *wolltest*, dass der Vertrag aufgelöst wird, nicht wahr?«

Sova zuckte mit den Schultern. »Anders funktioniert es bei uns nicht.

Man bricht keine Verträge, die mit Blut besiegelt wurden. Nennen wir's Plan C. Wenn du einfach abgehauen wärst, hättest du zwei Stunden später die Marktwache am Hals gehabt.«

»Verstehe. Und dafür musstest du mich k.o. schlagen und wieder in die Nooks schleifen?«

»Dafür?« Stirnrunzelnd blickte Sova sie an. »Nein, du sturer Tintling, ich hab dich in die Nooks gebracht, damit du nicht in den Hudson springst.« Als Moira sie bloß perplex anblinzelte, verfinsterte sich ihre Miene. »Dass du dich heute früh fast mit Leo Fondas Seidenschal erhängt hast, weißt du aber noch, ja? Oder dass die Sirenengesänge dich dazu gebracht haben, dir fast die Pulsadern aufzuschneiden, mit einem Untoten im Haus? Dass du mit voller Absicht vor ein Taxi gesprungen bist, während du nach Jillian Monroe gerufen hast?«

»Bitte was?« Ungläubig schüttelte Moira den Kopf. »Nein, ich -«

»Doch, haft du«, meldete sich Algie, der mit vollem Maul auf dem Hut des Anzugmanns hockte. »Du warft riftif euphofrif – ein Feftmahl!«

»Verzeih, dass ich dich unter den Umständen nicht nach Hell's Kitchen habe gehen lassen«, sagte Sova ungerührt. »Du wohnst im vierten Stock. Da war mir das Risiko zu groß, dass die Sirenen dir einflüstern, es wäre eine gute Idee, aus dem Fenster zu hüpfen. Apropos Hell's Kitchen, wir sind da.«

Verstört nahm Moira den Korb mit dem Kater und ihr Gepäck und folgte ihr aus dem Zug – mit Algie im Schlepptau. »Fühle ich mich deshalb, als hätte ich mich mit einem Basilisken geprügelt?«

»Na ja, du warst *ziemlich* scharf drauf, dich fressen zu lassen.« Sova verzog den Mund. »Sorry für die blauen Flecken. Und wenn du jetzt sagst, du stehst auf so was, haue ich dich noch mal«, fügte sie hinzu, als Moira den Mund öffnete.

Schweigend betraten sie Moiras Wohnhaus. Während sie Seite an Seite die Treppe hinaufstapften, überlegte Moira fieberhaft, wie sie Sova davon abbringen konnte, ihre Erinnerungen zu stehlen. Denn dass sie es tun würde, stand außer Frage – selbst, wenn sie sich danach in den Nooks die Kante gab. Aber vielleicht … vielleicht war es wirklich besser, wenn Moira die ganze Sache vergaß. Es war das kleinere Übel.

Als sie in ihrem Wohnzimmer standen, straffte Moira die Schultern. »Also, legst du los? Hirnpusten die Zweite?«

»Nein.« Sova vergrub die Hände tief in ihren Manteltaschen, während der Tiger sich hinter ihren Beinen vor Algie versteckte. »Ich rühre dein Hirn nicht noch mal an. Einmal reicht. Außerdem …« Nachdenklich rieb sie sich die Nase. »Außerdem war der Deal, dass du uns in Ruhe lässt, wenn wir dich in Ruhe lassen. Ich vertraue also darauf, dass du deine Artikelkopien zurückziehst und keinen Mist damit anstellst.«

»Seit wann gehst du unnötige Risiken ein?«

»Glaub's oder nicht, aber ich halte dich nicht für ein Risiko. Nicht mehr.«

Moira runzelte die Stirn. »Das ist -«

»Nett? Ja, ich kann nett sein, wenn ich mir Mühe gebe.«

»- fahrlässig, wollte ich sagen. Und du bist vieles, Sova, aber nicht fahrlässig.« Langsam schüttelte Moira den Kopf. »Woher willst du wissen, dass ich mich an den Deal halte?«

Sova zuckte mit den Schultern. »Als du von der *Grinsenden Katze* erfahren hast, wusstest du schon längst Bescheid. Du hattest den Artikel. Du hättest uns auch erpressen können, ohne eine Blutbar zu betreten, ohne den ganzen Kram mit den Sirenen. Du hättest mich nicht mal zu Doktor Tanaka bringen müssen. Und trotzdem hast du gewartet, bis du keine andere Möglichkeit mehr gesehen hast. Wenn du uns in die Pfanne hauen wolltest, der reinen Gier oder Wut wegen, hättest du's längst getan.«

Blinzelnd schob Moira Algie fort, der entzückt an sie heranrobbte, sobald er das Brennen in ihren Augen witterte. »Lear macht dich einen Kopf kürzer, wenn sie das erfährt. Was rede ich, Sagittar reißt dir die Augen aus, und Mink macht dich kalt.«

»Eher unwahrscheinlich.«

Moira brauchte einen Moment, bis sie Sovas steinerne Miene richtig interpretierte. »Du gehst nicht zurück in die Nooks, oder?«

Mit verschränkten Armen ließ Sova sich gegen die Wand sinken. »Die haben Luas! Ich muss es wenigstens versuchen. Ich konnte ihn damals nicht beschützen, als das mit seinem Fuß passiert ist, und jetzt …«

»Wo willst du anfangen?«, fragte Moira.

»Ich finde schon eine Möglichkeit«, sagte Sova und winkte ab. »Aber du bist raus aus der Nummer. Mach dir keine Gedanken.«

»Oh, ich mache mir Gedanken!« Moira fuhr sich durch das struppige Haar. »Weißt du, was mich wundert? Luas und Rhea. Die beiden passen so gar nicht ins Beuteschema, oder? Ich meine, ein Traumschätzer und eine Gastronomin?«

»Na ja, Luas war ein exzellenter Fänger, bevor er seinen Fuß verloren hat.«

»Schön, aber wie viele eurer Kunden wissen das? Er sagt doch selbst ständig, dass er seit acht Jahren nur noch am Schätzertresen oder am Klavier steht. Und was ist mit Rhea? Die *Köchin*? War die in ihrer Jugend etwa auch eine Meisterfängerin?«

»Nein.« Sova runzelte die Stirn. »Aber sie springt alle Jubeljahre mal bei den Schätzern ein.«

»Bitte was?« Moira starrte sie an. »Ist sie denn Alchemistin?«

»Nein, aber sie hat die entsprechende Grundausbildung.« Seufzend lehnte Sova sich wieder gegen die Wand. »Na und? Die Typen haben auch Zeta. Wir wissen doch, dass sie scheinbar irgendwen mit alchemistischem Wissen brauchen. Ohne Alchemie für den Hypnos nützen ihnen Traumfangende nichts.«

»Ja, schon klar … aber … Warte.« Stirnrunzelnd zog Moira ihr Notizbuch aus der Handtasche. Irgendetwas hatte sie vergessen. Etwas Wichtiges. Nein, etwas, das ihr unwichtig vorgekommen war … Sie blätterte zurück, zu ihren Kritzeleien von Anfang Oktober. Die, die sie nach der Lektüre der Vermisstenakten gemacht hatte. Schließlich hob sie den Kopf. »Alyss Scale hat Förderpreise für Mathe und Alchemie abgeräumt«, sagte sie tonlos.

Ungläubig schaute Sova sie an. »Stimmt, ich erinnere mich, die Frau war abartig gut in den Kursen.« Ihr Blick driftete ins Leere. »Und wo ich drüber nachdenke: Slim Alrakis *muss* Alchemie-Basiskurse gemacht haben, um überhaupt im Hospiz arbeiten zu können!«

Langsam öffnete Moira den Mund. »Meinst du …«

»Vielleicht geht es hier gar nicht um Traumdiebstahl. Zumindest nicht nur. Die brauchen dämonische Alchemie!« Mit hohlen Wangen stieß sich Sova von der Wand ab. »Ich muss los. Sofort!«

»Sova! Du kannst nicht planlos durch New York rennen«, sagte Moira harsch. Dann weiteten sich ihre Augen. »Erst recht nicht, solange du meine Wand vollblutest.«

»Deine … was? Oh, *vrenoj*!«

Dort, wo Sova zuvor gelehnt hatte, schimmerte ein großflächiger roter Fleck.

»Meine Fresse«, kläffte Algie.

Besorgt schob Moira die Dämonin hinüber zu ihrem Bett und zwang sie, sich zu setzen. »Wieso zum Henker sagst du keinen Pieps, wenn du verletzt wirst?«

»Weil ich nicht verletzt bin!« Verwirrt zog Sova ihren Mantel aus. Ihr Pullover war sauber. Sie bewegte sich auch nicht, als habe sie Schmerzen – zumindest keine, die zu dem Blutfleck passten. »Ich muss einen von denen mit dem Messer erwischt haben!«

»Irgendwie klingst du dabei zu enthusiastisch«, murmelte Moira.

»Nein, verstehst du nicht? Das Blut ist von einem der Entführenden!« Sovas Augen begannen zu leuchten. »Und damit kann ich arbeiten! Hast du eine Straßenkarte?«

-4-

»Hast du so was schon mal gemacht?«, fragte Moira skeptisch.

Sie hatten die Stadtkarte auf dem Teppich ausgebreitet und kauerten darüber, während Algie sich unter dem skeptischen Blick des Katers durch Moiras Papierkorb wühlte.

»Nur einmal«, antwortete Sova. Vorsichtig kratzte sie mit einem Messer Blut von ihrem Mantel und streifte es auf der Karte ab – genau auf dem Battery Park. »Damals, im Furis-Training. Allerdings hatte ich da praktisch noch keinen Worn.« Mit einer Nadel, die sie zuvor in Moiras gutem Scotch gebadet hatte, pikste sie ihren Zeigefinger an und drückte ihn auf das Papier, genau auf den ersten roten Fleck am Battery Park.

»Das schreit nach Blutvergiftung«, meinte Moira unbehaglich. »Wir wissen nicht mal, *was* du da angestochen hast!«

»Psst!« Sova atmete tief durch und schloss die Augen. Sogar Algie zog den Kopf aus dem Papierkorb, um die murmelnde Dämonin zu beobachten. Kurz darauf roch es ein klein wenig nach Streichholzschwefel, doch das konnte genauso gut von der Kerze stammen, die Moira entzündet hatte.

»Sollte nicht irgendwas passieren?«, brach Moira schließlich unzeremoniell die Stille. »Oder kriegst du … nonverbale Signale?«

»Nein.« Ärgerlich presste Sova die Lippen zusammen. »Es reicht nicht. Das ist ein schwerer Zauber, und ich … hab Worn und nicht geschlafen.« Sie rieb sich die Augen. Ihre Pupillen waren nicht ansatzweise so schmal wie sonst, doch von den Goldschlieren war nicht viel übrig. Einige Äderchen waren geplatzt.

»Kann ich helfen?«, fragte Moira zögerlich.

»Kannst du's, ohne die Karte anzuzünden?«, feixte Algie.

Sova ignorierte ihn. »Probieren wir's. Schneide dich in den Finger.«

»Blutvergiftung«, wiederholte Moira.

»Willst du helfen oder nicht?« Scheinbar leierte Sovas Geduldsfaden langsam aus.

Also wischte Moira die Nadel sorgfältig mit einem whiskeygetränkten Tuch ab und stach sich. Als sie ihr Blut mit dem widerlichen Gemisch auf der Karte vermengte, legte Sova ihre Hand dazu. Rote Energie knisterte in der Luft, warm und so dick, dass Moira beinahe würgen musste. Auf Sovas Weisung griff sie danach. Algie begann zu kichern, Sova dagegen zuckte zusammen.

»Au! Benutz mich gefälligst nicht als Batterie, ja?«

»Sorry!« Hastig wollte Moira ihre Hand zurückziehen, doch Sova ließ sie nicht los.

»Stell dir vor, du hast Worn. Während du mit deiner Grandma und zwei Kuretern sprichst. Oder während du auf deine kleine Nichte aufpasst. Stell dir vor, Jennys Mum bekommt raus, dass du - Au!«

Das Blut unter Moiras Fingerkuppen wurde heiß. Sova murmelte Worte, die Moira nicht verstand, machte eine Geste mit Daumen, Mittel- und Ringfinger. Die rote Energie ballte sich zu einer glühend heißen Kugel und versank im Blutgeschmier. Zunächst passierte gar nichts. Moira glaubte schon, ihre geballte Magie sei einfach verpufft. Dann, ganz langsam, setzte das Blut sich in Bewegung, als würde ein unsichtbarer Mund es gen Osten über die Karte pusten. Fort vom Battery Bark. Über den Hudson. Nach …

»New Jersey? Na prächtig!« Moira verzog den Mund, während Sovas Augen glänzten.

»Du musst ja nicht hin.« Eilig kam die Dämonin auf die Beine.

»Die Typen haben drei Ex-Furis-Kriegern ein Schnippchen geschlagen und verkriechen sich ausgerechnet in Jersey!« Moira spuckte den Namen aus, als hätte sie etwas Ekliges im Mund. In ihren Schläfen klopfte es hässlich. »Du glaubst ja wohl nicht, dass ich dich alleine da hingehen lasse!«

»Was ist eigentlich so schlimm an New Jersey?«

»Siehst du, genau deshalb solltest du nicht alleine gehen!« Moira griff nach ihrer Tasche. »Wenn du schon mal da gewesen wärst, würdest du nicht fragen.«

Überrascht zog Sova sie auf die Beine. »Machst du dir etwa Sorgen um mich?«

»Ja, macht sie«, quäkte Algie.

»Quatsch, du kannst auf dich selbst aufpassen.« Moira wischte sich das struppige Haar aus der Stirn. »Ich mach mir eher Sorgen um Luas. Der Mann hat mich drei Monate lang bei sich wohnen lassen. Außerdem mag ich die Vorstellung, dass zur Abwechslung ihr Schulden bei *mir* habt.«

»Ja, klar.« Sova lächelte. Mit runden Pupillen wirkte ihr Lächeln ganz anders – es ließ sie um Welten jünger aussehen. »Danke.«

»Dafür nicht.« Stirnrunzelnd blickte Moira an sich herab. Sie trug die Kleider vom Vortag, auf denen sich Erde, Blut und Bloody Mary zu einer unappetitlichen Mischung vereinigten. Sova hatte ihren Rock zwar wieder gegen die gewohnte Lederhose ausgetauscht und war die Erde losgeworden, doch auch an ihr klebte Blut.

Seufzend zündete Moira sich eine Zigarette an. »Vielleicht sollten wir uns umziehen, bevor wir aufbrechen. Ich glaube, nicht mal in Jersey mögen sie Leute, die wie Grabschänder aussehen, was meinst du?«

23.
AUF DER ANDEREN SEITE

-1-

»Wie lange müssen wir denn noch warten?«, maulte Algie. »Das ist langweilig!«

»Niemand hat dich gezwungen, mitzukommen«, knurrte Sova.

»Die Hexe wollte mich dabeihaben«, erwiderte der Emon und reckte die Schnurrhaare in die Luft. »Und jetzt hocken wir in einem Loch im Nirgendwo in Jersey und tun nichts! Ihr habt gesagt, es gibt ein Festmahl, sonst wär ich gar nicht mitgekommen!«

»Das Nirgendwo heißt Edgewater«, flüsterte Moira, die seit geschlagenen fünf Minuten mit dem Ohr an der Hoteltür klebte und ihr Pendel vor den Türknauf hielt, »und je mehr du meckerst, desto länger dauert es bis zum Essen, Algie.«

»Algernon«, grummelte der Emon.

»Bist du sicher, dass es hier ist, *vitjka*?« Erneut blickte Sova auf die blutverschmierte Karte. Es war bereits das zweite Exemplar. Nachdem sie Hell's Kitchen mit erstaunlich viel Gepäck (und in Sovas Augen mit einem Emon zu viel) verlassen hatten, nach einer Fährüberfahrt (bei der Algie und Moira vor allem durch Seekrankheit geglänzt hatten) und einer Busreise, die Sovas Geduldsfaden auf die nächste Zerreißprobe gestellt hatte, hockten sie nun im Flur eines heruntergekommenen Hotels am Hafen von Edgewater, New Jersey. Der Blutfleck auf der Karte war großflächig – für eine Adresse hatte ihre vereinte, klapprige Magie nicht ausgereicht. Zwei Fehlversuche lagen bereits hinter ihnen. Vor dem Fenster knallte es. Sova schrak zusammen. Im nächsten Moment zerbarst ein bunter Funkenregen am Himmel, begleitet von dem trunkenen Jubel der Menschen, die bereits mit Sektflaschen unten auf der Straße standen.

Zehn vor zwölf.

Moira richtete sich auf, steckte ihr Pendel in die Tasche und zog stattdessen die zwei Revolver hervor, die sie, zu Sovas Überraschung, eingepackt hatte. Einer enthielt gewöhnliche Bleikugeln, die Munition des anderen roch scharf nach Echtem Schlafmohn. »Dein Part, Sonnenschein.«

Sova trat neben sie, schickte ihren Schatten durch das Schlüsselloch und entriegelte die Zimmertür von innen. In ihrer rechten Hand knisterte rohe, rote Magie. Moira hob ihre Revolver, Algie setzte zum Sprung an.

»Auf drei«, hauchte Sova. »Eins, zwei …«

Auf drei knallte sie die Tür auf, zu dritt stürmten sie in den Raum.

Das Hotelzimmer war leer und verlassen.

»Mit euch Trantüten spiel ich nie wieder Spion«, maulte Algie.

Moira durchschritt den Raum, noch immer mit erhobenem Revolver. »Die Luft ist mies, und das Bett noch nicht gemacht«, stellte sie fest. »Vielleicht ist das Vögelchen nur draußen zum Silvesterfeiern.«

»Oder hat ausgecheckt.« Frustriert ließ Sova die Energie in ihrer Hand erlöschen. »*Vrenoj*, ich war sicher, dass …« Sie blähte ihre Nasenflügel. »Riecht ihr das?«

»Ich rieche was, aber es riecht nicht nach Vampir«, antwortete Moira. »Oder Magier, was das angeht. Eher nach …«

»Dämonen! Nach Traummarkt.« Algie sprang auf das Bett und steckte die spitze Nase in die zerknautschte Decke.

Sova warf einen Blick ins Bad. Das Waschbecken war noch feucht, und neben dem Hauch von Myrrhe und Seife lag etwas Metallisches in der Luft. Blut.

»Entweder hat sich die Person hier nur beim Rasieren geschnitten oder wir sind doch auf der richtigen Spur«, rief sie über die Schulter.

Als sie in den Schlafraum zurückkehrte, hielt Moira erneut ihr Pendel in die Höhe. Nach einer Weile nickte sie. »Die Frage ist bloß, ob dein Messeropfer noch hier schläft, und ob die anderen auch hier sind. Aber das lässt sich ja rausfinden. Kommt mit.«

Wenige Minuten später standen sie wieder in der Lobby, in der es vor Gästen wimmelte. Die Hexe zog ein kleines Döschen aus der Tasche. Mit dem duftenden Inhalt rieb sie sich großzügig Hals und Unterarme ein. Algie würgte und hustete, Sova dagegen hob überrascht die Brauen.

»Das riecht … extrem gut. Was ist das? Rose?«

»Ich verrate dir doch nicht die Geheimzutaten für meine liebsten kleinen Zauber.« Moira zwinkerte ihr zu. »So, wie deine Schultern sich gerade entspannen, wirkt's. Hurra.«

»Aber das ist nur Parfüm!«

»Unterschätze nie die Macht der Aromatherapie – vor allem, wenn du's mit Menschen zu tun hast. Gib mir eine Minute, okay?« Moira runzelte die Stirn. »Oder wartet am besten draußen. Die Leute schauen uns schon ganz merkwürdig an.«

Dennoch blieb Sova einen Augenblick, um zu beobachten, wie Moira die Person an der Rezeption ansprach – mit ungewohnt hoher Stimme und einem strahlenden Lächeln auf den Lippen.

Algie schüttelte sich. »Ist das eklig!«

»Gruselig«, stimmte Sova zu. Welchen Bären auch immer Moira dem Menschen aufband, sie erntete damit deutlich mehr Wohlwollen und Enthusiasmus als sonst. Die Person nickte lächelnd und begann, in den Reservierungen zu blättern. Beruhigt trat Sova aus dem Hotel, tauchte in die Menschenmenge, die es nicht erwarten konnte, 1949 zu begrüßen.

Vom Hafen aus wirkte es, als läge Manhattan nur eine Spuckweite entfernt. Dort drüben feuerten die Menschen bereits eifrig Raketen ab. Während ihrer Zeit in den Tombs hatte Sova Silvester verabscheut. In den Zellen unter der Stadt hörte es sich an, als sei ein Krieg ausgebrochen, und die anderen Insassen gerieten immer ganz aus dem Häuschen. Letztes Jahr, frisch zurück in der Freiheit, hatte sie vor lauter Worn, Schwäche und Albträumen nichts vom Jahreswechsel in den Nooks mitbekommen. Und jetzt … jetzt regnete es Funken vom Himmel, als seien sämtliche Motten des Traummarkts ausgebüchst. Der bunte Reigen spiegelte sich im Hudson. Ein tröstlicher Anblick. Fast so tröstlich wie die Tatsache, dass sie nicht allein hier war.

Die Menschen zählten die Sekunden bis zum Jahreswechsel. Dann explodierte der Himmel vollends, und während sich die Menschen in die Arme fielen, schoss Algie durch die Menge, um hier und da von all den guten Wünschen, Ängsten und der Aufregung zu naschen.

»Frohes Neues!«

Moira trat neben sie, mit einer kleinen Flasche Sekt in der Hand.

»Nicht dein Ernst!« Sova schenkte dem Alkohol ein missfälliges Stirnrunzeln.

»Schöne Grüße von der Rezeption«, entgegnete die Hexe und genehmigte sich einen Schluck. »Jedenfalls: Unser Mann hat das Zimmer unter dem Namen Jaques duPoint gemietet und vor zwei Stunden ausgecheckt. Scheinbar war er nur einen Tag lang hier, und an der Rezeption schien man erleichtert, dass er weg ist.«

»Heißt das, wir stehen wieder bei null?« Sova nahm einen Schluck aus der Sektflasche und hielt an sich, das süße Blubberzeug nicht in hohem Bogen wieder auszuspucken.

»Immer mit der Ruhe, Sonnenschein.« Moira entzündete eine Zigarette. »Wir sind jetzt mal optimistisch, gehen davon aus, dass duPoint sein richtiger Name ist und hören uns in Jerseys magischer Parallelgesellschaft um.«

»Ich sag's nur ungern, Hexchen«, quäkte Algie und sprang auf ihre Schulter, »aber es gibt keine magische Parallelgesellschaft in New Jersey!«

»Da hat er recht«, stimmte Sova widerwillig zu. »Die sind alle in New York, New Orleans oder Chicago!«

»Ach ja?« Moira blies ihr eine Rauchkugel entgegen. »Und wohin, meint ihr, sind die ganzen New Yorker Werwölfe verschwunden, nachdem sie ihren Kleinkrieg mit den Vampiren verloren haben?«

-2-

Für etwa fünf Minuten ließ sich Sova von Moiras Optimismus anstecken, doch New Jerseys magische Parallelgesellschaft war ein Witz – und kein besonders lustiger. Um sie zu finden, mussten sie mit dem Nachtbus nach Jersey City gurken, nur um einen Haufen schlechtgelaunter Werwölfe, ungesund wirkender Nymphen und Dryaden vorzufinden. Als New Yorker ernteten sie im magischen Jersey scheinbar aus Prinzip Feindseligkeit, und einen Mr. duPoint wollte auch niemand kennen. Von einer Gruppe verschleppter *Rotmagier* hatte erst recht niemand gehört.

»Ich will nach Hause«, jammerte Algie im Morgengrauen.

»Du hast nicht zufällig ein bisschen Blut von Luas?«, fragte Moira, die sich ächzend und mit einer Zigarette im Mundwinkel neben dem Emon auf einer Parkbank niedergelassen hatte. Ihre Bewegungen waren fahriger als sonst. »Das wäre vielleicht effektiver, als diesem Entführer hinterherzuhecheln.«

Zur Antwort schnaubte Sova bloß. Das Morgenlicht und die feuerwerksverräucherte Luft ließen ihre Augen tränen. Ja, ganz bestimmt waren Licht und Luftqualität schuld.

Gähnend erhob sich Moira. »Vorschlag, Sonnenschein. Wir brauchen beide Schlaf, und du musst gilden. Wie wär's, wenn du dir einen hübschen kleinen Träumer suchst, und ich organisier uns ein Zimmer? Hier drüben gibt's NosferaTours-Hotels. Und wenn wir beide wieder auf dem Damm sind, versuchen wir es noch einmal mit diesem Ortungszauber.«

»Bis dahin kann mit Luas schon weiß Nantey was passiert sein«, widersprach Sova.

»Du kannst dich kaum noch auf den Beinen halten.« Demonstrativ schnipste Moira ihr gegen die Schulter. Sova wankte zwar nicht, doch sie konnte nicht bestreiten, dass ihre Beine zitterten.

»Vielleicht solltet ihr *beide* süße kleine Träumerchen suchen«, meinte Algie gedehnt. »Ihr zwei, ähm … riecht nach Gesellschaft für mich, wenn ihr versteht, was ich meine.«

Sova hob den Kopf. In Moiras schlammfarbener Iris zogen sich die Pupillen zusammen. Die Hexe protestierte zwar, doch schließlich machten sie sich zu dritt auf, um den Träumen hinterherzulaufen.

»Ich dachte, ihr braucht die Motten zum Jagen«, sagte Moira.

»Nur, wenn wir Hypnos machen wollen. Fürs Gilding ist es egal.« Sova hielt die Nase in den kalten Wind.

Sie mussten nicht lange suchen. Überall schliefen Menschen ihren Rausch aus. So standen sie wenig später im Schlafzimmer einer alleinstehenden Person mit tiefen Ringen unter den Augen und dunkelbrauner Aura, deren fünf Katzen offenbar ein fröhlicheres Silvester gefeiert hatten als ihr Mensch. Während Algie in der Küche die Stubentiger ärgerte, beugte sich Sova über die schnarchende Person, deren Atem sich unter ihrem improvisierten Schlaflied vertiefte.

»Riecht nach Angst«, sagte Moira heiser. »Und nach Verwirrung und Traurigkeit.«

Überrascht linste Sova über die Schulter – und erstarrte. Moira fixierte die schlafende Person, ohne zu blinzeln, mit schmalen Pupillen und offenem Mund. Wie ein Raubtier. Ihre schmutzig-gelbe Aura flimmerte, wurde ganz fleckig. Sicherheitshalber stellte sich Sova schützend zwischen Moira und das Bett. »Langsam, *vitjka*, du hast erst an Lurlennas gegildet.«

»Ich fürchte, dazwischen liegen ein paar Sirenen, zwei Ortungszauber und jede Menge Todesangst.« Moira machte einen jähen Schritt vorwärts, doch bevor Sova einschreiten konnte, machte sie einen Rückzieher und verbarg fluchend das Gesicht in den Händen. »Wo kommt das so plötzlich her?«, flüsterte sie.

»Sirenengesänge, Ortungszauber und jede Menge Todesangst«, schlug Sova vor und beugte sich wieder über die träumende Person, jeden Muskel angespannt. Nur für den Fall …

»Bei dir kommt es aber nie so plötzlich«, murmelte die Hexe durch ihre Hände.

Sova schluckte. »Nein, bei mir kommt der Worn schleichend.« Sie legte ihre Finger an die Schläfen der Traumspendenden, tauchte ein in das Meer aus Farben, Gefühlen und Reizen. Eine diffuse Schleierwelt, in der vage Schemen aus Angst und Traurigkeit umhergeisterten. Sova sah keine Bilder, dennoch stank alles hier unmissverständlich nach Kauderwelsch. Nach schwachem Gilding. *Dann tu was dagegen,* flüsterte Mamas Stimme in ihrem Kopf. *Es gibt keine schlechten Träume, nur ineffizientes Gilding! Drück auf die Kehle, drück ein Kissen aufs Gesicht – biete einen Grund, Angst zu haben, und dein Gilding wird so viel reichhaltiger!*

Sova biss die Zähne zusammen. *Klappe, Mum, so machen wir das nicht!*

Aber vielleicht macht ihr es falsch, Liebes. Hast du die Zeit, zig Spendende abzuklappern? Es liegt nicht in unserer Natur zu leiden. Wir sind Dämonen. Schau dir deine Hexenfreundin an – der Inbegriff unserer schwächlichen Verwandtschaft, aber selbst sie hat den natürlichen Drang, den Schmerz so schnell und effizient wie möglich zu beenden.

Unsinn, hielt Sova dagegen. *Worn ist ein Fluch, daran ist nichts natürlich.*

Damit zog sie den ersten Traum hervor. Er war hellgrau und so transparent, als wäre er schon halb verpufft. Der dünne Faden rollte sich behäbig auf ihrer Hand zusammen, wie eine Larve, die sich vor der Sonne versteckte – verängstigt, aber schon halbtot.

Sie brauchte zwei Rohträume, bis ihre Augen das spärliche Licht nicht mehr als Feind wahrnahmen. Den dritten drückte sie Moira in die Hand, die ihn nur widerwillig schluckte.

»Du musst selbst lernen, wie man gildet«, sagte Sova, während sich die Pupillen der Hexe langsam wieder aufblähten.

»Ehrlich gesagt bezweifle ich, dass es mir nach der Aktion mit dem Artikel jemand beibringen will«, murmelte Moira. Ihr Blick zuckte immer wieder zu der schlafenden Person – halb schuldig, halb … hungrig.

»Ich bring's dir bei, wenn wir mit dieser ganzen Nummer durch sind.« Sova schob sich einen weiteren Rohtraum in den Mund und schüttelte sich, als die jähe Verwirrung aus den Träumen durch ihren Körper rauschte.

Sie gildeten eine Viertelstunde lang – obwohl sowohl Moira als auch Mutters Stimmchen in Sovas Kopf darauf bestanden, dass es schneller und einfacher gehen könnte.

»Wir wollen aber doch, dass diese liebe Seele mit gesunden Nervenzellen wieder aufwacht«, zischte Sova mit wachsender Ungeduld durch die Zähne. Heute war es so viel schwieriger, sich davon zu überzeugen, dass sie das wirklich wollte. Doch mit jedem Traum wurde ihre Aura stabiler, ihr Atem ruhiger. Auch das Flimmern von Moiras Aura hörte nach dem dritten Traum auf, doch die Hexe wurde zunehmend unruhig und begann, sich abwechselnd bei Sova und dem schnarchenden Menschen zu entschuldigen.

Als Sova endlich vom Bett zurücktrat, stand Moira stocksteif am Fenster. Ein schwachgoldener Schein glitzerte in ihren Augen.

»Wie hältst du das aus?«, fragte sie heiser. »Woher nimmst du die Disziplin, sie nicht einfach …« Sie wedelte mit den Händen und verzog den Mund. Vielleicht *wollte* sie keine Worte finden für das, was sie mit der Spenderperson angestellt hätte.

»Übung«, antwortete Sova. »Irgendwann wird es leichter. Bis es wieder schwerer wird.« Erschöpft streckte sie die Arme über den Kopf. »Komm, schauen wir mal, ob Algie die Katzen hat leben lassen. Und ich glaube, du sagtest etwas von einem Hotel?«

-3-

Im NosferaTours in Jersey City stiegen vorwiegend Magier- und Vampir-Touris aus New Orleans und Chicago ab, denen die Filialen der Sub Side zu teuer waren – zumindest bekam Sova den Eindruck, während Moira ihnen ein Zimmer organisierte. Selbst in ihrem spartanischen Zweibettzimmer klebte der Geruch nach Grünmagie und Untotenmoder an den Tapeten, doch Sova war es gleich: Während Algie und Moira sich noch kabbelten, zog der Schlaf sie in seine Tiefen.

Und in den Tiefen war sie wieder acht. Kauerte wieder im Keller ihres Elternhauses, neben ihrem Dad, der mit diesem ewig hungrigen Blick rauchige Klumpen aus der zuckenden Gestalt unter ihm klaubte. Gilding ohne den Umweg über den Schlaf … *Dad, nicht, du tust ihm doch weh!* Die Stimme ihrer Mutter: *Es genügt, Zajin!* Ihr Vater, der mit gespaltener Zunge zurückfauchte: *Es ist nie genug, nie!* Und schließlich sie selbst, singend über einem schlafenden Menschen, ihre Kinderhände auf dem fremden Hals, das Flüstern ihrer Mutter am Ohr: *Jetzt auf die Kehle drücken. Schön langsam, Große, gib der Angst Zeit, in die Träume zu sickern* … Und der Mensch schrie, schrie, schrie …

»Wach auf! Sonnenschein, wach auf!«

Nein, *sie* schrie! Jemand rüttelte sie, doch selbst, als sie wild umherblinzelte, begriff sie erst nach einigen Herzschlägen, dass sie in einem Hotelzimmer in New Jersey hockte und nicht im Keller ihrer Eltern. Mühsam schnappte sie nach Luft. Schließlich gelang es ihr, Moira anzuschauen, die vor ihr auf dem Bett saß, die Hände an ihren Schultern, das Nachthemd verrutscht und Druckstellen auf der Wange.

»Oh, Liebes.« Sanft strich die Hexe Sova über die Wange. Erst jetzt bemerkte Sova, dass ihr Gesicht tränennass war. Sie wollte tief durchatmen, um sich zu beruhigen. Stattdessen brach ein Schluchzen aus ihr heraus, für das sie sich prompt schämte. Sie war doch kein kleines Kind mehr! Sie hatte weitaus Schlimmeres hinter sich – wieso holte sie dieser Mist immer wieder ein?

Moira umarmte sie vorsichtig, merkwürdig stabil für so eine zierliche Person. Sie war noch bettwarm, roch nach Zigarettenrauch und diesem Vanille-Tabak-Parfüm, mit einem Hauch von Myrrhe und Streichholzschwefel darunter. Für einen Moment schloss Sova die Augen, erlaubte sich, in diese Wärme zu fallen und sich vorzustellen, dass die Hände, die durch ihr Haar strichen, die bösen Erinnerungen einfach wegwischen konnten. Als sie blinzelte, sah sie lauter Bissnarben auf bleicher Haut. Moiras Arme waren übersät davon. Diese Arme konnten ihrer Besitzerin keine geifernden Untoten vom Hals halten, und doch fühlten sie sich in diesem Moment an wie ein sicherer Unterschlupf.

»Wieder der Keller?«, fragte Moira. »Oder die Tombs?«

»Keller.« Sova presste die Lippen aufeinander. Die Hexe hatte sie in den letzten Monaten ein paarmal zu oft aus Albträumen wachgerüttelt.

»Es ist alles gut, du bist hier«, sagte Moira leise. Ihre Finger gingen dazu über, sacht Sovas Kopfhaut zu massieren. »In Sicherheit, zumindest einigermaßen.«

Ein trockenes Schnauben entwich Sova. »Einigerma– oh!«

»Sorry!« Prompt zog Moira ihre Hand aus Sovas Haar. »Hab ich dir wehgetan? Du hast da doch 'ne Beule abbekommen …«

»Das sind keine Beulen«, murmelte Sova verlegen und strich nun selbst über die kleinen Ausbuchtungen über ihren Schläfen, verborgen von ihrem Haar. Die empfindliche Haut kribbelte viel zu wohlig nach der kurzen Massage. »Das sind, ähm … meine Hornstumpen.«

»Hornstumpen?« Ungläubig blinzelte Moira sie an. »Du bekommst …«

»Hörner, ja. Wenn ich alt genug werde. Bei den meisten Dämonen fangen sie so mit fünfzig, sechzig an zu wachsen. Oh, guck nicht, als hättest du ein Einhornbaby gesehen«, fügte Sova unwirsch hinzu, als sich ein entzücktes Funkeln in Moiras Augen schlich. »Die wenigsten Averna werden alt genug für ausgewachsene Hörner.«

Ihr Dad hatte zum Beispiel nie welche bekommen, und ihre Mum hatte bloß die ersten Ansätze …

Erschöpft wischte sie sich über das feuchte Gesicht und musterte Moira, die nun wieder ernst dreinblickte. In dem ärmellosen Nachthemd war das ganze Narbenschlachtfeld aus dem Bluthaus in voller, grausiger Pracht zu sehen. Moira war es erst beim Umziehen aufgefallen; sie hatte versucht, die Narben zu verstecken und schließlich mit einem *Was soll's, ich will dich schließlich nicht verführen* aufgegeben. »Danke fürs Wecken, *vitjka*. Irgendwie läuft es immer so rum, dabei hast du sicher selbst genug Albträume.«

Moira zuckte mit den Schultern, erhob sich und schlurfte wieder zu ihrem eigenen Bett. Ein Buch lag aufgeschlagen auf dem Kopfkissen. »Ich war eh wach.«

»Weil du wegen Albträumen nicht mehr einschlafen wolltest?«

Ertappt biss sich die Hexe auf die Unterlippe und rieb über eine besonders wulstige Narbe an ihrem Hals. Auch das hatten sie in den letzten Monaten oft genug gehabt: Moira, die zu absurden Zeiten in der Küche saß und sich krampfhaft wachhielt, weil Schlafen sich zu gefährlich anfühlte. Scheiße, Scheiße, Scheiße!

»Irgendwie sind wir schon ziemlich kaputt, hm?«, murmelte die Hexe resigniert.

Sova schluckte. Wozu sollte sie es leugnen? Horror-Keller, Kriegswunden, Knast und Bluthäuser … all das hatte sie beide rissig gemacht. Rissig und so, so müde. Dennoch regte sich Trotz in ihrer Brust. »Aber wir sind noch da, oder? Der Keller und die Tombs haben mich nicht kleingekriegt, und das Bluthaus dich nicht. Außerdem vergessen viele Leute bei kaputten Dingen, wie böse man sich an den Scherben schneiden kann.«

Moira lachte leise. »Können wir bitte trotzdem so tun, als wäre ich nur wach, weil der kleine Kerl so geschnarcht hat?«

Sie nickte zu Sovas Fußende, wo Algie sich mit zuckendem Schwanz herumwälzte. Ein Wunder, dass er bei Sovas Albträumen nicht hungrig aufgewacht war. Im Schlaf räkelte er sich tiefer in die Decke und schnappte nach etwas.

»Ich frag mich, wovon Emonen träumen«, meinte Moira, während sie wieder nach ihrem Buch griff.

»Ehrlich gesagt wusste ich nicht mal, dass sie überhaupt schlafen.« Stirnrunzelnd beugte Sova sich vor. Algie drehte sich auf den Bauch und zog mit den Vorderläufen die Decke über sich – wie ein Kind, das sich einmummelte. »Oder sich Namen geben. Oder mit uns reden.«

»Ist schon speziell, der Kleine.«

Überrascht hob Sova den Kopf. »Du magst ihn! Dir ist schon klar, dass wir von einem gefühlsfressenden Parasiten sprechen, der dich die letzten Monate zu Tode genervt hat, ja?«

Moira zuckte mit den Schultern. »Dich mag ich auch, obwohl du mich zwischen April und Juni in meinen Albträumen genervt hast. Und mich selbst dürfte ich, nach dem Maßstab, auch nicht mögen, aber -«

»Lass stecken, *vitjka*«, brummte Sova, doch als Algie sich im Schlaf umdrehte, sich dabei tiefer in die Decke schraubte und irritiert strampelte, musste sie lächeln. Langsam verblasste der Albtraum. »Manchmal frag ich mich, wer er wohl war. Vor dem Emonium, meine ich.«

»Jemand, der dich mochte?« Moira gähnte. »Ich meine, bei dir ist er als Erstes aufgetaucht. Und dir hat er zuerst seinen Namen gesagt.«

»Hör bloß auf«, brummte Sova stirnrunzelnd. »Ich hab mich schon zigmal gefragt, ob das vielleicht mein Dad ist.«

»Wär doch schön.«

»Er hat mich angegriffen! Und dieses … Zahn-Ei in mir abgelegt!« Schnaubend schwang Sova die Beine aus dem Bett. »Emonen mögen nichts und niemanden, *vitjka*. Du kannst ihn ja adoptieren, mit deinem Herz für Underdogs, aber ich bin froh, wenn er sich von mir fernhält!«

»Psst, er hört dich doch!«

»Kann er ruhig.«

»Stell dir vor, du wärst in seiner Situation!«

Grimmig trat Sova an ihr Bett und beugte sich zu der Hexe hinunter. »Wenn ich in seiner Situation bin, Moira – und der Tag kommt wahrscheinlich schneller, als mir lieb ist –, wird es mich nicht mehr interessieren, was andere von mir denken. Weil mir dann alles egal sein wird – außer das Fressen.«

So wie Dad ...

»Und dass du dich nicht langweilst, offensichtlich«, erwiderte Moira. »Sonst wär er nämlich nicht hier.«

»Wenn wir Pech haben und Luas, Zeta und die anderen nicht gilden können, kriegt er wahrscheinlich bald Gesellschaft«, brummte Sova – und quietschte, als ihr Blick auf Moiras Armbanduhr fiel. »Zehn vor drei? Nachmittags? Warum um alles in der Welt hast du mich nicht geweckt?«

»Ich *hab* dich geweckt, Sonnenschein. Außerdem hast du den Schlaf gebraucht«, antwortete Moira uncharakteristisch sanft, und das machte Sova nur unruhiger. »Du könntest wahrscheinlich noch ein paar Stunden vertragen. Jetzt iss was. Wir haben einen Ortungszauber zu wirken.«

Erst jetzt bemerkte Sova das üppige Frühstückstablett auf dem Tisch. Einige Scheiben Toast fehlten und die Kaffeekanne war bereits halbleer, doch die Pancakes und die Heiße Schokolade waren unangetastet. »Haben wir überhaupt Geld für Zimmerservice?«

»Haben wir.« Moira grinste schief. »Mein letzter Job war ziemlich lukrativ.« Damit verschwand ihre Nase wieder in ihrem Buch. Nein, in *Sovas* Buch! Dem Schulbuch. Genauer gesagt, dem Kapitel zum Sammeln und Loslassen interner roter Energien.

»Nur vom Lesen lernst du das aber nicht«, meinte Sova beiläufig und schob sich eine Weintraube in den Mund. »Hast du die Übungen mal ausprobiert?«

»Nein, und ich hab's auch nicht vor.« Mit einem lauten Knall schlug Moira das Buch zu. »Ich will es mir nicht mit der roten Magie gemütlich machen, sondern sie loswerden! Für dich fühlt sich das vielleicht natürlich an, aber für mich ist es wie ein Fremdkörper.«

»Ja, klar, wenn du sie nicht benutzt. Außerdem sahst du gestern ganz glücklich aus, dass du sie endlich gebrauchen konntest.«

»Gestern hat *sie* sich auch ausnahmsweise nicht benommen wie ein tollwütiger Terrier. Aber wenn sie sonst nur explodiert, darf sie sich nicht beschweren, dass ich sie loswerden will.«

Stirnrunzelnd schenkte Sova sich Schokolade ein. »Du redest, als würde sie nicht zu dir gehören, das ist gruselig. Als würdest du behaupten, dein Arm gehört nicht zu dir, oder dein irischer Akzent. Außerdem brauchen wir sie gleich noch, schon vergessen?«

Moira zog es vor, nicht darauf zu antworten.

Fünf Pancakes, eine Tasse Schokolade und eine Meckertirade des schwerverpennten Algies später kratzte Sova erneut Blut von ihrem Mantel. Sie musste es mit Wasser verdünnen, und als sie und Moira mit vereinten Kräften den Ortungszauber bemühten, splittete sich der Blutstropfen auf, verteilte sich in roten Äderchen großflächig über die Karte. Nördlich zurück nach Edgewater, und südlich hinunter bis in einen Zipfel namens Bayonne.

Moira fluchte leise. »Hast du doch mehrere von denen verletzt? Oder ist das historisch? War er da etwa überall?«

»Das ist vor allem ungenau«, stöhnte Sova. »Das Blut ist zu alt, und verdünnt. Er könnte überall da sein!«

Moira rieb sich das Nasenbein. »Dann müssen wir uns entweder beeilen oder aufteilen.«

»Wir teilen uns nicht auf«, platzte es aus Algie heraus. »Vergesst es!«

»Angst?« Moira steckte sich eine Zigarette an.

»Doch nicht um mich!« Der Emon legte die Ohren an. »Aber ihr Schätzchen könntet verloren gehen.«

»Wie wär‘s, wenn du auf Madame Hexe aufpasst, o großer Agent?«, meinte Sova.

Prompt runzelte Moira die Stirn. »Du gehörst zur Risikogruppe, Sonnenschein, nicht ich! Du solltest am allerwenigsten alleine durch die Gegend rennen.«

»Im Gegensatz zu dir kann ich aber auf mich selbst aufpassen«, erwiderte Sova. Ehe die Hexe protestieren konnte, zählte sie auf:

»Furis-Ausbildung, körperlich fit, nicht kürzlich von Sirenen oder Vampiren zum Snack erklärt worden.«

Moira presste die Lippen aufeinander. »Beim letzten Mal war Mr. Algernon keine Hilfe«, sagte sie und tippte überflüssigerweise auf ihre Hand, wo der Emon sie bei ihrem Ausflug ins Schlaflabor gebissen hatte.

»Ach, zum Meckern kannst du dir den Namen merken«, brummte Algie.

Sova grinste gefährlich. »Diesmal hilft er, sonst erklär *ich* ihn zum Snack.«

»Als ob!« Algie streckte ihr die gespaltene Zunge raus, doch seine ganze Körperhaltung spannte sich an. Schisser.

Moira dagegen ruckte unwillig mit dem Kopf. »Na schön. Aber wir bleiben in Kontakt. Einmal die Stunde. Mit den Streichhölzern.«

Sova nickte grimmig und begann, die Straßennamen von der Karte abzumalen.

-4-

Als die Sonne unterging, hatte Bayonne, New Jersey, Sova erfolgreich zu einer jener New Yorkerinnen konvertiert, die in Zukunft keine Gelegenheit auslassen würden, über den Nachbarstaat herzuziehen. Der bloße Frust ihres erfolglosen Streifzugs durch die Hafengegend reichte für volle drei Jahre an Schimpftiraden. Unter dem glasigen Blick einer bärtigen Person trat sie gegen eine Mülltonne. Im selben Moment flammte der Bernstein an ihrem Gürtel auf.

»Was gefunden?«, fragte sie ohne Begrüßung.

»Nada«, antworteten Moira und Algie unisono.

»Zwei Cafés auf unserer Route gehörten zur magischen Parallelgesellschaft«, sagte Moira. »Niemand will den Kerl gesehen haben. Aber ich hab eine Liste aller Immobilien mit magischen Besitzern im Umkreis.«

»Will ich wissen, wie du da rangekommen bist?« Sova beschleunigte ihren Schritt, als der bärtige Mensch ihr hinterherkam.

»Nein, willst du nicht.«

Sova seufzte. »Okay. Treffen wir uns in einer halben Stunde im Hotel? Ich glaube, mit eurer Liste kommen wir weiter als mit unserer kopflosen Sucherei.«

»Aye, Ma'am. Pass auf dich auf.«

»*Ich* pass auf dich auf, Schönheit! Komm, sei ein bisschen nett zu einem alten Mann, hm?«

Das heisere Krächzen übertönte Moiras verstummende Stimme. Während der Bernstein erlosch, blickte Sova über die Schulter. Die bärtige Person folgte ihr weiterhin – ein echter Seebär, der sich offenbar wohl in seiner Rolle als Schmierlappen fühlte. Er lief ihr nach. Pfiff. Kommentierte ihren Hintern und verglich ihre Haut mit der Farbe diverser Heißgetränke, wofür Sova ihm erst recht gern ins Gesicht gesprungen wäre – man hatte sie als Braune Frau einfach schon zu oft mit Lebensmitteln verglichen. Zum Kotzen. Der Typ roch nach Mensch. Ein aufdringlicher, ranziger Weißer mit Triefnase und trübgrüner Aura. Die Sorte Mann, die Sova in gewöhnlichen Nächten ignorierte. Nun jedoch riss ihr ausgeleierter Geduldsfaden. Abrupt drehte sie sich zu ihm um.

»Haben Sie sich verlaufen, Sir?«, fragte sie laut.

Vielleicht lag es daran, dass sie so groß war wie er und dass ihre Armmuskeln dank der Fassadenkletterei locker mit seinen mithalten konnten. Vielleicht war auch ihre schwarze Lederkluft schuld, oder der Umstand, dass sie lächelte. Jedenfalls machte der Mann einen jähen Satz zurück.

»Grundgütiger, was is'n mit deinen Augen los, Mädchen?!«

Schön, vielleicht lag es auch daran, dass Menschen nicht jeden Tag die lodernden Augen einer schlechtgelaunten Dämonin zu Gesicht bekamen.

»Ich glaube, mit *Ihren* Augen stimmt was nicht, Sir. Ich bin schon lange kein *Mädchen* mehr.«

Er roch nervös. Köstlich verängstigt. Und obwohl Sova seit ihrem Besuch bei Doktor Tanaka nicht mehr so häufig gilden musste, regte sich der Worn wie ein hungriges Raubtier.

»Wollten Sie etwas von mir? Kann ich Ihnen weiterhelfen?«, fragte sie mit ihrem saubersten Upper East Side-Akzent – und der Sorte von Lächeln, mit der sie in den Tombs dafür gesorgt hatte, dass man sie in Ruhe ließ. »Ich erkläre Ihnen gerne den Weg, Sir.«

Sie trat näher. Es war ein Fehler, das wusste sie. Weiße Menschen reagierten gerne übertrieben gewalttätig, wenn man ihnen zu forsch vorkam. Vielleicht hatte der Kerl eine Knarre, vielleicht war er schneller, als er aussah, doch sie streckte die Hand nach ihm aus.

»Bleib wech von mir, du«, keifte der Mann. Er verströmte köstliche Furcht wie ein süßes Parfüm.

»Oh, aber Sie sind mir doch nachgelaufen«, schnurrte Sova. Ihre Pupillen zogen sich spürbar zusammen. »Kommen Sie her, ich beiße nicht.«

Der Mann drehte auf dem Absatz um, stolperte die Docks entlang, und Sova setzte ihm nach. Das Adrenalin der Jagd zirkulierte in ihren Adern – rennen half immer, Druck abzubauen.

Als sie den Kerl schließlich an der Jacke packte, fluchte er. »Wech von mir, Mädchen! Verdammt noch eins, ich wollte nur ein bisschen Trost!«

»Sie hatten mehr als genug Trost aus der Flasche«, knurrte Sova. Sie holte tief Luft und begann zu singen. Ein bisschen Gilding konnte nicht schaden.

Schnaufend presste der Mann die Augen zu und wand sich in ihrem Griff. »Nicht schon wieder«, ächzte er mit flatternden Lidern.

Sova hörte sofort auf. Dafür packte sie ihn umso fester. »Was meinen Sie mit *schon wieder*?«

»Nicht wieder singen!« Der Kerl schauderte.

»Wer hat noch gesungen?«, fragte Sova. Ihr Herz raste – viel schneller als beim Rennen. »Wen haben Sie so singen gehört? Und wo?«

Der Mann schluckte und deutete hinter sich. »Fischfabrik. Verfluchter Ort ist das, da hat Gott drauf gespuckt! Tote Soldaten spuken da drinnen, dass die Katzen davonlaufen und die Möwen einen großen Bogen drum schlagen! Und es stinkt!«

Hier am Hafen stank es grundsätzlich, fand Sova. »Wonach?«, fragte sie trotzdem.

»Nach faulen Eiern, als hätte der Teufel persönlich in die Ecke geschissen, sach ich dir.«

Faule Eier. Angstschwefel. Rote Magie, wenn sie von kranken, schwachen Individuen gewirkt wurde.

»Danke, Sir«, sagte Sova leise und machte auf dem Absatz kehrt. Im Lauf schielte sie auf ihre sporadische Skizze, die sie von der Straßenkarte abgepaust hatte. Die verfallene Fischfabrik war nicht darauf vermerkt – ihr Freund vom Traummarkt war nicht hier gewesen, und das Gebäude sah so vermodert aus, dass man dort unmöglich ein Dutzend Dämonen festhalten konnte, ohne Aufmerksamkeit zu erregen. Und dennoch roch sie den Schwefel. Zwischen dem Gestank von Fisch, Algen und Rost witterte sie das Aroma von tollpatschiger roter Magie.

Vorsichtig duckte sie sich durch das rostige Eisentor und betrat das Gelände. Hier arbeitete seit Jahren niemand mehr. Zumindest kein Mensch. Und auch von toten, spukenden Gespenstersoldaten sah Sova nichts, weder in der verfallenen Manufaktur noch in den Lagerhallen mit den zertrümmerten Fenstern. Aber als sie die Nase in das Verwaltungsgebäude steckte, erschnupperte sie unter dem Gestank eine vertraute Duftsignatur. Herbe Myrrhe in all dem Schwefel.

»Luas«, flüsterte sie und schloss die Augen. Wenn sie sich konzentrierte, spürte sie das dumpfe Vibrieren roher roter Energie. Entweder versteckte sich hier ein Coven von Rotmagiern … oder sie war ihren Vermissten ganz nahe!

Behutsam tastete sie die Wände entlang. Fingernägel hatten die ohnehin schon abgeblätterte Tapete bis zum Mauerwerk abgekratzt und dabei dünne blutige Spuren hinterlassen. Als Sova mit spitzer Zunge kostete, schmeckte sie pure, säuerliche Myrrhe.

Während sie den Gang entlangschlich, tastete sie nach ihren Kontakthölzern. Zeit, die Hexe herzubestellen. »Luas«, flüsterte sie erneut – sie wagte es nicht, zu rufen. »Luas, bist du hier?«

»So heiße ich nicht, schöne Frau«, sagte jemand hinter ihr. Im selben Moment presste ihr jemand ein Stück Stoff vor die Nase – ein Stück Stoff, dessen eigenartig scharfer Geruch ihre Welt in Watte packte. Die Streichhölzer glitten ihr aus der Hand, ihre Knie gaben nach. Ein Kopf schob sich in ihr Sichtfeld.

»Aber ich freue mich trotzdem, dich zu sehen. Wir werden so viel Spaß zusammen haben!«

24.
RESTEESSEN

-1-

»Gehen wir endlich?« Ungeduldig taperte Algie vor der Tür des Hotelzimmers herum.

Moira ignorierte ihn, riss stattdessen ein weiteres Streichholz an. »Strix.«

Die Flamme loderte auf, knabberte sich durch das Holz bis zu ihren Fingerspitzen. Das Knistern des gefräßigen Feuers war alles, was sie hörte.

»Vielleicht steckt sie in 'ner Bahn fest«, meinte Algie.

»Seit drei Stunden?« Moira runzelte die Stirn.

»Sie muss doch erst mal von diesem Kaff wieder raufkommen.« Gähnend kratzte sich der Emon mit dem Zackenschwanz hinter dem rechten Horn. »Und hier auf dem Land fährt die Bahn nicht so oft wie in Manhattan.«

»Aber man braucht keine drei Stunden von Bayonne hier rauf, das sind höchstens sechs Meilen!« Unruhig blickte Moira sich in ihrem Hotelzimmer um. Sova hatte nichts aus den Nooks mitgenommen – hatte sich bloß eine Zahnbürste und ein Handtuch von Moira geliehen. Beides lag auf ihrem ordentlich gemachten Bett. »Kann auf sich selbst aufpassen, am Arsch«, murmelte sie und riss ein neues Streichholz an. »Verdammt, Sonnenschein, wo bist du?«

Die Flamme verschlang das Hölzchen und erlosch ohne eine Antwort.

»Vielleicht *will* sie auch nicht mit dir reden«, sagte Algie. Er krabbelte neben Moira auf den Sessel und nahm seinen gewohnten Platz auf ihrer Schulter ein.

»Oder sie *kann* nicht mit mir reden, weil sie aufgeschlitzt in der Gosse liegt!«

»Die Frau macht Leuten in den übelsten Gegenden von New York Angst«, erwiderte der Emon. »Sie hat den Entführern eins aufs Maul gegeben, und außerdem ist sie weder Alchemistin noch eine exzellente Fängerin. Sie passt gar nicht ins Beuteschema.«

»Aha, Sherlock, und was ist deine Erklärung?«

Wichtigtuerisch reckte Algie die spitze Schnauze in die Luft und klammerte sich mit dem Schwanzende an Moiras Locken, um nicht das Gleichgewicht zu verlieren. »Sie hat dich benutzt, um ihre Leute zu finden und den ganzen verkorksten Haufen auf eigene Faust wieder in die Nooks gebracht. Weil sie dir nach der Aktion mit dem Artikel nicht mehr über den Weg traut. Dich alleine in einem Vampirhotel im Nirgendwo zurückzulassen, ist eine todsichere Methode, dafür zu sorgen, dass du denen in den Nooks keinen Ärger mehr machst.«

»Brillant«, schnaubte Moira. »Die Sache hat nur einen kleinen Haken: Wir reden hier von Sova. *Ich* würde so etwas bringen, aber nicht die Frau, die sich vor schlechtem Gewissen die Kante gibt, wenn sie hässliche Dinge tun muss.«

»Vielleicht tut sie ja gerade genau das?« Der Schalk verschwand aus Algies krächzender Stimme. Selten hatte er so ernst geklungen. »Wer sagt, dass sie nicht genau deshalb deine kleinen Brandstiftungen ignoriert?«

Bei dem Gedanken wurde Moira flau im Magen. Sie schielte nach dem Emon. »*Weißt* du etwas? Hast du in ihrem Kopf rumgewühlt?«

»Bin ich lebensmüde?«, erwiderte Algie, doch plötzlich interessierte er sich sehr für eine der besonders rebellischen Locken hinter Moiras Ohr. »Ich sag ja nur. Wir reden von der Frau, die dich aus dem Bluthaus gerettet hat, um dich zum Versuchskaninchen zu machen. Wär nicht das erste Mal, dass sie dich benutzt.«

Moira presste die Lippen zusammen. Er hatte recht. Und schlimmer noch, vermutlich hatte er die letzten zwei Tage vorwiegend damit verbracht, ihre und Sovas Gedanken auszuspionieren. Die Wahrscheinlichkeit, dass er ihre Pläne aufgeschnappt hatte, war hoch. Dennoch riss sie ein weiteres Kontaktholz an. Viele waren nicht mehr übrig.

»Sova«, sagte sie leise, »wenn's dir gut geht, lass es mich einfach wissen, okay? Auch, wenn du wieder in New York bist.«

Nichts geschah.

Stumm sah Moira zu, wie sich der Rauch im Zimmer verlor. Schließlich erhob sie sich langsam und begann, die Zahnbürsten, Handtücher, Straßenkarten und das Lehrbuch in ihre Handtasche zu packen.

Verunsichert hüpfte Algie von ihrer Schulter aufs Bett. »Was machst du?«

»Nach Hause fahren. Mir einen Job suchen. Ich bin seit gestern arbeitslos.«

»Das war's also?« Empört blickte Algie sie an. »Keine Tränen, kein Wutanfall, kein gar nichts?«

»Wozu denn?« Moiras Mundwinkel zuckten, doch ihr Magen zog sich hässlich zusammen. »Sorry, Algie, bei mir gibt's nichts zu essen.«

Sie nahm ihre Tasche und ging zur Tür.

***

Der Neujahrsabend war noch jung. Während Moira an der Rezeption wartete, dass die verpennte Werwölfin sich um den Papierkram kümmerte, schlurften Vampire durch die Lobby in den Speisesaal, um ihr Frühstück einzunehmen.

»Live-Musik zum Frühstück, wie dekadent«, zwitscherte eine Untote mit breitem Chicago-Akzent im Vorbeischlurfen. Pianogeklimper drang aus dem Saal, dicht gefolgt von einem leichten Sopran. Einem ganz und gar zauberhaften, betörenden Sopran.

Verstört drehte Moira sich zum Speisesaal um. Vor dem Mikro stand eine kurvige Frau mit vollen Lippen und steinharten Falkenaugen. Obwohl der erwartete Schwindel ausblieb, stellten sich Moiras Nackenhaare auf.

»Sie lassen Sirenen beim Essen singen?«, fragte sie ungehalten. »Sind Sie von allen guten Geistern verlassen?«

»Sie sind die einzige Hexe im Haus und Sie haben kein Frühstück gebucht, also kriegen Sie sich wieder ein«, muffelte die Werwölfin und brummelte etwas über verklemmte New Yorker.

»Könnten Sie sich ein *bisschen* beeilen, Miss?«

»Ich hab's ja gleich, hetzen Sie mich nicht!«, antwortete die Werwölfin spitz – und tippte noch langsamer mit ihren Fünfzentimeterfingernägeln auf der Schreibmaschine.

Algie kicherte. Moira dagegen starrte angestrengt auf die kitschig-maritimen Gemälde, die die Lobby schmückten, und versuchte, den Gesang zu ignorieren. Narziss und Echo. Eine traurige Imitation von Milos schaumgeborener Venus. Odysseus, an seinen Mast gefesselt, auf den Sirenen in ihrer klassischen Form als geflügelte Vogelfrauen herniederstießen.

Moira blinzelte.

»Hey, Miss, hätten Sie ein Telefonbuch für mich?«

»Nummer vom Taxistand hängt hinter mir.«

Moira atmete tief durch und zwang sich, höflich zu bleiben. »Ich brauche kein Taxi, sondern ein Telefonbuch, Missy.«

Genervt hob die Werwölfin den Kopf. »Para oder Mensch?«

»Para.«

Ungehalten warf die Werwölfin ein dünnes Heftchen über den Tresen.

»Was hast du denn vor?«, raunte Algie und sprang auf ihre Schulter, um zu sehen, wonach sie suchte. »Ich dachte, wir fahren nach Hause! Und falls du's vergessen hast, dafür brauchen wir sehr wohl ein Taxi, oder willst du schwimmen?«

»Mitnichten.« Als sie endlich fündig wurde, lächelte Moira. »Aber bevor wir nach Hause fahren, machen wir einen kleinen Ausflug, du und ich.«

-2-

»Du hast gesagt, wir machen nichts Gefährliches!«, krähte Algie, während er hinter Moira die Treppe hinaufhoppelte. »Seit wann bist du lebensmüde?«

»Was kümmert's dich?«

»Na, ich muss schließlich irgendwie nach Hause kommen! Und wenn du draufgehst, ist meine zuverlässigste Futterquelle weg! Außerdem isst mich die Skorpionin, wenn sie spitzkriegt, dass ich dich zu denen gelassen hab!«

»Wenn die Skorpionin wirklich in New York ist, kann sie dir doch nichts tun. Allerdings bin ich mir nicht so sicher, dass sie in New York ist.« Am obersten Treppenabsatz blieb Moira stehen und überprüfte ihre Waffen. Revolver unter dem Mantel. Bärenklauphiole im Ärmel. Eine schlafende Alraune in der Handtasche, die sie aufwecken würde, wenn es sein musste.

Sie strich sich das Haar aus dem Gesicht, lockerte mühevoll ihren Kiefer und klopfte an die Tür der linken Dachgeschosswohnung. Ein handgeschnitztes Holzschild, mit Wellen und Fischen bemalt, prangte über dem Knauf.

Familie Monroe.

Verdrossen grummelnd machte Algie sich unsichtbar. In der Wohnung erklangen leise Schritte, kurz darauf öffnete sich die Tür einen Spaltbreit. Hinter der Kette erschien das runde, pickelige Gesicht eines Jungen in Amis Alter. Die messerscharfen Schneidezähne passten nicht zu seinen speckigen Wangen und erst recht nicht zu den erstaunten Knopfaugen.

Überrascht setzte Moira ein Lächeln auf. »Guten Abend. Bin ich hier richtig bei Oliver und Jillian Monroe?«

Der Junge schluckte nervös. »Ähm, ja, aber meine Eltern sind nicht daheim, die arbeiten. Neujahrskonzert«, fügte er schnell hinzu.

»Oh.« Stirnrunzelnd kratzte Moira sich am Kinn. »Merkwürdig, wir hatten einen Termin. Ich bin von der *Paranormal Gazette*, New York, ich sollte eine Homestory über deine Eltern schreiben. Für den Kulturteil.«

»Tut mir leid.« Der Junge biss sich auf die Unterlippe und schielte nervös ins Treppenhaus. Seine braunen Augen waren so viel weicher als die seiner Eltern. »Soll ich was ausrichten?«

»Ja, vielleicht möchten deine Eltern mich anrufen, hier ist meine …« Moira griff in ihre Handtasche, schwankte und hielt sich am Türrahmen fest.

»Alles in Ordnung, Ma'am?« Erschrocken entriegelte der Junge die Türkette und trat in den Flur hinaus. »Sie sind ganz blass!«

»Mir geht's gut, bloß etwas schwindlig.« Moria schenkte ihm ein zittriges Lächeln, doch sobald sie den Türrahmen losließ, wankte sie erneut.

Unruhig trat der Junge von einem Fuß auf den anderen, leckte sich die Lippen und linste erneut durch das saubere Treppenhaus. »Möchten Sie ein Glas Wasser?«

Nein, geh nicht da rein, jaulte Algie, der wohl irgendwo hinter Moira herumsprang.

Moira strahlte den Jungen dankbar an und folgte ihm in die Wohnung, Algie im Schlepptau. »Das ist sehr freundlich von dir, Kleiner.«

»Ich heiße Adam.«

»Freut mich, dich kennenzulernen, Adam.«

Während der Sirenenjunge vorging, stellte Moira das Schwanken ein.

Algie stöhnte vernehmlich. *Oscarreif!,* brummte er und sprang ihr auf die Schulter – ein unsichtbares Leichtgewicht. *Du bist das Abendessen, gute Frau! Sieht ja verfressen genug aus, der Knirps!*

Sei nicht so gemein, antwortete Moira lautlos.

Die Wohnung der Monroes war groß, und bei Tageslicht sicher unglaublich hell. Ein Konzertflügel dominierte das Wohnzimmer, umringt von zig weiteren Instrumenten: Ein Cello, mehrere Gitarren, eine keltische Harfe, zwei Altflöten, diverse Percussion-Instrumente … Gut ausgestattet, das Duo. Durch die Fensterfront (Südseite, sicher nicht billig!) blickte man geradewegs auf den Hafen. In der Ferne strahlte Manhattan. Adam jedoch schlurfte geradewegs in die Küche, die um einiges kleiner und finsterer war. Es roch beißend nach verbranntem Essen und Potpourri, dessen penetranter, künstlicher Blütengeruch Moira Tränen in die Augen trieb.

Während Adam ein Glas aus dem Schrank holte, begutachtete sie unauffällig die Fotos am Kühlschrank. Eines zeigte Jillian und Oliver in einem Tonstudio, ein weiteres einen sehr kleinen Adam, der sich bedröppelt an einem Mikrofon festhielt. Auf einem dritten lächelten sie alle drei in die Kamera, am Hafen, den Sonnenuntergang im Rücken. Ein Kalender hing an der Küchentür. Im Januar gab es eine ganze Reihe von Terminen – Jam Session in Clairwood, Jillians Solokonzert in der Blutbar Royal, Olivers Engagement bei einer Sirenenhochzeit … An Neujahr jedoch prangte bloß ein roter Punkt.

»Bitte sehr.« Adam drückte ihr ein Glas Wasser in die Hand.

Moira trank – und verschluckte sich prompt, weil Algie ihr mit seinem Zackenschwanz so fest in die Schulter piekte, dass ihr der Atem stockte.

Nicht trinken, du Suppenhuhn! Er hat da was reingemacht!

Witzbold, es ist schon unten! Was hat er reingetan?

Weiß nicht – ein Pulver!

Moira fasste Adam ins Auge, der sie zurückhaltend beobachtete.

»Geht's Ihnen besser?«

»Es würde mir noch besser gehen, wenn du nicht versuchen würdest, mich zu vergiften, Kleiner.« Ohne Federlesen zog sie ihren Revolver aus der Tasche.

Mit aufgerissenen Augen stolperte der Junge gegen die Spüle und warf dabei die Wasserkaraffe um. »Nein, Ma'am, was … ich … bitte nicht schießen, ich hab nicht -«

»Ich bin kein Nachtisch, verstehst du? Richte das gern deinen Eltern aus!«

»Nein, Ma'am, so ist das nicht, hören Sie zu -«

Moira drückte ihm den Revolverlauf gegen die Brust. »Ist dir eigentlich klar, dass deine Familie jetzt zweimal versucht hat, mich zu ermorden?

Und ich weiß, in Jersey dürft ihr das, aber deine Eltern haben keine Lizenz, in der Sub Side zu jagen.«

»Aber darum geht's doch!«, quietschte der Junge. Ein lautes Reißen ertönte. Als dem Jungen das Blut ins Gesicht schoss, glaubte Moira, er hätte gefurzt. Doch dann bemerkte sie den Riss in seinem Hemd. Adam krümmte sich, stöhnte, umklammerte seinen Oberkörper. Mit einem hässlichen Knacken brachen Flügel aus seinen Schulterblättern – gewaltige, muskulöse, hellbraune Adlerschwingen.

»Oh, nein, nein, nein«, quiekte Adam und bückte sich, um die Federn einzusammeln. Dabei stieß er mit den ausladenden Flügeln den Mülleimer um. Es schepperte; jede Menge Knochen, an denen Federn klebten, rollten auf die blankgeputzten Fliesen. Knochen, die eindeutig zu groß für Hähnchen waren. Knochen, die zu sehr nach einer menschlichen Hand aussahen.

Moira steckte den Revolver fort. »Vielen Dank für das Wasser, Adam.« Sie balancierte über die Knochen hinweg zur Spüle, doch bevor sie das Zeug wegkippen konnte, hielt der Junge sie am Mantel fest.

»Warten Sie, Sie müssen das trinken, sonst enden Sie auch so!« Er zeigte auf die Knochen. Seine Hand zitterte. »Ich will Sie nicht vergiften, Ma'am, ich will nur nicht, dass meine Eltern Sie nach der Arbeit auf den Grill werfen, okay?«

»Willst du nicht?«, erwiderte Moira. »Lecker Abendessen?«

»Ich?« Beleidigt verzog Adam den Mund. »Ich bin Vegetarier!«

Das verschlug Moira für einen Moment die Sprache. »Oh.«

»Ich will Sie nicht essen, Ma'am, aber ich weiß auch, dass Sie nicht wegen irgendeiner Story hier sind!« Vorsichtig, um nicht noch mehr Chaos zu veranstalten, richtete der Junge sich auf. Die Flügel brachten ihn aus dem Gleichgewicht und ließen ihn noch ungelenker aussehen. Er versuchte, sie einzuklappen, doch es wollte nicht recht funktionieren. »Dad hat gesagt, bei dem Sub Side-Konzert war eine Hexe. Meine Eltern warten praktisch nur darauf, dass sie vorbeikommt. Das sind doch Sie, oder nicht?« Unglücklich blickte er sie an.

Moira schürzte die Lippen. »Vermutlich.«

»Ich hab Ihnen nur Ulyssium gegeben. Damit sollten Sie ein Weilchen immun gegen meine Eltern sein. Oder zumindest nicht mehr den Drang haben, sich von meiner Ma kochen zu lassen. Bitte, Ma'am, trinken Sie das aus.«

Misstrauisch musterte Moira ihn. »Passiert so etwas oft? Dass deine Eltern … Essen nach Hause bestellen und du es wieder laufen lässt?«

Verlegen senkte Adam den Blick. »Ich sag doch, ich bin Vegetarier. Aus Prinzip.«

»Vorbildlich, Kleiner.«

Algie regte sich auf ihrer Schulter. Moira hörte ihn schnüffeln. *Giftig isses glaube ich nicht. Und der Krümel hat echt Schiss, dass seine Eltern früher nach Hause kommen. Er riecht zum Anbeißen!*

Sehr beruhigend.

Zögerlich trank Moira den Rest des Wassers. Es schmeckte frisch und kühl, wie junger Morgentau.

Adam stieß erleichtert die Luft aus. Als er sich anschickte, das Chaos aus Federn und Menschenknochen wieder in den Mülleimer zu verfrachten, bebten seine Lippen. Er würgte vernehmlich; seine Hände zitterten bloß stärker.

»Ich mach schon«, sagte Moira leise, nahm den Spüllappen als Handschuh und schaufelte den Unrat wieder zurück auf das Altpapier im Mülleimer. Die alten Zeitungen und Briefe hatten sich beeindruckend gegen den Sturz gewehrt und raschelten nun unter den Knochen, die auf sie herniederregneten. »Danke, Adam. Für das Ulyssium.« Moira hob den Kopf. »Sag mir bitte, dass deine Eltern dich nicht zwingen, Fleisch zu essen.«

Warum sagst du nicht direkt Menschenfleisch?, brummte Algie.

Bin ich ein Mensch?

Natürlich, was sonst? Halb und halb. Wie Hackfleisch.

Der Junge schüttelte empört den Kopf. »Wo denken Sie hin, meine Eltern würden mich nie zu etwas zwingen, was ich nicht will!« Etwas leiser fügte er hinzu: »Aber sie hätten natürlich schon gerne, dass ich … Sie wissen schon. Dad hasst es, so viel Grünzeug zu kochen, aber …« Er schüttelte sich so heftig, dass ein paar seiner flaumigen Federn zu Boden segelten. »Ich kann doch nichts essen, was mich anguckt! Es ist nur …« Er schluckte hart. »Ich mag nicht mal zu Hause sein, wenn meine Eltern essen.«

»Bringen deine Eltern das Essen denn, ähm … frisch nach Hause?«

»Nennen Sie's doch nicht Essen! Das sind Personen!« Adams Augen tränten. Hinter ihm reckte Algie triumphierend die Schnauze in die Luft. »Mum hat mal drauf bestanden, dass ich dabei bin, wenn sie … das Abendessen zubereitet. Ich bin in Ohnmacht gefallen.«

Vorsichtig tätschelte Moira seinen Arm. »Verstehe ich voll und ganz. Ist nicht vergleichbar, aber meine Grandma hat früher Hühner in unserer Küche geschlachtet. Ich bin auch umgekippt. Und konnte nächtelang nicht schlafen.«

Adam schenkte ihr ein zaghaftes Lächeln und wischte sich über die Augen.

Nachdenklich hob Moira eine der Federn auf, die er verloren hatte. »Passiert dir so was öfter? Das mit den Flügeln, meine ich.«

Adam putzte sich die Nase. »Nur, wenn ich mich erschrecke. Ich kann's noch nicht kontrollieren. Mein Dad geht jeden Sonntag mit mir üben, aber … selbst, wenn die Flügel auf Kommando kommen, ich schaffe es nicht in die Luft.« Sein Gesicht wurde noch röter. Jetzt, wo er sich beruhigte, zogen sich seine Flügel in seine Schultern zurück.

Mit klopfendem Herzen betrachtete Moira eine besonders lange Feder. Sie war hell, wie eine Möwenfeder, doch die Spitzen schillerten blauschwarz. Die Feder eines Raubvogels. Mit spitzen Fingern verfrachtete sie sie in den Müll. »Ich dachte immer, das wäre bloß ein Mythos. Das mit den Flügeln.«

»Ist sicherer für uns, wenn das niemand weiß«, sagte Adam leise. »Oder wenn die Leute uns mit Meerjungfrauen verwechseln. Wir dürfen ja auch eigentlich gar nicht fliegen.«

»Aber dein Dad fliegt trotzdem?«

»Na ja, lernen muss man's ja. Und eigentlich fliegen meine Eltern auch gar nicht, aber manchmal geht's einfach schneller als Busfahren, wissen Sie?«

Bei seinen Worten verschwand das Gewicht auf Moiras Schulter. Algie quietschte entzückt auf. *Deshalb waren sie wie vom Erdboden verschluckt! Niemand hat in die Luft geguckt!*

Wer kommt denn auch auf so etwas? Energisch klappte Moira den Mülleimer zu. Jetzt war sie dankbar für den Zitrus-Duftbaum. »Können deine Eltern eigentlich von der Musik leben?«

Nun, da die Knochen außer Sicht waren, hellte sich Adams Miene ein wenig auf. »Ja. Ist nicht selbstverständlich, nicht mal für Sirenen.«

»Sie brauchen keine Nebenjobs?«

Adam rieb sich die Nase. »Kommt drauf an, was Sie so Nebenjob nennen. Ich meine, sie machen auch Werbejingles und so Zeug, und singen auf Vampirhochzeiten … Aber das ist ja alles Musik, also …«

»Ja.« Moira lehnte sich an die Spüle. »Deine Eltern haben es wirklich geschafft.«

Pff!, machte Algie. *Denkst du, die binden ihrem Welpen auf die Nase, dass sie als Flug-Kuriere arbeiten? Das kratzt denen bestimmt viel zu sehr am Ego!*

Moira ignorierte ihn. »Okay, Adam, ich will dich auch gar nicht weiter belästigen. Wenn sie möchten, können deine Eltern mich anrufen. Ich lasse meine private Nummer da. Wärst du so gut und holst mir kurz etwas zu schreiben?«

»Klar, Ma'am.« Erleichtert huschte Adam aus der Küche.

Sobald er durch die Tür war, öffnete Moira erneut den Mülleimer und wühlte sich durch die Knochen bis zum Altpapier hinunter.

»Igitt, was machst du denn?«

»Freu dich, der ganze Ekel schmeckt bestimmt super.«

»Auch wieder wahr.« Algie grinste – und begann ungeniert, von ihr zu essen.

So schüttelte sich Moira zumindest nicht, als sie unter den Knochen endlich fand, was sie suchte. Eilig wickelte sie ihre Beute in ein Taschentuch und verstaute sie in ihrer Handtasche.

Sie schrieb Adam eine völlig falsche Telefonnummer auf, bedankte sich noch einmal für das Ulyssium und schüttelte ihm die Hand, als er sie zur Tür brachte.

»Sag deinen Eltern, dass ich ihre Arbeit trotz allem sehr bewundere. Ich hab Kontakte zum Musikredakteur von Witchy Wire Radio, falls sie auch in der Sub Side gespielt werden wollen.«

»Im Ernst?« Ein Strahlen stahl sich in Adams Augen. »Sag ich ihnen, Ma'am.«

Als sie die Stufen hinunterschlenderte und der Junge ihr nachwinkte, wischte Algie ihr mit dem Zackenschwanz gegen den Hinterkopf. »Du bist ein Miststück, weißt du das?«

»Dafür klingst du aber schwer erfreut.«

»Erklärst du mir auch, warum du kleine Jungs belügst und in anderer Leute Müll wühlst?«

Moira ließ sich mit ihrer Antwort Zeit, bis sie sich zwei Blocks vom Haus der Monroes entfernt hatten. Erst dann zog sie ihre Beute aus der Handtasche und wickelte sie mit spitzen Fingern aus dem Taschentuch. Federn und Fleischreste klebten auf dem zerknitterten, fetttriefenden Briefkopf, doch die Lettern waren noch gut lesbar – und Moira hätte das auffällige grüne Wappen mit den Rabenschwingen, das ihr bereits beim Aufräumen ins Auge gesprungen war, jederzeit erkannt.

»Ich frage mich ja wirklich, was die Abraxas-Akademie mit Sirenen aus Jersey zu schaffen hat.«

»Die Brax?« Neugierig beugte Algie sich vor. »Vielleicht wollen sie sie ja als Dozenten anheuern. Ich meine, hör dir das an: *Liebe Jillian, lieber Oliver, danke für die exzellente bisherige Zusammenarbeit. Ich hoffe, wir können unseren Vertrag noch bis März 1949 verlängern. Wir bräuchten Sie im Januar bereits am 1., 3. und 5. Lassen Sie mich wissen, ob es Ihnen zeitlich möglich ist. Ich freue mich auf Ihre Rückmeldung. Hochachtungsvoll, Prof. P.S., Fakultät 3.*« Er hob den Kopf. »P.S. ist ein lausiger Name. Ist bestimmt irgendein Musikprofessor.«

Mit einem leisen Lächeln schüttelte Moira den Kopf. »An der Brax gibt es keine künstlerischen Studiengänge. Fakultät 3 gehört der Naturwissenschaft.« Sacht strich sie über die Telefonnummern im Fuß des Briefes. »Wollen wir doch mal hören, wer P.S. ist, was meinst du?«

Algie kicherte. »Es ist Seppia Redgrave! Unter Pseudonym!«

»Unsere verehrte Frau Senatorin? Klar, träum weiter, du Scherzkeks!«

Es dauerte, bis sie eine Telefonzelle ausfindig machten. Die erste Nummer, die des Brax-Sekretariats, war natürlich ein Schuss in den Ofen. Niemand arbeitete am Neujahrsabend. Bei der zweiten Nummer handelte es sich um eine private, wenn Moira sich nicht täuschte. Es klingelte dreimal. Dann hob jemand ab. Moira rechnete steif und fest mit einer Männerstimme – und ließ beinahe den Hörer fallen, als sich stattdessen eine vage bekannte Frauenstimme meldete.

»Penelope Shaw am Apparat. Wer ist da?«

Während Algie wild zu fluchen begann, schloss Moira die Augen. Ihr Herzschlag beschleunigte sich. Als sie sprach, war sie selbst überrascht, wie belegt ihre Stimme klang. »Guten Abend, Ma'am. Moira Bran von der *Paranormal* … ja, genau, Catrionas Enkelin.« Sie holte tief Luft. »Sie haben keine Ahnung, wie froh ich bin, Ihre Stimme zu hören, Penelope. Wir sollten uns ganz dringend auf eine Tasse Kaffee treffen.«

»Was zum Henker machst du da?«, quäkte Algie, doch Moira hielt ihm das Maul zu, um in Ruhe fortzufahren. Er strampelte, biss und kratzte, wurde mit jedem Wort, das Moira sprach, wilder.

Schließlich ertönte auf der anderen Seite der Leitung ein entzücktes Lachen. »Wir sollten uns wirklich auf einen Kaffee treffen, Moira. Wann passt es Ihnen denn?«

25.
DIE ALCHEMIE DES TRÄUMENS

-1-

Sova zuckte zusammen, als die Faust neben ihr gegen die Wand donnerte. Leider brach sich der Bastard nicht die Hand. Lachte bloß. Verächtlich stierte Sova ihn an.

»War das schon alles?«

Mit einem breiten Lächeln öffnete er den Mund. Ein furchtbarer Ton drang hervor. Kein Sirenengesang, sondern ein widerliches Geräusch, wie Nägel auf einer Schieferplatte, nur viel, viel schlimmer. Viel, viel lauter. Die scheußliche Frequenz stach ihr ins Ohr, als würde er mit einem Messer darin herumstochern. Wieder und wieder, hart, unnachgiebig. Sova ruckte mit dem Kopf. Er hatte ihre Hände gefesselt – sie konnte sich die Ohren nicht zuhalten. Schwarze Punkte tanzten vor ihren Augen, sie spürte, wie ihr etwas Feuchtes aus dem rechten Ohr rann, doch sie gab keinen Mucks von sich.

Endlich verstummte er und musterte sie unzufrieden. »Ich mag dich lieber, wenn du singst.« Seine Sprechstimme klang dumpf und weit entfernt.

»Und ich mag dich lieber, wenn du die Klappe hältst, Danny, oder blutend am Boden liegst, aber das Leben ist kein Ponyhof.«

Der Sirenenmann packte ihr Kinn. »Vorsicht, Mäuschen.« Sova sah nichts, sie hörte nur das Schnappen des Klappmessers. »Du glaubst, du kannst einfach hergehen und Leute aufschlitzen, ja?«

»Was kann ich dafür, wenn du mir auf dem Markt ins Messer läufst?«

»So frech! So rabiat!« Die Klinge strich über ihren Bauch. »Weißt du, Mäuschen, ich halte den Taktstock. Und wenn der Dirigent führt … singt der Chor!«

»Poseidon noch eins, Danny, hat sie deinem Ego so hart in die Eier getreten?«, ertönte eine zweite Stimme von der Tür. Ein sonorer Bariton, Balsam für Sovas malträtierte Gehörgänge. Hinter Danny schnalzte Oliver Monroe missbilligend mit der Zunge. »Reiß dich zusammen, Mann!«

»Die Elster hat mich mit Gusto aufgeschlitzt«, erwiderte Danny ungerührt. »Sie steht nicht auf der Liste vom Boss, sie ist keine Spitzenfängerin und keine Alchemistin. Sie ist nur eine kleine Traumdiebin, die ihre Nase in fremde Angelegenheiten steckt, also können wir getrost noch ein wenig *musizieren.*«

Entnervt tappte Oliver mit dem Fuß auf die Fliesen. »Du sollst die anderen bewachen, nicht Jack the Ripper spielen! Bring sie wieder nach drüben, der Boss kommt bald.«

Unwillig ruckte Danny mit dem Kopf, doch er widersprach nicht, sondern packte Sova grob am Arm und zog sie aus dem stickigen Heizungsraum.

Oliver tippte ihr auf die Schulter. »Hab ich dich nicht letztens bei einem Konzert gesehen? Willst du ein Autogramm?«

»Sie haben echt Nerven«, zischte Sova.

Dann schleifte Danny sie zurück in den großen Kellerraum – den mit dem Gitterverschlag, in dem für ihren Geschmack zu wenige Averna kauerten. Und zu wenige waren bei Bewusstsein.

Luas und Mia Gill fingen sie auf, als Danny sie in den Verschlag schubste.

»Du findest wirklich überall neue Freunde, was?« Vorsichtig tupfte Mia ihr das Blut vom Ohrläppchen. Selbst die sanfte Berührung ließ Sova auffiepen.

»Na super«, murmelte Slim Alrakis, dessen Pupillen in seiner dunklen Iris gar nicht mehr zu sehen waren. Er kauerte neben seinem bewusstlosen Zwilling, der sich nicht geregt hatte, seit Sova angekommen war. »Dann wird der Worn ja nicht lange auf sich warten lassen.«

Von den dreizehn entführten Dämonen waren noch zehn hier, und nur noch eine Handvoll kohärent genug, um auf irgendetwas zu reagieren. Zeta Taur hatte seit Sovas Ankunft nicht einmal die Augen geöffnet, und Alistair Bluth, der mit Mitte sechzig ebenfalls zu den alten Eisen unter den Fängern gehörte, sah aus, als würde er jeden Moment ins Emonium gleiten. Zittrig griff Sova nach den Gitterstäben, klaubte alle rote Energie zusammen, um ihren Schatten zum Türschloss zu schicken … Doch ihr Schatten prallte ab.

»Vergiss es«, murmelte Mia. »Die haben den Käfig mit 'nem Schutzzauber verstärkt, nachdem Zeta auf die Weise fast abgehauen wäre.«

»Ich muss gilden«, seufzte Beryl Emini leise. Ihre blonde Mähne war verfilzt und fettig, doch ansonsten machte sie mit Abstand den gesündesten Eindruck.

»Wir müssen alle gilden«, zischte Alyss Scale, »und jetzt dürfen wir uns noch mit einem Maul mehr ums Essen kloppen!« Sie funkelte Sova an.

»Lass sie in Ruhe, sie wollte nur helfen«, fuhr Luas dazwischen. Seine Samtweste und das violette Hemd wiesen Risse auf, von seinem taillierten Mantel waren nur noch Fetzen übrig.

»Hat ja bestens geklappt!« Alyss verschränkte die Arme. »Ich fass es nicht, dass Lear uns eine Possesseurin und eine *Hexe* schickt!«

»Ich bin keine Possesseurin«, grollte Sova. »Und die Hexe …« Sie schluckte. Wann genau hatte Danny sie eigentlich k.o. geschlagen? Sie war nicht ganz sicher, wie lange sie bereits in diesem Keller steckte. Suchten Moira und Algie noch nach ihr? Oder waren sie längst nach New York zurückgekehrt?

»Schluss mit dem Gequatsche da drinnen!« Danny schlug gegen die Gitterstäbe. »Jill, willst du sie nicht noch mal ruhig stellen?«

»Nö.« Jillian Monroe, die im Schneidersitz auf einem Tisch jenseits des Verschlags hockte, blickte ungeduldig auf ihre Armbanduhr. »Wo bleibt denn der Boss? Ich will Adam nicht so lange alleine lassen.«

Danny gluckste. »Kommt euer Pubertier keine zwei Stunden ohne Mummy und Daddy aus?«

Jillian verzog wütend das Gesicht, doch in diesem Moment knallte oben eine Tür. »Fick dich, Danny. Der Boss ist da.«

Sova drehte sich zu Mia um. »Wer *ist* dieser Boss denn eigentlich? Wir haben unsere ganzen Stammkunden abgeklappert, aber -«

»Unsere Stammkunden?« Mias Mund wurde schmal. »Nee, die -«

»Guten Abend, meine Täubchen«, trällerte eine Stimme aus dem Flur. »Wer übt mit uns die Neujahrsansprache?«

»Na endlich«, murmelte Oliver. »Hoffentlich ist er nicht wieder so eklig gut gelaunt.«

Als die Tür aufschwang, verschluckte sich Sova. Irgendwie hatte sie, trotz allem, fest damit gerechnet, Greg McGowan zu sehen.

Sie hätte nicht falscher liegen können.

Eine fremde Hexe trat in den Keller, dicht gefolgt von niemand Geringerem als Harold Fairbanks.

-2-

Während Harold Fairbanks Smalltalk mit den Monroes hielt und ihnen einen Schwank von der Silvesterparty der Faustus-Partei erzählte, der zumindest Oliver sichtlich zu Tode langweilte, klang der Schmerz in Sovas Ohr ab.

»*Das* ist der Boss?«, hauchte sie. »Diese kleine graue Maus?«

»Ratte trifft's eher«, brummte Alyss. »Was meinst du, warum wir keine Luftsprünge machen, dass Lear eine Hexe nach uns suchen lässt? Wahrscheinlich steckt eure Reporterin mit denen unter einer Decke!«

»Unsinn«, schnappte Luas, doch er klang nicht überzeugt.

»Aber wozu denn?« Sova schüttelte den Kopf und verzog gleich darauf das Gesicht. Der Luftzug schmerzte scheußlich an ihrem Ohr. »Was wollen die mit uns?«

»Seit wann brauchen Magier einen Grund, um Dämonen zu quälen?«, murmelte Slim Alrakis.

Indes zog Fairbanks einen ordentlich gefalteten Zettel aus seiner Tasche und reichte ihn Jillian. »Das Libretto, werte Dame.«

Mit geschürzten Lippen überflog Jillian den Zettel. »Das ist lang.«

»Deswegen habe ich heute Sie beide herbestellt«, sagte Fairbanks.

Jillian räusperte sich. »Bei allem Respekt, Sir, aber *niemand* redet so.«

Stur verschränkte Fairbanks die Arme. »Ruben fand es gut.«

»Ruben findet alles gut, was *sie* ihm vorliest«, sagte Oliver trocken und nickte zu der Hexe, die Fairbanks begleitet hatte. »Wenn Professor Shaw ihrem Herzblatt etwas vorliest, dann -«

»Wir haben Sie nicht als Kritiker engagiert, Mr. Monroe«, unterbrach die Hexe ihn spitz.

Sova suchte Luas‘ Blick. »Wovon reden die?«

Luas zuckte bloß mit den Schultern.

In Sovas Gedanken arbeitete es. Der Name rührte an etwas in ihrer Erinnerung – hauptsächlich Gemecker von Algie über *die schlimme Frau*, aber auch Moiras Bericht über Parcival Rubens unerwartete Liebschaft … »Professor Shaw? Wie in Penelope Shaw?«

»Ja, das ist sie«, grollte Alyss. »Warum?«

Ungläubig starrte Sova die Hexe an. Was, bei allen Geistern und Sternen, ging hier vor?

Fairbanks klatschte geschäftig in die Hände. »Also gut, fangen wir an. Ich will mit der Nummer fertig sein, wenn unser Gast kommt.« Erst jetzt richtete er den Blick auf die Dämonen im Verschlag. »Wen nehmen wir denn heute? Sehen alle etwas fertig aus, was meinst du, Penny?«

Shaw schmunzelte. »Nein, nein, es geht ihnen gut. Freiwillige?«

Alistair umklammerte die Gitterstäbe. »Lassen Sie uns gilden, bitte! Ich schwöre, wir -«

Alyss zog ihn am Kragen zurück. »Bei Nantey, reiß dich gefälligst zusammen, du machst uns alle zum Narren!«

»Mir egal!« Alistair riss sich los. Schwarz kroch in das Weiße seiner Augäpfel. »Bitte, Ma'am, es tut weh, lassen Sie mich raus, lassen Sie mich jagen, lassen -«

»Oh!« Erregt trat Shaw an den Käfig heran. Ihr neugieriger Blick glitt über Alistairs graue Haut, seine spitzen Wangenknochen, die papierenen Lippen … die Schlitzpupillen, die gelegentlich rot aufflackerten. »Schau, Harold, *er* hier sieht fertig aus. Bei ihm dauert's nicht mehr lange!« Sie leckte sich die Lippen und zog ein dünnes Heft hervor, um Notizen zu machen. »Diesmal will ich dabei sein, wenn es -«

»Sie lassen Ihre Drecksgriffel von meinem Onkel, verstanden?«, fauchte Alyss. Erneut packte sie Alistair, doch diesmal schleifte sie ihn in den schattigen Winkel des Verschlags, wo Zeta Taur, Rhea und Igror Sagittar reglos auf der Erde lagen.

»Tick tock, Penny«, sagte Fairbanks gedehnt.

»Ist ja gut!« Beleidigt schnippte Shaw mit den Fingern. Auf ihren Wink dirigierte Danny Beryl Emini aus dem Verschlag.

Indes überreichte Fairbanks Oliver Monroe eine pechschwarze Haarsträhne. Oliver schnupperte daran.

»Ist das wieder Seppia Redgrave?«

»Natürlich«, antwortete Fairbanks selbstgefällig. »Dieses kleine Liedchen ist für sie. Legen Sie los, Herrschaften.«

Oliver nahm Strähne und Zettel und stellte sich direkt vor Beryl, die mit unglücklichem Gesicht die Hände an seinen Kiefer legte. Als er zu singen begann, wartete Sova auf den wohligen Schauer, den der Sirenengesang in der *Grinsenden Katze* bei ihr ausgelöst hatte. Doch der Schauer kam nicht, und so dauerte es einige Augenblicke, bis Sova auf den Text achtete.

Es war kein Lied.

Es war eine Rede. Eine gesungene Rede. Ein Loblied auf das harmonische Miteinander zwischen Magiern und Vampiren, das es zur stärken galt. Vorzugsweise, indem jeder Magier einmal die Woche zum Aderlass ging – wäre es nicht schön, wenn weniger Menschen den untoten Mitbürgern zum Opfer fielen? War es nicht sogar die Pflicht der Magier, Verantwortung für ihre schwachen menschlichen Nachbarn zu übernehmen? Und die Kobolde! Ihnen versprach man Arbeitsplätze in den Dienstleistungssektoren außerhalb der Sub Side (auch wenn es in Sovas Ohren klang, als würden sie sich mit den Menschen um mickrige, mies bezahlte Jobs prügeln dürfen). Und man solle die Hexenverfolgung aus den Lehrplänen an der Sub Side High und der Abraxas-Akademie streichen, um jungen Magiern kein falsches Bild von Menschen zu vermitteln. Schon beim bloßen Zuhören wurde Sova übel von der Anbiederei. Indes liebkoste Beryl mit zittrigen Fingern Olivers Kiefer, sein Kinn … und zog. Wolkenleichte, hellblaue Fäden strömten mit der Stimme aus seinem Mund, so wie normalerweise Träume aus den Köpfen ihrer Spendenden flossen. Nach einiger Zeit reichte Oliver Zettel und Haarsträhne an Jillian weiter, die seinen Platz vor Beryl einnahm, um die Rede fortzusetzen. Beryl zog Satz um Satz hervor, die Fäden vibrierten vor jener unwiderstehlichen Überzeugungskraft, die Sirenen für ihre Opfer so gefährlich machten.

Als Jillian ihre Arie schließlich mit gerümpfter Nase beendete, applaudierten Fairbanks und Shaw. Fairbanks standen allen Ernstes Tränen in den Augen.

»Bravissimo, ganz ausgezeichnet!«

»Und auf die Minute genau«, zwitscherte Shaw. »Ich glaube, unser Gast ist gerade gekommen – das hier muss sie wirklich nicht mitbekommen.« Sie nahm Beryl die Schüssel mit den Gesangsfäden aus der Hand und stieß sie zurück in den Verschlag.

»Hallo?«, drang eine dumpfe Stimme aus dem Flur.

»Dritte Tür links«, antworteten Fairbanks und Shaw unisono.

Kurz darauf schob sich ein Kopf durch die offene Tür. »Meine Güte, Sie haben Ihr Quartier ja wirklich am Arsch der Welt aufgeschlagen! Ich hab fast nicht hergefunden!«

Und damit spazierte Moira in den Keller.

-3-

Erleichtert stieß Sova die Luft aus. »Du hast verdammt lange gebraucht, *vitjka*«, sagte sie durch die Gitterstäbe, unfähig, sich ihr Grinsen zu verbeißen.

Moira hob irritiert die Brauen. »Eigentlich nicht.«

Dann wandte sie sich Harold Fairbanks zu – und schüttelte seine Hand. Penelope Shaw begrüßte sie sogar mit Wangenküsschen.

»Schön, dass Sie's einrichten konnten, Miss Bran«, sagte Fairbanks.

»Die Freude ist ganz meinerseits, Sir.«

»Schreckliche Sache, was Penelope mir da erzählt hat, ganz fürchterlich, Kind.« Mit einem zum Kotzen väterlichen Lächeln tätschelte er Moiras Schulter. »Gut, dass Sie zu uns gekommen sind.«

Moira erwiderte sein Lächeln. Nantey, Sova war nicht sicher, ob sie die Hexe jemals so offen hatte lächeln sehen!

Luas schüttelte verstört den Kopf. »Sie spielt das echt überzeugend. Sie spielt doch, oder, Sova?«

»Das will ich verdammt noch mal hoffen«, murmelte Sova angespannt, doch ihr Magen zog sich schmerzhaft zusammen. Irgendetwas stimmte hier nicht. Moira plauderte mit Fairbanks und Shaw wie mit alten Bekannten. Und bei den wenigen Malen, die ihr Blick die Dämonen im Käfig streifte, waren ihre Augen hart. Hart und kalt.

»Mit Verlaub, Kind, Sie hätten viel früher um Hilfe bitten sollen«, sagte Fairbanks. »Erpresst von Dämonen!«

Sova stockte der Atem. Bislang hatte sie sich an die Hoffnung geklammert, dass die Typen sie für Rotmagier hielten. Rotmagier mit besonderen Fähigkeiten.

Moira schnaubte. »Ich wollte nicht in der Geschlossenen des Hekate-Hospitals landen, Sir. Dämonen gibt es schließlich nicht.« Sie verdrehte die Augen. »Es war reiner Zufall, dass ich über Penelope gestolpert bin.«

»Aber ein *glücklicher* Zufall.« Wieder dieses eklige Lächeln. Erneut legte Fairbanks Moira die Hände auf die Schultern. »Sie brauchen keine Angst mehr zu haben. Wir haben alles unter Kontrolle.« Seine Miene verfinsterte sich. »Allerdings sehen wir hier ja, was passiert, wenn wir uns auf die Kureter verlassen. Da sind wir angeblich seit fünfzig Jahren dämonenfrei und die Pappenheimer schaffen es, ein ganzes Nest zu übersehen!«

»Bei allem Respekt, Harold, Sie haben hier einen Haufen schwacher und kranker Schäfchen gesammelt«, erwiderte Moira mit einem verächtlichen Blick auf den Käfig. »Solange die Frau, die mich in diesen Vertrag gezwungen hat, da draußen ist, muss ich weiterhin in der Sub Side spionieren. Und Sie kennen die Kureter – die werfen mich wegen Hochverrats in die Tombs.«

»Lügnerin«, flüsterte Sova ungläubig. Niemand achtete auf sie.

»Wir passen auf Sie auf, Moira«, sagte Fairbanks gönnerhaft. »Dafür steht die Faustus-Partei schließlich. Und … wenn ich Penelope richtig verstanden habe, möchten Sie sich bei uns erkenntlich zeigen?«

»Selbstverständlich.« Moira lächelte wieder. »Wohlwollende Presse für die Faustus-Partei.«

»Nun ja, die Sache ist die …« Stirnrunzelnd kratzte Fairbanks sich im Nacken. »Verstehen Sie mich nicht falsch, ich zweifle nicht daran, dass Sie schnell wieder Fuß in der Presselandschaft fassen, sobald Sie keine Dämonen mehr im Nacken haben, aber … nun ja, Moira, aktuell sind Sie keine Reporterin.«

»Das ist nur eine Frage der Zeit.« Mit ernster Miene zog Moira eine dünne Mappe aus ihrer Handtasche und reichte sie Fairbanks. »Sie dürfen sich aussuchen, wem ich das hier anbiete. Welche Zeitung hilft Ihnen am meisten?«

Fairbanks japste erstaunt auf.

»Nein«, sagte Sova laut, als sie das Dokument erkannte. »Moira, nein!«

Doch Fairbanks überflog bereits das Papier.

Es war der Artikel über den Traummarkt. Moiras *Lebensversicherung*.

»Du verdammtes Miststück!« Sova schmeckte Galle auf der Zunge. Rohe rote Magie schoss aus ihren Fingern. Die Energie prallte an den Gitterstäben ab und warf sie rücklings auf die kalten Fliesen.

»Vorsicht, Sonnenschein, du tust dir noch weh«, sagte Moira kühl.

»Fantastisch!« Fairbanks' Schnurrbart wackelte entzückt. »Schau dir das an, Penny, sie hat sogar Echoaugenbilder! Und da sieht man ganz deutlich die Kundschaft … Das ist Paul Harrison von der Prosper!« Mit einem breiten Strahlen hob er den Kopf. »Ist Ihnen klar, dass Sie damit die halbe Führungsriege der Prosper reinreiten? Mitten im Wahlkampf?«

»Mit den Langzähnen habe ich noch eine kleine Rechnung offen.« Moira zog ihren Schal beiseite und entblößte die Narben auf ihrem Hals. Gelassen steckte sie sich eine Zigarette an. »Ich sagte ja, ich will mich erkenntlich zeigen, wenn Sie mir aus der Sache raushelfen. Gern geschehen.«

Fairbanks strahlte sie an, als hätte er gerade den Fick seines Lebens beendet. »Ich würde sagen, wir sind im Geschäft, Miss Bran.«

Neben Sova sank Luas mit fahlem Gesicht auf den Boden.

»Ich hab's euch gesagt«, kam Alyss' schneidende Stimme aus der Ecke.

Sova presste die Zähne zusammen, versuchte, ihre Wut im Zaum zu halten, doch sie selbst roch die Myrrheschwaden, die sie ausdünstete.

Indes zog Moira an ihrer Zigarette und musterte erneut den Käfig. »Ich nehme an, das hier ist der erste Artikel, den ich für Sie schreiben soll? *Faustus-Partei fasst Dämonen in New York – was haben die Kureter die letzten fünfzig Jahre getrieben?*«

»Genau das.« Fairbanks schnippte mit den Fingern. »Ich mag, wie Sie denken!«

»Okay.« Mit der Zigarette im Mundwinkel machte Moira sich eine Notiz und zupfte ihren Mantel zurecht. »Ähm … nur, damit ich die Story komplett habe: Sie haben sie eingefangen, schön und gut, aber -«

»Ehrlich gesagt haben *wir* sie eingefangen«, fiel ihr Danny ins Wort. »Keine New Yorker Magierschnösel, sondern hartarbeitende Sirenen aus Jersey, wenn's beliebt!«

Moira ignorierte ihn, konzentrierte sich ganz auf Fairbanks. »Aber was haben Sie mit ihnen vor? Liefern Sie sie den Kuretern aus? Sollen sie auf ewig in Jersey vor sich hin schimmeln?« Moiras Mundwinkel zuckten. »Nicht, dass das nicht Strafe genug wäre.«

»Wir dachten an wissenschaftliche Zwecke«, sagte Shaw leise. Ihre Augen glitzerten, und als sie ihre Stimme noch weiter senkte, kauerten sich Mia und Slim zusammen. »Weißt du, wir wollen eine saubere Sub Side, Moira. Schluss mit dem Schwarzmarkt, der so viele Menschen anlockt, Schluss mit den Rotmagiern, die die Kureter einfach nicht in den Griff bekommen. Wir setzen dem ein für alle Mal ein Ende. Und wie könnte man besser herausfinden, wie man rotes Potenzial neutralisiert, als an Dämonen?«

Moira hob die Brauen. Täuschte sich Sova oder blitzte ein roter Schatten durch ihre Augen? »Nimm's mir nicht übel, Penelope, aber bist du nicht Zoologin? Ist das überhaupt deine Expertise?«

Shaw lachte. »Ach, Liebes, du hast wirklich ein Problem damit, wenn ich mich aus meinem Fachbereich wage, was? Ich bin Magiebiologin – damit fallen Dämonen durchaus in mein Feld, finde ich. Spannende Studien, ich sage es dir.«

Auf ihren Wink hin trat Danny in den Verschlag und stapfte nach hinten, wo Zeta und Rhea reglos auf der Erde lagen.

»Genug geschlafen, Mädels! An die Arbeit!«

Er zog Zeta am Arm. Die alte Dämonin rührte sich nicht. Dafür hob Rhea den Kopf und schleuderte ihm ohne Vorwarnung einen Schwall roter Energie entgegen, der ihn rücklings gegen die Gitterstäbe warf. Sova sprang der offenen Tür entgegen, doch Danny kam ihr zuvor.

»Hiergeblieben!« Er stieß sie zurück und griff im selben Atemzug nach Luas' Arm. »Dann muss eben der Möchtegern-Dandy an die Arbeit!«

Luas warf den Kopf zurück und spuckte ihm ins Gesicht.

»Vorsicht, Freundchen.« Danny blinzelte sich den Speichel aus dem Auge, lockerte seinen Griff jedoch nicht. »Sonst haben wir richtig Spaß zusammen, wenn du fertig bist.« Er zerrte Luas aus dem Verschlag. Ohne seine Fußprothese verlor Luas das Gleichgewicht und sackte zu Boden.

»Steh auf und wirke deine Magie, Junge«, sagte Fairbanks ungerührt. »Er ist Alchemist, wissen Sie?«, wandte er sich an Moira. »Penny ist besonders interessiert daran, wie sich das rote Potenzial bemerkbar macht, wenn Dämonen arbeiten.«

»Tja, aber ich bin gar nicht interessiert daran, irgendwas für Sie zu machen«, knurrte Luas und blieb stur auf den kalten Fliesen sitzen.

Shaw schürzte die Lippen. »Nicht? Dann müssen wir wohl entsprechende Anreize setzen.« Sie öffnete ein Köfferchen, in dem eine Reihe Ampullen und Spritzen lagerten. Bei dem Anblick wichen Alyss und Beryl an die Gitterstäbe auf der anderen Seite des Käfigs zurück.

»Mach schon, Luas«, flüsterte Mia. »Was denkst du, warum Zeta in diesem miesen Zustand ist?«

Mit mörderischer Miene zog sich Luas an dem Tisch am hinteren Ende des Raums hoch. Tatsächlich standen dort Destille, Bunsenbrenner und eine Reihe von Chemikalien, die man auch in den Schätzerpavillons in Fort Nook fand.

»Braver Junge«, tirilierte Shaw.

Während Luas sich an die Arbeit machte, nahm sie eine Spritze und allerlei merkwürdige Instrumente aus ihrem Köfferchen. Ohne Vorwarnung klemmte sie Luas einen breiten Haken ans Ohr, woraufhin er zusammenzuckte. Sova roch das Blei durch den ganzen Raum; prompt wurde ihr übel. Während Luas mit dem rohen Sirenengesang und den Phiolen hantierte, schlängelte Shaw immer wieder ihre Hände dazwischen, um hier eine Blutprobe zu nehmen, dort ein Haar fortzuzupfen.

Moira beobachtete das Ganze neugierig. »Was macht er denn? Lasst ihr ihn etwa weiter Traumsaft brauen?«

Fairbanks und Shaw tauschten einen raschen Blick.

»Ja, aber nur zu Testzwecken«, log Shaw, ohne mit der Wimper zu zucken. »Nicht-Stoffliches in etwas Stoffliches umzuwandeln, ist ein starkes Stück Magie – genau richtig, um rotes Potenzial zu messen.« Sie hielt ein handgroßes Gerät vor Luas' Stirn, dessen Zeiger prompt in den dunkelblauen Bereich ausschlug.

»Faszinierend«, sagte Moira leise, das Notizbuch erneut in der Hand. »Und die Erkenntnisse wollt ihr benutzen, um -?«

»Um endlich in der Sub Side Reine zu machen«, sagte Fairbanks und hob die Brauen. »Ganz recht, schreiben Sie das ruhig mit! Es ist wirklich unerhört, wenn man so drüber nachdenkt. Die Kureter brüsten sich seit Jahrzehnten damit, die Sub Side dämonenfrei gemacht zu haben, und dann wuchert gleich unter unserer Nase ein ganzes Nest!«

»Ja, das sagten Sie bereits.« Moira sah auf. »Ich habe Sie doch letztens beim Dinner mit Kureter Callahan gesehen, Harold. Haben Sie ihm etwa kleine Tipps gegeben?«

Fairbanks reckte das Kinn. »Ich hab ein paar Andeutungen fallen lassen. Schadet nichts, wenn unsere Elitesoldaten wachsam sind.«

»Und haben Sie ihm auch von Ihrem Triumph hier erzählt?«

»Nicht doch!« Fairbanks lachte. »Die Kureter würden den Erfolg bloß als ihren eigenen ausgeben. Nein, nein die können mit der richtigen Jagd beginnen, sobald Ihr Artikel erschienen ist, Miss Bran.«

Bei seinen Worten wurde Sova eiskalt. Wenn die Kureter ihren guten Ruf verteidigen mussten, würden sie keinen von ihnen am Leben lassen!

»Ich wundere mich bloß, dass Sie die Kureter nicht gleich ins Boot geholt haben«, sagte Moira. »Es ist, sagen wir mal, riskant, sich mit Dämonen anzulegen – ich spreche da leider aus Erfahrung. Aber stattdessen ist die Faustus-Partei eine Kooperation mit Sirenen eingegangen, um diese Dämonen einzufangen?«

»Bei Sirenen fällt's nicht so auf, wenn die Sache schief geht«, sagte Slim laut. »Hey, Danny, hat dir der gute Harold eigentlich erzählt, dass dein Vorgänger sich das Genick gebrochen hat, als er mich einkassieren sollte? Oder dass Zeta die erste Wächterin vergiftet hat, sobald sie die Gelegenheit dazu bekam?«

»Schnauze da drinnen«, knurrte Danny, doch er wirkte etwas unbehaglicher als zuvor.

»Tote Sirenen kann man besser wegerklären als tote Kureter«, stimmte Sova ein. »Und Mr. Monroe, dass Sie sich in so eine Sache verwickeln lassen, ist bestimmt nicht gut für Ihre Karriere!«

Oliver Monroe hob die Hände. »Hey, wir wurden als Sänger angeheuert, nicht als Kidnapper!« Ärgerlich drehte er sich zu Fairbanks um. »Und überhaupt hast du nichts davon gesagt, dass hier jemand von der Presse aufkreuzt!«

»Es gibt keine schlechte Presse, mein Bester«, flötete Shaw, den Blick immer noch fest auf Luas gerichtet, der die Sirenengesänge zu einer blassblauen Mixtur verarbeitete. »Ihr werdet als Sänger und Helden berühmt!«

»Wie ist diese ungewöhnliche Kooperation denn überhaupt zustande gekommen?«, fragte Moira. »Sirenen und Magier tun sich ja nicht jeden Tag zusammen.«

»Das kann dir wahrscheinlich Jillian besser erklären als jeder andere.« Endlich ließ Shaw Luas in Ruhe. Sie drehte sich zu Moira um und schüttelte sich demonstrativ. »Warum gehen wir nicht rauf in die Küche, wo es wärmer ist? Dann erzählt dir Jill bei einer schönen Tasse Kaffee, wie wir zueinander gefunden haben.«

»Aber er ist doch noch bei der Sache.« Moira nickte zu Luas. »Bist du mit deinen Messungen schon durch?«

Shaw nickte knapp. »Ich messe nachher noch mal, wenn er fertig ist. Hey, Jillian, Kaffee?«

Als die drei Frauen zur Tür schlenderten, rüttelte Sova an den Gitterstäben. »*Vitjka*! Ich hätte dich im Bluthaus verrecken lassen sollen!«

Langsam drehte Moira sich zu ihr um. Wieder dieses winzige rote Flackern in ihren Augen. »Ja, vielleicht wäre das besser für dich gewesen. Aber ich bin dir außerordentlich dankbar, Sonnenschein.« Ihre Lippen zuckten. »Ohne deine Hilfe wäre der Artikel über den Markt nie so gut geworden.«

Damit wandte sie sich ab und folgte Shaw und Jillian mit klappernden Absätzen.

Sova umklammerte die Gitterstäbe so fest, dass ihre Knöchel hell hervortraten. Sie waren geliefert! Selbst, wenn die Faustus-Partei die Wahl mit ihren Manipulationen nicht gewann – Fairbanks hatte die Kureter auf ihre Spur gebracht, schlafende Jagdhunde wachgerüttelt. Und der Artikel! Moira hatte die Lage des Traummarkts detailliert beschrieben. *Unsinn, Lear hat die Nooks doch evakuiert, die Eingänge sind dicht!* – Aber wenn die Kureter sie erst einmal witterten, fanden sie vielleicht trotzdem einen Weg hinein. Und selbst wenn sie nicht hineinkamen – die Averna konnten nicht hinaus! Keine Jagd, kein Gilding. Nur noch Worn. Ami war noch dort. Und Aleph. Und Robin und Mrs. Cabal …

Hastig wandte sie sich der Wand zu, versuchte, den riesigen Kloß in ihrer Kehle hinunterzuschlucken. Sie presste sich die Faust vor den Mund. Ihre Augen tränten.

»Köftlich!«

Sova riss die Augen auf. »Was machst du denn hier?«

»Deinen Arf retten, waf denn sonft?« Algie kauerte mit dick aufgeblähten Pausbäckchen vor ihr. Offenbar verbarg er sich vor den übrigen Dämonen, denn keiner der anderen zuckte auch nur mit der Wimper. »If wüede ja gern von deiner Verpfweiflung naffen, aber du haft waf fu erwedigen.« Der Emon spuckte auf den Boden. Zwei kleine Murmeln kullerten hervor.

»Echoaugen?«, hauchte Sova. Rasch ging sie in die Hocke, um mit spitzen Fingern die speichelnassen Kugeln aufzusammeln. »Wo hast du die her?«

»Hab ich der Hexe geklaut. Weißt du, wie man die Dinger benutzt?«

Statt zu antworten, befestigte Sova die Echoaugen an ihrem Mantel, wo sie wie Zierknöpfe in den Kellerraum blickten, und kehrte an die Gitterstäbe zurück. Sie tigerte ein wenig herum, bis sie sicher war, dass die Echoaugen Luas und die Sirenen einfangen konnten. Allerdings stand Luas mit dem Rücken zu ihr – sie konnte rein gar nichts von der Destille sehen.

»Nimm du eins«, wisperte sie Algie zu. »Nimm eins und versuch, sie von vorne anzuschauen.«

Gleich darauf verschwand Algie mit einem der Echoaugen im Maul.

»Wie verabreichen Sie Redgrave das Zeug eigentlich?«, fragte sie laut. »Sie wird sich wohl kaum mit Ihnen zum Dinner treffen, nicht wahr?«

Fairbanks schenkte ihr einen trägen Seitenblick. »Geht Sie kaum etwas an, Gnädigste.«

»Oh, ich weiß.« Sova schnippte mit den Fingern. »Sie lassen es Ruben tun, nicht wahr? Gehen Sie deshalb so regelmäßig mit ihm essen? Um ihm die Metadrogen unterzuschieben?«

Ihre Fragen waren zu suggestiv, das wusste sie selbst. Keine Finesse. Aber verdammt, sie war nicht mehr bei der Furis, und sie war auch keine Reporterin – sie musste ihn bloß dazu bringen, dass er es zugab, verflixt noch eins!

»Oder lassen Sie auch in der Hinsicht Sirenen die Drecksarbeit für sich machen?«

»Sova, sei still«, wimmerte Mia.

Doch Sova packte die Gitterstäbe fester. »Mr. Monroe, was muss ein Magier eigentlich hinblättern, damit ein Künstler wie Sie sich dazu herablässt, Leute zu kidnappen?«

»Ich hab niemanden gekidnappt, ich singe hier nur«, wiederholte Oliver steif.

Danny schlug grob gegen die Gitter. »Halt's Maul, Mädchen!«

Fairbanks drehte sich zu ihnen um. »Danny«, sagte er nachdenklich, »ich glaube, Penelope hatte mit der Lady noch eine Kleinigkeit vor. Du weißt schon, dieses Szenario S, von dem sie die ganze Zeit plappert. Bringst du die Gute nach nebenan und bereitest sie vor?«

Er hätte genauso gut sagen können, dass nebenan eine Guillotine wartete – es wäre Sova gleich gewesen. Aber dass sich auf Dannys Gesicht ein glückseliges Grinsen ausbreitete – das machte ihr eine Scheißangst.

»Mit Vergnügen, Maestro.«

-4-

»Weißt du, ich dachte ja, das hier würde ein mieser Abend«, säuselte Danny, während er die Lederriemen an Sovas Fußknöcheln festzurrte. Die Hände hatte er bereits gefesselt. Sie konnte sich nicht mehr rühren. »Aber die liebe Penny versteht es wirklich, einem die Arbeit zu versüßen. Es ist ziemlich langweilig, auf euch Typen aufzupassen, wenn du verstehst.«

»Weißt du was, Danny?« Sova ruckelte an ihren Handfesseln, doch das Leder gab nicht nach. »Du redest gar nicht wie ein Schläger. Solltest du nicht auf irgendwelchen Bühnen stehen, statt nachts fremde Leute zu entführen?«

Danny schnaubte. »Ist nicht jeder so begabt wie Oliver und sein Weibchen. Mir fehlt die nötige Bühnenpräsenz.«

»Kann ich mir gar nicht vorstellen«, murmelte Sova.

»Ich mag den Job. Fairbanks zahlt gut, und weißt du, es ist richtig schön, wenn Magier einen zur Abwechslung nicht anschauen, als wollte man sie auffressen. Hast du eine Ahnung, wie es ist, wenn man dir grundsätzlich misstraut? Wenn dich jeder als Bedrohung ansieht?«

»Ich bin eine Dämonin – was glaubst du?«

»Sag ich doch – du hast keine Ahnung, wie das ist.« Danny bückte sich und öffnete ein Köfferchen – das Köfferchen aus dem Nebenraum, das Beryl so viel Angst gemacht hatte. »Der Job macht nur dann keinen Spaß, wenn kleine Möchtegern-Gangsterbräute meinen, mit Messern nach mir werfen zu müssen. Und deshalb bereitet mir das hier umso mehr Freude.«

Er trat dicht an die Liege, an die er Sova gefesselt hatte. Sie rechnete damit, dass er eine der Spritzen in der Hand halten würde, die sie zuvor gesehen hatte. Doch das Ding in seiner Hand *bewegte* sich. Es war klein und blass, ein blindes, stummes Etwas, bedeckt mit weichem, farblosem Fell. Und aus dem Fellknäuel ragte etwas, das mit etwas gutem Willen als Hornstumpen durchgehen konnte.

Ein Emonenjunges.

»Weißt du, ich bin clever, auch wenn man's mir nicht ansieht«, raunte Danny. »Hatte gute Noten in der Schule, und Biologie fand ich immer besonders faszinierend. Wenn dieser Magierklüngel Sirenen an der Brax zulassen würde, ich schwöre, ich wäre Professor Shaws bester Schüler gewesen. Was sie hier erforscht, ist jedenfalls bahnbrechend.«

Erstaunlich sanft öffnete er Sovas Mantel, zog ihren Pulloverkragen hinunter. Sova versuchte, zurückzuweichen, doch verschnürt, wie sie war, konnte sie sich kaum regen. Und so setzte Danny den kleinen Emon auf ihr Schlüsselbein.

»Penny gibt ihnen sogar Namen«, sagte Danny leise. »Das hier ist Daphne die Dritte.«

»Daphne?«, keuchte Sova.

Daphne Archer, sechzehn Jahre, Fängerin in Ausbildung bei Rosalie Carous, verschwunden am zwölften September. Daphne, die nicht im Käfig bei den anderen gewesen war. Daphne, die, trotz ihrer Jugend, immer so verflucht anfällig für Worn gewesen war …

»Nein«, fiepte Sova, »Daphne, nein!«

Das Emonenjunge drückte die winzigen Hornstumpen in ihre Haut.

»Penelope sagt, sie ist schon in der Pubertät«, meinte Danny zärtlich. »Als Baby hing sie selbst an einem Wirt, und jetzt ist sie so weit, dass sie Eier legen kann. An dem Alten im Käfig hat Penelope es schon versucht – der hat ziemlich abgebaut, seit er als Brutkasten herhalten sollte. Aber nun ja, er ist *alt*. Du dagegen …« Er tätschelte ihre Wange. »In der Blüte deines Lebens. Bin gespannt, was mit dir passiert.«

»Nein, nein, nein!« Sova versuchte, mit den Schultern zu ruckeln, um den Emon, der irgendwann Daphne gewesen war, abzuschütteln, doch es half nichts. Der Parasit krabbelte unter ihren Pullover, auf der Suche nach der besten Niststelle – und fand die Narbe, die Algies abgebrochener Zahn an ihrer Rippe hinterlassen hatte. Gleich darauf bohrte sich etwas Kleines, Spitzes in die zarte Haut daneben. Sova ächzte, bewegte den

Torso – vergebens. Mit einem widerlichen Druck kroch etwas unter ihre Haut. Dockte an einen Nerv an.

Danny seufzte erfreut und bückte sich erneut nach dem Köfferchen. »Das hier«, sagte er mit einem weiteren Emon in der Hand, »ist Roland. Roland hat schon ein paarmal Eier gelegt. Sehr fruchtbar, der Gute.«

Roland Pix, der gutmütige Quatschkopf, der seinen Kunden grundsätzlich immer Schokolade ausgab. Als Sova wieder als Fängerin angefangen hatte, hatte er ihr stets ein Stück aufgehoben. Ende Juli war er nicht von der Jagd zurückgekehrt. Anfangs hatten sie noch gewitzelt, dass er nach Kolumbien ausgewandert war, um seinen eigenen Kakao anzubauen. Auch er war nicht mehr im Verschlag gewesen, genau wie Daphne und … Sova schossen die Tränen in die Augen – und es lag nicht daran, dass der Roland-Emon (um einiges größer als Daphne, nur ein wenig kleiner als Algie) schnuppernd über ihren Hals kroch und ihr zielsicher seine gespaltene Zunge in den Nacken stieß. Perle für Perle spürte sie, wie er vier Eier in sie hineinpresste. Es tat nicht weh. Unangenehm, sicher, widerlich – aber das Schlimmste war, dass der echte Roland *alles* daran gehasst hätte. Bloß dass es den echten Roland nicht mehr gab …

»Und das hier«, sagte Danny mit einer Miene, die geradezu nach Vaterstolz aussah, »das hier ist Loreley. Sie ist ein kleines Biest, sehr bissig, und sie fickt gern mit Roland.«

Loreley Virgo. Die schüchterne Loreley, der niemand geglaubt hatte, dass sie schon über fünfzig war, und die es hasste, angefasst oder umarmt zu werden, und die noch immer um ihren Mann trauerte, der von einem von Lesaths Possesseuren getötet worden war … Sova verkrampfte, als der Emon zielstrebig zu ihren Beinen krabbelte und mit dem Zackenschwanz ein Loch in ihre Hose stach.

»Loreley, nicht«, flüsterte Sova. Tränen liefen ihr über die Wangen. »Du willst das nicht! Du hast immer gesagt, du willst lieber eine Kugel im Kleinhirn als eine gespaltene Zunge -«

»Hast du in der Schule geschlafen?«, feixte Danny. »Tiere verstehen dich nicht.«

»Das sind keine Tiere«, fauchte Sova und zuckte zusammen, als Loreley gleich sechs Eier auf einmal in ihren Oberschenkel presste.

»Ach? Was denn dann?« Danny stützte das Kinn auf die Faust.

Sova öffnete den Mund, doch sie konnte nicht antworten.

Es war ja auch gleich. Sie erkannte Roland, Loreley und Daphne nicht wieder. Und die drei erkannten sie ebenfalls nicht – sie erinnerten sich nicht mehr, wer sie gewesen waren, wen sie geliebt hatten, was ihnen wichtig gewesen war. Es war gleich. Die Emonen krochen über ihren Körper, suchten nach weiteren guten Verstecken für ihre Eier, nach Fressen. Während sie von Sovas Angst und ihrer Traurigkeit fraßen, verstärkten sich beide Gefühle rapide. Sova presste die Lippen zusammen. Der Druck auf ihrer Brust wurde so schmerzhaft, dass sie glaubte, sie müsse bersten. Sie schluchzte auf. Konnte man eigentlich an gebrochenem Herzen sterben?

Die Emonen kicherten leise.

Daphne kam bis zu ihrem Gesicht hinauf. Ihr Körper war weich und speckig, ganz anders als der knochige Teenager, der im Sommer den Altersdurchschnitt beim Gilden im Hospiz radikal gesenkt hatte. Mit der Zunge tastete sie nach Sovas Wange – nach den Tränen.

»Hey, Kleines«, krächzte Sova. »Erinnerst du dich an mich, Daphne?«

Die Schnurrhaare des Emons zuckten, winzige Pfötchen drückten in Sovas Kinn. »Nein.« Die Stimme war kaum mehr als ein hohes Raspeln. Nur der Tonfall erinnerte vage an Daphnes dauerfragende Sprechmelodie. »Nein, tu ich nicht. Und wer zum Hugo ist Daphne?«

Sova presste die Augen zu. Tränen quollen unter ihren Wimpern hervor. Der Emon, der irgendwann einmal Daphne gewesen war, leckte sie auf und gurrte entzückt.

Ein gurrendes Gespenst. Aber es waren ja keine Gespenster. Man gönnte ihresgleichen ja nicht einmal einen würdevollen Tod. Sovas Herz zog sich schmerzhaft zusammen. Sie verschluckte sich an ihren Schluchzern.

Mit einem zufriedenen Seufzen lehnte Danny sich an die Wand und beobachtete das Treiben. »Ich könnte die ganze Nacht zuschauen«, sagte er.

Und wie er es sich auf dem Stuhl neben ihrer Liege bequem machte, sah es ganz danach aus, als habe er genau das vor.

26.
ROT SEHEN

-1-

Moira folgte Penelope Shaw die Treppe hinauf, mit Jillian Monroes stechendem Blick im Nacken.

Toll, motzte Algie, der weiterhin unsichtbar auf ihrer Schulter hockte, *hättest du dir nicht irgendeine Ausrede einfallen lassen können? Wir haben nix von diesem tollen Sirenenzeug gesehen, von dem sie vorhin geredet haben!*

Ich weiß. Moira tat, als müsse sie sich am Hals kratzen, und nestelte dabei an ihrem Mantelknopf herum. *Geh zurück. Gib Sova meine Echoaugen.*

Klasse Idee. Das Skorpiönchen hasst dich gerade, sie macht die Dinger eher kaputt, als dass sie sie benutzt!

Moiras Magen zog sich schmerzhaft zusammen. *Dann sag ihr eben nicht, dass ich sie dir gegeben habe. Sie wird es verstehen.*

Klar, unser Engelchen ist ja berüchtigt für ihre ausgeglichene, vergebende Art, brummte Algie. *Und dich soll ich mit den beiden Wachteln alleine lassen, oder was?*

Ich komm schon klar.

Das hat die Skorpionprinzessin auch gesagt!

Eben, und schau, wo es sie hingebracht hat! Sie braucht Unterstützung gerade dringender als ich. Jetzt mach schon, Algernon, bitte!

Unbegeistert schnappte der Emon die Echoaugen und verschwand ohne ein weiteres Wort.

In der schäbigen Teeküche des Verwaltungsgebäudes roch es nach starkem schwarzem Kaffee und grüner Magie. Während Shaw noch mit den Keksen hantierte, rutschte Moira mit ihrem dampfenden Becher neben Jillian an den klapprigen Plastiktisch.

Die Sirene beäugte sie halb neugierig, halb argwöhnisch. »Ich wusste, dass wir uns wiedersehen«, sagte sie so leise, dass es eher wie ein Summen klang.

Ein angenehmes Summen, das Moira einen wohligen Schauer über den Rücken jagte. »Und so ein gutes Timing. Ich bekomme langsam Hunger.«

»Das würde ich mir noch mal überlegen«, hauchte Moira zurück. »Sie wollen doch nicht, dass Ihrem Sohnemann ein kleiner Unfall passiert?«

Endlich blinzelte Jillian. »Was reden Sie da?«

»Adam? Reizender Junge, wirklich. Ein bisschen tollpatschig, aber außerordentlich höflich. Wir haben uns sehr nett unterhal-«

»Halten Sie sich von meinem Sohn fern!« Jillians kräftige Finger schossen nach vorn, wanden sich um Moiras Handgelenk.

Shaw, die sich gerade gewissenhaft die Hände wusch, schnalzte mit der Zunge. »Immer mit der Ruhe, Jill! Dein Sohn lebt ja noch!«

»Mein Sohn soll gefälligst nicht von den Leuten belästigt werden, die ihr mit eurem Wahlkampf auf den Plan ruft, Penelope«, zischte Jillian. Sie wirkte mehr denn je wie ein gereizter Raubvogel, doch wenigstens lehnte sie sich mit verschränkten Armen zurück.

Moira räusperte sich. »Damit wären wir ja fast wieder beim Thema: Das harmonische Verhältnis zwischen Magiern und Sirenen. Also, Penny, wie seid ihr auf die Idee gekommen, Dämonen mit Sirenen zu jagen?«

»Ist das so wichtig?«

»Je mehr ich weiß, desto besser der Artikel.«

»Ach, der Artikel«, seufzte Shaw, ohne sich umzudrehen. »Erst einmal musst du wieder in der Presselandschaft Fuß fassen.«

»Mit der Traumfängerstory sollte das kein Problem werden.«

»Ja, in der *Gazette* vielleicht.« Shaw schnaubte verächtlich. »Aber ehrlich gesagt, wenn du zur *Gazette* zurückgehst, können wir auch gleich eine Menschenzeitung über uns schreiben lassen.«

Moira biss sich auf die Zunge und schluckte den ärgerlichen Kommentar hinunter. »Ich dachte eher an den *Scrying Mirror*. Oder glaubst du, die würden diesen Artikel ablehnen?«

»Der *Scrying Mirror*?« Bedächtig drehte Shaw sich zu ihr um, das Spültuch in den Händen. »Nimm's nicht persönlich, Liebes, aber jeder weiß, dass du nur mit ganz viel gutem Willen als Hexe durchgehst. Und der *Scrying Mirror* stellt nur Magier ab C-Lizenz an – keine *Halbhexen*. Ich glaub nicht, dass sie für dich eine Ausnahme machen.«

Prompt schoss Moira das Blut in die Wangen. »Die C-Lizenz-Reporter haben's nicht hinbekommen, den urbanen Mythos aufzudecken, nicht wahr?«

»Nein. Aber sie haben sich auch nicht feuern, von Untoten entführen und von Dämonen retten lassen. Vor diesem Hintergrund sieht deine Rechercheleistung schon wieder ganz anders aus, fürchte ich.«

Eilig füllte Moira ihren Mund mit Kaffee, ehe etwas Unüberlegtes entfleuchen konnte. Ihre Finger umklammerten die Tasse so fest, dass sie fürchtete, den Henkel abzubrechen. Rote Energie brodelte unter ihrer Haut. »Penny, Schätzchen, neunzig Prozent des Artikels waren schon im April fertig, bevor du auch nur den Hauch eines blauen Dunstes von diesem Schwarzmarkt hattest. Willst du, dass ich die Faustus für euch hochschreibe oder nicht?«

»Oh, selbstverständlich will ich das«, antwortete Shaw sanft. Ein Lächeln breitete sich auf ihren Lippen aus. »Aber zuerst … Jillian, wärst du so freundlich?«

Die Sirene war auf den Beinen, ehe Shaw den Satz beendet hatte. Moira sprang ebenfalls auf, doch ihre Muskeln fühlten sich bleischwer an. *Der Kaffee,* dachte sie dumpf, *irgendetwas war in dem Kaffee!*

Jillian öffnete den Mund, ihr süßer Gesang füllte Moiras Kopf, doch Adam sei Dank blieb er bloß ein nettes Hintergrundgedudel, statt zum Diktat über ihre Glieder zu mutieren. Als Jillian nach ihren Armen griff, warf Moira den Kopf zurück und rammte ihre Stirn mit voller Wucht gegen die Nase der Sirene. Jillian schrie auf. Mühsam riss Moira sich los und taumelte zurück, doch sie war zu langsam. Jillian packte sie am Kragen, warf sie gegen die Küchenzeile und drückte Moiras Kopf in die schmutzige Spüle.

»Bitte sehr, Ma'am«, keuchte die Sirene. »Das war's doch, was Sie wollten, oder nicht?«

»Oh ja«, hauchte Shaw, »das war *genau* das, was ich wollte.«

Verwirrt schielte Moira nach oben – schwer genug mit Jillians eiserner Hand im Nacken. Im dunklen Glas der Fensterscheibe sah sie Shaws zufriedenes Grinsen – und dann sah sie ihr eigenes Spiegelbild.

Ihre Augen leuchteten scharlachrot.

-2-

Jillian rangelte Moira rücklings auf die Küchenfliesen. Als Shaw sich über sie beugte, versuchte Moira, sie fortzutreten, doch die Hexe setzte sich gelassen auf ihre Beine und stach mit einer feinen Nadel in Moiras Fingerkuppen. Die Nadel streifte sie auf einem dünnen Indikatorpapier ab. Selbst in dem schwachen Licht der Glühbirne sah Moira, dass ihre Blutstropfen rußig-rote Spuren hinterließen. Das Indikatorpapier färbte sich gelb und sonderte einen stechenden Geruch nach faulen Eiern ab.

Shaw quietschte entzückt. »Ich wusste es! Ich hab es schon im Keller geahnt!«

»Was geahnt?«, brummte Jillian. »Dass sie mit ihren Augen Leuchtreklame für ein Dreidollarbordell machen könnte?«

»Schau doch hin! So hohe Schwefelwerte finden die Kureter sonst nur bei Rotmagiern!«

»Wenn alle Rotmagier so leuchten, dann frag ich mich, warum eure Kureter so lange brauchen, um sie zu schnappen«, näselte Jillian. »Mit Verlaub, Ma'am, ihr Magier stinkt *alle* nach Schwefel, die einen mehr, die anderen weniger.« Sie erlaubte sich ein schiefes Grinsen. »Ihr riecht gar nicht so anders als die Dämonen im Keller.«

»Vorsicht, Schätzchen, du willst doch deine Zunge behalten, hm?«, schnarrte Shaw. Ihr Blick ruhte weiterhin auf Moira. »*Jeder* kann rote Magie lernen, wenn er sich genug anstrengt, aber ein natürliches rotes Potenzial ist selten. Und das hier«, sie hob das Indikatorpapier, »ist definitiv zu hoch für eine Halbhexe, von der die ganze Sub Side weiß, dass sie nicht einmal die einfachsten Zauber auf die Reihe bekommt.«

»Ich stecke eben voller Überraschungen«, würgte Moira.

Shaw neigte den Kopf. »Na ja, geht so. Weißt du, deine roten Eruptionen waren damals Tischgespräche in der Mensa, wann immer jemand Catriona ans Bein pinkeln wollte. Deine Grandma hat sich ja so geschämt! Ausgerechnet *ihre* Enkelin benutzt Mitschüler als Batterie und schafft dann nicht mal ihre Basis-Prüfung … Wundert mich nicht, dass sie dich irgendwann zu Doktor Pythios geschickt hat.«

Moira erstarrte. »Woher weißt du das?«

»Ach, Pythios war ein Freund von mir. Hat faszinierende Arbeit geleistet. Ein Jammer, dass er nicht mehr unter uns weilt.«

»Ein Glück«, knurrte Moira. »Der Typ war ein Metzger!«

»Ein Visionär, würde ich sagen. Brillanter Kopf in der magischen Neuropsychiatrie. Seine Forschungen zu rotem Potenzial in Magiern waren weniger bekannt, aber da ich damals rote Potenziale in Meta-Parasiten untersuchte, habe ich oft mit ihm gefachsimpelt.« Sie seufzte nostalgisch. »Es war immer sein Traum, herauszufinden, wie man es neutralisiert. Bei einer Handvoll Patienten ist es ihm auch gelungen. Wir haben gemeinsam eine Flasche uralten Eichenwhiskey geköpft, die Catriona ihm geschenkt hatte, als er ihre Enkelin von ihrem *Problemchen* befreit hat.« Neugierig musterte sie Moira. »Aber ich wusste nicht, dass man seine Arbeit rückgängig machen kann.«

»Kann man nicht«, flüsterte Moira. »Ich kriege weiterhin keinen Zauber hin!«

»Das sehe ich anders.« Shaw leckte sich die Lippen. »Du vibrierst vor roter Magie!«

»Ich kann sie nicht benutzen«, wiederholte Moira. Ihr Herz klopfte so schnell, dass ihre Stimme versagte. »Und ich wollte sie auch nie zurückhaben!«

»Verständlich. Armes Kind.« Shaw zog ein Pendel hervor. Es sah falsch in ihren Händen aus. Erwachsene Hexen benutzten keine Pendel; nicht umsonst galt Moira als unrühmliche Ausnahme. »Schauen wir mal, ob wir das Leck finden, hm?«

Das Pendel war größer als Moiras, aus massivem Eisen gefertigt. Sobald es über ihrem Gesicht kreiste, begannen Moiras Lippen zu kribbeln. Fünfzehn Jahre war es her, dass sie das letzte Mal unter einem Pendel gelegen hatte, in einer kleinen, sterilen Praxis in der Lower East Side, doch es hätte genauso gut gestern sein können. Sie roch wieder die Salzkreide in Doktor Pythios' Behandlungszimmer, schmeckte das bittere Tonikum, das er ihr vor jeder Sitzung verabreicht hatte. Wie hypnotisiert starrte sie auf das Pendel, betete wie damals, dass es weiter seine gleichmäßigen Bahnen ziehen möge. Und wie damals gehorchte es ihr nicht. Nach drei Kreisen schlug es harsch nach links aus, dann hoch zum Scheitel, runter zum Kinn. Ein wilder Zickzack. Doktor Pythios hatte stets die Stirn gerunzelt, in seinen Ziegenbart gemurmelt und ihr kommentarlos eine Spritze in die Venen gejagt.

Shaw jedoch keuchte entzückt auf. »Siehst du das, Jillian?«

Die Sirene verzog den Mund. »Ja. Und?«

»Rote Muster! Halte sie schön fest.« Shaw kramte erneut in ihrer Tasche. Moira roch die Salzkreide, bevor sie sie sah. Kurz darauf verbreitete sich der scharfe Blattgeruch von grüner Magie im Raum. Jillian drückte sie weiterhin an den Schultern zu Boden. Ihr unruhiger Blick folgte Shaw, die gebückt um sie herum humpelte.

»Hey, Ma'am, ich will nicht in Ihren Kreis!«

»Reine Sicherheitsmaßnahme, Liebes, reine Prophylaxe.« Mit leuchtenden Augen kniete sich Shaw wieder neben Moira, fasste sie am Kinn und zwang sie, sie anzuschauen. »Nimm mir das nicht übel, ich bin nur schrecklich neugierig. Was ist passiert, dass du dein rotes Potenzial zurückbekommen hast?«

»Ich weiß es nicht«, log Moira. »Aber du kannst einen drauf lassen, dass ich ein anderes Weihnachtsgeschenk besser gefunden hätte.«

»Ist das so?« Shaw beobachtete sie aufmerksam.

Entnervt ruckte Moira mit den Schultern. Trotz Jillians Klauenhänden gelang es ihr, sich ein wenig aufzurichten. »Penny, meine Schulzeit war die Hölle, bis Doktor Pythios mein Problem aus der Welt geschafft hat. Die Behandlung war scheußlich, ja, und ich weiß, dass nicht alle seine Patienten freiwillig bei ihm waren, aber ich für meinen Teil war froh, den Mist los zu sein! Es war, als hätte er einen eigenwilligen Fremdkörper aus mir geholt, und jetzt ist der Fremdkörper zurück!«

Es war nicht mal gelogen. Als könnte Shaw es riechen, wurde ihre Miene weicher. »Wenn das so ist, werde ich dir helfen, Kind. Ich kann es wieder wegnehmen.«

Moira rang sich ein Lachen ab. »Bei allem Respekt, Penny, aber du bist keine Heilerin.«

»Nein, aber der Doc hat mir den einen oder anderen Trick verraten«, sagte Shaw und kramte mit der Rechten in ihrer Tasche. »Er hat mich bei ein paar Eingriffen assistieren lassen. Einmal habe ich das Verfahren sogar selbst durchgeführt.«

»Bei wem?«, fragte Moira, um Zeit zu schinden. Die Frau wollte die Sub Side *säubern* – vielleicht würde sie Moira einfach ein Kissen aufs Gesicht drücken …

»Oh, ich glaube, sie hieß Samantha Igin. Und danach konnte ich an unzähligen Emonen üben – sehr nützlich, die Biester explodieren gerne, wenn man ihnen Blut abnehmen will.«

»Glaube ich dir ja, aber ich würde das trotzdem lieber mit einem Spezialisten ausmachen.«

Shaw lächelte. »Pythios war der einzige Spezialist, das weißt du doch. Ich bin das Beste, was dir passieren konnte.« Sie zog Moiras Mantelärmel nach oben. »Keine Angst, Kind, in ein paar Minuten ist es vorbei.«

Als sie die Spritze sah, begann Moira, nach Shaw zu treten.

»Aber, aber, Kind, ich will dir doch nur helfen! Ist nur ein ganz kleiner Piks. Halt sie schön fest, Jillian.«

Jillian verzog das Gesicht. »Ma'am, ich glaub, das ist eine beschissene Idee.«

»Hör auf die Sirene«, keuchte Moira und ruckelte auf dem Boden herum, um so viel Abstand wie möglich zwischen sich und die Nadel zu bringen. Shaw grapschte nach ihrem Arm und hielt sie fest. Moira spürte den Stich kaum, doch als Shaw die schwefelgelbe Flüssigkeit in ihre Adern drückte, setzten die Krämpfe sofort ein. Ihr ganzer Körper zuckte unkontrolliert.

Shaw tätschelte ihre Wange. »Keine Sorge, Liebes. Bald bist du wieder ganz die Alte.«

-3-

Zwei Wochen nach Moiras fünfzehntem Geburtstag verkündete Doktor Pythios: »Bald haben wir's geschafft. Bist du bereit für den Rest deines Lebens?«

Und wie Moira bereit war! Die Vorfreude hatte sie durch die Schule fliegen lassen. Sie stritt seltener mit Rory, war weniger gereizt und stürzte sich bereits auf Broschüren für Abendkurse an der Brax. Nur Niamh teilte ihren Enthusiasmus nicht.

»Du machst einen Fehler, Moira«, sagte sie immer wieder. »Du bist nicht kaputt, du musst nicht repariert werden! Du denkst, du musst dich verstümmeln oder in den Knast, als gäbe es kein Dazwischen!«

»In der Sub Side gibt es kein Dazwischen. Keins, in dem man auf Dauer bleiben kann.«

Und so hatte sich Moira ein letztes Mal unter Doktor Pythios' Pendel gelegt. Wie immer schlug es wild aus. Die Spritze, die er diesmal hervorholte, war nicht mit der gewohnten schwefelgelben Pisse gefüllt, sondern mit einer scharlachroten Flüssigkeit. Wie immer reichte er ihr einen Becher, doch diesmal enthielt er nicht das vertraute bittere Tonikum, sondern etwas Süßes – etwas, das ihre Muskeln so schwer machte, dass sie rücklings auf die Behandlungsliege fiel.

»Heute packen wir's«, sagte der Doc mit seinem starren Lächeln, das seine Augen kalt ließ.

Moira lächelte zurück. Morgen war es vorbei. Morgen war sie nicht mehr das komische Mädchen, das wie ein Energievampir von ihren Mitschülern zehrte. Morgen war sie endlich eine ganz normale Hexe.

Als der Doc ihr das Zeug in die Venen spritzte, spürte sie ein Klirren in ihrer Brust, als wäre eine Glasscheibe vor ihren Rippen zertrümmert worden. Ihr Atem scheuerte durch ihre Kehle, das Herz flatterte panisch im Brustkasten. Rote Magie sammelte sich in ihren Lungen, wollte in die Glieder strömen – und blieb stecken. Das Pendel malte immer schnellere Zacken über ihr. Ihre Fingerspitzen, ihre Haut, ihr Hals – alles brannte.

Der Doc krümmte die Finger vor ihrem Gesicht. Ballte die Hände zur Faust, zog den Arm zurück, als wolle er ausholen. Stattdessen rasselte es in Moiras Kehle. Ein Krampf erfasste ihren ganzen Körper. Sie hustete, röchelte, keuchte gegen die zähe Masse, die sich in ihren Lungen festkrallte, doch schließlich würgte und spuckte sie. Ein saurer Geschmack füllte ihren Mund, auf den Fliesen schimmerte rußiger Matsch. Der Doc fasste sie bei den Schultern, spreizte die Finger vor ihrer Brust und zog erneut. Es brannte in den Knochen, brannte in der Haut, brannte sich einen Weg nach draußen. Für einen unwirklich langen Augenblick sah Moira rot. Buchstäblich. Alles war rot: Der Doc, sein Kittel, seine Instrumente, die Aktenschränke, alles war ein Schleier aus Blut und Sonnenuntergang und Traubensaft und Rosenblüten. Ohne Vorwarnung presste ein bleierner Druck auf ihre Augäpfel. Sie wollte die Lider schließen, doch es ging nicht. Ihre Augen würden einfach platzen! Schwarze Punkte tanzten vor ihr. Ehe sie in die schwarzen Wellen sank, griff sie vor sich in die Luft, klammerte sich an den letzten Funken Rot.

»Lass los«, sagte der Doc.

Also ließ Moira los – und ertrank in den Wellen.

Als sie zu sich kam, stank das Behandlungszimmer nach Schwefel und Myrrhe. Sie zitterte am ganzen Leib, atmete zu schnell und flach. Ihre Kleider klebten an ihr, nass vor kaltem Schweiß. Die Welt sah grau aus, doch der Doc lächelte zufrieden.

»Das war's. Herzlichen Glückwunsch, Moira.«

Moiras Mundwinkel hoben sich schwach. Sie wollte etwas sagen, aber sie brachte nicht einmal ein Flüstern hervor. Normal! Sie war endlich normal! Worte verhedderten sich auf ihrer Zunge. Statt einer Antwort übergab sie sich an Ort und Stelle.

***

Shaw krümmte die Finger. Als das Klirren diesmal ihre Rippen erschütterte, presste Moira die Zähne zusammen. Eine leise Stimme, die nach Grandma klang, wehte durch ihren Hinterkopf. *Sie ist ein Miststück, Kind, aber lass sie dir helfen. Wie willst du das rote Zeug denn sonst loswerden?*

Also wehrte sie sich nicht weiter. Während Shaw mit Pendel und erhobener rechter Hand über ihr hockte, schnappte sie nach Luft. Sie schmeckte Ruß und Myrrhe auf der Zunge und verkrampfte, als sich die rote Magie erneut in ihrer Lunge ballte. Ein jäher Husten schüttelte sie, so heftig, dass ihr beinahe schwarz vor Augen wurde. Mit fünfzehn hatte sie noch nicht geraucht; jetzt, mit teerverklebter Lunge, war es doppelt so scheußlich. Sie röchelte und würgte, während Jillian pikiert den Blick abwandte. Schließlich spuckte sie einen festen, rußigen Klumpen auf den Boden.

»Richtig so, Kind, lass es raus«, sagte Shaw begeistert. Aus dem Augenwinkel bemerkte Moira, dass ein Notizbuch sich von Geisterhand mit Stichpunkten füllte. Bei dem Anblick brach hohes Gelächter aus ihr heraus.

»Ich glaub, sie dreht durch«, murmelte Jillian unbehaglich. Ihre Klauen gruben sich weiterhin in Moiras Schultern.

»Versuchskaninchen«, prustete Moira, obwohl ihre Haut brannte. Tränen rannen ihre Schläfen hinab. »Immer wieder Versuchskaninchen, als hättet ihr euch abgesprochen!«

»Sie redet wirr«, meinte Shaw stirnrunzelnd. »Beenden wir die Sache zügig.« Sie legte die Hand flach auf Moiras Brust.

Die ganze schlechte Luft strömte in Moiras Lungen. Plötzlich war die Küche scharlachrot. Alles rot. Druck auf ihren Augen, ein Ziehen an ihrem Herzen, als Shaw die Finger krümmte. Etwas strömte aus Moira heraus, während schwarze Wellen über ihr zusammenschlugen. Sie griff danach, klammerte sich an die Funken, als hinge ihr Leben davon ab.

»Lass los«, sagte Shaw.

Moira zwang sich, die schmerzenden Augen offen zu halten. Mühsam öffnete sie den Mund, nahm einen tiefen Atemzug – und zog all das Rot zurück. Es strömte in ihre Lungen, brannte einen Weg in ihre Hände und entlud sich – endlich, endlich, endlich! – in den Küchenboden.

»Au!« Fluchend ließ Jillian sie los. »Was, bei Hades, war das?«

»Sie will es behalten!« Shaw sperrte den Mund auf.

Keuchend stützte Moira sich auf ihre Hände. Ihre Arme zitterten. »Ich sagte doch – das Thema überlass ich lieber Spezialisten. Übrigens gelten ärztliche Eingriffe ohne Einwilligung des Patienten auch in der Sub Side als Körperverletzung, Penelope.« Erneut hustete sie. Ruß und Schwefel, vielleicht auch ein bisschen Blut. Zwischen zwei röchelnden Atemzügen versuchte sie, nach dem Rot zu greifen. Vergeblich. Nun, da sie es endlich beachtete, verzagte das Brodeln unter ihrer Haut. *Oh, bitte, komm schon!*

Shaw neigte den Kopf. Das Lächeln verschwand von ihren Lippen. »Bist wohl auf den Geschmack gekommen«, sagte sie verächtlich. »Eine verkappte kleine Rothexe in unserer Mitte. Genau, wie deine Großmutter immer befürchtet hat. Diese Ironie!«

»Ich bin keine Rothexe.« Moira versuchte, sich auf die Füße zu ziehen, doch sie kam nicht mal bis auf die Knie. »Ich kann es nicht mal benutzen.«

»Kein Wunder, dass du dich mit Dämonen abgibst. Das ist das Problem mit euch Rotmagiern – ihr zieht Schmutz förmlich an.« Shaw gab ihr einen widerlichen kleinen Klaps auf die Wange; dann packte sie Moira unsanft am Ellbogen und zerrte sie durch die Küche, hinüber zu einem winzigen Kämmerchen, in dem selbst die gammeligen Putzutensilien kaum Platz hatten. »Aber keine Sorge, das bringen wir wieder in Ordnung«, zwitscherte sie mit stahlharten Augen. »Warte auf mich. Ich muss ein paar Besorgungen machen, dann unterhalten wir uns in aller Ruhe über dein rotes Potenzial.«

Moira wurde eiskalt. Sie versuchte, sich an Shaw vorbeizudrängen, konnte sich jedoch kaum auf den Beinen halten. *Was zur Hölle war in diesem Kaffee?!* »Dann gehe ich davon aus, dass du die Artikel nicht mehr willst.«

»Selbstverständlich will ich die Artikel.« Shaw beugte sich zu ihr hinunter und kniff sie allen Ernstes in die Wange. »Und du wirst sie mit Freuden schreiben, Liebes. Spätestens, wenn Jillian ein kleines Liedchen für dich gesungen hat.«

Hinter ihr wurden Jillians Wangen fahl, doch sie schwieg. Shaw gab Moira einen lächerlich schwachen Schubs, der sie rücklings gegen ein Regal stieß, und schloss die Tür. Dunkelheit und der Geruch nach Putzmittel und Schimmel umfingen Moira. Sie streckte die Arme aus – zumindest versuchte sie es. Der Platz reichte nicht dafür. Zu eng. Viel zu eng! Sie schnappte nach Luft, pochte an die Tür, rüttelte an der Klinke. Nichts geschah. Shaw hatte sie verschlossen.

»Hey! Okay! Wie wär's damit: Ich vergesse die ganze Nummer, die du hier abgezogen hast, du bekommst deine Artikel und wir sind quitt? Deal?«

Shaw lachte leise. Ihre Stimme drang nur dumpf in die Abstellkammer. »Das sowieso, Moira, das sowieso. Komm, Jillian, wir haben noch viel zu erledigen.«

Während die Schritte der Professorin verklangen, wühlte Moira fahrig in ihren Manteltaschen, doch ihr Dietrich-Set befand sich in ihrer Handtasche – und die lag noch immer draußen auf dem Stuhl. Scheiße! Moira hämmerte gegen die Tür, rief, bis ihre Kehle wund war. Schließlich sank sie zitternd auf einen der Putzeimer.

Die Luft war zu dünn hier drinnen. Schimmel kratzte in ihrem Hals – Schimmel und Myrrhe. Myrrhe? »Komm schon«, murmelte sie und starrte in der Dunkelheit auf ihre Hände, »sei ein einziges Mal für etwas gut!«

Ganz schwach, ganz fern spürte sie die rote Energie, wie einen warmen Strom in der Tiefe. Sie versuchte, sie an die Oberfläche zu ziehen, zu benutzen – doch nichts. Es war zu eng in dieser verfluchten Kammer, und die Luft wurde immer dünner … Sie hockte zwischen Putzmitteln und wartete darauf, dass eine größenwahnsinnige Wissenschaftlerin sie *säuberte* … Erneut brach humorloses Gelächter aus ihr hervor – so haltlos, dass sie keine Luft mehr bekam.

»Meine Fresse, muss man dir sogar das Atmen beibringen?«, raspelte eine heisere Stimme in der Dunkelheit. »Langsam ein und langsam aus, Mädchen, das ist der Trick.«

Moira erstarrte, blinzelte in die Finsternis. »Algie?«

»Nein, der Weihnachtsmann, und du warst ein unartiges Mädchen.« Ein Paar rote Augen erschien vor ihr. »Das hier ist ein mieses Versteck. Wobei ich deine Klaustrophobie natürlich zu schätzen weiß«, fügte er hinzu. Dem Schmatzen nach ließ er seine Zunge flattern.

»Ich geb dir alle Angst zu fressen, die du willst, wenn du mich hier rausholst«, wisperte Moira. Zu mehr war ihre Stimme nicht mehr in der Lage. *So weit ist es schon – du bettelst einen Parasiten an.* »Bitte, Algie – steckt der Schlüssel noch? Kannst du versuchen, ihn umzudrehen?«

»Noch mehr arbeiten?«, maulte Algie, verschwand aber.

Durch die Tür hörte Moira leises Ächzen, gewürzt mit unflätigen Flüchen, doch das ersehnte Klackern eines aufspringenden Schlosses blieb aus. Schließlich knurrte Algie unleidlich.

»Das ist zu schwer! Ich wiege keine hundert Gramm und der Schlüssel ist rostig wie Sau, der bewegt sich kein Stück!«

»Siehst du irgendwas, was du unter der Tür durchrollen kannst?«, fragte Moira, während sie versuchte, ihren kleinen Finger in das Schlüsselloch zu zwängen und den Schlüssel von innen aus dem Schloss zu drücken.

»Da ist ein Messer«, meinte Algie. Kurz darauf rumste es leise gegen die Tür. Pfötchen scharrten. Moira kauerte sich vor den Schlitz, um das Messer in Empfang zu nehmen, doch nichts kam.

»Passt nicht«, verkündete Algie verdrossen. »Ich sag‘s nur ungern, Hexchen, aber von uns beiden bist du diejenige, die Schlösser knacken kann.« Einen Moment später war er wieder bei ihr in der Kammer und sie spürte sein kaum merkliches Gewicht auf der Schulter. »Mach’s doch einfach selbst auf. Du riechst zwei Meilen gegen den Wind nach roter Magie.«

»Witzbold!« Moira legte die Handflächen an die Tür. »Ich hab nie gelernt, wie man sie benutzt, und jetzt, wo ich sie gebrauchen könnte, will sie nicht. Da kommt nichts.«

»Natürlich *kommt* da nichts!« Frustriert stöhnte Algie auf. »Bist du eine Hexe oder die Frau vom Wetterbericht? Wenn es nicht nach Gewitter aussieht, dann machst du eins!«

»Wie denn?« Moira kniff die Augen zu. Rote Magie war immer nur aus ihr herausgebrochen – unerwünscht, eigenwillig und in der Regel mit einem beschissenen Timing. Wobei, das stimmte nicht. Sie hatte einen Schwall roter Energie auf Algie losgelassen, als er an ihr geknabbert hatte, ganz am Anfang … und sie hatte Sovas Zauber gestützt, als sie sich im Café vor Fairbanks, Callahan und Ruben verstecken mussten. Beide Male hatte sie Panik gehabt – eine Panik, die nun einfach nicht in ihre erbärmlich schwachen, kaffeegelähmten Glieder vordringen wollte. Es sei denn …

»Algie«, flüsterte sie. »Hast du Hunger?«

Der Emon kicherte. »Ich dachte schon, du fragst nie.«

Damit stieß er seine gespaltene Zunge in ihren Unterarm.

-4-

»Bäh, das reicht, ich mag nicht mehr«, stöhnte Algie. »Du schmeckst echt nicht gesund!«

Moira zitterte am ganzen Leib. »Irgendwas war in dem Kaffee«, wimmerte sie. Sie erkannte ihre eigene Stimme kaum. »Shaw wollte, dass ich nicht explodieren kann. Bitte, Algie, nur noch ein paar Bissen. Sonst hast du immer gemeckert, weil du meine Angst nicht verstärken durftest!«

»Ja, aber nach sechs Runden schmeckt Panik nicht mehr«, brummelte der Emon. Dennoch fraß er widerwillig weiter.

Moira spürte jeden Happen Angst, den er aus ihr saugte – und jeder Happen kehrte mit doppelter Wucht zurück. *Alles wird mehr, wenn Emonen an einem fressen,* hatte Luas ihr einmal gesagt. *Selbstvermehrende Nahrung. Sehr praktisch. Aber Freude ist für sie schwieriger aufzunehmen als ... nun ja, alles andere.*

»Komm schon«, wisperte Moira erneut durch die Zähne. Ihr Atem kam in gepressten Schluchzern, die ihren ganzen Leib schüttelten. Sie schwitzte und weinte, als wolle ihr Körper mit Gewalt ein Gift ausscheiden.

Genervt hob Algie den Kopf. »Weißt du, vielleicht sollte ich die Schabracke einfach machen lassen. Was nimmt sie denn schon weg? Einen Fingerhut Magie, mehr hast du eh nicht, egal welche Farbe.«

Moira stützte sich gegen die Tür. »Was redest du da?«

»Dann wärst du praktisch ein Mensch – oder tot. Beides okay, meiner Meinung nach. Dann kannst du wenigstens niemanden mehr in Gefahr bringen. Wegen deinem grandiosen Plan hocken da unten jetzt ein Haufen Averna, die denken, du hättest sie verraten und verkauft.«

»Das war die Idee dahinter, du Flauschkopf! Fairbanks und die anderen mussten die Geschichte glauben, damit -«

»Damit was?« Algies Augen loderten auf. »Was hast du denn Tolles gemacht? Du hast einen Haufen Dämonen verraten. Sie sitzen immer noch hinter Gittern, und du hast dich in eine *Besenkammer* sperren lassen!« Er lachte kläffend auf. »Eine Hexe, die nicht hexen kann, in der Besenkammer, das ist köstlich!« Erneut schlug er seine Zunge in ihren Arm. Sie blutete nicht, aber irgendetwas rann aus ihr heraus. »Das passiert, wenn du dein Köpfchen überschätzt, Moiralein. Du bringst dich und andere in Gefahr, weil du denkst, du bist schlauer als alle anderen!«

»Das ist nicht wahr«, flüsterte Moira.

»Nein? Was war denn damals mit der Banshee? Eine Frau ist gestorben und ein Leprechaun zum Mörder geworden, nur weil du mit deinem brillanten Hirn hausieren gehen musstest!«

»Nein, ich -«

»Oder die McGowan-Sache? Dieser Polizist hat seinen Job verloren, als rausgekommen ist, dass er mit dir geplaudert hat, und kein einziges dieser armen Mädchen hat ein besseres Leben nach deinem ach so spektakulären Artikel!«

»Wenigstens ist McGowan nicht mehr im Amt!«

»Aber auf freiem Fuß ist er, und jetzt hat er die Fonda-Stiftung in den Griffeln und ganz andere Wege, seiner kranken Langeweile zu frönen. Super gemacht, Moira!«

»Aber -«

»Und deine Geschichte über *uns*?«, zischte Algie. »Die Baby-Emonen im Kindergarten? Du benutzt deine eigene Nichte für deine Storys – eine Vierjährige, es ist zum Schießen, wirklich!«

»Ich hab Jenny nicht benutzt!«, rief Moira – und keuchte, als ein jäher Schmerz in ihre linke Hand schoss. Selbst in der Finsternis sah sie das rote Wabern unter ihrer Haut.

Algie nahm einen weiteren Happen. »Natürlich hast du sie benutzt«, sagte er genüsslich. Offensichtlich schmeckte sie nicht mehr ganz so miserabel. »Sollte sie dich nicht immer anrufen, wenn sie Motten im Kinderzimmer findet? Ein kleines Mädchen zur Informantin abgerichtet

– hast du eigentlich mal überlegt, dass du sie damit zur Zielscheibe machst für Mink oder Skorpin, die kein Problem damit haben, Leuten wehzutun?«

»Halt den Mund!«, rief Moira. »Du weißt nicht, was – au!«

Die Energie brach aus ihrer Hand hervor.

»Langsam, langsam«, quäkte Algie, »nicht alles auf einmal verballern!«

Instinktiv hielt Moira die Luft an. Ihr Herz polterte weiter, doch die rote Energie in ihrer Hand erstarrte. Entlud sich nicht. Wartete auf ihren Einsatz.

»Geister und Sterne«, hauchte Moira.

»Jetzt mach was damit, Hexe!« Algie hüpfte auf ihre Schulter. »Ich rackere mich hier doch nicht zum Spaß ab!«

»Oh, es *hat* dir Spaß gemacht«, flüsterte Moira.

Vorsichtig, ganz vorsichtig berührte sie die Türklinke. Das Metall drückte kalt gegen ihre Fingerspitzen. »Ich versuch, den Schlüssel rauszudrücken. Dann kannst du ihn unter der Tür -«

»Hast du den Schlüssel *gesehen*?«, fuhr Algie dazwischen. »Der passt nicht unter der Tür durch!«

Moira atmete tief durch. »Dann versuch ich ihn umzudrehen. Kann doch nicht so schwer sein, ein bisschen Energie zu fokussieren!«

Zehn Minuten später waren ihre Kleider schweißnass, ihr Schädel dröhnte, Blut rann ihr aus der Nase – und der Schlüssel hatte sich noch kein halbes Mal im Schloss gedreht. Fluchend wischte Moira sich über ihre feuchte Oberlippe.

»Vielleicht wär es leichter, wenn du einfach das Holz durchbrennst«, näselte Algie altklug.

Also versuchte Moira es damit. Doch obwohl sich die rohe Energie furchtbar heiß in ihren Händen anfühlte, war es nicht wesentlich leichter, damit das Holz zu beschädigen, als den Schlüssel umzudrehen. Nach weiteren zehn Minuten hatte sie zwar ein winziges Loch in die Tür gekokelt; allerdings passte nicht einmal ihr kleiner Finger hindurch. Wenn sie mit dieser Effizienz weitermachte, würde sie vor Erschöpfung in Ohnmacht fallen, ehe sie eine nennenswerte Fluchtmöglichkeit erarbeitet hatte.

Während sie innehielt, um Atem zu schöpfen, stocherte Algie mit seinem Zackenschwanz von innen im Schließmechanismus herum und schlüpfte ein weiteres Mal nach draußen, um einfach aufzuschließen – erfolglos.

»Los, probier's weiter«, quäkte er, als er wieder zu ihr in die Kammer schlüpfte. »Und gib dir gefälligst mal Mühe!«

Moira ächzte. Ihre Finger verkrampften am Schlüsselloch. Hatte sie sonst alle Mühe darauf verwendet, die rote Energie zurückzuhalten, so kämpfte sie nun um jeden Funken, während sie gefühlt mit bloßer Willenskraft das rostige Schloss bearbeitete. Wie lange war sie schon hier? Wie lange würde es dauern, bis Shaw mit ihren Spritzen und Chemikalien zurückkehrte?

»Während du hier in Selbstmitleid und Panik badest, welken Skorpiönchen und die anderen unten vor sich hin«, grunzte Algie.

»Ist gut jetzt«, knurrte Moira, doch ihr Blutdruck schoss prompt in die Höhe.

Algie gluckste zufrieden.

»Bitte«, beschwor Moira die Türklinke, »ich bring dir ganz viel Öl, wenn du ein bisschen mithilfst! Ich schmirgle dich ab und poliere dich …«

»Du redest mit einer Tür«, kommentierte Algie.

»Ich rede auch mit Bäumen, Kätzchen und Parasiten«, presste Moira hervor und drückte die Hände auf das heiße Metall. »Das - machen - Hexen - so!«

Mit einem Schnappen drehte sich der Schlüssel im Schloss. Moiras Augen drohten, ihr aus dem Schädel zu platzen, doch als sie schwindlig die Tür aufstieß und aus der Abstellkammer taumelte, quietschte sie vor Freude, dass Algie sie verstört anblinzelte. »Ich hab's geschafft! Ich hab's geschafft! Mit Magie! Mit roter Magie, aber trotzdem! Nur ein Fingerhut, von wegen!« Aufgeregt tanzte sie auf der Stelle.

»Glückwunsch, du hast einen Schlüssel umgedreht«, meinte Algie gedehnt. »Von diesem Abenteuer wirst du noch deinen Urenkeln erzählen. Gehen wir jetzt endlich?«

»Darauf kannst du Gift nehmen!« Eilig schnappte Moira ihre Handtasche.

»Deine Augen sehen eklig aus.« Algie wackelte mit den Schnurrhaaren. »Als hätte jemand was von deinen Pupillen abgeschnitten und -«

»Niemand hat behauptet, dass Worn hübsch aussieht«, sagte Moira. Dunkle Punkte tanzten vor ihrem Sichtfeld, der Kopfschmerz strahlte bis in Kiefer und Nacken. Sie wischte sich das Blut von der Nase. »Los, holen wir die anderen aus ihrem Käfig und verschwinden.«

In diesem Moment fiel mit einem dumpfen Knall die Eingangstür ins Schloss. Geschäftige Schritte klackerten auf den kalten Fliesen. Moira straffte die Schultern, obwohl ihr mittlerweile so schwindlig war, dass sie kaum mehr aufrecht stehen konnte. Der Geruch von süßlichem Parfüm und grüner Magie drang ihr in die Nase.

Beweg dich!, fauchte Algie, der prompt wieder unsichtbar wurde. *Oder such dir wenigstens ein Messer, um dir die Trulla vom Leib zu halten!*

Die Schritte erreichten die Küchentür.

»Ach, sieh mal an«, sagte Penelope Shaw. Sie roch erregt, nach Entschlossenheit und Neugier. Schweiß auf der Haut, tränende Augen.

Moiras Mund wurde wässrig.

»Es wäre schrecklich unhöflich, einfach zu gehen, ohne mich zu verabschieden«, krächzte sie. In der dunklen Scheibe über der Spüle glühten ihre Augen wie rote Grablichter.

»In der Tat.« Shaw schenkte ihr ein Lächeln. »Ich bin ja so gespannt, herauszufinden, wie du das geschafft hast, meine Liebe.«

Und ehe Moira sich versah, sprang die Professorin ihr entgegen, eine Spritze in der Hand.

27.
EIN ARTIKEL VERSCHWINDET

-1-

»Hört auf!«, krächzte Sova. »Loreley, nicht!«

Doch die kleinen Emonen hatten zu viel Spaß daran, von ihr zu fressen.

»Roland, bitte!« Sie schielte zu dem Emon auf ihrer linken Schulter, der seine gespaltene Zunge nur ruppiger in sie hineinstieß und zusätzlich mit den Zähnen über ihre Haut schrappte. Zumindest glaubte sie, dass es sich um Roland handelte – die beiden größeren Emonen glichen sich aufs Haar; nur das Fellknäuel namens Daphne unterschied sich deutlich von ihnen.

Sova ächzte, als Roland erneut an ihr zu saugen begann, und zwang sich, ruhig zu atmen, obwohl ihre Panik von Neuem aufwallte. Dennoch – irgendetwas übersah sie hier. Etwas Wichtiges …

»Roland«, krächzte sie erneut.

Der Emon knurrte.

»Daphne, lass das«, bellte sie das Fellknäuel auf ihrem Bauch an.

Der winzige Emon schlug mit dem Zackenschwanz nach ihr.

»Ihr mögt die Namen nicht, was?«

Der Emon, der einst Loreley gewesen war, legte die Ohren an und zeigte die spitzen Zähne. *Bist ja eine richtige Blitzmerkerin!,* hallte ein spöttisches Zischen in Sovas Kopf wider.

Sova blinzelte. *Wenn unsere Seelen schrumpfen*, hatte Onkel Cain ihr erklärt, nachdem ihr Vater verschwunden war, *bleibt nicht mehr viel übrig. Und das, was übrig bleibt, ist damit beschäftigt, zu überleben.* Vielleicht waren die alten Namen zu schmerzhaft?

Es tut mir leid, dachte sie. Die Emonen verstanden sie, daran zweifelte sie nicht. *Wie möchtet ihr denn genannt werden?*

Die drei hoben die Köpfe und hielten mit ihrem Fressen inne.

Gar nicht, grollte der Emon, der einst Roland gewesen war.

Desdemona, piepste der Loreley-Emon.

Daphne schwieg.

Hey Desdemona, was sagst du eigentlich zu dem Leckerbissen, der dort an der Wand sitzt?

Stinkt nach Fisch. Desdemona sträubte das Nackenfell. *Nach Fisch und Frust.*

Aber Frust ist köstlich. Sova leckte sich die Lippen. *Vor allem, wenn er sich hochschaukelt, wenn das Fass überläuft ...*

Die Emonen stellten die Ohren auf und drehten sich zu Danny um, der das Treiben noch immer beobachtete.

Er ist nicht frustriert genug, brummte Daphne. *Deine Angst schmeckt besser.*

Doch ehe sie erneut ihre Zunge in Sovas Fleisch versenken konnte, hob Sova den Kopf. »Hey, Danny, was verdienen die Monroes eigentlich so für diese kleinen Privatkonzerte?«

Der Sirenenmann runzelte die Stirn. »Sie werden schon genug verdienen.«

»Mehr als du?«

»Du redest schon wieder so viel, Täubchen.«

»Ich wundere mich nur.« Sova kniff die Augen zu, als Desdemona erneut unter ihren Pullover krabbelte, um nach den Eiern zu schauen. »Du hältst die ganze Zeit hier Wache, und die Monroes tauchen einmal kurz auf und Fairbanks und Shaw würdigen dich kaum eines Blickes.«

»Na ja, sie geben ihre Stimmen.«

»Aber könntest du das nicht auch?«

»Ich sagte doch, mir fehlt die Bühnenpräsenz. Und jetzt halt die Schnauze, Dämonin.«

Roland hob abrupt den Kopf, und auch Sova hörte es. Sie hatte einen wunden Punkt getroffen. Die Emonen ließen ihre Zungen hervorschnellen.

»Hast du es Fairbanks denn angeboten?«, fragte sie.

»Habe ich, er wollte nicht, Ende der Geschichte, und jetzt halt dein Maul, oder ich reiße dir die Zunge raus«, grollte Danny und kam auf die Beine.

Im nächsten Moment prallte er rücklings gegen die Wand. Die drei Emonen klebten an ihm. Sie wogen nichts, fraßen bereits an Dannys

Schläfen und an seiner Brust. Der Sirenenmann heulte auf, Zornestränen schossen ihm in die Augen, und für einen Moment schien er gefangen in seinem eigenen Kopf. Er schlug nach den Emonen. Sie machten sich unsichtbar – und fraßen offenbar in Seelenruhe weiter. Vorsichtig streckte Sova ihren Geist nach ihm aus. Nicht genug, um zu synken, aber dicht genug, um die fiebrigen Wellen zu spüren, die die Emonen aus ihm herauszogen. Da brannte so viel mehr als bloßer Frust. Enttäuschung. Der Durst, sich zu beweisen, und wieder und wieder die Zurückweisung. Nicht klug genug. Nicht talentiert genug. Nicht Mann genug. Nicht Monster genug. Nicht genug, nicht genug, nicht genug!

Eilig zog Sova sich zurück und biss sich auf die Lippen.

»Hey Danny«, sagte sie leise.

Schluchzend hob der Sirenenmann den Kopf.

»Ich kann machen, dass es aufhört. Aber dafür brauche ich beide Hände.«

Schniefend rappelte Danny sich auf und robbte zu ihr hinüber. Seine Hände bebten, als er die Lederriemen an ihren Handgelenken entknotete. »Mach, dass es weggeht«, krächzte er, »bitte mach, dass es weggeht!«

»Klar doch.« Sanft strich Sova ihm über die Stirn, wo ihre Hand gegen einen unsichtbaren Emon stieß, und über die Wange, wo es keinen Widerstand gab.

»Ich mache, dass es weggeht«, sagte sie tröstend. Dann holte sie aus und schlug Danny mit voller Kraft ins Gesicht. Er prallte rücklings auf den Boden und blieb reglos liegen.

»Siehst du?«, meinte Sova, während sie ihre Fußknöchel entfesselte, »es hat aufgehört. Gern geschehen, Danny.«

Die Emonen quäkten enttäuscht und trippelten ihr nach, als sie aus dem Raum huschte.

-2-

»Bist du sicher, dass sie weg sind?«, fragte Sova Luas, während ein Dämon nach dem anderen aus dem Verschlag humpelte.

»Ich sag doch, Fairbanks wollte den Sirenengesang gleich an diese Politikerin verfüttern.« Luas' Stimme kühlte locker zehn Grad ab. »Aber Shaw und Moira sind wahrscheinlich noch oben. Was machst du da eigentlich?«

»Alles mitnehmen, was nützlich sein könnte.« Sova wühlte sich durch das Arsenal an Reagenzgläsern und Chemikalien auf dem improvisierten Labortisch, doch abgesehen von dem benutzten Glaskolben waren alle Hinweise auf den verflüssigten Sirenengesang verschwunden. Fluchend steckte sie den Kolben in ihre Manteltasche, griff nach Moiras Schmähartikel, der neben der Destille lag – und stutzte.

»Skorpin, jetzt komm schon, ich bleib nicht länger hier als nötig«, zischte Alyss, die Alistair mit dem rechten und Zeta mit dem linken Arm stützte.

»Sova, worauf wartest du?« Luas hielt sich an der Kellertür fest.

Mit schmalem Mund drehte sich Sova zu den anderen um. »Schaut euch das an«, sagte sie und hielt ihnen die Papiere hin.

»Tu das weg, ich will diesen Scheiß nicht noch mal lesen«, brummte Rhea – und riss die Augen auf. »*Nantey okh Morlynn!*«

Nun traten die übrigen Dämonen näher.

»Er löst sich auf«, verkündete Beryl überflüssigerweise. »Warum löst er sich auf?«

Sova strich über die Schreibmaschinenlettern. Die Wörter waren unleserlich, als würde das Papier die Tinte Millimeter für Millimeter auffressen. Von den Echoaugenaufnahmen war bereits nichts mehr zu erkennen, und selbst bei der fettgedruckten Überschrift ließ sich nur noch erahnen, dass der Artikel einst irgendetwas mit Träumen zu tun gehabt hatte.

Zeta Taur, die sich mit vollem Gewicht auf Alyss stützte, beugte sich mit aufgeblähten Nasenflügeln vor. »Dilabi-Lasur«, stellte sie überrascht fest.

»Dila-was?«

Ihrer Erschöpfung zum Trotz schnalzte die alte Zeta missbilligend mit der Zunge. »Das Zeug, das ihr in Schulzeiten auf eure Spickzettel geschmiert habt, um nicht erwischt zu werden.«

»War das etwa Fairbanks?«, fragte Mia.

»Nicht möglich, so schnell wirkt das Zeug nicht«, meinte Luas. »Es dauert eine bis drei Stunden, bis die Tinte verschwindet. Aber dann …« Er runzelte die Stirn.

»Moira. Das sieht ihr ähnlich.« Sova verdrehte die Augen, doch eine Woge der Erleichterung überrollte sie so jäh, dass ihr schwindlig wurde. Kein Verrat! Nur ein zum Kotzen gutes Schauspiel! Und Sova war ihr auf den Leim gegangen. Hoffentlich galt dasselbe für Fairbanks und Shaw. Hastig berichtete sie den anderen von Algie und den Echoaugen. »Keine Ahnung, was sie vorhat, aber ich nehme an, sie wollte brauchbare Beweise gegen die Faustus. Wahrscheinlich wartet sie oben.«

»Sie oder die Monroes«, murmelte Slim.

»Mit denen werden wir schon fertig«, sagte Luas und trat in den Flur. Als hätte die Aussicht, nicht verraten worden zu sein, ihn beflügelt, humpelte er voraus.

Das Verwaltungsgebäude war still. Ein merkwürdiger Geruch hing in der Luft, nach grünem Laub, Schwefel und Koffein, doch sie begegneten niemandem, als sie zur Eingangstür hinausschlüpften.

»Wohin gehen wir?«, keuchte Alistair, während sie auf das rostige Tor zuhielten. Er hing wie ein nasser Sack auf Alyss' Schulter. »Ich bin nicht in Form für eine Wanderung.«

»Erst mal runter von diesem Gelände«, sagte Sova. »Dann sehen wir zu, dass wir -«

Ein Schrei aus dem Verwaltungsgebäude übertönte sie.

Unisono blieben die Dämonen stehen.

»Mich deucht, wir haben die Hexe gefunden«, sagte Beryl.

»Ich gehe zurück.« Sova drehte sich bereits um, doch eine grobe Hand krallte sich in ihren Oberarm.

»Den Teufel tust du«, zischte Alyss. »Jetzt sind wir endlich draußen – wir riskieren nicht unseren Arsch, um eine Hexe zu retten, verstanden?«

»Die Hexe könnte längst gemütlich in ihrer Wohnung in Manhattan sitzen«, gab Sova zurück und riss sich los. »Lear hat sie nicht mit mir hergeschickt, verstehst du? Lear hat sie entlassen! Sie hätte gar nicht kommen müssen – sie hätte uns nicht suchen müssen!« Sie trat einen Schritt zurück. »Verschwindet vom Gelände. Sucht euch was zum Gilden. Wenn ich in einer halben Stunde nicht bei euch bin, ruft euch ein Taxi zurück nach Manhattan, klar? Und behaltet den Himmel im Auge! Lauft nicht noch mal Sirenen in die Arme!«

Damit huschte sie zurück zum Verwaltungsgebäude. Während sie in die Diele schlüpfte, zerriss ein weiterer Schrei die Stille, gefolgt von einem gedämpften Schluchzen und Wimmern am anderen Ende des Flurs. »*Vrenoj, vitjka*«, murmelte Sova und hastete vorwärts, rohe rote Magie an den Fingerspitzen. Sie konnte nicht wieder zu spät kommen! Nicht wie bei Luas, nicht wie bei Ben, nicht wie bei …

»Was hattest du damit vor, Penny, hm?«, schnurrte eine kühle Stimme. »Was genau macht dieses blaue Zeug?«

Ein Fiepen, ein Wimmern. Atemlos spähte Sova durch die angelehnte Tür. Moira kauerte über Penelope Shaw. Sie hielt der Professorin die Nadel einer dünnen Spritze an den Augapfel; ihre Aura flackerte so stark, als wolle sie demnächst ganz erlischen. »Na los, rede schon, Penelope!«

»Sichtbar«, lallte Shaw. Sie wirkte benommen und zu Tode verängstigt zugleich. »Es macht das rote Potenzial sichtbar!«

»Ooooh, verstehe!«, hauchte Moira mit einem beängstigend sanften Lächeln. Ihr Gesicht war aschfahl, die Pupillen waren schmaler, als Sova es je bei ihr gesehen hatte. »Und an wem hast du's ausprobiert? An Daphne Archer? An Roland Pix? An Niamh Donaghue, damals in der Praxis vom Doc?«

»An niemandem«, fiepte Shaw. Ihre Füße zuckten unkontrolliert. »Ich hab's an niemandem ausprobiert, wirklich nicht!« Tränen rannen über ihre Wangen. Moira wischte sie mit zittrigen Fingern auf, leckte sie ab und schloss die Augen. Algie, der an Shaws grauem Schopf hockte, gurrte genüsslich, und selbst Sova schmeckte Shaws Angst wie ein köstliches Parfüm in der Luft.

»An niemandem, so so«, sagte Moira leise und ließ die Spritze zwischen ihren Fingern kreisen. »Das ist aber nicht gut, Penny. So ein ungetestetes Mittel könnte deine Probanden *umbringen.*« Sie bleckte die Zähne und leckte weitere Tränen auf. Goldfunken erblühten in ihren Augen. »Man sollte das Zeug – ganz – dringend – testen!«

Shaw kreischte auf, als Moira die Spritze an ihre Armbeuge setzte. »Bitte, nein!«

Moiras Lider flatterten. »Ich mag es, wenn du *bitte* sagst, Penny. Klingt fast wie Musik.« Sie ließ die Spritze fallen, drückte stattdessen die Hand auf Shaws Brust. Der Geruch nach verschmorter Myrrhe wurde stärker. Shaw strampelte verängstigt, kreischte. Auf ihrem Brustbein bluteten bereits wilde Kratzer, und Moira drückte erbarmungslos ihre Nägel in das fahle Fleisch. Als sie die Finger zurückzog, schimmerte etwas Blaugraues in ihren Händen. Sie stopfte es sich in ihren Mund.

Bei dem Anblick stieß Sova erleichtert die Luft aus. Gilding! Die Hexe gildete nur! Und *vrenoj*, Shaw verdiente die Schmerzen! Sie verdiente es nicht, dass man sie vorher in den Schlaf sang!

Emsig klaubte Moira kräftige dunkle Klumpen hervor, seltsam wolkig und transparent, wie Rohträume, und schlang sie hinunter wie eine halbverhungerte Hyäne. Unter ihr verkrampfte Shaw, verdrehte die Augen. Speichel rann ihr übers Kinn, sie klapperte unkontrolliert mit den Zähnen.

»Es reicht«, sagte Sova und trat in die Küche. »Moira, lass gut sein, du nimmst zu viel.« Doch Moira gildete weiter, wie besessen. Sova trat hinter sie und fasste sie an der Schulter. »Lass sie los, *vitjka*, du willst sie doch nicht umbringen!«

»Ach nein?« Moira schüttelte Sovas Hand ab und packte Shaw an den Armen. Shaws Atem ging nur noch flach. Sie verdrehte die Augen, dass nur noch das Weiße zu sehen war, Schaum vor dem Mund.

Oh, bei allen Geistern und Sternen, aus der Nähe duftete diese Panik so köstlich … unwiderstehlich …

»*Vitjka,* lass sie los!« Ehe sie selbst der Versuchung nachgeben konnte, hakte sie ihre Arme unter Moiras Achseln und zerrte sie rücklings fort von Shaw. Moira fauchte, schimpfte auf Gälisch; Algie protestierte, dass Shaw anfinge, schal zu schmecken. Sova zwang Moira auf die Knie, schlang von hinten ihre Arme um sie, fixierte ihre Hände.

»Du hast genug!«, stieß Sova hervor. »Der Worn ist weg.«

»Lass mich -«

»Du bist nicht die Einzige, die ein Stück von ihrem traurigen Kleinhirn haben will!« Mühsam drückte Sova die Hexe zu Boden, die unablässig gegen ihren Griff ankämpfte. Seit wann war die Frau so kräftig? »Es steht dir nicht zu, sie alleine fertigzumachen! Nicht, wenn andere ihretwegen monatelang in diesem Käfig gehockt haben! Du hattest deine Ration Rache – was ist mit den anderen?«

Endlich schienen ihre Worte zu Moira durchzudringen. Die Hexe gab es auf, sich gegen Sovas Klammergriff zu sträuben, bemühte sich offensichtlich, ruhig durchzuatmen. Ihre Aura stabilisierte sich; ein wackeliges Zitronengelb, auf dem sich braune Flecken ausbreiteten.

»Du hast recht«, keuchte sie. Die Worte tröpfelten zögerlich aus ihrem Mund. Als sie den Kopf drehte, sah Sova, dass das Rot in ihren Augen erloschen war. Stattdessen waren ihre Pupillen wieder rund, schwache Goldschlieren streiften durch ihre braune Iris. »Du hast recht. Eigentlich sollten wir den anderen was mitbringen, hm?« Vorsichtig befreite sie eine Hand aus Sovas Griff und fuhr sich über die schweißnasse Stirn.

»So meinte ich das nicht«, knurrte Sova, obwohl die Vorstellung verdammt verlockend war. Erst, als sie sicher war, dass Moira ihre Krallen bei sich behalten würde, ließ Sova sie los, bückte sich zu Shaw hinunter und fühlte ihren Puls. Die Professorin war weggetreten, schlaff, die Augen geschlossen, aber … »Sie wird's überleben«, verkündete Sova.

»Du bist echt zu nett für diese hässliche Welt.«

»Ich bin nicht nett. Ich mach das doch nicht für sie! Du hast genug Ärger am Hals, selbst, wenn du sie nicht umbringst.«

Moira blinzelte sie an. Ein merkwürdiger Schimmer lag in ihren Augen. »Kann dir doch recht sein. Sagtest du nicht, du hättest mich im Bluthaus verrecken lassen sollen?«

Sova verzog den Mund. Die Worte bescherten ihr ein unangenehmes Zwicken im Bauch. »Warn mich beim nächsten Mal einfach vor, wenn du einen Undercover-Einsatz planst, ja? Wer soll denn ahnen, dass du so überzeugend schauspielerst!«

»Ich *wollte* dich ja vorwarnen, aber du bist schwerer zu erreichen als der verfluchte Präsident!«

»Dir ist schon klar, dass wir dich in Stücke gerissen hätten, wenn wir nicht zufällig über deinen geschrotteten Artikel gestolpert wären?«

Moira schnaubte. »Als ob! Du lässt ja sogar Shaw am Leben, nach allem, was sie angestellt hat. Ich sag ja, du bist zu nett, Sonnenschein.«

Entnervt verdrehte Sova die Augen. »Ein einfaches Danke hätte es auch getan.«

Unschlüssig biss sich Moira auf die Unterlippe – und umarmte sie im nächsten Moment so fest, dass Sova die Luft wegblieb. Sova schloss die Augen und drückte ihre Nase in die gekräuselten Locken. »Hey, du hast zum ersten Mal alleine gegildet!«

»Die Frau schmeckt ganz beschissen«, murmelte Moira gegen ihre Schulter. Als Sova sie loslassen wollte, umklammerte sie sie bloß fester. »Glaubst du, sie wacht wieder auf?«

Sova schielte zu Shaw hinunter. Die Hexe regte sich nicht. »Ja, bestimmt«, log sie.

»Ich wollte sie *nicht* umbringen. Aber sie hat all dieses Zeug gesagt, über Rotmagier und Säuberungen und *euch*, es war zum Kotzen … Ich wollte ihr wehtun, aber ich wollte sie nicht umbringen!«

»Hast du auch nicht.«

»Nur, weil du da warst.« Endlich hob Moira den Kopf. »Danke, Sonnenschein.«

»Ihr zwei riecht ganz köstlich nach Nachtisch!« Neben ihnen schnüffelte Algie erfreut. »Süß und klebrig und versöhnlich! Darf ich -«

»Untersteh dich, Krümel!« Ungalant trat Sova einen Schritt zurück. »Verschwinden wir, ich hab die Nase so voll von New Jersey.«

»Moment.« Als Moira ihre Handtasche aufsammelte, wirkte sie wieder so geschäftig wie eh und je. »Bevor wir abhauen, muss ich ein paar Anrufe machen.«

»Kannst du das nicht später erledigen?«

»Nein.« Moiras Mundwinkel zuckten. »Wir haben noch ein bis vier Hühnchen mit der Faustus-Partei zu rupfen, und wenn wir den anderen schon kein Gilding von der lieben Penny mitbringen können … Oh, guck nicht so skeptisch, Sonnenschein. In meinem Plan gibt's keine Leichen, versprochen.«

»Schade«, grummelte Algie.

-3-

Was Sova im Nachhinein am meisten erstaunte, war, wie viele Telefonnummern Moira in ihrem Zustand auswendig wusste. Während sie selbst einen wackligen Erinnerungsschleier auf Shaw legte (und der Versuchung widerstand, doch noch Rache-Gilding für die anderen mitzunehmen oder ihr die Zunge herauszuschneiden, um sie auf ewig am Plaudern zu hindern), lauschte sie mit halbem Ohr, wie Moira einen Krankenwagen für Shaw rief, ein Großraumtaxi nach Manhattan organisierte und mit mindestens drei anderen Instanzen telefonierte. Erst, als ihre Stimme lauter wurde, horchte Sova auf.

»… klingle dich doch nicht mitten in der Nacht aus dem Bett, um dir ein gutes neues Jahr zu wünschen, Charlie! Noch mal: Ich habe eine wirklich heiße Story, und ich garantiere dir: Du *willst* Joseph Bescheid geben und mich in einer Stunde in der Redaktion treffen.«

Sova schoss in die Senkrechte und stürzte hinüber in das Büro, wo Moira mit dem Hörer am Ohr und einer Zigarette im Mundwinkel auf dem Schreibtisch saß.

»Was zum Henker *machst* du, *vitjka*?«

Moira bedeutete ihr mit einer harschen Handbewegung, still zu sein. »Kleiner Freundschaftsdienst, Charlie. Ich hab immer gerne für die *Gazette* gearbeitet, deshalb will ich euch die Story zuerst anbieten. Aber ich werde mich weiß Gott nicht aufdrängen. Dann liest du das Ganze eben morgen im *Scrying Mirror* und …« Auf der anderen Seite protestierte offenbar jemand heftig. Lächelnd zog Moira an ihrer Zigarette. »Du wirst es nicht bereuen, Charlie. Wir sehen uns in der Redaktion, in einer Stunde. Bring Joseph mit.«

Sobald sie den Hörer auflegte, sperrte Sova den Mund auf.

»Du willst doch wohl nicht immer noch deinen Artikel verkaufen!«

»Artikel sind mein Job, Sova. Wenn man von meiner kurzen Karriere als Dämonenspionin absieht.« Moira streckte die Arme über den Kopf und dehnte den Nacken, bis es knackte. »Denkst du, ich hab mich zum Spaß undercover bei Fairbanks angebiedert? Oder dir die Echoaugen zugespielt?«

Sova blinzelte. »Ich war nicht sicher, ob das nicht ein Alleingang von Algernon war.«

»Algie«, brummte der Emon, der den Papierkorb durchwühlte. »Algie ist okay.«

»Es war kein Alleingang«, sagte Moira. »Willst du, dass Fairbanks und seine Faustus-Pappenheimer euch in Ruhe lassen, oder nicht?« Ihre Mundwinkel zuckten. »Wie gesagt, heute gibt's keine Leichen. Aber vielleicht einen kleinen, wohlverdienten Rufmord.«

Sova fuhr sich über das Gesicht. »Wenn du die Sache publik machst, trompetest du trotzdem hinaus, dass wir Dämonen sind«, sagte sie leise.

Überrascht hob Moira die Brauen. »Dämonen? Sei nicht albern, Sova, es gibt seit fünfzig Jahren keine Dämonen mehr in New York! Vielleicht die eine oder andere Rothexe, die in die Tombs gesteckt wurde …« Sie tippte auf Sovas tätowiertes Handgelenk. »Und die Sub Side hat leider den traurigen Ruf, dass sie talentierte Halbmagier unter die Räder kommen lässt.« Sie nickte zur Eingangstür.

Als Sova verstand, schlich sich ein schmales Lächeln auf ihre Lippen. »Ich glaube, Luas wollte schon immer mal in einer Sub Side-Zeitung stehen.«

-4-

»Ich will doch nicht in die Zeitung«, flüsterte Luas.

»Frag mich mal«, murmelte Sova zurück. Ihre Hände schwitzten und sie versuchte angestrengt, so nichtdämonisch wie möglich auszusehen, während Moira den beiden Pressefritzen ihre Story darlegte. Joseph Penn, der sich allen Ernstes die Mühe gemacht hatte, um zwei Uhr nachts eine Krawatte anzulegen, linste gelegentlich auf ihre Tombs-Tätowierung und Luas' Prothese. Charles Sweeney schien sich nicht an seine letzte Begegnung mit Sova zu erinnern – den Sternen sei Dank! Moira hatte Sova und Luas als Augenzeugen vorgestellt, doch nach zwei kritischen Nachfragen von Sweeney war die rotmagische Katze aus dem Sack, und Sova rechnete jeden Moment damit, dass Kureter in die Redaktion stürmten.

Stattdessen fuhr Joseph Penn sich über das Kinn und stupste ein weiteres Mal die Echoaugen an, die zeigten, wie Beryl Gesang aus Oliver Monroes Mund zog und Luas die Fäden zu einem Liquid verarbeitete. Harold Fairbanks und Penelope Shaw waren klar und deutlich zu erkennen. Zu Sovas maßloser Erleichterung hatten Moiras Echoaugen nur Bilder, keinen Ton aufgenommen, und sie betete, dass niemand gut genug Lippen lesen konnte, um zu erkennen, wie oft Fairbanks und Shaw von Dämonen gesprochen hatten.

»Wenn das alles stimmt«, meinte Penn schließlich und massierte seine Schläfen, »ist das eine beispiellose Manipulation des Wahlkampfs. Ungeheuerlich.«

»Und wir sind noch früh genug dran für ein Extrablatt.« Moira zündete sich eine Zigarette an.

Penn schüttelte den Kopf. »Auf der Basis bloßer Indizien drucken wir kein Extrablatt, Miss Bran. Ohne harte Beweise bringen wir es mit zwei Augenzeugen und kryptischen Echoaugen höchstens auf eine starke Seite drei. Apropos Echoaugen …« Penn räusperte sich. »Verzeihen Sie, wenn ich es Ihnen wieder unter die Nase reibe, Moira, aber angesichts Ihrer Vorgeschichte muss ich fragen, unter welchen Umständen diese Aufnahmen entstanden sind.«

»Unter legalen Umständen, Joseph«, erwiderte Moira gedehnt. »Penelope Shaw hat mich höchstpersönlich in diesen Keller eingeladen.«

Luas rutschte unruhig auf seinem Stuhl herum. »Mit Verlaub, Sir, die Echoaugen sind nicht das illegale Gedöns, um das wir uns hier Sorgen machen sollten, oder?«

Sweeney schenkte ihm einen durchdringenden Blick. »Nein. Die rote Magie, mit der der Sirenengesang extrahiert wurde, allerdings schon.« Er verschränkte die Arme. »Bei allem Respekt, mir tut sehr leid, was Sie beide durchlitten haben, aber wir können nicht hergehen und Rotmagier als Opfer darstellen.«

»Als was denn sonst, Charlie?« Nachdenklich lehnte Penn sich zurück. »Man hat sie entführt, in Käfige gesperrt wie Zirkustiere, und so wie's aussieht zum Einsatz von Rotmagie gezwungen. Wenn du mich fragst, wurden die beiden und ihre Kameraden hier mehr geschädigt als Senatorin Red-«

In diesem Moment klopfte es an der Redaktionstür. Penn und Sweeney tauschten einen verblüfften Blick – offenbar waren Nachtschichten bei der *Gazette* wirklich nicht üblich.

»Feiern wir hier 'ne Party, von der ich nichts weiß?«, brummte Sweeney und erhob sich gähnend, um zu öffnen. Er kehrte mit einem Menschen im Schlepptau zurück, den die Marke an seiner dunkeln Jacke als Mitarbeitenden des NYPD auswies – und mit Doktor Keiko Tanaka, die den Eindruck machte, als hätte sie vier Kannen Kaffee auf ex getrunken.

»Die sind hoffentlich nicht hier, um Sie zu verhaften, Miss Bran«, murmelte Mr. Penn, ehe er dem Polizisten die Hand schüttelte. »Was führt Sie zu so später Stunde her, Lieutenant Malone?«

»Die Arbeit, Sir, wie immer die hässliche Arbeit.« Sova registrierte ein kurzes Flimmern in Malones Aura. Vermutlich war er es nicht gewohnt, einen Schwarzen mit *Sir* anzusprechen. »Und Ihre geschätzte Kollegin natürlich, wie so oft.« Malone würdigte Moira mit einem knappen Nicken. »Danke für den Tipp, Miss Bran. Als unser Trupp bei Senatorin Redgrave eintraf, haben sie den Kerl auf frischer Tat ertappt.«

»Welchen Kerl?« Sweeney nahm seine beschlagene Brille ab.

»Harold Fairbanks, mit drei Sirenen im Gepäck.« Malone verschränkte die Hände hinter dem breiten Kreuz. »Stand gerade in Redgraves Küche und war dabei, etwas in ihren Orangensaft zu kippen. Doktor Tanaka war so freundlich und hat gleich Blutproben von der Senatorin genommen. Wir haben tatsächlich Spuren von dem Zeug gefunden, das Fairbanks bei sich hatte.« Er zog ein transparentes Beutelchen hervor, in dem eine halbvolle Phiole steckte. »Ist das die Chemikalie, die Sie meinten, Miss Bran?«

»Da müssen Sie den Experten fragen.« Moira nickte Luas zu, der sich zögerlich erhob. Er musste sich auf die Stuhllehne stützen, um nicht das Gleichgewicht zu verlieren.

»Kriegsverletzung?«, fragte der Lieutenant steif.

»So ähnlich.« Mit spitzen Fingern holte Luas die Phiole aus dem Beutel und schnupperte daran. »Ja, das ist es. Flüssiger Sirenengesang.«

»Sperriger Name«, sagte Moira leise. »Wenn dir was Griffigeres dafür einfällt, immer raus damit.«

Unter dem Tisch trat Sova ihr gegen das Schienbein.

»Was ist mit Parcival Ruben?«, fragte Moira ungerührt.

»Seine Blutprobe ist noch im Labor«, antwortete Doktor Tanaka. »Dauert noch eine halbe Stunde.«

»Aber die Sirenen haben mittlerweile gesungen, wenn Sie verstehen, was ich meine«, sagte Malone mit einem schiefen Lächeln. Als Penn ihn bloß reglos ansah, hüstelte er verlegen. »Jedenfalls haben sich zwei der drei Sirenen lammfromm abführen lassen und im Grunde genau das bestätigt, was Miss Bran uns bereits am Telefon durchgegeben hat.«

Sweeney kam auf die Füße. »Die beiden sind geständig? Und Fairbanks?«

»Sagt kein Wort und wartet noch auf seinen Anwalt«, antwortete Malone. »Aber angesichts der Blutproben, der Sirenengeständnisse und dieser Aufnahmen da …« Er nickte auf die Echoaugen. »Sieht nicht gut aus für Mr. Fairbanks.«

»Alles klar.« Mit einem Mal kam Leben in Joseph Penn. »Charlie, begleitest du den Lieutenant aufs Revier? Wir brauchen O-Töne von den Monroes, bevor die Typen vom *Scrying Mirror* spitzkriegen, was hier gelaufen ist. Wenn du Senatorin Redgrave oder Ruben erwischst, sieh zu, dass du ein Exklusivinterview bekommst. Sie beide …« Er nickte Sova und Luas zu. »Wären Sie so freundlich, mir noch einmal im Detail Ihre Seite der Geschichte zu schildern? Und Miss Bran, Ihre Prämisse ist exzellent, aber wir brauchen einen *Artikel* für die Extraausgabe.«

»Der erste Entwurf ist schon fertig«, erwiderte Moira und zog das Notizheft hervor, in dem sie sich auf der Fahrt hierher verschanzt hatte und für niemanden mehr ansprechbar gewesen war. »Lassen Sie mich an eine Schreibmaschine, dann haben Sie die druckreife Version in einer Stunde. Gibt's Kaffee?«

Den gab es, heiß, stark und mit vier Löffeln Zucker sogar für Sova trinkbar. Während Sweeney Tanaka und Malone nach draußen begleitete, legte Penn ihr und Luas mit einem mitfühlenden Lächeln die Hände auf die Schultern. »Sie beide können sicher etwas zu essen vertragen. Was halten Sie von Pizza? Oder eher Burger?«

Sova und Luas tauschten einen verblüfften Blick.

»Beides«, meldete sich Moira, die bereits mit der Zigarette im Mundwinkel auf eine Schreibmaschine einhämmerte. »Beides ist gut.«

NEW YORK PARANORMAL GAZETTE

Donnerstag, 06. Januar 1949

Parcival Ruben zurück im Wahlkampf

Nach seinem Rücktritt im Oktober hat Parcival Ruben seinen Wahlkampf für die Welander-Partei wieder aufgenommen. Wie bekannt wurde, war sein überraschendes Ausscheiden aus dem Wahlkampf Ergebnis einer Manipulation seitens der Faustus-Partei (wir berichteten). » **Mehr auf Seite 5.**

Ermittlungen gegen Faustus

Das Walkürenbüro hat die Ermittlungen gegen die Faustus-Partei um Harold Fairbanks aufgenommen. Fairbanks schweigt bislang über den Wahlskandal, Komplizin Prof. Shaw liegt weiterhin im Koma.

Wo ist Leonard Fonda?

Der Wohltäter, dessen Stiftung viele Institutionen der Sub Side finanziert, wurde seit mehreren Wochen nicht mehr gesehen. Die Leitung der Stiftung übernimmt übergangsweise Ex-Prosper-Senator Gregory McGowan.

Wetterbericht

Donnerstag	Freitag	Samstag
-1° -11°	0° -9°	3° 0°

Weitere Dämonensichtung in Brooklyn!

Sind sie wirklich zurück? Nach zwei Sichtungen von Dämonen zum Jahreswechsel gemahnt die Kureterzentrale nun offiziell zur Wachsamkeit.

SIRENENDUO: GOLDENE SCHALLPLATTE HINTER GITTERN!

Das bislang in der Sub Side kaum bekannte Sirenenduo Oliver und Jillian Monroe erlangt gleich doppelten Ruhm: Anfang der Woche wurden sie für ihre Involvierung im Faustus-Wahlskandal verhaftet. Während die Monroes sich geständig zeigten und aktuell in den Tombs einsitzen, ist ihre Schallplatte mittlerweile ausverkauft. Two stars are born! Sub Side-Barde Amadeus Ken plant bereits einen gemeinsamen Song mit den Sirenen.

EPILOG: ZWISCHEN DEN SCHLAGZEILEN

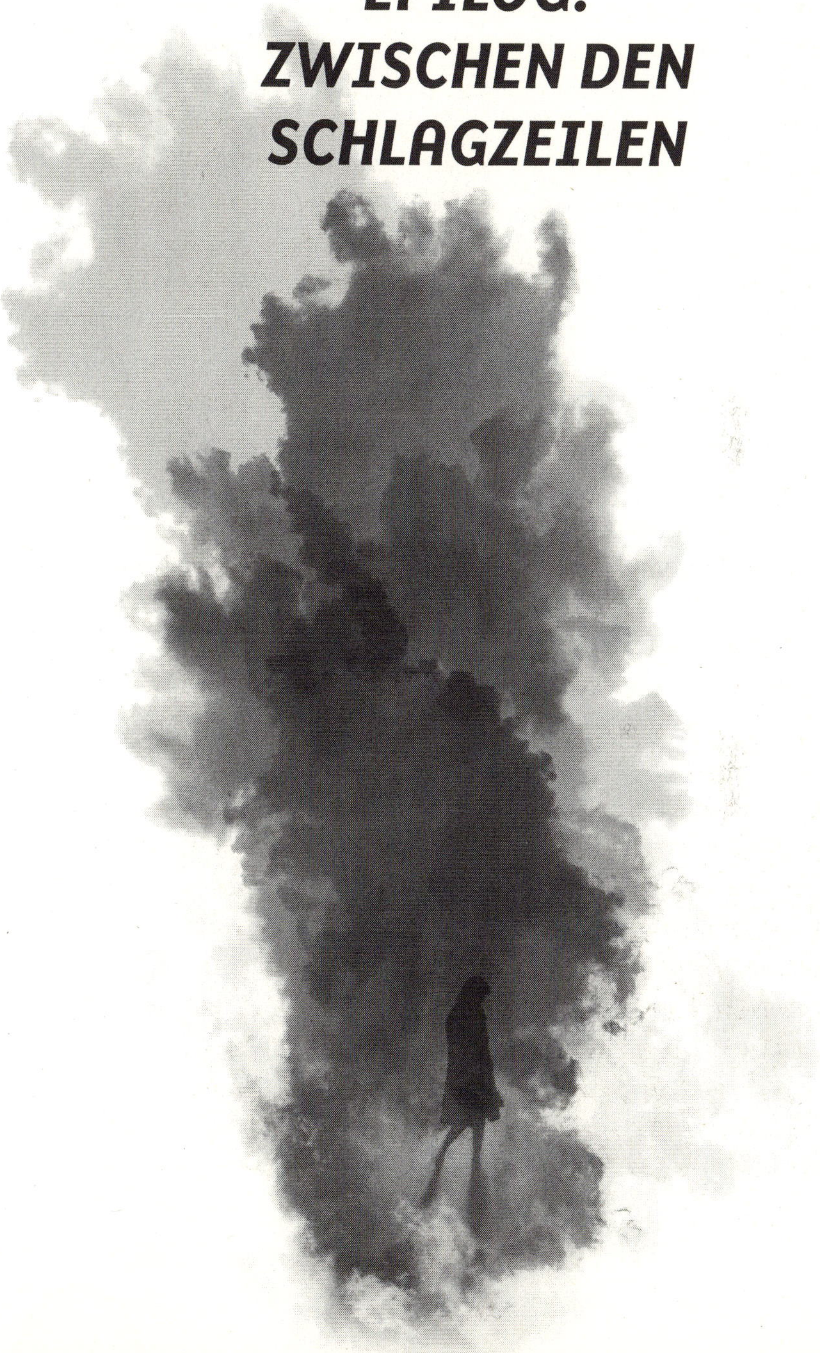

-1-

Das Extrablatt der *Paranormal Gazette* war innerhalb von einer Stunde ausverkauft, und auch in der Woche darauf beherrschte die Wahlkampfmanipulation der Faustus-Partei die Schlagzeilen aller drei Sub Side-Zeitungen. Parcival Ruben kehrte mit viel Tamtam aus dem Ruhestand zurück und Seppia Redgrave besuchte Harold Fairbanks täglich in seiner Zelle in den Tombs, um ihm genüsslich die reißerischen Artikel vorzulesen. Der Presse verkündete sie, sie hätte auch Penelope Shaw liebend gern mit einer privaten Lesung beglückt, doch Shaw, die von Rettungssanitätern in einer verfallenen Fabrik in New Jersey gefunden worden war, lag noch immer in einem Koma, das die Heilerinnen und Heiler des Hekate-Krankenhauses sich nicht erklären konnten.

Moira zog es vor, nicht über Shaw nachzudenken, oder über das Blut und die Hautfetzen, die sie unter ihren Nägeln hervorgeklaubt hatte, oder darüber, was passieren würde, wenn die Professorin aufwachte. Andererseits – konnte Shaw überhaupt die Wahrheit ausplaudern, ohne sich selbst tiefer reinzureiten? Moira zwang sich zur Ruhe. Die ganze Sache hätte schlimmer ausgehen können. Fairbanks saß hinter Gittern, die Monroes verkauften in der Haft mehr Platten als zuvor und in der Sub Side tuschelte man hinter vorgehaltener Hand voller Bewunderung über die *Rotmagier*, die sich so vehement gegen die Faustus zur Wehr gesetzt hatten. Moira hatte sich mit Joanne auf einen Kaffee getroffen – wahrscheinlich eine miese Idee, aber nachdem sie mit ihrer Ex-Freundin einen ganzen Nachmittag fortgeredet hatte, kribbelte es in ihrer Bauchgegend bei dem Gedanken, es noch mal zu tun. Ach ja, und ihren Job bei der *Gazette* hatte sie ebenfalls zurück, mit einer Gehaltserhöhung oben drauf.

Alles war gut.

»Das ist *nicht* gut«, widersprach Sova ärgerlich, als Moira am Dienstagabend zum Gilden nach Fort Nook kam. Der Traummarkt öffnete langsam wieder die Pforten – sehr vorsichtig, und nur für wenige von Lear höchstpersönlich verlesene Kunden, sodass die Hälfte der Traumfänger Zwangsurlaub hatte. »Hast du die Meldungen von gestern gelesen?« Sova raschelte mit der neuesten *Gazette*. »*Wieder Dämonen in Harlem gesichtet – Kureter ermitteln nach möglicher Possession.*«

»Wenn's dich tröstet, in der Sub Side halten sie die Meldungen für Übungen«, erwiderte Moira und nahm diskret die Rohträume entgegen, die Sova ihr über den Tresen von Zeta Taurs Stand reichte. »Niemand glaubt, dass wirklich wieder Dämonen auftauchen.«

»Ja, noch«, sagte Sova und kratzte sich unterm Schlüsselbein – dort, wo Doktor Tanaka ihr nach den Interviews bei der *Gazette* das erste der etlichen Emoneneier entfernt hatte. »Aber wenn die Kureter nach uns suchen, erwischen sie irgendwann jemanden. Irgendwer wird immer unvorsichtig.« Sie seufzte. »Übrigens, frisch gilden hält länger an, das weißt du, ja?«

»Ist schon okay so.« Eilig schluckte Moira die Rohträume hinunter. Prompt verflogen ihre Kopfschmerzen. »Wirklich, kein Ding.«

Sova musterte sie skeptisch. »Hör mal, ich weiß, du hast Angst, es nach der Sache mit Shaw noch mal zu versuchen -«

»Ich hab keine Angst.«

»- aber du brauchst nur Übung. Und so schwierig ist das mit dem Gilden nicht. Komm einfach noch mal mit uns jagen.«

»Ich halte doch bloß den Verkehr auf«, wehrte Moira ab. »Was ich brauche, ist eine grundsätzliche Lösung für das Worn-Problem.«

»Die brauchen wir alle, und wir arbeiten seit dreihundert Jahren daran«, sagte jemand hinter ihr. Theresa Lear lehnte an dem Stehtisch vor dem Zelt. Sie musterte Moira aufmerksam. »Sova hat recht, Sie brauchen Übung, Miss Bran. Im Gilden und im Umgang mit ihren roten Eruptionen.« Ihre Mundwinkel zuckten. »Ich will Sie nicht schon wieder aus dem externen

Team werfen müssen. Apropos.« Sie zog einen Umschlag hervor. »Die Informationen über die aktuellen Ermittlungen der Kureter waren sehr nützlich, vielen Dank.«

»Ich sagte doch, ich mache das auch ohne Bezahlung«, murmelte Moira. »Beziehungsweise für Gilding.« Dennoch steckte sie den Umschlag ein.

»Wie Sie wollen.« Lear zuckte mit den Schultern. »Halten Sie uns gerne weiter über die Kureter auf dem Laufenden. Die Fängerschaft meidet bereits Harlem und Queens, aber wir wären froh, wenn wir nicht aus der Zeitung erfahren müssten, dass sie den Markt im Visier haben.«

Moiras Magen verknotete sich, doch sie nickte. »Ich tu, was ich kann, Ma'am.«

»Schönen Dank.« Lear schürzte die Lippen. »Und Orphin-*enyu* erwartet Sie übermorgen im Basis-Kurs für Rotmagie im Tar. Miss Cabal junior wiederholt den Kurs, sie hält Ihnen sicher einen Platz frei.«

»Aber -«

»Seien Sie pünktlich, Miss Bran.«

Damit verschwand Lear – in Gestalt einer schwarzen Katze.

Mit offenem Mund drehte Moira sich zu Sova um. »Basiskurs für Rotmagie?«

»Du kannst ihn gebrauchen, *vitjka*.«

»Schon klar.« Moira rieb sich die Nase. »Wie alt sind die anderen Teilnehmer?«

Sova schmunzelte. »Zwischen acht und elf. Aber es sind auch Ältere dabei.«

»Ältere? So alt wie Ami?«

»Dann hebst du eben den Altersdurchschnitt, na und? Wenigstens bin ich dann nicht mehr die einzige Greisin.«

»Du?« Überrascht hob Moira die Brauen.

Verlegen strich sich Sova eine Strähne aus der Stirn und rückte die Hypnos-Phiolen in der Auslage gerade. »Meine Magie hat in den Tombs etwas gelitten. Ist ziemlich unsauber geworden. Schadet nicht, die Grundtechnik noch mal aufzupolieren.« Sie zeigte die Zähne. »Wir drücken zusammen die Schulbank, hurra! Stoßen wir darauf an? Luas ist endlich raus aus dem Hospiz, er kann's kaum erwarten, eine Party zu schmeißen.«

»Nicht heute.« Moira gähnte. »Ich hab letzte Nacht ein Interview nach dem anderen geführt – mein Bett ruft. Aber wir holen es nach, okay?«

»Ich erinnere dich dran.« Sova kam hinter dem Tresen hervor und schloss sie in die Arme. »Meld dich, wenn du zu Hause bist, klar? Sonst schick ich Mink vorbei.«

»Geister und Sterne, bloß nicht! Ich melde mich ja!«

Mit einem breiten Lächeln erwiderte Moira die Umarmung. Dämonensichtungen hier, Kureter da, Wahlkampf in der Mitte, das konnte sie mal gern haben.

Für den Moment war alles gut.

-2-

Als Moira die Tür zu ihrem Wohnhaus in Hell's Kitchen aufschloss, schrak sie zurück.

»Wo bleibst du denn?«, quäkte Algie. »Ich friere mir hier unten den Schwanz ab!«

»Was machst du denn hier?« Eilig spähte Moira über die Schulter, doch keiner ihrer Nachbarn war zugegen. »Ist was passiert?«

»Und ob was passiert ist!« Algie legte die Ohren flach an. »Die haben mich rausgeschmissen!«

»Wer hat dich rausgeschmissen?«

»Die anderen! Meine Leute! Sagen, ich hab mich zu viel mit … mit Hexen und den Krümeln abgegeben.«

»Welche Krümel?«

»Na du weißt schon, Krümel wie das Skorpiönchen! Junge haar- und hornlose, unfertige Hüpfer!« Der Emon schlenkerte mit dem Zackenschwanz. »Deshalb wohn ich jetzt bei dir.«

»Bei mir, aha.« Moira begann, die Treppe hinaufzuklettern. »Werde ich auch noch gefragt?«

»Nö, wieso denn? Ach, komm schon, das wird spitze! Ich nehme auch gar keinen Platz weg, und dein Kaninchen wird mich lieben!«

»Ich hab kein Kaninchen, Algie.«

»Doch, klar. Dieses fette rostrote Fellknäuel hat so lange Ohren, das kann nur ein Kaninchen sein.«

»Zahlst du Miete? Teilen wir uns den Abwasch?«

»Wie wär's damit: Du zahlst die Miete, du machst den Abwasch, und zur Belohnung kommst du in den Genuss meiner unwiderstehlich amüsanten Gesellschaft.«

»Vergiss es, Algernon.«

»Ach komm schon! Ich hab dir auch geholfen!« Mit flatternder Zunge nahm Algie zwei Stufen auf einmal, um Schritt zu halten, während sie vom dritten in den vierten Stock stieg. »Und außerdem hab ich … Oh!«

Hastig versteckte er sich zwischen den Holzbalken des Treppengeländers, und auch Moira hielt abrupt inne. Zwei Männer und eine Frau standen vor ihrer Wohnungstür, allesamt mit Amuletten an den Gürteln und langen dunkelgrünen Ledermänteln.

Magier. Schlimmer noch: Kureter.

Moiras Mund wurde trocken. *Bleib ruhig, Bran. Sie können es nicht riechen, du hast frisch gegildet und an dir klebt eine halbe Packung Vipernatron!* Sie straffte die Schultern und erklomm die letzten drei Stufen.

»Guten Abend. Kann ich Ihnen helfen?«

Marcus Callahan hielt ihr den Bronzetalisman unter die Nase, der ihn als Mitglied des New Yorker Kureterkommandos auswies. Sein Lächeln reichte nur für die Lippen, die Augen blieben kalt.

»Moira Catriona Bran, haben Sie eine Minute für uns?«

»Wenn Sie zu dritt anrücken, dauert es sicher länger als eine Minute«, meinte Moira. Ihr Herzschlag beschleunigte sich, doch sie zog betont ruhig ihren Wohnungsschlüssel aus der Handtasche. »Aber sicher, ja. Wie kann ich helfen?«

»Professor Penelope Shaw ist heute Nachmittag aus dem Koma erwacht«, sagte Callahan.

Moiras Herz übersprang zwei Schläge, doch sie lächelte. »Das freut mich zu hören.«

»Ach, tatsächlich?« Callahan hob seine kräftigen Brauen. »Professor Shaws erste Amtshandlung war, uns zu rufen. Sie behauptet, Sie hätten rohe rote Magie gegen sie eingesetzt, Miss Bran.«

»Oha, die Gute ist offenbar noch etwas verwirrt.« Traurig schüttelte Moira den Kopf und steckte den Schlüssel ins Schloss. »Schauen Sie in meine Akten, Sir. Ich kann nicht mal einen Schutzkreis ziehen.«

»Das ändert nichts daran, dass Professor Shaw Anzeige gegen Sie erstattet hat.« Callahan fasste sie am Handgelenk.

»Hey, hey, hat Ihre Mum Ihnen nicht beigebracht, dass man eine Armlänge Abstand zu fremden Frauen hält?« Rigoros schüttelte Moira seine Hand ab. »Meine Güte, wenn Penny Shaw meint, mich anzeigen zu müssen, weil sie sich einbildet, ich hätte rote Magie auf sie losgelassen, komme ich mit zur Kureterzentrale, um einen Test zu machen, aber -«

»Oh, sie hat Sie nicht wegen roter Magie angezeigt.« Als Callahan erneut nach ihrem Arm langte, war sein Griff zu fest, um ihn abzuwimmeln. »Miss Bran, wir verhaften Sie wegen des Verdachts auf Spionage für einen Dämonenclan im Battery Park.«

Perplex blinzelte Moira ihn an. Ihr wurde eiskalt. »Wie bitte?«

»Ich glaube, Sie wissen ganz genau, wovon ich spreche.« Mit einem leisen Klackern schnappten die Bleihandschellen an Moiras Handgelenken zu. Jetzt endlich erreichte Callahans Lächeln seine Augen, doch es lag nichts Freundliches darin. »Wenn Sie uns bitte in die Zentrale begleiten würden, Miss Bran?«

DANKSAGUNG

Schreiben ist eine einsame Kunst, heißt es. Aber um ein Manuskript in ein Buch zu verwandeln, braucht es ein ganzes Rudel. Dem wundervollen Rudel, das *Alchemie* auf die Welt geholfen hat, möchte ich hier von Herzen danken.

Meine wundervolle Frau: Ohne dich gäbe es dieses Buch gar nicht. Die Idee des Traummarktes wurde aus unseren Gesprächen über Träume geboren, du hast alle drölfzigtausend Versionen der Geschichte gelesen und unzählige Gespräche mit mir geführt, wenn der Plot (und Moira) mich so zur Verzweiflung getrieben haben, dass ich wahlweise das Handtuch werfen, das Skript verbrennen oder Moira im Hudson ertränken wollte. Danke für deine Engelsgeduld, deine konstruktive Kritik und dass du das Buch magst, obwohl es völlig an Romantik mangelt. Im nächsten gibt's etwas mehr Romance, versprochen.

Das weltbeste Testlese-Squad: Chrissi und Sabrine, danke für euren Input und eure Begeisterung – was würde ich ohne euch machen? Ihr seid strahlende Lichter und wilde Inspirationen, und ohne euch hätte ich das Schreiben in der dunkelsten Zeit wohl an den Nagel gehängt. Papa und Dagmar, danke für eure Unvoreingenommenheit und die Krimi-Expertise beim Testlesen, und Geli – pardon, Dr. Angelika N.! – für deine handwerklichen Anmerkungen, empowernden Randnotizen und aufheiternden WhatsApp-Nachrichten.

Durch die Sensitivity Readings von Alexandra Boisen und Nora Bendzko ist dieses Buch so viel besser und runder geworden. Nora, danke für deinen gründlichen Blick, deine liebevolle Herangehensweise, deine unglaubliche Wissensvermittlung, und für die Ermutigung, die Stellen zu vertiefen, denen Tiefe gefehlt hat. Danke an Alexandra und auch an

Skalabyrinth, Jana und Nika für eure kritische Betrachtung von Theresa Lear, und dass ich so viel von euch lernen durfte.

Die liebste, softeste Schreibgruppe der Welt hat das Jahr vor dem Release mit so viel Unterstützung und Vorfreude begleitet. Danke, Tala, Elli, Resa, Tanya, Anna, Skalabyrinth, Thea, Julia, Ivi, Leslie und Nora! Ihr seid einfach großartig, und seit ich euch kenne, ist Schreiben nicht mehr einsam.

Dass Melanie Vogltanz das Lektorat übernommen hat, ist ein wahrgewordenes Träumchen, und in keinen anderen Händen wäre dieses Buch so gut aufgehoben gewesen! Tausend Dank, Melanie, für dein kritisches Auge, deinen Blick für Details, Anachronismen und emotionalen Impact, deine Begeisterung und deine Geduld mit meiner Zeichensetzung. Ich gelobe Besserung!

Ein Riesendank gilt Verlegerin Grit Richter. Danke für dein Vertrauen in Moira und mich, deine Geduld (das nächste Skript braucht keine 4 Jahre, versprochen), deine Begeisterung und Unterstützung, für die allererste Moira-Illustration ever – und natürlich für deine Cover-Magie!

Zu guter Letzt danke ich dir. Ja, dir. Danke, dass du Moira und Sova in die Dunkelheit begleitet und bis hierhin gelesen hast. Ich hoffe, du hattest eine spannende Zeit, ein wenig Spaß und folgst den Spuren der Motten, Dämonen und Hexen auch ein weiteres Mal, wenn der Traummarkt lockt.

Die SCHWARZES BLUT Reihe

von Melanie Vogltanz

gibt es bei der Autorin direkt oder im OnlineShop des Art Skript Phantastik Verlags.

Wien im Jahr 1365

Der Schwertkampf ist Elyssas geheime Leidenschaft. Als bluttrinkende Kreaturen, sogenannte Strigois, die Stadt infiltrieren und eine Spur von Gewalt, Blut und Tod hinter sich herziehen, werden Elyssas Fähigkeiten mit einem Mal überlebensnotwendig. Sie kämpft – und verliert. Doch in einer Stadt, in der Leichen ihre Gräber verlassen, bleibt nicht alles tot, was stirbt. Elyssa kehrt zurück. Stärker. Entschlossener. Und so viel hungriger.

Ungarn im Jahr 1610

Unter dem Namen Báthory führt die Strigoi Elyssandria das Leben einer despotischen Adeligen. Als die Wolfsfrau Undine ihre Unterstützung in einem Kampf übernatürlicher Mächte erbittet, schickt sie die alte Freundin fort. Kurz darauf wird Elyssandria Opfer eines Giftattentats, das ihr die Unsterblichkeit raubt. Plötzlich ist sie selbst es, die Hilfe braucht. Doch ihre Zeit ist knapp, denn ihr körperlicher Verfall schreitet rasch voran. Ein Wettlauf gegen den Tod beginnt.

Florenz im Jahr 1689

Frieden. Mehr wünscht die Strigoi Elyssandria sich nach einem Leben voller Gewalt nicht von ihrer unsterblichen Existenz. Doch ihr Wunsch rückt in weite Ferne, als eine fanatische Bruderschaft auf sie aufmerksam wird, die sich selbst »Genuinità« nennt. Ihr Ziel: eine »Reinigung« der Welt von allen Trägern des schwarzen Bluts. In ihrem letzten und bislang härtesten Kampf muss Elyssandria sich nicht nur ihren bisher mächtigsten Gegnern stellen, sondern auch jenem dunklen Geheimnis, das sie ein Jahrhundert lang gehütet hat.

PATH INTO DUAT von Melanie Vogltanz & Jenny Wood

»Die Wüste kennt keine Gnade, und ich auch nicht.«

Der gefallene Chaosgott Seth ist mit dem Leben zufrieden, das er sich seit seinem Fall aufgebaut hat – Rock'n'Roll, sein Chopper und die Gesellschaft von Freunden. Doch dann taucht die verschmorte Leiche eines Immobilienmaklers auf, der es auf Seths Bar, das Heliopolis, abgesehen hatte. Schnell fällt der Verdacht auf den jähzornigen Barbesitzer und unter den Freunden wächst das Misstrauen. Zu allem Überfluss strandet auch noch ein Totengott aus New York bei ihm – ein Rechtsmediziner namens Mafed, den Seth am liebsten sofort wieder vor die Tür setzen möchte. Als Mafed sich bereiterklärt, ihm bei seinem Problem zu helfen, ist Seth zunächst wenig begeistert. Während die beiden Götter nach einem Weg suchen, Seth zu entlasten, spitzt sich die Beweislage gegen ihn zu. Als nicht einmal mehr seine Freunde an seine Unschuld glauben, wird der arrogante Totengott zu Seths letzter verzweifelter Hoffnung …

Ein brandneues Abenteuer aus dem »Kemet«-Universum
voller Whiskey, Feuer und Vertrauen.